De vrouwen van de Leeuwenhof

Corina Bomann

Mathilda's geheim

Een vrouw gaat op zoek naar haar herkomst.
Tot de Tweede Wereldoorlog alles ontwricht.

BOEKERIJ

Eerste druk oktober 2020
Achtste druk mei 2021

ISBN 978-90-225-8717-1
ISBN 978-94-023-1387-1 (e-book)
ISBN 978-90-528-6298-9 (audio)
NUR 302

Oorspronkelijke titel: *Die Frauen vom Löwenhof: Mathildas Geheimnis*
Vertaling: Lilian Caris
Omslagontwerp: Bürosüd GmbH, München
Omslagbeeld: www.buerosued.de
Zetwerk: CeevanWee, Amsterdam

Deel 1

1931

1

Ik voelde me slaperig. Voor me lag een schrift waarin ik eigenlijk iets moest schrijven, maar mijn armen waren veel te zwaar. Ik had niet de kracht om mijn pen vast te pakken en woorden op papier te zetten. De lucht in het klaslokaal was ondanks de openstaande ramen zwoel, hoewel het pas begin juni was. De zomer kwam vroeg in 1931.

Het liefst was ik ergens in het Stadspark van Stockholm geweest in plaats van de les van juffrouw Nyström aan de *realskola* te volgen. Daar had ik zittend in de schaduw mijn gedachten kunnen laten gaan zonder naar een verhaal over financiële administratie te hoeven luisteren en aan de pesterige blikken van mijn klasgenoten te zijn blootgesteld.

Maar mijn ouders hadden erop gestaan dat ik een goede opleiding kreeg. Mijn vader had me hier persoonlijk aangemeld en uitgelegd dat ik alleen zo iets zou kunnen bereiken. 'In deze tijden kun je je er niet op verlaten dat je een goede man vindt,' had hij gezegd. Mijn moeder had hem wat vreemd aangekeken, maar toen eveneens opgemerkt dat mooi zijn voor een vrouw tegenwoordig niet genoeg was om gelukkig te worden.

Ik wilde hun streven niet ondermijnen door te lanterfanten. Vooral niet nu mijn moeder nog maar een paar dagen geleden begraven was.

De dood was in de nacht over Susanna Wallin gekomen en had stiekem haar ziel gestolen. Ik had haar 's ochtends gevonden nadat ik me er bij het opstaan over had verbaasd dat het zo stil was in huis. Mijn moeder ging altijd eerst naar de keuken om de kachel op te poken en het ontbijt klaar te maken. Van die gewoonte was ze ook na mijn vaders verdwijning nooit afgeweken. Die keer was het anders. Toen ik haar kamer binnenging om haar te wekken, zag ik dat ze met haar ogen open naar het plafond lag te staren. Eerst dacht ik nog dat ze nadacht, maar toen ik haar aanraakte merkte ik dat ze stijf was, en ongelofelijk koud.

Toen ik besefte dat geen dokter nog iets voor haar kon doen, brak er iets in me. In paniek rende ik naar onze huisarts, die me de verschrikkelijke zekerheid verschafte. Alles wat er daarna gebeurde, is verdwenen in de duisternis van mijn herinnering. Op de een of andere manier was het me gelukt de dominee en de buurvrouwen te waarschuwen.

Een paar dagen later bleek ik in bed te liggen met de aansteker die ooit van mijn vader was geweest in mijn hand. Ik moest hem gepakt hebben toen ik mijn ogen uit mijn hoofd huilde. Hij was warm, en op de een of andere manier bood hij troost, ook al wist ik vrijwel niets over mijn vader.

Papa had altijd een wat afwezige indruk gewekt, en mama droomde van een wereld die voor mij niet toegankelijk was. Ze hadden goed voor me gezorgd. Ik heb nooit een oorvijg gekregen. Maar soms waren ze net etalagepoppen, die alleen maar in mijn leven waren om me gezelschap te houden.

Toen mijn vader plotseling uit mijn leven verdween, was ik ontroostbaar. Op een dag kwam hij gewoon niet meer thuis. Mijn moeder wachtte twee dagen en schakelde toen de politie in. Er werd overal naar Sigurd Wallin gezocht, maar hij werd niet gevonden. Iemand zei tegen de politie dat hij hem op een brug in Gamla Stan had gezien. Onderzoek wees uit dat hij daar inderdaad was geweest. Bij een brugleuning werd een aansteker gevonden die van hem was geweest. Hij was goudkleurig en bedekt met een verfijnd bloemenpatroon. Ik had de aansteker altijd bewonderd wanneer hij zijn cigarillo's ermee aanstak. Die was het enige wat er van hem was overgebleven.

De autoriteiten gingen er algauw van uit dat hij zich verdronken had. De zoektocht werd uitgebreid over de hele kust. Maar de Oostzee was diep en de stroming nam alles ver mee de zee op.

Na een jaar vergeefs zoeken werd mijn vader doodverklaard. Ik eigende me de aansteker toe, want mijn moeder was er niet in geïnteresseerd. Zonder veel verdriet ruimde ze mijn vaders kleding op, alsof het om een afgesloten hoofdstuk ging dat nu vervolgd kon worden.

In mijn verdriet klampte ik me vast aan de gedachte dat ik in elk geval mijn moeder nog had.

Nu had ik niemand meer aan wie ik me kon vastklampen.

De eerste tijd na haar dood was ik net een geest. Ik voelde niets, nam nauwelijks iets waar. Er was alleen pijn en verdriet. Na een poosje kwam ik weer wat tot mezelf, maar het viel me nog steeds zwaar om de dag door te komen. Ik had vaak huilbuien, dikwijls op een ongelegen moment. Meestal zat er dan niets anders op dan in een hoekje weg te kruipen. Als een schaduw sloop ik door ons gele huis aan de steile straat, de Brännkyrgatan. Ik voelde me afgescheiden van de anderen, die zo zorgeloos leken. Mijn enige troost was Paul, die langskwam om zich ervan te vergewissen dat het goed met me ging.

Erger dan het alleen-zijn in het lege huis waren de uren op school.

Na de verdwijning van mijn vader werd ik nog omgeven door tactvol medelijden. Iedereen vond mijn lot verschrikkelijk en voelde met mij en mijn moeder mee.

Nu was ik wees. Mijn grootouders van vaderskant waren al lang dood en mijn moeder had het nooit over haar eigen ouders gehad. Die had ik nooit leren kennen. Als ik ernaar vroeg, zei ze dat ik geen grootouders van moederskant had.

Op school had ik nooit veel vriendinnen gehad. Behalve Daga praatte niemand met me. Nu lieten ze me merken dat ik wees was. Elke keer als ze naar me keken en hun hoofden bij elkaar staken, voelde ik een steek. Zonder ouders had ik het gevoel dat ik elke bescherming had verloren.

Geklop op de deur van het klaslokaal deed me opschrikken uit mijn lethargie. Juffrouw Nyström liet de rustverstoorder binnenkomen. Meneer Persson, de rector van de school, fluisterde even iets tegen onze economielerares, daarna draaide hij zich om en keek over de hoofden heen recht naar mij.

'Mathilda Wallin,' zei hij, 'wil je even meekomen?'

Meteen barstte er gefluister los, met tussendoor gegiechel vol leedvermaak.

Mijn hart begon te bonzen. Ik stond op en sloeg bedeesd mijn ogen neer, maar toen rechtte ik mijn rug. Ik wist wat de anderen dachten. Ze waren er zeker van dat ik, omdat ik geen ouders meer had, van school zou worden gestuurd. Om eerlijk te zijn dacht ik dat zelf ook.

Vanbinnen barstte ik bijna van angst en bezorgdheid. Ik volgde de grote, dikke man met zijn eeuwige vlinderdasje en altijd scheef zittende colbertjes. Daarbij dreef de geur van eau de cologne en van de pommade waarmee hij zijn weerbarstige haar in bedwang probeerde te houden mijn neus in. De geur volgde hem als een vlag.

Je werd alleen in zijn kantoor ontboden als je iets heel ergs had uitgehaald of als er slecht nieuws was. Ik was er voor het laatst geweest toen ik hem moest uitleggen dat mijn moeder gestorven was en dat ik daarom een paar dagen niet naar school zou komen. Het vertrek was behoorlijk groot – en bruin. Bruine kasten, met daarin bruine in leer gebonden boeken. Een bruine stoel achter een bruin bureau. Daaronder een tapijt met bruine ranken op een beige ondergrond. Geen vleugje kleur dat voor afleiding zorgde.

Binnen zat een lange vrouw in een elegante donkerblauwe japon te wachten. Haar blonde haar was in de nek in een wrong opgestoken, een paar strengen aan de zijkant waren losgeraakt en omlijstten haar regelmatige gezicht.

'Mag ik even voorstellen,' zei de directeur terwijl hij de onbekende toeknikte. 'Mevrouw, dit is Mathilda Wallin – Mathilda, dit is gravin Agneta Lejongård.'

Een gravin? Wat moest een gravin hier? Ik keek de vrouw verward aan. In de sprookjes die mijn moeder me af en toe vertelde waren gravinnen vrouwen met een diadeem op hun hoofd en zilverglanzende kleding. Deze hier droeg niet eens een hoed.

Er verscheen een glimlach op haar gezicht. Aangenaam kennis met je te maken,' zei ze en ze stak me haar hand toe. Ik wist niet wat ik moest doen. Een knicksje maken? Het was een gravin! Toen haar hand de mijne aanraakte, maakte ik een lichte kniebuiging. Intussen vroeg ik me af wat een gravin van de dochter van een boekhouder wilde.

'Laten we gaan zitten,' zei de rector.

'Het spijt me dat je je moeder hebt verloren. En dat zo vlug na het verlies van je vader,' zo richtte de gravin het woord tot mij.

Ik keek haar verward aan. Hoe wist ze dat? Was ze van de jeugdzorg? Van een kindertehuis?

Ze leek mijn gedachten te kunnen lezen, want ze voegde eraan toe: 'Dat is de reden waarom ik hier ben.'

'Vanwege mijn vader?'

Ze schudde haar hoofd. 'Vanwege jou.'

Ik keek naar de rector, maar meneer Persson bleef onbewogen. Hij zag eruit als iemand die naar een spannend toneelstuk zat te kijken.

'Je bent nog niet meerderjarig, dat betekent dat je een voogd moet hebben,' vervolgde de gravin.

Een golf van paniek schoot door me heen. Dus ze was toch van de jeugdzorg.

'Ik red me heel goed alleen,' reageerde ik. 'Als mijn moeder ziek was, deed ik het huishouden. En de school...' Ik stokte toen ik besefte dat de school betaald moest worden. Mijn vader had daar geld voor opzijgezet, maar ik was nog niet meerderjarig en het saldo kon dus niet aan mij worden overgedragen.

De gravin knikte naar Persson, toen keek ze me weer aan. 'Ga je graag naar school?'

'Ja,' zei ik en ik betrapte mezelf erop dat ik onrustig aan de mouwen van mijn blouse plukte.

'Rector Persson vertelde me dat je een goede leerling bent.'

'Handenarbeid is niet haar sterkste punt en natuurkunde zou

ook beter kunnen. Maar in rekenen is ze heel goed, en natuurlijk in Zweeds en Engels.'

'Je hebt les in Engels?' vroeg de gravin, waarop ik knikte.

'Ja, mevrouw,' antwoordde ik.

'Dat zou misschien ooit in je leven een voordeel kunnen zijn. En ook dat je heel goed kunt rekenen en schrijven.'

Waarom was jeugdzorg geïnteresseerd in mijn schoolprestaties?

'Wat betekent dit?' vroeg ik voor Persson en de gravin nog meer over mijn cijfers konden zeggen. 'Waarom bent u hier? Gaat u me in een tehuis stoppen?'

De wenkbrauwen van de vrouw schoten omhoog. 'Nee, daar is geen sprake van,' zei ze rustig. 'Ik ben hier om je te vertellen dat ik tot jouw voogd ben benoemd.'

Mijn mond zakte open. Die onbekende vrouw, een gravin nog wel, die zou over mijn leven beslissen? Over de periode tot mijn meerderjarigheid?

'Ik weet het, dit komt een beetje plotseling,' ging ze verder. 'Maar ik wilde niet dat je het pas bij de opening van het testament te weten zou komen.'

Ik keek haar verward aan. Voogd? Testament? Moest die vrouw, die ik nog nooit van mijn leven had gezien, voor me zorgen?

'Waarom?' ontschoot me.

'Wat bedoel je?' vroeg de gravin.

'Waarom u? Om welke reden zou een gravin mijn voogd moeten worden?'

'Mathilda!' siste de rector waarschuwend, maar de gravin schudde haar hoofd.

'Het is wel goed.' Ze haalde diep adem en zei: 'Dat heeft je moeder zo bepaald.'

'Mijn moeder? Wat hebt u met mijn moeder te maken?'

'Wij kenden elkaar. Al heel lang. Vlak na haar overlijden kreeg ik van een notaris het document waarin je moeder haar wens heeft vastgelegd dat ik je voogd zou worden.' Ze haalde een envelop uit haar tas en gaf hem aan me.

Ik haalde er een blaadje uit en vouwde het open. Mijn moeders handschrift herkende ik meteen. De zwierige halen rond de b en de r waren typisch voor haar. De brief was gedateerd op 19 februari van het afgelopen jaar. Had ze toen al vermoed dat haar iets mankeerde? Wist ze dat ze een zwak hart had? Zo ja, dan had ze me mooi om de tuin geleid. We hadden het er nooit over gehad dat ze ziek was.

Bij één zin bleef ik steken.

In het geval dat ik overlijd, wil ik dat gravin Agneta Lejongård het voogdijschap over mijn dochter Mathilda op zich neemt.

'Waarom zou ze dat willen?' vroeg ik toen. 'Mijn moeder heeft het nooit over u gehad.'

Opeens leek die hele gravin me verdacht. Stel dat ze me wilde verkopen? Of kwam dat alleen voor in goedkope romannetjes?

'Mathilda!' zei de rector. De ergernis in zijn stem was duidelijk hoorbaar. 'Bedenk eens wat dat voor jou betekent! Je moet dankbaar zijn voor dit geschenk.'

'O, een geschenk is het zeker niet,' zei de gravin. 'Het is mijn plicht om voor je te zorgen. Op de Leeuwenhof zul je het goed hebben, en misschien wordt het een soort thuis voor je.'

Die woorden hagelden als een koude stortbui op me neer. Ik zou hier weg moeten. Wat kwam er dan van Paul en mij terecht? Hoe zat het dan met mijn wens om naar de handelsschool te gaan? Paul en ik hadden erover gefantaseerd hoe het zou zijn als we zijn bedrijf samen leidden. Hij zou meubels maken en ik zou me om de boekhouding bekommeren, want ik kon beter rekenen dan hij.

Maar dat zou nu allemaal niet doorgaan. Ik kon alleen nog maar zitten verzuren op een landgoed. Kruiwagens met mest voortduwen, hooibalen opstapelen en me 's avonds doodvervelen in een negorij. Geen flitsende jazzclubs, waar ik over had gelezen en waarvan ik stiekem droomde. Geen bruisend stadsleven. Ik werd weggerukt van alles wat ik kende.

Ik voelde tranen opkomen.

'En als ik dat niet wil?' vroeg ik koppig. Mijn woede had op zijn minst de omvang van de ijsberg die de Titanic tot zinken had gebracht.

'Mathilda!' Meneer Persson wekte de indruk dat hij zo van zijn stoel zou opspringen. 'Je hebt geen keus!'

De gravin keek me aan. 'Als je moeder niet gestorven was,' vroeg ze verrassend mild, 'wat zou je dan na deze school hebben gedaan?'

'Doet dat er dan toe?' snikte ik.

'Voor mij wel. Ik ken je nog niet, Mathilda. Ik weet niet wat voor wensen je hebt. En geloof me, ik weet hoe het is als je eigen wensen niet in vervulling gaan.'

Ik staarde haar aan.

De rector snoof. Hij vond me respectloos, maar het ging hier om mij, om mijn leven!

Behalve aan Paul had ik nog niemand verteld over het beroep dat ik wilde gaan uitoefenen. De meeste meisjes droomden ervan een goede man te vinden die voor hen zou zorgen. Ze gingen alleen naar de realskola om een goede huisvrouw te worden. Als ik hun van mijn toekomstplannen had verteld, zou ik nog meer een buitenbeentje zijn geworden.

'Ik wou naar de handelsschool gaan en later bij een groot bedrijf werken,' hoorde ik mezelf zeggen. 'Ik vind getallen fascinerend. In elk geval wil ik mijn eigen inkomen hebben en een eigen woning en misschien ook een automobiel.'

Agneta Lejongård knikte bedachtzaam en keek me toen recht in de ogen. 'Dat zijn goede plannen. Ik zie niet in waarom je je doel niet zou kunnen bereiken.'

'Omdat ik wees ben en geen geld voor de handelsschool heb,' flapte ik eruit.' En als ik naar die hoeve ga...'

'Nou, de Leeuwenhof is niet het einde van de wereld,' zei de gravin lachend. 'Kristianstad is vlakbij. Daar is ook een handelsschool.'

Bijna had ik gezegd dat Paul daar niet was. Dat hield ik echter voor me.

'Maar dat hoef je natuurlijk allemaal niet meteen te beslissen,' zei de gravin nadat ze me nog een tijdje had opgenomen. 'Vergeef me als ik te veel van je heb gevraagd. Je moet echter weten dat ik je zal helpen om je dromen te verwezenlijken.'

Ik knikte. Wat voor keuze had ik? Meneer Persson had gelijk. Mijn moeder had deze vrouw voor mij als voogd gekozen. Ik kon haar niet afwijzen.

'Hier is een uitnodiging van de notaris voor morgenochtend. Daar wordt je moeders testament geopend. Ik zal daarbij zijn.' De gravin overhandigde me de brief, stond op en wendde zich tot de rector. 'Die dag is ze toch vrijgesteld van de lessen?'

'Natuurlijk, mevrouw,' zei Persson en hij schoot omhoog.

'Goed, dan zien we elkaar morgenochtend,' zei de gravin en ze nam afscheid van me.

Ik had graag geweten waar ze hier in Stockholm verbleef, maar toen die vraag bij me opkwam, stond ik alweer op de gang.

Peinzend streelde ik de envelop. Er prikten nog steeds tranen in mijn ogen.

De uitnodiging voor het openen van mijn moeders testament. Dat voelde zo definitief. Het liefst was ik de school uit gelopen en was ik thuis in een hoekje gekropen. Maar toen ging de bel en bevond ik me in een mum van tijd in een menigte schoolgenoten.

Daga kwam meteen naar me toe. 'Mathilda, wat is er?' vroeg ze bezorgd bij het zien van mijn gloeiende wangen.

Ik stak de brief in de zak van mijn rok. 'Niets, ik ben alleen een beetje in de war.' Haastig veegde ik de tranen uit mijn gezicht. Maar Daga kon ik niet misleiden.

'Heb je slecht nieuws gekregen?' vroeg ze, en toen ik niet meteen antwoord gaf, haalde ze hoorbaar adem. 'Ze hebben je toch niet van school gegooid?'

'Ik schudde mijn hoofd. 'Nee. Ik... ik heb kennisgemaakt met mijn nieuwe voogd.'

'Zo'n stijve tante uit een kindertehuis?'

'Nee. Een gravin.'

Daga's mond viel open. 'Een gravin? Wat heeft die nou met jou te maken?'

Toen ik antwoord wilde geven, zag ik de andere meisjes uit mijn klas naar ons toe komen. Die mochten niet zien dat ik huilde.

Waarschijnlijk hadden ze toch al over me zitten roddelen.

'Laten we een plekje zoeken waar we ongestoord kunnen praten,' fluisterde ik en ik liep vooruit naar het lage muurtje dat het schoolplein aan de zuidkant begrensde.

2

Die nacht was ik erg nerveus. Mijn armen en benen voelden aan alsof er mieren overheen kropen. Zelfs de stilte in huis kon me niet kalmeren.

Wat er die dag gebeurd was leek zo onwerkelijk. Een gravin die verscheen om de arme wees op te nemen? Het was te mooi om waar te zijn. Had ik het allemaal gedroomd?

Er tikte iets tegen de ruit en ik kromp in elkaar. Eerst dacht ik dat het een van de vele geluiden was die het huis vooral in het donker voortbracht. Maar toen stapte ik uit bed en liep naar het raam. Op het trottoir, pal onder de straatlantaren, zag ik een gestalte die me heel bekend voorkwam.

Ik deed het raam open. Paul Ringström haalde net uit voor een nieuwe worp, maar stopte toen hij me zag.

'Hoe kom je op het idee om hier nog zo laat te verschijnen?' vroeg ik, wat verontwaardigder klonk dan ik eigenlijk was.

'Ik heb iets gehoord, en ik wou vragen of dat klopt.'

Ik kon me wel indenken van wie hij het gehoord had. Daga had het haar broer beslist verteld. En Paul was ook niet zomaar iemand, hij maakte al een tijd deel uit van mijn leven. Hij was mijn geheim, zou je kunnen zeggen.

We hadden elkaar leren kennen toen ik bij Daga op bezoek was. Dat kwam vaak voor, maar pas een paar maanden geleden had ik haar oudere broer echt opgemerkt. De weken daarna was ik hem telkens weer tegengekomen, natuurlijk puur toevallig, en telkens had hij zijn best gedaan me te laten merken hoe leuk hij me vond en wat voor attente jongen hij toch was. Hij was grappig, zijn ogen rustten liefdevol op me en hij gaf me een veilig gevoel. Hij was een jonge man met wie ik me een goede toekomst zou kunnen voorstellen. En die er bovendien ook fantastisch uitzag. Door het werk in zijn vaders werkplaats had hij brede schouders en sterke armen – en ik had nog nooit iemand met zulke groene ogen gezien! Wanneer we samen door het park liepen, zag ik de blikken die andere meisjes hem toewierpen, en dan deed het me goed dat hij ze negeerde.

We waren nog niet echt een paar, dat zou mijn moeder niet goedgevonden hebben. Maar af en toe dook hij onder mijn raam op, gooide er een paar kiezelstenen tegenaan en als daar gelegenheid voor was, praatten we met elkaar.

Nu mijn moeder overleden was, zou ik hem zonder meer binnen kunnen vragen. Maar daar voelde ik me niet klaar voor. Bovendien wist ik dat de buurvrouwen heel goede ogen hadden. Ze zouden er schande van spreken als ze ontdekten dat ik een jongen binnenliet.

'Wacht, ik kom naar buiten!' zei ik.

Paul knikte, maar in het schijnsel van de lantaren kon ik zien dat hij een beetje teleurgesteld was. Ik wist dat hij graag een keer alleen met me wilde zijn. Maar ik vreesde dat ik mezelf dan niet meer onder controle zou hebben en iets zou doen wat voor ons allebei niet goed was. Ik trok vlug mijn jurk aan en sloeg mijn moeders dikke wollen stola om. Overdag was het wel warm, maar 's nachts kon het nog behoorlijk fris zijn.

'Waarom kunnen we elkaar niet binnen zien, zoals anderen?' vroeg hij toen ik buiten kwam.

'Je weet wel waarom,' zei ik ontwijkend. 'Ik wil niet iets doen wat mijn moeder niet zou hebben gewild.'

'Dat begrijp ik, maar zou je moeder niet willen dat je een geliefde hebt?'

'Zeker, ooit, maar ze zei altijd dat ik met zeventien nog te jong was.'

Ik keek hem aan. Het licht van de lantaren gaf zijn huid een rozige glans, maar verkleurde het prachtige groen van zijn ogen volkomen. Die leken nu bruin als aarde op een regenachtige dag. Maar de markante tekening van zijn gezicht, zijn brede voorhoofd en zijn sierlijk gebogen wenkbrauwen werden door het schijnsel juist geaccentueerd.

'Ik wou alleen maar binnenkomen, meer niet.' Hij zuchtte. 'Maar misschien stelt onze vriendschap binnenkort weinig meer voor.'

Ik keek hem geschrokken aan. 'Wat bedoel je?'

'Daga heeft me verteld dat je nieuwe voogd een gravin is die in de buurt van Kristianstad woont. Klopt dat? '

'Ja,' antwoordde ik en ik voelde hoe de betekenis van die woorden me bedrukte. Wanneer ik op de Leeuwenhof was, zou ik hem heel lang niet zien. Veel te lang.

'Dan ga je hier dus weg.'

'Ja, maar...' Ik aarzelde. 'Ik weet het niet precies. Daar hebben we het nog niet over gehad.'

Paul snoof en zette zijn handen in zijn zij. 'Dat had je moeten vragen.'

'Dat is waar, maar... Ik was overrompeld. De directeur kwam me halen en nam me mee naar zijn kamer, en daar zat zij. Ze vertelde me dat ze die hoeve had en vroeg me waarvan ik droomde.'

'En, kom ik in die droom ook voor?'

'Zeker, maar dat kon ik nog niet tegen haar zeggen, toch?'

Ik stapte naar hem toe en hief mijn handen om ze op zijn borst te leggen. Maar toen stopte ik en liet ze weer zakken, want ik merkte dat hij versteende.

'Je gaat weg,' zei hij terwijl hij een haarlok uit mijn gezicht streek. 'Tenzij het je lukt ervoor te zorgen dat zij niet je voogd wordt.'

Ik boog mijn hoofd. Wat zou ik graag ouder zijn, zodat ik kon doen wat ik wilde! Vier jaar! Waarom was me niet nog vier jaar met mijn moeder gegund? Nu leek mijn lot me driedubbel onrechtvaardig.

'Mijn moeder wou dat zij mijn voogd werd,' zei ik. 'Maar zelfs als ik hiervandaan ga, dan hoeven we toch het contact niet te verliezen... Het zou maar voor vier jaar zijn.'

'Vier jaar!' Pauls ogen werden groot van schrik. 'Dat is heel lang, weet je! Ik weet niet of we allebei zo lang kunnen wachten. Ik ben dan al drieëntwintig.'

'Wat heeft dat ermee te maken?' vroeg ik. 'Over vier jaar ben ik eenentwintig. Dan zijn we nog heel jong.'

'Maar...' Paul stokte. 'Stel dat ik met jou wil trouwen?'

Ik keek hem diep in de ogen. 'Je weet dat ik zonder de toestemming van mijn voogd niet mag trouwen.'

'Inderdaad,' antwoordde hij.

Ik schudde mijn hoofd. 'Heb je het er dan niet voor over om zo lang te wachten?' Woede welde in me op en het kostte me moeite om zachtjes te blijven praten, zodat de buren het niet hoorden. 'Paul,' vervolgde ik sussend, ik ben toch de wereld niet uit. Bovendien, waarom hebben we het al over trouwen? Ik ben pas zeventien, en jij negentien. We zijn geen van beiden meerderjarig. Denk je echt dat je familie enthousiast zou zijn als je nu met trouwplannen kwam? En hoe zit het met je opleiding? Moet je die niet eerst afmaken? Denk aan onze droom. Jij wilt toch je eigen meubelfabriek? En ik moet naar de handelsschool om de boekhouding voor jou te kunnen doen.'

Eigenlijk glimlachte ik altijd als we het daarover hadden. Paul Ringström & Zonen, meubelmakers sinds 1936. Vijf jaar. Dat was de tijd die Paul zichzelf gaf. Op zijn laatst over vijf jaar wilde hij zijn eigen bedrijf hebben, dat nog groter en succesvoller zou zijn dan dat van zijn vader. Maar misschien was vijf jaar ook voldoende om hem mij te laten vergeten.

Paul keek timide naar de punten van zijn schoenen. 'Ik... ik wil jou niet verliezen.'

'Dat hoeft ook niet!' zei ik, terwijl ik innerlijk begon te trillen. 'Ik ga toch maar voor vier jaar naar Skåne. Daarna kom ik weer bij je terug. Als kersverse zakenvrouw, om jou terzijde te staan.' Nu legde ik mijn handen op zijn armen. Paul pakte ze en legde ze tegen zijn borst, alsof hij me wilde verwarmen.

Ik besefte dat mijn woorden onschuldiger klonken dan ik het vanbinnen voelde. Vier jaar was een eeuwigheid. In vier jaar kon zo veel gebeuren.

'Daar in Skåne zijn vast veel jonge mannen die je leuk vinden.'

'Geen een zoals jij!' wierp ik tegen. 'Maar hoe zit dat met de meisjes hier?'

'Ik wil niemand anders,' zei hij en hij kuste mijn handen. Toen grijnsde hij een beetje verlegen. 'Weet je zeker dat we niet toch naar binnen moeten gaan?'

Mijn hart begon te bonzen. Er was niemand die het me kon verbieden. Maar toch kon ik me er niet toe zetten. Later zou ik mijn terughoudendheid betreuren, maar ik kon het niet.

'Heel zeker,' antwoordde ik. 'Maar dat betekent niet dat we dat niet ooit zullen doen.'

'In Skåne? Als ik een keer vrij heb en naar je toe kom?' Hij fronste vragend zijn voorhoofd.

'Waarom niet? Misschien kom ik ook wel naar jou toe. En dan zien we elkaar hier op deze zelfde plek.'

'En als die gravin dit huis verkoopt? Als jouw voogd kan ze dat doen.'

Zijn woorden deden nog meer angst door mijn aderen stromen. 'Ik vind wel een manier.'

Ik boog me voorover en kuste hem op een mondhoek. Daarop sloeg Paul zijn armen om me heen, trok me tegen zich aan en kuste me op mijn mond. Dat had hij nog nooit gedaan. Zo dichtbij, zo dwingend, zo hartstochtelijk. Ik voelde een kloppen in mijn schoot waardoor ik bijna op mijn besluit wilde terugkomen. Maar toen maakte ik me van hem los.

'Ik zal je schrijven. Elke maand.'

'Dat is te weinig,' reageerde hij met trillende stem.

'Elke week?'

Hij glimlachte. 'Dat is al beter.' Hij stak zijn handen in zijn zakken en keek naar de punten van zijn schoenen. 'Als je je bedenkt, laat het me dan vlug weten, ja? Ik ben bereid te wachten, maar ik wil er zeker van zijn dat jij me wilt.'

'Ik wil jou,' antwoordde ik vlug en ik verdrong de gedachte dat er op de wereld weinig dingen waren waar je zeker van kon zijn. Als kind was ik er zeker van geweest dat mijn ouders het eeuwige leven hadden. Nu, nog maar een paar jaar later, had ik hen allebei verloren. 'Dat verandert niet, hoor je? En zodra ik vrij ben, echt vrij, trouwen we en dan staat niets ons meer in de weg.'

Paul knikte en trok me weer tegen zich aan. Ik wilde dat hij me nog een keer kuste, maar na een tijdje liet hij me los zonder dat onze lippen elkaar ook maar geraakt hadden.

'Het ga je goed, Mathilda! We zullen elkaar schrijven,' zei hij met een triest glimlachje. Toen verdween hij in de duisternis.

'Het ga je goed, Paul!' riep ik hem achterna en ik hief een beetje hulpeloos mijn hand bij wijze van groet, maar hij draaide zich niet meer om.

Opeens voelde ik me vreselijk eenzaam. Had ik een fout gemaakt? Wat was er verkeerd aan geweest om met hem naar binnen te gaan? Maar ik was bang dat er iemand over ons zou gaan praten. Dat iemand de gravin vertelde dat ik mannen binnenliet. Ongeacht mijn moeders wens zou ze me dan misschien toch naar een tehuis sturen.

Nee, ik had de juiste beslissing genomen. Onze tijd kwam nog wel. En dan zou niemand meer tussen Paul en mij kunnen komen.

De volgende ochtend zat ik in het kantoor van de notaris, waar mij officieel te kennen werd gegeven dat Agneta Lejongård per direct mijn voogd zou zijn. Op één punt moest ik de gravin gelijk geven: het zou veel onaangenamer zijn geweest dit hier te vernemen. Toch wenste ik dat alles net als vroeger was. Dat mijn moeder nog leefde, en mijn vader ook. Ik wenste dat ik niet het enige kind was en dat ik grootouders had. Nu was alleen ik er nog, en de enige die me een thuis bood, was een onbekende. Ze had me beloofd dat ik mijn dromen waar zou kunnen maken, maar wat als ze haar woord niet hield? Als ze haar woord niet kón houden?

De notaris was een oude man met grijze bakkebaarden zoals je zelfs bij oude mensen nog maar zelden zag.

'Gaat u zitten, dames,' zei hij terwijl hij zelf achter zijn bureau plaatsnam.

Ik keek naar de gravin. Ze leek een beetje afwezig. Buiten voor het kantoor hadden we slechts een paar woorden gewisseld. Het leek of er een donkere schaduw over haar ogen lag.

'Ik lees heden, op 2 juni 1931, het testament van Susanna Wallin, geboren Korven,' begon hij, hij corrigeerde zichzelf en vervolgde: *Mijn laatste wil is dat mijn enige dochter Mathilda mijn hele bezit krijgt, zoals daar zijn: het huis, mijn sieraden en mijn spaargeld ter waarde van vijfhonderd kroon.* Getekend: Susanna Wallin, geboren Korven.'

Dat was het. Geen persoonlijk woord, niets. De notaris had het testament voorgelezen alsof het van een vreemde was en niet van mijn moeder. Ik wist niet hoe een testament eruit behoorde te zien, maar ik had verwacht dat mijn moeder een brief had bijgevoegd, iets wat me troost zou bieden. Haar laatste woorden waren echter puur zakelijk.

'Aanvaardt u de erfenis?' vroeg de notaris. Zijn woorden leken van heel ver te komen. Ik wist dat ik iets moest zeggen, maar mijn tong weigerde dienst. In mijn hoofd was slechts één gedachte: waarom nam mijn moeder op zo'n onpersoonlijke manier afscheid van me?

'Mathilda?' drong de stem van de gravin tot me door. Even later voelde ik haar hand op mijn arm. Ik kromp in elkaar. 'Je hoeft niet meteen te beslissen als je daar nog niet klaar voor bent,' voegde ze eraan toe en ze trok haar hand weer terug toen onze blikken elkaar troffen.

'Ik ben er klaar voor,' zei ik haast koppig en ik keek naar de notaris. 'Ik aanvaard de erfenis.'

De notaris knikte en wendde zich vervolgens tot Agneta Lejongård: 'Gaat u als wettelijk voogd daarmee akkoord?'

'Jazeker,' antwoordde ze.

'Uitstekend. Mevrouw Lejongård, u zult het vermogen van uw pupil beheren tot deze meerderjarig zal zijn geworden. Ik zal de desbetreffende documenten opstellen en ze u doen toekomen.'

De notaris raapte de papieren bij elkaar en stond op.

'Het beste,' zei hij en hij drukte de gravin en mij de hand.

Ik wist dat we nu weg moesten gaan, maar ik was niet in staat een stap te zetten. Hoewel we er nog geen half uur waren geweest, voelde ik me slap en moe.

Gravin Lejongård pakte me bij mijn ellebogen. 'Kom, Mathilda, laten we naar huis gaan. Een kopje thee zal je vast goeddoen.'

Toen we het pand verlieten, kletterde het van de regen. Warme zomerregen die de lucht een scherp groen aroma gaf. We zochten beschutting onder het afdak boven de ingang.

Het was maar goed dat ik niet naar school hoefde. Ik zou niet hebben geweten hoe ik de dag daar had moeten doorkomen.

'Bedoelde u het serieus?' vroeg ik terwijl ik omhoogkeek naar de donkere wolken die zich voor de blauwe hemel hadden geschoven. De regendruppels waren zo dik dat je ze al van ver kon zien.

'Wat?' vroeg ze.

'Wat u in de kamer van de rector zei. Dat ik naar de handelsschool mag.'

'Ik zou niet weten wat jou daarvan zou weerhouden. Afgezien van jijzelf.' Agneta Lejongård pauzeerde even, toen vervolgde ze: 'Ik begrijp dat je bang bent. Een paar maanden geleden leek je toekomst nog overzichtelijk en rechtlijnig, en nu... Weet je, jaren geleden heb ik net zo'n tijd doorgemaakt. Ik was op weg kunstschilder te worden, wie weet een min of meer beroemde. Ik droomde ervan Parijs en andere wereldsteden versteld te doen staan. Maar het leven houdt niet altijd rekening met je wensen. Het verloopt met onvoorzienbare wendingen. Een daarvan was de dood van mijn vader en mijn broer.'

Ze hield even op en keek me bedroefd aan. 'Ik stond voor de keuze mijn ouderlijk huis ten prooi te geven aan verval of de verantwoordelijkheid voor het landgoed op me te nemen. Ik heb voor de verantwoordelijkheid gekozen. En nu, achttien jaar later, kan ik zeggen dat dat de juiste beslissing was. Ik heb een echtgenoot, ik heb kinderen, en de Leeuwenhof is mijn thuis.'

Weer nam ze een pauze, toen verscheen er een klein, teder glimlachje op haar gezicht. 'De Leeuwenhof is heel mooi. Er is overal groen, er zijn diepe bossen en uitgestrekte velden. En paarden. Dat kan een stadsmeisje niet erg spannend in de oren klinken, maar ik zeg je, dat is het wel. Als je daar eenmaal bent, wil je nooit meer weg.'

Dat geloofde ik niet. Maar op dat moment ontbrak me de energie om haar tegen te spreken.

'Waarom was u eerst zo zwijgzaam?' vroeg ik in plaats daarvan. 'Ik bedoel, hiervoor.'

'Wat had ik dan moeten zeggen?' repliceerde de gravin zonder haar ogen neer te slaan.

'Dat weet ik ook niet... Niets, vermoedelijk. Maar toch had ik de indruk dat u over iets nadacht. Iets onaangenaams.'

De gravin keek me aan. Ze had nog steeds een trieste blik. Ik wilde maar wat graag weten waarom.

'Ik dacht aan alle testamentopeningen die ik al heb meegemaakt. Op dagen als deze veranderen levens zonder dat daar iets tegen te doen valt. Je kunt de nalatenschap aanvaarden of afwijzen, maar je leven verandert in elk geval.'

'Uw leven verandert door mijn toedoen,' constateerde ik.

'Ja,' zei ze. 'En door mijn toedoen verandert het jouwe. Wij tweeën, die elkaar niet kenden, zijn door jouw moeder verbonden. Nu moeten we er het beste van zien te maken, nietwaar?'

Ik knikte.

'Waar kende u mijn moeder eigenlijk van?' vroeg ik, want dat was nog steeds een groot raadsel. Welke reden had mijn moeder gehad om mij juist aan Agneta Lejongård toe te vertrouwen?

'O, dat is al een tijd geleden,' zei de gravin, wat niet echt een antwoord op mijn vraag was. 'Ooit zal ik het je vertellen, maar nu moeten we eerst maar eens zien dat je in deze nieuwe situatie je weg vindt. De veranderingen die nu op je af komen, zullen je wel een poosje bezighouden.'

Ik vroeg me af wat het was dat de gravin me niet wilde vertellen. Waren zij en mijn moeder schoolvriendinnen geweest? Of ging het om iets anders? Maar ik voelde aan dat ze me nu niets zou laten weten, dus stelde ik mijn vragen uit tot een later tijdstip.

Minutenlang stonden we in de entree zwijgend te luisteren en te kijken naar de mensen die haastig voorbijliepen terwijl ze zich met kranten of paraplu's tegen de regen probeerden te beschermen. Uiteindelijk hield het op. De wolk verdween en helder zonlicht deed het vochtige plaveisel schitteren.

'Zullen we gaan?' vroeg de gravin.

'Waarheen?'

'Naar jouw huis. Je hebt gehoord dat het nu van jou is.'

'Ja, maar pas over vier jaar.'

'Daarom kunnen we er nog wel naartoe gaan, toch?'

Met die woorden nam de gravin het voortouw. Ik wenste even dat ik daar onder het afdakje van het notariskantoor kon blijven staan, maar uiteindelijk liep ik achter haar aan.

Tot mijn grote verrassing werd ik in mijn ouderlijk huis verwelkomd door de geur van citroenen en een onbekende vrouw. Ze had een lichtgrijze jurk aan en droeg haar haar in een knot. Ze moest halverwege de twintig zijn, of tegen de dertig, was slank en ook tamelijk knap.

'Dit is Anna Grün,' zo stelde de gravin haar voor. 'Zij zal als je gouvernante bij je wonen en je met het huishouden helpen tot je naar de Leeuwenhof komt.'

De vrouw reikte me vriendelijk glimlachend de hand. 'Aangenaam kennis te maken, Mathilda.'

Ik hoorde een licht accent. Uit welk deel van Zweden kwam ze?

Ik beantwoordde haar handdruk wat onzeker. Eigenlijk had ik erop gerekend meteen naar de Leeuwenhof te moeten. En nu kreeg ik een gouvernante? 'Dan hoef ik dus nog niet naar het landgoed?'

Agneta Lejongård schudde haar hoofd. 'Je blijft nog vier weken in Stockholm, tot je je school hebt afgemaakt. Daarna begint je leven op de Leeuwenhof, en ik zal ervoor zorgen dat je een opleiding krijgt die je in staat stelt elk beroep te gaan uitoefenen dat je maar wilt. Maar nu moeten we ons een glas limonade gunnen en elkaar een beetje leren kennen. Wat denk je?'

Ik knikte. Het overviel me allemaal behoorlijk, maar misschien werd dat nu wat minder.

Die middag praatten we heel veel, maar mijn moeder kwam niet meer ter sprake. De gravin had de gouvernante blijkbaar al duidelijke instructies gegeven. Anna Grün deed haar best mijn vertrouwen te winnen en eigenlijk was ze ook heel aardig, maar op dat moment kon ik haar alleen maar zien als een soort oppas die mij ging zeggen wat ik moest doen en laten.

Toen de gravin uiteindelijk afscheid nam met de belofte me te schrijven, werd ik lichtelijk door angst bevangen. Ik was nog nooit samen met een vreemde in huis geweest. Eenzaamheid zou dan zelfs beter zijn geweest. Nu moest ik opletten wat ik deed, hoe ik keek en wat ik zei. Ik was geen klein meisje meer, maar een pupil, overgeleverd aan de wil van een gouvernante en gravin Lejongård.

Die avond verscheen Paul niet, waar ik blij om was, omdat de gouvernante voortaan onder mijn dak woonde. Ik zou hem een berichtje sturen en een ontmoetingsplaats afspreken. Juffrouw Grün kon per slot van rekening niet overal tegelijk zijn.

Met wijd open ogen lag ik naar het plafond te staren. Dat er een vreemde in huis was, gaf me een heel eigenaardig gevoel. Natuurlijk zou juffrouw Grün me niets doen, maar toch durfde ik mijn ogen niet dicht te doen. De slaap en de dood maakten een mens allebei weerloos, had mijn vader ooit gezegd. Dat had me als kind zo beangstigd dat ik niet kon slapen.

Het liefst was ik opgestaan, naar de woonkamer gegaan en had ik platen gedraaid op de oude grammofoon. Gewoon om in de muziek op te gaan en er wakker door te blijven. Maar ik wilde de gouvernante niet wakker maken.

De gedachte dat juffrouw Grün hier zou rondkijken en dingen aanraken die van mijn moeder waren geweest, stond me helemaal niet aan. Waarom had de gravin daarop gestaan? Ik had mezelf de afgelopen weken ook alleen moeten redden, waarom dan niet nog een maand tot het einde van het schooljaar?

Ik reikte naar opzij en trok de la van mijn nachtkastje open. Na even zoeken voelde ik koud metaal aan mijn vingertoppen. Ik pakte mijn vaders aansteker en klemde mijn hand eromheen. Hij werd veel te vlug warm, maar het gaf me een goed gevoel om hem vast te houden.

Ik legde mijn hoofd weer op het kussen en waande me in mijn kindertijd, toen alles nog ordelijk leek en ik geen vermoeden van verdriet had. Ik zag mezelf terwijl ik met mijn ouders door een park in de stad wandelde. Mijn moeder droeg een prachtige roze jurk met bijpassende hoed. Mijn vader was keurig in het pak. Ik dacht de warmte van die dag te kunnen voelen. Niet de uiterlijke warmte, maar de innerlijke. Ik was zo gelukkig geweest. Met mijn zes of zeven jaar voelde ik me erg klein en onhandig, maar ik vermoedde dat ik op een dag net zoals mijn moeder zou zijn: met een mooie jurk, een mooie hoed en een goed ogende man aan mijn zijde.

Mijn gedachten dwaalden naar de toekomst. Ditmaal was ik de mooie vrouw in de roze jurk en Paul de man aan mijn zijde. Misschien was alles toch nog niet verloren. Paul had beloofd op me te wachten. Ik had beloofd op hem te wachten. En hem te schrijven. Wanneer ik de handelsschool had afgemaakt, zou de gravin me misschien wel toestemming geven om te trouwen.

Dat zou ik tegen Paul zeggen wanneer ik hem zag. Dat we nog voordat ik meerderjarig was zouden gaan trouwen. Dat was toegestaan omdat in dit geval de vrouw onder de hoede van de man zou komen te staan. Daar zou hij vast niets op tegen hebben. En ik ook niet.

'Ik heb nog een maand,' fluisterde ik tegen de aansteker, toen vielen mijn ogen dicht.

3

Ik pakte het handvat van mijn koffer steviger vast toen ik het perron langs keek. Mijn blik viel op een affiche met reclame voor mondwater. Die moest er al een tijdje hangen, want de kleur was niet alleen aan de randen verbleekt. Een dame met een ouderwetse cloche op haar hoofd hield lachend een fles in haar hand waarvan de inhoud een 'heerlijke adem' beloofde. De lucht was zwoel en gesjirp van krekels drong vanaf de spoordijk tot me door.

De trein die me naar Kristanstad had gebracht was allang weer weg, maar ik had me er al minstens tien minuten niet toe kunnen zetten het perron af te gaan. Het was alsof ik naar een poort moest lopen waarachter een onheilspellend, vreemd land lag te wachten.

Ik betreurde het een beetje dat mijn gouvernante al afscheid had genomen. Over een paar dagen zou ze teruggaan naar Duitsland. Juffrouw Grün was aardig, maar had er streng op gelet dat ik me aan de regels hield die de gravin had ingesteld. Paul had me de afgelopen tijd een paar keer opgezocht, maar zich niet meer in de buurt van ons huis gewaagd nadat de gouvernante ons betrapt had. In elk geval had ik tegen hem kunnen zeggen wat ik op mijn hart had. Vlak voor mijn vertrek hadden we elkaar voor het laatst gezien toen ik onder het voorwendsel dat ik naar Daga ging bij hem was.

Toen de volgende trein werd omgeroepen, liep ik de trap af en zette koers naar de uitgang. Ik sloeg geen acht op de weinige reizigers die op weg waren naar het spoor.

Tot mijn grote verrassing stond er buiten bij een wat ouderwets aandoende automobiel geen chauffeur met vliegeniersbril en pet om me af te halen. Het was Agneta Lejongård zelf die nonchalant tegen de motorkap leunde. Om haar haar, dat ook nu was opgestoken, had ze een dunne lila doek gebonden. Haar kleding zag er elegant uit, haar mantelpak had dezelfde kleur als de hoofddoek en aan het jasje blonken zilverkleurige knopen.

Toen ze me zag, ging er een schokje door haar heen. Ze maakte zich van de auto los en kwam naar me toe. Hoelang zou ze hier al op me hebben staan wachten?

'Hallo, Mathilda,' zei ze en ze stak me haar hand toe. 'Heb je een goede reis gehad?'

'Ja, dank u,' antwoordde ik en ik pakte haar sterke maar toch zachte en verzorgde vingers vast. Ik verviel in zwijgen en wist niet wat ik moest zeggen. De gravin nam me aandachtig op.

'Ik maakte me al zorgen dat je de trein had gemist,' zei ze ten slotte.

'Ik... ik had even tijd nodig,' verklaarde ik.

De gravin knikte. 'Dat begrijp ik. Per slot van rekening heb je alles moeten verlaten wat je vertrouwd is. Maar ik kan je verzekeren dat het je op de Leeuwenhof zal bevallen.'

Met die woorden nam ze me mijn koffer af en zette hem op de achterbank. Toen opende ze het portier aan de passagierskant. 'Stap in! Het weer is gelukkig aangenaam genoeg om de kap niet te hoeven gebruiken.'

Terwijl ik instapte werd me duidelijk dat er geen chauffeur meer zou komen. Ik moet haar ongelovig hebben aangekeken, want toen ze op de bestuurdersstoel was gaan zitten, vroeg ze: 'Is er iets?'

'Nee, ik dacht alleen...'

'Dat ik niet zelf zou rijden?' Agneta gooide haar hoofd in haar nek en lachte. 'Dat is een algemene misvatting. Ik rij al jaren zelf. Daar heb ik plezier in, vooral omdat de wegen hier heel rustig zijn en je dus ook eens flink gas kan geven.'

'En uw man?'

'Die rijdt ook.' De gravin keek me afwachtend aan. 'Wil je het ook leren? Ik zou je les kunnen geven als je wilt.'

Het antwoord 'nee' dat ik eigenlijk had willen geven, bleef gelukkig in mijn keel steken. 'Maar...'

'Vind je soms dat een vrouw zoiets niet kan?' Lachend draaide ze de contactsleutel om, waarop de motor brommend en trillend tot leven kwam. Even later zette het voertuig zich in beweging.

We reden Kristianstad uit en kwamen op een brede landweg. Afgezien van een melkwagen zagen we geen ander gemotoriseerd voertuig, maar wel een paard-en-wagen met een koetsier die op de bok in slaap was gevallen. Ik vroeg me af of Agneta zou gaan toeteren om hem te wekken. In Stockholm hadden sommigen er beslist plezier in gehad de man daarmee schrik aan te jagen. Maar ze reed hem gewoon voorbij.

Toen we door een klein stuk bos stoven, leunde ik achterover en deed mijn ogen dicht. Langzaamaan viel de spanning van de reis van me af. Ik voelde me loom en de wind streek zacht over mijn gezicht. Even slaagde ik er zelfs in mijn angst voor de toekomst, voor de onbekende Leeuwenhof, voor de komende jaren te onderdrukken. Misschien was het allemaal niet zo erg. De stad en Paul en Daga zou ik missen, maar misschien lukte het me met beiden contact te blijven houden. Er leek in elk geval een postkantoor te zijn. Wanneer mijn tijd hier erop zat, zou ik teruggaan en veel te vertellen hebben.

Restte nog de vraag wat het verband was tussen mijn moeder en de gravin. Daar had ik de hele tijd mijn hoofd over gebroken, maar ook van juffrouw Grün had ik daar niets over gehoord.

Toen de auto stopte, deed ik mijn ogen weer open. Waren we er dan al?

Voor me zag ik een grote poort en daarachter een laan met bomen, aan het einde waarvan een prachtig wit landhuis verrees.

Ik keek de gravin verbaasd aan. 'Waar wachten we op?' vroeg ik, want ik zag geen reden om de laan niet in te rijden. Of was dit niet de Leeuwenhof, maar een ander landgoed?

'Ik wilde je even de tijd geven om het landhuis van hieraf te bekijken,' verklaarde de gravin. 'Uit ervaring weet ik dat je op zo'n eerste ogenblik nooit echt goed kijkt.'

'Dat is dus de Leeuwenhof?'

'Ja, het landhuis. En het voorste gedeelte van de tuin. De velden waar we langs zijn gekomen horen ook bij het landgoed, net als de stallen en de paardenweiden. Als je wilt, kunnen we later nog een uitstapje naar het dorp maken. Ik vind het belangrijk dat je alles hier kent en weet waar je iets kunt vinden.'

Ik richtte mijn blik op het huis. Ondanks de afstand leek het enorm en imposant. En tegelijkertijd kwam het eenzaam over. In de stad was ik het gewend dat er buren waren. Soms leken de huizen in Stockholm zich tegen elkaar aan te dringen, wat de straten er gezellig deed uitzien. Maar hier was alleen het landhuis, waarnaast de kleinere bedrijfsgebouwen eruitzagen alsof ze onderdanig bukten.

Op de rotonde voor de buitentrap hielden we halt. De motor verstomde en alles wat ik nog hoorde was het gekwetter van vogels.

Bij de deur verscheen een jonge vrouw in dienstmeisjeskleding. Ze maakte een knicksje. 'Zal ik u met de bagage helpen, mevrouw?' vroeg ze, maar de gravin wees het aanbod af.

'Dank je, Silja, ik denk dat juffrouw Mathilda haar koffer wel zelf kan dragen.'

Het meisje maakte weer een knicksje. 'Zoals u wilt, mevrouw.'

'Ach, Silja, wil je mevrouw Bloomquist laten weten dat ze een kleine versnapering voor ons nieuwe familielid moet klaarmaken?' Ze wendde zich tot mij. 'Je hebt vast trek, toch?'

Ik wilde al bedanken, maar nu er over eten werd gesproken voelde ik mijn maag knorren.

'Ja, behoorlijk,' hoorde ik mezelf zeggen.

'Prima! Je hebt het gehoord, Silja. Mevrouw Bloomquist heeft vast nog wel iets van haar heerlijke gebak over. En misschien kan ze meer bedenken om een jongedame gelukkig mee te maken.'

Het dienstmeisje maakte weer een knicksje en verdween. We klommen de trap op en liepen door de deur naar binnen. In de hal bleef ik vol ontzag staan. Mijn gouvernante had me al verteld hoe prachtig het landhuis was, maar in gedachten had ik me alles toch eenvoudiger voorgesteld dan het zich nu voor mijn ogen ontvouwde. De weelderige kroonluchter glansde veel meer, de marmeren vloertegels waren veel witter, de kleuren van de tapijten die de weg naar de trap wezen waren veel intenser. Ik legde mijn hoofd in mijn nek en voelde me net een klein meisje dat voor het eerst in een snoepwinkel kwam.

'Dit is van nu af aan je thuis,' verklaarde de gravin met een uitnodigend gebaar. 'Laat je maar niet intimideren door het pleisterwerk en het goud. Mijn voorouders hielden daarvan, en in zekere zin wordt het in onze kringen ook verwacht. Maar uiteindelijk is het gewoon een huis en zul je je hier hopelijk weldra thuis voelen.'

Ik wist niet wat ik daarop moest zeggen. Zou die pracht en praal ooit mijn thuis worden? Dat kon ik me niet voorstellen. Ik was hier omdat ik geen andere keus had dan te doen wat mijn voogd me opdroeg.

Voor de twee schilderijen die boven de trap hingen bleef ik staan. Daar stonden een man en een vrouw op, die vanuit de lijst op me neerkeken. De vrouw droeg een crèmekleurige japon, haar haar was licht golvend gekapt. Haar bleke huid en blauwe ogen gaven haar iets ijzigs, ook al was ze beeldschoon. Ze hield een brief in haar handen. De man leek robuuster, had brede schouders en was, hoewel lang, toch wat gedrongen. Hij had donker haar en bruine ogen, en om zijn lippen speelde een klein lachje. Net als de vrouw leek hij van dezelfde leeftijd als Agneta Lejongård nu.

'Mijn vader en moeder,' verklaarde de gravin. 'Ik heb de schilderijen na mijn moeders dood gemaakt. Mijn vader was toen al jaren dood.'

'Hebt u die portretten geschilderd?' vroeg ik verbaasd. Natuurlijk herinnerde ik me dat ze me verteld had over haar droom om kunstschilder te worden. Maar ik had niet verwacht dat ze zo goed was geweest.

'Ja, die heb ik gemaakt. Haast niet te geloven, nietwaar?' De gravin lachte fijntjes.

'Waarom hebt u ze niet samen op één schilderij vereeuwigd?' vroeg ik door, nog steeds onder de indruk dat de gravin zulke levendige portretten had geschilderd.

Ze wierp me een eigenaardige blik toe. 'Daar heb ik zo mijn redenen voor,' antwoordde ze ontwijkend. 'Maar nu moeten we eens naar je kamer gaan kijken.' Ze draaide zich om en liep de trap op.

In de gang, waar aan de muren oude schilderijen en kleine lampenkappen hingen, kwamen we een jonge man tegen. Of beter gezegd, hij liep ons zo'n beetje van de sokken.

'Ingmar!' riep de gravin verrast uit. 'Hoor je niet beneden te zijn?'

De jongen, die ongeveer van mijn leeftijd was, staarde me aan en deed alsof hij het niet had gehoord.

'Ingmar?' hield ze vol.

'Pardon, moeder,' zei hij nu en hij schudde even zijn hoofd, alsof hij een lastige gedachte wilde verdrijven. 'Ik was iets vergeten.'

'Nu je toch hier bent, kan ik je ook wel meteen aan Mathilda voorstellen. Mathilda, dit is mijn zoon Ingmar – Ingmar, dit is Mathilda.'

'Dat meisje over wie u het al wekenlang hebt?' zei hij en hij maakte een lichte buiging. 'Aangenaam kennis te maken, Mathilda.'

Eigenlijk had ik hem een hand moeten geven en moeten beweren dat het genoegen geheel aan mijn kant was, ik kon echter alleen maar knikken.

'Weet je waar Magnus is?' vroeg de gravin.

'Waar zou die kunnen zitten?' was Ingmars spottende wedervraag. 'Waarschijnlijk zit hij onder een elfenboom verhaaltjes te verzinnen.'

'Je weet dat ik het niet waardeer als je zo smalend over je broer praat.'

'Hij weet dat ik zo over hem denk,' was Ingmars weerwoord. 'En als het hem niets kan schelen, zou het u ook niet uit moeten maken.'

De gravin schudde haar hoofd. Ik kon een grijns niet onderdrukken. Die had hij blijkbaar uit willen lokken, want hij lachte voldaan.

'Als je Magnus ziet, zeg hem dan dat ik onze nieuwe huisgenote aan hem wil voorstellen.'

'Doe ik. Als hij tenminste niet in een konijnenhol is gevallen en door de hartenkoningin achterna wordt gezeten.'

'*Alice in Wonderland*,' flapte ik eruit.

De jongen knikte naar me, en voor zijn moeder hem nog eens kon berispen, verdween hij.

'Ik vrees dat je aan Ingmars manier van doen zult moeten wennen,' zei de gravin. 'Hij maakt altijd onbeschaamde opmerkingen. Trek het je niet aan als het jou een keer treft.'

Bijna was me ontglipt dat ik zijn manier van doen prima vond, maar ik beet op mijn tong.

Even later bleven we bij een van de deuren staan.

'Dit was toen ik een jonge vrouw was mijn kamer,' verklaarde ze. 'Maar inmiddels hebben we het huis gerenoveerd, dus je hoeft niet bang te zijn dat er nog spoken rondwaren.'

Ze deed de deur open en zette een stapje achteruit.

Een zoete geur van zeep en bloemen kwam me tegemoet. Mijn moeder had soms net zo geroken, vooral 's ochtends, als ze nieuwe zeep had gekocht en zich daarmee had gewassen. Ik kreeg een knoop in mijn maag en aarzelde. Even voelde ik de valse hoop dat mijn moeder in die kamer op me zat te wachten.

Maar in het vertrek was geen ziel te bekennen. Wel een prachtig hemelbed met gordijnen met rozendessin en dikke roze dekens. Daartegenover stond een kleine kaptafel, aan de muur naast de deur stond een grote witgeverfde kledingkast. Het roze van de dekens kwam terug in het tapijt. De gordijnen, die met satijnen linten bij elkaar werden gehouden, hadden een frisse tint groen. De gravin leek gesteld te zijn op zachte kleuren.

De kamer kwam me voor als het domein van een prinsesje. Mijn kamer in Stockholm was kaal en sober. Alles leek hier met houtsnijwerk te zijn gedecoreerd. Hoe oud zouden die meubels wel niet zijn?

'Ik hoop dat het je bevalt,' zei de gravin.

Ik knikte.

'Mooi. Maak het hier maar gezellig en schroom niet me aan te spreken als je een wens hebt.'

'Dank u,' zei ik met krakende stem. De kamer was prachtig en ik kon niet bevatten dat hij voortaan van mij was. Tegelijkertijd barstte ik bijna van verlangen naar thuis.

'Mevrouw, ik...' zei ik toen ze naar de deur liep.

'Noem me maar gewoon Agneta,' onderbrak ze me. 'Wat heb je op je hart?'

'U hebt tegen de dienstmeisjes gezegd dat ik een nieuw familielid ben...'

'Maar dat ben je toch!' was haar reactie. 'Je bent mijn pupil. Ik zal je net zo behandelen als andere leden van mijn gezin. Je denkt toch niet dat je hier een soort assepoester bent?'

'Nee, ik...' Onwillekeurig gleed er een lachje over mijn gezicht. Had ik echt geluk? Het leek allemaal veel te onwerkelijk. Was het hier echt zo vredig?

'Welkom op de Leeuwenhof!' zei Agneta Lejongård glimlachend. Toen trok ze zich terug. Ik bleef alleen in de kamer, die me veel te groot en te vreemd was.

4

Voor de middag was het me gelukt mijn spullen te ontdekken in de kamer. Juffrouw Grün had een kastkoffer met mijn persoonlijke bezittingen vooruitgestuurd en was zo aardig geweest ook mijn twee lievelingsgrammofoonplaten in te pakken. Ik wist niet of ik ze hier ergens kon afspelen, maar het gaf me een geruststellend gevoel dat ik ze hier bij me had.

Na de koffie, die we in de prachtige salon gebruikten, had Agneta me nog een beetje rondgeleid en me de keuken, de stallen en het paviljoen laten zien. Het zag er allemaal heel pittoresk uit.

De keuken leek aan een oude kopergravure te zijn ontsproten. Inmiddels waren de fornuizen kleiner en niet zo log meer als deze. En huishoudens hadden ook geen koperen kookgerei meer. De kokkin, mevrouw Bloomquist, was al aardig bejaard, maar stond er nog altijd op haar steentje aan de maaltijden bij te dragen. De tweede kokkin, Svea, vond dat niet nodig, maar omdat ze ontzag voor de oude dame had, liet ze haar haar gang gaan.

Vroeger waren er ook nog een huishoudster en een butler geweest, maar juffrouw Rosendahl was inmiddels getrouwd en met haar man naar Kristianstad verhuisd, en meneer Bruns was met pensioen. De dienstmeisjes werden door de kamenierster van de gravin geïnstrueerd en de graaf had zijn eigen kamerheer, een rustige, bijna onzichtbare man van in de veertig, die je, als je Svea mocht geloven, alleen tijdens de maaltijden te zien kreeg.

De stallen zagen er moderner uit dan de keuken. Een van de gebouwen leek duidelijk nieuwer dan de andere. De paarden waren allemaal in de weiden, en ik zag ze bij de rondleiding alleen uit de verte.

In het lieflijke paviljoen achter in de tuin kon je gerust uren zitten lezen. Ik zag me daar al theedrinken. Het zou heerlijk zijn als er een opwindbare grammofoon was om platen te draaien. Dergelijke apparaten waren niet meer in zwang, omdat je dankzij de elektriciteit platen nu eindeloos kon afspelen. Maar het leek me prachtig om mijn muziek in de tuin te horen.

Terug in mijn kamer pakte ik een boek, maar mijn brein weigerde de betekenis van de zinnen te vatten. De beelden van de in alle mogelijke kleuren bloeiende prachtige tuin, van de paarden en het bos schoven over de bladzijden. Ik herinnerde me hoe ik tegen Daga de Leeuwenhof in allerlei grijstinten had afgeschilderd, maar in werkelijkheid was de hoeve kleurrijker dan de regenboog.

Geklop leidde me uiteindelijk van het boek af.

'Binnen,' zei ik en ik keek naar de deur. Ik verwachtte de gravin, maar het was niet Agneta.

De vrouw die mijn kamer binnenkwam was slank en droeg haar haar in een vlecht die ze in een wrong in haar nek had vastgestoken. Het schort over haar donkere jurk was onberispelijk gesteven.

'Goedemiddag, ik ben Lena,' zo stelde ze zich voor. 'Ik ben de kamenierster van de bazin. Mevrouw heeft me gevraagd voortaan ook u van dienst te zijn.'

'Eh, bedankt, maar dat zal niet nodig zijn,' antwoordde ik. 'Ik red het wel alleen.'

De kamenierster glimlachte. 'Daar ben ik van overtuigd. Maar er zijn een paar dingen waar ik voor moet zorgen. En voor officiële aangelegenheden hebt u iemand nodig die u helpt met uw garderobe en uw kapsel.'

'Kapsel?'

'We hebben hier vaak gasten, meestal bij het diner. Dan wordt verwacht dat u passend gekleed bent. In de tijd van de oude gravin was het allemaal erg streng, tegenwoordig zijn we wat moderner, maar toch moet u er verzorgd uitzien als u de gasten begroet.'

Gasten? Kwam er dan vandaag al bezoek? Ik werd door paniek bevangen. Ik had geen zin om nieuwsgierige vragen van wildvreemden te beantwoorden. 'Ik ben maar de pupil van de gravin. Het is niet zo dat ik de dochter des huizes ben.'

'De gravin heeft me strikte orders gegeven,' antwoordde Lena. 'Omdat zij uw voogd is, hoort u net zo bij de Leeuwenhof als de zonen des huizes.'

Alleen hadden de zonen van de gravin het makkelijker, want zij hoefden niet hun haar te laten fatsoeneren. Opeens dacht ik: hoe zou Magnus eigenlijk zijn? Ik had nog niet kennis met hem gemaakt. Ingmar leek sinds onze ontmoeting in rook te zijn opgegaan. Er waren op de Leeuwenhof vast plekken die de gravin me niet had laten zien, waar je niet te vinden was en waar je voor een paar uur kon verdwijnen.

'Wordt er vandaag dan bezoek verwacht?' vroeg ik.

'Nee, maar het is vandaag uw eerste dag in het huis. Dat wil de gravin vieren met een feestelijk diner.'

'En daarom bent u hier en wilt u mijn haar doen.'

Ik haalde diep adem. Ook al was ik opgelucht dat er geen bezoek kwam, een feestelijk diner klonk me stijf en formeel in de oren. Ik merkte hoe gespannen ik raakte bij de gedachte. Vreemden wilden kennismaken. De enigen naar wie ik echt benieuwd was, waren Ingmar en Magnus.

Af en toe had ik me afgevraagd hoe het zou zijn geweest als ik niet enig kind was gebleven. Nu kreeg ik zomaar twee... ja, wat? Broers waren het niet. Pleegbroers? Kon je ze zo noemen? In elk geval was ik blij dat ik niet de enige jongere in huis was.

Toen Lena klaar was met mijn kapsel, leek het of vanuit de spiegel een onbekende me aankeek. Een behoorlijk mooie onbekende, vond ik. Zo had ik mezelf nog nooit gezien. Mijn ik in de spiegel leek ouder en rijper. Wat zouden de meisjes uit mijn klas hebben gezegd als ze me zo hadden kunnen zien? En Paul?

Ik voelde een steek in mijn borst als ik aan hem dacht. Hij zou me vast betoverend hebben gevonden.

'U ziet er geweldig uit,' zei Lena. 'Uw moeder zou trots op u zijn geweest, ze was erg dol op dit soort kapsels...' Lena verstomde meteen. Er verscheen een verschrikte blik in haar ogen, alsof ze een grote fout had gemaakt.

'Wat heeft mijn moeder hiermee te maken?' vroeg ik verbaasd.

'Niets,' antwoordde Lena. 'Ik kan maar beter gaan.'

'Wacht!' riep ik, waarop ze verstijfd bleef staan.

Ik liep naar haar toe en legde mijn hand op haar arm. 'Waar kende u mijn moeder van?'

Lena leek in tweestrijd te verkeren. 'Dat kan ik u niet zeggen.'

'Lena,' zei ik ernstig. 'Ik kan zien dat er iets is. Hebt u mijn moeder gekend? Wanneer, hoe?'

Lena schudde haar hoofd. 'Dat kan ik echt niet zeggen.'

Met die woorden trok ze zich los en vloog haast mijn kamer uit. Ik keek haar verbaasd na. Wat bedoelde ze eigenlijk?

Nadat ik een poosje naar de deur had staan staren, richtte ik me weer op mijn spiegelbeeld. Nog steeds werd ik door een vreemde aangekeken. Ik voelde aan mijn kapsel, heel even maar, want ik wilde het niet verruïneren. Mijn moeder zou dol op dit soort kapsels zijn geweest? Thuis had ze haar haar nooit zo gedragen. En mijn haar had ze ook nooit zo opgestoken. Ineens zat ik vol vragen. En er was maar één persoon die ze kon beantwoorden.

Licht aarzelend liep ik de trap af. Ik kon de weelde die van de hal uitging nog steeds niet bevatten.

Beneden keek ik naar de portretten van de ouders van gravin Agneta. Ik moest er weer aan denken dat ze had gezegd dat er een reden was waarom ze hen niet samen op één doek had geschilderd. Wat zou die reden zijn? Er werd wel gezegd dat oude huizen hun eigen geschiedenis en geesten hadden. Welke geheimen waren hier verborgen?

'Ah, Mathilda, daar ben je!' De gravin liep me glimlachend tegemoet. Haar haar was losjes in de nek opgestoken, en het zag er heel nonchalant uit. Maar dat was het niet, constateerde ik toen ze dichterbij kwam. Ook haar kapsel was door vaardige handen gevormd.

'Laten we naar de eetkamer gaan!' Ze legde haar arm om mijn schouders.

Ik verstijfde. 'Eh... Agneta, kunnen we even onder vier ogen praten?' Ik voelde dat dit niet was wat ze van me verwachtte, maar ik wilde niet de hele avond een afwezige indruk wekken en me zitten afvragen waarvan Lena mijn moeder kende.

'Maar natuurlijk!' Ze wilde me meetrekken, maar ik verzette me.

'Misschien niet in de eetkamer.'

Agneta trok haar wenkbrauwen op. 'Goed, kom maar mee.'

Ze draaide zich om en liep naar de salon. De laatste stralen van de avondzon vielen door de hoge ramen en gaven het vertrek een haast magische uitstraling.

'Nou, wat heb je op je hart?' vroeg Agneta zachtjes terwijl ze naar de zitgroep wees die midden in de kamer stond. We gingen zitten en ik had even nodig voor ik iets kon zeggen.

'Toen ze daarnet mijn haar deed, had Lena het over mijn moeder. Ze zei dat mijn moeder haar haar ook zo droeg. Waar kende ze haar van?'

Agneta reageerde net zoals haar kamenierster. Ze verstrakte. Minutenlang zei ze niets. Ik herinnerde me hoe ze me na ons bezoek aan de notaris had ontweken. Ten slotte haalde ze diep adem. Alsof ze inzag dat ze dit onderwerp niet langer uit de weg kon gaan.

'Je moeder heeft hier op de Leeuwenhof gewerkt.'

Ik keek haar verbijsterd aan. 'U bedoelt dat ze hier dienstmeisje was?'

Dat kon ik me niet voorstellen. Zeker, ze was wat het huishouden betreft heel bedreven geweest, maar dat had ik altijd toegeschreven aan het feit dat ze, in tegenstelling tot mij, plezier in de lessen huishoudkunde had gehad. Dat die bedrevenheid een gevolg was van haar werk hier, had ik niet verwacht. En ik vroeg me af waarom ze het me niet had verteld. Ik had nooit de indruk gehad dat er in haar leven een geheim was. Of was het pijnlijk voor haar geweest?

'Ja, ze is hier dienstmeisje geweest. En nog een heel goed dienstmeisje ook.'

'Waarom heeft ze er dan nooit iets over gezegd?' Als ik van haar tijd op de Leeuwenhof had geweten, zou ik misschien niet zo volkomen verrast zijn geweest toen de gravin verscheen. Of toch wel? Ik voelde me verward.

'Dat weet ik niet. Ze zal wel haar redenen hebben gehad.'

'Het ging toch niet om iets pijnlijks?'

Agneta keek me bijna gekweld aan. 'Ik hoop dat dat niet het geval was. In elk geval hebben we daarna contact gehouden. Als ze mij verfoeid had, zou ze me dan haar enige dochter hebben toevertrouwd?'

Ik staarde een poosje in de leegte. Wat was erop tegen geweest dat mijn moeder me over haar tijd hier vertelde? Het was toch geen misdaad om als dienstmeisje te werken! Ook al waren er niet zo veel dienstbodes als vroeger, het was nog steeds heel normaal werk.

'Het spijt me dat ik het je niet meteen verteld heb,' vervolgde Agneta. 'Dan was je misschien iets minder verrast geweest.'

Ik knikte. Tegelijkertijd vroeg ik me af of ze me het eigenlijk wel zou hebben verteld als haar kamenierster niet haar mond voorbij had gepraat.

'Bestraf Lena alstublieft niet,' flapte ik eruit. 'Ik weet zeker dat ze niet wist dat ik er geen idee van had.'

'Waarom zou ik haar straffen?' vroeg de gravin. 'Ik zei toch dat ik het je zou hebben verteld. Ik wilde je alleen wat tijd geven om te wennen voor...' Ze hield even op om na te denken. Even leek het of ze nog iets ging zeggen, maar toen schudde ze haast onmerkbaar haar hoofd.

'Voor wat?' vroeg ik door, maar ze glimlachte alleen.

'Dat zou te ver voeren. Als de tijd daar is, krijg je alles te horen. Zorg eerst maar eens dat je hier went, dan zien we wel verder.' Met die woorden stond ze op. 'Ik hoop dat je trek hebt. Mevrouw Bloomquist heeft vandaag bijzonder haar best gedaan, om ervoor te zorgen dat je een goede indruk van haar krijgt.'

In de eetkamer werden we opgewacht door een man in een donker pak en een jonge knul die sprekend op Ingmar leek. Doordat ik me op twee nieuwe mensen moest concentreren, verdwenen mijn overpeinzingen over wat de gravin bedoeld kon hebben naar de achtergrond. De jongen moest de andere zoon van de gravin zijn. De onbekende man was, zo vermoedde ik, haar echtgenoot, de graaf. Hij was lang en zijn blonde haar was, evenals zijn licht rossige baard, met zilveren strengen doortrokken.

'Daar zijn jullie dan!' zei hij en hij liep naar Agneta toe. Hij nam haar in zijn armen en kuste haar. 'Mijn excuses dat ik niet meteen naar je toe ben gekomen. Ik ben net terug, en een van de meisjes zei dat je met ons nieuwe familielid in de salon was. Toen heb ik me nog vlug even omgekleed.'

'Dat is in orde,' antwoordde Agneta, en in haar ogen zag ik een diepe liefde, die nooit in mijn moeders blik aanwezig was geweest. Mijn vader en zij gingen vriendelijk en beleefd met elkaar om, maar van hartstocht was geen sprake geweest. 'Mag ik je Mathilda Wallin voorstellen? Mathilda, dit is mijn man, Lennard graaf Ekberg.'

Hij stak me zijn hand toe. 'Dag, Mathilda, ik heb al veel over je gehoord.'

Bijna was me iets ondoordachts ontglipt als: 'Ik helaas niet over u,' maar ik wist gelukkig eerst alleen een glimlachje te produceren. Ik was nog steeds in de war van het gesprek met Agneta.

'Aangenaam kennis te maken, meneer Ekberg,' antwoordde ik ten slotte, toen keek ik naar de twee jongens. De gelijkenis was werkelijk verbluffend. Alleen door hun kleding onderscheidden ze zich. Ingmar herkende ik aan zijn overhemd en broek. Dus moest de ander Magnus zijn. Hij leek wat rustiger dan zijn broer. Op een wenk van de gravin stonden ze allebei op en kwamen naar me toe.

'Mathilda, met Ingmar heb je al kennisgemaakt,' zei ze. 'En dit is Magnus. Zoals je overduidelijk kunt zien, zijn ze een tweeling.'

Magnus gaf me een beetje aarzelend een hand.

'Ze is onze nieuwe zus, weet je,' zei Ingmar met een spottend lachje.

Magnus leek dat niet grappig te vinden. Hij vertrok geen spier.

'Ze is mijn pupil,' verbeterde Agneta Ingmar. 'Maar dat mag geen reden zijn om haar niet als een familielid te beschouwen.'

'Ja, moeder,' antwoordde de tweeling in koor.

'Goed. Dan kunnen we ons nu aan de maaltijd wijden.'

Agneta beduidde me rechts van haar echtgenoot plaats te nemen. Aan de linkerkant, tegenover mij, zaten de twee jongens. Ze verwaardigden me met geen blik. Niemand zei iets.

In Stockholm was het net zo geweest. Mijn vader kwam thuis, begroette mijn moeder kort en begaf zich naar de eettafel. Vaak wisselden ze geen woord. Ging dat hier ook zo? In het gezin van Paul en Daga werd er onder het eten veel gepraat, dat wist ik omdat ik een keer was blijven eten.

We waren nog maar net gaan zitten of er kwamen twee dienstmeisjes binnen. Ze waren allebei nog heel jong, het ene meisje had donker haar, het andere was blond. Aan de laatste bleef mijn blik hangen. Had mijn moeder ook zo het eten naar binnen gebracht? Had ze ook zo'n uniform gedragen? En zulke platte schoenen, waarop je de ganse lange dag kon staan en lopen?

Ik ging zo op in het kijken naar de dienstmeisjes dat ik niet merkte wat er aan tafel gebeurde. Met bonzend hart vroeg ik me af hoe het was geweest toen mijn moeder hier werkte.

'Mathilda?'

Bij het horen van mijn naam schrok ik op uit mijn gedachten. Ik besefte dat er bij de Lejongårds wel degelijk tafelgesprekken werden gevoerd. En ik had niet meegeluisterd. 'Pardon,' zei ik en ik keek vragend naar de gravin, die me had aangesproken. 'Ik was in gedachten verzonken.'

'Gaat het wel? Ik wou eigenlijk alleen weten of de soep je smaakt.'

Ik keek naar het bord voor me, dat met een crèmeachtige vloeistof was bedekt.

'De cantharellen komen uit ons eigen bos,' verklaarde ze. 'Voor mevrouw Bloomquist met pensioen gaat moet ze me beslist het recept onthullen. Tot die tijd bewaakt ze het als een cerberus.'

Aller ogen waren op mij gericht. Mijn maag knorde weliswaar, maar op de een of andere manier was de eetlust me vergaan. Toch pakte ik de zilveren lepel met het kleine wapen op de steel en proefde braaf. De pittige smaak van paddenstoelen en kruiden explodeerde zo'n beetje in mijn mond.

'Erg lekker,' zei ik en dat meende ik echt. Een betere paddenstoelensoep had ik nooit gegeten, en mijn moeder kon toch heel goed koken.

'Mathilda is verse cantharellen vast niet gewend,' merkte Ingmar glimlachend op. 'In de stad kun je die niet zomaar even ergens gaan plukken.'

'Paddenstoelen zijn te koop op de weekmarkt,' wierp ik tegen, want ik had het gevoel dat ik me moest verdedigen. 'Ook in de stad kun je alles krijgen, alleen hoeven we er niet zelf voor het bos in te gaan.'

Ik richtte me weer op de soep. Ik voelde me een beetje misselijk. De soep, die eerst nog zo heerlijk had geleken, smaakte ineens slijmerig. Toch at ik hem op, want dan hoefde ik tenminste niet met iemand te praten.

Bij de volgende gang veranderde de sfeer niet wezenlijk. De graaf en de gravin probeerden de conversatie op gang te houden, maar het kwam allemaal een beetje geforceerd over. Ik was een vreemde eend in de bijt, een situatie waarop ze zich niet goed konden instellen. Ik verlangde terug naar Stockholm. De afgelopen weken was ik aan juffrouw Grün gewend geraakt en af en toe hadden we lange gesprekken gehad. Zo was ik te weten gekomen dat haar ouders in Duitsland woonden en dat ze Joods was. Elke vrijdag stak ze in haar kamer kaarsen aan en bad ze zachtjes. Dat vond ik heel fascinerend.

'Mathilda?' vroeg de gravin. 'Is alles goed met je?'

'Met mij?' Ik schrok op. 'Nee, ik bedoel, ja. Met mij is alles in orde.' Mijn hart begon te bonzen. Het was onbeleefd om niet naar de gesprekken te luisteren, maar wat kon ik eraan doen dat mijn gedachten steeds naar het verleden vluchtten?

'Misschien moeten jullie een eindje met Mathilda gaan wandelen,' stelde Lennard zijn zonen voor.

Ik merkte duidelijk dat de twee daar geen zin in hadden. Zelf had ik dat ook niet, maar toen zei Ingmar: 'Graag. Ik kan haar het oude huisje laten zien of de paardenweiden. Als ze tenminste in die jurk mee mag.'

'Ik kan me omkleden!' zei ik, want ik wilde niet door hen gezien worden als een tuttebel die bang was zich vuil te maken.

'Ik denk niet dat dat nodig is,' zei Agneta. 'Jullie blijven bij het huisje uit de buurt. Daar is het niet veilig.' Ze keek even naar haar man.

Die bracht zijn wijnglas naar zijn mond. 'En jullie gaan over het verharde pad naar de paardenweiden.'

'Ja, vader,' zei Ingmar.

Zwijgend at ik door, tot Magnus vroeg: 'Wat is er eigenlijk met je ouders gebeurd?'

Ik keek verbaasd op. Had zijn moeder dat dan niet verteld? 'Ze zijn overleden,' antwoordde ik slecht op mijn gemak.

'Magnus!' zei de graaf waarschuwend, maar de jongen trok een onschuldig gezicht.

'Waarom zou ik dat niet mogen vragen?' vroeg hij. 'Het interesseert me gewoon. Waaraan zijn ze gestorven?'

Ik kreeg een brok in mijn keel. Op school had ik al een hekel gehad aan zulke vragen. Ik staarde hem even als verlamd aan, toen stamelde ik: 'Het hart van mijn moeder begaf het. En mijn vader... die is verdronken.'

'Verdronken? Hoe kan dat?'

'Hij is in het water gevallen, zomaar ineens.' Ik voelde dat ik warm werd. Ik had geen zin het hele verhaal te vertellen. Op de een of andere manier leek Magnus het allemaal al te weten en het alleen maar nog eens uit mijn mond te willen horen.

'Een nare dood. Kon hij niet zwemmen?'

'Blijkbaar niet.'

'Kun jij het?'

'Magnus!' riep de graaf zijn zoon weer tot de orde.

'Het was maar een vraag!' protesteerde hij.

'Ja, ik kan zwemmen,' antwoordde ik. 'Dat hebben we op school geleerd. Bij de gymnastieklessen. Onze leraar vond dat je als Zweedse en inwoonster van Stockholm moest kunnen zwemmen – tenslotte zijn we omringd door water.'

'Je leraar lijkt heel vooruitstrevend te zijn,' zei Agneta. 'Ik ben er erg voor dat jonge vrouwen een brede opleiding krijgen.'

'Dat was hij ook. Hij zei dat we een zeevaardersnatie zijn en dat het voor alle Zweden een schande was als ze niet konden zwemmen.'

Daarop wierp Agneta haar man een veelbetekenende blik toe.

Na het diner ging ik met Ingmar en Magnus naar buiten. Het was nog steeds warm, bijna zwoel, de lucht een beetje stoffig en vervuld van de geur van drogend hooi en stro. Op de hoeve was het rustig. Van de huisbedienden en arbeiders was niemand meer te bekennen.

Een hele tijd liepen we zwijgend door. Ik voelde me slecht op mijn gemak bij de jongens en wist niet waarover ik met ze moest praten.

Met Paul had ik het vaak over zijn opleiding en zijn dromen gehad. Ik had ook over mijn dromen gesproken, ze waren met die van Paul vergroeid geraakt. Ik zag mezelf in een chic mantelpakje leidinggeven aan het kantoor terwijl beneden in de werkplaats meubels werden gemaakt die continu door leveranciers werden opgehaald. Maar dat kon ik niet aan de tweeling vertellen. Ze waren slechts anderhalf jaar jonger dan ik, maar het leken me boeven. Bovendien kenden ze het stadsleven niet. Daardoor vielen ook jazz en clubs af als gespreksonderwerp.

En ik was ongerust vanwege de vraag die Magnus me onder het avondeten had gesteld. Waarom wilde hij weten of ik kon zwemmen? Was hij van plan me hier in een sloot te duwen? In stilte bedankte ik onze gymnastiekleraar, die ons meisjes naar het zwembad had gestuurd. Aan de zwemlessen had ik geen aangename herinneringen, en meer dan eens was ik bang geweest om te verdrinken. Maar ik was niet meer bang voor water.

Wat mijn vader betrof, had ik gelogen. Mijn vader kon heel

goed zwemmen. In de zomervakanties zwom hij urenlang in zee. Hij was niet in het water gevallen en verdronken. Hij had zich van het leven beroofd.

'Hoe is het in Stockholm?' verbrak Ingmar de stilte.

'Hoe zou het er moeten zijn?' vroeg ik terug. Zou hij nog nooit in de hoofdstad zijn geweest? 'De straten ruiken naar rook en er rijden overal auto's. Op sommige plaatsen is het heel druk en lawaaierig, vooral voor het station. Er zijn parken en natuurlijk is er het koninklijk paleis. En huizen in alle soorten en maten.'

'En de mensen?'

'Die zien er niet anders uit dan hier. Er zijn arme en rijke mensen, arbeiders en zakenlieden, vrouwen en mannen.' Ik keek hem aan. 'Ben je er nog nooit geweest? Je ouders zijn rijk en van adel, die komen vast ook in de hoofdstad of zijn bij de Koning te gast.'

'De koninklijke familie is bij ons te gast,' kwam Magnus ertussen. 'Een paar weken geleden was kroonprinses Louise hier met haar stiefkinderen. Ze komt elk jaar, dus moet je je manieren bijschaven. Of nog beter, je maar niet laten zien.'

Ik staarde hem aan. 'Bedoel je daar soms mee dat je vindt dat ik geen manieren heb?'

'Niet de manieren die je tegenover de toekomstige koningin behoort te hebben.'

'Ik heb de Koning vaak gezien in Stockholm,' probeerde ik me te verdedigen. 'Laatst nog bij de begrafenis van de overleden koningin.'

Toen Viktoria door de straten van Stockholm naar haar laatste rustplaats werd gereden, had ik met mijn moeder langs de straat gestaan. Ze was die dag ongewoon stil geweest. Daar had ik niets bij gedacht, maar nu ik wist dat ze op de Leeuwenhof had gewoond... Mogelijk had ze de Koningin in haar jongere jaren meegemaakt.

'Gezien zoals iedereen uit de bevolking! Dat zegt niets! Wij waren aanwezig bij de begrafenis!' Magnus keek me fonkelend aan en voegde eraan toe: 'Je zal nooit een Lejongård zijn, hoor je? Je bent niet meer dan de dochter van een dienstmeisje dat onze moeder een dienst heeft bewezen. Je kunt het best maar weer zo vlug mogelijk verdwijnen. Je zal nooit bij ons horen!' Daarop draaide hij zich om en beende met grote passen terug naar het huis.

Ik verstarde en keek naar Ingmar. Ik begreep niet waar Magnus' vijandigheid vandaan kwam. Bovendien, hoe wist hij dat mijn moeder een dienstmeisje was? Had hij ons in de salon afgeluisterd? Of was het een alom bekend feit waarvan alleen ik geen vermoeden had gehad?

Ingmar leek in verwarring, maar liep zijn broer achterna. 'Magnus, wacht!' Maar Magnus liep door zonder naar hem te luisteren.

Ik bleef als aan de grond genageld staan en voelde me beklemd. Wat had ik die jongen toch aangedaan? Waarom wilde hij zo vlug mogelijk van me af? Ik zag hoe de twee in de schemering verdwenen. Pas toen begon ik weer te lopen. Mijn hart ging als een razende tekeer.

In mijn kamer aangekomen zag ik dat er een klein boeketje rozen op mijn kussen lag. De dekens waren opengeslagen en op het dressoir stond een karaf met een melkachtige vloeistof. De geur van citroen hing in de lucht. Daar kon ik niet blij van worden. De woorden van Magnus wilden maar niet uit mijn hoofd. Natuurlijk zou ik nooit een Lejongård worden, maar hoe kwam hij op het idee dat ik dat zou willen? Ik had niets van dien aard beweerd. Zijn moeder was mijn voogd en bepaalde dus waar ik moest wonen. Het was haar beslissing geweest om aan de wens van mijn moeder te voldoen. Als Magnus het niet eens was met mijn aanwezigheid, kon hij toch bij haar gaan klagen!

Ik wilde dat dat me daarnet was ingevallen. Maar zo ging het altijd: ik kwam pas op de juiste antwoorden als het te laat was. Ik plofte neer op het bed en pakte het boeketje. Toen pas merkte ik dat er een klein zakje aan vastzat. Daar zat een klein met chocolade bedekt gebakje in. Kreeg je dat elke dag als je hier woonde? Vast niet, maar door dat vriendelijke gebaar moest ik glimlachen. Misschien mocht Magnus me niet, maar wie weet kon ik hier toch wel wennen.

’s Nachts schrok ik telkens wakker, om vervolgens te constateren dat het maanlicht door ramen viel die mij onbekend waren. Hoewel de kamer behoorlijk groot was, leken de muren op me af te komen. Ik worstelde met de dekens, trok ze hoog op tot over mijn kin, om ze even later weer weg te trappelen omdat ik het zo vreselijk warm had.

Ten slotte stond ik op, liep naar het raam en deed het open. Ik zou wel last krijgen van muggen, maar ik had behoefte aan frisse lucht. De stilte benauwde me. In de stad hoorde je altijd wel iets. Krijsende katten, jankende honden, bezopen mannen die lallend voorbijkwamen en af en toe een automobiel of paard-en-wagen. Hier was alles rustig. Wanhoop kwam naar boven, zoals altijd wanneer ik doodmoe was maar niet kon slapen. Vragen wervelden door mijn hoofd. Waarom had mijn moeder nooit iets verteld? Had ik mijn moeder eigenlijk wel gekend? Hoe had haar leven er indertijd uitgezien, toen ze nog hier was?

Ik kon me niet herinneren dat ze het er ooit over had gehad hoe ze mijn vader had leren kennen. Daga had me een hele tijd aan mijn hoofd gezeurd over hoe romantisch de eerste afspraakjes tussen haar ouders waren geweest. Hoeveel daarvan verzonnen was wist ik niet, maar ik kon me nog goed herinneren hoe stil ik dan werd. Ik had niet zulke verhalen te vertellen. En als ik mijn moeder ernaar vroeg, zei ze altijd dat dat dingen waren waar je niet met een kind over praatte.

Ik betwijfelde of ik antwoord zou krijgen van het stille huis, maar misschien werd ik moe als ik een eindje ging lopen. Dus sloeg ik mijn ochtendjas om, schoot mijn pantoffels aan en sloop naar de deur. Op de gang brandde geen licht meer. De stilte was bijna benauwend. Even werd ik door angst overvallen en dacht ik erover terug te gaan. In de kamer wachtte me echter alleen maar somber gepieker. Dan kon ik me net zo goed aan de huisgeesten blootstellen. Graag had ik licht gemaakt, maar dat durfde ik niet. Ik wilde niemand wekken die me vragen zou kunnen stellen.

Het was gelukkig een heel heldere nacht en de maan scheen ongehinderd door de hoge ramen. Het gesjirp van krekels drong tot me door. In Stockholm had ik dat nooit zo duidelijk gehoord als nu. Ik kwam langs de oude schilderijen, waarop nu nauwelijks iets te zien viel, en liep de hal door. Hoe vaak zou mijn moeder hier wel niet doorheen zijn gelopen? Ik stelde me voor dat ze met een dienblad met koffie naar de salon ging om die daar te serveren. Ach, kon ik nog maar één keer met haar praten en het haar allemaal vragen!

Alleen door haar dood was ik hier.

Ik stond een poosje besluiteloos onder de grote kroonluchter die de entree 's avonds liet stralen. Ik kon de salon in gaan en naar de exotische planten en lege volières kijken. Maar ik werd ergens anders heen getrokken.

Ik draaide me om, stapte de smalle gang in die naar de keuken leidde en liep de trap af. Wie was op het idee gekomen de keuken naar de kelder te verplaatsen? Moest daardoor het verschil tussen 'beneden' en 'boven' duidelijk worden?

De geur van pas geschrobde pannen en nat hout drong tot mijn neus door. Het schijnsel van de maan viel door kleine, wat hogergeplaatste ramen naar binnen, waardoor je alleen naar buiten kon kijken als je op het aanrecht ging staan. Ik liep langs de haard, die nog een klein beetje warmte uitstraalde en ging aan de lange keukentafel zitten. Waar zou mijn moeder altijd hebben gezeten? Wat had ze verteld, om welke grapjes had ze gelachen?

Een geluid schrikte me op. Er waren voetstappen te horen! Meteen stond ik op. Het volgende moment zag ik lichtschijnsel.

'Juffrouw Mathilda, wat doet u hier nou?' De stem behoorde toe aan Lena, de kamenierster die mijn haar had gedaan. Net als ik droeg ze een nachthemd, om haar schouders had ze een bruine gehaakte doek geslagen. Ze had een kleine olielamp in haar hand, waardoor haar gedaante in het donker zichtbaar werd.

'Ik kan niet slapen,' antwoordde ik. 'Toen dacht ik, ik ga het huis maar eens een beetje bekijken.'

'Warme melk met honing helpt als je niet kunt slapen. Dat maak ik graag voor u klaar.'

'Nee, dank u,' wimpelde ik haar aanbod af.

Lena kwam dichterbij en zette de lamp op de tafel. 'Wilt u ergens over praten?'

Ik staarde haar aan. Mijn hoofd en hart zaten vol vragen, maar kon ik die stellen zonder haar in moeilijkheden te brengen? Weggaan zou vast beter zijn geweest, maar ineens ging mijn mond zijn eigen gang.

'Mijn moeder... Hebt u haar goed gekend?'

Het gezicht van de kamenierster verstrakte. 'Hebt u mevrouw daarover al gesproken?'

Ik knikte. 'Ze heeft me verteld dat mijn moeder hier als dienstmeisje heeft gewerkt. En dat ze heel goed was.'

Lena's gezicht vertoonde een glimp van iets wat ik niet kon beschrijven. Het leek of ze het niet met haar bazin eens was. Maar toen zei ze: 'Goed, laten we gaan zitten. Eventjes dan, want u moet echt weer naar bed.' We namen plaats aan de lange keukentafel, die licht naar citroen en schuurmiddel rook. Hoelang zou die er al niet staan? Hoeveel dienstmeisjes hadden er al aan gezeten? 'Wat zou u willen weten?' vroeg Lena terwijl ze haar handen vouwde op het tafelblad.

'Hoe was mijn moeder? Ik bedoel, hier in het huis. Ze heeft nooit iets over haar tijd hier verteld.' Ik keek naar een lichtplekje op de houten vloer. Het kwam me nog steeds eigenaardig voor dat mijn moeder over precies diezelfde vloer had gelopen.

'Uw moeder had vast goede redenen om te zwijgen. Ik heb niet lang genoeg met haar samengewerkt om haar echt te leren kennen.' Lena pauzeerde even en het leek of ze de herinneringen ergens ver weg uit haar geheugen moest opdiepen.

Toen vervolgde ze: 'Ik kan u dus ook niet veel vertellen, maar ik weet nog hoe onze ontmoeting was toen ik voor mijn eerste werkdag hier op het landgoed kwam. Susanna was toen al een aantal jaren in dienst. Ze nam me onder haar hoede en liet me het hele huis zien. Ze was heel vriendelijk en vrolijk en legde me geduldig uit wat belangrijk was. Toen had ik natuurlijk nog geen flauw vermoeden dat er weldra een grote ramp zou plaatsvinden.'

'Wat voor ramp?' vroeg ik.

'In de stallen brak brand uit, waarbij meneer en zijn zoon omkwamen. Daarna nam mevrouw de leiding over de hoeve op zich. Omdat haar moeder haar eigen kamenierster wilde houden, werd mij opgedragen voor de jonge meesteres, de tegenwoordige gravin Agneta, te zorgen. U kunt zich misschien voorstellen hoe nerveus ik was. Maar Susanna heeft me gesteund en geholpen. We werden op den duur min of meer vriendinnen.'

'En waarom is mijn moeder hier weggegaan?'

Lena keek me aan met een eigenaardige uitdrukking op haar gezicht. 'Nou ja, het zit zo: ze raakte zwanger en wilde trouwen. En als een dienstmeisje trouwt, gaat ze uit dienst.'

'Is het dan zo simpel?'

'Dat is regel in huizen als deze. Mevrouw heeft de regels intussen versoepeld, maar hoe zouden wij een man kunnen leren kennen? De mannen die op bezoek komen zijn voor ons onbereikbaar en de mannen in het dorp trouwen liever met meisjes die een fatsoenlijke bruidsschat meebrengen. Uw moeder heeft echt geluk gehad, in menig opzicht.'

Ja, dat was misschien wel zo, maar waarom had ze nooit over haar tijd hier verteld? En hoe had ze vader leren kennen, als het hier nauwelijks mogelijk was de aandacht van een man te trekken? Vader had nooit gezegd dat hij in de provincie had gewerkt. Had ze hem in de stad ontmoet, bij een uitstapje?

Hoewel die brandende vragen me voor op de tong lagen, kon ik niet de kracht opbrengen om ze te stellen. Mijn lichaam voelde zwaar en ik wilde weer naar bed.

Dat leek Lena te merken. 'U kunt beter weer naar boven gaan en proberen nog een beetje te slapen. Ik weet dat dat lastig is, het verging mij niet veel anders toen mijn moeder overleed.'

'Bedankt, Lena,' zei ik en toen stond ik op.

'Denk er maar niet te veel aan, juffrouw Mathilda. U bent hier in een goede omgeving. U zult hier zeker uw geluk vinden.' Lena stond nu ook op. Wat had ze eigenlijk in de keuken willen doen? Ik was vergeten het te vragen.

In mijn kamer bleef ik nog een tijdje voor het raam staan. Mijn moeder wilde dat ik hier was hoewel ze me nooit over de hoeve had verteld. Het was allemaal zo verwarrend. Misschien was het zo wel het beste. Misschien zou ik hier gewend raken. En het duurde maar vier jaar tot ik meerderjarig werd.

5

Vogelgekwetter drong tot me door toen ik aan de schrijftafel naar de lege blaadjes voor me zat te staren. Ik had Daga en Paul beloofd meteen na aankomst te schrijven, maar de dagen waren in een vloek en een zucht verstreken. Daga zou algauw als leermeisje bij mevrouw Vagström beginnen. En Paul... Vanaf nu zou ik vier jaar hier moeten blijven! Vier jaar waarin ik hem nauwelijks zou zien.

Geklop haalde me uit mijn gedachten.

'Ja?' zei ik, en Ingmar verscheen in de deuropening. Hij droeg een rijbroek en laarzen en had een zweepje in zijn hand.

'Mijn moeder zei dat het goed zou zijn als je leerde rijden,' begon hij terwijl hij zijn blik door mijn kamer liet gaan alsof hij er nooit binnen was geweest. 'We zijn nu eenmaal op een landgoed en te voet zijn de afstanden veel te groot.'

Ik bekeek hem wantrouwig. De afgelopen dagen had hij niet veel gedaan om mijn vertrouwen te winnen. Onder zijn blikken voelde ik me onbehaaglijk en ik was blij wanneer hij niet in mijn buurt was.

'Moet ik leren rijden? Weet je zeker dat je moeder dat tegen jou gezegd heeft, of willen jullie alleen een grap met me uithalen?' Ik kneep mijn ogen tot spleetjes. Van school was ik het een en ander gewend. Maar ik had geen zin me door de tweeling voor de staljongens te kijk te laten zetten.

'Waarom denk je zo slecht over me?' vroeg Ingmar met een onheilspellende brede grijns. 'Ik heb het beste met je voor. En voor een stadskind kan het geen kwaad om zich een beetje door elkaar te laten schudden op een paard.'

'Als je dat zo zegt, krijg ik meteen zin om mee te gaan,' zei ik sarcastisch.

'Als ik al een grap met je zou willen uithalen, zou ik het toch niet tegen je zeggen, denk je niet? Dus, ga je mee, of hou je het voor gezien?'

Hij wilde me overduidelijk provoceren. Maar ergens voelde ik dat het nu beter was niet de lafaard uit te hangen. Mogelijk zag de tweeling het als een test en zouden ze me daarna met rust laten.

'Goed, ik ga mee,' zei ik en ik stond op.

'Echt?' vroeg Ingmar verbaasd, alsof hij er inderdaad op had gerekend dat ik eronderuit had willen komen.

'Echt. En pas maar op dat ik niet van het paard val en mijn botten breek! Dan zul je wat beleven!'

Ingmar grijnsde breed. 'Maak je geen zorgen, ik pas wel op. Bovendien moet je je wel heel onhandig gedragen om van een paard van ons te vallen, stadskind!'

Met die woorden draaide hij zich om.

'Moet ik me daarvoor niet omkleden?' vroeg ik en ik keek langs mijn lichaam omlaag. Vanwege de warmte had ik een dunne zomerjurk aangetrokken.

'Wat mij betreft kun je zo mee,' klonk het van het andere eind van de gang. 'Maar als je wilt, kun je je rustig omkleden. Je vindt me bij de stallen!'

Daarop verdween hij.

Ik deed de deur dicht en staarde even besluiteloos naar de kledingkast. Toen vermande ik me, deed hem open en zocht naar de enige broek die ik had. Die had ik stiekem gekocht. Hoewel vrouwen inmiddels kiesrecht hadden, op hun eenentwintigste meerderjarig werden en hun haar kort lieten knippen, had mijn moeder er iets op tegen gehad dat ik me, zoals zij het uitdrukte, 'als een jongen kleedde'.

Maar nu was het nodig. Ik wilde niet op een wiebelig dameszadel zitten. Ik verkleedde me vlug, legde mijn schrijfgerei in de la en liep de kamer uit.

Ingmar stond inderdaad bij de stallen te wachten. Naast hem stonden twee paarden, allebei gezadeld. Verwachtte hij soms dat ik meteen opsteeg en naast hem mee zou rijden? Mijn maag verkrampte bij het idee.

'Kijk nou eens, je bent er echt!' Hij nam me kritisch op. Ik voelde dat mijn wangen begonnen te gloeien. 'Misschien moet je een rijbroek aanschaffen. Met die broek zul je je lastig in het zadel kunnen houden. Daarin kun je beter naar een jazzclub gaan.'

'Alsof jij daar enig idee van hebt!' flapte ik eruit. Ik kookte vanbinnen. Konden die plattelandslui niet anders dan de hele tijd denigrerend doen als het erom ging een stadsmens iets van hun wereld uit te leggen?

'Wij zijn heus niet van gisteren!' was zijn weerwoord. 'Ik weet heel goed hoe het er in zo'n club aan toe gaat. Het is in elk geval geen plek waar een jongedame hoort uit te hangen.'

'Maar een jongen als jij wel?'

'Dat heb ik niet gezegd!' Hij grijnsde naar me, toen pakte hij een teugel vast. 'Hoe zit het, gaan we nog?'

'Maar ik heb nog nooit op een paard gezeten!' riep ik uit.

Ingmar begon te lachen. 'Denk je nou echt dat we van je af willen? Niemand gaat de eerste dag op een paard zitten dat niet door iemand anders wordt geleid. Je gaat natuurlijk eerst aan de longe rijden. Maar je kunt het paard alvast de kans geven aan je te wennen door ermee te gaan lopen.'

Weer voelde ik me dom. Natuurlijk moest het paard eerst aan me wennen! Toch was ik een beetje bang voor het enorme beest. Paarden zag ik veel liever in de wei lopen.

'Kom op, we hebben niet de hele dag de tijd! Ingmar drukte de teugels in mijn hand. Het paard verroerde zich niet, en toch kromp ik in elkaar.

'Berta is een heel rustige merrie. Ze zal je niet bijten en je ook niet afgooien. Iedereen hier op de hoeve leert op haar rijden.'

Ik keek omhoog naar het paard, dat bedaard op zijn bit kauwde. 'Wat moet ik doen?'

'Gewoon gaan lopen,' antwoordde Ingmar. 'Zo.' Hij liep een

stukje naar voren en het paard volgde hem.

Ik keek nog eenmaal wantrouwig naar het beest, toen zette ik me in beweging. Alsof ze erop had staan wachten, begon de merrie achter me aan te lopen.

'Het werkt!' riep ik.

'Wat had je dan verwacht? Dat ze als een ezel blijft staan? Kom, laten we haar naar de wei brengen.'

We liepen een eind van de stallen vandaan naar de omheinde wei die ik een paar dagen terug al had gezien. Daar stond een man op ons te wachten.

'Dat is Olaf Blom, onze rijinstructeur. Hij zal je laten zien hoe je in het zadel moet zitten.'

'Rijinstructeur?' vroeg ik verbaasd. Ingmar gaf geen antwoord, maar stelde me aan de man voor. Blom zag er aardig sterk uit, had gespierde armen en benen. Ik zag hem wel een wild geworden paard in bedwang krijgen.

'Aangenaam kennis te maken, juffrouw Mathilda. Ingmar heeft me verteld dat u uit de stad komt.'

'Uit Stockholm,' antwoordde ik een beetje timide.

'Daar zie je vast niet veel ruiters meer, is het niet?' Blom glimlachte vriendelijk en gaf me het gevoel dat hij me serieus nam. Dat had ik de afgelopen dagen niet vaak meegemaakt.

'Nee, de mensen rijden liever in hun auto,' antwoordde ik.

'Daarop is ook niets aan te merken. Maar op het platteland kom je te paard vaak makkelijker ergens. Het is de wens van mevrouw dat u leert rijden.' Dan had Ingmar dus niet gelogen. 'Nou, zullen we dan maar? Ik zal u laten zien hoe je opstijgt. Dat is de eerste belangrijke les.'

De rijleraar liep naar het paard, legde zijn handen op het zadel, stapte met zijn linkervoet in de stijgbeugel en zwaaide zijn rechterbeen over de paardenrug. Het zag er vloeiend en simpel uit, als iets waar je eigenlijk niet tegenop hoefde te zien. Toch vermoedde ik dat ik het niet zo makkelijk na zou doen. Mijn maag verkrampte.

Hulpzoekend keek ik naar Ingmar. Die observeerde me scherp, waarschijnlijk zou hij zijn broer alles heet van de naald vertellen als ik iets fout deed of liet merken dat ik bang was.

'Wilt u het eens proberen?' vroeg Blom, die intussen weer was afgestegen.

Ik knikte, maar het liefst was ik weggelopen. Toen ik naar het paard liep, draaide het zijn hoofd naar me toe. Automatisch schrok ik terug. Achter me begon Ingmar te lachen.

'Niet bang zijn, stadsmeisje, ouwe Berta zal je echt niet opeten.'

Ik wierp hem een boze blik toe, maar waarschijnlijk vond hij dat alleen maar extra amusant.

'Niet bang zijn,' zei nu ook de rijleraar, maar zonder spot in zijn stem. 'Het is belangrijk om niet bang te zijn. Paarden voelen het als een ruiter bang is. Dan denken ze dat er gevaar dreigt en worden ze onrustig. Haal diep adem en probeer niet bang te zijn. Dat paard is niet uw vijand.'

Maar die jongen achter het hek wel, schoot door me heen. Ik deed echter wat meneer Blom vroeg. Langzaam stak ik mijn handen naar het paard uit. Het week een beetje achteruit, maar bleef toen staan. Toen ik mijn handen op het zadel legde, merkte ik dat ik mijn adem had ingehouden.

Ik haalde diep adem, voelde het leer onder mijn handen, rook de lucht van de paardenvacht en zette een voet in de stijgbeugel.

'De linker, niet de rechter!' klonk Ingmars stem achter me en verstoorde het korte moment waarop ik dacht het juiste te doen. Ik schrok, het paard deinsde terug en voor ik de verkeerde voet uit de stijgbeugel had, lag ik al op mijn neus.

Meteen was de rijleraar bij me, bevrijdde mijn voet uit de stijgbeugel en hielp me overeind. Tranen welden op in mijn ogen terwijl ik zand uitspuugde.

'Bent u gewond?' vroeg Blom, waarop ik mijn hoofd schudde.

'Dat gebeurt elke beginneling,' zei hij.

Ik klopte het stof van mijn kleren en stak mijn neus in de lucht. Wat een vreselijke afgang! Nu zou Ingmar zijn broer echt iets te vertellen hebben! Woedend veegde ik het zand en de tranen van mijn gezicht en draaide me koppig om. Ik gunde Ingmar niet nog een triomf. Opnieuw legde ik mijn handen op het zadel, zette deze keer mijn linkervoet in de stijgbeugel en zwaaide me omhoog. Verrast over mijn eigen moed constateerde ik het volgende ogenblik dat ik in het zadel zat. Ook het paard leek door mijn vastberadenheid te zijn verrast, want het verroerde zich niet. Diep ademhalend keek ik om me heen. Meneer Blom stond met zijn handen op zijn heupen ongelovig naar me te staren. Toen glimlachte hij breed.

'Goed gedaan! Niet iedereen zou zich na zoiets meteen weer op het paard hebben gewaagd.'

'Ik wou niet opgeven,' reageerde ik en ik keek naar Ingmar. 'Zo'n onbetekenende val weerhoudt me niet. Ik heb wel erger meegemaakt.'

Ingmar grijnsde nog steeds, maar toen knikte hij waarderend.

'Goed, laten we eens kijken of u ook er weer af kunt komen,' zei Blom. 'Daarna proberen we het met de longe.'

Het volgende halfuur oefenden we het op- en afstijgen, tot ik me enigszins zeker voelde. Zo elegant als bij meneer Blom zagen mijn bewegingen er niet uit, maar ik raakte mijn angst langzaamaan kwijt. Toen ik me redelijk in het zadel wist te houden, begon hij de merrie aan een heel lange lijn rond te leiden. Ik hoefde eerst niet meer te doen dan me vast te houden en op advies van Blom licht met de gang van het paard mee te wiegen. Ik was bang, maar tegelijkertijd gefascineerd door de kracht die in het dier sluimerde. En ik bewonderde de gelijkmoedigheid van Berta waarmee ze me het ene rondje na het andere door de omheinde ruimte droeg.

Toen ik eindelijk weer afsteeg, trilden mijn benen en even leek het of de bodem onder mijn voeten bewoog. Ik klampte me vast aan het hek en haalde diep adem. Ditmaal niet uit angst, maar om het euforische gevoel te bedwingen. Wat een belevenis! Ingmar zou zich waarschijnlijk kapotlachen, maar het kwam me voor alsof ik mijn lichaam voor het eerst echt voelde.

'Nou, dat was zo erg nog niet, hè?' Ingmar, die naar me toe gekomen was, glimlachte.

'Nee, het was helemaal niet erg.' Ik beantwoordde zijn glimlach en vergat voor even mijn argwaan jegens hem.

'Zoals je daarnet naar Berta toe stapte en je woedend in het zadel zwaaide, dat was indrukwekkend. Ik dacht altijd dat stadsmeisjes niets kunnen hebben.'

Ik vertrok mijn gezicht. 'Hoeveel stadsmeisjes ken je dan?'

'Een paar, uit Kristianstad,' antwoordde hij. 'We zien ze de hele tijd bij het meisjeslyceum naast onze school. Geen van hen is zo stoer als jij.'

'Maar je kent me nog helemaal niet goed.'

'Dat klopt. Maar dat zal nog wel veranderen, denk je ook niet?' Hij knipoogde naar me, toen vroeg hij: 'En, ga je mee?'

'Waarheen?'

'Ik wou wat door de velden gaan rijden.'

'Zoals je hebt gezien, kan ik me maar net in het zadel houden.'

'Je hoeft ook niet zelf te rijden. Ik neem je mee.'

Ik voelde me onzeker worden. Ingmar wilde me meenemen op zijn paard? 'Waarom? Om me ergens in een sloot te gooien?'

Ingmar vertrok zijn gezicht. 'Denk toch niet steeds het slechtste van me! Dat mijn broer je niet kan uitstaan, betekent nog niet dat dat ook voor mij geldt!'

'Jouw broer kan me dus niet uitstaan. Heeft hij dat gezegd? Wat een schok!'

'Mijn broer kan de meeste nieuwe mensen niet uitstaan, dus trek het je niet aan.' Even keken we elkaar aan, toen zei hij: 'En? Ga je nog mee? De zon staat nog wel een poosje aan de hemel, maar je weet dat mijn moeder het belangrijk vindt dat we om acht uur terug zijn voor het avondeten en dan piekfijn voor haar verschijnen.'

'Goed, maar wee je gebeente als je stommiteiten uithaalt. Het zou niet voor het eerst zijn dat ik met een jongen slaags raak.'

Ingmar begon weer te lachen. 'Over die eerste keer moet je me beslist vertellen.' Toen pakte hij mijn hand vast en trok me mee.

Hij steeg op zijn paard en voor ik me kon afvragen waar ik moest zitten, trok hij me al omhoog. Ik belandde achter het zadel en terwijl ik nog vreesde er van achteren af te vallen, riep Ingmar: 'Hou je vast!' en dreef hij het paard al aan. Deze viervoeter leek me nog sterker dan de goedmoedige Berta en vooral ook wilder.

Ik klampte me aan Ingmars middel vast terwijl hij dwars door de velden stoof. Eerst was ik bang dat ik eraf zou vallen, maar toen voelde ik de wind in mijn haar en langs mijn armen. Het begon te kriebelen in mijn maag, en daarna voelde ik een golf van vreugde door me heen stromen. Het was heerlijk om zo hard te gaan.

We reden langs een kudde paarden die in de schaduw van breed uitgegroeide bomen graasden, en verder langs velden waar seizoenarbeiders het graan oogstten met behulp van twee maaimachines die elk door tien paarden werden getrokken. De lucht was zwanger van stof en de geur van vers stro.

'We hebben ook tractoren die de oogstmachines kunnen trekken, maar op sommige plaatsen, zoals ginds aan de rand van het veld, komen paarden er beter doorheen,' verklaarde Ingmar. 'Mijn vader heeft op landgoed Ekberg het maaien helemaal op machines ingesteld. Daar kunnen de velden veel vlugger worden afgeoogst.'

'Zulke machines zijn vast heel duur,' veronderstelde ik, want ik had nog nooit zulke gevaartes op een veld gezien.

'Nou en of! Onze tractoren zijn afkomstig uit Amerika, de nieuwste strobalenpers komt uit Duitsland. Ze kosten een vermogen, maar zijn bij deze oppervlakten erg nuttig en het resultaat weegt op tegen de kosten.'

Niet alleen hoorde ik de trots in zijn stem, maar toen hij opzij keek, zag ik die ook in zijn ogen.

'Voor boeren die zich geen maaimachine kunnen permitteren oogsten wij soms ook de velden af, tegen een kleine vergoeding welteverstaan. Maar ik ben er zeker van dat de prijzen voor de machines gaan dalen. Dan kunnen alle grotere hoeves zich er een permitteren.'

Een tijdje keken we nog naar het oogsten en luisterden naar het geroep van de arbeiders. Daarna reden we verder, over een veldweg die door kromme wilgen werd omzoomd. Sommige waren gespleten, alsof de bliksem erin was geslagen.

Ten slotte kwamen we bij de rand van het bos. Het terrein met zijn hoge gras en dorre struikgewas zag er verwilderd uit. Daartussen stond een huisje waarvan het dak helemaal met mos bedekt was. De vensterluiken waren dichtgespijkerd en de muren zwart verweerd. Het wekte bepaald geen betrouwbare indruk.

'Wat is dat?' vroeg ik.

'Dat huisje hoort bij ons land,' verklaarde hij. 'Jij moet er eerst af.'

'Wat bedoel je?'

'Van het paard. Je moet afstijgen, zodat ik uit het zadel kan komen.'

'Blijven we hier dan?' Er ging een rilling door me heen die me kippenvel bezorgde.

'Ja, ik wil het je laten zien.'

'Ik weet niet of ik het wel wil zien,' protesteerde ik. 'Bovendien... ik weet niet hoe ik van het paard af moet komen.'

'Gewoon eraf springen.' Ingmar snoof. 'Wees maar niet bang, er zal je niets gebeuren. Het is het vroegere huisje van onze beheerder. Er woont al jaren niemand meer, maar ik ga er soms heen wanneer ik behoefte heb aan rust.'

Ingmar zwaaide zijn ene been over de hals van het paard en liet zich toen aan de zijkant naar beneden glijden. Verschrikt klampte ik me aan het zadel vast. 'Hé, wat moet dat?'

'Ik wil je helpen, dat is alles.' Ingmar stak zijn armen naar me uit. 'Spring, ik vang je op!'

Het paard stapte onrustig van de ene voet op de andere. Voor het misschien op het idee zou komen ervandoor te gaan, liet ik me ruggelings naar beneden glijden. Ingmar pakte me vast. Het verraste me hoe sterk hij was.

'Zie je nou, dat ging toch heel makkelijk,' zei hij terwijl hij me neerzette. 'Je deed het niet bepaald elegant, maar dat leer je nog wel. Je kunt immers van een stadsmeisje niet verwachten dat ze zonder zadel heeft leren rijden.'

'Heb jij dat dan geleerd?' vroeg ik en ik maakte me van hem los. Zijn nabijheid en omarming waren mogelijk aangenamer geweest als hij niet zo'n hork was die me de hele tijd mijn afkomst onder de neus moest wrijven.

'Natuurlijk! Zodra ik me zeker genoeg voelde, ben ik het gaan uitproberen. Maar troost je, Magnus kan ook niet zonder zadel rijden. Hij is gewoon een angsthaas.' Hij grijnsde en stak zijn hand naar me uit. 'Nou, hoe zit het? Ga je nog mee?'

Ik keek naar het huisje. Het zag er nog steeds luguber uit. Maar Ingmar had zijn broer net een angsthaas genoemd. En dat wilde ik niet zijn. Ik begon te lopen zonder zijn hand vast te pakken. 'Goed dan, laten we dat griezelige huisje maar eens gaan bekijken.' Vanuit mijn ooghoeken zag ik dat Ingmar glimlachte.

Hij haalde me in nadat hij het paard aan een kromme fruitboom had vastgebonden en leidde me door het struikgewas. Vanaf de plaats waar we het paard hadden achtergelaten kon je niet zien dat er een smal paadje was. Ingmar leek het met zijn ogen dicht te kunnen vinden. Distels en takken streken langs mijn benen tot we bij het gebouwtje kwamen. Als je er vlak voor stond, leek het nog beangstigender.

'Wacht,' zei Ingmar. Hij klom de trap op en haalde een sleutel uit zijn zak, stak hem in het slot en stootte de deur open.

'Het is daarbinnen pikdonker,' zei ik.

Ingmar keek me aan en tastte rond de deurpost. Het volgende ogenblik was er licht. Er stonden oude meubels in het vertrek. Een tafel, stoelen, een dressoir.

'Ben je dan helemaal niet nieuwsgierig?' vroeg Ingmar.

'Hoe kom je aan de sleutel?' vroeg ik terug.

'Van het sleutelbord in de keuken,' antwoordde hij. 'Mijn moeder heeft geen reden om hem te verstoppen.'

'Waarom wilde ze dan niet dat we naar het huisje gingen?'

'Omdat ze niet wou dat je op het onbegaanbare terrein je nek zou breken. Bovendien behoort het huisje niet bepaald tot haar lievelingsplekjes zoals je ziet.'

'Ze lijkt er geen bestemming voor te hebben,' merkte ik op en ik moest erkennen dat ik nu toch wel nieuwsgierig begon te worden. Maar dat wilde ik niet laten merken.

'Dat klopt, want zij is de beheerder van het landgoed, samen met mijn vader, die ook voor zijn eigen landerijen moet zorgen.

Tante Lisbeth woont wel op landgoed Ekberg en beheert dat, maar mijn vader moet toch steeds tussen de Leeuwenhof en Ekberg heen en weer reizen.'

'Is dat op den duur niet een beetje vermoeiend?'

Ingmar begon te lachen. 'Jazeker. Moeder zeurt hem daarover voortdurend aan het hoofd. Ze zou het liefst zien dat hij altijd hier was. Het is soms echt gênant als ze met elkaar zitten te tortelen alsof ze pas verliefd zijn.'

Ik was blij dat ik dat nog niet had gemerkt. In mijn aanwezigheid gedroegen de graaf en de gravin zich wel liefdevol, maar altijd correct tegenover elkaar.

'In elk geval is het huisje een goede plaats om tot rust te komen. Magnus is hier vaak als hij wil lezen. Maar hij weet dat ik hier intussen ook graag kom. Stel je voor, zelfs ik stoor hem! Zijn tweelingbroer!'

De opmerking dat zijn broer toch wel eigenaardig was lag me voor op de tong, maar ik hield me in.

'Wil je nog naar binnen gaan, of niet? Misschien heb jij ook af en toe behoefte aan een plek waar je alleen kunt zijn.'

'Daar zou Magnus vast op tegen zijn.'

'Magnus heeft overal iets op tegen. Hij kan meestal moeilijk aan nieuwe situaties wennen. Maar hier geldt dat het huisje is van degene die de sleutel heeft. Je kunt het ook vanbinnen afsluiten.' Hij knipoogde naar me en verdween naar binnen. Ik rechtte mijn rug en liep achter hem aan.

In het huisje was het verrassend schoon. Behalve het eerste vertrek, dat tegelijkertijd als woonkamer en keuken diende, was er nog een tweede ruimte, waarin ik de contouren van een bed ontwaarde. Een echt huis! Dat had ik achter de verwaarloosde voorkant niet vermoed. 'Het ziet er gezellig uit,' zei ik.

'Dat is het ook. Op een paar vogels na hoor je niets. 's Nachts krijsen hier de uilen.'

'Sluip je hier ook 's nachts heen?'

'Soms. Nu, in de zomer, is het heel aangenaam, het is hier minder benauwd dan in het landhuis. En in de winter kun je de kachel aansteken.'

'O, dan zal ik hier in de winter voortdurend zijn,' zei ik spottend. Op het eerste gezicht zou je het gezellig kunnen vinden, maar de eenzame ligging beviel me niet. In de stad was ik de hele tijd door mensen omringd. Hier kon je een moordenaar tegenkomen zonder dat iemand het lijk vond.

'Laten we weer teruggaan,' zei ik.

'Zo vlug al? Ik dacht dat we nog een poosje konden praten.'

'Dat kan onderweg ook. Bovendien, wat zou ik je moeten vertellen?'

'Ach, iets over jezelf. Hoe je jeugd was. Wat je lievelingskleur is.'

'Dat interesseert je toch niet echt, of wel soms? En je weet al hoe mijn jeugd was. Ik groeide op in een huis in een achterafstraatje als dochter van een boekhouder en zijn vrouw, die, zoals ik nog maar pas heb vernomen, hier ooit als dienstmeisje heeft gewerkt. Meer heb ik je niet te bieden. Niet eens een familiestamboom, zoals jullie vast hebben.'

Ingmar knikte. 'Dat klopt, die hebben we inderdaad. Een familie van oorlogshelden en leenheren. Niet bijzonder opwindend.'

'Dat zullen veel mensen anders zien.'

'Ja, maar die weten niet hoe het is om hier te wonen. Met al die pracht en praal. Af en toe vraag ik me af hoe het zou zijn als ik in een eenvoudig huis woonde. Zonder zijden behang en al die poespas.'

'Dan zou je je kamer vast behoorlijk kaal vinden.' Ik lachte. Waarom zou iemand die alles had een eenvoudig leven wensen? Hij zat hier toch niet opgesloten!

'Nou, misschien probeer ik het ooit. Als ik ga studeren, bijvoorbeeld.'

'Wil je gaan studeren?'

'Ja, dat wil ik. En moet ik. Tegenwoordig is het niet meer genoeg om een landgoed te erven. Je moet kennis hebben van akkerbouw. Mijn vader heeft besloten mij erfgenaam van landgoed Ekberg te maken, Magnus krijgt de Leeuwenhof. Magnus gaat dus diergeneeskunde of paardenfokkerij studeren, en ik word expert op het gebied van de graanteelt. Zo simpel is het.'

'Dat klinkt alsof het al lang geleden zo is bepaald.' Ik streelde met mijn vingertoppen over de houten tafel. Hij voelde ruw aan, en ik probeerde me voor te stellen hoe Ingmar hier zat. Wat deed hij dan? Las hij? Droomde hij van de toekomst?

'Hoe de erfenis wordt verdeeld, is waarschijnlijk al vlak na onze geboorte bepaald. Maar ja, het staat vast. En zo zal het gaan.'

'En is dat ook wat jij wilt?'

'Wat mij betreft wel. Ik kan me niets mooiers voorstellen dan de hele dag langs de akkers te rijden. Maar Magnus... die heeft het niet zo op paarden. Ik geloof zelfs dat hij er een hekel aan heeft.'

'Waarom? Omdat hij ze te zachtaardig vindt?'

'Omdat ze bijten en er soms vandoor gaan. Toen Magnus jonger was is hij er een keer afgegooid. Dat was een hele toestand, de dokter moest erbij gehaald worden omdat hij een gat in zijn hoofd had. Ik werd bijna gek van angst.'

Als ik Magnus nog niet had gekend, had ik waarschijnlijk mijn medeleven betuigd, maar nu viel het me zwaar iets aardigs te zeggen. 'Er zal voor hem toch niets anders op zitten dan het landgoed over te nemen,' zei ik.

'Nee, hij heeft geen keus. Zelfs als onze moeder nog een kind zou krijgen... Hij is de erfgenaam van de Leeuwenhof, ik die van Ekberg. Zo staat het geschreven en is het in steen gehouwen.'

'In steen?'

'Ja, ik weet zeker dat er ergens een stenen tafel hangt waar dat op staat.' Ingmar lachte, maar ik merkte dat die beschikking hem niet zo beviel als hij deed voorkomen. 'Maar goed, als je wilt, gaan we. Ik moet eens bij Magnus gaan kijken en ervoor zorgen dat hij niet helemaal in zijn boeken opgaat. Hoe graag hij dat ook zou willen.'

Ik volgde Ingmar naar buiten.

'Wat denk je ervan om van plaats te wisselen?' vroeg hij. Jij op het zadel en ik achterop?'

'Maar ik kan het paard toch niet sturen?'

'Ik neem de teugels. En dan hoef ik ook niet bang te zijn dat je achterover van het paard valt.'

Ik keek hem sceptisch aan. 'Goed dan, ik probeer het. Maar als het ervandoor gaat, is het jouw schuld!'

'Dwaallicht gaat er niet vandoor. Hij is een zoon van Avondster. Mijn moeder verafgoodt dat goeie ouwe paard, en terecht. Avondster is een van de beste hengsten van onze stoeterij.'

'Heet dit paard Dwaallicht?'

'Ja, waarom niet?'

Ik trok mijn wenkbrauwen op. Op zo'n naam had ik niet gerekend.

'Je weet nog hoe je in het zadel moet komen?'

Ik legde mijn handen op het zadel, zette mijn voet in de stijgbeugel en zwaaide me omhoog. Even later, zonder dat ik hem had hoeven helpen, zat Ingmar achter me. Dat hij zo dicht bij me was deed me verstarren. Toen pakte hij de teugels vast en voor ik het wist spoorde hij het paard aan.

We namen een andere weg, dwars door de velden, en even dacht ik dat ik uit het zadel zou worden geslingerd. Dat was natuurlijk onzin, want ik zat ingeklemd tussen Ingmars armen. Dat ergerde me zodanig dat ik niet, zoals op de heenweg, van de rit kon genieten. Maar toen we eindelijk weer een vlak pad onder ons hadden ging het beter. Ik probeerde zo goed en zo kwaad als het ging de bewegingen van het paard te volgen. Uiteindelijk lukte dat. Even vergat ik zelfs dat Ingmar achter me zat. Ik genoot van de wind in mijn gezicht en haren en voelde me voor het eerst sinds lange tijd een beetje lichter.

Toen we bij de hoeve kwamen, stond Magnus bij de paardenstallen. Hij leek verrast me te zien. Ingmar sprong van het paard en hield Dwaallicht aan de teugel terwijl ik afsteeg.

'Waar zijn jullie geweest?' wilde Magnus weten.

'Ik heb Mathilda het huisje van de beheerder laten zien. Je hebt er toch niets op tegen dat ze daar af en toe is?'

Magnus wierp me een vijandige blik toe. Daarna draaide hij zich om en ging weg.

'Blijkbaar heeft hij dat wel,' mompelde ik zachtjes voor me uit. Ingmar stond er beteuterd bij. 'Maak je geen zorgen, ik zal er niet in de buurt komen,' zei ik terwijl ik mijn kleren goed deed. 'Bedankt voor de rit!'

'Graag gedaan,' antwoordde hij, maar hij leek bedrukt. Waarschijnlijk zou zijn broer hem verwijten maken, maar dat kon me niet schelen. Ik had geen behoefte om diens dierbare wereld binnen te dringen. Als ik alleen wilde zijn, kon dat ook in mijn kamer.

6

De volgende ochtend stond ik vol goede moed op. Weer had ik nauwelijks kunnen slapen, maar ditmaal om andere redenen. Nu Ingmar de vorige dag zo aardig tegen me was geweest, kon ik nauwelijks wachten om een volgende rijles te nemen en misschien met hem door de velden te rijden. Ik verheugde me er al op ooit alleen op een paard te kunnen zitten. Dan kon ik de omgeving verkennen en hoefde ik Magnus niet voor de voeten te lopen. Onder het avondeten had hij terwijl Ingmar en ik over de buitenrit vertelden, de hele tijd zitten broeien. Toen zijn moeder hem aansprak, had Magnus kortaf gereageerd.

Ik liep naar de badkamer, blij dat ik de hitte van de afgelopen nacht van me af kon spoelen. Met nat haar kwam ik in mijn kamer terug. Ik maakte er een vlecht in, dan zou het daarna mooi golven. Zo had Paul het het liefst. Hij zei dan altijd dat ik er als een engel uitzag. Paul was dan wel niet hier, maar de gedachte aan hem verwarmde mijn hart. En dat bracht me op het idee die dag bij het ontbijt een van mijn mooiste zomerjurken te dragen.

Toen ik de kast opendeed, kreeg ik een klap in mijn gezicht. Al mijn kleren waren verdwenen! In plaats daarvan hing er iets vormeloos zwarts op een van de kleerhangers. Even kon ik me niet verroeren. Waar waren mijn spullen?

Ik liep naar de ladekast en trok de la met ondergoed open. Daar lag gelukkig alles nog in. Maar ik kon onmogelijk in mijn ondergoed aan het ontbijt verschijnen.

Mijn hart klopte in mijn keel. Was het mogelijk dat de dienstmeisjes mijn kleren hadden weggehaald? Waarom? Of was het een of andere stomme grap?

Mijn oren suisden. Wat moest ik doen? Ik draaide me om. Nu realiseerde ik me pas dat er in de kast toch nog een kledingstuk hing. Het zag eruit als rouwkleding. Ik pakte de kleerhanger.

Het volgende moment verstijfde ik. Zodra ik de stof aanraakte, besefte ik dat het geen rouwkleding was. De stof was stijf en rook muf. Ik maakte de ceintuur los en schrok. Het was een dienstmeisjesuniform. Ik staarde ernaar alsof het iets was wat eigenlijk niet hoorde te bestaan, toen kreeg ik een verdoofd gevoel in mijn maag. Het voelde alsof ik moest huilen, maar de tranen wilden niet komen.

Ik wankelde naar mijn bed en ging erop zitten, met het uniform in mijn gezichtsveld. Zo zat ik minutenlang, alsof ik het beeld op mijn netvlies wilde laten branden.

Toen was het alsof er iets in me knapte. Ik begon te huilen en voelde tegelijkertijd een ongekende woede opkomen. Het leek een beetje op de machteloosheid die ik tegenover mijn klasgenoten had ervaren, maar de woede was nu veel sterker. Met het dienstmeisjesuniform werd niet alleen ik beledigd, maar ook mijn moeder. Wat voor iemand moest dit zijn, die me mijn afkomst zo onder de neus wreef? Ik wist zeker dat de twee broers daar verantwoordelijk voor waren. Geen dienstmeisje zou het wagen zoiets te doen!

Een tijdje lag ik huilend op het bed. Mijn oren suisden zo hard dat ik niet merkte dat iemand mijn kamer binnenkwam.

'Juffrouw,' zei een ijle stem. 'Wat is er met u?'

Ik keek met gezwollen ogen op en herkende Rika, het dienstmeisje dat sinds de vorige dag verantwoordelijk was voor mijn kamer.

'Niets,' antwoordde ik koppig, maar toen ik overeind kwam zag ik weer de wijd open kledingkast met het uniform. 'Mijn kleren zijn weg!'

Rika keek eveneens naar mijn kast. 'Ze zullen in de was zijn,' zei ze hulpeloos en vergat daarbij dat ik toch zeker niet mijn complete garderobe met de was had meegegeven. 'Ik ga naar beneden om ze te zoeken.'

'Nee, niet doen!' riep ik, waarop het meisje bleef staan en me verward aankeek. 'Laat alles hier zoals het is!' zei ik. Ineens wist ik wat ik moest doen.

'Ik zou u iets uit de kleedkamer kunnen brengen.'

'Later,' zei ik en ik rende naar de badkamer. 'Ik wil dit eerst aan de gravin laten zien.'

'Maar...'

Ik luisterde niet naar haar bezwaren. Haastig sloeg ik mijn badjas om en stormde de badkamer uit. Ik stond op het punt een woede-uitbarsting te krijgen. Als ik de schuldige te pakken kreeg zou ik hem de haren uit het hoofd trekken!

Zo vlug als ik kon rende ik de trap af. Een van de dienstmeisjes, die met een dienblad door de gang liep, ging verschrikt opzij. 'Pardon,' riep ik terwijl ik doorholde.

Inderdaad waren Agneta en haar zonen al in de eetkamer. Ze waren nog niet begonnen. Jammer dat de kopjes ook nog leeg waren. Een koffievlek op de broek van Ingmar en Magnus zou me uitstekend zijn uitgekomen. 'Goedemorgen,' zei ik en ik liep rechtstreeks naar de jongens. Ingmar staarde me met grote ogen aan, terwijl Magnus nauwelijks een lachje kon onderdrukken. Ik ging pontificaal voor hem staan. 'Waar zijn mijn kleren?'

'Hoe kan ik dat nou weten?' vroeg Magnus zonder me aan te kijken.

'Dat weet je heel goed! En je weet ook hoe dat dienstmeisjesuniform in mijn kast is gekomen!'

Het volgende ogenblik voelde ik een hand op mijn arm. 'Mathilda, kom even mee alsjeblieft!'

Het liefst had ik Magnus een klap in zijn grijnzende gezicht gegeven, maar ik kon niet anders dan de gravin volgen. Ze nam me mee naar de salon. 'Wat is er aan de hand? Waarom ben je niet aangekleed?'

'Mijn kleren zijn verdwenen,' antwoordde ik. 'En in plaats daarvan hangt er een dienstmeisjesuniform in mijn kast.'

Agneta schudde verbijsterd haar hoofd. 'Maar wie kan dat hebben gedaan?'

'Ik weet zeker dat het Magnus is. Hij kan me niet uitstaan.' Mijn hart klopte in mijn keel.

'Zoiets heeft hij nooit gezegd.' De gravin leek verbaasd. Dat maakte het voor mij nog erger. Natuurlijk kon ze niet geloven dat haar brave zoontje iets had uitgehaald. Plotseling begreep ik het: toen Ingmar me kwam halen voor de rijles, had hij me uit mijn kamer gelokt, en Magnus had zijn gemene plannetje in daden kunnen omzetten. De vorige avond had ik niet meer in de kast gekeken. Het dienstmeisje had mijn avondtoilet al voor me klaargelegd.

'Zou hij dat dan moeten doen?' vroeg ik. 'U vertellen dat hij me haat?'

'Nou, nou,' zei Agneta. 'Zo erg zal het wel niet zijn.' Ze dacht even na, toen zei ze: 'We gaan naar je kamer, dan kan ik het zien.'

'Gelooft u me niet?' vroeg ik. 'Ik zou toch niet zo'n ophef veroorzaken als het niet zo was!'

'Ik geloof je, maar ik wil het met eigen ogen zien.'

Ze glimlachte bemoedigend naar me en liep weg. Ik ging achter haar aan en haalde haar even later in. Woorden hoopten zich in me op en ik had het gevoel dat ik elk moment kon uitbarsten. Maar ik zei niets meer. Als de gravin wilde weten waartoe haar zonen in staat waren, zou ik het haar laten zien.

Toen ik de deur opentrok, hing het dienstmeisjesuniform nog steeds op zijn plaats om mij te bespotten. Agneta liet me naar binnen gaan en deed de deur achter zich dicht. Haar blik bleef strak op de open kast gericht. Na een tijdje zuchtte ze diep.

'Mathilda,' zei ze zacht terwijl ze op het bed ging zitten. 'Het spijt me dat dit gebeurd is.'

'Magnus heeft ons afgeluisterd,' zei ik en ik voelde mijn woede omslaan in een vreemd soort verdoving. 'Hij moet hebben gehoord dat ik de dochter van een dienstmeisje ben.'

'Zo is het vast niet gegaan,' wierp Agneta tegen. 'Jouw moeder... Veel personeelsleden hebben haar gekend. Misschien heeft hij iets opgevangen.'

Binnen in me voelde ik een groot donker gat. Waarschijnlijk zou ik altijd de dochter van een dienstmeisje blijven. Wie wist wat er allemaal nog kwam.

'En hij heeft een hekel aan dienstbodes?' vroeg ik koppig.

'Die zijn belangrijke leden van onze huishouding. Nee, ik denk niet dat het daardoor komt. Waarschijnlijk was het maar een domme streek. Als Magnus er tenminste achter zit.'

Twijfelde ze daaraan? Wie kon het anders zijn geweest?

'Ik zal met hem praten,' zei de gravin ten slotte. 'Je moet je in geen geval aangevallen of vernederd voelen. Ik draag verantwoordelijkheid voor jou en zal ervoor zorgen dat je als een lid van deze familie wordt behandeld.' Ze stond op. 'Ik stuur Lena naar je toe, ze zal je iets brengen om aan te trekken. En als je wilt, brengt ze ook je ontbijt.'

Ik knikte. 'Dank u wel!'

Agneta knikte me bemoedigend toe en liep de kamer uit.

Ik boog mijn hoofd en staarde naar mijn handen. Iets meer dan een week was ik nu hier. Ik had gemerkt dat Magnus me niet mocht, maar dat hij zover zou gaan... Waar moest ik me nog meer op instellen? Zou Magnus mijn brieven lezen als ik niet op mijn kamer was? Moest ik voortaan mijn kamer op slot doen?

Na het ontbijt deed ik inderdaad mijn kamer op slot. Magnus zou niet nog eens de gelegenheid krijgen aan mijn spullen te zitten.

Lena had me een mooie zomerjurk gebracht die van de gravin was, en had me verzekerd dat al mijn kleren uiterlijk de volgende ochtend weer op hun plaats zouden hangen. Inderdaad was alles bij de was beland – de vuile was, tussen de lakens en de tafelkleden met vlekken. Dat gaf me opnieuw een steek. Maar Lena was heel vriendelijk en troostte me. 'Een dienstmeisjesuniform is heel respectabel. U weet niet wat een grote eer het voor me was hier in het huis te worden opgenomen.' Ze vertelde hoe ze als jong meisje was begonnen en alle hoogte- en dieptepunten van het huis had meegemaakt. Inmiddels was ze achttien jaar op de Leeuwenhof en daar had ze geen moment spijt van gehad. Dat maakte indruk op me en kalmeerde me een beetje.

Maar toch hoopte ik dat ik noch Magnus noch Ingmar tegen zou komen toen ik over het erf liep.

'Mathilda!' klonk het plotseling achter me. Die stem kende ik maar al te goed. Mijn hartslag versnelde net zo als mijn stappen. Het liefst was ik weggerend, ver van de Leeuwenhof. 'Mathilda, wacht!'

Hoewel ik niet omkeek, wist ik dat Ingmar achter me aan rende. Hem wilde ik net zomin zien als zijn broer. Maar Ingmar haalde me in en ging voor me staan. 'Blijf nou toch staan, ik wil met je praten!'

'Waarom?' vroeg ik en ik liep langs hem heen.

'Omdat ik er niets mee te maken heb. Dat zweer ik!'

'Zweer het voor mijn part,' zei ik terug en ik liep door. 'Ik geloof er geen woord van! Jij hebt me met die rijles afgeleid, zodat je broer mijn spullen uit mijn kast kon halen. Ik had het kunnen weten.'

Ik versnelde mijn pas, maar dat hielp niet. Het volgende ogenblik was hij weer bij me en pakte me bij mijn arm.

'Waag het eens!' snauwde ik, waarop hij me losliet. Toen zei hij: 'We moeten praten. Alsjeblieft!'

Ik perste mijn lippen op elkaar. Het liefst had ik tegen hem gezegd dat hij naar de pomp kon lopen. Maar hij zag er echt ontdaan uit, dus wilde ik hem de kans geven zich nader te verklaren. 'Goed dan.'

'Ik garandeer je dat ik er niets mee te maken heb. Mijn moeder had me gevraagd je voor de rijles te halen, dat kun je haar vragen!'

Die verklaring stelde me niet gerust.

'Als mijn broer het heeft gedaan, bied ik mijn excuses aan. Maar je moet me geloven, het was niet mijn idee. Ik wist niet dat hij iets van plan was.'

Magnus en Ingmar waren een tweeling, en voor zover ik wist stonden zelfs echtgenoten elkaar niet zo na als tweelingen. En dan zou Ingmar nergens van hebben geweten?

'Heeft hij jou te kennen gegeven hoe erg hij mijn moeder haat?' vroeg ik.

Ingmar keek me verrast aan. 'Nee. Hij heeft het nooit over je moeder gehad.'

'Nee? Waarom beledigt hij haar dan ook meteen maar door mij haar tijd als dienstmeisje hier onder de neus te wrijven alsof het iets slechts is?'

Ingmar stak hulpeloos zijn handen in de lucht. 'Soms begrijp ik niet wat hem bezielt. We zijn een tweeling, maar dat betekent niet dat we een en dezelfde persoon zijn. Ik kan Magnus' gedachten niet lezen. Als ik dat kon, had ik hem tegengehouden, geloof me.'

Ik wilde hem graag geloven, maar kon ik hem echt vertrouwen?

'Jullie hebben geen van tweeën ooit iets verloren!' barstte ik ineens uit. 'Voor jullie is alles een grap, hè? Het arme weesje dat door de rijke gravin bij haar thuis wordt opgenomen en nu op haar kosten teert.' Mijn ogen gloeiden en mijn handen jeukten. Ook al had Ingmar zijn excuses aangeboden, ik had hem het liefst bij zijn lurven gepakt en door elkaar geschud. 'Maar als het aan mij lag, was ik nog steeds in Stockholm! In die stad hoor ik thuis! Ik wilde hier niet naartoe. Jullie moeder is volgens mijn moeders wens mijn voogd geworden. Het is de beslissing van jullie moeder. Zodra ik meerderjarig ben, ga ik hier weg, dan zijn jullie van me af. En laat me nu met rust, ik moet nadenken!'

Even staarde ik hem nog in zijn gezicht, toen draaide ik me om. Met gebalde vuisten beende ik naar de poort.

Een hele tijd dwaalde ik doelloos rond. Ik wist niet waar ik naartoe moest gaan. Ik wist alleen dat ik niet op de hoeve wilde blijven. 's Middags had ik een afspraak met meneer Blom voor de volgende rijles, dan zou ik weer terug moeten.

Ten slotte kwam ik in het dorp, waar Agneta me mee naartoe had genomen. Het zag er idyllisch uit, bijna net een ansichtkaart. Sommige huizen waren rood of blauw geverfd. Allemaal hadden ze een uitbundig bloeiende voortuin. Ik ontdekte reusachtige zonnebloemen, malve, lupines en rozen. Voor een huis met een blauwgeverfd hek bleef ik staan. Ineens voelde ik me betoverd. Tot dat moment had ik de bloemen in de voortuinen nauwelijks waargenomen, nu werd ik gefascineerd door de aanblik. En de rust die er heerste. Het was zo stil dat je de bijen kon horen zoemen. De lucht was zwanger van gemaaid graan en warm stof. Het was alsof de tijd even was blijven stilstaan.

Een beweging haalde me uit mijn mijmeringen. Op het hek zat ineens een wit met rode kat die me nieuwsgierig opnam. 'Hé, jij,' zei ik. 'Ik hoop dat ik je niet stoor.' De kat gaapte, toen sprong hij van het hek. Ik bleef als aan de grond genageld staan. De kat kwam recht op me af en begon kopjes tegen mijn been te geven. Ik bukte me en raakte aarzelend zijn vacht aan. De kat stootte uitnodigend met zijn kopje tegen mijn vingers, dus aaide ik hem. Hij begon zachtjes te spinnen.

'Susanna?' vroeg een stem achter me. Ik kromp in elkaar, want ik was zo geïntrigeerd door de kat dat ik niet had gehoord dat er iemand achter me was komen staan.

Ik draaide me om en zag een oude man. Hij oogde een beetje verwaarloosd, er zat een gat in zijn jas en zijn broek was bij de knieën afgescheurd. Ik schatte hem op een jaar of zeventig. Hij had een aan de randen vergeelde grijze baard, waarschijnlijk rookte hij sigaren. Hij had waterig lichtblauwe ogen. Met zijn hoofd schuin nam hij me op.

'Pardon, is dat uw kat?'

De man antwoordde niet. Hij bleef naar me kijken, zijn lippen bewegend zonder geluid voort te brengen.

Op de een of andere manier vond ik het griezelig. Waarom noemde hij me Susanna, zoals mijn moeder heette? Zag hij mij voor haar aan? Dat zou kunnen, want als dienstmeisje op het landgoed was ze beslist ook wel eens in het dorp geweest.

'Het spijt me, ik ben Susanna niet,' antwoordde ik. De man stond nog steeds onbeweeglijk. 'Ik...'

Bijna had ik mijn naam gezegd, hem uitgelegd dat ik op de Leeuwenhof woonde. Maar iets weerhield me. Langzaam week ik terug, de kat sprong verschrikt opzij. Ten slotte draaide ik me vlug om en begon te rennen. Zou de verwarde oude man me achterna komen? Ik holde terug naar de straat en keek achterom.

De oude man was me niet gevolgd. Ik haalde diep adem en probeerde tot rust te komen. Mijn hart bonsde. Welke Susanna had hij bedoeld? Had hij me echt voor mijn moeder gehouden? Natuurlijk leek ik op haar, maar nog nooit had iemand me met haar verwisseld. Bovendien was ik zeventien. De oude man kon mijn moeder vroeger gekend hebben, maar inmiddels waren er jaren voorbij. Hij had toch moeten weten dat ze nu ouder zou zijn geweest.

Uiteindelijk kwam ik weer in beweging. Het was beter om naar de Leeuwenhof terug te gaan.

De hele terugweg bleef ik aan de oude man denken. Wat had hij er armzalig uitgezien! Was er dan niemand die zijn jas voor hem kon maken? Was hij zo arm dat hij zich niet eens een nieuwe broek kon veroorloven? Wie was hij eigenlijk?

Met elke stap waarmee ik me van het dorp verwijderde begon ik mijn reactie lachwekkender te vinden. In plaats van terug te deinzen en weg te rennen had ik naar hem toe kunnen stappen en hem vertellen dat Susanna mijn moeder was. Ik had moeten vragen of hij haar gekend had. Mogelijk was ik iets over haar te weten gekomen wat ik nog niet wist. Mogelijk had mijn moeder nog heel andere geheimen gehad dan haar vroegere werk op het landgoed.

Maar omkeren wilde ik niet meer. Mijn polshorloge, een van de laatste cadeaus van mijn vader, gaf tien over een aan. Om drie uur was mijn rijles. Als Ingmar daar ook bij zou zijn, zou ik gewoon doen alsof hij lucht was.

Ik kwam bij de poort van de Leeuwenhof en liep door naar het landhuis. Een paar mannen zaten in de schaduw van een boom te praten, het was middagpauze. Ik herkende een paar stalknechten en groette, zonder te weten of ze me hoorden. Toen ik de buitentrap op liep, kwam Lena me tegemoet. 'Waar was u toch? We hebben u overal gezocht!'

Waarom? was me bijna ontglipt. Maar ik hield me in. Was er iets gebeurd?

'Gaat u mee, ik breng u naar haar toe.'

'Wat is er dan?' Ineens raakte ik door angst bevangen. Wat voor nieuws stond me te wachten? Was er iets gebeurd? Ik werd warm bij de gedachte aan Paul. Was hem iets overkomen? Of Daga? Zij tweeën waren de enigen die wisten waar ik woonde.

Met bonzend hart volgde ik Lena naar een klein vertrek naast de werkkamer. Agneta had me uitgelegd dat ze daar zakenpartners ontving, omdat de ruimte wat informeler leek. Daar was vrolijk licht behang in plaats van hoge imponerende rekken met zware kasboeken. De fauteuils waren met blauwe stof overtrokken en aan de muur hingen stillevens en landschappen.

Ik ging in een van de fauteuils zitten, in elk geval net zolang tot Lena verdwenen was. De spanning werd plotseling zo groot dat ik overeind schoot en onrustig heen en weer begon te lopen. Ik kneedde mijn ijskoude handen terwijl mijn gedachten in kringetjes ronddraaiden. Sinds mijn moeder gestorven was, vreesde ik voortdurend dat zo'n ramp weer kon gebeuren. Behalve Paul en Daga had ik niemand meer die me dierbaar was. Daarom was ik des te banger dat hun iets zou overkomen.

Na een tijdje hoorde ik dat de deur van de werkkamer dicht werd gedaan. Ik liep terug naar mijn fauteuil en vouwde mijn ijskoude vingers in mijn schoot. Waarom kwam de gravin niet naar me toe? De seconden tikten door. Was ze nog aan het bedenken hoe ze het me moest vertellen? Was het echt zulk slecht nieuws? Het volgende moment ging de deur van de werkkamer weer open.

'U wilde me spreken, moeder?'

Bij het horen van die stem verstarde ik. Qua uiterlijk kon ik Ingmar en Magnus dan wel niet uit elkaar houden, maar hun manier van spreken was volkomen anders. Terwijl Ingmar over zijn woorden struikelde, sprak Magnus heel rustig.

'Ga zitten,' antwoordde de gravin koel.

Magnus moest op haar bevel zijn gekomen, want ze vervolgde: 'Je weet zeker wel waarom ik je gevraagd heb hier te komen.'

'Ik kan het me indenken.' Aan de klank van Magnus' stem was niet te horen of hij bang was of dat hij zich schaamde. Hij klonk zo rustig alsof zijn moeder zijn huiswerk overhoorde. Ik was maar al te graag naar de deur gegaan om door het sleutelgat te kijken. Waarom had ze Magnus gevraagd naar haar toe te komen? En waarom zat ik aan de andere kant van de deur?

'Eerlijk gezegd weet ik niet goed waar ik moet beginnen,' hoorde ik de gravin zeggen. 'Ik vraag me af of ik duidelijk genoeg ben geweest toen ik aankondigde dat we er een familielid bij zouden krijgen.'

'Ze is geen familielid,' wierp Magnus tegen. 'Ze is de dochter van een dienstmeisje.'

'En mijn pupil. Je bent toch een verstandige jongeman, Magnus. Je weet wat een pupil is, nietwaar?'

Ditmaal antwoordde hij niet, maar zijn woorden hadden me opnieuw diep geraakt. Waarom deden zijn woorden me zo'n pijn? Werken als dienstmeisje was toch heel normaal. Veel jonge vrouwen die als dienstmeisje begonnen, oefenden later een ander beroep uit. Mijn moeder was met een boekhouder getrouwd en als diens echtgenote naar Stockholm verhuisd. Daar woonden we in ons eigen huis. Maar Magnus' denigrerende minachting krenkte me. Het dienstmeisjesuniform dat hij in mijn kast had gehangen, had mijn moeder met het verlaten van het huis afgelegd.

Het liefst was ik naar hem en de gravin toe gegaan om hem dat te zeggen. Maar ik was hier in het aangrenzende vertrek gelaten om mee te luisteren. Ik voelde dat ik het gesprek verder moest afwachten. Ik durfde nauwelijks adem te halen.

'Mathilda is aan mijn zorgen toevertrouwd. En het maakt niet uit wie haar moeder ooit was. Er is niets oneervols aan het bestaan van een dienstmeisje, helemaal niets. En als een dienstmeisje het voor elkaar krijgt om een leven op te bouwen zoals Mathilda's moeder heeft gedaan, verdient ze waardering en geen minachting.'

Ik probeerde me voor te stellen hoe Magnus zijn moeder op dat moment aankeek. Waarschijnlijk met een duistere blik, want hij zou het niet wagen haar zo spottend of minachtend aan te kijken als hij bij mij deed.

'Jij geniet een privilege dat je misschien niet had gekregen als de geschiedenis een andere wending had genomen. Je bent de erfgenaam van deze hoeve, maar dat mag je er nooit toe verleiden neer te kijken op degenen die hier werken. Die mensen zijn belangrijk voor onze familie, en ooit zullen ze belangrijk zijn voor jou. Ik wil de hoeve niet in de handen leggen van een man die niet weet dat privileges ook plichten inhouden. De plicht om te dienen. We dienen de Koning en we dienen ook de mensen hier. Wij zijn hun basis, hun werkgever en een voorbeeld. Verspeel dat niet door je hard op te stellen tegenover mensen die je minder lijken dan jijzelf.'

'Maar...'

Agneta brak zijn bezwaar af, met een blik of gebaar. 'Wat dat betreft is er geen maar,' zei ze. 'Zeg me nu maar eens wat je aan Mathilda zo afkeurt.'

Ik hield mijn adem in. Nu kwam het.

'Ze hoort hier gewoon niet. Ze komt uit de stad.'

'Ik heb haar nog niet één keer horen klagen dat ze hier iets mist. Ze vraagt niet om een speciale behandeling en past zich goed aan. Heeft ze je op de een of andere manier gekrenkt of iets misdaan?'

'U bedoelt afgezien van haar aanwezigheid?'

'Magnus!' Het klonk als een zweepslag. 'Óf je komt met goede argumenten, óf je houdt je mond! Nou?'

'Ik kan haar gewoon niet uitstaan. Vroeg of laat zal ze proberen tussen mij en Ingmar te komen. Ik zie nu al dat u haar meer mag dan mij.'

'Dat is niet waar,' weersprak Agneta hem. Ze klonk weer rustiger, maar ik hoorde duidelijk dat ze zich flink moest beheersen. 'Ik behandel haar hetzelfde als jullie. Zoals je weet, trek ik niemand voor.'

Magnus bromde iets wat ik niet kon verstaan. De gravin leek het echter wel gehoord te hebben, want ze zei: 'Wel, Magnus, laten we ter zake komen, want ik merk dat praten niet helpt. Ik verwacht dat je voortaan geen streken meer met Mathilda uithaalt, of je haar nu kunt uitstaan of niet. Mocht je je nog eens schuldig aan zoiets maken, dan denk ik erover je naar een internaat te sturen. Zonder je broer.'

'Dat kunt u niet maken. Wat moet ik dan...?'

'Als ik nog één keer merk dat je je aan Mathilda's persoonlijke bezittingen vergrijpt of haar op de een of andere manier vernedert, stuur ik je weg, om manieren te leren. Ik betreur dat het mij niet is gelukt dat te doen, dus moet ik het, of ik wil of niet, aan strengere leraren overlaten. Aan jou de keus. Als je je fatsoenlijk gedraagt blijft alles zoals het is. Doe je dat niet, dan zal ik ervoor zorgen dat mijn nalatigheid gecompenseerd wordt.'

Er volgde stilte op haar woorden. Ik haalde diep adem en merkte dat ik trilde. Van school wist ik dat dergelijke dreigementen weinig hielpen als een pestkop het eenmaal in zijn hoofd had gehaald iemand te treiteren. Dan probeerde hij het wel op een andere manier. En dat was precies waar ik bang voor was. Magnus zou zich voor deze terechtwijzing op me wreken. Wanneer dan ook.

'Heb je me begrepen?'

'Ja, moeder,' antwoordde Magnus kwaad.

Weer zwegen ze allebei.

'Uitstekend, je kunt gaan.'

Ik hoorde dat er een stoel achteruit werd geschoven en dat iemand de kamer uit ging.

Ik zakte in de fauteuil in elkaar. Mijn hart klopte in mijn keel. Wat ik zojuist gehoord had, was niet te geloven. Tegelijkertijd vroeg ik me af waarom de gravin me getuige had laten zijn van haar strafpreek. Deed ze dat om ervoor te zorgen dat ik haar geloofde?

Na een poosje ging de tussendeur open. Ik schoot overeind.

'Blijf gerust zitten,' zei de gravin. Ze deed de deur achter zich dicht en ging ook zitten. 'Je was zeker verbaasd toen Lena je naar deze kamer bracht, is het niet?'

Ik knikte.

'Het is niet mijn gewoonte een gezinslid openlijk te berispen,' begon ze terwijl ze onrustig haar handen kneedde. 'Zoiets bespreken we meestal onder vier ogen. Maar in dit geval wilde ik dat je het hoorde. Ik wilde dat je je niet weerloos zou voelen. Wat ik tegen Magnus zei, meen ik serieus. Jij maakt deel uit van ons gezin, en hij heeft niet het recht je te vernederen.'

'Dat waardeer ik.' Mijn stem klonk schor. Eigenlijk had ik gerustgesteld moeten zijn, maar om de een of andere reden was dat niet het geval. Ik voelde me eerder slechter. En dat terwijl ik niets had gedaan.

Agneta bedoelde het goed, maar ik kon niet aan de indruk ontkomen dat Magnus me alleen met rust zou laten als hij risico liep straf te krijgen. Dat was niet wat ik wilde. Ik wilde dat hij me gewoon met rust liet, dat was alles.

Agneta keek nog even naar me, toen vervolgde ze: 'Ik weet zeker dat Magnus ooit aan je zal wennen. Hij heeft altijd moeite met nieuwe ontwikkelingen.'

Ze viel even stil, haar gedachten leken af te dwalen. Wat had Magnus allemaal gedaan? Had hij het haar van nieuwe dienstmeisjes geschroeid? Hun kleren verstopt? Ze uitgescholden? Misschien had de val van het paard meer gevolgen gehad dan het litteken van een gat in zijn hoofd...

'Maar ik vertrouw erop dat hij zich mijn woorden aantrekt.'

'Zou u hem echt naar een internaat sturen als hij nog een keer een streek uithaalt?' vroeg ik.

'Eerlijk gezegd zou dat mijn hart breken,' antwoordde Agneta met een triest glimlachje. 'Maar het is ook hartverscheurend jou blootgesteld te zien aan zulke ongerechtigheden. Dat heb je niet verdiend, en ik zal ervoor zorgen dat het niet weer gebeurt. Begrepen?'

Ik knikte. Ik had het begrepen. Maar ik vreesde dat Magnus andere manieren zou vinden. Tenslotte kon ik me niet vier jaar lang voor hem verstoppen, tenzij ik in dat enge huisje aan de rand van het bos zou trekken.

Agneta pakte mijn hand. Haar vingers waren warm, terwijl de mijne ijsblokjes leken.

'Je bent hier welkom, dat moet je nooit vergeten. Ik heb je moeder iets beloofd, en die belofte zal ik houden. Dat Magnus je niet kan uitstaan betreur ik, maar misschien verandert hij op een gegeven moment van mening.'

'Als ik niet tussen hem en zijn broer in kom te staan...,' zei ik verdrietig.

'Dat is onzin, een voorwendsel! Ik ken mijn zonen heel goed. Magnus heeft wel vaker ergens een afkeer van, zonder te weten waarom. Dat had hij al als klein kind. Ingmar is altijd de meer aangename van mijn beide zonen geweest, hij vat veel op met humor en zoekt voortdurend toenadering tot anderen. Daarom had ik hem opgedragen met je mee te gaan naar de rijles.'

Ik dacht aan de wind in mijn haren toen we naar het huisje reden. Als Magnus er niet was geweest, had ik me misschien op de komende middag verheugd.

'Goed, ik laat je nu weer alleen,' zei Agneta en ze stond op. 'Schroom niet het me te laten weten als Magnus weer iets doet wat je kwetst.'

Ik knikte, maar ik wist dat ik de volgende keer zelf iets zou terugdoen. Ik kon er niet op rekenen dat de gravin vier jaar lang voor me opkwam. Op school had ik mezelf ook verdedigd, desnoods met oorvijgen. Als Magnus zich nog eens aan mijn spullen vergreep, dan zou hij dat merken.

'Dank u wel,' zei ik tegen de gravin terwijl ik mezelf dwong te glimlachen. 'Ik stel het op prijs dat u voor me opkomt.'

'Dat zal ik altijd doen,' antwoordde ze, waarna ze terugkeerde naar haar werkkamer.

Ik liet nog een paar ogenblikken in stilte voorbijgaan voor ik de gang in stapte. Ik liep een stukje en merkte toen in de schaduw een beweging op. Had Magnus weer staan luisteren? Ik balde mijn vuisten en haalde diep adem. Vier jaar, zei ik tegen mezelf. Die moest en zou ik doorstaan!

7

Het begin van het nieuwe schooljaar naderde. Hoe zou het zijn om naar een school te gaan waar ik geen bondgenote had? Ook Stockholm miste ik erg nu het weer slechter werd. Soms zat ik bij het raam naar de tuin te kijken, waar even verderop het kleine paviljoen opdoemde. Zouden daar in de tuin wel eens feesten worden gehouden, zoals in romans?

Voor zover ik wist, was hier elk jaar een grote midzomerviering, een vossenjacht in het najaar en een feest met Sint-Lucia. Kerstmis en verjaardagen werden in kleine kring gevierd, wat ik erg fijn vond. Zou ik voor mijn verjaardag in november Daga en Paul kunnen uitnodigen?

Het positieve aan het feit dat ik niet zo vaak naar buiten kon, was dat ik Magnus alleen bij de maaltijden te zien kreeg. De vrees dat hij weer iets zou uithalen, was niet verdwenen. In zijn nabijheid verkrampte ik regelmatig. Magnus deed meestal alsof ik er niet was. Tijdens gesprekken negeerde hij me. Als Agneta dat merkte, versomberde haar gezicht. Maar zolang Magnus me niets aandeed, zei ze niets.

Mijn relatie met Ingmar was niet meer zoals op de dag dat we samen een buitenrit hadden gemaakt. Hij verscheen de eerste tijd nog wel bij de rijlessen, maar omdat ik hem volkomen negeerde, gaf hij het op een gegeven moment op. Ik wilde niet dat zijn broer zich achtergesteld zou voelen en mij dan uit jaloezie het leven zuur maakte. Dus zag ik Ingmar ook alleen nog bij de maaltijden.

Maar dat kon me niet schelen, want ik kreeg voortdurend post van Daga en Paul. Mijn vriendin deed verslag van haar eerste werkdagen bij de kleermaakster. Toen haar leermeesteres zag hoe handig ze was, droeg ze algauw kleinere opdrachten aan haar over en ze stond haar nu en dan toe wat restjes stof mee naar huis te nemen. Daarvan maakte Daga kussenhoezen en tafellopers, en van grotere coupons naaide ze kleren voor zichzelf. Ze had beloofd een omslagdoek voor me te maken zodra ze daarvoor geschikte stof had. Ze ging helemaal in haar werk op, wat me groot plezier deed. Ik was eigenlijk een beetje jaloers. Zij wist voortaan wat haar bestemming in het leven was. Mogelijk kon ze in het atelier blijven, misschien opende ze haar eigen winkel. Alles leek mogelijk.

En ik? Ik had de handelsschool, maar er lag nog een lange tijd onder voogdijschap voor me. Daar schreef ik Paul vaak over. We dachten erover na hoe we die tijd het best konden doorstaan. Maar verder dan afwachten kwamen we niet. Paul bekende dat hij af en toe naar mijn huis ging, alsof hij wilde zien welke sporen ik daar had achtergelaten.

Ik weet dat het kinderachtig is, schreef hij. *Maar zo heb ik het gevoel dat ik dicht bij je ben. Bovendien moet iemand van tijd tot tijd naar jouw eigendom kijken.*

Bij die woorden werd ik warm vanbinnen, en in mijn dromen kon ik tenminste doen wat ik wilde.

Op mijn eerste dag op de handelsschool in Kristianstad goot het pijpenstelen. De regen kletterde tegen de ruiten en stroomde in lange stralen naar beneden.

Na het ontbijt kwamen de dienstmeisjes ons alle drie een blikken trommel brengen. Daarin moest wel ons brood voor de pauze zitten. De lessen gingen door tot in de middag, zowel op de handelsschool als op het gymnasium.

'Gedraag je naar behoren en probeer iets van je schooltijd te maken,' zei de gravin. 'En pas goed op jezelf!'

'Wat kan er nou op school gebeuren?' morde Ingmar.

Agneta knikte, en voor de jongens zich konden verzetten omhelsde ze hen en kuste hen op de wangen. Toen wendde ze zich tot mij en nam mij eveneens in haar armen. 'Veel plezier op je eerste dag! Ik kan nauwelijks wachten om te horen hoe het je op school bevalt.'

Mijn wangen begonnen te gloeien. Op de een of andere manier vond ik het gênant voor de ogen van de jongens omarmd te worden, vooral omdat Magnus toch al jaloers op me was. Maar het gebaar was hartverwarmend en ik merkte dat de tranen me in de ogen schoten. Tranen van ontroering, maar ook van verdriet. Het had mijn moeder moeten zijn die op deze dag afscheid van me nam. Maar in elk geval was er iemand voor wie ik iets betekende. In elk geval was ik niet alleen.

Een kwartier later vertrokken we naar Kristianstad. Ik had maar wat graag voor in de automobiel gezeten, maar die plaats eiste Magnus voor zich op. De chauffeur stuurde de wagen geroutineerd langs de kuilen en de plassen, die spiegelende meertjes leken. Ik keek naar buiten door het raam, waarlangs waterdruppels neerstroomden die het beeld van het landschap vreemd vervormden.

'Ben je zenuwachtig?' vroeg Ingmar toen we het bos achter ons hadden gelaten.

Ik keek hem aan. 'Natuurlijk.'

'Nou, ik niet,' beweerde hij.

'Geen wonder.' Ik keek naar voren, want ik had het gevoel dat Magnus via de achteruitkijkspiegel naar ons keek. 'Jij gaat al een hele tijd naar het gymnasium. Ik weet niet wat me te wachten staat.'

'Dat weet je na de zomervakantie op het gymnasium ook nooit,' wierp Ingmar tegen. 'Mogelijk zijn er nieuwe leraren of leerlingen. En het lesrooster wordt elk jaar omvangrijker, nietwaar, Magnus?'

'Ach, als jij het zegt,' antwoordde zijn broer achteloos.

Nu leek Ingmar zijn geduld te verliezen.

'Verdorie, wat is er met jullie aan de hand?' barstte hij uit. 'Jullie gedragen je als een stelletje bejaarden in een sanatorium! Spring toch eens over je schaduw heen!'

'Welke schaduw?' vroeg ik. Zijn uitbarsting verbaasde me. De afgelopen weken waren we alle drie onze eigen gang gegaan. Toen had het Ingmar niet gestoord dat we niet met elkaar praatten. En nu had hij er ineens last van?

'Je bent nog altijd kwaad vanwege dat gedoe met Magnus. Lieve help, daar had ik toch niks mee te maken!' Daarop richtte hij zijn ogen op zijn broer. 'En jij, doe nou eindelijk eens normaal, Magnus! Mathilda zal heus het landgoed niet van je afpakken. Dus vermannen jullie je toch eens!'

Ik staarde Ingmar aan. Dat het voor hem zo belangrijk was dat ik met zijn broer kon opschieten had ik nog niet gemerkt. Ik had graag tegen hem gezegd dat het niet aan mij lag. Magnus had me duidelijk gezegd dat hij me vijandig gezind was. Hoe zou ik me met zo iemand moeten verzoenen? Zwijgend vervolgden we de rit. Ik keek uit het raam en hoopte maar dat we er vlug zouden zijn.

Toen we eindelijk in Kristianstad kwamen, was ik verbaasd over de oude gebouwen langs de straten. De toren van een prachtige kerk stak als een grote naald de lucht in. Ik wist dat het de Heilige Drie-eenheidskerk was. Agneta had hem zo genoemd toen we in de stad waren om schoolartikelen te kopen. Ondanks het slechte weer was het druk in de straten. Jongere kinderen leek de regen niets uit te maken. Met hun schooltas op hun rug renden ze door de plassen. Ik was eigenlijk van plan geweest me een flink stuk voor de school te laten afzetten, maar nu was ik blij dat de chauffeur vlak voor het gebouw kon stoppen.

'Een fijne dag, Ingmar,' zei ik, waarop hij iets bromde wat ik niet verstond. Toen stapte ik uit en rende naar het classicistische gebouw. Terwijl de wagen achter me weer wegreed, zocht ik beschutting onder het poortgewelf.

Regen drupte uit de dakgoten, op de hoek van het gebouw stroomde een complete bergbeek uit een regenpijp. Binnen was een wirwar van stemmen te horen, net als bij mijn oude school in Stockholm. De oude bekende knoop kwam in mijn maag. Hier zou ik geen Daga hebben tot wie ik me kon wenden als de anderen gemeen tegen me deden. Maar toen zei ik tegen mezelf dat niemand me hier kende. Natuurlijk zouden ze me naar mijn ouders vragen, maar ik kon zeggen dat ik de pupil van gravin Lejongård was. Ik was niet weerloos meer.

Met mijn tas onder mijn arm geklemd volgde ik een paar meisjes die naar de ingang renden. Water spatte op onder onze voeten, en in een mum van tijd was ik doornat. Mijn haar droop van het vocht. Ik wist niet waar ik heen moest. Even bleef ik besluiteloos in de gang staan, op zoek naar een wegwijzer of aanwijzing. Toen kwam er een meisje met donker haar naar me toe.

'Hé, jij bent ook een nieuweling, is het niet?' vroeg ze met een stem die heel wat volwassener klonk dan de mijne. Ze was heel lang en mooi, haar zwarte haar werd door twee hoornen spangen in bedwang gehouden.

'Ja,' antwoordde ik. 'Ik kom bij mevrouw Eden in de klas.'

'Geweldig!' Ze klapte in haar handen. Haar vrolijkheid leek me wat eigenaardig. 'Ik heet trouwens Birgitta!' Het meisje stak me haar hand toe. 'Ik ben hier ook nieuw.'

'Eh... aangenaam,' antwoordde ik. 'Ik ben Mathilda.'

'Mooi. Kom mee, dan stel ik je voor aan de anderen.'

Blijkbaar was het Birgitta's taak om verloren zielen te verzamelen. Ze bracht me naar een groepje meisjes. De meesten waren blond, net als ik, maar behalve Birgitta waren er nog twee zwartharigen, een roodharige en een paar brunettes. De roodharige keek een beetje schichtig, als een trol uit oude verhalen, maar je zag meteen dat ze heel verlegen was.

'Dit is Mathilda!' gaf Birgitta te kennen.

De anderen leken haar enthousiasme over mij niet te delen. Ze keken even naar me, toen vervolgden ze hun gesprek.

Birgitta zuchtte. 'Ik vrees dat we eerst een beetje nader tot elkaar moeten komen.'

'Verbaast dat je?' vroeg ik. 'We zien elkaar voor het eerst. Iedereen is zenuwachtig. Jij niet dan?'

Birgitta vouwde een beetje onhandig haar handen voor haar buik en wipte van haar ene been op het andere. 'Natuurlijk. Daarom ben ik zo spraakzaam.'

Ik glimlachte. 'Je wilt alvast kijken hoe de anderen zijn.'

Ze knikte. En ineens zag ze er net zo onzeker uit als ik me voelde.

'Ik denk dat we daar pas achter komen wanneer de bel gaat,' zei ik.

'Hopelijk.' Birgitta keek een beetje hulpeloos rond, toen vroeg ze: 'Waar kom jij eigenlijk vandaan? Uit Kristianstad of een van de dorpen?'

'Geen van beide,' antwoordde ik. 'Ik kom uit Stockholm.'

Birgitta hapte naar lucht. 'Wat doe je dan hier? In Stockholm zijn zo veel scholen, en zelfs universiteiten!'

'Ik ben hier vanwege mijn voogd. Maar dat vind ik prima. De handelsschool is juist waar ik wil zijn.'

'Voogd?' echode Birgitta. 'Zijn je ouders dan dood?'

Met die vraag had ik rekening moeten houden.

'Ja, die zijn dood,' antwoordde ik. Ik wilde haar niet vertellen dat mijn vader zich had verdronken en dat mijn moeder kortgeleden gestorven was. Voor mij voelde het allebei aan alsof het gisteren was gebeurd. Ik werd gered door de bel.

De uren vervlogen in een vloek en een zucht. Veel lesstof was er nog niet, in plaats daarvan telkens weer een voorstelrondje, want iedere leraar wilde natuurlijk weten wie we waren.

De lucht in de klaslokalen vibreerde van spanning en nieuwsgierigheid. De oudere leerlingen schonken ons meewarige blikken. Waarschijnlijk omdat ze vermoedden dat ons enthousiasme zou verdwijnen zodra we aan het werk gingen en huiswerk kregen.

Omdat ik wist dat de chauffeur voor de school zou verschijnen nam ik na de laatste les afscheid van de anderen en liep naar buiten. Daar kwam iemand naar me toe.

'Wat doe jij nou hier?' vroeg ik. Het gymnasium was een eindje van de handelsschool vandaan. 'En waar is je broer?'

'Die wou niet mee,' antwoordde Ingmar. 'Ik heb tegen hem gezegd dat hier een heleboel mooie meisjes te zien zijn, maar dat lijkt hem minder te interesseren dan zijn boeken.'

'Heeft je broer het niet zo op meisjes?' vroeg ik.

'Mijn broer heeft het niet zo op mensen. Waarschijnlijk ben ik de enige met wie hij het kan vinden.'

'Dat geloof ik graag.' Ik keek hem een beetje verlegen aan. Zijn pogingen om weer in contact te komen...

Ik merkte dat de meisjes uit mijn klas Ingmar met hun blikken verslonden. Zeker, hij was in zijn goed gesneden mantel een aantrekkelijke verschijning. Maar hij was ook jonger dan mijn klasgenoten. Zagen ze dan niet dat hij nog half een kind was?

Stom genoeg leek Ingmar zich van die belangstelling bewust te zijn. 'Ik schijn bewonderaarsters te hebben,' zei hij.

'Dan moet je je vlug uit de voeten maken. De meeste meisjes zijn hier alleen maar om hun tijd uit te zitten tot ze een geschikte echtgenoot vinden en kunnen gaan trouwen.'

'Daar ben ik nog te jong voor,' antwoordde hij terwijl hij uitnodigend naar de meisjes lachte. 'Maar een paar van je klasgenoten zijn echt leuk.'

Ik rolde met mijn ogen. Het laatste wat ik kon gebruiken waren vragen over mijn zogenaamde 'vriend' of 'broer'. Maar toen maakte Birgitta zich los uit het gedrang en kwam naar ons toe. 'Hé, Mathilda, ik wist niet dat je zo'n knappe broer had.' Ze keek hem met schitterende ogen aan.

'Hij is niet mijn broer,' wierp ik tegen. 'Dit is Ingmar, de zoon van mijn voogd.'

'Aangenaam kennis te maken.' Ingmar pakte haar hand en drukte er een handkus op.

Ze giechelde en werd rood. 'Het genoegen is geheel aan mijn kant. Zou je zin hebben zaterdag met ons een kleine tour door de stad te maken?'

'Ik vrees dat dat niet kan. Verplichtingen op ons landgoed.'

'Woon je op een landgoed?' vroeg Birgitta. Ze hield haar hoofd scheef en knipperde met haar wimpers.

'Dat heb ik je toch verteld,' zei ik, maar ik leek lucht te zijn geworden voor Birgitta.

'O, wat spannend.'

Ingmar grijnsde. Gelukkig belette het getoeter van de chauffeur hem Birgitta nog langer aan zijn charmes bloot te stellen. 'Kom, we moeten gaan,' zei ik en ik pakte Ingmar bij zijn arm.

'Nou, tot gauw!' fluisterde hij tegen Birgitta, waarna hij zich liet meetrekken.

'Wat was dat?' vroeg ik toen we ingestapt waren.

'Wat was wat?' vroeg Magnus nieuwsgierig.

'Ik heb met Mathilda's vriendin gepraat,' verklaarde Ingmar grijnzend. 'Blijkbaar is dat haar niet bevallen.'

'Nou, Birgitta is het anders goed bevallen,' repliceerde ik.

'Maar jou niet.'

Magnus haalde zijn schouders op en draaide zich weer om.

'Je kunt praten met wie je wilt,' zei ik. Maar vanbinnen ergerde ik me, want ik vreesde dat Birgitta me na deze ontmoeting dagenlang met vragen over Ingmar aan mijn hoofd zou blijven zeuren.

8

Inderdaad stond Birgitta me bij de poort van de school op te wachten. Ik herkende haar gestalte meteen. Ze droeg haar zwarte haar los en had een glanzend roze jurk aan. Had ze zich zo mooi gemaakt voor Ingmar? Ze rekte nieuwsgierig haar hals toen ik uit de auto stapte, vervolgens wierp ze een heimelijke blik op Ingmar. Die leek iets te doen, want plotseling stak ze haar hand op en zwaaide. Ik merkte duidelijk dat dat zwaaien niet mij gold, want haar ogen volgden het voertuig tot het de hoek om ging.

'Goedemorgen, Birgitta, wat doe jij nou hier?' vroeg ik argeloos terwijl ze gefascineerd naar de weg keek. 'Je stond toch niet op mij te wachten?'

'Jawel,' zei ze, 'ik dacht...'

'... dat je Ingmar zou zien?' maakte ik haar zin af. Ze werd rood. 'Ach ja...'

'Zet hem uit je hoofd! Hij heeft een tweelingbroer die het niet kan hebben als iemand met hem bevriend raakt.'

Birgitta's ogen werden groot. 'Echt?'

Ik knikte. 'Je moest eens weten wat hij allemaal bedenkt om van iemand af te komen. Mijn leven op het landgoed is in feite een gevecht op leven en dood.'

'Daar zie je bepaald niet naar uit,' zei ze, en het geschitter in haar ogen verried dat ze me voor geen cent geloofde. 'Misschien kun je hem toch eens overhalen om iets met ons te ondernemen.'

'Ik kan het proberen,' zei ik, maar ik vermoedde dat Ingmar daar niet op in zou gaan. Hij had zich tegenover Birgitta dan wel charmant gedragen, maar dat had niets te betekenen. Bovendien zou hij niet zomaar van het landgoed weg kunnen om in Kristianstad met een paar meisjes plezier te maken.

'Ja, probeer het alsjeblieft.' Birgitta's wangen gloeiden.

'Kom, we moeten naar binnen,' zei ik en ik gaf haar een arm. De bel zou algauw gaan en misschien leidden de lessen haar af.

Maar zo werkte het natuurlijk niet. Toen we uit school kwamen, bleef ze net zolang bij me staan tot de chauffeur voorreed.

'Denk aan wat je me beloofd hebt,' vermaande ze me voor ze me liet gaan.

Ik knikte en riep: 'Tot morgen!' en stapte in.

'En, hoe was je dag?' vroeg Ingmar meteen. 'Zo te zien heb je al een vriendin gevonden.'

'Je moest eens weten,' fluisterde ik. 'Maar verder was het prima.'

'Wat leer je eigenlijk op een handelsschool?' vroeg Magnus. 'Het verschil tussen appels en peren?'

'Onder meer,' antwoordde ik en ik drukte mijn tas tegen mijn borst.

'Doe niet zo vervelend, Magnus!' mopperde Ingmar. 'De opleiding daar is net zo goed als de onze. Alleen is het een speciale richting.'

Magnus bromde iets wat ik niet verstond, maar het interesseerde me ook niet. Ik verwachtte toch al geen positieve reactie van hem.

's Middags duurde het even voor ik de moed vond om Ingmar op te zoeken.

Onderweg kwam ik Magnus tegen. 'Nou, geniet je van je vrije middag?' vroeg hij spottend. 'In tegenstelling tot mijn broer en ik, die echt iets voor school moeten doen?'

Ik draaide me vlug om. 'Hé!' riep ik toen hij doorliep. 'Hou daar alsjeblieft mee op!'

'Waarmee?' vroeg hij met een onschuldig gezicht.

'Mij behandelen als een volslagen idioot,' zei ik terwijl ik mijn armen over elkaar deed. 'Ik weet dat mijn aanwezigheid je stoort en dat je me minacht. Maar waarom moet je dat voortdurend laten merken? Over vier jaar, misschien eerder, ben je weer van me af, dus wat is het probleem?'

Magnus nam me minachtend op, toen draaide hij zich zonder antwoord te geven om. Dat maakte me woedend. Ik klemde mijn tanden op elkaar en vroeg me af of ik hem achterna moest gaan en hem bij zijn arm pakken en dwingen naar me te luisteren. Maar dat had waarschijnlijk geen zin gehad.

Kwaad liep ik verder. Bij de deur van Ingmars kamer bonsde mijn hart nog steeds. Ik haalde diep adem en klopte aan.

'Binnen,' klonk Ingmars stem. Hij zat aan zijn bureau, met zijn rug naar me toe en voegde eraan toe: 'Sinds wanneer klop jij?'

'Omdat dat zo hoort,' zei ik en ik liet mijn blik door de kamer gaan. Ik was hier nog nooit geweest.

Ingmars kamer stond vol met zware meubels, die hij waarschijnlijk niet zelf had uitgezocht. Het bureau zag eruit alsof zijn grootvader er al achter had gezeten. Hetzelfde gold voor de kast en het bed, dat er verrassend eenvoudig uitzag. Waarschijnlijk waren hemelbedden hier niet voor mannen bedoeld.

Ingmar draaide zich meteen om. 'Mathilda! Ik dacht dat je Magnus was!'

'Ach, we lijken niet erg op elkaar, maar...'

Mijn blik viel op een vliegtuigmodel dat op een klein tafeltje bij het raam stond. Blijkbaar knutselde Ingmar daar nog aan.

'Natuurlijk lijken jullie niet op elkaar,' zei hij glimlachend. 'Gelukkig maar, anders waren we een drieling. Wat verschaft me de eer van je bezoek?'

'Ik heb een vraag aan jou. Een wat vreemde vraag, maar ik heb een vriendin beloofd dat ik die aan je zou stellen.'

Ingmar trok zijn wenkbrauwen op. 'Is die vriendin misschien die zwartharige die vanmorgen op je stond te wachten?'

'Birgitta, ja,' antwoordde ik.

'Ik dacht dat je niet wou dat ik met haar praatte.'

'Dat heb ik niet gezegd,' wierp ik tegen. 'Ik heb alleen gezegd dat je geen valse hoop moet wekken.'

'Wat ik ook niet gedaan heb.'

'Dat ziet zij anders. Ze heeft me opgedragen te vragen of je met haar wil afspreken. In de stad, om iets te drinken.'

'Je speelt toch niet voor postillon d'amour?' Ingmar keek me onthutst aan.

'Misschien wel, want ze kan je moeilijk uit de auto sleuren en het je zelf vragen. Nou, wat zeg je daarop?'

'Nee,' antwoordde hij onmiddellijk.

'Echt? Het is een aardig meisje.'

'Ik ken haar niet eens.'

'Haar vader heeft een kantoor.'

'En hij zou erg blij zijn met een adellijke titel. En mijn moeder al helemaal met zo'n schoondochter.'

Ik fronste mijn wenkbrauwen. 'Dus je denkt dat ze een huwelijk met een burgermeisje niet zou toestaan?'

'Afgezien daarvan ben ik absoluut niet van plan de komende tijd te gaan trouwen. Ik ben nog niet eens meerderjarig!'

'Dat weet ik. En ik vraag het ook alleen maar. Birgitta liet me vandaag niet met rust. Blijkbaar is ze verliefd op je.'

'Lieve help!' bromde Ingmar.

Ik moest grijnzen, wat hij blijkbaar merkte. 'Je houdt me toch niet voor de gek, hè?'

'Nee, Birgitta brandt gewoon van verlangen om tijd met je door te brengen.'

'En mij wordt niets gevraagd?'

'Ik vraag het je toch.'

Ingmar zuchtte, toen werd hij serieus. 'Zelfs als ik het wou, zou ik niet zomaar met een meisje kunnen uitgaan Je weet dat ik verplichtingen op de hoeve heb. Bovendien zou de lokale pers zich meteen op me storten als iemand het zou merken. "Leeuwenhoferfgenaam met jonge vrouw gezien!" Als mijn ouders ervan zouden horen, zouden ze uit hun vel springen. Mijn eindexamen en mijn studie liggen in het verschiet. Ik mag me niet door meisjes laten afleiden.'

'Dus je ziet niets in haar omdat ze niet van jouw stand is?'

'Wat heeft dat er nou mee te maken?'

'Nou, ik zal toch iets tegen haar moeten zeggen.'

'Zeg maar dat ik geen belangstelling heb. En dat is niet eens een leugen.'

'Dan had je haar hand niet moeten kussen,' voerde ik aan. 'Met de gevoelens van een meisje hoor je niet te spelen.'

Ingmar rolde met zijn ogen. 'Moet je geen huiswerk maken?'

'De lessen zijn nog maar pas begonnen, we hebben nog niets op gekregen,' antwoordde ik, maar ik besefte dat het geen zin had daar verder op in te gaan.

Ik had er nooit over nagedacht waar mensen van adel op moesten letten wanneer ze een relatie aangingen, maar nu werd me duidelijk dat Ingmar ooit, als hij eraan toe was, met een dochter uit een bevriende adellijke familie zou trouwen. Iemand die uit zijn wereld kwam. Birgitta was niet zijn wereld, net zomin als ik.

'Dat is een mooi vliegtuigje, waaraan je werkt,' zei ik en ik wees naar het raam. 'Ik wist niet dat je geïnteresseerd was in modelbouw.'

'Eerder in vliegen,' merkte Ingmar op, die ineens wat losser leek geworden. 'Ik zou het graag leren, maar mijn ouders vinden het te gevaarlijk. Ze denken nog steeds dat moderne vliegtuigen van die zeepkisten zijn waarmee de gebroeders Wright geprobeerd hebben de hemel te bereiken.'

'Kun je ze niet van het tegendeel overtuigen?' Helaas wist ik te weinig van vliegtuigen om in te kunnen schatten of het echt gevaarlijk was. Maar het klonk heel interessant.

'Waarschijnlijk kan ik pas naar een vliegschool gaan wanneer ik meerderjarig ben. Dan kunnen ze het me althans niet meer verbieden. Intussen moet ik het met modellen doen. En ervan dromen.'

Hij klonk verlangend en dat zette me aan het denken. 'Dat had ik niet gedacht,' zei ik.

'Wat? Dat ik graag zou vliegen?'

Ik schudde mijn hoofd. 'Dat er ook in jouw kringen verlangens bestaan die je niet meteen kunt vervullen. Ik bedoel, je bent nu zestien, maar wanneer je ouder wordt...'

Ingmar zuchtte. 'Je hebt geen idee hoeveel beperkingen er zijn.

Het landgoed, de gemeenschap, onze ouders...'

'Die hebben het ook niet gemakkelijk,' zei ik. 'Als bij ons iemand van vliegen droomt, zouden ze hem voor gek verklaren.'

'Nou, daaraan kun je zien dat we niet zo heel veel van elkaar verschillen,' wierp hij met een fijn lachje tegen.

'Dat heb ik nooit beweerd, integendeel.'

'Maar toch, stel je het leven hier niet te makkelijk voor. Ook wij moeten concessies doen. Met betrekking tot andere zaken dan gewone mensen, maar ook wij hebben zo onze beperkingen. En dromen.'

Zijn openhartigheid raakte me diep. 'Heb je er bezwaar tegen als ik af en toe kom kijken hoe je opschiet met je model?' vroeg ik.

'Allesbehalve. Maar ik vrees dat ik er momenteel niet veel aan kan werken. School...'

'Het hoeft ook niet meteen de komende dagen of weken. Ooit. En dan kun je me misschien ook vertellen hoe het zit met je droom om te vliegen. Ik zou daar graag meer over horen.'

Ingmar staarde me ietwat ongelovig aan, toen knikte hij. 'Goed, als het je niet verveelt...'

'Waarom zou het me vervelen? Ik vind het spannend. En er zullen vast ook ooit vrouwen kunnen leren vliegen, toch?'

'Om precies te zijn is dat al het geval. Elly Beinhorn en Amelia Earheart zijn bekende pilotes.'

'Nou, in dat geval... Misschien neem jij me op zekere dag mee in je vliegtuig.'

'Of jij mij.' We glimlachten tegen elkaar. Het leek of Ingmar nog iets wou zeggen, maar toen kwam Magnus de kamer binnen. Het was alsof er een donkere schaduw over de kamer viel.

'Wat heeft zij hier te zoeken?' bromde hij in mijn richting.

'Ze kwam alleen maar wat vragen,' zei Ingmar. 'En wat wil jij?'

Magnus keek me aan.

'Ik ga maar weer eens,' zei ik en ik draaide me om.

'Over die andere dingen hebben we het nog wel een keer.'

Bij de deur draaide ik me om en glimlachte. 'Zeker!'

Daarop liep ik de kamer uit.

Birgitta was uiteraard teleurgesteld toen ik haar de volgende ochtend over mijn gesprek met Ingmar vertelde. 'Treur niet,' probeerde ik haar te troosten. 'Je vindt vast wel een leuke jongen.'

'Ik ben niet goed genoeg voor hem, hè?'

'Hij kent je helemaal niet.' Ik zuchtte. Hoe moest ik haar duidelijk maken welke verplichtingen op de Lejongårds drukten?

'Ik ben niet van adel, daarom wil hij me niet.'

'Dat heeft hij niet gezegd,' wierp ik tegen en ik legde mijn hand op haar schouders. 'Luister eens, dat hij je hand heeft gekust, heeft niets te betekenen. Dat doen ze in die kringen zo. Dat zien ze als beleefd en ze hebben geen idee welke verwachtingen dat bij een meisje wekt'.

Birgitta keek me strijdbaar maar nog altijd teleurgesteld aan.

'Bovendien zou je zijn tweelingbroer vast niet als zwager willen hebben,' vervolgde ik. 'Die knul is gewoon verschrikkelijk. Heel gesloten en duister. Mij heeft hij een paar dagen na mijn komst op de Leeuwenhof een vreselijk streek geleverd, alleen maar omdat mijn moeder ooit als dienstmeisje op het landgoed heeft gewerkt. Ik ben blij dat ik hem weinig zie. En daar mag jij ook blij om zijn.'

Birgitta zuchtte. 'Ik zou zo graag willen dat iemand verliefd op me wordt.'

'Dat gebeurt ook,' zei ik. 'Gun jezelf wat tijd, dan zal de ware komen.'

'Hoe zit dat eigenlijk met jou?' vroeg ze na een poosje. 'Zou jij niet in de verleiding komen in een adellijke familie in te trouwen als een graaf om je hand zou vragen?'

'Nee,' ontschoot me. 'Voor geen goud zou ik bij de Lejongårds in willen trouwen. Ik heb toch al tegen je gezegd, zijn broer...'

'Maar als het iemand anders zou zijn? Een andere edelman?'

Ik schudde mijn hoofd. 'Dan ook niet. Ik heb mijn hart al vergeven.'

Toen werden haar ogen groot, en ik zag een zweempje afgunst opgloeien. 'Aan wie dan wel?'

'Aan een jongeman in Stockholm. De zoon van een meubelmaker. Toen we elkaar de laatste keer zagen, had hij het over trouwen.

Wat een beetje vreemd is, want hij is nog niet meerderjarig, en ik mag zonder toestemming van mijn voogd niet trouwen.'

Birgitta's ogen begonnen te glanzen. Ze leek opgelucht. Had ze echt gedacht dat ik Ingmar bedoelde? 'Het lijkt wel een roman. De redder die het arme weesmeisje bevrijdt van het landgoed.'

'Nou, zo zit het niet helemaal,' zei ik, maar Birgitta ging helemaal op in haar fantasie.

'Wanneer wordt hij dan meerderjarig?'

'Over twee jaar.'

'En dan komt hij en neemt hij je mee naar Stockholm?'

'Dat hoop ik.'

Ze pakte mijn handen vast. 'O, dat klinkt zo romantisch! Mag ik je bruidsmeisje zijn?'

'Nou, daar heb ik nog niet over nagedacht, maar... voor mijn part.'

Birgitta slaakte een gilletje van plezier en klapte in haar handen. 'Ik kan haast niet wachten tot het zover is. Ik heb altijd al een keer bruidsmeisje willen zijn!'

Ik kon ook haast niet wachten, maar ik was vooral blij dat het me was gelukt haar van Ingmar af te leiden.

9

De herfst bracht een gouden zon, maar ook het nodige onweer, dat de bomen in het park behoorlijk teisterde. Op sommige dagen genoot ik ervan een stukje naar de Leeuwenhof te lopen, terwijl ik op slechte dagen blij was dat de chauffeur me tot aan de voordeur bracht.

Het onderwijs op de handelsschool was veeleisend, maar het beviel me. Mijn klasgenoten, Birgitta incluis, zagen dat misschien anders, maar ik vond getallen en tabellen geweldig en het fascineerde me hoe in de economie alles met elkaar samenhing. Soms zat ik 's avonds thuis nog lang over de boeken gebogen en maakte ik alvast wat huiswerk vooruit.

Toen kwam de tijd van de grote vossenjacht. Iedereen op het landgoed had het er alleen nog maar over dat ook koning Gustaaf zou verschijnen, voor het eerst sinds in april het jaar van rouw voorbij was.

'Het zal hem goeddoen het tennisracket voor een geweer te verruilen,' hoorde ik een stalknecht zeggen toen ik Berta naar de stal bracht. Het daaropvolgende gelach alarmeerde de stalmeester.

'Als ik jullie was, zou ik mijn tong in bedwang houden,' zei hij terwijl hij achter de jongens opdook. 'Ik zou anders wel eens op het idee kunnen komen dat jullie te weinig te doen hebben.' Lasse Broderson, die al ruim zeventien jaar de functie van stalmeester vervulde, duldde zulke oneerbiedige praat niet. Iedereen wist dat de Koning affaires met mannen had, maar in Brodersons bijzijn kon je het daar maar beter niet over hebben als je geen standje wilde krijgen.

Ik kon haast niet geloven dat ik de Koning nu zelf eens van dichtbij te zien zou krijgen.

'En, rij je mee?' vroeg Ingmar de middag voor de grote dag. Ik had met Berta een rondje over het landgoed gemaakt en stond op het punt haar af te zadelen.

'Bij de jacht? In geen geval! Ik wil geen botten breken. Bovendien vind ik jagen barbaars. Ik heb medelijden met de dieren.'

'Het is anders wel nodig, sinds er niet zo veel wolven en beren meer zijn,' wierp Ingmar tegen. 'Het wildbestand moet beperkt blijven, anders gaan de dieren in een strenge winter dood van de honger.'

'Gaan jullie maar jagen, ik blijf thuis. Dat weet je moeder al en ze heeft me taken gegeven waardoor ik al die dode dieren die jullie aanslepen niet hoef te zien.'

'Dat is wel wat overdreven, vind je niet? Of ben je soms van plan vegetariër te worden? Tenslotte heb je altijd een dood beest op je bord, of het nu bij de jacht is gedood of door de slager.'

'Hm, misschien word ik dat wel. Een meisje uit mijn klas is vegetariër. Ze verafschuwt het doden van dieren.'

'Dat meen je toch niet serieus!'

'Dat zul je nog wel zien.'

Ingmar liep hoofdschuddend weg terwijl ik nog naar hem stond te grijnzen.

's Avonds arriveerden de eerste gasten. Agneta wilde dat ik erbij was, dus trok ik de japon aan die ik speciaal voor deze gelegenheid had gekregen. Vroeger werden zulke japonnen door een naaister gemaakt, maar inmiddels kocht de gravin haar garderobe in selecte zaken. En dat was maar goed ook, want wat ik in de kleedkamers aan robes had gezien, was bepaald schrikwekkend. Die zagen er zo ongemakkelijk en stijf uit dat je je nauwelijks kon voorstellen dat daar ooit een echt mens in had gestoken. Ik vroeg me af waarom Agneta ze eigenlijk bewaarde. Sommige ervan waren nog van haar moeder in haar jonge jaren geweest. Andere zelfs nog van haar grootmoeder. In het beste geval waren ze iets voor een museum.

De japon die ik droeg leek eigenlijk wat te volwassen voor me. Hij kwam tot aan de knie, was deels gemaakt van taft en deels van kant. De kleur blauw maakte me een beetje flets, maar paste goed bij mijn ogen. Lena had weer een prachtig kapsel getoverd. Toch voelde ik me niet echt op mijn gemak. Agneta had niet gezegd hoe ik me tegenover de gasten behoorde te gedragen. Een reverence had ik nog nooit gemaakt. Werd dat tegenwoordig nog verwacht?

'Je ziet er betoverend uit,' merkte Agneta op toen ik naar haar toe stapte. Ze plukte aan de zijden bloemenversiering op mijn japon. 'Je moeder zou heel trots op je zijn geweest.'

Dat zei ze wel vaker, zonder te vermoeden hoe me dat raakte. Wanneer mijn moeder werd genoemd, kreeg ik nog altijd een steek in mijn hart.

'Dank u,' zei ik en ik probeerde mijn gedachten vlug op iets anders te richten dan het beeld van mijn moeder in haar kist. 'Zijn er eigenlijk voorschriften die ik moet volgen wanneer de Koning komt?'

'Nee, wees gewoon vriendelijk en vergeet niet een knicksje te maken. Hier in mijn huis gedraagt de koninklijke familie zich heel informeel, een reverence is niet nodig. Gelukkig maar. Als ik eraan denk hoelang ik nodig had om die perfect te leren...' Ze zweeg even en glimlachte mijmerend in zichzelf. 'Mijn moeder was behoorlijk boos op me. Ze hield me altijd voor dat ik nooit een man zou vinden als ik bij mijn debuut geen indruk maakte.'

'Daar heeft ze zich in vergist, toch?'

'Ja. Hoewel ik veel omwegen heb gemaakt. Maar achteraf kan ik zeggen dat ik de juiste beslissing heb genomen. En dat had niets met mijn debuut of de reverence te maken.'

Ze keek me aan, en ontdekte toen blijkbaar iemand achter me, want haar ogen dwaalden af.

Toen ik omkeek zag ik Ingmar en Magnus aankomen. Beiden droegen een donker pak waarin ze er veel ouder uitzagen. Maar ze hadden andere dassen, die van Ingmar was rood, die van Magnus blauw met geel.

'Kijk nou eens, mijn zoon is in een Deen veranderd,' zei ze en ze trok Ingmars das recht.

'Dat is bordeauxrood, moeder,' wierp hij tegen. 'Die heb ik van vader geleend, want ik wou niet dat de mensen ons door elkaar halen. Om Magnus alle eer te doen toekomen heb ik van de kleuren van Zweden afgezien.'

Ik kon een grijns niet onderdrukken.

'Goed dan. Maar haal het niet in je hoofd van das te ruilen.'

'Maakt u zich niet ongerust, moeder, we zijn toch geen kinderen meer,' antwoordde Magnus.

Toen verscheen graaf Lennard, in een donkere frak, en we stelden ons op in de hal. Gelukkig hoefde ik niet naast Magnus te staan. Die had een plaatsje naast zijn moeder en leek in gedachten verzonken.

De eerste wagens reden voor. Eerst waren het alleen zakenpartners en vrienden die door de grote voordeur naar binnen stapten. De meesten waren al in avondkleding, anderen zagen eruit alsof ze een lange reis achter de rug hadden. Degenen die bleven overnachten, werden door de dienstmeisjes naar hun kamer gebracht. Er kwamen zo veel namen voorbij dat ik ze niet allemaal kon onthouden. Binnen enkele ogenblikken leek het huis te vibreren van voetstappen en stemmen.

'Nou, onder de indruk?' vroeg Ingmar.

'Dat zal ik pas zijn wanneer ik de Koning zie,' zei ik terug, maar vanbinnen was ik geïmponeerd door al die mensen die het huis vulden.

'Je zult niet lang meer hoeven te wachten. De Koning is altijd stipt op tijd.'

Opnieuw doorbraken koplampen de duisternis. De voertuigen kwamen tot stilstand en benzinedampen kwamen binnenzweven. Een paar mannen in donkere mantels kwamen binnen. 'De lijfwachten van de Koning,' verklaarde Ingmar. Grimmig ogende gezichten namen de ruimte en ons op, toen verscheen de Koning, lang, met monocle en een snor met opgedraaide punten en extreem slank.

Hij droeg een eenvoudige loden mantel en hoed, als een gewone reiziger. Toch was er grote eerbied te bespeuren toen hij de trap op liep. Het ter begroeting aangetreden personeel stond stram en stijf, en ook Agneta en graaf Lennard stonden nog meer rechtop dan ze anders al deden.

'Majesteit, het is me een genoegen u op de Leeuwenhof te mogen begroeten,' zei Agneta.

De Koning zette zijn hoed recht en reikte haar de hand. 'Het genoegen is geheel mijnerzijds, mevrouw Lejongård.' Agneta maakte een knicksje en graaf Lennard een buiging.

'Waarschijnlijk zou hij nu liever op de tennisbaan zijn,' fluisterde Ingmar, die naast me stond. 'Maar het koningshuis heeft verplichtingen tegenover ons, net zoals wij verplichtingen tegenover de Koning hebben. Dus kan hij alleen afzeggen als hij ernstig ziek is, en zijn gezondheid is bepaald legendarisch te noemen.'

De graaf en de gravin richtten de aandacht van de Koning nu op ons. Of beter gezegd op mij, want Ingmar en Magnus kende hij goed.

'Het doet me plezier jullie terug te zien,' zei Gustaaf nadat de tweeling een buiging had gemaakt. 'Jullie zijn al echte mannen geworden.'

Ik perste mijn lippen op elkaar. Ik kon maar al te duidelijk zien dat Ingmar dat gênant vond.

Magnus leek het niet te storen. 'Dank u, majesteit,' antwoordde hij braaf en met een glimlach.

Nu wendde Agneta zich naar mij. 'En dit is mijn pupil Mathilda Wallin. Zij is drie maanden geleden naar de Leeuwenhof gekomen.'

De Koning nam me aandachtig op. Dat vond ik onaangenaam, en ik zou zijn vergeten een knicksje te maken als Ingmar me niet een por had gegeven. Ik deed dat vlug, een beetje onhandig, en ik reikte hem de hand. De Koning beantwoordde mijn handdruk haast voorzichtig.

'Aangenaam kennis te maken, Mathilda Wallin.'

'Het genoegen is geheel aan mijn kant, majesteit.'

Gustaaf glimlachte, toen wendde hij zich tot Agneta. 'U zou haar binnenkort haar debuut moeten laten maken. Helaas is mijn gemalin niet meer in leven, maar een genootschap zet de bals in haar naam voort.'

'We zullen zien,' zei Agneta vriendelijk. 'Mathilda moet zelf beslissen wat ze wil. Ze heeft haar eigen plannen en ik weet niet of een echtgenoot daar al bij hoort.'

'Ze zou de mogelijkheid niet helemaal moeten uitsluiten. Iemand in je leven hebben van wie je houdt, kan je de bestendigheid bieden om je eigen doelen te bereiken.'

'Ik zal het in overweging nemen, majesteit.'

De Koning knikte en liet zich door graaf Lennard naar zijn vertrekken brengen. Ik wist dat voor hem de bovenste etage van de oostelijke vleugel in orde was gemaakt. Agneta had meer dan eens gecontroleerd of daar alles in orde was. De Koning mocht een afkeer hebben van pracht en praal, maar hij hield van orde en netheid. Niet dat de dienstmeisjes hun werk niet goed deden, maar voor Gustaaf v moest het allemaal extra netjes zijn.

In het gevolg van de Koning bevond zich een man die Agneta bijzonder hartelijk begroette. Maar er was iets vreemds aan de manier waarop ze tegen hem sprak. Zo had ik haar nog niet meegemaakt. 'Welkom in mijn huis, meneer Von Rosen,' zei ze bijna onderdanig, en ze reikte hem de hand. Hij had een eivormig hoofd, zijn slapen waren al spierwit. In zijn ogen lag een zekere zweem van hooghartigheid, die ook niet verdween toen hij de gravin bedankte. 'Ik ben zeer verheugd dat een van de beste veldruiters ter wereld deelneemt aan onze vossenjacht,' zei ze.

'Tja, de Koning stond erop dat ik hem zou begeleiden, en ik moet zeggen dat het me plezier doet het landgoed terug te zien. Ik ben benieuwd naar de laatste jaargang van de fokkerij.'

'U zult genoeg tijd hebben die in ogenschouw te nemen.' Ze wisselden nog een paar beleefde woorden, toen werd ook die man naar zijn verblijf gebracht.

Agneta zakte een beetje in toen hij weg was. Even daarvoor leek ze nog een strakgespannen veer. 'Clarence von Rosen,' verklaarde ze. 'Hofstalmeester van de Koning en lid van het Nationaal Olympisch Comité. Een heel belangrijke man voor ons landgoed.'

'Waarom?' vroeg ik

'Omdat het van hem afhangt welke paarden er worden aangekocht. Zolang we Von Rosen te vriend weten te houden, gaan de zaken goed. Overigens is het een nogal onaangename man. Ik heb al vijftien jaar met hem te maken, maar op de een of andere manier wil onze verstandhouding maar niet hartelijk worden.' Ze keek in de richting waarin hij verdwenen was. 'Maar dit heb je niet gehoord, en je moet tegenover hem bijzonder vriendelijk zijn.'

'Vanzelfsprekend.' Waarom zou ik ook een van de gasten aanleiding tot ergernis geven? Waarschijnlijk zou ik hem alleen bij het eten tegenkomen. En daar was ik blij om, want Agneta had gelijk, de man wekte een onaangename, arrogante indruk.

Er arriveerden nog meer gasten, toen ging de voordeur dicht.

'Mooi, dat is weer gelukt,' zei Agneta en ze klapte in haar handen. 'Ik heb dit al zo vaak meegemaakt, maar elke keer ben ik weer nerveus.'

'Alsof u ooit fouten zou maken, moeder,' zei Magnus hoofdschuddend. 'Ik heb u nog nooit een vergissing zien begaan of gemerkt dat u niet wist wat u moest zeggen.'

'Eens komt de eerste keer,' wierp ze tegen. 'Nou, ik ga nog even bij Svea kijken. Mathilda, ga je mee?'

'Ja, natuurlijk,' zei ik en ik volgde haar. Wat wilde ze in de keuken? Voor zover ik wist was alles daar in orde.

Toen we Ingmar en Magnus achter ons hadden gelaten, vroeg ze: 'Om terug te komen op wat de Koning zei: Zou je graag je debuut maken?'

'Ik weet het niet...' Op de middelbare meisjesschool hadden een paar oudere meisjes het erover gehad dat ze binnenkort hun debuut zouden maken. Inmiddels waren er diverse damesclubs die zoiets organiseerden. Een debuut voor de kroonprinses zou voor hen de opperste gelukzaligheid betekenen. 'Hoe verloopt zo'n debuut eigenlijk?'

'Je zou daar vanzelfsprekend op worden voorbereid en les in

etiquette krijgen. Bovendien moet je leren dansen. Aan het hof wordt je dan uit de debuterende jonge mannen een begeleider toegewezen.'

'Het gaat dus ongeveer net zoals bij een dansschool?' vroeg ik.

'Het houdt veel meer in. Je wordt voorgesteld aan de gemeenschap en wordt daarmee een mogelijke huwelijkspartner voor de zonen.'

'Om godswil!' flapte ik eruit. 'Dus het is een koppelavond?'

Ik zag heel duidelijk dat ze haar best deed niet te lachen. 'Nou, de kans om een rijke man te leren kennen is heel behoorlijk.'

'En als ik nou geen rijke man wil? Als ik iemand wil die ik met heel mijn hart liefheb?'

'Dan...' zei ze en ze keek een beetje weemoedig, 'dan zul je het een en ander moeten doormaken voor je hem vindt. Maar uiteindelijk loont het misschien meer dan rijkdom.'

'Hebt u zo'n debuut meegemaakt?' vroeg ik.

Agneta lachte enigszins gekweld. 'Jazeker. Maar ik kan niet beweren dat ik er plezier aan heb beleefd.'

'Dan denk ik niet dat ik er plezier aan zou beleven.' Ik keek haar aan. 'Ik denk niet dat ik wil debuteren. Ik zal zelf mijn man vinden.' Ik had haar over Paul kunnen vertellen, maar ik wilde haar niet verontrusten.

'Goed dan. We zullen de gedachte aan debuteren laten varen.' Met die woorden draaide ze zich om.

'En hoe zit het met de keuken?' vroeg ik glimlachend.

'Ach, daar is vast alles in orde. Sommige dingen moeten vrouwen onder elkaar bespreken, nietwaar?'

Ik knikte en liep achter haar aan.

Die avond was er alleen een banket, het bal zou pas na de jacht plaatsvinden. Desondanks was de feestzaal versierd alsof er een bruiloft werd gevierd. De dienstmeisjes hadden de spiegels blinkend gepoetst en de schilderijen en geweien aan de muur afgestoft. De kroonluchter straalde als een zonnetje.

Bij de trofeeën vroeg ik me af hoe groot de dieren waren geweest toen ze werden geschoten. Een paar herten en elanden waren waarschijnlijk al heel oud.

Ik was zo bezig met het observeren van de gasten dat ik er nauwelijks aan toe kwam de gesprekken te volgen. Het was ongelofelijk wat er allemaal aan juwelen en dure stoffen werd vertoond. Birgitta zou zeer onder de indruk zijn geweest. Daarbij vergeleken wekte de Koning een heel eenvoudige indruk. Maar hij had geen dure dasspeld of blinkende manchetknopen nodig. Als hij iets zei, zwegen de anderen direct en luisterden naar hem.

'Majesteit, hoe ziet u de ontwikkelingen in Duitsland?' vroeg een van de mannen, eigenaar van een groot voedingsmiddelenbedrijf, na de tweede gang. 'Een paar dagen geleden is het zogenaamde Harzburger Front opgericht. Denkt u dat dat gevolgen zal hebben?'

'Die mensen zullen nooit de sociaaldemocratie van Duitsland kunnen vernietigen,' antwoordde de monarch.

'En hoe zit het met Hitler?'

'Die houd ik voor een parvenu die op de wil van de rijkskanselier stuk zal breken.' De Koning pakte zijn wijnglas en nam een slok.

'Maar zijn die krachten dan niet gevaarlijk? De NSDAP krijgt grote toeloop en werd bij de verkiezingen van het afgelopen jaar na de SPD de op twee na grootste partij.' De man gloeide terwijl hij sprak. Blijkbaar was hij erg bezorgd over de ontwikkelingen in Duitsland.

'We hebben gehoord dat de rechtse krachten in Duitsland het niet met elkaar eens zijn,' antwoordde de Koning. 'Ik denk dat we niet in paniek moeten raken. De mensen lijden onder de crisis, dat is alles.'

'Hoe komt u eigenlijk aan die kennis, Magnussen?' vroeg een andere gast aan de voedselfabrikant.

'Mijn zuster heeft kennissen in Duitsland die de ontwikkelingen met grote bezorgdheid aanzien,' antwoordde hij. 'Hun Joodse dienstmeisjes zijn nerveus. Hitlers partij spreekt zich openlijk tegen hen uit.'

'Daarbij vergeet hij dat veel Joden zich in de oorlog hebben bewezen. Hij kan ze niet het land uitzetten, velen zijn onderscheiden veteranen.'

Ik dacht aan juffrouw Grün. Toen ik hier op de Leeuwenhof aankwam, was ze teruggekeerd naar Duitsland. Ze had zich destijds verheugd op de reis en het weerzien met haar familie. Wat zou ze van dit alles vinden? Dacht ze, zoals sommige Duitse Joden, er al over te emigreren?

De mannen begonnen nu heftig te discussiëren, en Agneta probeerde meermalen het gesprek in een andere richting te leiden. De Koning leek steeds minder op zijn gemak. Clarence von Rosen leek de discussie geanimeerd te volgen. Na een poosje mengde hij zich ook in het gesprek: 'Eigenlijk kan het ons onverschillig laten wie er in Duitsland aan de macht is. Zweden is neutraal, en het zal ons er vooral om moeten gaan goede zaken te doen.'

'U bent toch helemaal geen zakenman, Von Rosen!' zei de man die het onderwerp had aangekaart. 'Uw wereld zijn het hof en de ruitersport.'

'O nee, ben ik dat niet?' vroeg hij. 'Denkt u echt dat de ruitersport niets met zakendoen te maken heeft? Ik vrees dat u zich vergist. Ik denk dat we ons als het zover is, moeten schikken in omstandigheden die we niet kunnen veranderen.'

'Bedoelt u dat we met Hitler zaken moeten doen als hij aan de macht komt?' vroeg Agneta, die zichtbaar moeite deed rustig te blijven.

'Zaken en geld vragen niet naar wereldbeschouwingen, is het wel? Ik zou het u zelfs aanraden, mevrouw, als u deze geweldige hoeve in stand wilt houden. Ik weet het, u hebt tijdens de oorlog geweigerd paarden aan Duitsland te verkopen, maar ditmaal zou de situatie anders kunnen worden. Er zou wel eens een nieuwe wereld kunnen ontstaan.'

Agneta werd bleek. Zat er achter zijn woorden een dreigement verscholen?

In elk geval leek hij met die Hitler te sympathiseren.

'Nou, we moeten eerst maar eens afwachten hoe de zaak zich

ontwikkelt,' mengde Lennard zich ten slotte in het gesprek. 'Het heeft geen zin ons nu al druk te maken. Morgen wacht ons een hopelijk plezierige jachtpartij.'

Door die woorden werden de verhitte gemoederen wat gekalmeerd, maar ik zag dat Agneta nog steeds aangeslagen was.

Na het eten liep ik peinzend naar mijn kamer. De woorden van Von Rosen klonken me nog steeds in de oren. Hij leek ervan overtuigd te zijn dat die NSDAP aan de macht zou komen. Ik vroeg me af wat er nu in Agneta omging. Het had geklonken alsof Von Rosen haar in problemen zou kunnen brengen.

In elk geval wenste ik dat juffrouw Grün haar vaderland niet hoefde op te geven.

10

De volgende dag waren de honden zo opgewonden dat hun geblaf me al in de vroege morgenuren uit mijn slaap haalde. Ik stond op en liep naar het raam. Zoals altijd waren de staljongens al aan het werk. Ze brachten paarden het erf op en liepen te zeulen met zadels en hoofdstellen.

Een paar gasten hadden hun eigen paard en ook hun eigen stalknechten bij zich. De Koning daarentegen verliet zich op onze paarden en geweren, terwijl anderen beslist wilden laten zien wat ze bezaten en wat ze konden. Ik was blij dat ik de rijkunst niet voldoende meester was om met ze mee te gaan.

Na het ontbijt verzamelde het jachtgezelschap zich op het erf, terwijl ik vanaf een vensterbank in de hal de bedrijvigheid gadesloeg.

Von Rosen, die de vorige dag bijna met andere deelnemers ruzie had gehad, leek ontspannen en voerde levendige gesprekken. De Koning werd nog steeds door lijfwachten omringd. Die droegen nu jachtkleding en zouden zich ook in het zadel zwaaien. Dat moest ik Birgitta vertellen wanneer ik haar weer zag. Het verraste me ook hoeveel echtgenotes er meereden. Ik had me voorgesteld dat die zich steeds in de salon verschansten terwijl hun mannen elkaar kogels om de oren joegen.

'Er is een tijd geweest dat ik festiviteiten als bals en jachtpartijen achterhaald vond,' zei Agneta toen ze in de hal kwam en haar rijkleding fatsoeneerde. 'Het is bijna niet te geloven dat ik er nu zelfs een beetje plezier aan beleef. Ik begin oud te worden.'

'De gemeenschap eist het, nietwaar?' vroeg ik, waarop ze knikte.

'Ja, de gemeenschap is dol op zulke rituelen.'

'In mijn klas dromen veel meisjes van die wereld. De jachtpartijen, de bals, de mooie jurken.'

'Omdat ze alleen de buitenkant zien. Jij daarentegen kunt een blik achter de schermen werpen. Af en toe geloof ik dat we de schone schijn alleen maar ophouden opdat de gewone mensen iets hebben om over te dromen. Maar zoals je misschien al hebt gemerkt, is het hier niet allemaal goud wat er blinkt.'

'Nee, soms is het papier-maché,' merkte ik op, waarop de gravin lachte.

'Dat is de juiste instelling,' zei ze.

Op dat moment klonken buiten de jachthoorns. De boswachter die de bossen van de Lejongårds beheerde, was met al zijn medewerkers gearriveerd. Hij zou ervoor zorgen dat de ruiters niet te veel schade aanrichtten in het kreupelhout.

'Nou, ik moet gaan.' Agneta knikte me vriendelijk toe en verdween naar buiten.

Ik keek naar de menigte tot het vertreksignaal werd gegeven. Het hoefgetrappel klonk als de donder bij onweer. Toen ze allemaal weg waren, liep ik naar het tafeltje waarop de post altijd werd neergelegd. Er waren inderdaad een paar brieven binnengekomen. Een ervan was voor mij.

Ik glimlachte toen ik het handschrift herkende. Het was dat van Paul! Ik drukte de brief tegen mijn borst en liep ermee naar boven.

Eerst dacht ik dat het Ingmar was, maar toen besefte ik dat het Magnus was die in de vensterbank op de gang zat. Op zijn schoot lag een boek, maar daar keek hij niet in. Zijn blik was op de verte gericht, alsof hij iets miste.

'Je rijdt dus niet mee?' vroeg ik. Eigenlijk had ik helemaal geen zin in een gesprek met hem, maar zomaar langs hem heen lopen wilde ik ook niet. Het kon ook geen kwaad een beetje met hem te praten.

'Nee. Jij blijkbaar ook niet,' antwoordde hij zonder me aan te kijken.

'Het is niets voor mij. Ik kan er niet tegen als er dieren dood worden gemaakt.'

Nu keek Magnus me aan. Het was de eerste keer dat er geen minachtende uitdrukking in zijn ogen lag. 'Ik hou ook niet van dat barbaarse gedoe. Desalniettemin zal ik de traditie voortzetten wanneer ik eenmaal de heer van het landgoed ben.'

'Tja, dat wordt van je verwacht. Maar tradities kun je veranderen, nietwaar?'

Dat hij bleef zwijgen maakte me onzeker.

'Dan zou dat in je macht liggen,' vervolgde ik.

Magnus verzonk in gepeins. Ik vroeg me voor het eerst af of hij echt zo erg was als ik dacht. Blijkbaar was het voor hem mogelijk met me te praten zonder neerbuigend te zijn.

'Wat heb je daar?' vroeg Magnus uiteindelijk.

'Een brief uit Stockholm,' antwoordde ik. 'Van een vriend.'

Op hetzelfde moment begonnen de alarmbellen te rinkelen. Stel dat hij wilde weten wat voor vriend het was? Maar hij zei niets terug en bleef zwijgen.

'Goed, ik ga maar eens naar mijn kamer,' zei ik, toen draaide ik me nog eenmaal om. 'Hoor eens, Magnus, wij tweeën hoeven geen vijanden te zijn. Ik ben niet hier om iets van je af te pakken. Ik heb geen keus.'

'Dat heb je al gezegd.' Nu klonk hij weer afwijzend. Had ik me vergist? Had ik hem alleen maar op een zwak moment betrapt?

Ik knikte en liep de trap op. In mijn kamer had ik even nodig om Magnus' eigenaardige negativiteit van me af te zetten, toen liep ik haastig naar de schrijftafel en maakte de brief open.

De aanblik van Pauls handschrift was als een kleine zonnestraal die vanaf het papier op me scheen.

Lieve Mathilda,

Je weet niet hoe hevig ik naar je smacht! Het lijkt nu al een eeuwigheid! Je weet dat ik niet zo goed ben met woorden, maar ik kan je verzekeren dat mijn hart brandt van verlangen. Ach, waren die jaren maar voorbij!

Ik sloot mijn ogen en zuchtte. Een warm gevoel stroomde door me heen. Tegelijkertijd voelde ik de zoete pijn die zich altijd in mijn buik boorde als ik aan Paul dacht. We waren zo ver van elkaar verwijderd. Af en toe wenste ik echt dat ik hem in Stockholm al meer had toegelaten. Ik wenste dat ik me zijn gezicht beter had ingeprent. De angst dat zijn beeld kon verbleken, was enorm.

Maar nu merkte ik dat ik voor hem helemaal niet verbleekt was.

Met plezier heb ik gelezen dat je nu naar de handelsschool gaat. Hoewel ik liever had gehad dat je in Stockholm was gebleven, is het goed dat je je doel navolgt. Vader heeft het er steeds vaker over dat ik binnenkort meer verantwoordelijkheid op me moet nemen. Hij speelt met de gedachte een nieuw bedrijf te beginnen en dringt er bij me op aan zo vlug mogelijk mijn examen als meubelmakersgezel te halen. Als ik eenmaal meester ben, kan ik heel goed voor ons allebei zorgen. En wie weet lukt het ook met de meubelmakerij. Maak je niet ongerust, ik verlies mijn doel niet uit het oog.

O ja, verbaas je er niet over dat post van Daga wat langer duurt. Wanneer ze uit het atelier komt, is ze niet veel meer waard. Ze klaagt over pijn in haar rug en dat ze zich in haar vingers heeft geprikt, maar toch wil ze dat beroep niet opgeven. Moeder zei dat het beter was als ze een goede man vond, maar vader is daar absoluut tegen en vindt dat ze een vak moet leren. Je weet toch hoe hij is... Ik moet je de hartelijke groeten van haar doen.

Van mij duizend kussen en stevige omhelzingen en de tederste gedachten.

Je Paul

Ik streek met mijn vinger over de sierlijke lijnen van zijn naam. Zijn brief gaf me het gevoel dat hij heel dicht bij me was, misschien maar een kamer van me verwijderd. Ik wist echter dat ik hem daar niet zou aantreffen. Dat bezwaarde mijn hart.

Maar door de vossenjacht zou ik de tijd en de rust hebben om meteen een antwoord te schrijven. Ik ging aan het bureau zitten, haalde mijn schrijfgerei tevoorschijn en begon.

Lieve Paul,

Je woorden zijn een warme omarming op een kille herfstdag! Ik mis jou ook vreselijk, hoewel het leven hier me nauwelijks een moment met rust laat. Dat ik je zo vlug kan antwoorden, komt doordat het vandaag zaterdag is en de gravin me vanwege de vossenjacht vrij heeft gegeven van school.

We hebben veel mensen uit het hele land op bezoek. Je had moeten meemaken hoe ze gisteren over politiek spraken!

En stel je voor, onder de gasten is ook de Koning. Precies, onze eigen koning Gustaaf, die we bij de feestelijke viering van zijn verjaardag altijd op het balkon van zijn paleis zien! Ik had nooit gedacht dat ik hem ooit eens vlak voor mijn neus zou hebben.

Hij vroeg mijn voogd of ik binnenkort zou debuteren. Voor zover ik wist debuteer je alleen in het theater of bij het ballet. Agneta heeft het me uitgelegd, en ik geloof dat debuteren in deze kringen betekent dat je vanaf dat moment naar hun pijpen moet dansen. Daar heb ik geen zin in. Ik ben geen adellijk poppetje. Ik hoef niet op bals rond te hangen. Ik wil bij jou zijn, tussen het zaagsel, ook al gaat het geluid van de zagen me door merg en been. Ik kan haast niet wachten tot het zover is. Dan zie ik misschien niet de Koning, maar wel jou elke dag van mijn leven. Iets mooiers kan ik me niet voorstellen.

Het doet me dus plezier dat je binnenkort je gezellenexamen doet en ondanks de afstand niet vergeet hoe dierbaar je me bent. Laat het me weten wanneer het zover is, dan zal ik heel hard aan je denken en voor je duimen.

Doe Daga de groeten van me, ik mis haar erg. Op school praat ik af en toe met een meisje dat Birgitta heet, maar het is niet hetzelfde. Daga heeft heel wat realistischer ideeën, ook wat een echtgenoot betreft. Birgitta neemt hooguit genoegen met een prins of een filmster. Ook verder lijkt Birgitta me een beetje oppervlakkig. Maar haar gezelschap is beter dan geen gezelschap. Mijn lieve Daga vergeet ik intussen beslist niet. Maar dat schrijf ik haar zelf wel.

Mocht je je afvragen wat ik vandaag verder doe, welnu, ik ga me voorbereiden op het bal van vanavond, daarover meer in de volgende brief.

Ik stuur je een heel tedere kus en een innige omhelzing, en ook al is het niet veel, ik hoop dat het je kracht geeft om verder aan onze dromen vast te houden.

In liefde,
je Mathilda

Het schemerde al toen het jachtgezelschap terugkwam. Fakkelschijnsel verlichtte hun weg naar het huis. De geur van dennennaalden, aarde, mos en rook vergezelde hen, sommigen hadden ook een behoorlijke drankkegel. Waarschijnlijk was voor hen een vuurtje niet voldoende geweest om op te warmen. De gasten namen nauwelijks notitie van mij toen ik vanuit de deur van de eetkamer naar ze keek en gespreksflarden opving als: 'Het parcours was echt opmerkelijk,' of: 'Zagen jullie wat de vos deed? Hij heeft de honden behoorlijk verwond.'

Op een gegeven moment verscheen Agneta. Haar haar zat nu een beetje wanordelijk en haar kleding werd ontsierd door modderspetters, maar ze lachte hartelijk. In tegenstelling tot de anderen zag ze mij, zwaaide en liep naar me toe.

'Hoe was de jacht?' vroeg ik.

'Geweldig! De mensen hadden plezier, niemand is van zijn paard gevallen en de jagers hebben elkaar niet met hagel belaagd.'

Ik sperde verschrikt mijn ogen open. 'Is dat dan wel eens gebeurd?'

'Af en toe. Toen mijn vader nog leefde, heeft een jager een ander voor een wild zwijn aangezien en hem een lading hagel in zijn achterste geschoten. Dokter Bengtsen had er zijn handen aan vol en we waren blij dat hij niet hoger geraakt was. Gelukkig nam de gewonde het zijn jachtvriend niet kwalijk. Al heeft hij nooit meer aan de jacht meegedaan.' Agneta glimlachte, toen zei ze: 'Maar ik wil je niet vervelen met griezelverhalen. Je kunt beter naar boven gaan om je op het bal voor te bereiden. Ik denk dat je vandaag nog wel een paar amusantere verhalen te horen zult krijgen.' Met die woorden liep ze haastig weg.

Een paar uur later verzamelde iedereen zich in de balzaal. Ik droeg weer de chique japon, en Lena had mijn haar in een kunstige wrong in mijn nek gedraaid. Toch vond ik mezelf ten overstaan van de robes die de andere vrouwen droegen behoorlijk kleurloos.

Ik zag gouden patronen op een zwarte ondergrond, glanzend purper, vlammend rood en hier en daar met glitterdraad doorweven wit. De vorige dag hadden sommige dames hun juwelen tentoongespreid, nu volgden anderen hun voorbeeld. Ze zagen er een beetje uit als de diva's in de films die Daga en ik af en toe op de zondagmatinee in de bioscoop hadden gezien.

Agneta en Lennard bleven terughoudend wat kledingkeuze betreft. Agneta was gekleed in een blauwgroene, elegant gesneden zijden japon met pareltjes, Lennard droeg op zijn frak een pochet en een buikband in de kleur van haar japon. Ook de Koning was niet gesteld op pracht en praal, hij verscheen helemaal in het zwart, als altijd dromerig kijkend, met zijn tot punten gedraaide snor en met een monocle om zijn hals. De mensen bogen voor hem, maar hij gebaarde hun op te staan.

'Ik ben een jager als u allen,' zei hij terwijl hij zich naar de voor hem gereserveerde ereplaats aan onze tafel begaf. Dat Gustaaf bij ons zou zitten maakte me nerveus. Stel dat hij weer over debuteren begon? Of een vraag stelde die ik niet kon beantwoorden?

Toen de grote vleugeldeuren gesloten waren, stonden Agneta en Lennard op. De gravin bedankte de gasten voor hun aanwezigheid op de Leeuwenhof en voor de geslaagde jacht. Toen begaf ze zich met Lennard op de dansvloer voor de openingsdans. De kapel, die op een podium onder een enorm hertengewei stond, speelde een wals.

Het was adembenemend zoals de graaf en de gravin zich bewogen. Mijn blikken volgden hen over de dansvloer en daarbij zag ik hoe verliefd ze elkaar aankeken. De mensen om hen heen leken voor hen niet meer te bestaan.

Na een poosje volgden andere paren. Ze pasten zich volledig aan de maat van de muziek aan. In Stockholm was ik nooit op een feest geweest waar gedanst werd. Mijn vader had voor zover ik wist ook nooit mijn moeder mee uitgenomen. Zij had zich daar nooit over beklaagd, maar zou ze zich, gezien wat ze hier op de hoeve beslist had meegemaakt, niet hebben afgevraagd hoe het was om te gast te zijn op een groot feest? Was het leven dat ze had geleid echt genoeg voor haar geweest?

Toen ik klein was, droomde ik wel eens van een groot bal. Nu ik er zelf aan meedeed, voelde ik me verloren. Ik was een prinses zonder prins. Paul was zo ver weg, maar zelfs als hij in de buurt was geweest, zou hij niet door die deuren zijn gekomen. En dansen kon ik ook niet. Misschien kon ik Agneta vragen me naar een dansschool te sturen...

In elk geval was het eten heerlijk. En Ingmar en Magnus zagen er ook niet uit alsof ze dol op dansen waren. Hoewel ze waarschijnlijk niet onder een debuut aan het koningshuis uit konden komen.

Terwijl de paren op de dansvloer rondjes draaiden en af en toe terugkwamen om een verfrissing te halen, bleef ik aan de rand staan. Het liefst zou ik naar de dienstmeisjes zijn gegaan, maar die hadden het nu veel te druk. Bovendien zou Agneta dat vast niet goed hebben gevonden.

'Zo'n bal is niet echt iets voor jou, hè?' klonk plotseling een stem naast me. Aan de das herkende ik Ingmar. Wie anders had me ook moeten aanspreken?

Ik keek over mijn schouder naar onze tafel en zag dat Magnus' plaats leeg was. Waarschijnlijk had hij zich weer in een van zijn geheime schuilplaatsen teruggetrokken. Hij leek zich weinig aan te trekken van wat zijn ouders hadden gezegd.

'Ik ben het niet gewend om bij grote evenementen te zijn,' antwoordde ik.

'Ben je nooit op een dansfeest geweest?'

'Hoogstens een keer bij een openluchtconcert. Maar dat is lang geleden. Mijn vader werkte altijd veel en mijn moeder gaf er de voorkeur aan thuis te blijven.'

'Dan ben je dus een huismus?'

'Nee!' antwoordde ik verontwaardigd. 'Ik ging met mijn vriendin in Stockholm vaak naar de bioscoop! Maar daar dansen de mensen hoogstens op het doek. En voor de jazzclubs ben ik te jong.'

'Daar heb je gelijk in.'

'Het spijt me, maar voor mij is alles nog nieuw. Volgend jaar zal dat anders zijn. Dan ben ik erop voorbereid.'

'Maar om echt op alles voorbereid te zijn wat er bij een bal gebeurt, moet je eens proberen te dansen. Mag ik je verzoeken?' Ingmar legde een arm op zijn rug en maakte een buiging.

'Dat meen je niet!' antwoordde ik.

'Dat ik met je wil dansen?'

'Ja.'

'Nou, ik denk anders wel dat ik dat meen. Anders zou ik hier niet zijn.'

Ik werd rood. 'Maar ik... Nee.'

'Waarom niet? Iedereen danst! Waarom wij dan niet? Omdat je nog steeds boos bent op Magnus?'

'Omdat ik niet kan dansen,' was mijn weerwoord.

Ingmars wenkbrauwen schoten omhoog. 'Kun je niet dansen?'

Ik schudde verlegen mijn hoofd.

'Daar moeten we iets aan doen.' Hij stak me zijn hand toe.

'Heb je het niet begrepen?' zei ik. 'Ik kan het niet. Ik zou de hele tijd op je tenen trappen en je voor schut zetten.'

'Dat is een kwestie van leiden,' zei Ingmar. 'Kom nou maar, het wordt leuk. Laten we het gewoon proberen!'

'Voor al die mensen?' Ik kon me al indenken voor wie het leuk zou worden. Magnus zou vast niet meer bijkomen van het lachen en morgen voortdurend domme opmerkingen maken.

'Waarom niet? Geloof me, het is makkelijker dan je denkt.'

Ik bekeek hem sceptisch. 'Weet je zeker dat je de goede das om hebt?'

Ieder ander had het allang opgegeven, maar niet Ingmar.

'Heel zeker. Kom, anders is de muziek afgelopen.'

Ik zuchtte en legde toen mijn hand in de zijne.

De andere paren letten niet op ons. Ik was verbaasd over de elegantie en het gemak waarmee zelfs oudere mensen zich over het parket bewogen. Ikzelf daarentegen voelde me een zoutzak die Ingmar over de dansvloer probeerde te manoeuvreren.

'Kom,' zei hij, hij nam mijn ene hand en legde die op zijn schouder, mijn andere hand pakte hij vast en hij legde zijn eigen vrije hand op mijn schouderblad.

'Zie je wel? Het is helemaal niet moeilijk. Volg nu mijn passen.'

Ingmar bewoog naar opzij en trok me mee. Zoals ik had gevreesd, had ik zijn beweging niet voorzien en struikelde ik. Ingmar ving me op, maar mijn wangen begonnen meteen te gloeien.

'We moeten maar teruggaan,' zei ik en ik wilde me uit zijn arm bevrijden, maar dat liet hij niet toe.

'Herinner je je nog hoe het ging met de stijgbeugel? Bij je eerste rijles? Je steeg met de verkeerde voet in de stijgbeugel op en viel in het zand. Maar je bent doorgegaan. Deze keer ben je niet eens gevallen. Dus?'

'Ik krijg dit nooit onder de knie.'

'Als je meteen opgeeft, zeker niet. Laten we het nog eens proberen. Ik geef het aan.'

Hij beduidde me naar links te gaan, en dat deed ik. Dan weer een stap naar rechts. Het voelde niet echt als dansen. Hoewel de andere gasten met zichzelf bezig waren, had ik het gevoel dat iedereen naar me staarde. Maar Ingmar hield me vast. Het was onmogelijk me van hem los te maken zonder een schandaal te veroorzaken. Bovendien wilde ik me helemaal niet losmaken. Hij had me ten dans gevraagd! Ook al zette ik mezelf volkomen voor schut, het was de eerste dans van mijn leven!

'Nou, dat gaat toch prima,' riep Ingmar uit, gevolgd door een 'Au!' omdat ik hem juist op dat moment op zijn tenen trapte.

‘Weet je het zeker?’ vroeg ik.

‘Dat komt nog wel. Het hoort erbij om je danspartner op zijn tenen te trappen.’

‘Kunnen we een beetje van de anderen vandaan?’ vroeg ik. ‘Ik wil niet tegen iemand aan botsen.’

Ingmar probeerde me elegant van de andere dansers weg te leiden, maar daarbij struikelde ik en viel ik in zijn armen.

‘Zie je nou wel?’ zei ik. ‘Ik kan het niet. Laten we ophouden voor er nog iets gebeurt.’

Ingmar zuchtte. ‘Goed dan,’ zei hij teleurgesteld. ‘Een andere keer.’ Andere keer? Hij maakte een grapje! Ik zou me beslist niet meer bij een officiële gelegenheid op de dansvloer begeven!

‘Een andere keer,’ hoorde ik mezelf desondanks zeggen, en dat Ingmar daarop glimlachte, deed me op de een of andere manier plezier.

11

Het dansen met Ingmar wilde de dagen daarna maar niet uit mijn hoofd. Het had zo goed gevoeld, ook al was ik erg onbeholpen geweest! Bijna kreeg ik last van een slecht geweten tegenover Paul. Maar had dat dansen wel betekenis? Waarschijnlijk niet. Toch zou ik Paul er niets over vertellen. Hij moest niet gaan denken dat ik hier met andere jongens flirtte. En vooral niet de zonen van mijn voogd!

Die avond zat ik na het eten nog een poosje in de bibliotheek. Ik had de hele dag nauwelijks tijd voor mezelf gehad. Mijn huiswerk voor school had me bijna de hele middag gekost.

Omdat ik wist dat Magnus rond die tijd niet hier zou komen, pakte ik een boek uit een van de hoge vitrinekasten en ging in een fauteuil naast de haard zitten. Het geknetter van het vuur en de warmte maakten me slaperig, maar dat ging over toen de deur werd opengedaan.

'Hier zit je!' zei Ingmar. 'Ik was daarnet bij je kamer, maar daar was niemand.'

'Ik wou een beetje lezen,' merkte ik op en ik legde het boek neer. 'Wat is er?'

'Ik wou je een voorstel doen.'

'Wat voor voorstel?' vroeg ik.

'Ik wil je leren dansen.'

'Dat is geen goed idee!' zei ik meteen, hoewel ik dolgraag zou dansen. 'Je zag hoe het ging op het bal.'

'Ja. Ik vond het helemaal niet slecht gaan. En je zei dat je er plezier in zou hebben als je het goed zou kunnen.'

'Dat is iets heel anders,' wierp ik tegen. 'Ik... zo'n bal is niets voor mij. De volgende keer blijf ik op mijn kamer.'

Ik wist zelf niet waarom ik zo tegenstribbelde. Eigenlijk was het heel aardig dat hij het aanbood. Maar om de een of andere reden vreesde ik zijn nabijheid. Ik was bang dat ik Paul bedroog als ik met Ingmar danste.

'Denk je nou echt dat moeder dat toestaat?' vroeg hij. 'Ze zal je persoonlijk komen halen! Wie hier woont, is gedoemd bij alle gelegenheden aanwezig te zijn.'

'En als ik nou ziek ben?'

'Tja, dan word je met een paardendeken in de hoek neergezet. Feesten en bals zijn heilig in dit huis.' Ingmar lachte innemend. 'Kom nou maar, doe niet zo gek. Je zult zien dat zoiets veel leuker is wanneer je echt mee kan doen. Bovendien wil je op je bruiloft toch een goed figuur slaan?'

Ja, dat wilde ik. Daar had ik helemaal niet aan gedacht. Als Paul me de dansvloer op leidde, al was de zaal nog zo klein, wilde ik mezelf niet voor schut zetten.

'Goed dan,' zei ik. 'Leer het me maar!'

'Serieus?'

'Ja.'

Ingmar begon van oor tot oor te stralen. 'Dat zal je niet berouwen,' zei hij. 'We zullen met een paar makkelijke dingen beginnen, walsen misschien en de foxtrot. En als je het aandurft, ook de charleston.'

'Is dat niet die dans die ze vroeger in bepaalde louche bars deden? Met vrouwen in kleding die alleen uit koorden bestond?'

'Nou, ze hadden wel iets meer aan. Tenzij je Josephine Baker bedoelt, die droeg alleen een bananenrokje. Dat zou jou ook wel staan.'

'Nee, absoluut niet. Bovendien ben ik geen danseres. Ik heb aan eenvoudige dingen genoeg.'

'Wat denk je van de tango?'

'Later...'

Ingmar knikte. 'Prima. En je kunt er zeker van zijn dat ik niemand zal vertellen wat je ervan terechtbrengt.'

'Ook je broer niet?'

Ingmar begon te proesten. 'Die vooral niet! Maar hij is ook niet hier, toch? Je hoeft nergens bang voor te zijn. Zullen we dan morgen beginnen? Rond deze tijd? Dan val je tenminste doodmoe neer in bed en hoef je je niet door Plato in slaap te laten vervelen.'

'Ik lees liever andere literatuur dan Plato,' merkte ik op. 'Maar goed, laten we morgen beginnen.'

Zoals afgesproken troffen we elkaar de volgende avond voor de dansles. Met de hulp van een stalknecht had Ingmar zijn moeders oude grammofoon naar de bibliotheek gebracht, en op de muziek van mijn schellakplaten probeerde hij me de passen bij te brengen.

In zijn bruine tweedbroek, zijn witte overhemd met opgerolde mouwen en zijn donkerblauwe slip-over had hij iets weg van een golfleraar zoals ik die in een tijdschrift van graaf Lennard had gezien.

'Nou, jongedame, bent u er klaar voor?' vroeg hij met een geaffecteerd accent terwijl hij een diepe buiging maakte.

Zoiets kende ik uit een oude film. Het ontbrak er alleen nog aan dat zijn haar met pommade op zijn hoofd geplakt zat. Ik kon een giechel niet onderdrukken.

'Wat is er zo grappig?' vroeg hij toen hij weer omhoogkwam.

'Nou, zoals je die buiging maakt.'

'Dat hoort zo als je tenminste geen lompe zak bent,' beweerde hij. 'Hoor eens, je mag nooit een man uitlachen die met je wil dansen. Wijs hem voor mijn part af, maar lach niet. Het is voor ons mannen een serieuze zaak en kost de nodige zelfoverwinning.'

'Zelfoverwinning? Ik dacht dat mannen er geen moeite mee hebben om vrouwen aan te spreken.'

'En of ze daar moeite mee hebben! Vooral bij vrouwen die ze heel aantrekkelijk vinden maar van wie ze geloven dat ze hun hart al vergeven hebben.'

'Maar dansen betekent toch niet meteen trouwen!'

'Soms komt het eruit voort. Geloof me, mannen dansen niet zomaar met een vrouw. Ze dansen met een vrouw omdat ze in haar een toekomstige echtgenote zien, of ze moeten met haar dansen omdat ze hun schoonmoeder of schoonzus is. Maar we zullen nooit een vrouw ten dans vragen die ons niet bevalt. In elk geval niet als het niet hoeft.'

'Dat zijn nogal vreemde regels,' zei ik en ik probeerde niet te laten merken dat mijn hart hevig begon te bonzen. Ingmar had me op het jagersbal ten dans gevraagd. Had dat iets te betekenen? En hoe maakte ik hem duidelijk dat ik niet zijn toekomstige vrouw wilde zijn? Dat ik al vergeven was?

Maar misschien moest ik niet overdrijven. Hij was een vriend die me wilde leren dansen, meer niet.

'Begrepen, ik zal niet lachen,' zei ik.

'Goed. Dus nog een keer.' Ingmar maakte weer een buiging en vroeg: 'Wilt u met me dansen?'

Ik kneep mijn lippen op elkaar om niet te gaan grijnzen, maar slaagde erin te antwoorden: 'Met alle plezier.'

Ingmar knikte. 'Dat was helemaal niet slecht. Nu reik je de man je hand. Zo.' Hij pakte mijn rechterhand en strekte die uit. Toen gaf hij me een vluchtige handkus. Ook dat zag er een beetje gek uit, maar was bij nader inzien toch tamelijk romantisch. Tenminste, als de vrouw de man haar hand uit zichzelf toestak.

'Moet ik dat altijd doen?' vroeg ik. 'Dat met die handkus?'

'Alleen als je van plan bent met de man te dansen.'

'En als ik het niet zeker weet? Laten we zeggen dat zijn uiterlijk me bevalt, maar dat ik niets van zijn karakter weet. Als de dans een test is. Wat dan?'

Ingmar fronste zijn voorhoofd. 'Je stelt vragen.'

'Maar zo is het toch? Soms weet je immers nog niet of je die persoon wilt of niet. Waarom zou ik me de hand laten kussen als de man een onbenul blijkt te zijn? Of een narcist, of een volslagen idioot?'

'Ik denk dat je het meteen zou merken als hij dat is. En als het echt een narcist is, zal hij eerder zijn spiegelbeeld ten dans vragen.'

Hij grijnsde naar me. Nog steeds hield hij mijn hand vast, wat me nogal nerveus maakte.

'En hoe gaat het verder?' Ik wilde dat we eindelijk eens begonnen, voor ik op verkeerde gedachten kwam.

'Nou, je volgt de man gracieus naar de dansvloer,' zei hij en hij trok me mee.

Ik struikelde bijna over mijn voeten.

'Gracieus,' zei ik, merkte Ingmar op. 'Loop rechtop en draai een beetje met je heupen. Je hebt toch wel eens een film gezien. Doe net als een filmdiva.'

'Ik ben geen filmdiva.'

'Maar je zou je zo kunnen gedragen. Alle meisjes nemen diva's als voorbeeld.'

Eerlijk gezegd deed ik dat ook, hoewel ik het soms heel vreemd vond wat ik in de krant over hen las.

'Best, dan doe ik als een filmdiva.'

Ik hield mijn vrije hand op een geaffecteerde, rare manier en liep wiebelend met mijn achterste naast Ingmar. Die schudde zijn hoofd.

'Als je zo loopt, lijk je op een dansmeisje in een variététheater. Probeer iets daartussenin te vinden.'

'Heb jij dan al eens zo gelopen?'

'Nee, maar bij de meisjes werd dat er op de dansschool altijd ingestampt.'

Ik vroeg me af wat voor dansschool dat kon zijn geweest. Een voor dames en heren uit voorname huizen? Of waren Ingmar en Magnus naar een gewone dansschool in de stad gegaan, waar edellieden met dochters van groentehandelaren leerden dansen? Na alles wat ik over Magnus te weten was gekomen, zou hij het daarmee vast niet eens zijn geweest.

'Dan komen we nu toe aan wat er op de dansvloer gebeurt,' zei Ingmar op de toon van een leraar. 'De dame legt haar rechterhand in de linker van de man en haar linkerhand op de schouder van de man. Deze houdt op zijn beurt de hand van de vrouw losjes vast en laat zijn andere hand net onder het schouderblad van de dame rusten. Bij sommige heren glijdt de rechterhand af en toe met de toenemende drankkegel verder naar beneden, maar alles onder de taille is onwelvoeglijk. De dame heeft dan het recht de heer terecht te wijzen.'

'Dus ik mag hem een klap verkopen als hij me bij mijn achterste pakt?'

Ingmar meesmuilde. 'Dat mag, maar niet als het de Koning is.'

'De Koning zou een vrouw beslist niet op die manier benaderen,' wierp ik tegen. Op het jagersbal had ik hem niet eens zien dansen.

'Daar heb je gelijk in.'

'En anders mag ik dus slaan?'

'Als je zin hebt in een schandaal, altijd. En nu laat ik je de passen zien.'

Ingmar nam me in zijn armen, weliswaar op gepaste afstand, maar ik kon toch zijn lichaamswarmte voelen. Daardoor struikelde ik meteen al bij de eerste pas.

'Rustig blijven,' zei hij. 'Doe gewoon mijn bewegingen na. We oefenen eerst droog, heel langzaam, daarna proberen we het op muziek.'

Het droog oefenen, zoals Ingmar het noemde, ging behoorlijk stuntelig. Ik had moeite de volgorde te onthouden en door de zenuwen deden mijn benen niet wat ik wilde. Gelukkig was mijn dansleraar heel geduldig.

Hoewel ik me een olifant in een porseleinkast voelde, was het heel aangenaam zo dicht bij hem te zijn. Lichte schaamte overviel me toen ik aan Paul dacht. Maar wat kon er verkeerd aan zijn om van Ingmar dansen te leren?

Ten slotte zette Ingmar de grammofoon aan. De al wat gekraste plaat liet een wals van Johann Strauss horen, zwierig en vrolijk. Van zweven, zoals bij andere paren op het bal het geval was geweest, was bij ons geen sprake, maar we bewogen ons bepaald vlot over het parket in de bibliotheek. Ik was ervan onder de indruk hoe elegant Ingmar danste en hoe zelfverzekerd hij me leidde, hoewel ik het hem niet makkelijk maakte.

Toen hij me eindelijk losliet, was ik van top tot teen bezweet. We zakten neer in de stoelen bij het raam om op adem te komen. De grammofoon zweeg.

'En dit doen mensen voor hun plezier?' vroeg ik hijgend en puffend. Al mijn spieren deden pijn, en mijn rug was verkrampt.

'Mettertijd gaat het beter,' zei hij.

'Over honderd jaar dan zeker!' zei ik, waarop hij lachte. 'Wanneer heb jij eigenlijk leren dansen?'

Ter gelegenheid van mijn belijdenis,' antwoordde hij.

'Twee jaar geleden dus,' constateerde ik.

'Ja, je kunt niet vroeg genoeg beginnen,' zei hij.

'Toch kun je het al heel goed.'

'Dank je!' Hij nam me even aandachtig op, toen vroeg hij: 'Hoe zit het met jou? Zou je hebben leren dansen als ik er niet op had aangedrongen?'

Ik haalde mijn schouders op. 'Dat weet ik niet. Misschien. Bij mijn belijdenis werd er niet gedanst.'

'En debuteren was er ook niet bij.'

'Nu wel dan?' vroeg ik verschrikt. 'Agneta zei...'

Ingmar schudde zijn hoofd. 'Wees maar niet bang. Magnus en ik zullen daarbij moeten voordansen. Maar jij hoeft dat niet. Jij bent de pupil van onze moeder, bij jou wordt een oogje toegeknepen. Maar...' Hij glimlachte. 'Ik zou het heel fijn vinden als jij dan mijn danspartner was.'

'Zijn er geen adellijke dochters met wie je moet dansen? Misschien je aanstaande?' vroeg ik plagend.

'Dat hoop ik niet!' antwoordde hij. 'Op zo'n bal wordt natuurlijk gekoppeld, maar daar doe ik niet aan mee. En ik ben er zeker van, Magnus ook niet. Ik kan me Magnus niet als getrouwd man voorstellen, net zomin als mezelf.'

'Goed dan,' zei ik terwijl ik opstond. 'Laten we zien of we van mij een danseres kunnen maken die het tegen de adellijke dochters kan opnemen.'

12

We oefenden elke dag, en gaandeweg begon ik mijn schroom te verliezen. Nog steeds staarde ik vooral naar mijn voeten, maar af en toe keek ik Ingmar al aan en soms vergat ik mijn onzekerheid en gaf me over aan zijn leiding.

'Ik denk dat we nu wel met converseren kunnen beginnen,' zei hij toen we elkaar op donderdag zagen.

'Waarover praat je dan zo onder het dansen?' vroeg ik.

'O, dat hangt ervan af hoe goed je je danspartner kent.'

'Dat wil zeggen, als ik hem niet ken, dan praat ik over het weer.'

'Precies.'

'En als het een zakenpartner is, vraag ik hem naar zijn vrouw?'

'Als hij zijn vrouw bij zich heeft, zal hij waarschijnlijk niet met je dansen, tenzij jouw echtgenoot aanwezig is en in ruil diens eega ten dans vraagt. In dat geval vraag je hoe zijn velden het doen en hoe groot de oogst zal zijn.'

'En als het iemand anders is?' vroeg ik door.

'Dan moet je goed nadenken. Tegenover een man die je mag, wil je niet saai lijken.'

'Dan heb ik het dus over mijn laatste wereldreis? Of de nieuwe jazzclub in de stad?'

'Iets dergelijks.' Ingmar leek ineens mijn gezicht te bestuderen. 'Maar ik geloof niet dat jij zo'n type bent. In plaats daarvan zul je vast uitstekend over boeken of wiskunde kunnen converseren.'

'Dat klopt. Maar dat zal zo'n man wel niet interesseren.'

'Als het geen idioot is, interesseert het hem.' Hij bleef staan en keek me alleen maar aan.

Plotseling hield de muziek met een oorverdovend gekras op. In de deuropening stond Magnus. Zijn ogen fonkelden strijdlustig.

'Hier zit je dus,' zei hij tegen zijn broer. 'Ik dacht dat we vandaag samen iets zouden gaan doen.'

'Ik kon je de hele dag nergens vinden,' antwoordde Ingmar terwijl hij me losliet. 'En met Mathilda heb ik al een poosje een afspraak.'

'En wat moet dit worden?' vroeg hij. 'Leer je onze assepoester dansen, zodat ze een prins vindt?'

'Praat niet zo over Mathilda!' zei Ingmar. 'Ze is geen assepoester. En dansen moet ze kunnen om onze familie niet te schande te maken.'

'Zij zal altijd een schande voor de familie zijn.' Hij keek naar me alsof ik een hinderlijk insect was.

Toen was het voor mij genoeg. 'Wat wil je hier eigenlijk?' viel ik tegen hem uit. 'Ga liever terug naar het hol waar je uit gekropen bent! Je hoeft niet te kijken als het je niet bevalt.'

Maar zijn blik bleef op Ingmar gericht. 'Vergis je niet in haar,' snauwde Magnus tegen zijn broer. Toen haalde hij iets uit zijn broekzak. Voor ik besefte wat het was, begon hij al voor te lezen.

'*Lieve Mathilda, je weet niet hoe hevig ik naar je smacht...*'

Pauls brief! Tegen de opdracht van zijn moeder in was Magnus weer in mijn kamer geweest en had in mijn spullen zitten snuffelen! Woedend stortte ik me op hem. 'Je hebt het recht niet mijn spullen weg te pakken! Hier met die brief!'

Ik pakte zijn arm vast, maar kreeg de brief niet te pakken, want hij stak zijn hand in de hoogte. Kwaad trapte ik hem tegen zijn scheenbeen, maar dat hielp niet. Hij pakte de brief met zijn andere hand en ging door met voorlezen.

'*Het lijkt nu al een eeuwigheid. Je weet dat ik niet zo goed ben met woorden...*'

'Geef hier die brief!' gilde ik en ik probeerde boven zijn stem uit te komen. Ik wierp me met mijn hele gewicht op hem, maar hij draaide zich om en schudde me af.

'Magnus!' hoorde ik Ingmar roepen, toen struikelde ik en viel op de vloer, terwijl Magnus lachte en Pauls woorden voorlas, die alleen voor mij bedoeld waren. Ik wilde opkrabbelen en me opnieuw op hem storten, en toen zag ik dat hij de brief verscheurde en hem lachend in de haard gooide.

Geschokt staarde ik naar de verdwijnende papiersnippers. Bij elk stukje was het alsof een deel van mezelf verbrandde.

Met een gevoel van machteloosheid stormde ik de kamer uit. Even dacht ik erover de gravin op te zoeken. Maar had dat wel zin? Ze kon me toch niet tegen de aanvallen van haar zoon beschermen. En ik wilde ook niet langer het doelwit van Magnus' kwaadaardigheid zijn. Ook al was hem met een internaat gedreigd, hij liet me niet met rust. Mijn brief aan Ingmar voorlezen en daarna verbranden was nog gemener dan een dienstmeisjesuniform in mijn kast hangen.

Ik rende de trap op naar mijn kamer, deed de deur achter me op slot en liet me op het bed vallen. Huilend drukte ik mijn gezicht in het kussen en schreeuwde het daarna uit van kwaadheid. Even voelde ik me ertoe in staat het hele interieur in stukken te slaan, maar toen werd ik overmand door een vreemd gevoel van verdoving.

Er werd op de deur geklopt.

'Mathilda?' vroeg Ingmar bezorgd. 'Is alles in orde?'

Niets was in orde, en hoewel hij niets met Magnus' gemene streek te maken had, wilde ik ook hem niet zien.

'Mathilda, het spijt me. Wat mijn broer deed was verkeerd.'

Ik zweeg. Ik wilde hem niet wegjagen, maar ook niet met hem praten. Ik wilde op dat moment met niemand praten.

'Mathilda?' Weer klopte hij, en even later drukte hij de deurklink neer. Ik begroef mijn gezicht dieper in het kussen en hield mijn oren dicht.

Ik voelde diepe schaamte. Waarschijnlijk zou Magnus de inhoud van de brief rondbazuinen, ook aan zijn moeder. Binnen de kortste keren zou iedereen weten dat er een jongen was van wie ik hield en met wie ik toekomstplannen had. Ik voelde me naakt en weerloos.

Na een tijdje gaf Ingmar het op en verdween. Ik hoorde zijn voetstappen wegsterven en kwam overeind. Mijn ogen brandden en mijn keel voelde rauw. Maar tegelijkertijd ontwaakte mijn dadendrang.

Ik keek naar de kast. Achter de deuren stond mijn reistas klaar. Meer dan een paar jurken zou ik niet nodig hebben om naar Stockholm terug te gaan. In het huis wachtten, door lakens bedekt, alle meubels op me.

Ik haalde mijn tas eruit en zette hem op het bed. Uit de ladekast pakte ik ondergoed en kousen, toen nam ik twee jurken, twee rokken, twee blouses en een gebreid jasje. Met kloppende slapen legde ik alles in de tas en deed de belangrijkste dingen erbij.

Het was een idioot plan, maar ik wilde een signaal geven. Ik wilde niet langer het slachtoffer van Magnus' gemene streken zijn.

Die avond liet ik het dienstmeisje net als anders binnenkomen. Rika was zichtbaar verbaasd dat ik er zo behuild uitzag, maar vroeg niets. Ze legde mijn spullen klaar, sloeg het bed open en wenste me goedenacht. Ik kroop onder de dekens. Het werd stil om me heen in huis, maar in mijn hoofd hoorde ik nog steeds Magnus' stem.

Zou het goed zijn om te verdwijnen? Even twijfelde ik, maar met elke minuut die verstreek voelde ik me zekerder. Ten slotte, tegen een uur 's nachts, stond ik op en kleedde me aan.

Om naar Kristianstad te komen zou ik een paard moeten nemen. Inmiddels wist ik gelukkig hoe je een paard optuigde. Ik zou op het station laten weten dat het op de Leeuwenhof thuishoorde, want het mocht niet gestolen worden.

Mijn hart ging als een razende tekeer toen ik de deur van mijn kamer zachtjes achter me liet dichtvallen.

Het huis was donker. Met de tas in mijn hand rende ik de trap af en liep zo zachtjes mogelijk de hal door. Buiten kwam een koude herfstwind me tegemoet. Er zat regen in de lucht. Ik hoopte vurig dat het stationsgebouw open was, anders wachtte me een koude nacht.

Zo zacht als ik kon liep ik haastig over het erf. Het verblijf van de chauffeur lag tegenover de stallen, dus ik moest voorzichtig zijn. Wat wenste ik op dat moment dat ik kon autorijden! Maar een paard was ook goed.

Ik maakte de staldeur open, glipte met mijn tas naar binnen en maakte licht. Toen haalde ik Berta's hoofdstel en zadel uit de zadelkamer en liep naar de merrie toe. Die draaide haar hoofd naar me toe, alsof ze wilde vragen wat er aan de hand was. Maar ze verroerde zich niet toen ik het zadel op haar rug legde. Ik trok de singel strak, zoals meneer Blom me het had voorgedaan, en maakte mijn tas aan het zadel vast. Daarna deed ik het hoofdstel om en bracht de merrie naar buiten.

In het landhuis was geen beweging te bekennen, de ramen bleven donker. Toch besloot ik Berta over het gazon naar de poort te brengen, zodat het hoefgetrappel niemand zou wekken.

Mijn hart klopte in mijn keel. Morgen zou het een heel spektakel worden. Ze zouden me gaan zoeken, en dan zou opvallen dat het paard ontbrak. Ik was ervan overtuigd dat Agneta zou weten waar ik heen wilde. Maar misschien zou Paul me bij hem thuis opnemen? Misschien kon ik me een poosje verbergen.

Ten slotte zwaaide ik me in het zadel. Zonder achterom te kijken spoorde ik Berta aan.

Het was niet gemakkelijk om in het donker de weg te vinden, maar algauw werd de straat door de rijzende maan verlicht. De paardenhoeven klonken luid in de stilte. Bij het horen van het geritsel en gekraak in het bos werd ik door angst bevangen. Eigenlijk was ik te oud om in spoken en trollen te geloven, maar toch was ik vreselijk opgelucht toen ik het bos achter me kon laten.

Na ongeveer anderhalf uur kwam ik in Kristianstad aan. Het was een koude nacht, en inmiddels trilde ik als een espenblad. Mijn mantel bood geen bescherming tegen de vochtige lucht. Maar het was niet moeilijk om het station te vinden. Dat zou me vast beschutting bieden.

Het plein voor het gebouw van rode baksteen was leeg. De stad zelf was doodstil. Achter een raam van het stationsgebouw brandde licht, waarschijnlijk was dat het onderkomen van een bewaker of de stationschef. Ik maakte Berta vast aan een lantarenpaal en bevestigde een briefje aan het zadel waarop stond waar ze thuishoorde.

'Het ga je goed, Berta,' mompelde ik en ik streelde nog eenmaal haar hals. Toen liep ik met mijn tas naar het gebouw. Was het open?

Voorzichtig duwde ik tegen de deur, die met een zacht gedruis openging. De stationshal was verlicht, maar uitgestorven. Zo had ik nog nooit een station gezien. Mijn voetstappen weergalmden luid van de betegelde muren. Ik meende zelfs de echo van mijn adem te horen. Vertwijfeld keek ik om me heen. Misschien had ik later moeten vertrekken? Dan waren er al andere reizigers geweest. Een beklemmend gevoel van eenzaamheid overviel me, er liep een rilling over mijn rug. Het gebouw leek koud als een graftombe. Had ik toch beter op de hoeve kunnen blijven?

Toen er een deur knarste, draaide ik me vlug om en zag een man met een nonchalant omgeslagen uniformjasje naar me toe komen.

'De ochtendtrein gaat pas over een uur,' zei de stationschef. 'U loopt zo nog longontsteking op.'

'Alles is beter dan thuis,' bromde ik en hetzelfde ogenblik verbaasde ik me daarover. Had ik 'thuis' gezegd? De Leeuwenhof was niet mijn thuis! Die was hooguit mijn verblijfplaats.

De stationschef zuchtte. 'Goed, komt u maar mee. Ik kan u hier niet laten doodvriezen.'

Ik liep door het station achter de man aan. Onze voetstappen weerklonken luid, een eigenaardig gefladder was het antwoord. Blijkbaar was er een duif in de hal. In de woning van de stationschef hing een lichte koffiegeur.

'Ik sta altijd vrij vroeg op,' verklaarde hij, 'en dan kijk ik of er iemand in het station ronddwaalt.' Hij deed de deur achter me dicht en liep naar een kleine haard in de hoek. 'Sommigen komen hiernaartoe omdat ze geen onderdak hebben voor de nacht. Daarom laat ik de deur open, want ik wil niet dat zo'n arme ziel buiten staat te kleumen. De nachten worden immers al gevoelig koud.'

Ik aarzelde een beetje. Mijn moeder had me er altijd voor gewaarschuwd het huis van een vreemde man binnen te gaan. De stationschef leek weliswaar een vriendelijke opa, maar ook zo iemand kon je niet altijd vertrouwen.

'Kom nou maar, meisje, ik bijt niet. Ik wil u alleen maar koffie aanbieden,' zei hij.

Ik vermande me en ging naar binnen.

De warmte van de woning omhulde me als een warme deken. Het eerste vertrek was een heel eenvoudig ingerichte keuken. Naast een klein fornuis waren er alleen een tafel en twee stoelen. Op een oud aanrecht stonden dozen en blikken opgestapeld. Achter een met een gordijn afgesloten deur moest zich nog een kamer bevinden.

'Gaat u zitten! Het water is zo heet.'

De man liep naar het fornuis en zette een ketel op de plaat. Ik ging op een van de stoelen zitten. Nu ontdekte ik op de muur naast de deur een foto. Daarop stond een vrouw van middelbare leeftijd met licht golvende, donkere krullen en een wipneus.

'Mijn Rosa,' verklaarde de stationschef. 'Ze is intussen al tien jaar dood, maar er vergaat geen dag waarop ik niet aan haar denk.'

'Woont u hier op het station?'

'Ja,' antwoordde hij. 'En waarschijnlijk zal ik hier ook sterven. Voor mij is er geen andere plek. Toen Rosa nog leefde, ging ik elke avond braaf naar huis. Maar nu heb ik haar meegenomen en blijf ik hier. Ik heb hier alles wat ik nodig heb. En als ik iets van de wereld wil zien, neem ik een dag vrij en neem de trein.'

'Is dat niet een beetje eenzaam?' vroeg ik, en ik bedacht dat ik eigenlijk ook eenzaam was, omgeven door vreemden en ver van mijn vrienden.

'Eenzaam? Op een station ben je zelden eenzaam. Soms kom je 's morgens in alle vroegte jongedames tegen.' Hij knipoogde naar me, en op dat moment begon de ketel te fluiten.

Hij schudde wat koffie in twee emaillen mokken en goot het kokende water erop. 'Het is Turkse koffie. Ik hoop dat u dat lust.'

'Dank u, zo drink ik het graag.'

Dat was niet helemaal waar, op de hoeve hadden ze altijd filterkoffie. Ook mijn moeder maakte die. Maar het sterke aroma stroomde mijn neus binnen en verdreef de loodzware vermoeidheid die in het warme vertrek over me heen was gekomen.

'U kunt het beste nog even wachten, anders verbrandt u nog uw tong,' zei de stationschef terwijl hij tegenover me ging zitten. Ik keek op de klok boven het aanrecht. De wijzers bewogen zich langzaam vooruit, het duurde nog drie kwartier voor de ochtendtrein kwam.

De man tuurde een tijdje in zijn mok, toen zei hij: 'Ik weet hoe jonge mensen zijn. Er zit iets tegen en dan willen ze de wijde wereld in. Maar ik zeg u dat het soms beter is je trots in te slikken en door te gaan. Aan de andere kant van de heuvel is het gras ook niet groener.'

'Bij mij heeft het niets met trots te maken,' merkte ik op. 'Ik ben alleen ergens waar... Er is daar iemand die een grote hekel aan me heeft. En het is ook niet mijn thuis. Ik kom eigenlijk uit Stockholm.'

'En daar wilt u weer naar terug.'

Ik knikte. 'Naar mijn ouderlijk huis. Mijn ouders zijn dood, maar het huis is van mij.'

'En de mensen bij wie u tot nog toe was, gaan daarmee akkoord?'

'Dat weet ik niet,' zei ik en ik wenste dat ik daarnet niet de opmerking had gemaakt dat alles beter was dan thuis. 'Ik denk van niet. Maar ik moet wel. Ik heb geen keus.'

'Hebt u wel vrienden in Stockholm?'

'Ja. Mijn vriendin en haar broer.'

De oude man knikte. 'Tja, ik kan u niets voorschrijven, maar ik raad u aan naar die vrienden te gaan. U moet niet alleen blijven. Als je alleen bent, kom je soms op domme ideeën. Vooral als je het moeilijk hebt.'

'Ik ben niet van plan me van het leven te beroven,' liet ik hem weten. 'Dat heeft mijn vader wel gedaan. Hij heeft ons gewoon in de steek gelaten. Maar ik loop niet weg. Ik wil alleen ergens zijn waar ik die lammeling niet hoef te zien. Dat is alles.'

De stationschef nam een slok uit zijn mok en keek me toen lang aan.

'Is die lammeling toevallig een vriend? Vergeef me, maar oude mensen zijn nu eenmaal nieuwsgierig.'

'Nee, hij niet!' antwoordde ik verontwaardigd. 'Het is gewoon iemand die me haat. Hij haat me omdat mijn moeder een dienstmeisje was en hij zich superieur acht. Hij haat me alleen al omdat ik besta.'

'Dat kan ik me bij een meisje als u haast niet voorstellen. Misschien behandelt hij u zo slecht omdat hij denkt geen kans bij u te maken.'

Ik schudde mijn hoofd. 'Nee, dat is het niet. Hij haat me gewoon. Hij wil niet dat ik daar ben omdat hij bang is dat ik hem zal verdringen. Bovendien wil ik niets liever dan daarvandaan gaan.'

'Dus doet u hem nu een plezier.'

'Ja, als u het zo wilt noemen. Ik hoef die trammelant niet. Daar heb ik al te veel van gehad en nu wil ik eindelijk eens rust hebben.'

De oude man knikte en nam weer een slok. 'Precies goed,' mompelde hij, waarop ik ook mijn mok aan mijn mond bracht. De koffie smaakte verduiveld sterk, maar het aroma was aangenaam.

Terwijl ik het bloed sneller door mijn aderen voelde stromen, dacht ik na over wat de oude man gezegd had. Ja, ik deed Magnus een plezier. Maar hoe moest ik me tegen hem verweren? Hoe kon ik hem ervan weerhouden in mijn spullen te snuffelen, mijn intiemste geheimen prijs te geven? Dat kon alleen als ik niet in zijn buurt was. Maar nu wilde ik niet meer aan hem denken.

Om me een beetje op te monteren vertelde de stationschef iets over de vreemdsoortigste figuren die hij op het station was tegengekomen. Een vrouw met een toom eenden die ze in een personencoupé mee wilde hebben, zogenaamd omdat de dieren bang waren in het donker. Of een man met een tas vol blikken zure haring die op ontploffen stonden. Dat hadden ze gelukkig pas gedaan nadat hij het station had verlaten.

'Stelt u zich die smeerboel eens voor!' zei hij. 'Ik heb niks tegen die stinkende zure haring, integendeel, maar als die blikken ontploffen, is dat erg onaangenaam.'

Met een paar van zulke anekdotes wist hij me aan het lachen te maken, en de tijd ging voorbij voor ik het wist.

'Misschien moet u zo langzamerhand eens naar het perron gaan,' zei hij ten slotte. 'Het loket is nog niet open, maar u kunt in de trein een kaartje kopen.'

'Dank u voor de koffie en de vriendelijke woorden,' zei ik terwijl ik opstond.

'Graag gedaan, jongedame. Maar ik verzoek u nogmaals goed over de reis na te denken. Als u nu teruggaat...'

'Nee. Mijn besluit staat vast.'

'Nou, dan wens ik u het beste. Ach, wacht even, ik heb nog iets voor u.' Hij liep naar de kast, trok een la open en haalde een bruine papieren zak tevoorschijn. Daar nam hij een paar broodjes uit, deed hem weer dicht en reikte hem me aan.

'Voor onderweg. Om niet te verhongeren.'

'Dank u wel. Wat aardig van u.'

'Als je reist, heb je soms een goede geest nodig om je te begeleiden. Ik kan niet met u meegaan, maar u wel een beetje kracht geven.'

Ik knikte en stopte de zak in mijn tas. Toen schoot me iets te binnen. 'Mag ik u om een gunst vragen?'

'Natuurlijk. Moet ik iemand op de hoogte brengen?'

Ik schudde mijn hoofd, in het besef dat hij de mensen van de Leeuwenhof zou zeggen waar ik naartoe was gegaan als ze erom vroegen.

'Wilt u voor het paard zorgen dat ik buiten heb vastgemaakt?' vroeg ik.

'Een paard?'

'Het paard waarop ik hier gekomen ben. Het hoort thuis op de Leeuwenhof.'

'U bent toch niet daar weggelopen!'

'Jawel. Soms is een paleis een hutje en een hutje een paleis. Dat zei mijn vader altijd.'

'Uw vader lijkt een goeie vent te zijn geweest. Ik weet dat de Kerk iets anders zegt als iemand zich van het leven berooft, maar ik weet zeker dat hij vanuit de hemel over u waakt.'

'Dank u, ik hoop het,' antwoordde ik. 'En het paard...'

'Ik zal ervoor zorgen dat het weer bij de eigenaar terugkomt.'

'Heel hartelijk bedankt.' Nu had hij nog een opmerkelijk verhaal om te vertellen.

De stationschef knikte. 'Het beste, jongedame! Ik hoop dat u een plek vindt waar u welkom bent.'

'Daar doe ik mijn best voor. Hartelijk dank!'

Glimlachend nam ik afscheid en ik zwaaide naar de man. Toen liep ik de stationshal door en klom de trap naar het perron op.

De vergeelde mondwaterreclame die ik van de zomer bij mijn aankomst had gezien, was verdwenen. In plaats daarvan prees een zeer gesoigneerde heer een haartonicum aan. Blijkbaar veranderde hier toch wel eens iets.

De volgende minuten kreeg ik gezelschap van andere reizigers. Sommigen van hen wekten een vermoeide indruk, anderen leken nerveus. Een man stak gehaast een sigaret op. Ik keek een beetje angstig naar de trap. Het was nog steeds donker, maar de staljongens waren vast al wakker en zouden hebben gemerkt dat Berta ontbrak. Ze zouden de gravin wekken, omdat ze zouden veronderstellen dat ze gestolen was, en dan... Nee, daar wilde ik niet aan denken.

Gelukkig werd even later omgeroepen dat de ochtendtrein elk moment kon binnenkomen. Toen ik de rookpluimen van de locomotief ontwaarde, haalde ik opgelucht adem. Voorlopig was ik onbereikbaar. En misschien zou zich in Stockholm een mogelijkheid voordoen waardoor ik nooit meer naar de Leeuwenhof terug hoefde.

13

In Stockholm liep ik haastig het station uit en wachtte op de bus die me naar huis bracht. Inmiddels was op de Leeuwenhof vast alles in rep en roer. Dat moest dan maar! Ik zou geen stap meer zetten in het huis waar mijn geheimen niet veilig waren.

De bus verscheen, maar hij was overvol. Omdat ik niet op de volgende wilde wachten, ging ik lopen. Terwijl ik de ene voet voor de andere zette, begon mijn geweten te spreken. Agneta trof geen schuld voor wat Magnus had gedaan, en Ingmar evenmin. Zij werden zo ook gestraft. Maar ik kon me niet omwille van hen blootstellen aan de aanvallen van hun zoon en broer.

Ik besefte dat Agneta me elk moment weer naar de Leeuwenhof terug kon halen. Desnoods met hulp van de politie. Maar wat als ik een andere uitweg vond? Wat als Paul bereid was samen met mij weg te lopen? Als hij met me trouwde? Dan zou ik onder zijn toezicht worden gesteld, het voogdijschap zou niet meer gelden. En dan kon ik meteen het leven leiden waar ik al zo lang naar verlangde.

Zonder na te denken sloeg ik de richting in van het ouderlijk huis van Daga en Paul. In de meubelmakerij van de Ringströms zou het nu nog druk zijn, maar het was al bijna avond. Weldra zouden de poorten dichtgaan en zou ik in alle rust met Paul kunnen praten.

Na een wandeling die me een eeuwigheid toescheen, kwam ik bij de meubelmakerij aan. De werknemers die ik tegenkwam letten niet op me. Ik liep naar de voordeur van het woonhuis, belde aan en bereidde me erop voor dat Pauls moeder of vader zou opendoen. Gelukkig was het Daga die aan de deur verscheen.

'Mathilda! Wat kom jij hier doen?' vroeg ze en ze viel me om de hals. 'Wat een heerlijke verrassing! Je hebt me helemaal niet geschreven dat je naar Stockholm kwam.'

'Tot gisteren wist ik dat zelf ook nog niet,' antwoordde ik met een onzeker glimlachje.

'Hoezo? Is er iets gebeurd?' Daga keek me aan, met haar handen nog op mijn schouders.

'Nee, ik bedoel, ja, toch wel... Ik heb ruzie gehad op de hoeve. Is Paul er? Ik moet hem dringend iets vragen.' Ik trilde inwendig. Ik wilde niet tegen Daga zeggen wat er gebeurd was. Ik wilde haar niet over mijn verzoek vertellen. Nog niet.

'Wil je niet binnenkomen?' vroeg Daga enigszins verward. 'Moeder is net bezig het avondeten klaar te maken.'

'Nee, het is beter als ik eerst met Paul praat.' Ik forceerde een glimlachje. 'Maar het is fijn je te zien. Je ziet er geweldig uit!'

'Dank je, jij ook, maar...' Ze schudde verbaasd haar hoofd. 'Het is toch niets ernstigs?'

'Nee, maar ik moet hem beslist spreken. Alsjeblieft, Daga, ik leg het je later wel uit.'

Ik kreeg een knoop in mijn maag. Toen ik die dwaze inval kreeg, dacht ik er niet aan dat ik binnen zou worden gevraagd. De ouders van Daga en Paul waren heel gastvrij, ze lieten je niet gaan voor je je had volgegeten. Maar ik zou ook een stroom van vragen over me heen krijgen. Dat was het laatste wat ik wilde. Niet na alles wat er was gebeurd. Misschien zouden ze denken dat ik gek geworden was.

'Goed, ik zal hem halen. Maar dan moet je me echt vertellen wat er aan de hand is.'

Daarop verdween ze achter de deur. Ik voelde me opgelaten. Wat moest mijn vriendin wel niet van me denken?

Even later verscheen Paul in de deuropening. Hij was bezig zijn handen af te drogen aan een doek. Waarschijnlijk kwam hij net uit de werkplaats.

'Mathilda,' riep hij. 'Lieve help, wat een verrassing!'

Ik vloog hem in de armen. Of zijn handen nog nat waren of niet.

'Ik wou je zien,' zei ik. 'Je weet niet hoe ik je heb gemist.'

'Ik heb jou ook gemist,' antwoordde hij. Hij sloeg zijn armen om me heen en drukte me stevig aan zijn hart. Dat moment alleen al was het weglopen van de Leeuwenhof waard. 'Wat brengt je hier? Ben je in Stockholm op bezoek? Of heb je narigheid met je voogd? Daga leek zo ongerust.'

'Ik hou het daar niet meer uit,' zei ik terwijl ik me aan zijn overhemd vastklemde. 'Ik wil hier zijn. Bij jou.' Ik keek hem aan. Even werd ik door twijfel bevangen, maar toen zei ik: 'Help me alsjeblieft! Trouw met me! Dan hoef ik niet terug naar dat huis.'

'Wat?' Paul was verbijsterd. Zijn blik kreeg een bezorgde uitdrukking.

'Het is daar vreselijk,' vervolgde ik. 'Magnus heeft je brief uit mijn kamer gestolen en hem hardop voorgelezen. Hij heeft me te kijk gezet! Hij behandelt me als een melaatse.'

Paul schudde zijn hoofd. Ik wist niet wat dat betekende. Deed hij dat omdat hij het niet begreep? Of omdat hij me niet geloofde? Wat ik zojuist had gezegd, kon ik zelf maar nauwelijks geloven.

'En wat zegt je voogd?'

'Niets, het is immers haar zoon!' Het volgende moment besefte ik dat het niet rechtvaardig was om dat te zeggen. Agneta had al eens met Magnus gesproken. Maar toen was het nog niet zeker dat hij echt achter die gemene streek met het dienstmeisjesuniform zat. Ik was ervan overtuigd dat de gravin haar zoon niet zou straffen.

'Mathilda,' zei hij terwijl hij kalmerend zijn handen op mijn armen legde. 'Maak je niet druk! Ik weet zeker dat we een oplossing zullen vinden.'

De tranen sprongen me in de ogen en Pauls beeld werd wazig. 'Ik wil daar niet meer zijn. Ik wil terug naar Stockholm. Ik wil hem nooit meer zien!' jammerde ik.

'Dat begrijp ik. Maar ik kan daar niet heen gaan en hem een

klap verkopen. Hoe graag ik dat ook zou willen.'

Hij balde zijn vuisten. Het was zelden nodig geweest, maar zo nu en dan was hij op de vuist gegaan met jongens die me zo nodig na moesten roepen.

Maar hij had gelijk, hij kon niet naar de Leeuwenhof gaan. Er was slechts één mogelijkheid: mij daar weghalen.

Ten slotte vroeg hij: 'Wil je niet eerst binnenkomen? Mee-eten? Dan kun je me alles rustig vertellen.'

'Nee, dat wil ik niet,' jammerde ik. 'Ik wil alleen weten: zou je met me trouwen?'

'Maar...'

'Het hoeft niet meteen, maar ergens in de komende weken. Zou je je met mij verloven? Ik kan daar alleen weg als ik een echtgenoot heb.'

Terwijl ik sprak, werd me duidelijk hoe afschrikwekkend dat voor Paul moest klinken. Maar ik kon niet anders.

Hij sloeg zijn armen weer om me heen en hield me een poosje vast. Zachtjes zei hij: 'Natuurlijk gaan we trouwen. Maar niet nu. Je bent nog altijd zeventien. En de gravin zal erop tegen zijn. Ik weet dat ik er indertijd over ben begonnen, maar intussen heb ik nagedacht en het lijkt me beter om nog te wachten.'

Ik keek naar hem op. Tot spreken was ik niet in staat. Zijn woorden waren een koude douche.

'Begrijp me toch,' zei hij. 'We kunnen niet op stel en sprong trouwen. Jouw gravin zou nooit toestaan dat je nu al trouwt, en zoals je weet, kan dat niet zonder toestemming van je voogd.'

'Je bedoelt dus dat ik weer terug moet?' Mijn ogen vulden zich weer met tranen. 'Moet ik me dan de hele tijd door die ellendeling laten intimideren?'

'Praat met de gravin over wat er gebeurd is! Ik... ik zou je daar dolgraag vandaan halen, maar dat kan niet. Ik ben immers zelf nog niet meerderjarig en zou toestemming van mijn ouders moeten hebben. Wacht tot ik eenentwintig ben. Dan zal ik het je voogd vragen.'

Op dat moment leek de bodem onder mijn voeten te worden

weggeslagen. Mijn hoop spatte als een zeepbel uit elkaar. Het was heel verstandig wat hij zei, en toch kwam het hard aan.

Ik maakte me van hem los.

'Kom toch mee naar binnen,' zei hij een beetje hulpeloos. 'Mijn moeder zal blij zijn je weer te zien. En bij ons ben je voorlopig veilig.'

Ik schudde mijn hoofd. Het liefst was ik uit schaamte door de grond gezakt. 'Het spijt me, maar... ik moet gaan. Het beste! Doe Daga de groeten!' Ik pakte mijn tas en draaide me om.

'Waar wil je dan heen?' riep Paul me na. 'Je kunt toch een poosje bij ons blijven!'

Maar dat wilde ik niet. Zonder om te kijken liep ik het erf van de meubelmakerij af. Ik voelde me wanhopig en liet mijn tranen de vrije loop.

'Mathilda!' riep Paul, en even dacht ik dat hij achter me aan kwam. Toen begon ik te rennen.

Ik vond mezelf ineens vreselijk dwaas. Ik hoorde weer de woorden van de stationschef. Hij had gelijk gehad. Ik had thuis moeten blijven. Ik had Agneta over het voorval moeten vertellen. Ik had niet iets moeten doen waarmee ik Magnus een plezier deed. Ik had niet zomaar bij Paul moeten verschijnen en hem vragen met me te trouwen, terwijl ik dat idee een paar maanden geleden nog had afgewezen.

Een hele tijd liep ik doelloos door de stad. De voorbijgangers op het trottoir merkte ik nauwelijks op. Ik liep over van teleurstelling en schaamte. Wat zou Paul zijn familie vertellen? Hoe zou Daga erop reageren? Zou iedereen me nu gestoord vinden?

Toen ik weer tot mezelf kwam, merkte ik dat ik op de brug stond waar de aansteker van mijn vader was gevonden. Ik had hem in mijn tas gestopt om hem niet kwijt te raken. Nu staarde ik gebiologeerd naar de plaats waar hij had gelegen.

Dit was de plaats waar mijn vader zich vermoedelijk van het leven had beroofd. Ik liep dichter naar de brugleuning toe. De afgelopen jaren was ik hier af en toe geweest. Ook nu kon ik hier niet staan zonder me af te vragen wat hij toen dacht. Wat hem had bewogen die stap te zetten. Ons zomaar te verlaten. Hoe vertwijfeld hij moest zijn geweest. Vast veel erger dan ik nu was.

Ik stapte nog dichter naar de balustrade toe. Die was oud, maar zag er heel stevig uit. Ik kon me voorstellen dat jongens hier nu en dan hun moed probeerden te bewijzen door op de leuning te balanceren. Wie kon zwemmen en in leven wilde blijven kon makkelijk naar de oever komen als hij viel. Maar wie het leven achter zich wilde laten...

'Juffrouw,' zei een stem achter me. Even later voelde ik een hand op mijn rug.

Ik draaide me om en keek in het gezicht van een oudere vrouw, die een wat versleten jas met een bontkraag droeg en een vilten hoed. Haar grijze krullen piepten onder de rand van de hoed uit.

'Neem me niet kwalijk, heb ik u soms laten schrikken?' vroeg ze.

Ik kon me indenken waarom ze me aansprak. In haar ogen zag ik er misschien uit als een zelfmoordenares. Mijn gezicht was opgezwollen en aan mijn kleding zag je de sporen van de lange reis.

'Nee, u hebt me niet laten schrikken, ik... Het is niet zoals u misschien denkt.'

'Wat zou ik dan denken?' vroeg ze welwillend.

'Ik ben niet van plan te springen,' antwoordde ik. 'Dit is de plek waar mijn vader verdwenen is. Ik... ik probeerde na te gaan hoe hij zich die laatste ogenblikken moet hebben gevoeld.'

De ogen van de vrouw werden vochtig. 'Arm ding!'

'Het is al een tijdje geleden, maar ik moet er altijd aan denken als ik hier ben.'

'Misschien moet je met me meegaan,' bood ze aan. 'Een meisje als jij moet 's avonds niet door de stad dwalen.'

'Dank u, maar ik heb een plek om heen te gaan,' antwoordde ik en ik pakte mijn tas. 'Het beste!'

'Jij ook, kindje!' riep ze me na

Ik draaide me om en zwaaide nog even naar haar, toen liep ik de brug over.

Uitgeput strompelde ik de Brännkyrgatan op en haalde de sleutel uit mijn tas. Ik wist wat er op me wachtte: een huis vol schaduwen, met afgedekte meubels en schilderijen. Maar waar had ik anders heen gemoeten? Terug naar de Leeuwenhof wilde en kon ik niet. Als het moest, dan morgenochtend, om een berisping voor het weglopen te incasseren.

Ik stak de sleutel in het slot en ging naar binnen. Het rook er stoffig en naar oud metselwerk. Maar dat had ook iets knus, dat me het gevoel gaf thuis te zijn.

Ik sloot de deur achter me, deed het licht aan en bracht de tas naar mijn kamer. Er was niets te eten, en de winkels waren al dicht. Ik moest me behelpen met kraanwater en het laatste broodje van de stationschef.

Zuchtend viel ik neer op de kale matras van mijn bed. Mijn beddengoed was tenminste hier gebleven, juffrouw Grün had het opgeborgen in de cederhouten kist die mijn vader van zijn grootmoeder had geërfd.

Maar ik kon en wilde me niet bewegen. Met zware oogleden staarde ik naar de lamp boven me.

Even bedacht ik dat Paul hier misschien kon opduiken. Ik verwachtte al min of meer dat er een steen tegen de ruit zou vliegen. Hij was beslist niet vergeten waar ik woonde.

Hoezeer ik dat ook wenste, ik vreesde het net zozeer. Er zou niets door veranderen. Paul kon niet met me trouwen. En als hij zijn ouders over mijn bezoek vertelde, hielden zij me waarschijnlijk voor gestoord. En Daga? Ik had haar niet verteld wat er aan de hand was. Mogelijk was ze daar kwaad over. Of maakte ze zich onnodig zorgen. Wat had ik allemaal aangericht!

Een tijdje lag ik zo nog te malen, maar toen merkte ik dat mijn oogleden zwaar werden. Ik merkte nauwelijks dat de slaap me overmande en me meenam in het niets.

14

Ik werd wakker toen ik de deur hoorde opengaan. Even dacht ik dat mijn moeder door het huis liep. Ik verwachtte al bijna de geur van warme melk in mijn bed te kunnen ruiken.

Toen mijn slaapkamerdeur openging, schrok ik. Het rook niet naar warme melk, en bij het zien van de overdekte meubels besefte ik dat ik hier ook niet meer woonde.

Eerst dacht ik met een inbreker van doen te hebben, maar toen herkende ik de gestalte van Agneta Lejongård.

'Goedemorgen, Mathilda,' zei ze streng. 'Ik ben bijzonder blij dat je nog in leven bent.'

Ik verkrampte. Ze had niet de politie gestuurd, maar was zelf gekomen. Op dat moment wist ik niet wat erger was.

'Ik... vergeef me, ik wilde...'

'De hele Leeuwenhof doodsangst aanjagen?' vroeg ze scherp.

Met moeite kwam ik van de matras overeind. Mijn maag knorde luid, maar ik was eerder misselijk van angst.

'Nee, het was alleen...'

'Waarom ben je dan weggelopen? Waarom ben je, zonder het iemand te laten weten, vertrokken? Er had je van alles kunnen overkomen!'

'Ik ben naar het station gegaan omdat ik... omdat ik niet wist waar ik naartoe moest.'

'Je had het me moeten zeggen als er een probleem was.'

Ik perste mijn lippen op elkaar. Zou dat iets hebben veranderd? Zeker, ze had Magnus met het internaat gedreigd, maar ik had gezien hoe ze haar zoon behandelde. Ze ging heel omzichtig met hem om. Ze beweerde dat haar twee kinderen haar even lief waren, maar tegen Magnus was ze tederder dan tegen Ingmar. Ik was er zeker van dat ze haar dreigement niet waar zou maken.

'Ik hoef toch niet te benadrukken dat dit niet kan als je deel van mijn familie uitmaakt!' vervolgde ze. 'Wij lopen niet weg voor problemen. Die lossen we op.'

Ik ben geen deel van de familie, dacht ik koppig. Ik ben maar de pupil, met wie het gravenzoontje denkt te kunnen doen wat hij wil. Toch boog ik mijn hoofd. 'Het spijt me, het was alleen maar...'

'Wat? Wat was er dan?' vroeg ze kwaad.

'Magnus heeft Ingmar een brief voorgelezen die ik had gekregen. Daarna heeft hij hem in de haard gegooid.' Ik voelde me een klikspaan, maar als de gravin beslist wilde weten wat me ertoe gebracht had te vluchten...

'Wat voor brief was het?' Agneta's stem bleef scherp. Waarschijnlijk vond ze mijn gedrag kinderachtig.

'Een brief van Paul... Ik ken hem al lang, hij is...' Ja, wat was hij? De jongen die me gekust had? De jongen die me waarschijnlijk voor gek versleet omdat ik naar hem toe was gegaan en hem had voorgesteld dat hij met me zou trouwen?

'Je vriend?' informeerde Agneta.

Ik knikte.

'Waar had je die brief gelaten?'

'In de la van mijn schrijftafel. Het was een heel persoonlijke brief.' Waarover ik me nu enigszins verwonderde, want Pauls reactie de vorige dag stemde daar niet mee overeen.

Agneta leek na te denken. Toen zei ze: 'Was je en trek iets anders aan! We gaan naar huis.'

Meer niet? had ik er bijna uitgeflapt. Eigenlijk had er nu een strafpreek moeten volgen. Eigenlijk had ze me moeten dreigen met de consequenties. Dat ze nu eenvoudigweg besliste dat we naar huis gingen, bracht me in de war en gaf me geen goed gevoel. Er zou vast nog iets volgen. Waarschijnlijk zou ik mijn straf krijgen als we weer op de Leeuwenhof waren.

De gravin verliet mijn kamer en ik sjokte naar mijn tas. Daar haalde ik een herfstjurk uit. Het koude water waarmee ik me waste verdreef de laatste restjes vermoeidheid. De stof van de jurk verwarmde mijn huid. Toen ik de keuken in kwam, ging er desondanks een rilling door me heen.

'Heb je alles?' vroeg Agneta slechts. Ik voelde duidelijk de spanning in het vertrek. Als vuurwerk met oudjaar, waarbij één vonkje genoeg was om de hele boel te laten ontploffen.

'Ik moet alleen nog mijn tas inpakken.'

'Ga dat dan doen! Ik zit te wachten.'

Ik zit te wachten. Waarschijnlijk had ze urenlang zitten wachten, alleen maar om er zeker van te zijn dat ik mee zou komen.

Was het mogelijk dat een voogd er geen zin meer in had om voogd te zijn? Zou dat bij haar het geval zijn? En zo ja, wat gebeurde er dan met mij? Dreigde dan het kindertehuis? Ik sjokte de keuken uit. Mijn voeten leken ineens vreselijk zwaar.

Ik stopte de jurk waarin ik gekomen was in de tas en verzamelde de spullen die ik gebruikt had om me te wassen. Toen trok ik mijn mantel aan en ging terug naar Agneta. Ze was me niet met de trein achterna gereisd maar met haar automobiel. Waarschijnlijk was ze de hele nacht onderweg geweest om vanmorgen vroeg bij me te kunnen zijn.

We stapten in en ik keek weemoedig om naar het huis, dat in de achterruit van de wagen steeds kleiner werd. Ik had gehoopt er te kunnen blijven, maar waarschijnlijk zou ik het pas over een paar jaar terugzien.

We reden een hele tijd zonder een woord te wisselen. Het monotone gebrom van de motor was slaapverwekkend, maar de provinciale weg zat vol diepe kuilen, die verhinderden dat mijn ogen dichtvielen. Tegen de middag stopten we in een stadje om iets te eten. Mijn maag knorde inmiddels behoorlijk, maar ik zou nooit om iets te eten hebben gevraagd. Zo moest een beklaagde zich voelen die onderweg was naar zijn proces.

We liepen een taverne in en gingen aan een van de achterste tafels zitten, waarvandaan je de hele ruimte kon overzien. De gravin bestelde water en thee, evenals twee porties gehaktballetjes, aardappelen en veenbessencompote. Ondanks mijn luid knorrende maag wist ik niet hoe ik dat allemaal naar binnen moest werken.

'Weet je,' begon de gravin uiteindelijk. Haar stem kreeg een mijmerende toon. 'Wat jij hebt gedaan, is me niet vreemd. Een overhaaste reactie vanwege een grote krenking. Ook ik ben mezelf ooit helemaal vergeten. Toen heb ik in benevelde toestand mijn schilderijen beschadigd, ik heb ze opengesneden en ze bijna allemaal vernield. Nu betreur ik dat. Ik had uit mijn jonge jaren graag meer bewaard.'

Ik keek haar verbaasd aan. Op een zo rustige toon en een bekentenis van eigen domme daden had ik niet gerekend. De meeste volwassenen die ik tot nog toe had meegemaakt, hadden nooit hun eigen fouten toegegeven.

'Het spijt me dat Magnus je weer onheus heeft bejegend,' vervolgde ze. 'Ik begrijp het echt niet. De liefde van zijn broer voor hem is onverwoestbaar, en dat geldt ook voor mijn man en mij. Maar mijn zoon leeft in een wereld waarin hij behalve Ingmar niemand binnenlaat. En ik heb het gevoel dat hij zich sinds kort ook voor zijn tweelingbroer vaak afsluit.' Ze pauzeerde even, en ik moest denken aan het gesprek dat ze achter de deur van de werkkamer met haar zoon had gevoerd.

'Ik vrees dat ik nu geen andere keuze heb dan mijn dreigement uitvoeren. Het internaat zal hem wellicht helpen zijn fatsoen terug te vinden.'

'Maar...' zei ik. 'Dat is niet nodig. Ik heb overdreven gereageerd.'

Ik zag ineens weer Pauls verwarde gezichtsuitdrukking voor me. En Daga's verbazing.

'Nee, dat was het niet,' wierp de gravin tegen. 'Je hebt me laten zien dat ik rekening moet houden met de consequenties als ik geen vat op het probleem krijg. Jij en ik lijken in zekere zin op elkaar. Als we gekrenkt of teleurgesteld worden, raken we zo verhit dat we onze woede alleen kunnen koelen door iets te doen. Iets wat op dat moment juist lijkt. Ook als het buitensporig is.'

Ze had gelijk.

'Ik had natuurlijk kunnen toegeven en je in Stockholm kunnen laten. Maar dat wil ik niet. Ik heb je nodig op de hoeve. Waar je weg je later, wanneer het voogdijschap voorbij is, ook moge brengen, op dit moment heb ik je daar nodig. En jij hebt de handelsschool nodig. Als voogd moet ik ervoor zorgen dat je je doel kunt bereiken. Als dat betekent dat ik mijn zonen van elkaar moet scheiden, dan zit er niets anders op.'

Ze hield op toen de kelner verscheen om het eten te brengen. Toen hij weer weg was, zei ze: 'Maar ik zal er niet omheen kunnen jou straf te geven, want wat je gedaan hebt was verkeerd en heeft me behoorlijk op de zenuwen gewerkt.'

'Het spijt me.'

'Dat heb je al gezegd. De komende vier weken heb je huisarrest. Daarvan ben je alleen vrijgesteld om naar school en naar paardrijles te gaan. Na die verplichtingen kom je terug naar huis en help je me met kantoorwerk. Er valt het nodige te ordenen en te catalogiseren.'

Ik knikte. 'Goed.'

'Bovendien mag je een maand lang je vriend niet schrijven. Om te voorkomen dat hij zich zorgen maakt, zal ik hem een berichtje sturen. Brieven die binnenkomen houd ik een maand achter.'

Die straf leek me pijnlijker. Maar ik wist niet of Paul me eigenlijk nog wel wilde schrijven.

'En wat de school betreft, moet je de twee dagen die je gemist hebt als ongerechtvaardigd verzuim laten noteren. Ik zal je niet de hand boven het hoofd houden. Als leraren je willen laten nablijven, moet je me informeren, zodat ik de chauffeur kan sturen. Je hebt geluk dat het zulk wisselvallig weer is. Ik heb eigenlijk zin om je te laten lopen. Maar dat zal ik niet doen.'

Ik liet mijn hoofd hangen. Het was wel erg veel straf voor mijn kwade reactie op Magnus' schofferende gedrag. Maar ik wist dat ik me niet moest beklagen. In plaats van de politie te sturen om me te halen was Agneta zelf gekomen. Dat was veel waard. En voor de rest zou ik moeten boeten.

Toen we op de hoeve terugkwamen, was het al lang donker. Ik had hoofdpijn en een knoop in mijn maag van ongerustheid. Hoe zou Magnus erop reageren dat zijn moeder haar dreigement uitvoerde? En Ingmar? Hij wist wat zijn broer gedaan had! Maar hij was zijn tweelingbroer. Mogelijk zou hij mij ook haten als Magnus werd weggestuurd.

Mijn hart verkrampte als ik eraan dacht dat hij had geprobeerd me te leren dansen. Waarom had alles niet gewoon zo kunnen blijven?

'Ga naar boven, ik zal tegen Rika zeggen dat ze je het avondeten moet brengen. We zien elkaar morgen.'

Ik knikte en sjokte met mijn tas naar mijn kamer. Stiekem hoopte ik dat Ingmar zou komen en me zou vragen wat er allemaal was gebeurd. Dat hij wilde weten hoe mijn avontuurtje was geweest. Maar afgezien van het dienstmeisje met het dienblad vertoonde zich niemand. Ik voelde me net zo verlaten als de vorige dag in het huis in Stockholm.

De volgende ochtend haalde ik alleen vlug een ontbijt uit de keuken en verdween ermee naar boven. Het was zondag, dus ik hoefde niet naar school. Zou het mogelijk zijn het middageten over te slaan? Of het me ook te laten brengen?

De hele ochtend liep ik onrustig door mijn kamer heen en weer. Tussendoor probeerde ik iets te lezen of in mijn schoolboeken te kijken, maar daarvoor was ik veel te nerveus. De minuten dijden uit, en ik voelde me net een ballon die op het punt van knappen stond.

Van de Lejongårds liet niemand zich zien. Ik wist niet of ik daar blij om moest zijn. Enerzijds was het mogelijk dat Agneta me weer een uitbrander zou geven. Anderzijds zou het ook kunnen dat ik met zwijgen werd gestraft. Het was aan mij om het contact te herstellen, maar daar had ik de moed niet toe.

Het middageten sloeg ik over, want ik had geen trek. Lena en Rika kwamen een paar keer kijken, maar ik zei tegen hen dat ik niets nodig had. Daarna ging ik op bed naar het plafond liggen staren. Hoe zou het nu verdergaan? Zou Magnus echt weggestuurd worden? En hoe zouden de anderen zich dan tegenover mij gedragen? Ik was zo vreselijk dom geweest! Ik had Magnus gewoon een oorvijg moeten verkopen...

's Middags wilde ik naar de bibliotheek gaan om vlug een paar boeken te halen. Daar zag ik Ingmar, die op een vensterbank de tuin in zat te kijken. Er lag een boek op zijn schoot.

'Ha, de voortvluchtige is terug,' zei hij met een spottende grijns. 'Je neemt het huisarrest blijkbaar nogal serieus, ben je daarom soms niet bij het middageten verschenen?'

Ik was bang jullie onder ogen te komen, zou een eerlijk antwoord zijn geweest, maar ik zei: 'Ik voelde me niet lekker.'

'Je lijkt er anders nu aardig gezond uit te zien.'

'Inmiddels gaat het weer beter.' Het liefst was ik weer naar boven gelopen. In Ingmars woorden klonk onmiskenbaar ergernis door. Hij legde het boek weg en wendde zich naar me toe.

'Heb je enig idee hoe het hier was?' vroeg hij.

'Ik kan het me indenken,' antwoordde ik timide.

'Echt? Ik ben bang van niet. Toen jij mijn moeder zag, was ze weer gekalmeerd.'

'Dat weet ik. En ik wou dat ik het niet had gedaan, maar toen Magnus die brief voorlas, knapte er iets bij mij. Ik moest iets doen en wou alleen nog maar weg. Jij was er toch bij.'

'Ja, daar was ik bij. En wat Magnus deed, was echt gemeen. Toch had je niet zo moeten reageren. Vader ging door het lint en moeder was buiten zichzelf van bezorgdheid. Ze dachten dat jij jezelf iets had aangedaan.'

'Waarom had ik dat moeten doen?' vroeg ik. 'Ik wou gewoon niet meer hier zijn.'

'En daarom heb je die arme Berta gestolen.'

'Ik heb haar niet gestolen. Ik heb haar alleen als rijdier gebruikt. Heeft de man op het station haar dan niet teruggegeven?'

'Natuurlijk wel. Toch was het arme dier helemaal in de war. Je laat een paard niet zomaar op het station staan.'

Over zijn eigen zorgen had hij het niet, maar ik kon merken dat ook hij van alles had gedacht.

'Het spijt me,' zei ik. 'Ik dacht dat het anders zou gaan. Maar op dat moment... Ik moest het gewoon doen. Ik moest naar een plek die me vertrouwd was. Dacht je soms dat ik mijn eigen thuis niet mis? Mijn moeder heeft nooit in mijn spullen zitten snuffelen.'

'En dat zal hier ook niemand meer doen.' Hij stond op en keek me aan. 'Magnus vertrekt over een paar dagen.'

'Ook dat spijt me. Ik wou dat het niet zover had hoeven komen. Ik heb Agneta verzocht het niet te doen.'

'Mijn moeder houdt altijd haar woord, goedschiks of kwaadschiks. Magnus had moeten weten wat hij zich op de hals haalde toen hij die brief uit je la pakte.'

'Ja,' erkende ik. 'Toch betreur ik dat het allemaal gebeurd is. Ik zou in Stockholm zijn gebleven, maar...'

'Dat zou mijn moeder nooit toestaan. Een jonge vrouw alleen in een huis in Stockholm! Waarschijnlijk zal ze je pas hiervandaan laten gaan als je wilt trouwen.'

Ik zag het verbijsterde gezicht van Paul weer voor me. Ik had intussen ingezien hoe dom mijn actie was geweest. Maar goed dat Daga zo zwijgzaam was en dat haar ouders niets gemerkt hadden. Die zouden Paul mogelijk verbieden om mijn hand te vragen.

'Was je bij hem?' vroeg Ingmar nu.

'Bij wie?' was mijn wedervraag.

'Doe niet zo dom! Bij je vriend. Degene die je vurige liefdesbrieven stuurt.'

Ik boog mijn hoofd. Ik wilde niet over Paul praten. Hij had me voor dit alles kunnen behoeden, maar dat wilde hij niet. Dat kon hij niet.

'Ja, ik ben bij hem geweest. Ik heb hem gevraagd of hij met me wilde trouwen.'

Nu kwam er beweging in Ingmar. Hij draaide zich naar me toe en leek zichtbaar geërgerd. 'Hoe kon je nou zoiets belachelijks doen? Denk je echt dat mijn moeder je zou toestaan nu al te trouwen? Je bent pas zeventien.'

'Over drie weken word ik achttien. Bovendien zou ik, als ik trouwde, onder het gezag van mijn man worden gesteld.'

Dat leek Ingmar nog meer te irriteren. 'En dan?' vroeg hij. 'Denk je dat het beter zal gaan als je eenmaal getrouwd bent? Als je kinderen krijgt? Als je geen kant meer op kunt?'

'Dat is niet waar!' antwoordde ik. 'Ik zou gewoon overal naartoe gaan!' Ik wist niet waarom, maar ineens werd ik kwaad. Ingmar kende Paul niet. En Paul zou niet een man zijn die zijn vrouw thuis opsloot.

'En ik dacht nog wel dat je om me gaf,' voegde Ingmar eraan toe.

Nu begreep ik het. Zijn ogen keken me niet zo teleurgesteld aan vanwege zijn broer. Magnus had gelijk gehad.

'Ingmar,' zei ik een beetje hulpeloos. 'Ik... Het spijt me als ik een verkeerde indruk heb gewekt. Maar ik zie je als vriend. Als een goede vriend. Maar Paul ken ik al zo lang. We hebben elkaar trouw beloofd.'

'Wanneer? Toen jullie nog kinderen waren?' Ingmar vertrok zijn gezicht. 'In elk geval ben ik blij dat die sukkel je weer weg heeft gestuurd.'

'Paul is geen...' Ik stokte toen ik Ingmars grijns zag.

'Hij is een sukkel, omdat hij niet met je wil trouwen. Maar, ik herhaal, daar ben ik blij om. En ik hoop dat je je op een ander doel in je leven gaat richten.'

'Op jou?'

'Waarom niet? Ik ben je vriend, nietwaar? En nu Magnus naar het internaat wordt gestuurd, moet ik me zien te vermaken. Omdat dat jouw schuld is, ga je van nu af aan elke middag met me uit rijden. En de danslessen gaan ook door. Wat denk je daarvan?'

'Ik zou ook zo wel met je gaan rijden. Om precies te zijn heb ik dat niet gedaan omdat ik bang was dat Magnus jaloers zou worden. En de danslessen... Daar zouden we toch al mee doorgaan, is het niet?'

Ingmar knikte. Ik boog me voorover, gaf hem een kus op zijn wang en liep toen naar mijn kamer.

15

Drie weken gingen voorbij. Mijn huisarrest liep langzaamaan ten einde. En de straf van school had ik al een tijdje achter de rug.

Zoals ik wilde, werd mijn verjaardag heel rustig en stilletjes gevierd. Vanwege mijn straf had ik Paul en Daga niet durven uitnodigen. Maar die dag leek alles even te zijn vergeten.

Van gravin Agneta kreeg ik een wollen mantel en een dure sjaal in een stralende kleur rood die me flatteerde en me minder bleek maakte. 'Die zal je nodig hebben om de winter op ons landgoed door te komen.'

Graaf Lennard had een jurk voor me gekocht. 'Voor komende zomer,' verklaarde hij toen ik de doos openmaakte en constateerde dat hij pofmouwen had en veel te dun was voor de winter. Hij had bijna dezelfde kleur als de sjaal, blijkbaar had Agneta hem geholpen bij het uitzoeken. De stof was zo zacht dat ik hem het liefst urenlang tegen mijn wang had gehouden. Die jurk, zo wist ik meteen, zou ik op het midzomerfeest dragen.

Van Ingmar kreeg ik een zelfgemaakte armband. Die bestond uit verscheidene kleuren glazen kralen. Hij sloot koel om mijn huid, maar werd al vlug een deel van me. Ik keek urenlang naar de verschillende kralen.

Van Magnus hoorde ik gelukkig niets. Hij was op het internaat en zou pas met Kerstmis weer thuiskomen.

Mijn verjaardag werd in huis twee keer gevierd. In de familiekring werd een feestelijk diner gehouden met een geweldig menu, en daarvoor was er nog een feestje bij de dienstmeisjes. Die hadden geld ingezameld en een notitieboek voor me gekocht. Mevrouw Bloomquist had ondanks haar pijnlijke enkels zelf een verjaardagstaart gebakken, terwijl Svea zich bezighield met het avondeten. We zaten gezellig met elkaar te praten, ik over school en de meisjes over wat ze in het dorp gezien en gehoord hadden.

Het enige wat de vreugde enigszins bedierf, was de afwezigheid van mijn moeder. Ik moest steeds aan haar denken en dan vocht ik tegen mijn tranen. Bij haar zou het een niet zo uitgebreid feest zijn geweest en zouden de cadeaus heel wat minder duur zijn uitgevallen. Maar dan hadden we elkaar gehad. Ze zou me naar een café hebben meegenomen om me te trakteren op koffie en gebak. We hadden over de handelsschool in Stockholm kunnen praten, en misschien ook over Paul.

Ook hem miste ik die dag. Hij zou me vast iets uit de werkplaats van zijn vader hebben gegeven. En een kus. Dat zou meer voor me hebben betekend dan al het andere.

Twee weken later vierden we de verjaardag van de gravin. Het was een opmerkelijk toeval dat ze in dezelfde maand geboren was als ik. Nu begreep ik waarom ze dacht dat ik in sommige opzichten op haar leek. Daga, die nooit de horoscoop in de krant oversloeg, was ervan overtuigd dat mensen die in dezelfde maand jarig waren, ook dezelfde karaktertrekken vertoonden.

Gravin Agneta leek er echter van te genieten dat er veel gasten op haar feestje kwamen. Daarin waren we duidelijk heel verschillend.

Helaas was Magnus op haar verjaardag ook aanwezig. Ik kwam hem niet vaak tegen, maar als dat zo was, keek hij me aan alsof hij me wilde doorboren. Ingmar had me verteld dat zijn broer een tijdje vlinders had verzameld. Van de realskola wist ik heel goed dat ze de beestjes óf levend, óf licht verdoofd met spelden doorboorden. Bij de gedachte daaraan ging er, elke keer dat ik hem zag, een rilling over mijn rug. Maar gelukkig moest hij kort daarop alweer terug. Voor mij was het alsof de zon meteen weer feller begon te schijnen.

Met de eerste sneeuw kwam het Luciafeest. Na uitgebreide voorbereidingen konden we op 13 december weer gasten in ons huis verwelkomen. De meesten waren me inmiddels bekend, hoewel ik ook een paar nieuwe gezichten ontdekte. Ik schudde talloze handen en maakte ontelbare knicksjes. Menigeen merkte de afwezigheid van Magnus op en vroeg schertsend of ik voor hem in de plaats was gekomen. Mijn hoofd werd waarschijnlijk nog roder dan Ingmars buikband.

De balzaal was net zo ingericht als indertijd bij het jagersdiner, alleen waren ditmaal de ramen en een aantal jachttrofeeën met hulsttakken en rode linten versierd. Ook de tafel was prachtig gedecoreerd, met rood met zilveren boeketten en hoge zilveren kandelaars. Naast elk bord lag een klein doosje, waarvan ik wist dat er een stukje *lussekatt* in zat, saffraangebak, dat Svea de vorige dag had gebakken. De gravin en ik hadden het zelf ingepakt.

Terwijl de gasten plaatsnamen, stroomden de meisjes van het Luciakoor binnen. Velen van hen hadden een hoogrood gezicht en staarden ons aan alsof we sprookjesfiguren waren.

'Ha, eindelijk!' zei Agneta, en ze gebaarde me mee te komen.

'Excuses, mevrouw, we hadden wat problemen met het gewaad van Kirsten,' verklaarde de vrouw die hen begeleidde. 'Maar we zijn over een paar minuten zover.'

Ik ontdekte dat Kirsten dit jaar Lucia mocht zijn. Blijkbaar had ze bij het oefenen kaarsvet op haar gewaad geknoeid. Dat was vlak voor het vertrek gebleken en de vrouwen in het dorp hadden al hun vaardigheid met strijkijzers en vloeipapier moeten inzetten om Lucia die avond te kunnen laten optreden.

'Mathilda, ik wil je graag voorstellen aan mevrouw Sundström, de vrouw van onze dominee. Zij leidt de Bijbelles en organiseert de kerkelijke feesten in het dorp.'

'Het doet me plezier kennis met u te maken,' zei ik en ik stak haar mijn hand toe. Sinds mijn aankomst waren we elke zondag in de kerk geweest, maar ik had altijd alleen de dominee gezien.

'Mathilda is mijn pupil,' verklaarde Agneta. 'Ze komt uit Stockholm en is sinds augustus op de Leeuwenhof.'

'Je bent altijd welkom bij onze Bijbellessen,' zei de domineesvrouw. 'In het dorp zijn een paar jongeren van jouw leeftijd. Misschien wil je eens met hen praten.'

'Wat aardig dat u dat zegt, hartelijk dank! Ik zal het u nog laten weten.'

Ik had geen zin om de dorpsjeugd te leren kennen. Wat had het voor zin hier vriendschappen te sluiten als ik toch terugging naar Stockholm? Maar ik wilde de vrouw niet voor het hoofd stoten.

'Dat hoop ik van harte,' zei de domineese. 'Goed, nu zal ik maar eens gaan kijken wat de meisjes doen.' Daarop haastte ze zich weg.

'Dat was heel diplomatiek van je,' merkte Agneta op toen de vrouw buiten gehoorsafstand was. 'Je had het ook kunnen afwimpelen. Of wil je echt naar de Bijbellessen?'

'Nee, maar ik wilde haar niet beledigen. De Leeuwenhof is belangrijk voor de mensen hier. Ik zou niet willen dat ze slecht van me denken.'

Agneta knikte en in haar ogen meende ik bijna zoiets als trots te zien.

We liepen weer de zaal in, waar de gesprekken ondoordringbaar geruis waren geworden. Agneta vroeg met een belletje de aandacht en hield een korte toespraak. Op haar teken werd de zaal verduisterd. Nog steeds klonk er zacht gefluister.

Toen ging de deur open en kwamen bij het schijnsel van de kaarsen die Lucia op haar hoofd droeg de meisjes binnen. Zij hadden brandende kaarsen in hun handen, hun witte gewaden lichtten op in de duisternis, en het laatste gefluister verstomde toen ze met hun ijle, glasheldere stemmen begonnen te zingen:

Natten går tunga fjät runt gård och stuva.
Kring jord som sal förlät, skuggorna ruva.
Då i vårt mörka hus, stiger med tända ljus,
Sankta Lucia, Sankta Lucia.

De tranen sprongen me in de ogen. Ik wist niet waarom, want het Lucialied ging erover dat de nacht door het licht van de Heilige Lucia werd verdreven. Maar het ontroerde me zeer. Een lied waarbij het erom ging dat de duisternis werd verdreven. Hoe vaak had ik me niet gevoeld alsof ik in duisternis wegzonk!

En ik moest ineens aan mijn moeder denken en dat zij dit vroeger ook had gezien. De dienstmeisjes bleven aan de kant staan, maar werden niet buitengesloten en kregen hetzelfde eten als de gasten. Wat zou mijn moeder ervan hebben gezegd dat ik nu hetzelfde zag als zij, maar nu aan de tafel van de bazen?

Haastig veegde ik over mijn wangen. Toen ik opzij keek merkte ik dat Agneta me gadesloeg. Ik dwong mezelf te glimlachen om te laten zien dat ik niet bedroefd was.

De meisjes liepen de zaal verder in en bleven voor de tafels staan. Hun ogen glansden, en ze waren zichtbaar opgelucht toen ze klaar waren met het eerste lied.

Ze zongen nog meer liedjes, en gaandeweg werd het gezang minder ijl en hoorde je afzonderlijke zangeresjes erbovenuit. Sommigen zongen zo prachtig dat je zou kunnen denken een toekomstige operazangeres of chansonnière voor je te hebben. Zouden die meisjes ooit de kans krijgen dat te worden?

Onder applaus van de gasten werd ten slotte het licht weer aangedaan. Agneta bedankte de meisjes en wees hun en de domineesvrouw een speciale tafel toe, waarna ze het buffet opende. Daarbij was er niet alleen het traditionele gebak, maar ook veel lekkers dat bij een kerstviering zou hebben gepast.

'Het is de laatste keer in het jaar dat we onze zakenrelaties welkom heten bij een feestelijke gelegenheid,' verklaarde Agneta terwijl de gasten zich naar het buffet begaven. 'Kerstmis en oudjaar vieren we onder ons. Daarom valt dit feest wat groter uit dan de Luciafeesten die jij waarschijnlijk kent.'

Ik kende geen Luciafeesten, maar dat zei ik niet, ik knikte alleen bevestigend.

16

Een paar maanden later was de glans van het Luciafeest verbleekt. Het jaar 1931 nam afscheid en maakte plaats voor 1932. De lente bracht het paasfeest en daarmee kwam op het landgoed het leven terug. Het schooljaar liep ten einde, we kregen onze rapporten en de zomer ontving ons met open armen.

Die middag had ik tussen de post ook een brief voor mij ontdekt. De graaf en de gravin hadden er niets op tegen dat ik de post doornam, dus was ik, zodra de postbode kwam, naar beneden gerend en had ik met van opwinding trillende handen de enveloppen bekeken.

De brief van Paul zat ergens in het midden, en ik kon niet anders dan er minutenlang naar kijken en hem daarna aan mijn hart drukken. Nu zat ik op de steiger bij het meertje dat achter het dorp lag. Agneta had me gewaarschuwd dat ik niet in mijn eentje het water in moest gaan, maar ze vergat dat ik heel goed kon zwemmen. Ik was echter niet van plan te gaan zwemmen. Ik wilde de brief lezen en ondertussen de zon op mijn gezicht laten schijnen en luisteren naar het gesnor van de libellen die door het riet vlogen.

Ik wist dat niet ver daarvandaan een zwanenfamilie huisde, die haar pas uitgekomen kuikens achterdochtig bewaakte. Daar kon je beter niet bij in de buurt komen. Maar op de steiger was ik veilig terwijl de krekels in de hitte hun lied sjirpten.

Ik maakte de brief voorzichtig open. Er kwam wat zaagsel uit. Of dat toeval was of opzet van Paul, wist ik niet. Ik blies het van het papier en klopte het van mijn jurk, toen begon ik te lezen.

Lieve Mathilda,

Je weet niet hoe erg ik je mis. Intussen is het bijna een jaar geleden dat ik je gezien heb. Ik vrees dat ik je niet zou herkennen als we elkaar toevallig tegenkwamen. Is er echt geen mogelijkheid om elkaar te ontmoeten?

Inmiddels heb ik leren autorijden. Mijn vader vond het belangrijk om opdrachten van overal te kunnen aannemen. We hebben eigenlijk genoeg te doen, maar sommige opdrachten zijn afkomstig uit de buitenwijken van Stockholm of uit naburige gemeenten. Met de bestelwagen die we hebben aangeschaft kunnen we die klanten nu makkelijker bereiken. Is dat niet geweldig? Ik zou zo graag eens een uitstapje met je maken. Maar hoe moet dat als je niet hier bent? Kun je niet een paar dagen weg van het landgoed en naar Stockholm komen? Je huis ziet er zo triest uit zonder jou. Ik zou zo graag willen dat je daar naar buiten kwam om met me te praten en me te kussen! Kun je dat niet aan je voogd vragen? Tenslotte ben je al achttien. Dan zou een reis naar Stockholm toch wel kunnen, nietwaar?

Ik wacht met smart op je antwoord.

In liefde,
Paul

Ik zuchtte. Wat zou ik hem graag weer zien! Na mijn vlucht van de Leeuwenhof was ik teleurgesteld dat hij niet met me had willen trouwen. Maar dat was ik allang vergeten. Alles wat ik van hem had was een foto die hij me kortgeleden had gestuurd. En hij had gelijk als hij vermoedde dat hij me niet zou herkennen.

De veranderingen in de afgelopen maanden kon ik duidelijk in de spiegel zien. Ik was flink gegroeid, het spek op mijn wangen, waar ik altijd een hekel aan had gehad, was verdwenen. Ik voelde me ook veel volwassener. Misschien werd het echt tijd het nog eens met Agneta over Paul te hebben.

Na mijn terugkeer op de hoeve raapte ik al mijn moed bij elkaar en klopte op de deur van Agneta's werkkamer.

'Binnen!' riep ze en toen ik binnenkwam trof ik haar achter haar bureau. Haar gezicht was vuurrood en in de kamer hing een bedompte lucht.

'Agneta, gaat het wel goed?' vroeg ik.

'Ja, maar als ik boven de boeken zit, raakt mijn hoofd altijd verhit.'

'Kan ik misschien helpen? Voor de zomervakantie hadden we op school boekhouden, dat was heel interessant.'

Agneta trok haar wenkbrauwen op. 'Interessant? Je bent een eigenaardig meisje, weet je dat? Ik vind getallen vermoeiend. Ook al weet ik dat ik me er wel mee bezig moet houden.'

'Waarom stelt u niet een beheerder aan?' vroeg ik terwijl ik naar het raam liep en het opendeed. Buiten was het weliswaar ook heel warm, maar de lucht was er wat aangenamer dan het klimaat in deze ruimte.

'Ik heb er ooit een gehad, maar dat werkte niet erg goed,' antwoordde ze. 'Maar als je getallen leuk vindt, zou je er misschien een blik op kunnen werpen...'

'Mag ik?' vroeg ik. Ik had er al een paar keer over nagedacht hoe het landgoed werd beheerd. Onze lerares had aangekondigd dat we in de loop van de opleiding excursies naar bedrijven zouden maken om te zien hoe ze geleid werden. Dit was bijna nog beter.

Ik ging naast Agneta zitten en begon samen met haar de posten van de afgelopen weken in de boeken in te voeren. Het was eigenlijk heel eenvoudig, je moest het alleen begrijpen.

'Ik denk dat ik het wel alleen kan. Als het mag.'

'Ga je gang.' Agneta begon haar slapen te masseren.

Ik ging aan het werk. Nog geen half uur later had ik de inkomsten en uitgaven ingevoerd en met elkaar verrekend.

'Bedankt,' zei Agneta nadat ze alles had gecontroleerd. 'Misschien moest je het maar blijven doen.'

'Dat zou lastig kunnen worden, want normaal gesproken zit ik op school,' antwoordde ik, maar ik was erg blij met haar lof.

'Maar als je klaar bent... Je begint binnenkort aan het tweede jaar. Als je eindexamen hebt gedaan, zou het me plezier doen als je me een handje zou helpen. Ik moet bekennen dat al die getallen mij niet zo liggen als jou.'

'Dat zal ik graag doen,' antwoordde ik en ik voegde er in stilte aan toe: in elk geval totdat Paul me een aanzoek doet. Dan wacht ons eigen bedrijf op ons.

'Agneta, mag ik iets vragen?' begon ik uiteindelijk.

'Ga je gang! Je hebt net mijn leven gered. Anders was ik oververhit geraakt, net als onze dorsmachine laatst, en had ik de hele boel hier in de fik gestoken.'

Dat met de dorsmachine was echt heel erg geweest. Van het ene moment op het andere had die de geest gegeven en zich in het graan vastgevreten. Door de hitte in de machine had het vlam gevat. Alleen door snel ingrijpen van de veldarbeiders was erger voorkomen. Nu moest het landgoed een nieuwe dorsmachine hebben. Waarschijnlijk had Agneta zich daarom over de boeken gebogen.

'U herinnert zich waarschijnlijk Paul nog wel. De jongen die me altijd schrijft.'

'Ik weet wie je bedoelt,' antwoordde ze, maar ze leek allesbehalve enthousiast.

'Ik wou vragen of u er iets op tegen hebt als ik hem voor een week hier uitnodig. Of naar hem toe ga in Stockholm. Ik zou hem zo graag weer willen zien.'

'Dat je alleen naar Stockholm gaat is uitgesloten. Ik zou je er niet zonder begeleiding heen laten reizen of daar laten verblijven.'

Dat had ik al vermoed. 'En als hij hierheen komt?' vroeg ik. 'Hij hoeft niet hier op de hoeve te logeren. Hij zou een kamer in een hotel in Kristianstad kunnen nemen. Of in de herberg in het dorp.'

Agneta bleef ernstig kijken. Ze keek me even aan, toen zuchtte ze. 'Zoals je merkt, heb ik daar moeite mee. Het is vast een aardige knul, maar ben je niet een beetje jong voor een relatie?'

'Ik wil toch niet met hem trouwen. In elk geval nu nog niet.'

'Eigenlijk zou je nog helemaal niet aan trouwen moeten denken. Je bent haast nog een kind.'

Ik zuchtte. Ik was achttien. Veel meisjes hadden op die leeftijd al huwelijksplannen, ook al waren ze nog niet meerderjarig.

'Hoor eens,' zei Agneta. 'Jij hebt toch bepaalde plannen en doelen. Die moet je verwezenlijken voor je je aan een man bindt. Ik wilde bijvoorbeeld niet trouwen voor ik ruim in de twintig was. Maar goed, jij bent mij niet, en toch... Gun jezelf de tijd wat mannen betreft!'

Waarom zou ik mezelf de tijd gunnen als mijn hart al zo lang aan Paul toebehoorde?

'Je moeder was een heel mooie jonge vrouw,' vervolgde Agneta, 'maar toen ze zwanger werd, stortte de wereld voor haar in. Gelukkig was Sigurd Wallin een man van eer en is hij met haar getrouwd. Maar niet iedere vrouw heeft zo veel geluk. En er raken nog altijd vrouwen in nood die zich te vroeg met een man inlaten.'

Ik keek haar geschrokken aan, zoals altijd wanneer mijn moeder ter sprake kwam. We hadden al maandenlang niet over haar gepraat. En nu gaf Agneta ineens openlijk toe dat mijn moeder zwanger was geweest voor ze bij de Leeuwenhof wegging.

De vraag hoe mijn vader haar had leren kennen, drong zich op, maar ik durfde hem niet te stellen. Op dat moment wilde ik niet aan haar denken. Het enige wat ik wilde was wat tijd met Paul.

'Agneta, ik zal echt geen domheden begaan. Ik ken Paul al lange tijd, en hij zal niets doen wat ik niet wil. We hebben ons voorgenomen eerst te trouwen en dan pas verder te gaan.'

Agneta lachte welwillend naar me. 'Ik ben ook jong geweest. Ik weet wat er zich in het hart van een vrouw afspeelt. Als je het eenmaal van een man te pakken hebt, dan...'

'Bij ons is dat niet zo. Ik weet wat er kan gebeuren. En mocht ik zwak worden en mocht er dan iets gebeuren, dan zou Paul meteen met me trouwen.' Ik zweeg even. Dit gesprek vond ik niet aangenaam. En ik had het ook niet aangenaam gevonden als ik het met mijn moeder had moeten voeren.

'Mannen houden hun belofte soms niet als het erop aankomt.'

Ze wachtte even. 'Maar je bent nu achttien. Misschien moet ik leren op je oordeelsvermogen te vertrouwen. Tenslotte ben jij mij niet.'

Hoe bedoelde ze dat? Zijzelf was toch bepaald niet een toonbeeld van gebrek aan verstand.

'Ik beloof dat ik niets met Paul zal doen wat me in de problemen brengt. Maar ik zou hem heel graag weer willen zien. En als ik niet naar Stockholm mag, zou ik hem graag vragen hierheen te komen.'

Agneta haalde diep adem. 'Goed dan. Laat hem maar komen! Maar ik sta erop kennis met hem te maken. Dat is mijn voorwaarde.'

'Meent u dat echt?'

'Ja. En ik laat het aan hem over waar hij wil verblijven. Wat mij betreft kunnen we hem ook hier in huis opnemen. Maar hij moet beslissen.'

Onmiddellijk viel alle onzekerheid van me af. Ik sprong op en omhelsde haar. 'Heel erg bedankt, Agneta! Dit betekent vreselijk veel voor mij.'

Agneta knikte naar me. 'Schrijf hem vandaag nog maar! Morgen gaan we naar de stad, dan kun je de brief meteen versturen.'

'Gaan we naar de stad?'

'Ik vind dat we na al dat werk met de boeken wel een kleine beloning hebben verdiend, of niet soms?'

Pauls antwoord kwam een week later. Hij kondigde aan dat hij al de volgende week zou komen. Hij zag er echter weinig in om in het landhuis te logeren. Hij vreesde dat hij zich dan aan allerlei rituelen zou moeten houden. Bovendien wilde hij de familie van mijn voogd niet de hele tijd in de buurt hebben. Dus vroeg hij mij een kamer in het pension te reserveren.

Ik was blij met die beslissing, ook al betekende het dat ik 's avonds terug naar de Leeuwenhof moest en hij in zijn eentje in het pension bleef.

Pauls brief leek in elk geval dubbel geluk te brengen, want die week ging Magnus voor twee weken op schoolkamp met medeleerlingen van het internaat.

Ingmar, die veel tijd met zijn broer had doorgebracht, was daar heel verdrietig om. 'Je had mij ook kunnen aanmelden,' zei hij op de avond voor Magnus' vertrek verwijtend tegen hem.

'Je weet toch dat het kamp alleen voor jongens van het internaat is. Jij zou er ook heen moeten. Het is daar veel fijner dan hier.'

Ingmar keek naar zijn moeder. 'Je weet dat een van ons hier moet zijn.'

'O ja?' vroeg Magnus. 'Waarom? Het is toch genoeg als zij er is.' Hij wees niet naar me, maar ik wist precies wat hij bedoelde.

'Magnus,' zei Agneta vermoeid.

Hij wierp me een uitdagende blik toe. 'Eerlijk gezegd ben ik blij dat ik naar het internaat ben gegaan. Daar hebben we tenminste niemand aan tafel die niet van onze stand is.'

'Magnus!' zei graaf Lennard. 'Hou nu eindelijk eens op!'

Magnus trok zijn wenkbrauwen op. 'Wat willen jullie ertegen doen? Jullie kunnen me niet nog eens naar het internaat sturen. Ik zal blij zijn als ik weer bij mijn vrienden ben.'

Dat raakte mij niet erg, maar zijn ouders en vooral zijn broer leek het verdriet te doen. Ik vond de hele woordenwisseling vooral gênant.

'Excuseer me,' zei Magnus ten slotte en hij stond op. 'Ik moet mijn bagage nog even controleren.'

Ik had verwacht dat Agneta hem zou tegenhouden, maar dat deed ze niet. Zwijgend at ze door. Lennard keek naar haar. Hij zag waarschijnlijk net als ik de verbittering in haar blik. En tegelijkertijd ook de spijt. Als Magnus hier was gebleven, zou hij dan makkelijker zijn geweest? Dat betwijfelde ik.

De volgende ochtend ging ik niet beneden ontbijten maar vroeg Lena me het ontbijt boven te brengen. Ik zei niet waarom, maar ik was nog niet klaar met eten en aangekleed of er werd op de deur geklopt. Toen ik 'binnen' riep, verscheen Ingmar.

'Goedemorgen! Ik wilde even kijken hoe het met je gaat,' zei hij. 'Mag ik binnenkomen?'

'Ja,' zei ik terwijl ik bij het raam ging staan. Wat wilde hij?

'En?' vroeg hij. 'Hoe voel je je? Ik heb je vanmorgen gemist beneden.'

'Het leek me beter daar niet te verschijnen. Ik wou niet weer beledigd worden.'

'Het spijt me dat Magnus zo is.'

'Dat heb je al eens gezegd. Het is niet jouw schuld.'

Ingmar keek beteuterd. 'Hij was overigens ook niet beneden. Gisteren... hebben we ruziegemaakt Hij heeft nare dingen over jou gezegd en ik heb hem een klap verkocht. Als hij dus op iemand kwaad is, dan is het wel op mij.'

'Dat spijt me,' zei ik. 'Ik wou niet dat het zover zou komen.'

'Dat wou ik ook niet, en toch heb ik het gedaan...' Hij liet beschaamd zijn hoofd hangen. Ik wist niet wat ik moest zeggen.

'Hij zal nooit veranderen, hè?' vroeg ik uiteindelijk. 'Magnus en ik, wij zullen elkaar ons leven lang uit de weg moeten gaan.'

'Ik zou willen dat het anders was,' zei Ingmar.

'Het gaat nog maar om een paar jaar. Op een gegeven moment is het voorbij. Dan keert de rust weer.'

Ingmar plukte aan zijn mouwen. 'En als ik nou niet wil dat je weggaat?' vroeg hij. 'En als mijn moeder niet wil dat je gaat? Ik zie hoe graag ze je mag. Je bent voor haar als een dochter...'

'Maar ik veroorzaak ook onrust in huis. En ooit zal Magnus de Leeuwenhof overnemen.'

'We zullen een oplossing moeten vinden. Ooit. Nu gaat hij eerst naar het schoolkamp, en wanneer hij terug is, zal hij de hele tijd in het huisje rondhangen. Dan hoef je hem alleen bij het eten te zien. Ik zal ervoor zorgen dat hij niet te dicht bij je in de buurt komt.'

Ingmar knikte me vastberaden toe en ik wist dat hij woord zou houden.

17

Op de dag dat Paul zou aankomen, was ik vreselijk opgewonden. Om zes uur 's ochtends kwam ik al uit bed en ging voor de kledingkast staan. Wat moest ik aantrekken?

Sinds het laatste uitstapje met Agneta naar de stad had ik er een paar mooie jurken bij. Maar welke zou Paul mooi vinden? De witte met de blauwe bloemetjes? De rode van graaf Lennard die ik op het midzomerfeest had gedragen? Of toch liever die zeegroene waar mijn ogen zo mooi bij uitkwamen?

Mijn blik viel op de armband om mijn pols. Het cadeau van Ingmar. Kon ik die niet beter afdoen nu Paul kwam? Maar ik wilde niet dat Ingmar boos op me werd als hij het merkte. Ik had toch al het gevoel dat hij Pauls bezoek helemaal niet prettig vond.

Ik hield de armband dus maar om en ging uit van de kleur van de kralen. Ik koos een blauwe, halflange jurk met korte mouwen met ruches. Aan de boezem zat een ronde volant.

Omdat ik Lena niet wilde vragen om mijn haar te doen, deed ik het zelf. Ze had me geleerd hoe ik een vlecht moest maken en die vervolgens tot een wrong te draaien. Het was behoorlijk lastig om dat bij jezelf te doen, maar uiteindelijk lukte het me. Daarna wierp ik een blik in de spiegel. Ik wist niet of het resultaat me beviel, maar ik wist zeker dat Paul me zo nog nooit had gezien.

Omdat het nog erg vroeg was, besloot ik een wandelingetje te maken. Het was op dit uur van de dag heerlijk op de Leeuwenhof. De bedienden waren natuurlijk al op, maar deden zo zachtjes dat je kon denken dat je helemaal alleen was.

Ik ging de trap af en liep om het huis heen het park in. Het paviljoen was voor het midzomerfeest opnieuw geschilderd, en ik meende de verflucht te kunnen ruiken, vooral nu de ochtenddauw nog de geuren van bloemen en gras vasthield.

Terwijl ik dichterbij kwam, stelde ik me voor hoe Paul en ik daar zouden zitten praten of elkaar alleen maar in de ogen kijken. Zou Agneta het goedvinden dat we hier trouwden? Ze had gezegd dat haar ouders hier hun bruiloft hadden gevierd. Ik moest deze plek beslist aan Paul laten zien.

Ik deed mijn ogen dicht en liet de geluiden op me inwerken. Het zingen van een leeuwerik, de roep van een koekoek in de verte. Het gekwetter van mussen, die rusteloos op zoek naar voedsel het gras uitkamden. Toen gehinnik uit de stallen. Ik had nooit kunnen dromen dat een plaats me zo veel rust en tegelijk ook energie zou kunnen geven.

Na een poosje ging ik terug naar het huis. De dienstmeisjes stonden op het punt de ontbijttafel te gaan dekken. Ik overwoog of ik naar de keuken zou gaan, maar toen kwam Ingmar de trap af.

'Hé, heb je zin in een korte buitenrit?' vroeg hij, keek daarna langs me naar beneden en zei: 'O!'

'Wat, o?' vroeg ik. Hij leek zich aan mijn uiterlijk te ergeren.

'Je hebt je dus al mooi gemaakt voor... hem.'

'Ja,' antwoordde ik. 'Heb je daar iets op tegen?'

'Nee, ik... ik hoopte alleen dat je met me zou gaan rijden.'

'Ik kan me omkleden,' zei ik. 'Paul komt pas vanmiddag.'

'Dat hoeft niet, ik ga wel alleen.'

Hij wilde langs me heen lopen, maar ik pakte hem bij zijn arm en hield hem tegen.

'Ingmar,' zei ik, 'dat Paul komt, wil nog niet zeggen dat ik geen tijd voor jou heb. Wacht maar even, ik ben zo weer terug. Goed?'

Ingmar knikte.

'Mooi,' zei ik en ik rende naar boven. Daar kwam ik graaf Lennard tegen, die net de slaapkamer uitkwam.

'Goedemorgen, Mathilda, wat heb je je mooi gemaakt! Komt je aanbidder al bij het ontbijt?'

'Nee, ik heb even uitgeprobeerd wat me goed staat,' antwoordde ik en ik onderdrukte de neiging om met mijn ogen te gaan rollen. Zag ik er dan zo ongewoon uit?

'Die jurk staat je prachtig. Je jonge vriend zal hem zeker mooi vinden.'

Ik liep vlug naar mijn kamer, voor ook Agneta er een opmerking over zou maken. Ik trok de jurk uit en deed mijn rijkostuum aan, maar alleen mijn blouse en mijn rijbroek. Voor het jasje was het te warm.

Ingmar stond onder aan de trap te wachten. Hij grijnsde toen hij me zag.

'Nou, tevreden?' vroeg ik, waarop hij knikte.

'Zeker. En als je het mij vraagt: ik zou ook met je uitgaan als je er zo uitzag.'

'Jij wel, maar ik weet dat je op dat punt nogal lage eisen stelt.'

'Ach, hier en in het dorp is een mooi jurkje vrijwel nergens nodig. Midzomer hebben we al gehad en het oogstfeest is pas over een paar weken. Rijkleding is goed genoeg.'

'Ja, maar Paul kan niet paardrijden, en hij komt uit de stad.'

'Hij zal zich hier doodvervelen. Je hebt hem toch hopelijk wel gezegd dat er hier geen kroegen en louche jazzclubs zijn?'

'De herberg is er. En nu moeten we gaan, anders is het alweer tijd voor het ontbijt.'

We liepen naar de stal die door iedereen hier 'de nieuwe' werd genoemd. Inmiddels kende ik het verhaal over de oude graaf Thure Lejongård, die samen met zijn zoon door een brand in de schuur was omgekomen. Het was een akelig idee dat uitgerekend de toenmalige stalmeester destijds die brand had aangestoken. Gelukkig was Lasse Broderson echt een aardige kerel.

Even later brachten we onze paarden naar buiten en reden weg. Toen we langs het dorpskerkhof kwamen werd ik, zoals wel vaker, door een rilling bevangen.

'Heb ik je eigenlijk ooit de familiegrafkelder laten zien?' vroeg Ingmar.

'Nee, en voor je dat doet, wil ik je erop wijzen dat die me niet interesseert.'

‘Waarom niet? De tombe is behoorlijk imposant. Bovendien kun je daar kennismaken met mijn grootvader.’

‘Er hangt een portret van je grootvader in de hal van het huis, ik heb al kennis met hem gemaakt,’ diende ik hem van repliek. Ik kwam niet graag op begraafplaatsen. Het graf van mijn ouders, of beter gezegd het graf van mijn moeder, waar op haar grafsteen ook de naam van mijn vader stond, bezocht ik zelden. Agneta betaalde iemand om het graf en de planten erop te verzorgen.

‘Heb jij je grootvader eigenlijk nog gekend?’ vroeg ik.

‘Nee,’ antwoordde Ingmar. ‘En ook mijn grootmoeder kan ik me niet goed meer herinneren. Haar portret is me vertrouwd, maar ik was te klein om mee te krijgen hoe ze was. Ze schijnt erg streng te zijn geweest.’

‘Op het schilderij ziet ze er heel mooi uit.’

‘Dat klopt. Mijn moeder noemde haar ooit ‘de Sneeuwkoningin’. Dat sprookje ken je vast wel.’

‘Mijn moeder heeft het me wel eens voorgelezen.’

‘Nou, dan heb je een goed beeld van haar.’

‘Ze zal geen hart van ijs hebben gehad,’ merkte ik op.

‘Als je mijn moeder moet geloven, had ze dat af en toe wel. Maar misschien konden tranen het laten smelten. Zoals dat ging met Kai uit het sprookje.’

We lieten het kerkhof achter ons en reden het veld in. Daar bogen we af en zetten we koers naar het beheerdershuisje. Ik zou dat graag aan Paul laten zien, maar wist niet of Ingmar dat goed zou vinden.

Ten slotte gingen we terug naar het huis.

‘Inmiddels rij je als een echte Lejongård,’ merkte Ingmar op toen we de paarden terugbrachten.

‘Valt dat je nu pas op?’ zei ik lachend terug. ‘Ik heb toch al bijna een jaar les.’

‘Ja, dat is waar, je bent nu bijna een jaar hier!’ beaamde Ingmar. ‘Dat gaan we vieren. Zodra je bezoek weg is. Ik zal mijn moeder overhalen om met zijn allen in een chic restaurant in de stad te gaan eten. Een Frans restaurant, waar ze niet altijd alleen maar gehaktballen hebben.’

‘Ik heb niets tegen gehaktballen,’ antwoordde ik terwijl ik de staljongen de teugels van mijn paard aanreikte. ‘Maar dat zou heel aardig van jullie zijn.’

‘Dan hoop ik maar dat je vriend je niet mee terugneemt naar Stockholm.’

Ik schudde mijn hoofd. ‘Maak je niet ongerust, dat gebeurt niet. Hij is pas twintig, en ik ben achttien, dus dat kan helemaal niet.’

Tegen het middaguur reed de auto voor. Ik was benieuwd naar Pauls reactie wanneer hij zag dat we hem daarmee kwamen afhalen. Ik was graag te paard gegaan, maar Paul kon niet rijden. En een minder comfortabele open koets wilde Agneta hem niet aandoen.

‘Zal ik meegaan?’ vroeg Ingmar. Hij leek gespannen. ‘Per slot van rekening ga je op weg met een man die ik helemaal niet ken.’

‘Maar ik ken Paul heel goed,’ wierp ik tegen. ‘Maak je geen zorgen, hij zou me nooit iets aandoen.’

‘Om jou maak ik me geen zorgen,’ zei hij. ‘Maar wie zegt dat je hem niet als een leeuwin zult bespringen? Na al die maanden moet je wel uitgehongerd zijn.’

‘Zeg zoiets maar liever niet waar je moeder bij is, dat zou mij in een kwaad daglicht stellen.’

‘Nou, ga dan gerust. Maar als die vent een stommiteit uithaalt, moet je het tegen me zeggen. Je bent voor mij als een zusje, en broers komen nu eenmaal voor hun zussen op.’

Ik wist dat Ingmar meer voor me voelde dan voor een zus, maar het raakte me dat hij het voor me wilde opnemen.

‘Dat zal niet nodig zijn,’ zei ik en ik omhelsde hem. ‘Het beste!’

Toen stapte ik in.

Tijdens de rit had ik er bijna spijt van dat ik niemand bij me had om mee te praten. Ik miste een vriendin als Daga met wie ik mijn opwinding kon delen. Met Birgitta kon ik het goed vinden, maar het was niet hetzelfde. Ik zag haar alleen op school, en ik merkte ook dat ik niet echt moeite deed bevriend met haar te raken omdat ik wist dat ik over enige tijd weer weg zou gaan.

Ten slotte kwamen we bij het station. Ik moest er even aan denken dat ik daar vorig jaar naartoe was gereden om te ontkomen aan Magnus' pesterijen. Maar die gedachte zette ik van me af. Ik wilde mijn tijd met Paul er niet door laten bederven.

De chauffeur stopte achter een paar taxi's die op passagiers stonden te wachten. Ik keek om me heen en ontdekte de deur waardoor ik vorig jaar naar binnen was gegaan. Zou de stationschef bezig zijn? Ik aarzelde een moment, toen vermande ik me en liep naar zijn verblijf.

Ik klopte aan. Even bleef het stil, toen klonken er voetstappen en ging de deur open.

'Hallo, ik...' De woorden bleven in mijn keel steken. De man die opendeed was niet de oude stationschef. Hij droeg hetzelfde uniform, en het interieur zag er ook nog net zo uit, maar de man was duidelijk jonger.

'Ja, juffrouw, wat kan ik voor u doen?'

Even was ik te verward om antwoord te kunnen geven. 'De... oude stationschef. Ik weet zijn naam niet, maar zou ik hem kunnen spreken?'

Hij keek me verbaasd aan, toen leek het kwartje te vallen. 'O, u bedoelt de oude Olufsson. Die is twee maanden geleden overleden. Een hartaanval. Ze hebben hem 's morgens gevonden, met de foto van zijn vrouw in zijn hand. Tragisch geval.' Hij keek me onderzoekend aan. 'Bent u familie?'

'Nee, ik... Ik heb een paar maanden geleden kennis met hem gemaakt. Hij heeft me geholpen toen ik op het station... gestrand was.'

'Nou, hij schijnt een aardige man te zijn geweest,' zei de nieuwe stationschef. 'Jammer dat ik hem nooit heb gekend. Ik heb zijn baan overgenomen. Ik heb geluk gehad.'

Ja, de een zijn dood is de ander zijn brood. Ik kon me nog herinneren wat de stationschef over zijn vrouw had gezegd. Dat hij haar miste. Zou hij hebben vermoed dat hij haar gauw achterna zou gaan?

'Dank u wel,' zei ik. 'En mijn excuses dat ik u heb gestoord.'

‘Geen dank,’ zei de stationschef. ‘Er was me al verteld dat er soms mensen met vragen komen die niets met dienstregelingen en treinen te maken hebben. Het spijt me dat ik geen beter nieuws voor u heb.’

Ik knikte en wenste hem nog een fijne dag, toen draaide ik me om. Met een zwaar gemoed liep ik naar het perron. Ik had de oude man zo graag verteld dat het allemaal goed was gekomen.

Maar voor ik er nog verder over na kon denken, werd omgeroepen dat de trein zo zou arriveren.

Net als alle anderen ging ik een beetje verder naar achteren staan en keek ik in de richting waar de trein vandaan zou komen. Er verscheen een witte stoomwolk, en even later kwam de zwarte locomotief over de rails aanzetten met talloze wagons achter zich aan. In een daarvan moest Paul zitten. Mijn hart begon vol verwachting te kloppen.

De trein remde af en stoom verspreidde zich over de rails. Uit de nevel doken gestalten op, mannen in zomerjas, vrouwen in jurken met bolero's om hun schouders of in fleurige mantelpakjes.

Ik wrong onrustig mijn handen. Waar was Paul? Waar zou hij vandaan komen? Ik keek alle kanten op, en zag alleen maar vreemde gezichten. Zou hij de trein hebben gemist?

‘Jongedame, weet u misschien hoe ik het best naar de Leeuwenhof kan komen?’

Ik draaide me verschrikt om.

‘Paul!’ riep ik uit. Hij leek langer dan bij de laatste keer. Kwam dat misschien doordat hij een tweedjasje, een wit overhemd en een donkere broek aanhad en niet zoals anders zijn werkplunje? Zijn haar omlijstte licht golvend zijn gezicht en zijn ogen straalden als die van een model in een kledingreclame.

‘Je kent me nog, dat doet me plezier!’

Het volgende ogenblik viel ik hem in de armen. We kusten elkaar, heftiger en langer dan ooit tevoren. Mensen op het perron staarden ons aan, maar dat kon me niet schelen.

‘En herken jij mij?’ vroeg ik terwijl ik mijn voorhoofd tegen het zijne legde.

'Natuurlijk! Ik zou je zelfs op een overvol plein herkennen of als je je vermomd had.'

'Dat doet me deugd. Dan had ik ook als circusclown kunnen komen.'

'Voor mijn part, want de buitenkant interesseert me niet. Het gaat me om je innerlijk. Hoewel ik moet toegeven dat ik die jurk erg mooi vind.'

'Die heb ik speciaal voor jou aangetrokken!' Ik stak mijn arm door de zijne. Het was heerlijk hem naast me te hebben. Het was alsof hij een echo van mijn vroegere leven had meegebracht, van mijn vroegere zorgeloosheid.

Toen we het station uit kwamen, was hij niet weinig verbaasd over de auto.

'Lieve help! Is dat een taxi?'

'Nee, dat is de auto van de gravin. Daarin worden we elke dag naar school gebracht.'

'Jij en de twee zonen. Of beter gezegd, één zoon, want die andere zit nog altijd op het internaat, toch?'

Ik had Paul uiteraard geschreven wat er gebeurd was.

'Hij heeft vakantie, maar hij is met de jongens van het internaat op kamp.'

'Ik hoop dat zijn broer niet zo'n idioot is.'

'Wees gerust, Ingmar deugt wel. Hij ziet mij als zijn kleine zusje, hoewel ik ruim een jaar ouder ben dan hij.'

'Dus hij is eigenlijk nog een kind.'

'Net als ik.'

Paul schudde zijn hoofd. 'Nee. Jij bent heel anders. Mijn moeder zegt altijd dat vrouwen eerder rijpen.'

'Dat kan wel zijn, maar een kind moet je Ingmar niet noemen. Hij kan dan heel onaangenaam worden, en hoe!'

De chauffeur nam de koffer van Paul over en we stapten in. Ik gaf hem instructie naar de herberg in het dorp te rijden.

'Niet naar het slot?' vroeg Paul.

'Landhuis,' verbeterde ik hem. 'Dat is niet hetzelfde. Ook al weet ik niet wat het verschil precies is.' Ik giechelde een beetje bij mezelf. In Pauls nabijheid voelde ik me zo licht, en ook een beetje dwaas. 'Je kunt je bagage wegzetten en je misschien nog even opfrissen. Dan gaan we naar de Leeuwenhof, waar de officiële ontvangst zal plaatsvinden.'

'Officiële ontvangst?' vroeg hij een beetje benepen. 'Ik hoop maar dat ik daarvoor geschikte kleding bij me heb.'

Ik nam hem van top tot teen op. 'Ach, aangezien de Koning zich vandaag laat verontschuldigen, kan wat je nu aanhebt er wel mee door.'

'Hopelijk,' zei Paul. 'Het zou toch vervelend zijn als ze me voor een staljongen aanzien terwijl ik absoluut niets met paarden heb.'

'Daar gaan we iets aan doen. We nemen rijles bij meneer Blom.'

'Wat zeg je?' vroeg hij. 'Bedoel je dat serieus?' Hij zweeg even en keek bedenkelijk. 'Dat is een grapje, toch?'

Ik liet hem nog even spartelen, toen begon ik te grijnzen. 'Natuurlijk is het een grapje. Ik heb zelf gemerkt dat een week niet genoeg is om te leren paardrijden. En omdat er in Stockholm al heel wat automobielen zijn, ben ik ervan overtuigd dat je het ook niet hoeft te leren.'

'Maar jij kunt het wel,' wierp hij tegen. 'Jij kunt altijd een paard uit de wei halen en ervandoor gaan.'

'Nou, misschien is dat ooit nog eens nodig als we eenmaal getrouwd zijn.'

'Wil je er dan voor mij vandoor gaan?'

'Nee, dat niet. Maar misschien moet ik vlug iets halen. En als ik de afgelopen maanden iets geleerd heb, dan is het wel dat je soms te paard sneller ergens komt dan met een auto.'

'Dat zegt mijn vader ook altijd, en toch heeft hij een bestelwagen aangeschaft.'

'Kun je daar al in rijden?'

'Natuurlijk!' zei hij. 'Maar ik moet nog een officiële vergunning krijgen. Dat is slechts een kwestie van tijd. Een paar lessen, een examen, en dan kan ik de weg op.'

'Ik verheug me er al op me door jou te laten rijden.'

'Maar dan moet je in Stockholm zijn.'

Ik glimlachte bij mezelf. Agneta liet me nog niet achter het stuur, maar misschien zou ik haar kunnen overhalen.

18

In de herberg bracht Paul zijn bagage naar zijn kamer en kleedde hij zich om. Ik stond tegen de auto geleund te wachten en keek door de deuropening naar de waard die zijn toog schoonmaakte. Ik zou graag met Paul mee zijn gegaan, maar in het dorp verspreidden geruchten zich razendsnel. Ze zouden zich toch al afvragen wie die jongeman was met wie juffrouw Mathilda op weg was. Als die juffrouw dan ook nog eens meeging naar zijn kamer, was het schandaal geboren. Ik wilde niet dat Agneta zulke verhalen ter ore zouden komen.

Ik keek naar boven. Er gonsden bijen boven mijn hoofd, want het sap van de bloesem droop gewoon van de linden. De imkers zouden dit jaar waarschijnlijk rijkelijk honing hebben.

'En, hoe vind je me?' vroeg Paul vanuit de ingang. Hij had haast gemaakt. De donkere broek had hij verruild voor een zandkleurige, die wat losser zat. Zijn overhemd zag er nieuw en schoon uit. Alleen het jasje over zijn arm was nog hetzelfde.

'Je ziet eruit als een filmster,' zei ik.

'Denk je dat een das nodig is?'

'Je kunt er het best een meenemen,' antwoordde ik, want ik wilde dat hij op Agneta en Lennard zo goed mogelijk overkwam.

'Dacht ik al,' zei hij en hij haalde een keurig opgevouwen das uit de zak van zijn jasje. 'Ik kan hem in de auto omdoen.'

'Dat hoeft niet, 's middags is iedereen op de hoeve informeel gekleed. En er zijn spiegels. Je kunt het dus altijd nog doen.'

Paul haalde diep adem. 'Weet je, ik ben behoorlijk nerveus. Het is alsof je mij aan je ouders gaat voorstellen.'

'Mijn moeder heeft je gekend. En ze vond je heel aardig.'

Vanuit mijn ooghoeken zag ik dat de chauffeur ongeduldig van de ene voet op de andere stapte.

'Laten we gaan,' stelde ik voor. 'We kunnen in de auto verder praten.'

Paul knikte en we stapten in.

'Met je moeder was het totaal anders,' zei hij toen we het dorp achter ons hadden gelaten. 'Dit zijn graven. En ik ben maar een eenvoudige meubelmakersgezel.'

'En ik ben maar een eenvoudige leerlinge aan de handelsschool,' wierp ik tegen. 'Als ze mij hier respecteren, zullen ze jou ook respecteren. Agneta heeft me ooit verteld dat ze zelf graag voor een burgermansleven had gekozen en de echtgenote van een gewone man was geworden.'

'Blijkbaar heeft haar familie haar daarvan weerhouden.'

'Ze zei dat het door de omstandigheden was gekomen. Haar vader en broer kwamen om bij een brand, zij bleef over als enige erfgenaam. Ze had geen keus.'

'Ze had de hoeve kunnen verkopen.'

'Paul,' zei ik, 'zou jij de werkplaats van je vader verkopen als je die erft?'

'Waarschijnlijk niet. Tenzij ik van plan was een andere weg in te slaan.'

'Maar als dat onmogelijk is, of als er bij jou iets fundamenteels verandert.'

'Geen sprake van.'

'Zie je wel. Je zou de werkplaats niet verkopen. Op de een of andere manier heeft iedereen zijn eigen plaats.'

Ik had die woorden nog niet uitgesproken, of ik begon te peinzen. Waar was mijn plaats? Hier of in Stockholm? Wat zou ik eerder opgeven, het landgoed of mijn huis in de Brännkyrgatan?

Ik wist het niet zeker. Mijn ouderlijk huis behoorde mij toe, maar de hoeve begon me zo langzamerhand lief te worden. Als ik met Paul trouwde en wegging, zou ik beslist het gevoel hebben dat ik iets miste.

Toen we op de Leeuwenhof aankwamen, stond er gelukkig geen ontvangstcomité van het personeel te wachten. Er zaten wat staljongens te doezelen in de middagzon, die geen enkele aandacht aan ons schonken.

Maar Agneta leek op ons te hebben staan wachten. We waren nog niet uitgestapt of ze kwam ons op de trap tegemoet. Haar rok had bijna dezelfde kleur als Pauls broek, waarbij ze een lila blouse droeg.

'Welkom op de Leeuwenhof,' zei ze terwijl ze haar hand naar Paul uitstak. Dat leek hem in eerste instantie onzeker te maken, maar toen pakte hij hem vast en schudde hem.

'Hartelijk dank voor uw invitatie,' zei hij. 'Uw landgoed is heel imposant.'

'En dan hebt u het nog niet eens vanbinnen gezien.' Agneta begon te lachen. 'Mathilda zal je alles nog wel laten zien. Maar eerst wil ik jullie vragen mee te gaan naar de salon.'

'Met genoegen,' antwoordde Paul en hij liep achter haar aan de hal in. Ik merkte dat hij een beetje overweldigd was. Geen wonder met al die ogen die nu vanaf het linnen op hem neerkeken. Ik kon me nog goed mijn eigen gevoel herinneren toen ik voor het eerst in de hal kwam.

Agneta gunde hem de tijd om vol verbazing rond te kijken, toen ging ze ons voor naar de salon.

'Dit was mijn moeders favoriete vertrek,' zei ze toen ze door de dubbele jugendstildeuren stapte, die een nieuwe, groene laag verf hadden gekregen. 'Ik moet toegeven dat ik in het begin niet wist wat ik ermee aan moest. Want de vriendinnen van mijn moeder, die vaak op bezoek kwamen, waren me niet erg vriendelijk gezind. Ik was voor hen... een beetje te progressief.'

'Zagen ze niet graag dat u autoreed?' vroeg ik.

'O, autorijden heb ik pas later geleerd. Maar mijn leven verliep voor die tijd wat ongebruikelijk. Ik was bijvoorbeeld op mijn zevenentwintigste nog niet getrouwd.'

'Dat is tegenwoordig ook ongewoon,' zei ik. 'Veel meisjes willen zo vlug mogelijk trouwen.'

'Waarom eigenlijk?' vroeg Agneta. 'Wij hebben er indertijd voor gestreden om dat niet te hoeven. Of in elk geval niet als fokvee te worden verkocht.'

Ik onderdrukte een gniffel toen ik Pauls verschrikte gezicht zag. Agneta had eens gezegd dat er een vrouwen- en een mannenwereld bestond. Terwijl veel vrouwen er geen moeite mee hadden zich in de mannenwereld thuis te voelen, konden de meeste mannen niets met de vrouwenwereld beginnen. Ik wist niet of dat klopte, maar ik merkte dat Paul duidelijk slecht op zijn gemak was.

'Gravin Agneta was suffragette,' verklaarde ik.

'Ja, en dat was ik met verve! Helaas liet het leven hier me niet veel tijd om me daarmee bezig te houden, maar toen vrouwen eindelijk kiesrecht kregen, hebben we dat wel gevierd.'

Ze bracht ons naar de tafel in het midden, waar ouderwetse rotanstoelen en een dito bank omheen stonden. Op het glazen tafelblad bevonden zich een koffieservies en een etagère met zeven soorten taart.

'Hier vroegen een paar dames me in 1914 om mijn mening over de moord op de aartshertog van Oostenrijk,' zei ze terwijl ze op de rotanbank ging zitten. 'Bijzonder, nietwaar? Maar vrees niet, meneer Ringström, ik zal u niet met zulke zaken lastigvallen. Zie dit hier als een eenvoudige verwelkoming in mijn huis. Na de reis zult u wel behoorlijk uitgeput zijn. De treinen rijden inmiddels wel harder, maar het kost toch nog bijna een hele dag.'

'Dank u, ik voel me uitstekend,' zei Paul terwijl hij plaatsnam. Ik nam het inschenken op me, daarna ging ik tegenover hem zitten. De plaats naast Agneta was voor Lennard bestemd, en als hij er niet was zat ze alleen op de bank. 'Met de geest van mijn moeder,' zei ze een keer schertsend.

'Ik vind het plezierig eens uit Stockholm weg te zijn. Anders ben ik de hele dag in de werkplaats. Mijn familie houdt niet van reizen.'

'En u?' vroeg Agneta. 'Toen ik met Mathilda kennismaakte, zei ze dat ze graag iets van de wereld wilde zien.'

'Dat wil ik ook. Vooral graag samen met haar.'

Agneta knikte onmerkbaar, toen nam ze een slokje koffie en zei: 'Ik zou in mijn leven ook graag de wereld rond zijn gereisd. Maar als je een landgoed hebt, kun je niet lang weg.'

Ruim een uur lang kletsten we over ditjes en datjes. Paul was zichtbaar nerveus. Hij wekte de indruk dat hij een gammele brug over moest die elk moment onder hem kon instorten. Terwijl Agneta daar niet de minste aanleiding toe gaf. Ze was vriendelijk en toonde zich heel geïnteresseerd in wat hij te vertellen had.

Ten slotte hadden we een groot deel van de etagère leeggegeten, en ook de koffie was bijna op.

'Wilt u nog iets, meneer Ringström? Kan ik u nog iets aanbieden?' vroeg Agneta, waarop hij zijn hoofd schudde.

'Nee, dank u zeer! Ik heb meer dan genoeg gehad.'

'Wel, dan stel ik voor dat jullie een wandelingetje gaan maken. Jullie hebben elkaar vast een heleboel te vertellen.' Ze knipoogde naar me en schonk Paul een hartelijke glimlach. Toen stond ze op en liep naar de deur van de salon.

Ik voelde me opgelucht. Eindelijk had ik Paul helemaal voor mij alleen!

'De gravin is heel indrukwekkend,' zei hij toen we door de tuin liepen en koers zetten naar het paviljoen, dat ik hem beslist wilde laten zien. Er zoemden bijen in de blauwe lupinen die overal op de hoeve stonden. 'Ze leek wel een berg die ik niet kan beklimmen.'

'Dat kun je ook beter niet doen als je geen problemen met de graaf wilt krijgen,' zei ik schertsend.

'Ik heb nog nooit een vrouw ontmoet die zo zelfverzekerd is en zo verstandig.'

'En hoe zit dat dan met mij?'

'Jij bent ook verstandig, maar op een andere manier.'

Ik fronste mijn wenkbrauwen, waarop hij verlegen met zijn hand door zijn haar ging en aan zijn achterhoofd krabde. 'Het spijt me als dat nu vreemd klinkt. De gravin is... als een schoonmoeder op wie je indruk wilt maken, maar bij wie je moet constateren dat je eigenlijk niets te bieden hebt.'

'Ze zal nooit jouw schoonmoeder worden,' wierp ik tegen. 'Ze is immers niet mijn moeder. Als de voogdij is afgelopen, zal ze hooguit een goede vriendin voor me zijn. En voor een vriendin hoef je toch echt niet bang te zijn.'

Met die woorden trok ik hem mee naar het paviljoen. We gingen zitten, ik leunde tegen hem aan. Ik voelde dat ik langzaam kalmeerde en dat mijn hart volstroomde met warmte. Het paviljoen was echt een romantisch oord.

'Ik heb je zo gemist,' zei ik. 'Al die weken en maanden...'

'Je had elk moment naar Stockholm kunnen komen,' zei hij, maar ik schudde mijn hoofd.

'Zo makkelijk is dat niet.'

Maar ik begreep wel waar Paul op uit was. Dat we van elkaar gescheiden waren was vreselijk, en ik merkte ook dat het een wig tussen ons dreef. Er was verschil tussen elkaar alleen maar brieven schrijven en dagelijks samen door het park kunnen slenteren.

'We zullen wel zien,' zei ik ten slotte, en het klonk alsof ik het meer tegen mezelf had dan tegen hem. 'Ik wil me eerst op de handelsschool concentreren. Dan zien we wel weer verder.'

Ik voelde dat het op het puntje van zijn tong lag me aan te bieden zijn vader om werk voor mij te vragen. Die besteedde veel tijd aan de boekhouding van de meubelmakerij. Ik zou dat veel vlugger kunnen doen. Maar hij hield zijn mond, en daar was ik hem dankbaar voor.

'Zal ik je nu de stallen laat zien? Je hebt weliswaar weinig met paarden, maar ik wil graag dat je een beeld krijgt van mijn dagelijkse omgeving.'

'Je mag me alles laten zien wat je wilt,' zei hij glimlachend en hij nam me in zijn armen. Eerst aarzelde ik, omdat ik bang was dat Agneta ons in de gaten hield. Vanuit de werkkamer had je goed zicht op de tuin. Maar toen zwichtte ik en even later voelde ik zijn lippen op mijn mond.

Toen we naar de paardenstallen liepen, vertelde ik Paul over de grote brand en over de geboorte van het laatste veulen.

'Maar worden er op zo'n stoeterij dan niet voortdurend veulens geboren?' vroeg Paul. 'Jullie verkopen toch paarden in het hele land.'

'Dat klopt, maar waardevolle paarden, die in het stamboek komen te staan, worden altijd extra verwelkomd. Agneta laat zich niet de kans ontnemen bij de geboorte van die veulens te zijn. Daar komt dan speciaal een dierenarts voor, en het paard krijgt meteen een naam.'

Ik merkte dat Paul me verbaasd aankeek.

'Wat is er?' vroeg ik.

'Een jaar geleden had ik het niet voor mogelijk gehouden dat je enthousiast zou kunnen raken over zulke dingen.'

'Ik ook niet,' erkende ik. 'Maar die veulens zijn gewoon zo schattig! Als je wilt, laat ik ze je zien.'

Maar voor we naar de stallen konden gaan, kwamen we Ingmar tegen. Hij liep haastig de hoek om, in rijbroek en geruit overhemd en met rubberlaarzen aan.

'Ha, Ingmar,' zei ik en ik trok Paul naar hem toe. 'Dit is Paul Ringström.'

'Aangenaam kennis te maken.' Ingmar glimlachte, maar in zijn ogen fonkelde net zo'n strijdlust als ik bij zijn tweelingbroer had gezien. 'Ik ben Ingmar Lejongård. Eigenlijk Lejongård-Ekberg, want mijn ouders hebben besloten ons beide namen te geven. Maar ik gebruik alleen Lejongård als achternaam.'

Paul keek hem verbluft aan. Op zo'n begroeting had hij blijkbaar niet gerekend. Hij keek even naar mij, toen antwoordde hij: 'Het is me een genoegen.'

'U kunt me gerust Ingmar noemen. Mathilda's vrienden zijn ook mijn vrienden.'

'Graag. Zegt u maar Paul tegen me.'

'Prima. En nu moet ik ervandoor. We zien elkaar bij het eten, Paul!'

Ingmar wierp me een glimlach toe, draaide zich om en verdween. Ik was ervan overtuigd dat hij niets dringends te doen had, maar was opgelucht dat hij me met Paul alleen wilde laten. Ik vreesde al dat hij ons op de huid zou blijven zitten.

'Dat is echt nog bijna een kind,' fluisterde Paul toen Ingmar buiten gehoorsafstand was. 'En ook nog eens behoorlijk verwaand.'

'Ingmar is niet verwaand. Hij heeft je alleen op een feit gewezen dat van belang is. De achternaam van graaf Lennard is Ekberg, gravin Agneta heet Lejongård. De dubbele naam van de kinderen heeft voornamelijk dynastieke redenen en zorgt ervoor dat beide namen niet uitsterven.'

Paul schudde zijn hoofd. 'Wat een zorgen hebben die mensen.'

'Dat klopt, we kunnen het ons nauwelijks voorstellen. En ik ben niet van plan onze kinderen Wallin-Ringström te noemen. We zijn eenvoudige mensen en mogen blij zijn dat we ons er niet mee bezig hoeven te houden of onze namen al dan niet uitsterven.'

'Nou, mijn vader zou graag zien dat de naam Ringström bewaard bleef. Maar zo heten er veel. Van Lejongård had ik daarentegen nog nooit gehoord.'

'Als het aan mij ligt, zal de familienaam van je vader niet uitsterven,' zei ik terwijl ik hem de stal in leidde waar zich de merries en hun veulens bevonden. Natuurlijk mochten ze allang naar buiten, maar om ervoor te zorgen dat hun niets overkwam werden ze naar een eigen wei gebracht en laat in de middag weer binnengehaald, zodat ze konden uitrusten.

Nadat ik Paul de stallen en een deel van de weiden had laten zien, gingen we terug naar het huis. Paul deed zijn das om en ik trok voor de avondmaaltijd de rode jurk aan die Lennard me had gegeven.

We verschenen bij de eettafel. Paul had een plaats naast mij gekregen.

'Ah, dat is dus de jongeman over wie onze Mathilda al zo veel heeft verteld,' zei de graaf toen hij Paul de hand reikte.

'Hartelijk dank dat u me hebt uitgenodigd,' zei deze. 'Mathilda heeft me het landgoed laten zien, en ik moet zeggen dat het heel indrukwekkend is.'

'Wacht maar tot u onze velden ziet,' antwoordde Lennard glimlachend. 'Ik besef dat een stadsmens het landgoed misschien een beetje saai zou kunnen vinden. Maar hier hebben we rust en frisse lucht. Dat zult u gaan waarderen wanneer u dezelfde leeftijd hebt als ik nu.'

We gingen zitten, en even viel er een ongemakkelijke stilte.

'Nou, ik denk dat stadsmensen worden onderschat,' begon ik. 'Wij hebben ook zo onze rustpunten. Parken bijvoorbeeld. Of terrassen aan de oever. Soms lopen we ook gewoon door de oude stad.'

'Ja, die is echt prachtig,' merkte Agneta op. 'Ik ben er vaak geweest met mijn vriendin Marit.' Ze wendde zich tot Lennard. 'Ik vind dat we haar maar weer eens moeten uitnodigen.'

'Met alle plezier, liefje,' zei de graaf, waarna hij met de bel klingelde ten teken dat de dienstmeisjes konden opdienen.

Sinds ik hier was, had ik Agneta's vriendin nog niet gezien. De gravin sprak soms over haar en vertelde dan het een of andere verhaal, maar haar laatste bezoek moest lang geleden zijn geweest.

De dienstmeisjes kwamen nu achter elkaar schalen met aardappelen, groente en vlees binnenbrengen. Zo uitgebreid aten we niet elke dag. Het deed me plezier dat Paul een feestmaaltijd kreeg en dat er niet simpelweg *pyttipanna* werd geserveerd, dat af en toe op het menu stond wanneer er restjes over waren.

Onder het eten had ik het gevoel dat Ingmar en Paul elkaar zaten te beloeren. Beiden namen elkaar de maat. Het was eigenlijk lachwekkend. Paul was twintig, Ingmar was in het voorjaar zeventien geworden. Een wereld van verschil. En Paul had gelijk, tegenover hem leek Ingmar nog een beetje kinderlijk. Toen ik er verder over nadacht, werd me echter duidelijk dat Ingmar in de ogen van Paul iets op hem voor had: Ingmar was altijd bij mij in de buurt, terwijl híj ver weg zat in Stockholm.

'Nou, meneer Ringström, hoe is het tegenwoordig in Stockholm?' probeerde Agneta het gesprek op gang te brengen.

'O, er is veel aan het veranderen,' antwoordde hij. 'Er wordt overal gebouwd. Waar een paar jaar geleden nog weinig mensen woonden, bevinden zich nu dynamische stadsdelen. Je kunt haast niet geloven dat de rest van de wereld in economische problemen verkeert.'

'Volgt u het nieuws?' vroeg Lennard.

'Maar natuurlijk! We hebben het 's avonds vaak over politiek.'

Ik zag Agneta's wenkbrauwen verrast omhooggaan. Slechts eventjes, maar ik had het gezien.

'En wat denkt u van de ontwikkelingen in Duitsland? De rijkskanselier staat niet echt stevig in zijn schoenen. En de onrust wordt steeds groter.'

'Mijn vader is bezorgd over het toenemende nationalisme,' antwoordde Paul. 'Hij is van mening dat uit bendes die met elkaar vechten niets goeds kan voortkomen. Maar Hitler vindt gehoor bij de arme bevolking. Dat vindt hij gevaarlijk.'

'Uw vader is dus geïnteresseerd in wat er in het buitenland gebeurt?'

'We hebben een paar klanten in Duitsland. Het zou niet goed zijn als daar ongeregeldheden kwamen, of oorlog. Dan zouden we inkomsten derven. Mijn vader denkt heel praktisch.'

'Uw vader lijkt me een indrukwekkende man,' zei Lennard. 'Maar ik geloof dat zijn bezorgdheid over zijn onderneming ongegrond is. De ontwikkelingen in de woningbouw hebben voor hem beslist grote voordelen, want de huizen moeten ook worden ingericht.'

'Dat klopt, en mijn vader en ik zijn optimistisch.' Hij wierp een korte blik naar mij en ik werd rood. Op dat moment had ik het gevoel dat ik gedachten kon lezen. 'Op een dag zal ik mijn eigen filiaal openen. Of zelfs mijn eigen zaak.'

Dat hij dat zou zeggen, had ik voorzien. Ik glimlachte en voelde Agneta's onderzoekende blik op me gericht. Wilde ze weten wat mijn gevoelens voor Paul waren? Wilde ze ontdekken of we echt bij elkaar pasten?

Ze wendde zich weer tot Paul en begon een gesprek over kunst met hem. Ik had niet het idee dat mijn vriend iets van schilderen wist, maar hij sloeg zich er goed doorheen. Dat maakte me heel trots.

Na het eten bracht ik Paul nog naar de auto. Het liefst zou ik zijn meegegaan, maar ik wilde niet tornen aan de grenzen die Agneta me had gesteld.

'Het was een fijne avond,' zei Paul terwijl hij mijn handen vasthield. 'Die Lejongårds zijn goede mensen. Het stelt me gerust dat je bij hen bent.'

'Ik zou liever bij jou zijn,' zei ik. 'Maar je hebt gelijk, ze zijn fatsoenlijk en aardig. Ze behandelen me als hun eigen dochter.'

'En dat verdien je ook. Je moeder zou blij voor je zijn.'

Ik knikte en betreurde het dat ik hier, in het licht van de hoeve, mijn gevoelens niet de vrije loop kon laten.

'We zien elkaar morgen, toch?' vroeg hij.

'Jazeker. Ik zal Svea, onze kokkin, vragen een picknickmand voor ons klaar te maken. Dan kunnen we de weilanden in gaan, of naar het meertje.'

'Dat klinkt goed.'

'En niet saai?'

'Met jou vind ik het nooit saai.' Hij trok me naar zich toe en gaf me een kus op mijn mond. Niet zo hartstochtelijk als op het station, maar dat gevoel zou ik meenemen in mijn dromen.

Toen hij in de auto was gestapt en weggereden, overviel me een hevig verlangen. Hij was vlakbij, in het dorp! Ik zou hem kunnen zien, ik zou veel tijd met hem doorbrengen. En toch was het alsof een deel van mijn ziel in de duisternis verdween.

19

De volgende ochtend liet ik in alle vroegte mijn paard zadelen en liep ik de trap af naar de keuken. Svea had beloofd de picknickmand nog voor het ontbijt klaar te maken.

Toen ik binnenkwam, waren de meisjes aan het smoezen.

'Goedemorgen,' zei ik, waarop ze meteen verstomden. Rika had een rood hoofd. Wat was er aan de hand?

'Goedemorgen, juffrouw Mathilda,' zei Lena. 'U komt zeker de picknickmand halen?'

'Ja, en zo te zien is hij al klaar. Waar is Svea? Ik wil haar graag bedanken.'

'Ze is bij mevrouw Bloomquist. Het ging gisteren niet zo goed met haar. Ze wilde haar een beetje soep brengen.'

'Dan bedank ik haar wel wanneer ik weer terug ben. Doe haar alsjeblieft de groeten van me!'

'Dat zal ik doen.'

Achter Lena klonk weer gegiechel.

'Is er iets?' vroeg ik. Nu wist ik zeker dat hun vrolijkheid met mij te maken had.

'Nee,' antwoordde Lena beschroomd. 'De meisjes vragen zich alleen de hele tijd af of de jongeman die gisteravond op bezoek was, uw verloofde is.'

Aha, vandaar dat gesmiespel.

'Nee, hij is een oude jeugdvriend uit Stockholm,' zei ik. Voor mij was Paul veel meer, maar hem als mijn verloofde aan te duiden zou gewoon ongepast zijn geweest. 'Hij verblijft een week hier in de streek.'

De meisjes keken teleurgesteld.

'Jammer,' zei Rika. 'Een bruiloft op het landgoed zou geweldig zijn.'

'Neemt u me niet kwalijk,' zei Lena. 'Ik heb ze pas nog over de bruiloft van de gravin verteld. Toen was ik zelf nog een jong dienstmeisje. Sindsdien is er op de hoeve niemand meer getrouwd, en de meisjes staan te popelen.'

'Ik zal nog even moeten wachten,' zei ik. 'Maar als het zover is, dan zou het heel goed mogelijk zijn dat ik hier trouw. Het paviljoen is prachtig.'

'Daar schijnen de ouders van mevrouw ook getrouwd te zijn,' zei Lena. 'Mevrouw zou daar vast heel blij om zijn.'

Ze keken me allemaal verwachtingsvol aan.

'Ik kan nu maar beter gaan,' zei ik, want ik wilde het personeel geen aanleiding geven al uitgebreid plannen voor mijn bruiloft te maken.

Ik draaide me om. Het lukte de meisjes om zich te beheersen tot het moment dat ik boven aan de trap was. Toen begonnen ze weer te smoezen. Zouden ze zich nu misschien afvragen hoe mijn bruidsjurk eruit zou zien?

'Je blijft dus niet voor het ontbijt?' vroeg Ingmar toen ik met de picknickmand naar de deur liep.

'Nee, en ik kom waarschijnlijk ook pas vanavond terug,' zei ik. 'Ik heb het met Agneta besproken, en zij vond het goed.'

Ingmar trok een sceptisch gezicht. 'En waar gaan jullie dan heen? Je gaat met die vent toch niet naar zijn kamer!'

'Ik dacht niet dat dat jou iets aanging,' diende ik hem van repliek. 'Bovendien is het geen vent, hij heet Paul.'

'Dat kan ik me nog herinneren. Maar ik zou liever weten waar jullie zijn. Je weet nooit wat voor schurk het is.'

'Paul is geen schurk! Hij is mijn vriend en hij zou nooit iets doen wat ik niet wil. Dus praat niet zo over hem!'

Ingmar stak sussend zijn handen op. 'Het is maar een grapje. Met dit weer gaan jullie zeker naar het meertje, of naar de wei met de reuzeneiken.'

'Zou kunnen,' zei ik. Dat was eigenlijk precies wat ik van plan was. Stel dat hij ineens kwam opdagen? Maar als hij dat deed, zou Ingmar het vast niet op een confrontatie met Paul laten aankomen.

'Nou, veel plezier dan samen,' zei hij. 'En als hij besluit zich niet als een gentleman te gedragen, dan...'

'Wijs ik hem terecht,' zei ik. 'Tot vanavond!'

Buiten maakte ik de mand aan het zadel vast. Het zag er wat plomp uit, maar ik was niet van plan in gestrekte galop te rijden. Ik zwaaide me in het zadel en even later reed ik door de poort naar buiten.

Het was een heerlijke ochtend. Ik keek vol verlangen uit naar de dag die voor me lag. Zo veel tijd had ik nog nooit met Paul gehad!

In het dorp was het rond die tijd niet erg druk meer. De mensen waren allemaal op het veld om bieten te rooien en het graan te controleren.

Ik bond mijn paard voor de herberg vast en liep naar binnen. Net op dat moment kwam Paul naar me toe.

'Je bent ruim op tijd,' constateerde hij en hij gaf me een kus. Ik was ervan overtuigd dat het hele dorp het te weten zou komen, want de waard sloeg ons vanachter de toog gade.

'Ja, het wordt vandaag behoorlijk warm, dus ik wilde zo vlug mogelijk een schaduwrijke plaats opzoeken.'

'Hoe komen we daar dan? Je hebt niet toevallig een koets bij je?'

'Nee, maar wel mijn paard. En een picknickmand.'

'Je weet toch dat ik niet kan paardrijden.'

'Dat hoeft ook niet. Ik leid het paard aan de teugel. De weilanden van de hoeve zijn hier niet ver vandaan.'

Ik had eigenlijk naar het meertje gewild, maar na het gesprek met Ingmar was ik er zo goed als zeker van dat hij zich daar zou vertonen. In het weiland waren we iets veiliger.

'Kunnen we daar te voet komen?'

'Dat duurt nog geen half uur.' Ik pakte zijn hand. 'Kom mee, ik heb proviand meegebracht.'

Ik trok hem mee naar buiten en maakte mijn paard los. De

dorpsstraat was nog steeds uitgestorven. Alleen een kat zat zich op een hek te wassen.

Na een kleine voettocht kwamen we aan op de plek die ik had uitgekozen. Inmiddels kende ik de weiden op mijn duimpje. Hier zou de hele dag schaduw zijn zonder dat het te koel werd.

Onder een breed uitwaaierende eik spreidde ik het kleed uit dat boven in de picknickmand lag. Svea had overal aan gedacht.

In de mand zaten pasteitjes, broodjes, hardgekookte eieren, gebak, wat gelei en boter en ook fruit. Bovendien had ze er nog een pot geweckte aardbeien in gedaan en een thermosfles met koffie.

'We hebben genoeg voor de hele dag,' zei ik nadat ik alles op het kleed had uitgestald. 'Zeg nu niet dat je zoiets elke dag krijgt.'

Paul trok me lachend tegen zich aan. 'Nee, dit is beslist niet alledaags.' Hij kuste me, en we zakten neer op het kleed. 'Zelfs Daga doet niet zo veel moeite voor haar geliefde,' voegde hij eraan toe.

'Heeft ze een geliefde?' vroeg ik.

'Ja, hij heet Arndt en werkt op een kantoor. Als je het mij vraagt is hij een goede partij. Helaas wonen zijn ouders in Småland, dat is nogal een eind weg. Ze hebben een glasblazerij.'

'Daga houdt van mooi glaswerk,' zei ik.

'Ja, mijn zus vindt dat soort dingen wel mooi. Hopelijk kan Arndt zich een groot huis permitteren, dat ze er dan vol mee kan zetten.'

'Denk je dat ze met hem zal trouwen?' vroeg ik. Ik moest Daga nodig weer eens schrijven. Over die vriend had ze nog helemaal niets verteld. Zeker, ze had in het naaiatelier veel te doen, maar een beetje tijd moesten we toch wel aan elkaar besteden.

'Ach, wie weet! Het zou kunnen. Daga is net als jij, als ze eenmaal haar zinnen op een man heeft gezet, laat ze hem niet zo gauw weer gaan.'

'Dat zit bij mij toch anders,' wierp ik tegen.

'Nee, dat is niet zo. Jullie lijken allebei op het herderinnetje dat met de Deense prins wil trouwen,' zei hij en hij vervolgde met verdraaide stem: 'Let maar op, ik krijg hem wel!'

Dat zinnetje uit het sprookje kende ik maar al te goed.

'Hopelijk heeft Arndt ook een steen waarop de ware bruid moet gaan staan. In sprookjes lijkt het leven zo veel eenvoudiger.'

'Maar het is ook gevaarlijker.' Paul plukte een druif van de tros en stak hem in mijn mond.

We aten langzaam en genoten van elk hapje dat Svea had klaargemaakt. Daarna gingen we arm in arm op het kleed liggen en keken naar het bladerdak boven ons. Van het zachte ruisen werd ik loom en slaperig. Ik zou nergens anders liever zijn geweest.

'Weet je,' zei ik, want ik wilde beslist wakker blijven, om geen moment met Paul te verspillen. 'Vanmorgen vroegen de dienstmeisjes me of we hier op het landgoed gingen trouwen.'

'Echt?' vroeg Paul.

'Ik heb tegen hen gezegd dat ik dat nog niet wist. Bovendien zijn we nog te jong om te trouwen.'

'O ja? Ruim een half jaar geleden zag je dat nog anders.'

'Het is maar goed dat je daar niet op in bent gegaan,' zei ik. 'Ik was wanhopig, wilde alleen maar weg van hier. Maar ik weet nu dat het niet goed zou zijn geweest. Een van ons beiden moet meerderjarig zijn. Anders blijven ze allemaal steeds op ons inpraten.'

'Daar heb je gelijk in. Denk je dat de gravin ons haar zegen zal geven?'

'Dat hangt ervan af hoe je je hier gedraagt.'

'Heeft de gravin dan iets gezegd? Ik was gisteren behoorlijk nerveus.'

'Niemand heeft iets gezegd. Maar ik geloof dat Lennard je wel mag.'

'En de gravin?'

'Die heeft zich niet uitgesproken.'

'Dan zal ze wel niet enthousiast zijn.' Paul plukte een grashalm af en draaide hem tussen zijn vingers.

'Agneta wil niet dat ik te vroeg trouw. Of dat mij hetzelfde overkomt als mijn moeder.'

'Dat je dienstmeisje wordt?'

'Dat ik zwanger word voor ik trouw. Ze hebben het er hier niet vaak over, maar blijkbaar was mijn moeder zwanger toen ze uit het huis wegging. Ik heb geen idee hoe mijn vader dat voor elkaar heeft gekregen, ook daarover wordt in alle talen gezwegen.'

'Hoe zit het met de dienstmeisjes?' vroeg Paul. 'Hebben die je moeder nog gekend?'

'Lena heeft haar gekend. En de oude mevrouw Bloomquist beslist ook. Maar die zegt niet veel. Het gaat haar altijd alleen maar om de keuken en de gerechten die moeten worden klaargemaakt. Ze is nooit getrouwd.'

'En die Lena van jou wil niet trouwen?'

'Dat weet ik niet. We praten niet over zulke dingen. En ik ben erg blij dat we niet zo vaak over trouwen praten.'

Ik draaide me om naar Paul. Zijn gezicht was veranderd sinds ik uit Stockholm weg was. Het was hoekiger geworden. Mannelijker. Meer dan ik had hij zijn kinderlijke trekken verloren.

Paul beantwoordde mijn blik en bewoog toen de grashalm voor mijn gezicht. Hij streelde er zachtjes mee over mijn wangen, en uiteindelijk over mijn onderlip. Eerst kietelde het, maar toen voelde ik nog iets anders. Een zachte warmte ontwaakte in mijn buik, steeg naar boven en vulde mijn borst en mijn hart. Er volgde een aangenaam gekriebel, net zoals wanneer je ongeduldig op iets wacht.

Paul leek dat te merken. Ik hoorde hoe zijn ademhaling versnelde, zag hem slikken. Even later haalde hij de grashalm weg, boog zich voorover en kuste me. Maar het was een kus zoals hij me nog nooit had gegeven. Zijn lippen duwden de mijne uiteen, en zijn tong gleed in mijn mond, zacht en verlangend tegelijk.

Ik boog me naar hem toe, volkomen weerloos, en beantwoordde zijn kus. Hij legde zijn handen op mijn lichaam en ik sloeg mijn armen om hem heen. Zijn hand streek langs mijn zij over mijn heup en raakte mijn dijbeen aan.

Terwijl hij me streelde, begon mijn hart te bonzen, zo hevig dat ik het gevoel had dat het zou barsten. Tussen mijn benen begon het te kloppen, een gevoel dat ik soms stiekem kreeg als ik aan Paul dacht. Dan klemde ik altijd de deken tussen mijn dijen om het te laten ophouden zodat ik er niet meer aan bleef denken hoe onze huwelijksnacht zou zijn.

Even werd ik overmand door een gevoel van genot, maar toen schoot me Agneta's waarschuwing weer te binnen. Ik mocht dan nog maagd zijn en onervaren, maar ik wist waar het op uit draaide. Mijn moeder was zwanger geworden voor ze trouwde, en dat wilde ik in geen geval.

Ik pakte Pauls hand.

'Nee,' zei ik zachtjes. 'Dit moeten we niet doen.'

Paul week hijgend terug. Zijn gezicht was vuurrood. Even keek hij me verbijsterd aan, toen liet hij zich opzij zakken. Ik kwam overeind. Mijn hart klopte in mijn keel. Nooit had ik iets zo graag gewild, maar ik had ook nooit iets zo gevreesd.

'Het spijt me,' zei Paul, en hij kwam ook overeind. 'Ik dacht alleen...'

'Sst!' zei ik, want ik hoorde ineens iets.

Er kwam een ruiter naar ons toe. Toen ik Ingmar herkende, stond ik op. Ik wilde niet dat hij me in Pauls armen zou zien liggen.

'Hier ben je dus,' zei hij toen hij bij ons was. 'Ik zocht je al.'

'Waarom?' vroeg ik een beetje onzeker. 'Ik heb toch tegen je moeder gezegd waar ik heen zou gaan.'

'Ja, maar je kunt nooit weten wie je daar tegenkomt.' Hij keek uitdagend naar Paul.

'Je herkent me hopelijk wel,' zei deze.

'Natuurlijk herkent hij je,' zei ik. 'Wat wil je, Ingmar? Is er iets belangrijks?'

'Nee. Ik bedacht alleen dat ik maar eens door de weiden moest rijden om te zien of alles in orde is. Ik stoor toch niet?'

'Ja, dat doe je wel,' antwoordde ik. Hoeveel zou hij hebben gezien? En als Paul en ik nu echt... Ik moest er niet aan denken wat er dan gebeurd zou zijn! 'Ga alsjeblieft terug naar huis, Ingmar. Ik zou jouw plezier ook niet vergallen wanneer jij met een meisje op stap bent.'

'Mij best,' zei hij. 'Tot vanavond dan maar!'

Ik merkte duidelijk dat het in hem broeide. Waarom waren jonge mannen toch zo?

Hij wendde zijn paard en gaf het de sporen. De appelschimmel stoof naar een sloot tussen de weiden die ervoor moest zorgen dat het water werd afgevoerd. Hij was niet bijzonder breed, maar de kanten waren steil en glad.

Ineens besefte ik wat hij van plan was. Hij wilde me laten zien dat hij over die sloot kon springen.

'Is hij altijd zo?' vroeg Paul terwijl hij naast me kwam staan. Ik kon niet anders dan bezorgd naar de sloot kijken. Mijn rijleraar had me ervoor gewaarschuwd. Ingmar had als ruiter veel meer ervaring, maar deze manoeuvre was volkomen onnodig.

'Ik weet ook niet wat hem bezielt.' Ik keek Paul aan en hoorde het volgende moment een luide kreet.

Toen ik mijn hoofd omdraaide, was Ingmar verdwenen. Was hij in de sloot gevallen? Ook het paard kon ik niet ontwaren.

'Verdomme,' mompelde ik en ik rende weg.

'Waar ga je heen?' vroeg Paul.

Ik bleef hem het antwoord schuldig. Mijn hart ging als een razende tekeer.

'Ingmar!' riep ik. 'Is alles in orde?' Ik rende, voelde een steek in mijn zij en kreeg nauwelijks lucht.

Ten slotte kwam ik bij de sloot, en ik gilde het uit van schrik toen ik zag wat er gebeurd was. Ingmar was met zijn paard ten val gekomen. Het dier moest daarbij zijn nek hebben gebroken. Erger was echter dat het boven op Ingmar terecht was gekomen. Die lag er levenloos onder, met zijn benen en bovenlichaam in het water. Gelukkig stond het niet erg hoog.

'Paul!' riep ik. Mijn vriend was nog maar een paar stappen van me vandaan. 'Help me!'

Hij stormde op me af. 'Wat is er...?' vroeg hij, maar bij de aanblik begaf zijn stem het.

'We moeten hem onder het paard vandaan halen! Vlug!'

Ik sprong in de sloot en probeerde Ingmar onder zijn armen vast te pakken, maar ik had geen houvast. Bovendien lag het paard als een loden gewicht boven op hem.

'Kun je beweging in het paard krijgen?' vroeg ik Paul, die er als een zoutzak bij stond. 'Anders krijgen we hem er nooit uit.'

Paul kwam naar beneden en zette zijn schouder tegen het paard. Eerst kwam er geen beweging in, maar toen hij zich stevig tegen de slootkant afzette, slaagde hij erin het dier in elk geval zo ver weg te schuiven dat Ingmars lichaam een stuk opzij gleed. Ik probeerde hem eruit te trekken, maar ik merkte meteen dat hij veel te zwaar voor me was.

'Help me!' zei ik tegen Paul. 'Het lukt me niet.'

Hij liet het paard voor wat het was en kwam naar me toe. Ik maakte ruimte voor hem, en hij pakte Ingmar onder zijn armen vast. Ik wilde hem helpen, maar kon er niet goed bij.

Toen gaf Paul met een luide kreet een flinke ruk. Ingmars doorweekte benen werden zichtbaar. Ik durfde ze bijna niet aan te raken, bang dat ze verbrijzeld waren. Maar Paul kon het niet in zijn eentje doen.

'Hou hem even vast,' zei Paul. 'Ik zal hem van bovenaf op het gras trekken.'

Ik sloeg mijn armen om Ingmars borst, maar zijn lichaam was nog steeds te zwaar. Ik zette mijn tanden op elkaar terwijl Paul uit de sloot klom.

'Schiet op, ik hou het niet lang meer!'

'Nu!' zei Paul, en hij ging op de grond liggen en stak zijn armen naar Ingmar uit. Hij kreeg hem te pakken en begon uit alle macht te trekken. Ik probeerde Ingmars benen te ondersteunen. Toen ik merkte dat Paul het voor elkaar kreeg, klom ik ook uit de sloot.

'Voorzichtig!' maande ik Paul toen hij Ingmar op het gras legde. 'Wie weet heeft hij iets gebroken.'

'Dat zou kunnen,' zei hij.

Ik hurkte bij Ingmars hoofd neer. 'Ingmar?' vroeg ik en ik raakte voorzichtig zijn wangen aan. 'Ingmar, word wakker!'

Maar hij verroerde zich niet.

Ik voelde aan zijn pols en vond een polsslag, maar die was heel zwak.

'Ik ga de dokter halen. Blijf bij hem!'

Ik sprong op en rende naar mijn paard. Mijn hart klopte zo

hard in mijn keel, dat ik Pauls antwoord nauwelijks hoorde. Toen ik het bruintje losmaakte, keek ik naar Ingmars paard. Zijn hoofd stond in een vreemde hoek ten opzichte van de nek. Verdomme, waarom had hij ons zo nodig moeten laten zien wat hij kon?

Ik had pijn in mijn buik en mijn benen trilden van angst toen ik in het dorp aankwam. Waar de dokterspraktijk was wist ik niet, want de dokter kwam altijd naar ons toe. Hij was de zoon van de oude dokter Bengtsen, die een paar jaar geleden was gestorven. Agneta had me toevertrouwd dat ze erg blij was dat zijn zoon hem had opgevolgd.

Gelukkig kwam ik op straat een man tegen die me de weg kon wijzen, en even later sprong ik voor de praktijk uit het zadel. De dokter had spreekuur. In de wachtkamer zaten twee oudere vrouwen en een man. Uit de spreekkamer klonken stemmen. Maar ik kon niet wachten tot de dokter klaar was.

Ik trok de deur open en stormde naar binnen. 'Dokter Bengtsen, kom alstublieft, vlug!' riep ik tegen de onthutste medicus, die bezig was de rug van een patiënte te beluisteren. 'Ingmar Lejongård is gevallen met zijn paard. Hij is buiten bewustzijn!'

De dokter, die al wilde protesteren, slikte zijn woorden in.

'Waar?' vroeg hij terwijl hij de stethoscoop van zijn nek haalde.

'In de wei bij het meertje,' antwoordde ik.

'Bent u te paard?' vroeg hij door.

'Ja,' antwoordde ik. 'Ik zal u meenemen.'

'Het is beter dat ik achter u aan rij. Wacht buiten even, ik kom meteen.'

Ik knikte en liep de spreekkamer uit. De mensen in de wachtkamer hadden gehoord wat ik gezegd had en staarden me met grote ogen aan. Ik haastte me naar buiten.

Even later kwam de dokter met zijn paard de stal uit. In de volle zadeltassen zat vermoedelijk zijn instrumentarium. Hij sprong in het zadel en we gingen ervandoor.

Ik spoorde mijn paard tot volle snelheid aan en verspilde geen gedachten aan het feit dat ik nog nooit zo hard had gereden. Op de plek van het ongeluk hield ik halt en rende naar Paul en Ingmar.

'Is hij nog bijgekomen?' vroeg ik, maar toen zag ik zelf dat Ingmars ogen nog steeds dicht waren. Ik legde mijn hoofd op zijn borst. Zijn hartslag was hoorbaar, maar stel dat hij inwendig letsel had opgelopen?

Het volgende ogenblik was de dokter bij ons. Hij maakte zijn tas open en haalde zijn stethoscoop tevoorschijn. Toen begon hij Ingmar voorzichtig te onderzoeken.

'Ga alstublieft naar de hoeve,' zei de dokter. 'We hebben een auto nodig. De chauffeur moet zo dichtbij mogelijk zien te komen. We moeten die jongen naar het ziekenhuis brengen.'

Een vertwijfeld gekreun ontsnapte aan mijn keel. Was Ingmar er zo erg aan toe? Van pure angst om hem was ik niet in staat me te bewegen.

'Ga nu maar!' riep de dokter.

Ik draaide me haastig om. Daarbij gleed mijn blik even over Pauls gezicht. Hij was krijtwit. Het liefst had ik hem omhelsd, maar ik moest gaan. Agneta moest weten wat er gebeurd was.

De weg naar de hoeve vervaagde onder mijn tranen en het geraas van mijn hart. Ik was bang om Ingmar, maar ook teleurgesteld dat deze mooie dag zo'n vreselijke wending had genomen.

Op een gegeven moment kwam ik bij de poort, wat echter eerder de verdienste van mijn paard was, dat de weg terug had weten te vinden. Ik reed meteen de rotonde op en sprong uit het zadel. Toen ik de treden naar de voordeur op rende werden mijn knieën slap en zakte ik even in elkaar, maar toen krabbelde ik weer op en rende door.

De dienstmeisjes in de hal schrokken toen ze me zagen.

'Juffrouw Mathilda, wat is er gebeurd?' vroeg Lena.

'De gravin,' hijgde ik, 'is ze in haar werkkamer?'

'Ja, natuurlijk.'

'Dank je!' Ik holde naar boven. Mijn knieën trilden, en even dacht ik geen lucht meer te krijgen.

Ik zag ervan af aan te kloppen en stormde meteen naar binnen.

'Agneta, Ingmar is met zijn paard gevallen!' riep ik en merkte toen pas dat de graaf ook aanwezig was.

Lennard draaide zich vlug om en Agneta sprong op.

'Ik heb de dokter gehaald, we hebben de auto nodig. Hij moet naar het ziekenhuis.'

De gravin werd bleek. 'O, mijn God!' kreunde ze en ze holde naar de deur. De graaf ging achter haar aan.

'Waar is het gebeurd?' vroeg hij terwijl we de trap af renden.

'In de wei bij het meertje. Hij wilde over een sloot springen, maar het paard struikelde en viel. We waren meteen bij hem.'

'Wij?' vroeg Lennard.

'Paul en ik. We waren aan het picknicken toen Ingmar kwam. Hij wilde een kunststukje uithalen.' Nee, hij wilde stoer doen. Maar dat kon ik niet zeggen.

Agneta leek me toch al niet te horen. Haar blik was star, haar bewegingen mechanisch.

Even later klonk het geronk van de auto. Agneta gebaarde dat ik moest instappen. 'Laat me zien waar het gebeurd is!'

Ook de graaf stapte in, en Agneta gaf gas. De wielen draaiden door en er spatten kiezelsteentjes op.

Ik loodste de gravin naar de wei. Agneta reed van de weg af en sloeg een pad in dat door paard-en-wagens in het grasland was gebaand. De auto rammelde in protest, maar algauw zag ik het dode paard en ten slotte ook Ingmar, Paul en dokter Bengtsen. Bij die aanblik kreeg ik een knoop in mijn maag.

Agneta trok de handrem aan, zette de motor uit en sprong uit de auto. Zo hard had ik haar nog nooit zien lopen.

'Dokter Bengtsen, hoe gaat het met mijn zoon?' vroeg Agneta in paniek.

'Hij leeft nog, maar ik vrees dat hij zijn rug heeft gebroken. Misschien is er ook letsel aan zijn schedel. Maar dat kan ik zo niet constateren, daar is een röntgenfoto voor nodig. Als zijn verwondingen ernstig blijken, zal hij in het ziekenhuis moeten blijven.'

Dat klonk niet goed, maar ik was blij dat hij nog leefde.

Ik keek naar Paul. Hij stond er geschokt bij en vermeed het iemand aan te kijken. Ik liep naar hem toe en streelde zijn arm.

'Is hij nog bij geweest?' vroeg ik zachtjes.

Paul schudde zijn hoofd. 'Nee. De dokter heeft geprobeerd hem bij te brengen door reukzout onder zijn neus te houden, maar hij heeft zich niet verroerd.'

Bezorgd keek ik naar Ingmar. Kom op, word wakker! smeekte ik in stilte. Ga overeind zitten en zeg dat je maar even weg was. Zeg dat je in orde bent!

Maar zijn ogen bleven dicht en zijn mond bewoog niet. Zijn gezicht was lijkbleek. Bloed zag ik niet, maar wat betekende dat nou? Het kwam niet altijd naar buiten, soms liep het naar binnen en was dat dodelijk.

'Meneer Ekberg, helpt u me de jongen naar de auto te dragen?' vroeg de dokter. 'We zullen heel voorzichtig moeten rijden, zodat de wervelkolom niet verder beschadigd raakt. Maar een betere manier om hem te vervoeren weet ik niet. Voor hier een ambulance is, zal er kostbare tijd zijn verstreken.'

'Ik rijd hem zelf,' zei Agneta.

'Weet je dat zeker?' vroeg Lennard, maar de blik van zijn vrouw legde hem het zwijgen op.

'Goed, schuift u uw armen voorzichtig aan uw kant onder zijn lichaam, dan doe ik dat aan de andere kant.' Hij wendde zich tot Paul. 'En u, jongeman, help ons alsjeblieft met de benen.'

Paul keek dokter Bengtsen aan alsof hij hem gevraagd had in een afgrond te springen, maar toen kwam hij in beweging. Samen tilden ze Ingmar op. Ze waren dan wel met drie man, maar hadden toch moeite het roerloze lichaam te verplaatsen. Heel voorzichtig en heel langzaam droegen ze hem naar de auto. Ik liep voor hen uit en maakte het portier open. Gelukkig was de kap omlaag, zodat de mannen beter konden manoeuvreren. Ze legden Ingmar zo op de achterbank dat zijn rug recht bleef.

'Ik zal hier achterin bij hem blijven,' zei de dokter, en hij probeerde zich in de ruimte tussen de voorstoelen en de achterbank te wringen.

'Gaat het?' vroeg Agneta, want het leek een nogal onnatuurlijke houding.

'Ja, het gaat wel. Hoofdzaak is dat de jongen niet van de achterbank rolt.'

Agneta knikte. 'Mathilda, wil je mee?'

'Ja, graag, maar... zou het niet beter zijn als uw man meeging?'

'Mijn man moet terug naar de hoeve. We verwachten een belangrijk telefoontje van de koninklijke stalmeester. Dat mogen we niet mislopen.'

Ik had al gehoord dat Clarence von Rosen de hoeve had benaderd in verband met een paar dekhengsten.

'Goed, dan ga ik mee,' zei ik en ik liep weer naar Paul toe. Het speet me zo verschrikkelijk, we hadden ons deze middag zo heel anders voorgesteld.

'Ik ga met de gravin mee naar het ziekenhuis,' verklaarde ik. 'Zien we elkaar wanneer ik terug ben?'

Paul knikte. 'Dan zien we elkaar.'

Ik omhelsde hem en merkte dat hij trilde. Of was het mijn eigen lichaam? Ik wist het niet precies.

Ik maakte me van hem los en liep naar de auto. Agneta praatte door het open portier aan de bestuurderskant met Lennard. 'Zoek wat spullen voor hem bij elkaar, hij zal vast een tijdje in het ziekenhuis moeten blijven.'

'Dat zal ik doen, liefje, maak je geen zorgen,' antwoordde Lennard. 'Blijf jij maar gewoon bij hem.'

'Veel succes met de stalmeester! Laat hem niet al te veel afdingen. Onze paarden hebben een prijs!'

'Begrepen. Wees voorzichtig allemaal!'

Ik ging op de passagiersstoel zitten. Even schoot de gedachte door me heen dat normaal gesproken Magnus daar zat wanneer we naar school werden gebracht. Agneta startte de motor.

'Alles goed met u, dokter?' vroeg ze terwijl ze een blik in de achteruitkijkspiegel wierp.

'Ja, mevrouw, alles in orde.'

Toen reed ze weg, heel voorzichtig, alsof ze over eieren reed.

20

Terwijl we midden over de landweg kropen – Agneta wilde in geen geval dat de auto in een kuil terechtkwam – keek ik telkens om naar Ingmar.

Ik hoopte dat hij nu toch eens bij zou komen. Maar zijn toestand bleef onveranderd. Het leek of hij sliep, maar hij zag alarmerend bleek. Het ergerde me een beetje dat ik niet meer over de biologie van de mens wist. Waardoor kon die bleekheid veroorzaakt zijn? Ik was vreselijk bang, en ik was niet de enige. Agneta bestuurde de auto heel geconcentreerd, maar ik zag de wanhoop in haar ogen. Haar hele lichaam was gespannen, haar handen kromden zich zo stevig om het stuur dat haar knokkels wit zagen.

Na een uur dat bijna oneindig scheen te duren kwamen we in Kristianstad. Algauw reden er andere auto's achter ons. Sommige toeterden wanneer ze ons niet snel genoeg konden passeren. Pas nu begon ik te beseffen hoe hectisch het was in de stad, en hoe weinig geduld de bewoners hadden.

Eindelijk arriveerden we bij het ziekenhuis. Het was een hoog, wit gebouw met heel veel ramen, dat bijna een hotel leek. Al van verre meende ik de geur van desinfecterende middelen te kunnen ruiken. We reden door de poort, stopten echter niet voor de trap naar de hoofdingang, maar reden om het gebouw heen. De andere ingang was breder en op de begane grond. Gewonden konden hier gemakkelijker worden binnengebracht.

Toen dokter Bengtsen uit de auto klom, kreunde hij zachtjes, maar hij vermande zich vlug en liep het ziekenhuis in.

Agneta liet haar handen nog even op het stuur rusten, toen kwam ze in beweging en stapte uit. Ze opende het achterportier en streelde Ingmar teder over zijn voorhoofd.

'Word wakker, lieve jongen,' fluisterde ze. 'Je mag ons niet in de steek laten. Wat moet ik zonder jou? Wat moet iedereen zonder jou?'

Ik zag een traan over haar wang glijden, toen boog ze zich over hem heen en kuste hem. Dat ontroerde me zo dat ik zelf in tranen uitbarstte. Maar ik probeerde me te beheersen. Agneta kon een huilebalk niet gebruiken. Ze had iemand nodig die haar steun bood. Net zoals ik iemand nodig had gehad toen mijn moeder het huis uit werd gedragen. Helaas was er toen niemand geweest, aan de buurvrouwen had ik niets gehad.

Na korte tijd kwam dokter Bengtsen terug met een paar in het wit geklede mannen en vrouwen die een brancard voor zich uit duwden.

De volgende ogenblikken werden op een vreemde manier voor mijn ogen vertraagd. Ik zag dat Agneta opzij stapte en de tranen van haar gezicht veegde. Ik zag dat de mannen Ingmar voorzichtig uit de auto tilden en hem op de brancard legden. Zijn hoofd viel daarbij een beetje opzij. De gedachte dat zijn nek ook beschadigd kon zijn kwam bij me op. Ik wist niet hoe het eruitzag als je je nek brak, maar de vrees dat dat met Ingmar kon zijn gebeurd schoot door me heen.

Ten slotte werd hij door de brede deur geschoven. Vervormde gespreksflarden fladderden als vogels om me heen. Ineens begon de bodem onder me te golven. Toen voelde ik een hand op mijn schouder.

'Kom, Mathilda,' klonk de stem van de gravin naast me.

'Alstublieft,' zei ik. 'Ik voel me niet lekker. Ik wil graag nog even buiten blijven.'

Agneta knikte, toen liet ze me los en liep achter de brancard aan. Ik zag hoe de muil van de deur haar opslokte en kneep mijn ogen tot spleetjes. In mijn oren klonk dof gezoem. Niet omvallen, zei ik tegen mezelf. Niet omvallen. Een hele tijd bleef ik zo staan, zonder te merken wat er om me heen gebeurde. Maar ineens verdween het gezoem en klopte mijn hart weer waar het hoorde. Ik voelde het bloed in mijn ledematen terugkomen en deed mijn ogen open.

Wonderbaarlijk genoeg stond ik nog steeds. Mijn ledematen hervonden hun kracht. De auto bevond zich voor me, iemand had de portieren dichtgedaan. Ik liep erlangs en ging het ziekenhuis in.

Voor me verscheen een labyrint van trappen en gangen. Ik wist niet waar ik naartoe moest, dus vroeg ik het aan een verpleegster. Die wees me op de eerste etage een gang waar ik moest gaan zitten. Ik nam plaats op een klapstoel. Het was er heel rustig, afgezien van de gedempte geluiden die door de deuren naar buiten drongen. Was Ingmar echt hier? Wat zouden de artsen met hem doen?

Onbewust voelde ik aan mijn pols en schrok. De armband van Ingmar was weg. En van louter angst had ik het niet gemerkt. Was hij afgerukt toen we hem onder het paard vandaan haalden? Ik voelde een sterke drang om hem te gaan zoeken. Maar toen besefte ik dat ik in het ziekenhuis was en pas thuis zou komen wanneer Agneta me meenam.

Mijn ogen schoten vol met tranen. Stel dat het verlies van de armband een slecht teken was? Ingmar zou vast heel kwaad zijn. Maar waarom maakte ik me daar druk over? Hij vocht misschien op dit moment voor zijn leven!

Even later zwaaide de deur van de afdeling open. Agneta kwam naar buiten. Haar haar zat slordig, ze liep gebogen en haar armen waren slap.

Ik sprong op. ‘Wat heeft hij? Gaat het goed met hem?’

Ze liet zich naast me op een stoel vallen en slaakte een diepe zucht. ‘Ze hebben röntgenfoto’s gemaakt. Nu moeten we afwachten. In elk geval heeft hij een zware hersenschudding. Of hij iets gebroken heeft of inwendig letsel heeft opgelopen, weten we pas wanneer de foto’s klaar zijn. Tot zolang zullen we moeten wachten.’

Dat betekende tenminste dat hij nog leefde. Echt blij kon ik daar echter niet om zijn. Stel dat hij nooit meer zou kunnen lopen, of paardrijden?

Ik legde mijn hand op Agneta's arm. 'Het spijt me.'

Agneta schudde haar hoofd. 'Dat hoeft niet. Ik wilde alleen dat Ingmar voorzichtiger was geweest. Hoe komt het eigenlijk dat hij op het idee kwam over die sloot te springen? Hij had toch moeten weten dat het een veel te grote sprong is?'

Ik had haar kunnen vertellen dat hij mij wilde imponeren en zich tegenover Paul wilde laten gelden. Maar waarom zou ik haar nog meer verdriet doen? En waarom zou ik Paul erbij betrekken? Hij was rustig gebleven en was niet op Ingmars provocaties ingegaan.

'Weet je, ik heb een ambivalente relatie met ziekenhuizen,' zei Agneta ineens zonder haar blik van de muur af te wenden, die mat lindegroen geverfd was. 'Hoewel een ziekenhuis een plaats is waar ze levens willen behouden, gaat het toch vaak mis.'

Ze bleef naar de muur staren, toen voegde ze eraan toe: 'Mijn broer is hier gestorven. Mijn moeder ook. We hadden haar hier gebracht vanwege haar zwakke hart, maar er was geen hoop meer. Het zou echter oneerlijk zijn te beweren dat het niet ook leven schenkt. Ingmar en Magnus zijn hier geboren. Het was een behoorlijk zware bevalling. Ik vrees dat ik nu niet meer zou leven als ik niet zo verstandig was geweest voor het ziekenhuis te kiezen. Maar altijd wanneer ik vanwege een noodgeval naar het ziekenhuis moet, ben ik vreselijk bang.'

'Dat kan ik begrijpen,' zei ik. 'Maar de dood komt ook op andere plaatsen. Mijn moeder is thuis overleden, midden in de nacht. Ik heb haar 's ochtends gevonden. Ik wou dat ik de mogelijkheid had gehad haar naar het ziekenhuis te laten brengen. Misschien hadden de dokters iets voor haar kunnen doen. Ze was eigenlijk veel te jong om te sterven.'

'Dat was ze zeker,' beaamde Agneta. 'En hetzelfde geldt voor je vader. Het leven stelt ons soms voor beproevingen en opgaven die onoverkomelijk lijken.'

'En soms lijkt dat niet alleen maar zo,' merkte ik op. 'Dan kun je alleen nog maar huilen.'

Agneta keek me aan. 'Zou je nu graag huilen?'

'Later,' antwoordde ik. 'Wanneer ik in mijn eentje in het bos ben. Nu komt het niet goed uit. De patiënten zouden ervan uit hun bed kunnen vallen.'

Er gleed een klein glimlachje over Agneta's gezicht.

Even later zwaaide de deur open en verscheen dokter Bengtsen. Hij droeg zijn jasje over zijn arm, op zijn overhemd zaten zweetvlekken. Hij zag er verhit uit. Agneta sprong op. 'Zijn de foto's klaar?'

'Nee, maar dat kan niet lang meer duren. Ik heb met mijn collega gesproken. Op grond van een eerste onderzoek sluit hij uit dat de nek ook beschadigd is, wat goed nieuws betekent. Maar we moeten nog zien hoe het met de wervelkolom staat. In het ergste geval zal de jongen een tijd in een gipsbed moeten liggen. Maar dat zullen mijn collega's beslissen. Helaas moet ik terug naar mijn praktijk.'

'Neemt u mijn auto maar,' zei Agneta, waarna ze naar mij keek. 'Zou u zo goed willen zijn Mathilda naar de Leeuwenhof te brengen?'

'Uiteraard.'

'Maar ik wil graag blijven,' protesteerde ik.

'Je kunt later terugkomen,' zei ze. 'Nu kun je niet veel doen. Kijk alsjeblieft of mijn man al een tas voor Ingmar heeft kunnen inpakken. Zo niet, help hem dan daarbij.'

Ik knikte, en Agneta overhandigde dokter Bengtsen de autosleutel. 'Pas goed op uzelf en op Mathilda. Wanneer ik terug ben, zullen we het hebben over een vergoeding voor de onkosten die u hebt gemaakt.'

We lieten de gang achter ons en liepen naar beneden. Het liefst had ik de dokter ondervraagd, maar dat durfde ik niet. Misschien zou het me nog meer ongerust maken.

We stapten in de auto. De dokter leek er uitstekend mee overweg te kunnen, want hij startte hem met een vanzelfsprekendheid alsof het zijn eigen wagen was.

'Ik heb bij het leger leren autorijden,' zei hij. 'Een van de beste dingen die ik eraan heb overgehouden. Wilt u ooit uw rijbewijs halen?'

Op dat moment stond mijn hoofd er niet naar over auto's te praten, maar ik begreep de bedoeling van de dokter. Hij wilde een beetje over koetjes en kalfjes praten, zodat ik me niet zo veel zorgen maakte.

'Absoluut,' antwoordde ik. 'Ik zie hoe de gravin rijdt en heb daar grote bewondering voor.'

'Ja, mevrouw Lejongård is een opmerkelijke vrouw. Mijn vader had al een sterke band met haar familie, en ik merk steeds weer waarom dat zo was.'

Omdat de dokter harder reed dan Agneta vanwege Ingmars verwondingen had aangedurfd, waren we drie kwartier later op de Leeuwenhof. Zijn paard stond op het erf in de schaduw aan een boom vastgebonden, Lennard was erop hiernaartoe gereden. De dokter zette de motor uit en gaf me de sleutel.

'Doe de graaf de groeten van me en vraag of hij me op de hoogte wil houden wat de jongen betreft. Ik hoop zo dat zijn verwondingen niet al te ernstig zullen blijken te zijn.'

'Dank u, dokter Bengtsen,' zei ik terwijl ik hem een hand gaf. Toen hij het erf af reed, klom ik de trap op.

Graaf Lennard liep in de werkkamer nerveus heen en weer. Toen ik binnenkwam, kromp hij in elkaar.

'Mathilda!' riep hij verrast.

'Uw vrouw is nog in het ziekenhuis, dokter Bengtsen heeft me gebracht. Er zijn röntgenfoto's bij Ingmar gemaakt.'

'Heb je gehoord hoe het met hem is?'

'Zijn nek is niet beschadigd, maar verder is er helaas geen nieuws. Uw vrouw zei dat eerst het resultaat van de röntgenfoto's moet worden afgewacht. Waarschijnlijk is dat bekend wanneer we daar zijn.'

'Prima. Wil jij alsjeblieft die tas voor hem inpakken? Ik moet eerst een beetje tot mezelf komen.'

Ik knikte en liep de kamer uit.

Ik had geen idee waar Ingmars spullen lagen, maar ik hoopte dat hij het me niet kwalijk zou nemen als ik ze overhoop zou halen.

Eigenlijk was ik alleen maar bang en kon het me niet echt schelen of hij boos op me zou zijn of niet. Ik wilde gewoon dat hij bleef leven. Dat hij er geen blijvend letsel aan overhield. Dat vreselijk bleke gezicht... Toen ik mijn moeder vond, was ze ook zo verschrikkelijk wit geweest. Ik zette die gedachte van me af en dwong mezelf me te concentreren. Wat had hij nodig? Schone kleren, een pyjama. Onderbroeken? Een tandenborstel? Een boek, voor als hij zich verveelde?

Mijn blik viel op het vliegtuig. Het was intussen bijna klaar, maar ik was zo met Paul bezig geweest dat ik er niet meer aan had gedacht.

Ik deed de kledingkast open. Daar rook het naar cederhout, maar ook naar wasmiddel en naar hem. Toen ik tussen zijn broeken zocht, merkte ik dat ik rood werd. Het was alsof ik hemzelf aanraakte. Dat vond ik ineens heel pijnlijk. Ik koos een broek uit en pakte een overhemd van een hangertje. Wat had hij nog meer nodig? Het was zomer, hij zou vast geen trui hoeven. En hoe zat het met onderhemden? Gelukkig verscheen Lennard even later.

'Nou, wat hebben we hier?' zei hij bedrijvig terwijl hij een grote tas uit de kast tevoorschijn haalde. 'Ik zie dat je al het een en ander hebt klaargelegd.'

'Ik heb niet zo veel verstand van jongenskleding,' zei ik verontschuldigend.

'Dan handel ik dat af. Misschien kun je een boek voor hem halen? Hij zal vast blij zijn met een beetje leesvoer.'

Ik wilde al weggaan toen ik Lennard even in elkaar zag zakken. Ik liep naar hem toe en legde mijn hand op zijn rug.

'Is alles in orde?' vroeg ik, wat eigenlijk dom was. Natuurlijk was niets in orde.

'Ja, het gaat wel,' zei hij. 'Ga jij maar vlug dat boek halen, ik zorg voor de rest.'

Ik knikte en liep de kamer uit. Mijn handen waren ijskoud en ik werd met de minuut onrustiger, maar dat ik iets voor Ingmar kon doen leidde me een beetje af. In de bibliotheek moest ik een poosje zoeken, maar uiteindelijk vond ik iets wat hij leuk zou vinden. Het was een roman van Jules Verne met de titel *Vijf weken in een luchtballon*. Die ging over een wetenschapper die een nieuw soort ballon had uitgevonden en ermee over de wereld wilde reizen. Het boek was al flink oud, en ik had geen idee of Ingmar het al kende. Maar ik hoopte dat hij er blij mee zou zijn.

Toen ik de bibliotheek uit kwam, liep Lennard net met de reistas de trap af. Zijn gezicht was rood. Waarschijnlijk had hij gehuild. Ook ik had het gevoel dat mijn angst om Ingmar me elk moment kon verscheuren, maar ik moest me beheersen.

'Ben je zover?' vroeg Lennard.

Ik liet hem het boek zien.

'Een goede keuze,' oordeelde de graaf. 'Ingmar is dol op vliegen. Ik wist niet dat we die titel in onze bibliotheek hadden. Je hebt er kijk op. Nou, dan moesten we maar eens gaan, nietwaar?'

Ik knikte en liep achter hem aan naar de auto.

Toen we het ziekenhuis in liepen, kwamen een paar verpleegsters in witte kleding ons tegemoet. Blijkbaar zat hun dienst erop. Ik rilde toen mijn neus de lucht van carbol opving. De graaf droeg de tas en ik hield het boek onder mijn arm. Tijdens de rit hadden we nauwelijks met elkaar gepraat. Lennard was net als ik in gedachten verzonken. Toen we voor de deur stonden, hoorde ik hem diep zuchten. Ik had graag iets geruststellends tegen hem gezegd, maar ik was zelf vervuld van angst.

We haastten ons door de gangen. Graaf Lennard had een verpleegster aangesproken, die ons de weg wees. Ingmar was blijkbaar naar een ziekenkamer gebracht. Toen we binnenkwamen, zagen we Agneta naast zijn bed zitten.

Ingmar had inmiddels een wit nachthemd met blauwe stippeltjes aan. Zijn been zat in het gips en lag op een stapel dekens. Zijn ogen waren nog altijd dicht. Zou hij merken dat hij bezoek had?

Toen de gravin ons zag, stond ze op en omhelsde haar man. 'Fijn dat jullie er zijn! Ingmar is een half uur geleden hiernaartoe verplaatst.'

'Wat zeggen de dokters?'

'Hij heeft een hersenschudding en een whiplash. En hij heeft een been en twee ribben gebroken.'

'Is hij tussendoor wakker geweest?'

Agneta knikte. 'Ja, maar ik geloof niet dat hij veel heeft gemerkt. Ze hebben hem een sterke pijnstiller gegeven. De artsen zeggen dat hij morgen wel weer goed aanspreekbaar zal zijn.'

Ik haalde opgelucht adem toen ik dat hoorde. Gelukkig was hij wakker geweest. De verwondingen klonken ernstig, maar blijkbaar waren ze niet levensbedreigend.

'Hij heeft veel geluk gehad,' voegde Agneta eraan toe. 'Als hij minder goed terecht was gekomen, had het zijn dood kunnen worden.'

Ik perste mijn lippen op elkaar. Ik was zo dankbaar dat dat niet zo was. Wanneer hij weer thuis was, zou ik hem de oren wassen. Maar nu legde ik het boek op zijn nachtkastje. Het zag ernaar uit dat hij wel een tijdje zou moeten blijven.

21

’s Nachts lag ik nog lang wakker. Zodra ik mijn ogen dichtdeed, zag ik weer voor me hoe Ingmar gevallen was. Het eerste gevaar was geweken, maar er had van alles kunnen gebeuren. Hij had dood kunnen gaan. Alleen maar omdat hij indruk op Paul wilde maken.

Uiteindelijk hield ik het onder de deken niet meer uit en trappelde ik hem van me af. Ik stond op en begon in de kamer heen en weer te lopen. Ik wilde, nee, moest iets doen. Maar wat?

Ik liep naar het raam, schoof het gordijn opzij en keek de nacht in. Het was pikdonker, de wolken verduisterden de maan. In het matte lichtschijnsel zag ik mijn gezicht in de ruit weerspiegeld.

Om een of andere reden moest ik aan Magnus denken. Die zou met zijn kameraden nog ruim een week op zomerkamp zijn. In alle commotie had niemand aan hem gedacht. Zou het internaat telefoon hebben? Zo ja, dan zou Agneta er beslist heen bellen en Magnus op de hoogte brengen. Maar zou dat genoeg zijn? Zou het niet beter zijn als iemand hem schreef? Of moesten we wachten tot hij terugkwam? Ik verkeerde in de verleiding pen en papier te pakken, maar toen besefte ik dat ik niet wist waar hij precies was. En dat post van mij krijgen wel het laatste was wat hij wilde.

De volgende ochtend reed ik naar het dorp. Toen ik de herberg in liep, kwam Paul me met zijn tas tegemoet.

‘Hallo, Paul,’ begroette ik hem verward.

‘Hallo,’ zei hij.

'Wat betekent dat?' vroeg ik terwijl ik naar zijn bagage wees. 'Je zou toch nog een poosje blijven?'

'Dat was voor het ongeluk,' zei hij. 'Nu lijkt het me beter om te gaan.'

'Maar waarom? Ingmar heeft een hersenschudding, twee gebroken ribben en een gebroken been. Hij moet natuurlijk nog een tijdje in het ziekenhuis blijven, maar...' Zijn blik legde me het zwijgen op.

'Mathilda. Het gaat niet.'

'Wat gaat niet?' Ik had er even voor nodig, maar toen werd me duidelijk waar hij op doelde.

'Nee! Je bent toch zeker niet jaloers op Ingmar?'

Paul perste zijn lippen op elkaar. Ik liep naar hem toe en wilde hem in mijn armen nemen, maar hij deinsde achteruit.

Ik keek hem geërgerd aan. 'Wat is er aan de hand? Ik moest voor hem zorgen! Hij was gewond.'

'Het heeft niets te maken met het ongeluk, maar met hoe hij zich tegenover jou gedroeg. Tegenover ons. Alsof ik een hinderlijke rivaal was.'

'Maar dat is toch onzin!' wierp ik tegen, en ik merkte dat ik kwaad werd op Paul.

'Houdt hij van jou?' vroeg hij terwijl hij me duister aankeek.

'Nee! Ingmar is een soort broer voor me, meer niet.'

'Nou, dat lijkt hij anders te zien. Waarom zou hij anders zo idioot hebben gedaan?'

'Ik heb geen idee waarom hij het deed. Het was vreselijk stom. En het betekent ook niet dat ik meer om hem geef dan om jou!'

'Maar hij is hier, en ik zit ver weg in Stockholm.'

Ik voelde me vanbinnen verkrampen. Verweet hij mij dat ik op het landgoed van mijn voogdes moest wonen? In zijn laatste brief was zijn toon nog heel anders. Toen begreep ik het. Hij was bang. Hij was bang vanwege Ingmars aanwezigheid. Hij vreesde dat ik verliefd op hem zou worden. En waarschijnlijk dacht hij dat een landgoed voor mij meer betekende dan een meubelmakerij.

'Paul, alsjeblieft! Ingmar is aardig voor me, hij heeft me geholpen om hier te wennen. Maar voor mij zal er nooit iemand anders zijn dan jij.'

Pauls weifelende blik deed me pijn. Ik viel stil. En hij zei ook niets.

'Hoe kom je in de stad?' vroeg ik.

'Een boer neemt me mee.'

Ik slikte. Teleurstelling welde in me op. Maar ik voelde dat ik hem niet kon tegenhouden.

'Wees alsjeblieft niet boos op me,' zei Paul. 'Ik had me erg op de tijd hier verheugd. Maar na wat er gisteren is voorgevallen... Ik kan niet doen alsof er niets gebeurd is. En jij ook niet. Ik beloof je dat we die dagen zullen inhalen. En misschien kun je dan toch naar Stockholm komen. Zodat we niet nog eens getuige hoeven te zijn van zo'n ongeluk.'

Ik zuchtte. Hij had gelijk, in Stockholm kon Ingmar niet bij ons komen. Toch hield ik er een wrang gevoel aan over. Ik had immers tijd voor Paul, ondanks alles. En Ingmar leefde nog!

'Goed,' hoorde ik mezelf zeggen. 'We halen het later in.'

Paul glimlachte en nam me in zijn armen. Hij kuste me, maar niet zoals tevoren. Van de hartstocht die ik onder de eikenboom had gevoeld was niets meer te merken.

Ik liep achter Paul aan naar buiten. De boer die hem naar Kristianstad zou brengen, was in geen velden of wegen te bekennen.

'Zou je er niet nog eens over nadenken?' vroeg ik, terwijl ik moeite deed om me te beheersen. Ik wilde hem niet laten gaan. En ik wilde ook niet dat hij bleef denken dat ik gevoelens voor Ingmar had.

'Nee. De wagen zal zo wel komen.'

Hij kuste me nog eens, maar ik maakte me vlug uit de omhelzing los, zodat hij niet kon zien dat de tranen me in de ogen sprongen. Ik liep naar mijn paard en steeg op.

Ik reed het dorp echter maar een klein eindje uit en verstopte me toen achter een hoge doornhaag bij een akker. Ik wachtte daar een paar minuten, tot er een wagen kwam aanhobbelen. De koetsier zag me niet, maar ik herkende Paul in de laadbak. Hij keek naar de andere kant, naar de velden. Hij had een peinzende gezichtsuitdrukking. Wat zou er door zijn hoofd gaan? Of ik het serieus bedoelde? Of ik het waard was? Ik had zijn genegenheid duidelijk gevoeld. Maar dat was gisteren geweest.

Hem te laten gaan deed me zo veel verdriet dat ik in tranen uitbarstte. Verdorie, Ingmar, dacht ik. Waarom heb je de dag voor ons bedorven? Maar ik was blij dat hem verder niets was overkomen. Dat hij nog leefde. Dat zijn verwondingen zouden genezen.

Misschien had Paul gelijk. Misschien hield ik van Ingmar. Niet zoals van hem, maar op een heel speciale manier.

Toen de boerenwagen weg was, veegde ik mijn tranen af en reed terug naar de Leeuwenhof. Ik nam een kortere route, die Ingmar me had gewezen.

Op de rotonde stond de auto te wachten. Blijkbaar waren Lennard en Agneta nog niet weg. Ik kwam hen tegen toen ik de trap opliep.

'Ben je alweer terug?' vroeg Agneta.

'Paul is vertrokken,' zei ik. 'Na wat er gisteren is gebeurd, wilde hij niet meer blijven.'

De gravin en de graaf keken elkaar aan. 'Dat is toch wel een beetje vreemd,' zei Agneta uiteindelijk. 'Het gaat toch goed met Ingmar. Er is geen reden...'

'Hij wilde het gewoon niet meer,' flapte ik eruit, heftiger dan ik wilde. 'Neem me niet kwalijk,' zei ik toen beschaamd. 'Mag ik mee op bezoek bij Ingmar? Ik wil nu niet in mijn eentje op mijn kamer zitten.'

'Natuurlijk,' zei Lennard. 'Wil je je misschien even omkleden?'

Ik keek omlaag. In die broek en blouse was ik eigenlijk goed genoeg gekleed. Maar ik wilde die kleren het liefst van mijn lijf scheuren.

'Ja. Momentje, ik ben zo weer terug.'

'Neem de tijd,' zei Lennard, en Agneta knikte me toe.

Een paar minuten later stapte ik in Lennards rode jurk in de auto. Ditmaal zat de graaf achter het stuur, de gravin op de passagiersplaats. Ik had de hele achterbank voor me alleen. Ik moest eraan denken hoe ik met Paul van het station hierheen was gereden. Dat was heel fijn geweest, en de gedachte daaraan deed me glimlachen. Maar toen zag ik hem weer op de boerenwagen. Ik werd nerveus. Zouden we hem inhalen? Zou hij me in de auto zien zitten? Kon ik Lennard vragen om te stoppen en hem mee te nemen? Of zou Paul toch niet willen instappen? De hele tijd zat ik op hete kolen. 'Is er iets waar je over wilt praten?' vroeg Agneta.

Ik schudde mijn hoofd. 'Nee. Het is in orde. Ik... Het kwam alleen zo plotseling. Ik had er geen rekening mee gehouden dat hij zou vertrekken. Ik bedoel, Ingmar wordt weer beter, en...'

'Is hij misschien jaloers op Ingmar?' vroeg ze terwijl ze zich omdraaide.

'Misschien. Maar Ingmar is als een broer voor mij. Er is helemaal geen aanleiding voor. En toen hij in de sloot lag... Ik moest toch voor hem zorgen!'

'Als hij boos is omdat je Ingmar hebt geholpen, is hij misschien niet de ware voor jou,' zei de graaf. 'Dankzij jouw hulp is Ingmar voor zwaar letsel behoed.'

'Paul heeft ook geholpen,' verdedigde ik hem. 'Zonder hem had ik Ingmar nooit onder het paard vandaan kunnen krijgen. Daarom begrijp ik zijn reactie ook niet. Hij was er toch bij.'

Lennard zuchtte. Ik zag hoe hij even naar zijn vrouw keek en toen zijn blik weer op de weg richtte. 'Mannen zijn soms vreemd,' zei hij. 'Ze voelen zich bedreigd in situaties waarin er van een bedreiging geen sprake is.'

'Je kunt het best nog een keer met hem praten,' stelde Agneta voor. 'Hij zal wel tot bezinning komen wanneer hij weer thuis is. Je kunt hem schrijven dat hij bij ons welkom is. De volgende keer hoeft hij niet in de herberg te overnachten.'

Ik knikte, maar op de een of andere manier voelde ik dat ik hem voorlopig niet zou vragen naar me toe te komen. En ik zou niet in mijn eentje naar Stockholm kunnen gaan.

Misschien moest het wel zo zijn. Misschien was het een test voor ons. Als het lot het wilde, zouden we weer bij elkaar komen. Dat hoopte ik van ganser harte.

In de ziekenkamer zat Ingmar al rechtop op ons te wachten. Hij had een nekkraag om, zijn ingegipste been hing in een ophanglus. De pijnstillers die hij kreeg leken goed te werken, zodat er alweer een glimlach op zijn lippen lag toen we binnenkwamen.

Agneta omhelsde Ingmar, en Lennard deed dat eveneens. Ik liet zijn familie begaan, toen liep ik naar hem toe en gaf hem een kus op zijn wang.

'Alleen al daarvoor was het me allemaal waard,' zei hij.

'Wat een onzin!' protesteerde ik. 'Niets is het waard om je nek voor te breken.'

'Ja, luister naar Mathilda,' zei de gravin. 'Zo is het precies!'

Ingmars glimlach vertelde iets anders.

Na een poosje gingen Agneta en Lennard weg om met de dokter te praten. Ik bleef alleen met Ingmar.

'Ik denk dat je wel boos op me zult zijn,' zei ik zachtjes.

'Waarom?' vroeg hij.

'Ik ben je armband verloren. Die is waarschijnlijk gebroken toen we je naar de auto droegen. De kralen moeten ergens in het gras zijn verdwenen.'

'Dat geeft niet,' zei hij en hij pakte mijn hand. 'Ik zal je een nieuwe geven wanneer ik weer op de been ben. Glazen kralen kun je overal krijgen.' Hij zweeg even, toen vroeg hij: 'Is hij nu weg?'

'Paul, bedoel je?'

'Ja, Paul.'

'Die is intussen naar huis gegaan. Het was vreselijk stom van je om hem te willen imponeren.'

'Inderdaad. Maar ik heb mijn doel bereikt. Hij is weg.'

'Ja, en hij is heel kwaad. Hij denkt dat je wat van me wilt.'

'En als dat nou zo zou zijn?'

'Ach, hou op,' zei ik en ik klopte hem speels op zijn schouder. 'Wij tweeën zijn een soort broer en zus voor elkaar. Iets anders komt niet bij me op.'

Ingmar vertrok zijn gezicht. 'Wees maar blij dat mijn botten me te veel pijn doen om me gekwetst te kunnen voelen.'

Ik lachte. Als mijn hart niet aan Paul had toebehoord, zou ik gewoonweg in de verleiding kunnen komen het hem te schenken.

'Ik wil een beetje slapen,' zei hij nu. 'Beloof je dat je morgen weer bij me komt kijken, zusjelief?'

'Ik zal kijken of dat geregeld kan worden. De chauffeur zal me naar Kristianstad moeten brengen.'

'Ik weet zeker dat mijn moeder morgen weer komt kijken, dus de chauffeur is niet het probleem. En desnoods kun je ook te paard naar Kristianstad komen, zoals je al eens hebt gedaan.'

Ik deed mijn ogen dicht. 'Bespaar me de herinnering! Maar zodra ik oud genoeg ben, zal ik leren rijden. Dan kan ik zelf de auto nemen.'

'Als mijn moeder of vader er niet mee onderweg is.'

'Misschien schaffen ze ooit een tweede aan. Ik ga hoe dan ook leren autorijden.'

'Dan kun je ook wel meteen leren vliegen. Samen met mij.'

'Niet alles tegelijk,' wierp ik tegen. 'Bij autorijden heb je vaste grond onder de wielen, dat kun je van een vliegtuig niet zeggen.'

'Nou, even heb je dan wel grond onder de wielen. En daarna ben je alleen nog maar vrij.'

We keken elkaar aan.

'Dank je wel,' zei hij ten slotte en hij pakte mijn hand.

'Voor het boek?'

'Voor alles. Vooral dat je me niet in de sloot hebt laten liggen.'

'Dat is toch vanzelfsprekend,' zei ik. 'Maar zonder de hulp van Paul was het me niet gelukt.'

'Ach ja, Paul,' mompelde Ingmar. 'Ik was hem al bijna vergeten.'

'Ingmar...' begon ik, maar hij onderbrak me.

'Nee, het is al goed. Hij is je vriend. En ik ben hem ook dankbaar.'

'Wil je me een plezier doen?' vroeg ik.

'Wat voor plezier?'

'Als Paul weer op bezoek komt, zorg er dan alsjeblieft voor dat je niet weer zoiets uithaalt. Je had wel dood kunnen zijn, net als het paard! Ik wil niet dat jou iets overkomt. Je weet dat ik op je gesteld ben, en daar zal ook niets aan veranderen wanneer ik op een dag met Paul samen ben. Ik bedoel, echt samen.' Ik dacht aan het moment onder de eikenboom. Pauls hand op mijn heup. Mijn lichaam dat naar hem verlangde.

Ingmar schudde zijn hoofd. Wees hij mijn verzoek soms af?

'Hij is niet de ware voor jou,' zei hij toen. 'Maar ik zal me er vanaf nu buiten houden, en ik beloof je dat ik de volgende keer geen ribben zal breken vanwege hem.'

'Bedankt!' Ik tilde zijn hand op en kuste die. 'Laat me zelf mijn eigen ervaringen opdoen, wil je?'

'Afgesproken. Maar als er iets gebeurt, zal ik er altijd zijn om je te helpen.'

Ik glimlachte naar hem. 'Dat is lief van je, dank je wel! Hetzelfde geldt voor mij. Ik zal je altijd helpen, met wat dan ook.'

Deel 2

1934

22

Het jaar 1934 ontwaakte in een schitterende sterrenregen. Agneta had voor oudjaar prachtig vuurwerk besteld, waaraan ook de dorpsbewoners zich vergaapten. Terwijl de fonkelende fonteinen boven ons hoofd een koepel van sterren werden, stuurde ik een stille wens de hemel in: dat Paul met me zou trouwen. Ik wenste vurig dat hij op mijn verjaardag zou verschijnen om me ten huwelijk te vragen.

Daar had ik al op gehoopt toen hij eenentwintig werd, maar hij was bang dat het lastig zou worden Agneta over te halen. Na het mislukte bezoek van bijna twee jaar geleden had hij zich niet meer op de Leeuwenhof vertoond, maar ik bleef hopen. Hij dacht niet aan een ander meisje, en hij maakte me in zijn brieven altijd weer duidelijk dat er voor hem geen ander bestond.

Maar misschien had hij ook geaarzeld omdat ik nog op de handelsschool zat. Het afgelopen jaar had ik eindexamen gedaan, met een 'zeer goed' als beoordeling, waar Agneta verheugd over was en wat ook mijn moeder gelukkig zou hebben gemaakt. Sindsdien bevond ik me in een onzekere situatie. Ik hield me met de hoeve bezig, en het zag er niet naar uit dat Agneta daar iets aan wilde veranderen. Maar mijn hart lag nog altijd bij mijn droom van een eigen bedrijf, bij een leven met Paul.

Dit jaar zou het lot laten zien wat het met mij van plan was. Eindelijk werd ik eenentwintig, en dan zou ik van de Leeuwenhof weg kunnen gaan en eigen baas zijn.

Op een natte, koude winter volgde een onstuimig voorjaar,

maar de zomer beloofde mild te worden. Het landgoed floreerde, hoewel de economie in de omringende wereld nog steeds in grote problemen verkeerde. Op het platteland leek het klokje anders te tikken. Agneta liet talrijke merries dekken, en op landgoed Ekberg waren de opbrengsten uitstekend. De zus van graaf Ekberg herstelde goed van een zware griep, die ons voor Kerstmis in angstige onzekerheid had gehouden.

Ingmar en Magnus waren er de meeste tijd niet. Ze kwamen alleen in de weekeinden en tijdens de vakanties. De verstandhouding tussen Magnus en mij zou waarschijnlijk nooit hartelijk worden. Hij ging me meestal uit de weg. Wanneer hij er was, vreesde ik voortdurend dat hij me iets zou aandoen. Maar het bleef rustig, en hij bespaarde me verdere gemene streken. Was hij misschien zo langzamerhand aan me gewend geraakt?

De tijd die ik met Ingmar doorbracht, was daarentegen heel fijn. Hij vertelde me veel over Stockholm en zijn studie. Vroeger leek Landbouwkunde me niet aantrekkelijk, maar nu zoog ik alles op wat hij vertelde over landbouw, kunstmest en plantenveredeling. Ik van mijn kant vertelde hem over de hoeve, de nieuwe paarden en geruchten uit het dorp die de dienstmeisjes van hun vrije donderdag meebrachten. Wanneer ik met Paul getrouwd was, zou ik dat allemaal beslist heel erg missen.

Op het moment hadden we het echter druk met de voorbereiding van het midzomerfeest. De hele gang van zaken kende ik inmiddels goed. In de afgelopen jaren was de lijst met genodigden nauwelijks veranderd. Er kwamen zakenrelaties bij, slechts zelden werd er iemand van de lijst geschrapt. Maar de tafelschikking was altijd een lastige aangelegenheid, want we moesten precies weten wie met wie kon opschieten en wie aan wie juist een hekel had.

'Mathilda, zou je er bezwaar tegen hebben naar de herberg in het dorp te rijden en de waard de bestelling voor de *nubbe* door te geven? De loopjongen is op pad en ik moet straks nog naar de stad.'

'Geen enkel probleem,' antwoordde ik glimlachend, blij dat ik even aan de bedompte werkkamer kon ontsnappen. Ook als we er flink luchtten bleef het warm, en tussen al die dossiers kreeg je het gevoel te verdorren.

Ik wist dat de gravin er moeite mee had me met loopjongenswerk op te zadelen, maar ik ging graag naar het dorp. Ik hoopte een beetje daar die vreemde oude man weer tegen te komen. Sinds onze eerste ontmoeting had ik me voorgenomen hem aan te spreken als ik hem terugzag. Maar ik was hem niet meer tegengekomen. Inmiddels kende ik wel een paar mensen in het dorp: de dominee en zijn vrouw en de kruidenier, de meeste boeren en hun gezinnen en de waard natuurlijk. Olaf Björnsson had de herberg een paar jaar geleden na het overlijden van de oude waard overgenomen. Het had er een tijd naar uitgezien dat de herberg vacant zou blijven, maar toen was Björnsson met zijn gezin verschenen. En binnen een paar weken had hij de harten van de dorpelingen voor zich weten te winnen.

Ik ging de werkkamer uit en liep naar beneden. In de stal trof ik Lasse Broderson, de stalmeester, die met een van de staljongens stond te praten.

'Juffrouw Mathilda, wat verschaft ons de eer van uw aanwezigheid?' begroette hij me goedgeluimd.

'Ik moet naar het dorp. Kunt u een paard voor me laten zadelen?'

'Welk paard wilt u?'

'Dat is me om het even. Hoofdzaak is dat het me er niet afgooit.' Tot nog toe had ik geen keuze voor een bepaald paard kunnen maken. Ik had lang op de oude Berta gereden, maar die stond inmiddels in de wei van haar oude dag te genieten. Sindsdien nam ik telkens een ander paard.

'U zou een paard moeten uitkiezen,' zei Broderson, en hij gebaarde de staljongen dat hij aan mijn wens gevolg moest geven. 'Mevrouw Agneta rijdt uitsluitend op haar stamboekpaarden.'

'Ze zijn me allemaal even lief,' antwoordde ik, want ik wilde niet zeggen dat ik er misschien algauw niet meer zou zijn. Paul had het in zijn brieven nog niet over een verloving gehad, maar ik was ervan overtuigd dat we het daar op zijn laatst na mijn verjaardag en mijn terugkeer naar Stockholm over zouden hebben. Maar de mensen hier dachten dat ik voor altijd zou blijven. Ik was op hen gesteld en wilde ze niet al bij voorbaat teleurstellen, dus zweeg ik.

'Maar ik zal erover nadenken,' voegde ik eraan toe. 'Hoe gaat het eigenlijk met de drachtige merries? Is er al enig idee wanneer de veulens komen?'

'Bij Gunda kan het elk moment zover zijn. We houden haar goed in het oog, en bij de geringste aanwijzing halen we haar de stal in.'

'Laat het me alsjeblieft weten wanneer het zover is.'

'Komt in orde, juffrouw Mathilda!'

Ik bedankte hem en nam het paard van de staljongen over. Linus was een donkerbruine ruin waar ik graag op reed, omdat hij zelfs in ongewone situaties rustig bleef. Misschien moest ik hem als favoriet kiezen. Maar nu zwaaide ik me in het zadel en reed weg.

Toen ik naar de poort draafde werd de warmte aangenamer. Ik deed even mijn ogen dicht en genoot van de luchtstroom. Buiten de poort liet ik Linus galopperen en boog ik me voorover langs zijn hals. Ik kon me absoluut niet meer voorstellen dat ik bij mijn eerste rijles mijn verkeerde voet in de stijgbeugel had gezet. Alles leek inmiddels zo vanzelfsprekend. Wanneer ik terug in Stockholm was, zou ik het rijden erg missen. Maar misschien zou Agneta het goedvinden dat ik af en toe naar de Leeuwenhof kwam.

Op de akkers stond het graan nog te rijpen. Op aandringen van graaf Lennard waren er Amerikaanse mais en vlas ingezaaid, om nieuwe markten aan te boren.

Toen ik bij het dorp kwam, klonk er klokkengebeier uit de kerktoren. Was er iemand overleden?

Ik reed door tot ik de rouwstoet zag. Mannen droegen een eenvoudige eikenhouten kist op hun schouders. Voorbijgangers bleven langs de kant van de weg staan, zetten hun hoed af en bogen het hoofd. Ik steeg af en boog eveneens voor de kist.

'Wie is er van ons heengegaan?' vroeg ik een vrouw die naast me stond. Het was Thea Brickholm, de vrouw van een van onze pachters.

'De oude Korven,' antwoordde ze. 'Eindelijk heeft hij rust, nadat hij zo veel leed heeft moeten verduren.'

Korven? De naam weergalmde in mijn hoofd. Ineens zag ik mezelf weer in het notariskantoor zitten waar mijn moeders testament was geopend. Haar meisjesnaam was Korven geweest.

De ontmoeting met de oude man schoot me weer te binnen. Inmiddels was dat jaren geleden. Hij had me Susanna genoemd en me verward aangekeken.

'Wat heeft hij dan moeten verduren?' vroeg ik.

De vrouw zette een zorgelijk gezicht. 'Ach, zijn dochter werd zwanger en is van de ene dag op de andere verdwenen. Zijn vrouw heeft hem zijn leven lang verweten dat hij hun dochter niet naar het landgoed had moeten laten gaan, waar ze de rokkenjager tegenkwam die haar dat aandeed.'

'Wat aandeed?' vroeg ik traag van begrip.

'Nou, dat kind! Die haar zwanger maakte. Niemand weet wie het was, ze wou het niet zeggen. En toen was ze ineens weg.'

Er liep een koude rilling over mijn rug. Mijn moeder had het nooit over haar ouders gehad. Zou het kunnen...?

'Nou, en toen de dochter weg was, heeft Korven een hoop stampij gemaakt. Er was zelfs sprake van dat hij de vrouwe van het landgoed zou aanklagen. Maar het is allemaal op niets uitgelopen. De oude Korven bleef achter met zijn twistzieke vrouw, die hem op zijn nek bleef zitten. Ze is al een paar jaar geleden gestorven, maar het alleen-zijn heeft Korven de das omgedaan. Hij was volkomen verwaarloosd toen hij stierf. Echt heel triest. Nu heeft hij goddank eindelijk rust.'

Ik stond erbij als een zoutpilaar. Het verhaal deed een belletje bij me rinkelen. Ik kende de omstandigheden niet waarin mijn moeder naar Stockholm was gekomen. Ik wist alleen dat ze niets met haar ouders te maken had willen hebben. Als ik Agneta ernaar vroeg, antwoordde ze altijd ontwijkend. Op een gegeven moment was ik maar opgehouden met vragen. Was het echt mogelijk dat mijn moeder met de noorderzon was vertrokken? Dat ze hier in het dorp had gewoond? En waarom was mijn vader in de ogen van de mensen hier een rokkenjager die haar zwanger had gemaakt? Hij was toch met haar getrouwd? Maar dat wisten ze misschien niet.

Al die vragen hielden me zo bezig dat ik niet merkte dat de vrouw wegliep.

Stel dat die oude man mijn grootvader was? Bij die gedachte kreeg ik het benauwd. Waarom had ik hem destijds niets gevraagd? Waarom was ik weggelopen? Anderzijds: was ik toen klaar geweest voor die onthulling? Een nieuw geheim, terwijl ik nog met een oud bezig was?

Na een poosje kwam ik weer tot mezelf en besefte ik dat ik eigenlijk op weg was naar de herberg. Ik trok mijn paard mee en bond het vast aan de linde.

Vlak voor de herberg ontdekte ik een motorfiets. Hij was spiksplinternieuw, zo had ik er in Stockholm voor het laatst een gezien. Paul dweepte met die machines. Ik vond het jammer dat ik geen fototoestel had, anders had ik een foto van dat pronkstuk voor hem kunnen maken. Wie kon zich hier in het dorp zo'n motor permitteren?

Ik klom de trap op en liep naar binnen. In de zomer ging de herberg al vroeg in de middag open, zodat dorstige reizigers er pauze konden houden. Er kwamen steeds meer vakantiegangers naar Skåne om van de natuur te genieten. Agneta liet ze op haar landerijen toe zolang ze de boeren niet bij hun werk stoorden.

'Goedendag, juffrouw Mathilda!' riep Olaf Björnsson toen hij me zag. 'U hebt er wel lang over gedaan om weer eens langs te komen!'

Ik was hier voor het laatst met Ingmar geweest tijdens zijn voorjaarsvakantie. De waard had ons toen sterke koffie met gebak uit eigen keuken geserveerd.

'Er is op het landgoed een hoop te doen,' verklaarde ik terwijl ik naar hem toe liep. De meeste gasten waren dagjesmensen. De motor was waarschijnlijk van een van hen. 'We zijn bezig met de voorbereidingen voor het midzomerfeest. Daarom ben ik hier.'

'U komt me toch zeker niet uitnodigen?' vroeg Björnsson schertsend.

'Nee, bepaald niet! Maar ik vrees dat er dit jaar zo veel gasten komen dat we meer nubbe moeten hebben. Ik hoop dat u nog wat hebt.'

'Nou, laat me eens denken...' Björnsson legde een vinger tegen zijn lippen.

'Olaf Björnsson, kom op! Ik weet dat u nog wel wat hebt. Zeker voor de Leeuwenhof!'

'Nu hebt u me te pakken! Natuurlijk heb ik nog wel wat. En omdat u zo'n knappe jongedame bent, lever ik die ook nog eens voor een zacht prijsje.'

Ik lachte bij mezelf. 'Bedankt, Olaf, de gravin zal dat waarderen.'

Toen ik de herberg uit liep, genoot ik even van de zon op mijn gezicht. Het vrolijke gesprek met de waard had de gedachte aan de oude man die vandaag begraven werd voor even verdreven. Ik zou op het landgoed eens navragen of de oude Korven iets met mijn moeder te maken had.

'Jongedame, neemt u me niet kwalijk,' klonk er een stem.

Ik deed mijn ogen open. Een man die ik zojuist in de herberg had gezien, kwam naar me toe. Ik nam hem aandachtig op. In zijn donkere haar zaten brede witte strengen en zijn gezicht was doorgroefd. Over zijn wang liep een lang, oud litteken dat er al jaren moest zitten, want het stak spierwit af tegen zijn bruingebrande huid.

Hij was tenger en zijn handen zaten vol kloven. Hij droeg een versleten donkere jas die eruitzag alsof er bepaalde versierselen van afgescheurd waren. Alles bij elkaar wekte hij geen bijzonder betrouwbare indruk.

'Ja?' vroeg ik desondanks, want er waren genoeg mensen in de buurt om in geval van nood om hulp te kunnen roepen.

'Ik weet niet goed hoe ik moet beginnen... Komt u toevallig van het landgoed, of weet u er iets over?'

'Waarom vraagt u dat?'

'Nou, op het landgoed woont een oude bekende van mij... Ik zou graag weten wat daar allemaal zo'n beetje is gebeurd.'

'Wie is die bekende dan?' vroeg ik. Kon deze dag nog eigenaardiger worden? Eerst de begrafenis van een man die hetzelfde heette als mijn moeder, en nu die vreemde snuiter die iets over de hoeve wilde weten.

'Dat hou ik liever voor mezelf. Ik weet niet of ze het goed zou vinden als ik daar zou verschijnen... Maar ik zou graag weten wat daar de afgelopen jaren is gebeurd. Misschien laat ik mijn neus daar dan nog wel zien.'

'Zo lang ben ik nog niet op het landgoed. Iets meer dan drie jaar.'

'Werkt u daar?

'Ja.' Een waarschuwend stemmetje zei me dat het niet goed was al te veel prijs te geven.

'Nou, het is niet de slechtste plaats om te werken, dat weet ik uit eigen ervaring. Je doet er goed aan dat niet zomaar op te geven.'

Ik zag iets trekken in het gezicht van de man. Had hij last van zenuwen? Mankeerde hem iets?

'Ik vrees dat ik u niet kan helpen.' Ik draaide me om, maar de man pakte me bij mijn arm.

Toen ik hem scherp aankeek, liet hij me meteen weer los.

'Neem me niet kwalijk, maar... gravin Lejongård... is zij nog de vrouwe van het landgoed?'

'Ja, natuurlijk,' antwoordde ik.

'En... haar man? Ik bedoel, ze heeft toch een man, nietwaar?'

'Zeker. En twee zonen. En als u nog meer wilt weten, moet u naar de hoeve komen en het haar zelf maar vragen. Goedendag!'

Ik maakte rechtsomkeert en liep naar mijn paard. Ik was zo gespannen als een veer.

Waarom stelde die man me al die vreemde vragen? Iedereen in het dorp had hem kunnen vertellen dat de gravin getrouwd was en kinderen had. Waarom moest hij dan juist mij aanspreken?

Gelukkig maakte hij geen aanstalten me achterna te komen.

Toen ik weer bij Linus was draaide ik me om, maar hij was verdwenen. Hoofdschuddend steeg ik op.

Toen ik terugkwam, leek de hoeve verlaten. Agneta was vast al naar de stad gegaan. Ik had haar graag naar de oude Korven gevraagd.

Omdat het bijna koffietijd was, ging ik naar de keuken. Misschien kon ik bij de kokkin wat taart bietsen. Hoewel Agneta niet net als haar moeder vroeger in de salon dames op de koffie ontving, was de traditie van het koffie-uurtje blijven bestaan.

Maar afgezien van Lena was er niemand in de keuken. Was er iets gebeurd, dat iedereen weg was? Had ik iets gemist?

'Ach, juffrouw Mathilda, u bent weer terug.'

'Ja, en zo te zien zijn alle anderen op stap.'

'Mevrouw heeft mevrouw Bloomquist en twee van de meisjes meegenomen naar Kristianstad. Maar u hoeft de koffie niet te missen, ik heb al gezet.'

'Heb je er iets op tegen als ik hier even blijf zitten? Ik heb momenteel veel aan mijn hoofd en zit liever niet in mijn eentje te piekeren.'

'Maar natuurlijk niet, gaat u toch zitten. Het doet me plezier gezelschap te hebben.'

Lena schonk twee kopjes koffie in en zette een bordje met gebak voor me neer. Ik had eigenlijk toch niet echt trek, maar de geur van de koffie was opwekkend.

'Lena, mag ik je iets vragen?' begon ik terwijl ik naar mijn spiegelbeeld in de koffie keek.

'Jazeker, juffrouw Mathilda, wat hebt u op het hart?'

'Daarnet was ik in het dorp. Daar zag ik een begrafenisstoet langskomen.'

'O, dat is triest. Bent u te weten gekomen wie het was? Sinds mijn moeder is overleden, kom ik daar zelden meer.'

'Een pachtersvrouw zei dat het de oude Korven was. Ik vraag me nu...'

Ik stokte toen ik zag hoe Lena's gezicht veranderde. Haar lippen versmalden, haar ogen kregen een bijna angstige uitdrukking. 'De meisjesnaam van mijn moeder was Korven, en ik vraag me af of hij iets met mij te maken kan hebben. Met mijn moeder.'

Lena bleef me aankijken, maar kon geen woord uitbrengen.

'Het is alweer een paar jaar geleden,' vervolgde ik, 'dat een oude man me in het dorp aansprak. Dat was op de dag dat mijn kleren uit mijn kast waren verdwenen en ik doelloos rondliep. Die man noemde me Susanna.'

Lena sloeg haar ogen neer en haalde sidderend adem.

'Wat is er met je?' vroeg ik.

'Het zit zo... ik...'

'Het is weer iets wat mijn moeder me niet verteld heeft, nietwaar?'

'Blijkbaar,' erkende Lena. 'U moet weten dat het toen geen gemakkelijke tijd was voor uw moeder. Haar zwangerschap en haar vertrek van het landgoed. Dat heeft veel ophef veroorzaakt.'

'Bedoel je dat mijn moeder is weggegaan vanwege mijn vader?'

'Ja,' antwoordde Lena. Ik kon duidelijk zien dat ze als een razende nadacht. 'De ouders van uw moeder...ik weet niet hoeveel ze u heeft verteld.'

'Niet veel,' zei ik. 'Of beter gezegd, helemaal niets. Haar ouders bestonden niet in ons leven. Als ik een vraag over hen stelde, gaf ze een ontwijkend antwoord. Ik heb er destijds verder niet over nagedacht, maar nu vraag ik me af of de man die ik een paar jaar geleden tegen ben gekomen, degene is die nu overleden is. En of hij...'

'Uw grootvader zou kunnen zijn.'

'Ja.'

'Lena knikte. 'Ik vrees dat hij dat was.'

'Vrees?' Ik trok mijn wenkbrauwen op. Dat ze mijn vermoeden bevestigde, was een klap in mijn gezicht. Waarom had niemand tegen me gezegd dat mijn grootvader hier woonde?

'Nou, de manier waarop Susanna door haar ouders behandeld werd... er moet iets ergs zijn gebeurd, anders zou ze niet voor hen zijn gevlucht.'

Er kwam een peinzende uitdrukking op haar gezicht. 'Mevrouw heeft ervoor gezorgd dat Susanna naar Stockholm ging en daar kon trouwen. Ik was toen nog heel jong en heb niet alles meegekregen. Maar Susanna schreef me en vroeg me aan niemand, niet aan mijn moeder of wie dan ook, te verraden waar ze was. Ze wilde alleen maar verdwijnen.'

Ik haalde me het beeld van de oude man weer voor ogen. Ik was bang voor hem geweest, ook al had hij er meelijwekkend uitgezien.

'Van mijn moeder heb ik gehoord,' zei Lena, 'dat de Korvens nooit over de verdwijning van hun dochter heen zijn gekomen. Maar ze hebben ook geen moeite gedaan om haar te zoeken.'

'Zou het dan kunnen...?' Ik stokte. Wilde ik echt weten wat er indertijd tussen mijn moeder en haar ouders was voorgevallen? Ze zou wel haar redenen hebben gehad. Toch was ik nieuwsgierig. 'Zou iemand me kunnen vertellen wat er toen gebeurd is?'

'Ik ben bang dat alleen Susanna zelf en haar ouders dat wisten. Toen ze weg was... Het was heel vreemd, maar er werd nauwelijks gekletst in het dorp. De Korvens spuwden gal over de hoeve, maar op een gegeven moment hielden ze daarmee op. De vrouw stierf, de man verwaarloosde zichzelf steeds erger. Dat is het. Ik heb geen idee of de Korvens iemand in vertrouwen hebben genomen. Maar misschien is het beter het allemaal niet nog een keer op te rakelen.'

Ik keek weer in mijn kopje, alsof het een spiegel was die me de waarheid kon laten zien. De koffie koelde langzaam af, maar mijn vingers waren ijskoud.

'Dank je wel, Lena,' zei ik.

'Niets te danken,' zei ze en ze stond op. 'Ik moet weer aan het werk. Neemt u het allemaal maar niet te zwaar op. Uw moeder was een goed mens, en ze verdiende het uit het dorp weg te komen. Het zou haar niet goed zijn vergaan als ze gebleven was. Misschien was ze dan nog voor haar ouders begraven.' Daarop liep ze de keuken uit.

Ik bleef nog een poosje zitten en keek door het hoge keukenraam naar buiten. De lucht was onschuldig blauw, en ervoor zoemde een bij, weifelend of ze naar binnen zou vliegen of buiten zou blijven. Zou dat voor mij ook beter zijn geweest? Buiten blijven en geen vragen stellen?

'Wat ben je stil vandaag,' merkte Agneta bij het avondeten op. 'Is er iets, Mathilda?'

Zoals wel vaker waren we ook die avond maar met zijn tweeën. Graaf Lennard was naar landgoed Ekberg gegaan om te kijken of het daar allemaal goed liep, en vooral om zijn zus te bezoeken, die met gezondheidsproblemen kampte.

Ik schudde mijn hoofd, dat nog steeds vol was van alles wat ik die middag van Lena had gehoord. 'Nee, het gaat goed met me.'

Dat klopte in zekere zin, maar in andere zin ook helemaal niet. Mijn onbekende grootvader was vandaag begraven. Pas vandaag had ik iets over hem en mijn grootmoeder gehoord. Het was niet bepaald vleiend geweest, maar toch voelde ik me alsof me een deel van mezelf was onthouden. Daar was ik behoorlijk van in de war.

'Toch lijkt je iets dwars te zitten.'

Ik voelde dat ik een verklaring moest geven. Maar moest ik echt de vraag naar mijn moeder stellen? Enerzijds wilde ik weten wat mijn grootouders haar hadden aangedaan, anderzijds was ik bang dat ik schokkende dingen te weten zou komen. Mijn moeder had me door te zwijgen willen beschermen. Waarom zou ik mezelf dan pijn doen door dat wat zij verzwegen had aan het licht te brengen?

'Er was een rare man,' begon ik uiteindelijk verslag uit te brengen van het incident, dat me een onschuldiger, maar niet minder merkwaardig gespreksonderwerp toescheen. 'Hij sprak me aan toen ik bij de herberg wegging.'

'De herberg?' Agneta dacht even na, toen schoot het haar weer te binnen. 'Ach ja, de schnaps. Wat zei de waard?'

'Hij zal ons de gevraagde hoeveelheid leveren. En omdat ik het was die het kwam vragen, zal hij er een zacht prijsje voor rekenen. Dat beweerde hij in elk geval.'

'Die ouwe charmeur. Kijk maar uit voor hem.' Agneta lachte, maar toen werd ze weer serieus. 'Maar wat was er met die man?

Heeft hij je lastiggevallen, iets gedaan waarvoor ik de politie moet inschakelen?'

Ik schudde mijn hoofd. 'Nee, hij heeft me niet echt lastiggevallen. In elk geval niet zoals u denkt. Hij wilde van alles van me weten. Bijvoorbeeld of u getrouwd was en wat er op de hoeve veranderd is. Hij deed heel vreemd, wauwelde zoiets als dat ik het landgoed niet moest opgeven.'

Agneta legde haar vork neer. Ze slikte een hap door en keek me aan. 'Hoe zag die man eruit?'

'Nou, een beetje verlopen. Hij droeg een oude jas en had een litteken dwars over zijn wang. Zijn haar was al grijs en hij had blauwe ogen.'

'En... heb je hem iets verteld?'

'Nee. Ik bedoel, alleen wat iedereen weet. Dat u een man en twee zonen hebt. Toen ben ik weggegaan, omdat hij me gestoord leek.'

'Daar heb je goed aan gedaan,' zei Agneta. Had ze een vermoeden om wie het ging?

23

De volgende ochtend kwam een van de staljongens in alle vroegte naar het huis. Agneta en ik zaten nog aan het ontbijt toen hij kwam aankondigen dat Gunda haar veulen ging krijgen.

De gravin en ik keken elkaar aan, toen legden we vrijwel tegelijk ons servet neer en liepen naar de deur. Daar trokken we rubberlaarzen aan, want ander schoeisel stond hierbeneden niet, en we renden naar de stal.

De stalknechten hadden de merrie al in haar box gebracht. Ze lag hevig snuivend op de grond. De veearts zat gehurkt met een stethoscoop voor haar en controleerde haar hartslag.

'En, dokter, hoe ziet het eruit?' vroeg Agneta.

'Vrij goed,' antwoordde de veearts. 'Het zal nog even duren, maar de moeder is sterk en de harttonen van het veulen zijn krachtig.'

'Dan zullen we nog een poosje geduld moeten hebben.' Agneta keek even in gedachten verzonken naar de merrie, toen wendde ze zich tot mij. 'Vroeger kwam een oude paardenheelmeester uit het dorp naar ons toe. Heb ik je het verhaal over Linus al eens verteld?'

'Linus, net als het paard?'

'Het paard is te zijner ere zo genoemd. Het werd een paar dagen na zijn dood geboren. Hij zei altijd dat hij als paard zou incarneren. Hij hield van onze paarden.' Er kwam een weemoedige uitdrukking in haar ogen. 'Ik wilde hem met die naam eren. En wie weet, misschien zit zijn ziel in dat paard.'

'Hopelijk niet,' zei ik. 'Ik rij graag op Linus. Ik moet er niet aan denken dat ik dan op de ziel van een paardenheelmeester zou zitten.'

'Ik denk dat het Linus niet zou storen het achterwerk van een jongedame op zich te hebben.'

'Maar mevrouw de gravin, alstublieft!' zei ik met gespeelde verontwaardiging, waarop Agneta begon te lachen.

'Over een paar maanden word je meerderjarig,' zei ze na een poosje. 'Misschien moet je er eens over nadenken hoe we dat gaan vieren.'

'Is dat niet wat aan de vroege kant?' vroeg ik. 'Mijn verjaardag is pas in november!'

'Ja, maar het is niet zomaar een verjaardag. Je wordt dan eenentwintig.' Ze klonk een beetje triest, en ik wist waarom. Die dag zou ze haar voogdijschap over mij moeten opgeven. Dat betekende dat ik vrij kon beslissen waar ik wilde wonen. Maar toen glimlachte ze. 'We moeten dat goed vieren.'

'Ik zal erover nadenken,' zei ik. 'Maar eigenlijk zou het genoeg zijn om het net als altijd te doen. Een gezellig etentje...'

'Weet je dat zeker? We kunnen ook een feestelijk bal organiseren.'

'Waarop alle mogelijke zakenpartners komen?' Ik schudde lachend mijn hoofd. 'Nee, dat in geen geval. Maar ik wil graag mijn vriendin Daga en haar broer uitnodigen.'

'Die Paul van twee jaar geleden?'

'Ja precies, die Paul,' antwoordde ik.

Ik zag een rimpel op Agneta's voorhoofd verschijnen. Bij dat bezoek van Paul was Ingmar in de sloot gevallen. Ze zocht steun bij de staldeur en keek me aan. 'Hij heeft zich daarna nooit meer laten zien. En zijn overhaaste vertrek na het ongeluk...'

'Dat is allemaal verleden tijd,' verklaarde ik. 'Ik zou hem heel graag hier willen hebben, en zijn zus ook.'

Agneta haalde diep adem. 'Goed. Wat mij betreft nodig je hem en zijn zus uit. Het is voor jou een belangrijke dag. Vanaf je verjaardag kun je je eigen beslissingen nemen. Ik weet nog precies hoe dat indertijd voor mij was. Maar ik moest op mijn vijfentwintigste bij de rechtbank mijn meerderjarigheid aanvragen. Er is voor vrouwen in dit land de afgelopen jaren veel veranderd.'

'Dank u wel,' zei ik. 'En ik zal ervoor zorgen dat Ingmar zich tegenover Paul niet weer als een idioot gedraagt.'

'Hij is inmiddels bijna volwassen,' zei Agneta. 'Ik denk dat hij zich wel zal weten te beheersen. Ook al ziet hij jou als zijn zusje en wil hij je ongetwijfeld beschermen.'

'Dat hoeft niet. Ik ben ouder dan hij. En Paul is echt een goede vent.' Agneta zuchtte. 'Als ik bedenk dat mijn jongens volgend jaar ook meerderjarig worden...' Er verscheen een weemoedige uitdrukking in haar ogen. 'Maar zo is het leven, nietwaar?' Kinderen worden geboren en gaan het huis uit om ook weer kinderen op de wereld te zetten.'

Ze had het nog niet gezegd, of Gunda kwam ineens overeind.

'Het ziet ernaar uit dat het gaat gebeuren,' zei Agneta en ze draaide zich om naar de merrie.

Het zwarte hengstje dat die middag werd geboren, gaven we de naam Landgraaf. In een paar tellen stond het op zijn dunne beentjes heel plechtstatig de stal rond te kijken. De zorgzaamheid van zijn moeder was roerend en ik kon me met moeite van dat kleine wonder losmaken.

Ik dacht aan wat Agneta over kinderen had gezegd. Ik had er nog nooit over nagedacht, maar het klopte: voor je het wist was je volwassen en moest je je eigen weg in het leven zien te vinden. Paarden hadden het wat dat betreft makkelijker, ze hadden geen last van ambities en hoefden geen beslissingen te nemen.

's Avonds hoorde ik Agneta een verhit gesprek met Lennard voeren in de salon. Eerst dacht ik dat ze ruziemaakten en was ik bijna doorgelopen, maar toen hoorde ik Agneta zeggen: 'Dat kan niet, hij kan niet terug zijn. Het kan gewoon niet.'

'De tekenen kun je toch niet over het hoofd zien. Wie anders zou Mathilda naar jou vragen?'

'Hij is dood!' zei Agneta ontdaan. 'Dood!'

'Daar heb je nooit bewijs van gekregen.'

'Maar de detective... Die schreef dat...'

'De naam van die man was niet hetzelfde. En denk je niet dat hij een andere naam kan hebben gebruikt?'

Ik vroeg me af wie die eigenaardige onbekende man was. Lennard was 's middags weggeweest, had hij misschien naar hem geïnformeerd?

'Het is jammer dat ik hem niet heb aangetroffen,' bevestigde Lennard mijn vermoeden. 'Ik had me er graag van dichtbij van overtuigd. Maar nadat hij met Mathilda had gepraat, is hem de grond vast te heet onder de voeten geworden.'

'Onder welke naam had hij zich bij de herberg ingeschreven?'

'Holm. Ivar Holm. Zo heten wel meer mensen. Hij is sluwer geworden. Maar ik voel nattigheid. Hij wil iets van je.'

'Waarom juist nu? Onze zonen zijn bijna volwassen, we zijn al lange tijd getrouwd. Het is twintig jaar geleden!'

Agneta klonk vertwijfeld. Blijkbaar had de onbekende onrust veroorzaakt. Had hij misschien iets te maken met de brand? Lena had me verteld dat de toenmalige stalmeester de brand had aangestoken waarbij de oude landheer en Agneta's broer om het leven waren gekomen. Had hij zijn straf uitgezeten? Wilde hij nu wraak nemen op de Lejongårds?

Ik voelde me ineens ellendig. Had ik me maar niet door hem laten aanspreken! Stel dat hij zou proberen weer brand te stichten? Ik moest het Ingmar vertellen wanneer hij weer thuiskwam.

Op mijn tenen sloop ik terug en ik besloot een rondje over de hoeve te maken.

Het gesprek dat ik had afgeluisterd, ging ook de volgende dag maar niet uit mijn hoofd. Omdat ik Agneta en Lennard er geen van beiden naar wilde vragen, wendde ik me tot Lena, die bezig was de kledingkasten te controleren. Agneta had haar opdracht gegeven alle japonnen waar iets aan mankeerde eruit te halen. We wilden ze laten repareren en ze dan op het midzomerfeest voor een goed doel bij opbod verkopen.

Ik vroeg me af wie zulke oude robes kon gebruiken. Toen ik dat tegen Agneta zei, bleek ze van mening te zijn dat er bij musea en theaters nog steeds behoefte bestond aan zulke japonnen. Het was geen toeval dat er op de gastenlijst twee theaterdirecteuren, de directeur van de Koninklijke Opera en een museumdirecteur stonden.

'Het zou toch mooi zijn als mijn moeders japonnen opnieuw dienst konden doen in een toneelstuk. Of in een opera, van Puccini of Verdi misschien.'

'Dat zou haar vast plezier hebben gedaan,' had ik gezegd, waarop Agneta in geproest was uitgebarsten.

'Nee, ze had het vreselijk gevonden. Frivool. Juist daarom doe ik het.'

Intussen was de stapel japonnen die Lena op de oude empiresofa had neergelegd al behoorlijk gegroeid.

'Lena?' vroeg ik en ik rekte mijn hals. De kamenierster was tussen alle kledingstangen niet te zien.

'Ik ben hier, juffrouw Mathilda!' riep ze, waarna ze met een wijde groene japon over haar arm voor me opdook.

'Lieve help, wie droeg zoiets toch?' vroeg ik.

'Ik ben geen expert wat oude mode betreft,' antwoordde Lena. Maar ik neem aan dat de overgrootmoeder van mevrouw hierin naar het bal ging. Helaas hebben de motten zich al die tijd flink tegoed gedaan.' Ze wees op een kanten mouw waarin zo veel gaatjes zaten dat het net een spinnenweb leek.

'Lena, mag ik je iets vragen?'

'Maar natuurlijk!'

'Je hebt me toch verteld over die stalmeester die de brand had aangestoken?'

Lena trok een ernstig gezicht. 'Ja, wat is er met hem?'

'Eergisteren, nadat ik de begrafenisstoet had gezien, kwam er een onbekende man naar me toe die iets over de gravin wilde weten. Toen ik haar dat vertelde, leek ze verontrust. Kan het zijn dat die man weer uit de gevangenis is ontslagen?'

'Langeholm? Wie weet! Ik heb toen alleen gehoord dat hij tot een lange gevangenisstraf veroordeeld is.'

Langeholm. De naam was me ontschoten. Lennard had de naam Ivar Holm genoemd en vermoed dat hij een andere naam gebruikte. Zo heel anders was die naam echter niet.

'Zou hij een reden hebben om wraak op de gravin te nemen?' informeerde ik.

'Eén reden?' riep Lena uit. 'Wel meer dan één. Maar er was niets waar mevrouw schuld aan had. Hij was degene die haar vader chanteerde. Hij was ook degene die verantwoordelijk was voor diens dood en die van de jonge heer.' Ze keek me op een vreemde manier aan. Blijkbaar was er nog iets. Gezien het feit dat ze haar lippen op elkaar perste, leek ze niet geneigd te zijn het me te vertellen. 'Het was allemaal vanwege zijn geliefde, die van de hoeve weg was gestuurd. Juna Holm heette ze, geloof ik.'

'Juna Holm?' ontschoot me. Mijn hart begon tekeer te gaan. Hoe zou ik Lena over mijn vermoeden kunnen vertellen, zonder toe te geven dat ik het gesprek tussen de graaf en de gravin had afgeluisterd?

'Ja, dat was haar naam. Naderhand is er nooit meer iets van haar vernomen. De pers vermoedde dat ze na haar belastende getuigenis een andere naam heeft aangenomen.'

'En dat zou hij ook gedaan kunnen hebben, toch?'

'Vanzelfsprekend!' Lena keek me bezorgd aan. 'Als u die man nog eens tegenkomt, moet u maar hard weglopen. Hij heeft ook uw moeder onheus behandeld, en het zou niet goed zijn als hij weer op dat idee kwam.'

'Mijn moeder?' Ineens kreeg ik het warm en koud tegelijk. 'Wat had hij met mijn moeder van doen?'

'Nou, blijkbaar heeft hij haar bedreigd. Ik ken niet het hele verhaal, maar er was iets aan de hand. Uw moeder verliet de hoeve, en vlak daarna werd hij gearresteerd.'

Ik staarde de kamenierster aan. Had mijn moeder iets met die brandstichter te maken gehad? Waarom had Lena me daar de eerste keer niet over verteld?

'Het zou in elk geval goed zijn als hij zich niet nog eens aan u vertoonde. Past u alstublieft voor hem op!'

'Dat zal ik zeker doen.' Ontredderd liep ik de kledingkamer uit. Mijn hoofd tolde. Wat was er indertijd gebeurd? Die Langeholm had mijn moeder gekend. Hij had mij aangesproken.

Ik werd door angst overmand. Eigenlijk had ik vandaag naar het graf van de oude Korven willen gaan, maar nu leek het me beter me voorlopig niet meer in het dorp te laten zien.

24

's Middags zaten de gravin en ik weer over de boeken gebogen. Ik had een nieuw systeem ingevoerd, dat het noteren van uitgaven en inkomsten vergemakkelijkte, maar het was nog altijd een heleboel werk.

Agneta leek op de een of andere manier bezorgd. Ik wenste dat ik het er met haar over kon hebben, maar ik worstelde zelf met mijn gedachten. Met de angst dat daarbuiten iemand rondsloop die misschien van plan was het landgoed, maar ook mij schade toe te brengen.

Een klop op de deur doorbrak ons zwijgen.

'Binnen!' riep Agneta, en ze nam haar bril van haar neus.

Lena kwam binnen. 'Er is een jongeman die u beslist wil spreken, juffrouw Mathilda.'

Ik kromp in elkaar. Wie zou die jongeman kunnen zijn? Ik keek naar Agneta, die naar me knikte, toen liep ik achter Lena aan naar beneden.

Inderdaad stond er een jongeman in de hal. In zijn krijtstreeppak had ik hem bijna niet herkend.

'Paul!' riep ik uit, toen hij opkeek. 'Wat een verrassing! Wat doe jij nou hier?'

Ik vloog op hem af, omhelsde en kuste hem. Hij beantwoordde mijn omhelzing en kus, maar niet zo hartelijk als ik had verwacht na al die tijd dat we elkaar niet hadden gezien.

Ik keek hem onderzoekend aan. 'Is er iets gebeurd? Waarom ben je niet blij?'

Paul kuchte. 'Ik ben wel blij,' antwoordde hij timide. 'Ik vrees alleen dat ik niet lang kan blijven.'

Dat klonk nogal vreemd. Ik wilde hem een arm geven en hem mee de tuin in nemen, maar hij deinsde achteruit.

'Mathilda, ik moet met je praten.'

Ik zag dat er een rimpel tussen zijn wenkbrauwen kwam. Dat was altijd zo wanneer hij iets heel onaangenaams te zeggen had.

'Kunnen we niet beter naar de tuin gaan?' deed ik een nieuwe poging om hem het huis uit te krijgen. Wat hij me ook wilde vertellen, de dienstmeisjes hoefden het niet te weten. Stiekem hoopte ik dat hij me nu eindelijk een aanzoek zou doen. Misschien was hij gewoon alleen maar te zenuwachtig? Of was er iets anders wat hij tegen me wilde zeggen?

'Goed, dan gaan we naar de tuin,' zei hij onzeker.

Zwijgend liepen we het huis uit en de trap af. Toen we bij het park kwamen, bleef ik staan. 'Nou, vertel me eens wat er aan de hand is.'

Paul zuchtte en zei toen: 'Mijn vader wil dat ik naar Noorwegen ga. Hij heeft daar een oud meubelbedrijf gekocht en wil dat ik er orde op zaken stel.'

Ik had even nodig om het tot me door te laten dringen. Noorwegen! Dat was een eeuwigheid hiervandaan.

'Goed, dan ga ik met je mee,' zei ik, waarop zijn blik een bijna smartelijke uitdrukking kreeg.

'Ik vrees dat dat niet gaat.'

'Waarom niet?' Ik hijgde die woorden eerder dan dat ik ze uitsprak.

'Mijn vader geeft geen toestemming voor een huwelijk. Hij wil dat ik me helemaal op de zaak concentreer. Daarbij kan ik geen afleiding gebruiken.'

'Afleiding?' echode ik. 'Beteken ik afleiding?'

Hij keek bedrukt naar de grond. Ik had het gevoel dat diezelfde grond onder mijn voeten wegzakte.

'Mathilda, begrijp het toch...'

'Ik begrijp het heel goed,' antwoordde ik. 'Je wilt me niet meer.

Je bent vergeten wat we elkaar beloofd hebben. Wat we samen wilden opbouwen.'

'Dat ben ik niet vergeten,' was zijn weerwoord. 'Maar, Mathilda, ik... Ja, we hebben het over trouwen gehad. Maar toen waren we nog kinderen.'

'Jij was toen al negentien. Niet bepaald een kind meer, toch?'

Ik voelde dat er iets in me knapte. Al die jaren had ik uitgekeken naar de dag dat hij me een aanzoek zou doen. Dat hij me hiervandaan kwam halen. En nu ging hij weg, zonder me mee te nemen.

'Jawel, ik was toen nog een kind. En geloof me, je betekent veel voor me. Maar denk je ook niet dat er voor een huwelijk meer nodig is dan brieven schrijven? We hadden elkaar vaker moeten zien. Mijn ouders kennen je nauwelijks meer.'

'Dan hangt het dus van je ouders af?'

'Mathilda, het gaat echt alleen om het bedrijf. Ik zal dag en nacht moeten werken.' Zijn woorden leken een uitvlucht. Hij wilde me niet kwetsen.

Toch zei ik: 'Ik zou je met je bedrijf kunnen helpen. Ik heb op de handelsschool gezeten! Ik was zelfs een van de besten van mijn jaar. Ik ben heel goed in boekhouden, dat zegt de gravin voortdurend, en...'

'Mathilda.' Zijn stem bracht me tot zwijgen. Hij pakte mijn hand, die ijskoud was. 'Het gaat niet. Ik kan niet met je trouwen. Ik ga naar Noorwegen, en de tijd zal leren hoe het met ons verdergaat.' Hij keek even om zich heen en voegde eraan toe: 'Volgens mij ben je hier heel goed op je plaats. Je moet hier gewoon blijven. En bedenken wat je met je leven wil. Denk niet aan mij en die onnozele belofte uit onze jeugd. Als het lot het wil, zal het ons weer samenbrengen. Tot zolang moeten we gewoon doorgaan met leven. En elkaar schrijven, zoals we tot nu toe hebben gedaan.'

Ik staarde hem aan alsof hij me een stomp tegen mijn borst had gegeven. Gewoon doorgaan met leven en elkaar schrijven! Dat klonk verstandig, maar tegelijkertijd volkomen verkeerd. Al die jaren had ik gedacht met hem een leven te beginnen. Een zaak op te bouwen. Misschien was het naïef geweest te hopen dat hij met me zou trouwen. Hij had gelijk, daarvoor hadden we elkaar veel te weinig gezien. De lichamelijke nabijheid die andere paren kenden, had ontbroken. Maar dat hij me helemaal uit zijn leven wilde schrappen – afgezien van een paar brieven – dat beviel me helemaal niet.

'Goed, ga dan maar naar Noorwegen! Het beste!' Ik maakte me van hem los en beende over het tuinpad. De tranen schoten me in de ogen. Ik voelde me gekwetst, verlaten en verraden. Alles waarop ik me tot op dit moment had verheugd, was in één keer weg.

'Mathilda,' hoorde ik hem achter me roepen. 'Het spijt me! We kunnen toch...'

'Vrienden blijven?' gilde ik naar hem.

'Ja!' antwoordde hij, maar ik draaide me weer om en vervolgde mijn weg. De tranen stroomden me over de wangen. Hoe moest ik Agneta zo onder ogen komen? Nu was het me haast liever geweest als hij me een brief had gestuurd.

Ik stormde naar boven naar mijn kamer. De tranen verstikten me, maar ik durfde niet hard te huilen. Ik wilde niet dat iemand kwam vragen wat er was. Ik wilde niemand uitleggen dat de jongen van wie ik had gedacht dat hij ooit mijn man zou worden, in een handomdraai mijn dromen om zeep had geholpen.

Ik liep ontredderd door de ruimte, hief mijn handen en probeerde me op de een of nadere manier te beheersen, maar dat lukte niet. Wanneer ik mijn ogen dichtdeed, zag ik Pauls gezicht, en hoe ik ook mijn oren dichthield, de echo van zijn woorden galmde na.

Een poosje bleef ik nog tegen de deur geleund staan, maar toen besloot ik naar de werkkamer terug te gaan voor Agneta poolshoogte kwam nemen.

'En, wie was die jongeman?' vroeg de gravin zonder van de papieren op te kijken. Mogelijk had ze gezien dat ik met Paul naar de tuin was verdwenen. Het had geen zin te doen alsof het hulpje van de visser even langs was gekomen. En misschien zag ze ook mijn rode ogen.

'Paul. Mijn vriend Paul. Mijn voormalige vriend Paul.' Ik merkte dat de teleurstelling vanbinnen als een zuur aan me vrat.

Agneta hief haar hoofd op en zette haar bril af, die ze sinds kort vaker ophad. 'Die hier op bezoek is geweest? Die je voor je verjaardag wilde uitnodigen?'

Ik knikte. Ja, de Paul die hier was toen Ingmar zo vreselijk met zijn paard was gevallen. De Paul die daarna niet meer naar ons toe had willen komen en die me steeds minder vaak was gaan schrijven. Die eigenlijk met mij een zaak had willen openen.

'Uitnodigen hoeft niet meer. Hij gaat naar Noorwegen. En hij ziet geen reden om mij mee te nemen.'

Agneta legde haar pen neer. Tussen haar wenkbrauwen verscheen een lange rimpel. 'Had hij beloofd dat hij je mee zou nemen?'

'We...' Ik stokte, want de tranen kwamen weer naar boven. Ik wilde niet huilen voor de ogen van de gravin, maar ik kon me niet beheersen.

Agneta stond op. Teder sloot ze me in haar armen. De mouw van haar japon werd nat, maar dat leek haar niet te storen. Haar omarming verzachtte mijn verdriet echter niet in het minst.

'We wilden samen een bedrijf opzetten,' snikte ik. 'We zouden trouwen en kinderen krijgen. We zagen een toekomst voor ons samen. Maar nu gaat hij weg. Hij zou met me kunnen trouwen, tenslotte is hij al drieëntwintig, maar dat doet hij niet!'

Nu begon ik te beseffen dat onze trouwplannen de afgelopen maanden en jaren op de achtergrond waren geraakt. Hij leek het te zijn vergeten en ik had hem er niet aan herinnerd.

Ik huilde uit volle borst tot ik schor was en mijn ogen opgezwollen. Agneta hield me de hele tijd vast, maar dat merkte ik nauwelijks. Ik wilde de teleurstelling weg laten vloeien, maar dat lukte niet. Die had zich in mijn ziel vastgezet, zoals een havik zijn klauwen in het vel van een konijntje.

Pas na een hele tijd droogden de tranen op en ging mijn gehuil over in gesnik dat af en toe mijn lichaam deed schokken.

Agneta loodste me naar een stoel. Ze hurkte voor me neer en keek me aan.

‘Ik weet hoe het is om teleurgesteld te worden,’ zei ze. ‘Dat weet ik maar al te goed. Ook ik heb ooit een man gekend met wie ik wilde trouwen. Maar hij verdween uit mijn leven. Het is het ergste wat je iemand kunt aandoen. Hoop wekken en het vervolgens laten afweten.’

Ze streek een haarlok uit mijn gezicht. ‘Het klinkt nu misschien idioot, maar ik zeg je, het gaat over. Ook al kun je je het niet voorstellen, er komt vast een andere man in je leven. Een die je bescherming en steun biedt, die je fouten tolereert en je terzijde staat, wat er ook gebeurt. Je bent nog heel jong, Mathilda, ooit zal je de liefde vinden. Of die vindt jou. Huil gerust, maar kijk daarna vooruit! Er ligt een hele wereld, een heel leven voor je.’

Die woorden klonken me niet zo belachelijk in de oren als ze had gezegd. Het leek allemaal alleen zo ver weg. Al die jaren had ik op Paul gerekend. Dat hij met me zou trouwen, dat hij me weer naar Stockholm zou halen. Ik had mijn hoop op een leven met hem gevestigd. Hoe moest ik het nieuwe leven vinden waar Agneta het over had?

’s Avonds haalde ik alle brieven tevoorschijn die Paul me had gestuurd. Het was vreemd, maar na die enorme huilbui voelde ik me rustig en de scherpe pijn vanbinnen was getemperd tot een dof verdriet. Dat verwarde me. Waarom voelde ik me nu beter? Ik had de man verloren met wie ik een toekomst had willen hebben!

Toen ik de brieven op chronologische volgorde had gelegd, viel me pas op hoe weinig het er de afgelopen tijd eigenlijk waren geweest. Het stapeltje van dit jaar was veel kleiner dan dat van het begin, toen ik pas op de Leeuwenhof was gekomen. Kwam het doordat ik zelf ook minder vaak geschreven had?

Ik had geen afschriften bewaard, maar ik wist dat ik elke brief beantwoord had.

De hoeve had me echter de afgelopen maanden volledig in beslag genomen. Ik had plezier in het werk, en ik hield van de mensen hier. Ik was erg gesteld op Ingmar, en dat gold ook voor Agneta en Lennard. Magnus haatte ik nog altijd, maar die was niet hier.

Hij scheen Literatuurwetenschappen te studeren en een schrijvers-carrière te ambiëren. Wat voor verhalen zouden dat zijn? Misdaad-romans waarin de pupil van een gravin op gruwelijke wijze om het leven kwam?

Het liet me koud. Ik wist dat ik ooit weg moest van de Leeuwenhof, wanneer Magnus de nieuwe graaf Lejongård werd. Hij zou vanwege zijn schrijverschap niet van de titel en het landgoed afzien. Maar tot die tijd was mijn leven hier.

Had ik, zonder het te merken, mijn droom over een leven met Paul al opgegeven? Had ik hem misschien onbewust de boodschap gegeven dat ik niet meer meedeed? Dat er geen sprake was van grote liefde tussen ons?

Maar waarom had het dan zo'n pijn gedaan? Misschien omdat ik met hem ook het laatste stukje van mijn jeugd verloor? Het laatste wat me met Stockholm verbond.

Ik keek vertwijfeld naar de stapeltjes brieven. Ook het contact met Daga was minder geworden. Kwam dat echt alleen doordat ze nu een verloofde had aan wie ze aandacht moest schenken? Of lag het aan het feit dat ik hier wortel had geschoten?

Antwoord op mijn vragen kreeg ik helaas niet. Maar het gevoel dat het mijn eigen schuld was dat Paul nu zonder mij naar Noorwegen ging, achtervolgde me nog tot diep in de nacht.

25

Eindelijk was het tijd voor het midzomerfeest en dat verdreef mijn gedachten aan Paul. Ook was de onbekende man niet meer verschenen. Tussendoor had ik Lennard nog een keer met Agneta over het voorval horen praten, maar hij verzekerde haar dat hij weg was.

'Waarschijnlijk was het niets,' zei hij. 'Of hij heeft zich bedacht. Allebei komt me uitstekend uit.'

Ik vroeg me nog steeds af of het de brandstichter was geweest.

De dag voor het feest kwamen Ingmar en Magnus uit Stockholm.

De laatste begroette me zoals gewoonlijk schamper: 'Ben je hier nog steeds? Ik dacht dat je er intussen wel met een of andere kerel vandoor was gegaan. Op jouw leeftijd zou je allang een vriend moeten hebben.'

'Bemoei je alsjeblieft met je eigen zaken,' riep ik hem na. Toen balde ik mijn vuisten, om me een beetje af te reageren.

De afgelopen jaren was Magnus nog eenzelviger geworden. Hij was fysiek aanwezig, maar zijn geest bevond zich elders. We gingen met elkaar om als vreemden die toevallig in hetzelfde huis waren ondergebracht. Er was geen reden om met elkaar te praten. Wanneer Magnus op de hoeve was, trok hij zich terug in het beheerdershuisje. Ingmar beweerde dat hij daar aan een roman werkte.

Ingmars aanwezigheid was tenminste een lichtpuntje. Ik had het gevoel dat ik een heleboel nieuwtjes te spuien had.

'Heeft je moeder je al verteld over die rare man die me in het dorp aansprak?' vroeg ik toen we de avond voor het midzomerfeest door de in volle bloei staande tuin wandelden. Zonnebloemen torenden boven ons uit, zoetgeurende rozen lokten bijen aan. Het podium voor de muziekkapel was al opgezet. In de hele tuin waren bonte slingers met vlaggetjes opgehangen en de meiboom stak imposant in de hoogte.

'Ben je door een man aangesproken?' vroeg Ingmar. 'Wie was dat?'

'Als ik dat eens wist.'

Ik vertelde hem wat ik van Lena had gehoord, en ik bekende ook dat ik zijn ouders had afgeluisterd.

'Misschien moet je weer eens een tijdje in Stockholm doorbrengen,' zei hij. 'Wat je daar allemaal zegt, vind ik wel een beetje zorgwekkend.'

'Het is niet duidelijk wie die man is. En als het de brandstichter is: wat heb ik met hem te maken? Dan zou eerder je moeder naar Stockholm moeten gaan.'

'Ze zou de hoeve nooit in de steek laten.'

'Ik zou alleen willen weten wat mijn moeder met die man te maken had,' zei ik. Ik was ervan overtuigd dat graaf Lennard maatregelen zou nemen als hij echt dacht dat er gevaar dreigde.

'Jouw moeder?' vroeg Ingmar verbaasd.

'Lena heeft zoiets gesuggereerd. Maar niemand wil me een duidelijk antwoord geven.'

'Vraag het dan aan mijn moeder.'

Ik schudde mijn hoofd. 'Dat kan ik niet.'

'Je bent bang voor het antwoord,' constateerde Ingmar.

'Ja. Elke keer dat ik met haar over mijn moeder praat, komt er iets nieuws naar boven. Alsof je een ui pelt. Op een gegeven moment ben je bij het laatste laagje gekomen en moet je huilen.'

'Maar alleen als je het verkeerd aanpakt,' wierp Ingmar tegen. Hij pakte mijn arm en schoof die in de zijne. 'Je moet er echt eens over denken naar Stockholm te komen. Voor een poosje. Ik wilde het vroeger niet weten, maar het is een fijne stad. Opwindend en op de een of andere manier heel anders dan dit duffe platteland.'

'Je wilt me alleen maar in de buurt hebben,' zei ik terug.

Er gleed een geheimzinnig lachje over zijn gezicht. 'Uiteraard! Ik wil natuurlijk met je pronken tegenover mijn studiegenoten. Maar dan moeten we jouw Paul niet tegen het lijf lopen.'

'Ik geloof dat hij mijn Paul niet meer is,' zei ik terwijl ik aan de zoom van mijn jurk plukte.

'Hoezo? Hebben jullie onenigheid gehad?'

'Hij wordt door zijn vader naar Noorwegen gestuurd.'

Ingmar keek me verwonderd aan. 'Nou en? Wat weerhoudt je om naar hem toe te gaan? Jij hoeft geen hoeve te erven.'

'Maar ik heb een huis in Stockholm.'

'Verkoop het! Neem het geld, en op naar Oslo!'

Zijn reactie verraste me. Daarnet moest ik nog naar Stockholm komen, en nu bond hij me op het hart naar Oslo te gaan?

'Paul wil me daar niet hebben,' zei ik zachtjes.

'Wil hij je daar niet hebben?' herhaalde hij vol ongeloof.

'Dat heb je goed gehoord. Hij wil me daar niet hebben. Hij vindt de plannen die we vroeger hadden kinderachtig. Dat hij nu in Noorwegen een leven moet opbouwen, en dat hij me daarbij niet kan gebruiken.'

'Wat een idioot,' mompelde Ingmar en hij sloeg zijn armen om me heen. 'Ik ben er voor je, hoor je?'

'Dank je,' zei ik terwijl ik mijn armen op zijn schouders liet liggen.

'En, wat denk je, zullen we samen dansen op het midzomerfeest? Dat kun je toch nog wel?'

'Natuurlijk!' zei ik. 'En ik dans graag met jou.'

'Dan heb ik iets om me op te verheugen,' zei hij.

De volgende middag arriveerden de gasten, en binnen een paar uur veranderde de lege tuin in een feestweide waarin werd gegeten, gezongen en gedanst om de zomer te verwelkomen.

Bij het horen van de vele stemmen en verhalen dacht ik niet meer aan Paul en evenmin aan de onbekende man, hoewel ik mijn blik af en toe door de tuin liet gaan. Er waren veel mij onbekende gezichten, maar hem zou ik hebben herkend.

Terwijl Magnus zichzelf onzichtbaar maakte, danste ik vaak met Ingmar. Toen het begon te schemeren en iedereen aangeschoten was – zelfs Agneta en Lennard waren een beetje teut – ging ik naar de keuken. De oude mevrouw Bloomquist was daar en zat met de dienstmeisjes te kletsen. Toen ze me zagen, maakten ze een knicksje, wat ik een beetje pijnlijk vond. Tenslotte was ik niet hun werkgeefster.

'Ach, juffrouw Mathilda!' zei de oude kokkin. 'Wat ziet u er magertjes uit. Eet u wel goed?'

'Maar natuurlijk, mevrouw Bloomquist. Hoe gaat het met u?'

'Ach, dat verschilt van tijd tot tijd,' zei ze. 'Nu eens heb ik het gevoel dat ik bergen kan verzetten, dan weer zou ik de hele dag wel kunnen slapen. Het is de ouderdom, hè.'

'Het is in elk geval fijn dat u gekomen bent.' Een tijdje terug had het daar niet naar uitgezien. Mevrouw Bloomquist had last van haar benen en haar rug, en bovendien liet haar geheugen haar in de steek. Dat was ook de reden geweest waarom Agneta haar uiteindelijk met pensioen had gestuurd, want ze wilde niet het risico lopen dat er telkens onnodig veel zout in het eten zat.

'Ach ja, de Leeuwenhof is niet alleen mijn vroegere werkplek, het is ook mijn thuis. Weet u, ik ben hier als heel jong meisje begonnen. Ik wilde altijd alleen maar hier zijn, in de keuken.'

Daar was ik van onder de indruk, en ik wenste dat ik ook werk zou vinden dat me zo vervulde.

Ze was een van de oudste werknemers die het landgoed ooit had gehad. De oude koetsier met zijn jarenlange staat van dienst, die al voor mijn komst was overleden, had ze met twee jaar voorbijgestreefd. Als er iemand was die wist wat er op de Leeuwenhof allemaal was gebeurd, was zij het wel.

Dat bracht me op een idee.

'Weet u misschien hoe het indertijd zat met mijn moeder en de stalmeester?' vroeg ik terwijl ik naast haar ging zitten.

'Uw moeder?' vroeg ze enigszins verward, maar toen leek het

haar weer te binnen te schieten. 'Ach ja, Susanna.'

'Ja, Susanna,' herhaalde ik.

'Er deden toen veel geruchten de ronde. Ik moet zeggen dat ik geen ervan geloofde, want meestal zijn die kletspraatjes onzin en alleen maar schadelijk.'

'En wat werd er over mijn moeder verteld?'

'Nou, dat ze een relatie met de brandstichter had gehad, vlak nadat diens liefje was weggestuurd. Destijds was het niet toegestaan dat personeel met elkaar scharrelde. Hij moet toen een vervangster hebben gezocht.'

Ik keek haar verbijsterd aan.

'Dat was nog voor ze met uw vader trouwde,' voegde de kokkin eraan toe. 'Maar zoals ik al zei, het waren kletspraatjes. Daar moet u niet te veel waarde aan hechten!'

Mijn moeder zou iets met de brandstichter hebben gehad? Wat was er indertijd gebeurd? Hoe had ze het verwerkt dat Langeholm was weggevoerd en veroordeeld?

Was mijn moeders geschiedenis maar niet zo duister! Had ze me maar verteld wat er was gebeurd. Ik keek opzij. Graag had ik de kokkin nog meer gevraagd, maar ik zag dat haar ogen waren dichtgevallen. Even later begon ze zachtjes te snurken.

Boven aan de trap kwam ik Agneta tegen.

'O, ben je hier? Ik dacht dat je een eindje was gaan wandelen.'

'Ik wilde eventjes rust,' zei ik. 'Mevrouw Bloomquist vond me blijkbaar nogal saai. Ze viel op haar stoel in slaap.'

'Saai ben je absoluut niet, Mathilda. Het is al laat, en mevrouw Bloomquist is niet meer gewend zo lang op te blijven. Ik zou willen dat ze zich wat meer onder de gasten had begeven, maar ze is verknocht aan haar keuken. Die mist ze.'

'Heeft ze nooit willen trouwen?' vroeg ik. Een vrouw die haar leven wijdde aan een huis waar ze uiteindelijk niet meer dan een personeelslid was, leek me nogal beklagenswaardig.

'Dat weet ik niet. Ik kan helaas niet in de harten van de mensen kijken. Ze was hier al in mijn kindertijd en voor zover ik weet heeft niemand ooit iets gehoord over een man in haar leven. Als die er is geweest, heeft ze hem goed voor ons weten te verbergen.'

'Agneta,' zei ik, 'mag ik iets vragen?'

'Alles wat je maar wilt.'

'Die onbekende die me heeft aangesproken... Kan dat de brandstichter zijn geweest? Degene die de dood van uw vader en uw broer op zijn geweten heeft?'

Agneta keek me geschrokken aan. 'Denk je nog steeds aan hem?'

'Ja, ik... ik kan hem maar niet uit mijn hoofd zetten.'

'En hoe kom je erop dat het de brandstichter zou kunnen zijn? Langeholm heeft levenslang gekregen.'

Dat verbaasde me. Had ze dat dan zelf niet gedacht? Was dat dan niet waar ze het met Lennard over had gehad? Ik voelde dat ik rood werd.

'Ik hoorde een gerucht dat hij het zou kunnen zijn,' zei ik. 'En dat hij iets met mijn moeder te maken had.'

Agneta schudde haar hoofd, maar kon in eerste instantie geen woord uitbrengen.

'Dat is... onmogelijk. Nee, hij kan het niet zijn geweest,' zei ze toen.

'Weet u dat zeker? Misschien heeft hij gratie gekregen.'

'Nee, dat heeft hij niet. Hij zit nog altijd daar waar ze hem naartoe hebben gestuurd.'

'En wie was die onbekende man dan?'

'Dat kan ik niet zeggen. Ik heb hem immers niet gezien. Waarschijnlijk was het een fantast. Of een journalist. Misschien ook wel een spion van de concurrentie. Het komt voor dat zulke mensen in het dorp komen rondvragen. Goed dat je niets hebt prijsgegeven.'

'Dat zou ik nooit doen.'

Ze streelde over mijn arm. 'Dat weet ik. En nu moet je je weer onder de feestgangers begeven. De avond is nog jong.'

Ik knikte, maar toen vroeg ik: 'Had mijn moeder iets met de brandstichter te maken?'

Agneta keek me ernstig aan. 'Je moet niet geloven wat de mensen zeggen. Langeholm was een vreselijke man. Hij is het vermelden niet waard. En jouw moeder was een goede vrouw. Dat is wat telt.'

Ik knikte, maar vermoedde dat dat niet de hele waarheid was. Er was iets. Iets wat ze me niet wilde zeggen. Had de kokkin gelijk? En hoe zou ik de waarheid uit haar kunnen krijgen?

'Dank u wel,' zei ik en ik liep weer naar buiten. Ik begaf me echter niet onder de feestvierders, maar ging naar een stil hoekje in de tuin en keek omhoog naar de sterren.

Bent u daar? vroeg ik in stilte aan mijn moeder. Kunt u ervoor zorgen dat ik de waarheid te weten kom?

26

In de late zomer kreeg ik een brief van mijn vriendin. Ik vroeg me af wat er zou kunnen zijn, en hoopte een beetje dat Paul via haar contact zocht. Dat hij inzag dat hij een fout had gemaakt, maar me niet zelf durfde te schrijven.

Maar het was een uitnodiging voor een bruiloft.

Langs de rand een teer bloemmotief, gouden letters in het midden:

De heer Arndt Vessel en mejuffrouw Daga Ringström maken bekend dat zij op zaterdag 6 oktober het heilige verbond van het huwelijk zullen aangaan

Geschokt staarde ik naar de uitnodiging. Daga ging trouwen? De bruiloft was al over bijna een maand, en ook nog eens in het weekeinde van de herfstjacht op het landgoed.

Ik tuimelde tegen mijn bed en liet me erop neervallen. Het was alsof ik midden in mijn hart was geraakt.

Eigenlijk hadden we elkaar plechtig beloofd bruidsmeisje te zijn op elkaars bruiloft. Daar was echter geen sprake van. Sinds Paul naar Noorwegen was gegaan, hoorde ik nog maar sporadisch van Daga. Ik wist van Arndts bestaan, maar dat ze wilde trouwen...

Twijfel bekroop me. Hoe blij ik ook was voor Daga, ik wist niet of ik op de uitnodiging moest ingaan. Ik zou een gewone gast zijn, iemand die uit beleefdheid bericht had gekregen. De tranen schoten me in de ogen. Eerst Paul, en nu Daga! Ik was hen allebei kwijt.

Ik stak de brief in de zak van mijn rok en ging mijn kamer uit. Ik had behoefte aan een plek waar ik kon nadenken.

Die vond ik onder een enorme appelboom die zo oud was dat hij nauwelijks nog vrucht droeg, met een doorgroefde bast die net de huid van een oude man leek.

Ik had zo mijn twijfels gehad toen Ingmar juist aan die boom een schommel wilde hangen. Maar tot nog toe had hij mijn gewicht gehouden. Ik ging op de schommel zitten. Het was heerlijk om kalmpjes zo ver uit te zwaaien. Ik deed mijn ogen dicht. De wind streek over mijn gezicht en door mijn haar en troostte me een beetje.

Toen voelde ik ineens dat ik niet alleen was. Ik deed mijn ogen open.

'Goed om te zien dat je af en toe van mijn werk gebruikmaakt.'

Ingmar stond naast de boom en plukte een van de nog groene, heel zure appels af.

Ik bracht de schommel tot stilstand. Ineens vond ik het vreselijk gênant dat hij me zo zag. Ik was toch geen kind meer!

'Wat is er mis?' wilde Ingmar weten, en hij beet in de appel.

Ik had eigenlijk geen zin om te praten, maar ik wist dat Ingmar het niet zou laten rusten. 'Mijn vriendin gaat trouwen,' verklaarde ik.

'Dat is toch geweldig! Zeg nou niet dat je niet weet wat je moet aantrekken.' Hij grijnsde, maar het lachen verging hem toen hij mijn gezicht zag. 'Wat is er? Je trekt een gezicht als een oorwurm.'

'Daga is de zus van Paul,' antwoordde ik.

'Ach, de meubelmaker die naar Noorwegen is gevlucht.'

'Praat niet zo over hem,' zei ik. 'Ik heb het het liefst niet over hem. En waarschijnlijk ga ik ook niet naar die bruiloft.'

'Waarom niet?' vroeg Ingmar. 'Je zou mij kunnen meenemen en doen alsof we een stel zijn.'

'Dat gelooft hij toch niet,' wierp ik tegen. 'Bovendien... Ik wil er gewoon niet heen. Ik wil hem niet zien.'

'En je vriendin? Is ze dat nog altijd? Is ze belangrijk voor je? Zo ja, dan moet je gaan.'

Ik keek hem aan. 'Goed,' zei ik aarzelend. 'Ik zal met Agneta praten. Per slot van rekening moet zij toestemming geven.'

'Dat zal ze zeker doen. En als je wilt, sta ik als begeleider tot je beschikking.'

Ik schudde mijn hoofd. Het vooruitzicht op de bruiloft met Ingmar te dansen was aantrekkelijk, maar hij hoorde nu eenmaal niet bij dit deel van mijn leven. 'Dat is aardig van je, maar ik moet alleen gaan en kijken wat er nog van onze vriendschap over is. Of ze eigenlijk nog wel mijn vriendin is. En ik zal mijn best doen Paul uit de weg te gaan.'

'Begrepen,' zei Ingmar. 'Maar mijn aanbod blijft geldig. Mocht je van mening veranderen, dan weet je me te vinden.'

'Bedankt, Ingmar,' zei ik en ik schonk hem een glimlach.

Toen ik drie weken later het centraal station van Stockholm verliet, voelde ik me geradbraakt. Ik wenste dat ik eerder was weggegaan, om eerst een dag uit te rusten, maar misschien zou een nachtje slapen genoeg zijn om me weer beter te gaan voelen.

's Nachts lag ik te woelen in mijn bed. Het was niet te geloven hoeveel geluid het huis maakte. Ik was het bijna vergeten, maar nu hoorde ik het kreunen en steunen maar al te goed. Het klonk bijna alsof de geesten van alle vroegere bewoners zich hier hadden verzameld.

Maar op de een of andere manier lukte het me toch in slaap te komen, en wel zo diep dat ik niet eens droomde.

Toen ik de volgende ochtend opstond, waren de geesten verdwenen en was het huis volkomen stil. De zon scheen door de ramen en liet het stof in de lucht dansen.

Na een wasbeurt, die vanwege gebrek aan warm water aan de korte kant was, trok ik mijn jurk aan en ging voor mijn verweerde spiegel zitten. Het laken dat erover had gehangen, had ik de vorige avond al weggehaald.

Zo mooi als Lena kreeg ik mijn haar niet gedaan, maar het resultaat mocht er desondanks zijn. Ik deed wat make-up en lippenstift op en bekeek mezelf in de spiegel. Zou Daga me eigenlijk nog wel herkennen? We hadden elkaar lang niet gezien.

Toen ik klaar was, stopte ik het huwelijkscadeau voor het paar in mijn tas en verliet het huis. Opwinding kriebelde in mijn maag. Hoe moest ik op Paul reageren wanneer ik hem zag? Daar viel natuurlijk niet aan te ontkomen.

Voor de werkplaats stond al een hele kolonne voertuigen geparkeerd. Blijkbaar was er familie uit het hele land gekomen.

Ik liep naar de deur, rechtte mijn rug en belde aan. Even later werd er opengedaan.

'Goedendag,' zei ik. 'Ik weet niet of u zich mij nog herinnert. Ik ben Mathilda Wallin.'

'Ik weet wel wie je bent, Mathilda,' antwoordde de moeder van Paul en Daga, die er in haar marineblauwe stippeltjesjurk heel anders uitzag dan anders in haar jasschort. Ze moest naar de kapper zijn geweest, want haar licht grijsgemêleerde haar lag in elegante golven om haar hoofd. 'Kom binnen, Daga is bijna klaar.'

Ik stapte naar binnen en rook weer de geur die deel van mijn jeugd had uitgemaakt. Ik was hier vaak geweest en had meegemaakt dat in de keuken de heerlijkste taarten werden gebakken. Mevrouw Ringström zou wel heel trots zijn dat Daga nu de man van haar leven had gevonden.

'Waar kan ik het cadeau neerleggen?' vroeg ik.

'Dat kun je het best aan mij geven,' zei de vrouw des huizes. 'We brengen alle cadeaus naar het restaurant waar we de bruiloft vieren.'

'Dank u,' zei ik, en ik overhandigde haar de in lichtgroen papier verpakte en met smalle witte linten versierde doos. Daarin zat een moderne handmixer met een zwengel zoals ik die bij Svea in de keuken had gezien. Is Daga op haar kamer?'

'Ja, ga gerust naar binnen!' zei mevrouw Ringström, waarna ze verdween.

Om in Daga's kamer te komen moest ik door de woonkamer. Daar was een aantal gasten verzameld, onder anderen een paar jonge vrouwen in witte jurken.

'Hallo,' groette ik de aanwezigen, van wie ik niemand kende, en ik liep door. Paul was nergens te bekennen.

Daga zat voor de spiegel aan haar sluier te frutselen.

'Je kunt het beter zo laten,' zei een oudere vrouw, vermoedelijk de kapster. 'Je wilt op weg naar het altaar je sluier toch niet verliezen?'

Ze leken niet te hebben gemerkt dat ik was binnengekomen.

Ik keek even naar Daga. Ze had een sneeuwwitte, in de taille geplooide japon aan, waarin ze eruitzag als een sprookjesprinses. De halflange sluier viel over haar gevlochten, opgestoken haar. Ze was prachtig, en waarschijnlijk zou vandaag iedere man haar Arndt benijden.

'Maakt u zich geen zorgen, mevrouw Sörensen, dat komt wel goed. Hartelijk dank!'

Toen ontdekte ze mij in de spiegel.

'Mathilda!' riep ze uit en ze vloog me tegemoet. 'Wat fijn dat je het kon regelen!'

'Ik kan toch niet afwezig zijn op de bruiloft van mijn vriendin.'

'Het is zo fijn om je weer te zien. Het lijkt een eeuw geleden dat we samen naar school gingen.'

'Ja, het is lang geleden,' zei ik. 'Je bent intussen al bijna eenentwintig, en dat word ik binnenkort ook.

'En dan ben je vrij, nietwaar?'

'Ja, dan ben ik vrij. Ik kan weg bij de Leeuwenhof. Maar ik denk dat ik er blijf. Ik heb geen ander doel meer.'

Daga keek me bezorgd aan. 'Het spijt me dat Paul...'

'Al goed,' zei ik, want ik wilde niet over hem praten. 'Het gaat goed met me, en vandaag wil ik alleen maar jouw bruiloft vieren. Is Arndt nog altijd de man die je hebt leren kennen?'

'Nee, hij is zelfs nog beter geworden. Hij is zo lief en zorgt heel goed voor me. Hij vindt het zelfs goed dat ik blijf werken.'

Ik deed mijn best niet al te verbaasd te kijken. Kon een echtgenoot je verbieden te werken? Paul had dat indertijd heel anders gezien.

'Dat is heel aardig van hem,' zei ik een beetje stijfjes. Eigenlijk voelde alles hier bijzonder vreemd aan. Voor me stond nog altijd mijn Daga, maar ik had het gevoel dat de band tussen ons versleten was en ons nauwelijks meer bij elkaar hield. Toch was het fijn haar weer te zien.

'Je japon is fantastisch,' zei ik, en ik streek zachtjes over haar mouw. 'Je ziet eruit als een prinses.'

'Ja, daar ben ik dolgelukkig mee. Het is een cadeau van mevrouw Vagström, bij wie ik in de leer ben.' Daga pakte mijn handen vast en keek me aan. 'En wanneer jij trouwt, maak ik jouw bruidsjurk.'

'Dat is lief aangeboden,' antwoordde ik, verzwijgend dat ik niet geloofde dat het daar ooit van zou komen. In de eerste plaats was daarvoor een man nodig. En als ik die vond, zou ik haar er waarschijnlijk niet aan herinneren, want ze zou haar handen vol hebben aan het huishouden, haar werk en de kinderen.

Een jonge vrouw kwam opgewonden binnenstormen. 'Daga, je moet je klaarmaken, het gaat zo beginnen!'

Zij had ook een witte jurk aan en bloemen in haar haar. Ik besefte dat ze een van de bruidsmeisjes was. Ik staarde haar aan alsof ik haar niet had begrepen, en voelde weer een lichte steek.

'Goed, dan moesten we maar gauw gaan,' zei Daga, en ze pakte me bij de hand en trok me mee de kamer uit.

Voor de bruidswagen stonden vijf bruidsmeisjes op een rij. Daga schreed waardig als een prinses in haar witte japon door de erehaag.

'Mathilda, wil je met ons meerijden?' vroeg een stem achter me. Ik draaide me om en herkende mevrouw Ringström. 'Paul is een beetje verlaat, maar hij heeft beloofd rechtstreeks naar de kerk te komen.'

'Graag, mevrouw Ringström,' antwoordde ik en ik liep achter haar aan. Opgelucht, want het zou onaangenaam zijn geweest samen met Paul in een auto te zitten.

We stapten in, en toen meneer Ringström wegreed, keek zijn vrouw me verwachtingsvol aan. Ik had geen idee waarom.

'Je bent een echte dame geworden. Zo volwassen en elegant.

Het leven op het landgoed lijkt je goed te doen.'

'Inderdaad,' antwoordde ik, me afvragend waar ze op uit was.

'Het is echt jammer dat je moeder gestorven is. Maar je lijkt goed terecht te zijn gekomen.'

Nu wist ik dat haar woorden niets te betekenen hadden. Het was gewoon nieuwsgierig gebabbel.

'Ja, de gravin en de graaf zijn heel aardig,' antwoordde ik. 'Maar er gaat geen dag voorbij dat ik niet aan mijn moeder denk.'

'Ze zou heel blij zijn geweest om te zien wat er van je is geworden.'

Ik knikte, en toen mevrouw Ringström haar blik weer naar voren richtte, observeerde ik haar. Op haar lippen lag een lichte glimlach, maar haar ogen hadden een harde uitdrukking. Iets leek haar niet te bevallen.

Ik bedacht dat ze mijn moeder helemaal niet goed gekend had. Ik was altijd in mijn eentje naar de Ringströms gegaan.

Vroeger was me niet opgevallen dat de moeder van Paul en Daga me met een zekere argwaan had bekeken. Maar wat ze zojuist gezegd had, riep bij mij de vraag op hoe ze me indertijd gezien had. Als dochter van een weduwe wier man zich van het leven had beroofd? Als meisje van slechte komaf? Ik begon me onbehaaglijk te voelen.

Gelukkig doemde even later de kerk voor ons op. De bruidegom zou, zoals gebruikelijk, al binnen staan te wachten. We stapten uit, en toen de bruidsmeisjes zich opstelden en mevrouw Ringström en haar man op Daga afliepen, hield ik me op de achtergrond.

Daga's gezicht was helemaal rood van opwinding, daar kon ook de make-up niets tegen uitrichten.

Ik was blij voor haar, maar ineens wenste ik dat ik niet hier was. Ik had me niet door Ingmar moeten laten ompraten.

Paul kon ik nergens ontdekken. In het ergste geval was hij de getuige van zijn zwager. Mevrouw Ringström nam gelukkig geen notitie meer van mij.

Met mensen die verre familie leken te zijn, liep ik de kerk in. Ik ging op een van de achterste banken zitten en keek een beetje jaloers om naar de bruidsmeisjes. Daar had jij moeten staan, zei een bitter stemmetje in mijn hoofd. Je was haar beste vriendin. En nu staan die meisjes daar.

Ik wendde mijn blik af en keek weer naar voren. De mannen kende ik geen van allen. Zo te zien was Paul niet de getuige van zijn zwager. Dat was een zekere opluchting voor me. Waarschijnlijk zat hij voorin bij zijn ouders.

Er klonk orgelmuziek, die even later overging in de bruiloftsmars. Het was zover. Het gefluister om me heen verstomde en iedereen keek opzij.

Daar kwam ze, Daga, wonderschoon als een feeënkoningin. Met een boeket in haar handen schreed ze over het middenpad terwijl alle aanwezigen opstonden. Ook ik stond op.

Even wisselden we een blik. Ik glimlachte. Daga beefde een beetje. Geen wonder, je trouwdag was de mooiste dag van je leven. Het was geen schande daar ontzag voor te hebben, zelfs als je de bruid was.

Een paar tellen later was ze al voor in de kerk, en de man die in het midden stond, reikte haar glimlachend zijn hand.

Die Arndt was een knappe knul. Hij had donker, krullend haar en de nikkelen bril op zijn neus accentueerde zijn markante gelaatstrekken. Vroeger hadden we gelachen om brildragers, maar ik begreep wat Daga in hem zag. Hij leek heel beschaafd en was vast ook intelligent. Ik hoopte alleen dat hij haar gelukkig zou maken.

Na de ceremonie gingen we naar een restaurant, waar het bruidspaar aan alle kanten werd gehuldigd. Ditmaal was ik niet met de Ringströms meegereden, maar had ik bij een andere auto gevraagd of ze me mee konden nemen.

Terwijl de gasten lachten en dansten, zocht ik een plaatsje ergens aan de zijkant. Ik voelde me onbehaaglijk. Het eten was uitstekend, en er was genoeg te drinken. Ik had mijn gedachten en gevoelens met schnaps kunnen verdoven, maar dat wilde ik niet.

Misschien was het alleen mijn eigen gevoel, maar over het hele feest leek een eigenaardige schaduw te liggen. Alsof er iets was wat wilde dat ik hier niet was. Verbeeldde ik me dat alleen maar? Waar ik ook keek, heerste vrolijkheid. Maar mijn hart was zwaar.

Hoelang moest je op een bruiloft blijven? Was het mogelijk weg te gaan voor het gezelschap opbrak?

Ik hield vol, uur na uur, door af en toe iets bij het buffet te halen. Tegen de avond liep ik naar buiten, de binnentuin van het restaurant in, om een luchtje te scheppen. Het begon fris te worden en ik was blij dat ik een dik vest had meegenomen. De grijze wol leek magische krachten te hebben. Die hield me niet alleen warm, maar maakte me ook onzichtbaar. Niemand zou merken dat ik ontbrak.

Daga was hard bezig haar schoenen kapot te dansen, en Paul stond bij de andere mannen te vertellen hoe goed zijn bedrijf liep. Er was niemand die met me wilde praten.

Toen het donker was geworden, liep ik naar Daga om afscheid te nemen. Er wachtte me een leeg huis vol geesten en met doeken bedekte meubels, maar ik had tijd nodig om wat ik vandaag had meegemaakt te verwerken. Ik had tijd nodig om alles op een rijtje te zetten.

'Ga je al?' vroeg mijn vriendin. We hadden de hele dag geen moment gevonden om elkaar te spreken, ik had me ook niet willen opdringen. Daga leek zo gelukkig en was door zo veel fantastische mensen omgeven, en ik wilde niet de stemming bederven door over Paul te praten en over het feit dat ik me door hem in de steek gelaten voelde.

'Ik voel me niet zo lekker,' zei ik. 'De lange reis was nogal inspannend. En ik moet morgen weer vroeg op.'

'Maar over een uur is het tijd om het bruidsboeket te gooien! Ik dacht dat je het misschien zou proberen te vangen.'

Bijna had ik het uitgeproest. Waarom zou ik een bruidsboeket willen vangen? Met wie moest ik dan trouwen? Nog afgezien van het feit dat de bruidsmeisjes me waarschijnlijk van pure nijd zouden vermorzelen.

'Dat vind ik niet zo belangrijk. En ik wil de kans voor je andere vriendinnen niet bederven.'

Ik moet toch wel gepikeerd hebben geklonken, want Daga keek me bezorgd aan en pakte mijn hand. 'Ik heb het gevoel dat ik je verwaarloosd heb. Het spijt me.'

'Het hoeft je niet te spijten,' zei ik. 'Ik wil alleen maar dat je gelukkig wordt. En ik denk dat dat wel zal lukken.' Ik keek naar Arndt. Hij leek echt sympathiek. Als Daga kinderen van hem kreeg, zouden die heel schattig worden.

'Ja, hij is een geweldige man.' Daga keek hem verliefd aan. 'En ik weet zeker dat jij ooit ook een geweldige man zal vinden.'

'Ik nodig je uit op de bruiloft,' zei ik, en ik hoopte dat het niet al te gekwetst klonk. Daga had niets met het besluit van haar broer te maken.

'Daarmee zou je me een groot plezier doen. En ik beloof dat ik voortaan weer vaker zal schrijven. Je woont toch nog steeds op het landgoed?'

'Ja,' antwoordde ik. 'En dat zal ook wel niet zo snel veranderen.' Bij een andere gelegenheid had ik haar waarschijnlijk over de onbekende man en over het midzomerfeest verteld, maar dat was nu niet aan de orde.

'Fijn, dan houden we contact, ja?'

'Ja.'

Ze nam me in haar armen en drukte me tegen zich aan. Een fractie van een seconde waren we weer de meisjes die samen naar de realskola waren gegaan. Maar toen we ons van elkaar losmaakten, waren we twee volwassen vrouwen. De een getrouwd en de ander verlaten.

'Ik wens je veel geluk,' zei ik en ik probeerde mijn tranen te bedwingen. Die zouden beslist niet voor vreugdetranen hebben kunnen doorgaan, hoewel ik meende wat ik zei.

'Ik jou ook,' antwoordde ze, toen draaide ik me om. Ik wist niet of ze me nakeek of dat ze zich meteen weer met haar gasten bezighield.

Op weg naar buiten kwam ik Paul tegen.

'Hallo,' zei hij enigszins verlegen. 'Fijn dat je er bent.'

Ik merkte dat er een trieste glimlach op mijn gezicht verscheen. 'Ik wilde net gaan.'

'Echt?' vroeg hij, hoewel ik al mijn jas aanhad en mijn tas vasthield. 'Maar het feest is nog lang niet voorbij!'

'Ik moet morgenvroeg de trein halen,' zei ik. 'Bovendien heb ik nog hoofdpijn van de reis. Het is beter als ik nu ga slapen.'

Paul stak zijn handen in zijn zakken. 'Nou, dan...'

Ik keek even naar hem. Hij was haast nog meer veranderd dan Daga. Zij had me tenminste nog in haar armen gesloten. Dat leek hij niet van plan te zijn.

'Ik wens je het beste, Paul,' zei ik, en ik drong langs hem heen. Ik moest eraan denken hoe ik met zijn brieven in mijn kamer had gezeten. Wat ik toen dacht leek juist te zijn geweest. Hij had afstand van mij genomen en ik van hem.

'Ik jou ook,' hoorde ik hem zeggen, maar ik draaide me niet om.

Het feestgedruis begeleidde me nog een tijdje, maar toen kwam de stilte van de nacht over me heen. Ergens in de verte blafte een hond, dat was alles.

Ik voelde me somber. Ik had geen hoofdpijn. Ik voelde alleen innerlijke pijn. Even overwoog ik bij Ingmar langs te gaan. Het was slechts een kort taxiritje. Maar ik besloot het niet te doen.

Toen ik de voordeur had opengemaakt en het licht had aangedaan, ging ik niet mijn kamer in, maar die van mijn moeder. Daar ging ik op de matras liggen en meende even haar geur in te ademen en haar warmte te voelen.

Ze was nu drie jaar dood en ik voelde nog maar een vaag verdriet. Maar ik zou haar waarschijnlijk altijd blijven missen. Net zoals ik Paul altijd zou blijven missen. Maar nu werd het blijkbaar tijd een andere weg in te slaan. Als dat Paul en Daga was gelukt, waarom zou het mij dan niet ook lukken?

Na een onrustige nacht stond ik 's ochtends ruim op tijd op. Ik pakte mijn spullen in en begaf me naar de dichtstbijzijnde bushalte. Ik ging echter niet rechtstreeks naar het station, maar naar het zuiden, naar Skogskyrkogården. Mijn moeder had daar begraven willen worden.

Het kerkhof in het bos, een van de grootste van Stockholm, had een paar jaar geleden een nieuwe kapel gekregen.

Rond die tijd van de dag was je hier nagenoeg alleen. De mensen kwamen meestal pas later de graven verzorgen. Het zonlicht viel door de boomkruinen, waarin de vogels aan hun ochtendzang begonnen. De poort was gelukkig al open, en ik glipte naar binnen.

Het was lang geleden dat ik hier was geweest. Ik had graag bloemen meegebracht, maar de winkels waren nog niet open. En mijn trein bleef niet wachten.

Nu liet ik de rust op me inwerken terwijl ik naar de steen liep met de namen van mijn moeder en mijn vader.

De klimop was flink gegroeid en bedekte de grafheuvel bijna volledig. Op de namen op de zerk zat mos, wat geen wonder was met al die bomen waar de graven tussen lagen. Ik haalde een zakdoek tevoorschijn en veegde het weg.

'Ha, mama,' zei ik zachtjes. Ook als er niemand in de buurt was, vond ik het moeilijk om tegen de steen te praten. Sommige mensen raadden aan om je het gezicht van de overledene voor te stellen, maar als ik dat deed, zag ik mijn moeder weer in haar kist liggen. Dat wilde ik niet. Dus deed ik mijn moeder zwijgend verslag van wat er de afgelopen maanden was gebeurd. Van Pauls vertrek naar Noorwegen tot Daga's bruiloft. Ik vertelde haar dat ik over bijna een maand eindelijk meerderjarig werd en vrij zou zijn.

Ik wist dat ze me niet kon horen, maar het deed me goed bij haar te zijn.

Mijn blik viel op mijn vaders naam. Het zou geen zin hebben hem iets te vertellen. Een naam op een steen zorgde er nog niet voor dat hij hier was. Hij was ergens in de zee, misschien dreef hij nog tussen de planten die in de diepte op de bodem van de zee groeiden. Misschien was hij echter ook allang helemaal vergaan.

Waarom moest het leven een en al verlies zijn? Ouders, vrienden, alles verdween op een gegeven moment.

Ik zuchtte diep en legde nog eenmaal mijn hand op de steen. Bij de poort kwam ik een oude vrouw tegen, krom en in weduwedracht. Hoelang geleden zou zij haar man al hebben verloren? Lagen hier soms ook al een paar kinderen van haar?

Ik groette haar, waarop ze me verbaasd aankeek, toen ging ik op weg naar het station.

27

De herfst was fris en bedekte de wouden met witte sluiers. Mijn verjaardag kwam dichterbij, maar datgene waar ik me al jaren op had verheugd, maakte me nu alleen maar weemoedig. Maanden- en jarenlang had ik geweten wat ik zou doen zodra ik meerderjarig was. Mijn weg had duidelijk voor me gelegen. Maar nu lag het allemaal anders.

Mijn jeugd was nu echt voorbij, en mensen die ooit belangrijk voor me waren geweest, verdwenen gaandeweg naar de achtergrond. Daga had wel beloofd vaker te schrijven, maar daar had ik geen vertrouwen in. Ze had haar vriendinnen en bovendien haar man, die nu nog meer aandacht vroeg.

De 2ᵉ november had ik rood gemarkeerd, meteen al toen ik de kalender uit de kantoorboekhandel mee naar huis had genomen. Het was maar een simpel blaadje, maar het had grote betekenis. Die dag was de dag van mijn vrijheid. Die dag was nu aangebroken.

Ik streek er met mijn vinger over en glimlachte. Vanaf vandaag was ik een vrij mens. Er was geen voogd meer die over me moest waken. Geen plaats waar ik moest verblijven. Ik kon gaan en staan waar ik wilde. Ook al wist ik niet precies waarheen mijn weg me zou leiden.

Een klop op mijn deur haalde me uit mijn gedachten. Ik was ervan overtuigd dat het een van de meisjes was, dus ik riep: ‘Binnen!’

Maar het was Agneta.

‘Goedemorgen, jarige job!’ zei ze terwijl ze een klein pakje achter haar rug vandaan haalde. 'Ik wilde de eerste zijn die je feliciteert.'

'Er is hier nog niemand geweest,' antwoordde ik met een brede glimlach.

Ze sloot me stevig in haar armen. 'Ik wens je alle mogelijke goeds en veel geluk in je nieuwe levensjaar,' zei ze in mijn haar. 'Je bent bijna als een dochter voor me, en daarom heb ik dit hier voor jou.'

Ze gaf me het pakje. Zou Agneta het zelf zo kunstig hebben ingepakt? Omdat ze me verwachtingsvol aankeek, maakte ik de strik los en begon ik het papier voorzichtig af te wikkelen. Mijn hart bonsde van opwinding. Ik voelde dat me een bijzondere ontdekking te wachten stond. Het doosje was met fluweel overtrokken en toen ik het openklapte, schitterde iets me tegemoet. Het waren een parelketting, een hanger en oorringen waarin briljanten fonkelden. Het bijzondere was dat zowel de oorringen als de gouden hanger de vorm van leeuwenkoppen hadden. De parels waren niet wit, maar lichtroze. Ze moesten een vermogen hebben gekost. Als ik ze op mijn bruiloft of bij grote gebeurtenissen droeg, zouden de dames vast van nijd verbleken.

'Vind je ze mooi?' vroeg ze stralend. 'Ik heb de oorringen en de hanger speciaal voor jou laten maken en ook de parelketting uitgezocht. Ik wilde geen parels voor oude dames, deze tint leek me passend voor een jonge vrouw.'

'Ze zijn prachtig,' zei ik, diep onder de indruk. 'Heel erg bedankt, Agneta!'

'Geen dank.' We vielen elkaar nog eens in de armen. Toen ze me losliet, zag ik tranen in haar ogen glinsteren.

'We hebben het voor elkaar gekregen,' zei ze en ze pakte mijn hand. Ik voelde dat ze trilde en moeite had zich te beheersen. 'Vanaf nu ben je een volwassen vrouw en kun je gaan en staan waar je wilt.'

'Ja,' antwoordde ik, maar ik voelde me bedrukt. Er was nu niets meer waarvoor ik van de Leeuwenhof weg zou hoeven. Zeker, ik had het huis in Stockholm, maar Paul was daar niet meer. Ik had hem achterna kunnen gaan naar Noorwegen, maar na onze korte ontmoeting op de bruiloft wist ik zeker dat het voorbij was.

'Ik wil je zeggen dat ik je zeer waardeer en dat ik je graag mag. En dat je me een groot plezier zou doen als je ondanks je nieuwverworven vrijheid zou willen overwegen hier op de Leeuwenhof te blijven. Ik weet dat je van een eigen bedrijf droomt, maar voor mij ben je hier op de hoeve een onmisbare steun geworden. Nee, dat is niet waar, je bent veel meer dan dat. Het zou me echt plezier doen als je als beheerder van het landgoed zou aanblijven. In feite regel je al een groot deel van de zaken.'

Ik keek haar aan. 'Bedoelt u dat serieus? Biedt u me een baan aan?'

'Ja, en het is een aanbod om deel van onze familie te blijven uitmaken. Misschien wil je daar eens over nadenken.'

'Dat zal ik doen,' zei ik, maar ik wist op hetzelfde ogenblik dat ik het aanbod aan zou nemen. Ze had gelijk, ik werkte al heel veel mee. En ik had maar al te duidelijk gezien hoe goed het Agneta deed dat ze een beetje ontlast werd. Magnus had zich bovendien aan de literatuur gewijd. Ik merkte dat Agneta dat bezorgd aanzag, maar ze liet hem begaan, waarschijnlijk omdat zij ook ooit een kunstopleiding had gevolgd en wist hoe het was als ouders je ervan wilden weerhouden een bepaalde weg in te slaan.

Maar nu was het niet het moment om me met de komende dagen bezig te houden. Ik wilde gewoon alleen maar vieren dat ik eindelijk een volwassen vrouw was.

Het verjaardagsfeest vond, zoals ik gewenst had, in kleine kring plaats, hoewel Agneta een groter feest in gedachten had gehad. Helemaal omdat ik niet bij het koningshuis mijn debuut had gemaakt. Ik kon het idee dat ze me wilde koppelen niet van me afzetten.

Maar dat wilde ik niet. De zonen van haar vriendinnen en zakenrelaties kende ik. Daar was er geen een bij die me beviel. Bovendien wilde ik niet weer opgaan in een droom die misschien nergens toe zou leiden. Ik wilde eerst eens gaan leven en mijn plaats zien te vinden.

Na het avondeten, dat zoals gebruikelijk overvloedig was, maakte ik nog een wandeling met Ingmar. Ik was erg blij dat hij er weer was, ook al had hij Magnus meegebracht. Waarom had hij hem overgehaald om voor mijn verjaardag naar huis te komen? Waarschijnlijk had Ingmar een beroep gedaan op zijn fatsoen.

'En, hoe voel je je?' vroeg Ingmar. 'Je bent immers vanaf nu een vrije vrouw. Je kunt alles zelf beslissen.'

Ik voelde waar hij heen wilde. 'Eerlijk gezegd voel ik me helemaal niet zo anders dan anders. Hoewel alles om me heen voortdurend lijkt te veranderen. Maar zo gaat het in het leven, neem ik aan. Alles verandert. Maar gelukkig zijn er ook dingen die blijven.'

'Dat klopt. Ik bijvoorbeeld.'

'Ja, jij,' zei ik en ik keek hem aan. Ik wist dat hij, als ik hem een seintje gaf, me het hof zou gaan maken. Maar ik wilde geen vriend verliezen. Alles was goed zoals het was.

Het kraken van een tak maakte dat we onze pas inhielden. Toen ik me omdraaide, zag ik Magnus. Hij leek ons al een tijdje te volgen.

'Wat doe jij hier?' vroeg ik, en ik voelde me vanbinnen verkrampen. Hield hij maar eens op ons te bespioneren!

'Ik heb iets voor je,' zei hij terwijl hij naar me toe kwam. Hij hield een klein pakje in zijn hand.

Ik keek ernaar alsof het iets was wat elk moment mijn arm kon afrukken. 'Wat is dat?'

'Mijn verjaardagscadeautje.'

Dat kwam een beetje laat, en ik had er geen goed gevoel bij.

'Vooruit,' zei Ingmar. 'Maak open, dan zie je wel wat het is.'

Ik keek hem aan. Wist hij ervan? Had hij Magnus misschien verplicht me iets te geven, nadat hij me als altijd overdag uit de weg was gegaan?

Of was het mogelijk dat Magnus was veranderd?

Aarzelend nam ik het pakje aan. 'Bedankt.'

Ik voelde dat ik het meteen open moest maken, maar voor ik dat deed, vroeg ik: 'Waarom geef je me een cadeautje? Ik dacht dat je een hekel aan me had.'

'Ach, de tijden veranderen, nietwaar.'

Zijn woorden hadden een ondertoon die me niet beviel. Toch scheurde ik het papier eraf. Ik deed het deksel open en vond een keurig opgerold papiertje. Ik haalde het tevoorschijn, maakte het lintje eromheen los en zag wat Magnus' cadeau voor mij was.

Een treinkaartje naar Stockholm.

Verward keek ik eerst naar hem, en daarna naar Ingmar.

'Tenslotte staat het je nu vrij om weg te gaan,' zei Magnus. 'Hiermee kun je morgenochtend meteen vertrekken.'

Ik staarde hem verbijsterd aan. Ook Ingmar was onthutst. Vanuit mijn ooghoeken zag ik dat hij zijn hoofd schudde. Maar Magnus stond te grijnzen alsof hij mij, en vooral zichzelf, een groot plezier had gedaan.

Terwijl me door het hoofd schoot dat het maar goed was dat hij me zijn cadeau niet aan het begin van de dag had gegeven, voelde ik ineens een vreemd soort rust over me komen. Ik besefte dat hij een reactie van mij verwachtte. Zo mogelijk een negatieve reactie, zodat hij zich daar nog lang over zou kunnen verkneukelen.

Er verstreken een paar seconden. Ik dacht koortsachtig na, toen viel me iets in.

'Wat lief van je!' zei ik met een zo breed mogelijke glimlach. 'Dan kan ik jullie in Stockholm komen opzoeken. Wat attent van je.'

Magnus' gezicht bevroor. Hij moest ervan zijn uitgegaan dat ik in tranen zou uitbarsten. En om eerlijk te zijn stond ik ook op het punt dat te doen. Maar ik dwong mezelf rustig te blijven. Ik was geen kind meer. En ik wilde niet meer naar Agneta rennen. Ik was een volwassen vrouw, en het werd tijd dat ik Magnus ook zo behandelde.

'Ingmar, kijk eens,' zei ik, en ik liet hem het treinkaartje zien. 'Dankzij je broer hoef ik mijn spaargeld niet aan te spreken. Nu moeten we alleen nog afspreken wanneer ik jullie kom opzoeken.'

Ingmar keek me eerst verbaasd aan, toen zag ik lachrimpeltjes rond zijn ogen verschijnen. Hij moest zich duidelijk inhouden om niet te gaan schateren. Magnus staarde me nog even koud aan, toen stampte hij woedend weg.

Ik sloeg mijn hand voor mijn mond om niet in lachen uit te barsten. Er viel eigenlijk niets te lachen, maar ik voelde me op een vreemde manier bevrijd. Voor het eerst was het me gelukt Magnus te pareren.

'En ik dacht nog wel dat hij nu eens iets aardigs zou doen,' verzuchtte Ingmar.

'Dat heeft hij toch gedaan,' wierp ik tegen. 'Hij heeft een treinkaartje voor me gekocht. Ik kan het opvatten als een uitnodiging om hier te verdwijnen. Maar ik kan het ook zien als een rechtgeaarde boekhouder: als besparing. Treinkaartjes zijn niet goedkoop. De volgende keer dat ik naar Stockholm ga, zal ik het gebruiken.'

Ingmar keek me twijfelend aan. 'Ik zou hem het kaartje weer terug kunnen geven.'

Ik schudde mijn hoofd. 'Dat is niet nodig. Magnus zal me nooit mogen, en ooit komt de tijd dat ik hier weg moet. Maar als ik dat doe, dan ga ik vrijwillig, en niet omdat iemand een kaartje voor me koopt.'

Ingmar knikte en legde zijn arm om mijn schouders. 'Laten we naar binnen gaan en daarop drinken. Ik weet zeker dat Magnus zich alweer heeft teruggetrokken.'

'Zo niet, dan nodigen we hem gewoon uit. Ik ga niet meer in op zijn spelletjes. En ik ga me ook niet meer aan hem ergeren.'

Ik vertelde Agneta noch Lennard over het cadeau van Magnus. Ik legde het in mijn la en hield me niet meer bezig met de intentie waarmee het me was gegeven.

Een dag na mijn verjaardag kwam Silja me op het zilveren dienblad een brief brengen. 'Die is zojuist voor u gekomen, juffrouw Mathilda.'

Verbaasd pakte ik hem op. 'Dank je wel!'

Eerst dacht ik dat het een brief van Paul was, want hij wist wanneer ik jarig was, en ik hoopte een beetje dat hij eraan gedacht had. Mijn hart maakte een sprongetje, om even later onrustig te gaan bonzen.

De afzender was een notariskantoor in Stockholm.

Ik woog hem even op mijn hand, toen haalde ik mijn briefopener. Het papier was stevig en glad, het machineschrift keurig netjes. Het geheel werd bekroond met een klein wapen, dat bijna koninklijk aandeed maar toebehoorde aan notaris Ole Malmström in Stockholm, die me verzocht dinsdagochtend 6 november naar zijn kantoor te komen om een erfeniskwestie te bespreken.

Meer stond er niet in.

Een erfeniskwestie? Wie zou me iets hebben nagelaten? Ik staarde naar de tekst alsof ik hoopte dat de letters zich zouden hergroeperen en meer van de betekenis zouden prijsgeven.

Had mijn moeder misschien nog een wilsbeschikking gemaakt? Zou ik nog een laatste brief van haar krijgen? Maar waarom had ze dan een andere notaris in de arm genomen en niet dezelfde als die me haar testament had voorgelezen? Was het misschien een laat bericht van mijn vader?

Ik herinnerde me dat mijn moeder in haar eentje naar de opening van zijn testament was gegaan. Toen ze daarna thuiskwam, was ze heel stil geweest. Ik had haar willen vragen wat de notaris had gezegd, maar dat durfde ik niet. Later hoorde ik haar 's nachts zachtjes huilen.

Zouden ze ons het huis uitzetten? Die hele lange nacht was ik daar bang voor, tot ik de volgende ochtend de moed vond het haar te vragen.

'Maak je geen zorgen, liefje,' zei ze terwijl ze me over mijn haar streelde. 'We zullen dit huis niet verliezen. Je vader heeft het aan mij vermaakt, en na mij zal het jou toebehoren.'

Toch leek ze verdrietig. Ik was nooit te weten gekomen waarom, en na een tijdje was die vraag ook naar de achtergrond verdwenen.

Wat zou ik nu te horen krijgen? Vast niet dat ik het huis kwijtraakte. Zou er nog iets zijn wat mijn vader me wilde laten weten of me wilde geven? Iets waarvoor ik meerderjarig moest zijn?

De hele dag verkeerde ik in tweestrijd of ik Agneta over de brief zou vertellen. Ze was nu mijn voogd niet meer, in feite hoefde ze het niet te weten. Ik had er echter behoefte aan iemand in vertrouwen te nemen. Maar wie? Agneta kennende, zou ze aanbieden mee te gaan. Misschien volstond het tegen haar te zeggen dat ik iets in Stockholm moest afhandelen.

'Ik wil maandag graag naar Stockholm gaan,' deelde ik de graaf en de gravin bij het avondeten mee. 'Dinsdagavond ben ik dan weer terug.'

'Doe dat gerust,' zei Agneta. 'Kun je me vertellen waarom?'

'Ik heb post gekregen en ik neem aan dat het met mijn vader te maken heeft. Ik heb iets af te handelen.'

Agneta knikte en keek toen naar Lennard. Wat de blik die ze uitwisselden te betekenen had, wist ik niet.

'Is het echt in orde?' vroeg ik.

'Natuurlijk is het in orde.' Ze zweeg even. 'Als je wilt, ga ik met je mee.'

Ik schudde mijn hoofd. 'Bedankt, maar dat is niet nodig. Dit moet ik alleen doen. Wanneer ik terug ben, zal ik alles vertellen.'

Agneta knikte weer, maar in haar ogen lag een bange uitdrukking. Terwijl ik eigenlijk degene was die bang zou moeten zijn...

Die avond ging ik al vroeg naar mijn kamer. Mijn buik rommelde onrustig. Opnieuw las ik het schrijven, maar ik vond geen aanwijzing dat het iets met mijn vader te maken had. Ik voelde echter dat dat zo was. Had hij echt een afscheidsbrief voor me achtergelaten? Wilde hij dat ik hoorde waarom hij zich van het leven had beroofd? Ik was daar bang voor, maar ik wilde het ook weten. Het was de grote leemte in mijn leven, de kwestie die nooit afgedaan was. Ik had nooit afscheid van mijn vader kunnen nemen. Ik was nooit te weten gekomen wat er met hem gebeurd was. Ik had alleen maar vermoedens...

Ik liep naar mijn bureau, maakte de la open en haalde het cadeau van Magnus tevoorschijn. Ik had niet gedacht dat ik het al zo vlug zou gaan gebruiken.

28

Drie dagen later kwam ik met bonzend hart aan bij het notariskantoor. Ik betreurde het een beetje dat ik Agneta niet had meegenomen. Natuurlijk, ik was meerderjarig, en kon zelf mijn boontjes doppen. Maar wat steun zou niet verkeerd zijn geweest.

Ik klom de trap op, waarbij ik moest uitwijken voor twee mannen die naar beneden gingen. Ik belde aan. Een jonge vrouw in een grijs mantelpakje met een lichtblauwe blouse deed open.

'Ik heb een afspraak met de heer Malmström. Mijn naam is Mathilda Wallin.'

De vrouw glimlachte. 'Komt u binnen, juffrouw Wallin, doet u uw jas maar uit en neemt u plaats! Ik zal tegen meneer Malmström zeggen dat u er bent.'

Ik knikte. Het kantoor was erg ouderwets ingericht, met roodbruine lambrisering en zware meubels. Op het bureau van de secretaresse stond echter het nieuwste model telefoon, zwart en glanzend.

Toen hij ineens begon te rinkelen, kromp ik verschrikt in elkaar. Meteen schaamde ik me daarvoor. Ik was het rinkelen van een telefoon gewend, en toch gedroeg ik me als een provinciaaltje dat nooit met zoiets in aanraking was gekomen. Het volgende moment verscheen de secretaresse weer.

'Meneer Malmström kan u nu ontvangen. Wilt u me volgen alstublieft?'

Ik stond op. Mijn knieën knikten.

'Goedemorgen, juffrouw Wallin,' verwelkomde de notaris me.

Het was een gemoedelijk ogende, gezette man met een walrussnor en een kalend hoofd. 'Neemt u plaats! Ik hoop dat u een aangename reis hebt gehad.'

'Dank u, alles is volgens plan verlopen.' Ik verstrengelde mijn ijskoude handen. In mijn borst leken belletjes op te stijgen als in een glas spuitwater.

'Dat doet me genoegen. Nu, we zullen geen tijd verspillen. Hebt u een identiteitsbewijs bij u?'

Ik knikte en haalde mijn persoonsbewijs tevoorschijn. Op de foto zag ik er nog bijna uit als een kind. Hij bekeek het, wierp een blik op mij en gaf het me weer terug. Toen pakte hij de envelop die voor hem lag, verbrak het zegel en haalde er een blad papier uit. Zijn secretaresse was me gevolgd en zat op een stoel naast de deur met pen en notitieblok in de aanslag.

'Aanwezig inzake de erfeniskwestie-Lejongård is Mathilda Wallin, gelegitimeerd met haar persoonsbewijs.'

Erfeniskwestie-Lejongård? Maar voor ik me daar hardop over kon verbazen, vervolgde Malmström: 'Hierbij lees ik de wilsbeschikking voor van gravin Stella Lejongård, opgemaakt op 21 augustus 1917.'

Ik sperde mijn ogen open. Stella Lejongård? Dat was de moeder van Agneta. Wat had die me te vertellen? Hoe kende ze mij? Toen ik op de hoeve kwam, was ze al enige tijd dood. En dan die datum... Toen was ik nog geen vier...

'Op 21 augustus 1917 verscheen gravin Stella Lejongård voor mij en beschikte het volgende: *Mejuffrouw Mathilda Wallin, geboren 2 november 1914, verkrijgt bij meerderjarigheid de beschikking over onderstaande rekening met een saldo van 15.000 kroon.* Daarbij verzocht zij de volgende standpuntbepaling voor te lezen.'

Ik verstijfde op mijn stoel. De moeder van gravin Agneta stelde mij een rekening ter beschikking? Vijftienduizend kroon was een vermogen! Maar voor ik een opmerking kon maken, begon de notaris al.

Beste Mathilda Wallin,

Wij hebben elkaar nooit ontmoet, en wanneer deze brief aan je wordt voorgelezen, ben ik al jaren dood. Ik weet niet of mijn dochter ooit toenadering tot je heeft gezocht, maar zo niet, dan is vandaag de dag waarop je de waarheid te horen krijgt. De waarheid over je afkomst en over je vader.

Mijn vader? Dat was toch niet logisch? Wat kon de oude gravin nou over mijn vader weten?

Malmström vervolgde:

Deze situatie bedrukt mij al lange tijd. Misschien is het een teken van een slecht geweten. Hoe het ook zij, de reden dat je hier bent is dat je, hoewel je een andere naam draagt en ver van de Leeuwenhof bent opgegroeid, een lid van mijn familie bent.

Een aantal jaren geleden werkte er in mijn huis een dienstmeisje met de naam Susanna Korven. Ze werd ongehuwd zwanger, en na een incident werd ze ontslagen.

Eigenlijk zou dat het einde voor Susanna hebben betekend; het einde van maatschappelijk respect. Dankzij de koppige bemoeienis van mijn dochter Agneta heb je kunnen opgroeien zoals dat is gebeurd. Je ouders werden gezien als respectabele mensen.

Ik had me niet tot jou hoeven wenden, want in feite kun je nergens wettelijk aanspraak op maken.

Maar er waren foto's, foto's van jou als klein kind. Ik heb het tegenover mijn dochter nooit willen toegeven, maar je herinnert me sterk aan mijn geliefde zoon. Hendrik was de broer van Agneta, en hij was je vader. Het valt me zwaar daarover te schrijven, maar de foto's die je moeder aan mijn dochter stuurde, hebben mijn hart geraakt. Ik zag zijn ogen in die van jou. Daarom heb ik besloten je in mijn nalatenschap te laten delen.

Het is een naar verhouding klein bedrag dat ik je doe toekomen; veel kostbaarder is de waarheid.

Erkennen kan ik je helaas niet. Dat zou aan mijn zoon zijn geweest, en daar is hij niet meer toe in staat. Maar in elk geval ga ik met de wetenschap dat ik ervoor heb gezorgd dat je je afkomst kent.

Het ga je goed, en leef in vrede,
Stella Lejongård

Op de woorden van de notaris volgde zwijgen. Alleen het tikken van de staande klok links naast me was te horen. Ik zag dat de secretaresse haar verslag afmaakte. Ik zag ook dat de blik van de notaris op mij gericht was.

Ik ademde langzaam uit en ik besefte dat ik even mijn adem had ingehouden. Nu kreeg ik ook weer een hartslag. Ik hoorde mijn bloed suizen in mijn oren.

Maar waar waren mijn gevoelens? Mijn borst en mijn buik, die eerder nog hadden opgespeeld, leken nu afwezig. Ik voelde me een blok graniet. Tegelijkertijd weigerde mijn geest te geloven wat de notaris had voorgelezen. Wat Stella Lejongård had beweerd. Ik zou de dochter van Agneta's broer zijn? Van Hendrik, wiens dood elke hoop van de gravin op een eigen leven als kunstschilder de grond in had geboord?

Dat was onmogelijk. Mijn moeder en de zoon van de graaf...

Onmogelijk.

Maar welke reden zou de oude Stella hebben gehad om zoiets te verzinnen? En me dan zo veel geld na te laten? Op de dag dat ik meerderjarig werd...

'Mag ik de brief zien?' vroeg ik.

'Natuurlijk. Ik zal u het origineel meegeven en hou zelf een afschrift.' Hij reikte me de brief aan, en ik las hem woord voor woord.

Maar er stond niets anders dan dat wat ik al had gehoord. Het licht zwierige handschrift van de vrouw, dit bericht van gene zijde, veranderde niet doordat ik het nu zelf las.

Ik zou de dochter van Hendrik Lejongård zijn! Ik was het nichtje van Ingmar en Magnus. En van Agneta en Lennard.

'Aanvaardt u de nalatenschap?' vroeg de notaris. Ik hoorde ongeduld in zijn stem.

Wilde ik deze nalatenschap? Ze hield verband met de waarheid, dat beweerde Stella Lejongård in elk geval.

Het was onmogelijk de waarheid af te wijzen.

'Ja,' zei ik. 'Ik aanvaard haar.'

Een paar minuten later wankelde ik naar buiten en bleef op het trottoir staan. Er reden auto's voorbij, de wind streek zachtjes door mijn haar. Een vochtige kilte kroop onder mijn jas. Nog steeds voelde ik me verdoofd.

Mijn gedachten draaiden in kringetjes rond. Mijn moeder had een verhouding gehad met de zoon van de landheer! Ze was buitenechtelijk zwanger geworden. Daarom had ze dus de hoeve verlaten. Maar hoe kwam het dat ze met mijn vader was getrouwd?

Het kon toch niet zo zijn dat ze daar allemaal over had gezwegen!

De aderen in mijn slapen klopten nu pijnlijk. Hoe voelde het als je een zenuwschok had? Dit was, afgezien van de dood van mijn moeder, de grootste schok in mijn leven tot nog toe. Wat moest ik doen?

Het liefst had ik mijn kleren van mijn lijf gescheurd en hard gegild, maar waarschijnlijk hadden de mensen me dan voor krankzinnig gehouden en de politie erbij gehaald. Ik trilde over mijn hele lichaam. Ik balde mijn vuisten. Nee, ik mocht niets laten merken.

Met grote moeite wist ik me te beheersen en kwam ik in beweging. Mijn hart bonsde, en ik rende weg, zo hard als nooit eerder in mijn leven. Ik kon nog maar één ding doen: naar de Leeuwenhof gaan en van Agneta tekst en uitleg eisen.

29

De hele treinreis zat ik onrustig te wiebelen op mijn zitplaats in het compartiment. Keer op keer hoorde ik de woorden van de notaris naklinken. Keer op keer las ik de brief die hij me had meegegeven. Ik had het zwart op wit: Stella Lejongård had me als haar kleindochter erkend.

Waarom had niemand me iets verteld? Omdat ze het niet wisten? Dat kon ik me niet voorstellen. Agneta wist het beslist. Stella noemde haar niet voor niets in haar brief. Waarom had ze het voor mij verzwegen? Omdat ze vreesde dat haar eigen zonen hun aanspraak op de erfenis zouden verliezen? Nee, het moest haar duidelijk zijn geweest dat ik niet wettelijk erkend kon worden.

Hoe dichter ik bij Kristianstad kwam, hoe kwader ik werd. Agneta had me al eens bedrogen door te verheimelijken dat mijn moeder bij haar gewerkt had. Toen had ik haar kunnen vergeven, maar nu? En waarom was haar broer niet met mijn moeder getrouwd, wat volgens goed fatsoen had gemoeten? Omdat ze niet goed genoeg voor hem was? Omdat ze te maken hadden met de mensen om hen heen? Omdat er geen sprake kon zijn van een huwelijk met een niet-adellijk meisje?

Ik arriveerde 's avonds in Kristianstad. Omdat ik Agneta niet had laten weten hoe laat ik daar zou zijn, stond de chauffeur natuurlijk ook niet op me te wachten, maar dat kwam me wel goed uit. Ik nam gewoon een taxi. Eigenlijk was dat te duur, maar ik hoefde nu in elk geval niet meer over geld na te denken.

Toen ik op de Leeuwenhof aankwam, was het al donker. Precies de juiste tijd om Agneta en Lennard te spreken. Ik voelde me alleen maar kwaad. Nu moest het afgelopen zijn met die leugens en geheimen! Woedend liep ik de buitentrap op. De brief brandde in mijn tas.

'Goedenavond, juffrouw Mathilda!' zei Rika toen ik haar tegenkwam.

'Goedenavond,' antwoordde ik kortaf, waarna ik linea recta naar de eetkamer liep. Zoals te verwachten viel, zaten Lennard en Agneta al aan het avondeten.

'Goedenavond, Mathilda. Ben je weer terug?'

'Agneta, ik moet met u praten,' zei ik, trillend over mijn hele lijf.

'In 's hemelsnaam, wat is er gebeurd?' vroeg ze terwijl ze opstond.

'Dit hier is er gebeurd!' Ik haalde de brief van haar moeder tevoorschijn en slingerde hem op de tafel. Hij belandde nog net niet op Agneta's bord.

'Mathilda, kalmeer,' zei Lennard vermanend, maar ik wilde niet kalmeren. Ik staarde Agneta strak aan. Ze leek verstijfd toen ze de brief zag.

Pas na een tijdje pakte ze hem op, heel voorzichtig, alsof hij haar zou bijten.

Nou, lees hem dan! had ik haar het liefst toegeschreeuwd, maar mijn keel zat dichtgesnoerd. Mijn oren suisden, en na een poosje had ik het gevoel geen lucht meer te krijgen.

Agneta's gezicht was krijtwit. Voorzichtig hield ze de brief omhoog en ze begon te lezen.

Na de eerste regels sloeg ze haar hand voor haar mond. Maar haar ogen bleven gericht op de woorden die mijn leven op zijn grondvesten hadden doen trillen. Die een deel van mijn leven uit mijn lichaam hadden gescheurd.

'Wat hebt u daarop te zeggen?' vroeg ik na een tijdje. Hoeveel ze al gelezen had, wist ik niet, maar het moest er gewoon uit. 'Wat, tante Agneta?'

Ze keek me aan. In haar blik lag radeloosheid. Het heldere blauw werd vertroebeld door tranen. Maar dat deed me niets.

'Nou? Bent u met stomheid geslagen? Wanneer had u me willen vertellen dat u mijn moeder eruit hebt gegooid omdat uw broer haar zwanger had gemaakt? Omdat hij niet met haar getrouwd is, zoals het eigenlijk hoort!'

'Mathilda, luister alsjeblieft,' zei ze trillend. 'Het is niet zoals je denkt. De situatie toen...'

'Welke situatie? Dat mijn moeder niet goed genoeg voor hem was? In zijn bed was ze anders goed genoeg. Waarom hebt u haar dat allemaal laten doormaken? Waarom?'

Mijn stem sloeg over. Mijn oren suisden. Mijn knieën trilden en ik werd duizelig. Maar ik was geen vrouw die om zoiets flauwviel. Woede vlamde in me op.

'Je moeder... ze...' Agneta zocht naar woorden. Waarschijnlijk wilde ze mij ontzien, maar die tijd was nu voorbij.

'Ze was maar een dienstmeisje, nietwaar? Niet goed genoeg voor jullie. En daarom was ik zeker ook niet goed genoeg om de waarheid te horen.'

'Mathilda...' zei Agneta, maar ik had er schoon genoeg van.

'Bespaar u de moeite!' voer ik tegen haar uit, en ik rende naar mijn kamer.

Ik knalde de deur dicht en liep met grote stappen naar het raam. Ik wist niet hoe ik verder nog uiting moest geven aan mijn woede. Razen en tieren, iets uit het raam gooien? Ik was mijn leven lang voorgelogen! Eindelijk schoten me de tranen in de ogen.

Mijn leven was een grote leugen. Alles wat ik kende lag aan diggelen. Daga was getrouwd en had afstand van me genomen, Paul was uit mijn leven verdwenen, en nu was ik te weten gekomen dat de man die van de brug was gesprongen en die ik zo smartelijk miste, niet mijn vader was. Dat mijn moeder door de zoon van de landheer zwanger was gemaakt en uit het huis was verjaagd. Het huis dat me na haar dood had opgenomen. Het huis waar ik eigenlijk altijd al had thuisgehoord.

Huilend liep ik naar mijn bureau en pakte de aansteker van mijn vader uit de la. Wat verlangde ik er op dat moment naar de hele boel hier in de fik te steken!

Ik deed de aansteker aan. Even later voelde ik pijn aan mijn duim. Ik wachtte nog even en stelde me voor hoe het zou zijn als alles, mijn eigen leven incluis, in vlammen zou opgaan.

Toen werd de pijn te erg en kwam ik weer tot bezinning.

Verwoesting zou nergens toe leiden. Ik kon beter gebruikmaken van wat ik had gehoord. Ik moest een nieuw leven beginnen. Nu meteen.

Ik had de nalatenschap aanvaard, maar afgezien van het geld zou in mijn nieuwe bestaan niets me aan de Lejongårds en de Leeuwenhof herinneren.

Na een tijdje werd er op de deur geklopt. Ik wilde niemand zien, maar mijn mond riep bijna mechanisch: 'Binnen!'

Agneta bleef in de deuropening staan. 'Mag ik binnenkomen?'

'Het is uw huis,' antwoordde ik, en ik kwam overeind. Mijn ogen waren gezwollen en mijn keel voelde rauw.

Agneta deed de deur achter zich dicht en kwam naar me toe. Ze pakte een stoel en ging zitten. 'Mathilda, het spijt me vreselijk dat ik het je niet verteld heb. Het je niet kón vertellen. Ik was bang. Heel erg bang.'

'Bang voor mijn reactie?' zei ik terug. 'Denkt u niet dat het beter was geweest het me meteen te vertellen?'

'Misschien,' antwoordde ze. 'Maar het was een nogal lastige situatie.'

'Nu is het niet veel beter.' Ik keek haar aan, maar het kostte me moeite mijn woede te onderdrukken. 'Wist u van de beschikking van uw moeder?'

Agneta schudde haar hoofd. 'Nee. Ik had niet eens het gevoel dat je iets voor haar betekende. Die datum... Ze is ongeveer drie maanden later overleden. Vlak voor Kerstmis. Dat jaar hadden we geen joelfeest...'

Woede stroomde door al mijn ledematen toen ik mezelf hoorde zeggen: 'U zou het me dus nooit hebben verteld? U zou me eeuwig in onwetendheid hebben gelaten over wie ik echt ben?'

'Ik... was bang. Bang om jou te verliezen!' Agneta stak smekend haar armen op, maar liet ze weer zakken toen ze zag hoe ik keek. 'Ik was bang dat alles wat jouw leven bepaalde, zou instorten.'

'Denkt u dan dat in een leugen leven niet net zo erg was?'

'Ja, waarschijnlijk wel.' Ze slaakte een diepe zucht. 'Ik vertrouwde erop dat het nooit uit zou komen, maar soms kun je de waarheid niet tegenhouden. Ik wil het je graag uitleggen. Ik weet dat jouw woede daardoor niet zal bedaren, maar je hebt er recht op in elk geval de waarheid te horen.'

Ik keek haar afwachtend aan. Zou ze me echt de waarheid vertellen?

'Eigenlijk had je hier moeten opgroeien. Eigenlijk had je de hoeve moeten erven. Maar je moeder was een dienstmeisje, en bovendien was ze niet met mijn broer getrouwd. Ik heb geen idee wat Hendrik bezielde toen hij een relatie met je moeder begon. Maar het zou naïef zijn geweest te denken dat hij om haar de hoeve zou hebben opgegeven. Dat zou de enige manier zijn geweest om te trouwen met een vrouw die niet van adel was.'

Ik snoof verachtelijk. Niet van adel. Wanneer zou de wereld ophouden in zulke categorieën te denken? Maar dat was niet wat me zo kwaad maakte.

'U had het me moeten vertellen,' snauwde ik. 'Ik kan begrijpen dat mijn moeder me wilde beschermen, maar u had me de waarheid moeten vertellen toen u mijn voogd werd.'

'Ja, ik besef dat ik dat had moeten doen. Maar er is meer. Mijn broer hield van je moeder, daarvan ben ik overtuigd. En waarschijnlijk kon hij niet inschatten waar deze liefdesverhouding toe zou leiden. Mogelijk dacht hij dat hun relatie kans maakte. Helaas kreeg hij niet meer de kans om dat uit te zoeken of voor je moeder te zorgen. Hij overleed toen hij nog niet wist wat hij had aangericht.' Er ontschoot een bitter lachje aan haar keel. 'Ik heb je nooit verteld waarom de portretten in de hal apart hangen. Mijn vader en mijn moeder...'

Ik wist niet wat dat met elkaar te maken kon hebben. Maar ik liet haar praten.

'Mijn vader is bijna tweeëntwintig jaar geleden overleden. Er was brand in een van de stallen. Het is je vast opgevallen dat een van de stallen er nieuwer uitziet dan de andere. In de stal die daar vroeger stond, is mijn vader gestorven. Het dak is boven hem ingestort toen hij mijn broer probeerde te beschermen. Hendrik...' Ze zweeg even, en ik zag hoe ze door verdriet werd overmand. 'Mijn broer Hendrik lag daarna twee dagen in het ziekenhuis. Iedereen hoopte dat hij het zou overleven. Daar ging ik van uit. Ik had een ander leven voor mezelf voor ogen. Ik wilde kunstschilder worden. Ik wilde de wereld veroveren. Maar hij ging dood. Mijn hele wereld stortte in. Ik probeerde mezelf wijs te maken dat ik mijn oude leven hiernaartoe mee kon nemen. Maar dat was niet zo. Ik verloor alles. Om gevolg te geven aan mijn plicht, mijn plicht als erfgename van de Leeuwenhof, moest ik mijn studie opgeven. De man van wie ik hield, liet het afweten. Ik vernielde de meeste van mijn schilderijen. Ik werd de vrouw die ik nu ben.'

Haar blik dwaalde nu door het raam naar buiten, de duisternis in. 'Een paar weken later viel je moeder onder het werk flauw. Ze bleek zwanger te zijn. Ze wilde niemand zeggen wie de vader was. Zoals mijn moeder terecht opmerkte, was ik koppig. Eigenlijk had ik Susanna moeten ontslaan, maar dat deed ik niet. Ik wilde een oplossing vinden.'

'Dat wil zeggen, een sukkel die de verantwoordelijkheid op zich neemt?'

'Nee, geen sukkel. Het waren toen andere tijden. Een tijd waarin vrouwen hun meerderjarigheid nog bij het gerechtshof moesten aanvragen. Een tijd waarin vrouwen geen kiesrecht hadden. Een tijd waarin er helemaal niet aan werd gedacht dat een zwangerschap ook de schuld van de man was. Als er zoiets gebeurde, was een vrouw zonder echtgenoot automatisch een hoer. Eigenlijk is dat nu nog zo. Mijn vriendinnen en ik waren in Stockholm actief in de vrouwenrechtenbeweging. We waren suffragettes.'

Nu keek ze me weer aan, en er lag weemoed in haar ogen. 'We hebben ons ook het lot aangetrokken van vrouwen die ongehuwd zwanger waren geworden. We bezorgden hun een echtgenoot. Vrijwilligers. Mannen die een echtgenote nodig hadden om hun maatschappelijk aanzien niet te verliezen.'

'Wat voor mannen waren dat?' vroeg ik. Ik kende mijn vader, of althans degene die ik voor mijn vader had gehouden, alleen als een respectabele man. Hoe had hij zijn aanzien moeten verliezen? Een alleenstaande man werd bij lange na niet zo argwanend bekeken als een alleenstaande vrouw.

'Nou, dat waren mannen die eigenlijk geen echtgenote wilden. Mannen die van mannen hielden. Mannen wie daarom een straf boven het hoofd hing.'

'Nee,' ontschoot me. 'Zo was mijn vader niet!'

'Ik weet niet hoe jouw vader was. Ik weet alleen dat hij een heel fatsoenlijke man was. Een man die de verantwoordelijkheid voor een vrouw met een kind op zich nam. Susanna ging ermee akkoord. Ze had geen keus. Zelfs als Hendrik het gewild had: hij kon niet meer met haar trouwen.'

'Dat had hoe dan ook geen verschil gemaakt,' antwoordde ik bitter. 'Hij had toch niet met haar kunnen trouwen.'

'Onderschat mijn broer alsjeblieft niet. Hij kon net zo koppig zijn als ik,' zei Agneta. 'Maar daar gaat het nu niet om. Jouw vader, Sigurd Wallin, nam Susanna tot vrouw, gaf haar en haar kind zijn naam. Het had allemaal goed kunnen gaan.'

'Wanneer kwam u te weten dat uw broer mijn vader is?'

'Toen ik je moeder opzocht om tegen haar te zeggen dat ik haar wilde helpen. Onder voorwaarde dat ze me zou vertellen wie de vader van het kind was. En toen vertelde ze het... Ik was totaal verrast. Maar ik twijfelde er geen moment aan dat ze de waarheid sprak. Ze zat de ochtend na Hendriks dood huilend in zijn kamer. Aanvankelijk dacht ik daar niet veel bij, maar zo was het. Ik heb haar geholpen, en uit dankbaarheid hield ze contact met me.'

De tranen sprongen me in de ogen. Eigenlijk wilde ik alleen maar kwaad zijn, maar opeens drukte er iets zwaars op mijn borst, een grote droefheid.

'We achtten het allebei beter dat je niet wist wie je in werkelijkheid was. We wilden je een normaal leven geven. Zonder gedachten aan wat er geweest was, als... Dom genoeg heb ik mijn moeder in vertrouwen genomen. Ik liet haar foto's van jou zien. Het leek of je haar onverschillig liet. Ik had nooit verwacht dat ze je zo'n brief zou schrijven. Dat ze een rekening voor je zou openen om ten minste een beetje voor je te zorgen. Je mee te laten delen. We zijn blijkbaar een familie vol geheimen... Ieder van ons had ze en heeft ze.'

Op haar woorden volgde een stilte. Haar stem weergalmde als klokslagen in de ruimte. Ik voelde me verdoofd alsof ik recht onder een luidende klok had gestaan.

Als de wereld anders was geweest, had ik op de hoeve gewoond. Dan had ik neven gehad, familie. Nu had ik eerst mijn vader verloren, en daarna mijn moeder. Ik had me verloren gevoeld.

Nu kwam ik erachter dat ik wel degelijk familie had. Maar een die me niet had willen hebben. En die het op de koop toe had genomen dat ik mijn ware afkomst nooit zou vernemen. Dat benam me de adem.

Mijn hoofd tolde. Terwijl we zwijgend tegenover elkaar zaten, probeerde ik een uitweg te zoeken. Een richting te vinden. Het leven dat ik me met Paul had voorgesteld, zou nooit werkelijkheid worden. En het leven dat me hier op de hoeve te wachten stond, wilde ik niet meer. Ik wilde niet het arme nichtje zijn dat kruimeltjes brood toegeworpen kreeg terwijl ze eigenlijk een ander leven had kunnen leiden.

Doordat Sigurd Wallin me als zijn dochter had erkend, kon ik niet rechtmatig aanspraak maken op de Leeuwenhof. Bovendien had ik geen officieel bewijs dat Hendrik Lejongård mijn vader was. Maar het voornaamste was dat ik het erfgoed van die mij onbekende man absoluut niet wilde aanvaarden.

'Ik ga naar Stockholm,' zei ik uiteindelijk. 'Daar zal ik proberen een leven op te bouwen, ver van de Leeuwenhof. Het geld van uw moeder biedt me daartoe de mogelijkheid, en daarvan ga ik gebruikmaken.'

Ik zag dat Agneta inzakte. Haar voogdij over mij was geëindigd. Ik was vrij. En ik wilde haar pijn doen, net zoals ze mij pijn had gedaan. Ik wist heel goed dat ze gehoopt had dat ik zou blijven. Maar dat zou ik niet doen. Ook al speet het me voor Lennard en Ingmar.

'Mijn ouderlijk huis is nu van mij, ik heb mijn diploma van de handelsschool en de werkervaring die ik hier heb opgedaan. Daar kan ik iets mee beginnen. Ik wil niet op een hoeve vol geheimen wonen. Wie weet wat u nog meer voor me verborgen houdt.'

Agneta boog haar hoofd. Ze had kunnen zeggen dat er niets meer was wat voor mij verborgen moest worden gehouden, maar dat deed ze niet. Daaruit maakte ik op dat er inderdaad nog meer in duisternis was gehuld.

Ik herinnerde me dat ze indertijd, toen ik op de Leeuwenhof kwam, had gezegd dat ze hoopte dat dit huis een thuis voor me zou worden.

'Het spijt me.'

'Ja,' zei ik. 'En daar moeten we het maar bij laten. Wat gebeurd is, kan niet ongedaan worden gemaakt. Daar berust ik in en ik laat de Leeuwenhof achter me.'

Tot mijn voldoening zag ik dat elk woord op Agneta de uitwerking had van een oorvijg waarvan ze wist dat ze hem had verdiend.

Na een tijdje stond ze zwijgend op.

'Wanneer wil je gaan?' vroeg ze toen ze bij de deur was.

'Morgen. Ik neem in eerste instantie alleen mee wat ik direct nodig heb en laat de rest later afhalen, als dat wat u betreft in orde is.'

Agneta knikte en verliet mijn kamer.

Ik haalde trillend adem. Mijn lichaam voelde slap en mijn gedachten draaiden in kringetjes rond. Mijn kindertijd en mijn jeugd waren een grote leugen geweest. Een leugen waarvan de vrouw die voor me had moeten zorgen had geweten – en die ze had volgehouden.

Wat moest ik nu? Ik had me kordaat voorgedaan, maar eerlijk gezegd had ik absoluut geen idee.

30

Die nacht viel ik pas laat in slaap. Onrustige dromen achtervolgden me. Ik zag mijn vader kopje-onder gaan en wilde hem redden. Ik rende naar hem toe, wilde zijn hand pakken, maar hij ontglipte me en zonk weg. Ik schreeuwde om hulp, maar mijn stem liet het afweten. Sigurd Wallin zonk steeds dieper weg, tot ik hem in het donkere groen niet meer kon onderscheiden.

Badend in het zweet schrok ik wakker. Mijn hart ging tekeer en het kostte me moeite te kalmeren. Ik deed mijn nachtkastje open en haalde de aansteker van mijn vader eruit. Zwaar ademhalend drukte ik hem tegen mijn borst. Maar hij had zijn magische uitwerking verloren. Ik werd steeds onrustiger, en het metaal voelde onaangenaam aan in mijn bezwete handen. Ik legde hem terug en kwam overeind.

Er was zelfs nog geen vermoeden van de ochtend. De diepzwarte hemel drukte zwaar op het landhuis. Regendruppels tikten zachtjes tegen de ruit.

Ik wist dat ik niet meer zou kunnen slapen. Dus stond ik op en begon ik mijn tas in te pakken. Daarbij moest ik denken aan mijn vlucht drie jaar geleden. Toen had ik niet verwacht dat ik dat op een dag nog eens zou doen. Magnus was vervelend geweest, maar aan zijn kwaadaardige streken was ik gewend geraakt. Dat de vertrouwensbreuk nu van Agneta's kant kwam...

Ik slaakte een diepe zucht terwijl ik mijn winterkleding in de tas stopte. Haar broer was mijn vader geweest. Ze leek erg veel van hem te hebben gehouden, als je afging op wat ze zei en op haar gezichtsuitdrukking. Des te onbegrijpelijker vond ik haar zwijgzaamheid. Haar broer zou vast ook woedend op haar zijn geweest.

Blouses, rokken, ondergoed en kousen verdwenen in mijn tas. Mijn zomergarderobe en andere spullen deed ik in de grote reiskoffer. De baljurken die ik op de feesten hier had gedragen, liet ik in de kast hangen. Die wilde ik niet meenemen in mijn nieuwe leven.

Toen het meisje aanklopte, was ik net klaar. Mijn gezicht voelde gezwollen aan, en het bloed klopte in mijn handen. Maar ik was blij dat ik klaar was. Uitrusten kon ik in mijn eigen huis.

Rika's ogen werden groot. 'Gaat u op reis, juffrouw Mathilda?'

'Nee,' antwoordde ik. 'Ik ga de Leeuwenhof verlaten. Kun je de chauffeur waarschuwen?'

'Verlaten?' echode ze. 'Maar waarom?'

Ik had haar kunnen wegsturen met de opmerking dat het haar niets aanging, maar dan was ik net zo geweest als zij. Als Stella. Als Agneta.

'Mevrouw zal het jullie in de loop van de dag wel uitleggen. Wil je zo goed zijn mijn ontbijt hier te brengen? Ik ben niet in de stemming om me beneden te vertonen.'

'Uitstekend, juffrouw Mathilda,' antwoordde ze verward. Ze maakte een knicksje en ging weg.

Ik was ervan overtuigd dat ze het beneden in de keuken zou vertellen en dat er even later allerlei geruchten zouden rondgaan. Maar dat deed me niets. Ik zou toch nooit meer terugkomen.

Nadat ik had ontbeten, maakte ik me klaar voor vertrek en pakte mijn tas op. Ik had alles wat ik nodig had. De gedachte dat het treinkaartje dat Magnus me cadeau had gedaan vandaag toepasselijker zou zijn geweest, kwam bij me op. Maar die zette ik algauw van me af. Met Magnus zou ik niets meer te maken hebben. Tot zijn vreugde.

Met Ingmar zat het anders. Hij was altijd mijn vriend geweest, had van begin af aan geprobeerd mijn leven hier te veraangenamen. Ik zou hem missen, vooral omdat ik verder nauwelijks nog iemand had die me een goed hart toedroeg. Ik zou hem moeten uitleggen wat er gebeurd was. Maar kon ik hem nog deel van mijn leven laten uitmaken? Ik wist het niet.

Eerst moest ik echter het afscheid achter de rug hebben.

Ik liep naar beneden, waar Agneta en Lennard vast nog aan het ontbijt zouden zitten.

Inderdaad hoorde ik hen zachtjes met elkaar praten. Niet over mij, maar over een zakelijk onderwerp. Ik zette mijn tas neer, haalde diep adem en liep de eetkamer in.

Toen Lennard me zag, zette hij zijn koffiekopje, dat hij net naar zijn mond wilde brengen, weer neer.

'Goedemorgen, Mathilda,' zei hij, waarop Agneta zich omdraaide en me ook goedemorgen wenste.

'Ik kom afscheid nemen.'

Agneta stond op en kwam naar me toe. 'Je weet dat je niet weg hoeft,' zei ze berouwvol. 'Laten we er nog een keer over praten!'

'Er valt niets te praten,' wierp ik tegen. 'Ik wil gewoon een punt achter alles hier zetten. Bewijs me die dienst alstublieft.'

Agneta knikte. 'Goed, zoals je wilt. Maar wacht alsjeblieft nog even, ik wil je iets geven.'

Ze liep langs me heen. Even later hoorde ik haar de trap oplopen.

Lennard stond nu ook op. 'Je wilt dus echt weg?' vroeg hij bedroefd.

'Ja,' antwoordde ik. 'Maar u moet weten dat het niet vanwege u is. Het is alleen vanwege Agneta en haar geheimzinnigdoenerij.'

Lennard zuchtte. 'Ze wilde alleen het beste voor jou, daar ben ik van overtuigd.'

'Had ze het u verteld?' vroeg ik.

Lennard knikte schuldbewust en boog zijn hoofd. 'Ja, ik wist het. Maar ze had me dringend verzocht mijn mond te houden. Ik kon het je niet vertellen, al wilde ik dat soms wel.'

Ik perste mijn lippen op elkaar. Het lag niet in de verwachting dat hij tegen de wens van zijn vrouw inging. Toch was het beter geweest als hij me had verteld wat hij wist. Dan was dit moment ons allemaal bespaard gebleven.

‘Het spijt me dat je het op deze manier te weten moest komen. Mijn schoonmoeder was soms wat... recalcitrant. Ze heeft niemand van ons over haar plan verteld. Terwijl zij ons vaak verweet haar niet genoeg bij alles te betrekken.’

Ik keek achter me naar de trap en naar het portret van de beeldschone vrouw. Ik had haar graag gekend, maar die mogelijkheid was me ontzegd door ethiek en arrogantie.

Op dat moment kwam Agneta terug. Ze had een envelop in haar hand.

‘Je getuigschrift,’ zei ze zachtjes. ‘Ik weet dat je van mij niets zult aannemen. Maar accepteer dit alsjeblieft. Misschien kan het je helpen als je een baan gaat zoeken.’

We keken elkaar even aan, toen stak ik de envelop in mijn tas. ‘Bedankt!’

Ik voelde dat ze er nog iets aan toe wilde voegen. Dat ze nog eenmaal wilde proberen me tegen te houden. Des te dankbaarder was ik dat ze het niet deed.

‘Ik hoop dat je gelukkig wordt,’ zei ze uiteindelijk. ‘Maar bedenk dat dit hier je thuis is. Je kunt altijd terugkomen.’

‘Een thuis dat me niet eens wilde hebben?’ vroeg ik treurig. ‘Het ga jullie goed!’

Ik draaide me om, pakte mijn tas op en liep naar de deur. Achter me hoorde ik Agneta snikken, maar daar schonk ik geen aandacht aan.

De hemel hing die ochtend nog steeds zwaar boven de Leeuwenhof toen ik in de auto stapte. De chauffeur ging zitten, en even later reden we weg.

Al die jaren had ik me voorgesteld hoe het zou zijn wanneer ik hier wegging. Wanneer ik vrij was. Maar nu had ik slechts een bedrukt gevoel. Ik was vrij. En toch leek het of ik nergens heen kon.

Terwijl de trein over de rails raasde leunde ik met mijn hoofd tegen de ruit en keek naar buiten. Het landschap trok aan me voorbij, de bossen en velden rondom Kristianstad waren we allang gepasseerd.

In mijn hand had ik de aansteker van mijn vader – of moest ik zeggen: de man die mijn vader was geworden? Ik wenste op dat moment vurig dat ik met hem kon praten. Hem naar zijn visie kon vragen. Hij had geweten dat ik niet zijn kind was. Waarom had hij daar niets van laten merken?

Veel werd me nu duidelijk.

Dat mijn moeder soms zo afwezig had geleken, kwam vast doordat ze aan haar ware liefde dacht, een liefde die nooit vervuld had kunnen worden en waarvan ik het symbool was.

En mijn vader? Had haar koele houding hem de dood in gedreven? Had hij niet langer willen concurreren met de dode op de achtergrond? Ik zou er waarschijnlijk nooit achter komen, maar ik voelde dat Hendrik Lejongårds schaduw ook in ons huis had gewoond. Een schaduw die misschien op me wachtte wanneer ik in het huis terugkwam.

Wat eerst nog goed had geleken, verkeerde bij nader inzien in het tegendeel. Hoe groter de afstand tot de Leeuwenhof werd, hoe onzekerder ik me voelde.

Wat stond me in Stockholm te wachten? Wat moest ik doen? Hoe moest ik in mijn levensonderhoud voorzien? Ik had het geld van Stella, maar daar wilde ik niet volledig op teren. Met het salaris dat Agneta me had uitbetaald, zou ik een tijdje kunnen rondkomen. Maar daarna? Wat moest ik doen? Er waren in Stockholm geen landgoederen die beheerd moesten worden. Zou verhuizen naar het platteland, misschien verder naar het noorden, een mogelijkheid zijn?

Maar mijn ouderlijk huis stond in Stockholm. Het was mijn eigendom. Het was, ondanks de aanwezige geesten, mijn veilige haven.

Misschien kon ik ergens op een kantoor werken? Of als boekhoudster in een warenhuis of bij een rederij? Die vragen pijnigden me gedurende de hele reis.

Toen we bij Stockholm kwamen en de vertrouwde gebouwen opdoemden, begon ik me wat beter te voelen. Ik voelde me thuis. Ook al kon ik niet ontkennen dat de Leeuwenhof ook een thuis voor me was geworden. Als dat niet het geval was geweest, hadden de leugens me misschien niet zo veel uitgemaakt.

Ik pakte mijn tas en droeg hem naar de deur van de wagon. Daar stond de conducteur al te wachten. Hij glimlachte naar me, maar gelukkig was hij niet uit op een praatje.

Toen de trein langs het perron reed en de wachtende mensen in rook hulde, rechtte ik mijn rug. Even later maakte de conducteur de deur open, en ik stapte uit. Even stond ik in de grijze novemberlucht met mijn ogen te knipperen. Een zonnestraal deed moeite door de wolken heen te breken. Passagiers stroomden langs me heen, sommige schampten me, maar dat kon me niet schelen. Ik vervolgde mijn weg naar de trap.

Ik moest aan de Ringströms denken. Even dacht ik erover hun een bezoek te brengen. De geur van lijm en hout had altijd een rustgevend effect op me gehad.

Maar toen bedacht ik dat mijn jeugdvriendin nu een getrouwde vrouw was en aan de andere kant van de stad woonde. Dat Paul in Noorwegen zat en dat mevrouw Ringström tijdens de rit naar de kerk zo eigenaardig met me gepraat had. Hout en lijm en het zingen van zagen boden me geen geborgenheid meer.

Mijn jeugd was nu definitief voorbij. Bovendien was die een leugen geweest. Een vader die niet mijn vader was, een moeder die net zomin eerlijk was geweest als mijn voogd. De Leeuwenhof zou ik missen, maar hoorde niet meer bij mijn leven. Het was de plaats waar ik nooit zou hebben thuisgehoord of zou zijn geweest als Susanna Wallin was blijven leven. Als ik er nooit van had gehoord, zou alles dan anders zijn gegaan?

Nee.

Stella Lejongård had ervoor gezorgd dat ik het te weten kwam. Misschien vanwege een slecht geweten, zoals ze schreef. Misschien was die vrouw ook wel bijzonder kwaadaardig geweest en was de nalatenschap slechts een laatste straf voor de vrouw die in haar ogen haar zoon had verleid. Haar brief en de nalatenschap zouden mijn moeder genoodzaakt hebben zich te verantwoorden. Wellicht zou dat ons uit elkaar hebben gedreven.

Het enig goede aan deze kwestie was dat mijn moeder dat niet meer had meegemaakt. Doden kon je niets kwalijk nemen. Dat had gewoon geen zin. Bovendien was haar de schande bespaard gebleven, de openbaring van een geheim dat ze had willen meenemen in het graf. Toen ik het station uit liep, werd ik door de zon verblind. Die had door het grijze wolkendek heen weten te breken. Dat wilde ik ook. En het zou me lukken.

31

Zonlicht viel op mijn gezicht en haalde me uit mijn slaap. Mijn ogen wilden nauwelijks opengaan, mijn oogleden leken loodzwaar. Het was een onrustige nacht geweest, telkens weer was ik uit onrustige dromen opgeschrikt. Maar ik was te moe om daar lang aan te blijven denken. De laatste droom die ik me herinnerde, ging erover dat ik op de brug stond waarvan mijn vader zich in zee had gestort. Ik klom op de reling en wilde er ook van afspringen, maar iets hield me tegen. Toen ik omlaag keek zag ik dat het klimopranken waren. Die trokken aan me, het werden er steeds meer en ze slingerden zich uiteindelijk om mijn knieën.

Met een gevoel van beklemming was ik wakker geschrokken, maar daarna was ik meteen weer ingeslapen.

Ik kwam overeind. Op zonlicht had ik na de grijze vorige dag niet gerekend. Maar het scheen fel en verblindend mijn kamer in en maakte dikke lagen stof op de meubels zichtbaar.

De klok stond stil, maar ik zag op mijn horloge dat het even na tienen was.

Normaal gesproken had ik nu met Agneta in het kantoor gezeten. Daarna zou ik een rondje over de Leeuwenhof hebben gemaakt. Met mijn vertrek had mijn dag op slag elke structuur verloren.

Ik stond op, waste me en kleedde me aan.

Het geld dat ik had zou een tijdje toereikend zijn, maar het laatste wat ik wilde was een doelloos leven leiden.

Na het ontbijt begaf ik me op weg naar de universiteit.

Eigenlijk had ik me daar niet willen vertonen, want ik wilde Ingmar niet met mijn bezoek in verlegenheid brengen. Maar hij moest weten wat zijn moeder had gedaan, en dat moest hij van mij horen. Dus stapte ik in de bus.

Een tijdje dwaalde ik rond over de campus. De universiteit was groter dan ik me had voorgesteld. Er was niet alleen een hoofdgebouw, maar er waren ook veel kleine bijgebouwen. Het terrein zag er in het novemberlicht troosteloos uit. De bomen waren kaal, het gras dood en op de daken zaten kraaien schor te krassen.

Ik was een beetje te vroeg, de colleges waren nog in volle gang. Door de verlichte ramen zag ik de studenten op oplopende rijen stoelen naar hun docenten luisteren.

Ik ging op een stenen bank zitten en trok mijn jas dichter om me heen. Deed ik hier wel goed aan?

De avond waarop ik was teruggekeerd naar de Leeuwenhof had een bittere nasmaak bij me nagelaten. Maar kon ik Ingmar zomaar opgeven? Hij was jarenlang een vriend voor me geweest. Hij had geprobeerd me te beschermen, hij was er altijd voor me geweest. Ik had hem uit de sloot gered. Hij had me overgehaald om naar Daga's bruiloft te gaan, waardoor ik de waardevolle les had geleerd dat vriendschap vergankelijk was. Kon ik die van hem zomaar ineens in de ijskast zetten?

Er was geen bel die aangaf dat het college afgelopen was, maar wel klonk het geklop van ontelbare vingerknokkels op hout, dat als naderend onweer klonk.

Even later stormden de studenten naar buiten. Hun stemmen verdreven de stilte van het uitgestrekte plein. Ik zag de stapels boeken onder hun armen, jasjes in alle prijsklassen, opzij gekamd haar, zoals op het moment de mode was.

Ingmar verscheen met een paar studiegenoten, wild gebarend legde hij hun iets uit. Toen ontdekte hij mij. Hij bleef even staan, toen zei hij iets tegen zijn kameraden en kwam in looppas naar me toe.

'Mathilda, wat doe jij hier?' vroeg hij verrast. 'Is er iets gebeurd?'

'Dat kun je wel zeggen. Heb je even tijd? Ik zou je graag spreken. Onder vier ogen.'

'Ik heb zo meteen het volgende college, maar...' Hij keek zijn studievrienden na. 'Maar ik denk dat de jongens wel aantekeningen voor me zullen maken. Laten we gaan!'

Vlak bij de universiteit was een klein café waar vaak ook studenten kwamen. Op dit uur was het echter nog bijna leeg. De bruine lambrisering was doortrokken van de lucht van koffie en sigaretten. Op de hoedenplanken lagen kranten. De geur van drukinkt drong mijn neus binnen. In een vitrine stonden diverse soorten taart, maar ik had geen trek. Dit moment was te belangrijk, te zwaarwegend voor onze vriendschap.

We bestelden koffie, want de wat knorrig overkomende eigenares zou ons daar niet zomaar laten zitten.

'Nou, vertel eens,' zei Ingmar toen ze weg was. 'Wat brengt je hierheen?'

Ik haalde de brief van de notaris uit mijn tas. En die van Stella Lejongård. 'Dit is er gebeurd,' zei ik. 'Lees maar!'

Ingmar pakte de brieven aan. Het schrijven van de notaris wekte nog geen grote verbazing bij hem, maar toen hij de brief van zijn grootmoeder las, kwamen er steeds meer rimpels op zijn voorhoofd.

'Dat kan toch niet!' riep hij toen hij uitgelezen was.

'Naar het zich laat aanzien wel,' zei ik. Er liep een rilling door mijn lichaam.

'Dan zijn we dus...'

'... neef en nicht,' maakte ik zijn zin af. 'Het ziet ernaar uit dat we familie van elkaar zijn.'

Ingmar liet zich tegen de rugleuning van de bank zakken en slaakte een diepe zucht. Even staarde hij voor zich uit, toen keek hij me aan. 'En mijn moeder wist dat?'

'Jazeker. Ze heeft me het hele verhaal verteld. Uiteindelijk.'

'En hoe is dat voor jou?'

Ik boog mijn hoofd. 'Niet best. Ik ben weggegaan bij de Leeuwenhof.'

'Wat?' flapte Ingmar eruit. 'Maar waarom...?'

'Ik wil niet ergens wonen waar zo veel geheimen zijn, waar mijn afkomst voor me is verzwegen. Agneta kan nu niet meer bepalen wat ik doe. En zoals je hebt gelezen, kan ik niet meer erkend worden, want mijn vader ligt in jullie familiegraf.' Ik moest even pauzeren, de woorden dreigden mijn keel te verstikken. 'Jouw familie heeft me van begin af aan niet gewild.'

'Dat klopt niet,' wierp Ingmar tegen. 'Waarom zou mijn moeder er anders in hebben toegestemd jouw voogd te worden?'

'Misschien vanwege een slecht geweten.'

'Dat geloof ik niet.' Ingmar streelde mijn wang. 'Mijn moeder is geen slecht mens. Ze heeft zo haar geheimen, maar daar steekt geen boze opzet achter.'

'Ze had het me moeten vertellen. Of niet soms?' De tranen sprongen me in de ogen.

Ingmar boog zijn hoofd. 'Dat had ze zeker.'

'Ik... ik weet niet hoe ik het moet zeggen,' zei ik, terwijl ik probeerde niet te gaan snikken. 'De Leeuwenhof had mijn thuis moeten zijn, al zolang. In plaats daarvan is mijn moeder weggestuurd en heeft ze eenentwintig jaar lang gedaan alsof Sigurd Wallin mijn vader was. Ik geloofde dat dan ook! Toen hij zich van het leven beroofde, stortte mijn wereld in. Ik heb al die jaren met een leugen moeten leven. En waarschijnlijk was dat zo gebleven als jouw grootmoeder niet had besloten me te informeren. Of denk je soms dat je moeder ooit iets zou hebben laten weten? Ze heeft het jou en je broer niet eens verteld!'

Ik begon steeds hysterischer te klinken. Mijn hart ging tekeer en het duizelde me. Ik had gedacht dat ik het onder controle had, maar nu merkte ik dat mijn teleurstelling als een dier was dat elk moment in razernij kon uitbarsten.

'Wat ze gedaan heeft was verkeerd, dat ben ik met je eens,' zei Ingmar terwijl hij zijn hand op mijn arm legde. 'Ze had het je moeten vertellen.'

'Ze had mijn moeder niet weg moeten sturen!'

'Mathilda, de zaak ligt niet zo eenvoudig. Je moeder had haar aanzien verloren. De mensen hadden haar veroordeeld en jij zou in schande zijn geboren. Mijn moeder was echt niet van plan jou iets te onthouden.'

'Waarom heeft ze dan niets gezegd? Waarom heeft ze toen we bij de notaris waren, niet uitgelegd dat ze mijn tante was?'

Daarop leek Ingmar geen antwoord te binnen te schieten. 'Ik weet niet wat haar beweegredenen waren. Misschien wou ze je beschermen. Misschien wou ze na de schok die je had meegemaakt niet nog iets kapotmaken.'

'Het was me liever geweest dat ze iets kapot had gemaakt. Wat had me toen nog meer moeten choqueren? Ik had toch al alles verloren!' Ik trok me in mezelf terug. Mijn gesnik ebde langzaam weg en ik voelde me weer leeg vanbinnen.

We zwegen minutenlang.

'Mijn besluit staat vast,' zei ik toen. Mijn stem klonk schor, alsof ik keelpijn had. 'Ik ga niet terug naar de Leeuwenhof. Ik ga proberen mijn eigen weg te vinden. En ik heb een verzoek aan jou.'

'Wat dan?' vroeg hij. 'Ik bedoel, het is niet zo dat je weg moet. We zullen een oplossing vinden. Ik zal met mijn moeder praten.'

'Ingmar.' Ik pakte zijn hand. 'Luister alsjeblieft naar me!'

'Goed, ik luister,' zei hij zuchtend.

'Het is niet zoals vroeger. Deze keer is er geen brief van mij voorgelezen, geen dienstmeisjesuniform in mijn kast gehangen. Dit is iets waarvoor geen vergeving bestaat. Niets wat je moeder doet kan goedmaken dat ze mijn afkomst voor me verzwegen heeft. Nu heb ik eerst tijd nodig om na te denken. Tijd om weer tot mezelf te komen. En daarom verzoek ik je voorlopig geen contact met me te zoeken.'

'Maar waarom?' barstte hij uit, en hij trok zijn handen weg. 'Het komt toch niet door mij! Als ik had gehoord dat je mijn nichtje was, had ik het je meteen verteld. Ik zou je hebben geholpen het met mijn moeder uit te praten. Dat neemt niet weg dat ik pisnijdig op haar ben.'

'Dat begrijp ik, en het is ook niet zo dat ik helemaal geen contact meer met je wil. Je blijft mijn vriend, maar ik wil niet dat er via jou contact met de Leeuwenhof blijft bestaan. Je moeder zou kunnen proberen mij via jou te benaderen. Dat mag niet gebeuren. Niet na alles wat er is voorgevallen.'

'Mag ik iets zeggen?' vroeg Ingmar.

'Natuurlijk.'

Hij schudde zijn hoofd. 'Dat is allemaal toch flauwekul! We kennen elkaar al jaren, en tot nog toe heb ik me verbeeld dat we elkaar mogen.'

'Dat is ook zo, maar...'

'En dan vraag je van mij dat ik het contact met jou verbreek? Omdat mijn moeder voor jou verzwegen heeft dat je bij de familie hoort? Zie je dan niet dat dat volslagen belachelijk is?'

Ik merkte dat ik weifelde. Hij had gelijk, ik strafte hem daarmee. Maar alleen als ik de Leeuwenhof helemaal achter me liet, kon ik een nieuw leven beginnen. Ingmar zou me misschien wel kunnen overhalen terug te gaan.

'Dat is het,' erkende ik. 'En het spijt me heel erg. We... misschien kunnen we het zo doen: geef me een jaar. Laat me ontdekken hoe het is weer mezelf te zijn. Mathilda die helemaal alleen op de wereld is. Als ik die tijd achter de rug heb, zal ik je schrijven. En dan zien we wel verder.'

'Een jaar!' herhaalde Ingmar. 'Denk je dat dat iets verandert? Je bent wie je bent. Het bloed van de Lejongårds stroomt door je aderen.'

'Volgens jouw grootmoeder dan. Er is geen officieel document.'

'Maar dit hier is er,' zei hij en hij tikte tegen zijn hart. 'Waarom denk je dan dat wij elkaar zo goed begrijpen? Dit verklaart alles! Ik heb een tijdlang gedacht dat ik verliefd op je was, maar blijkbaar is het iets anders. Jij bent wat mijn tweelingbroer nooit zal zijn, hoewel dat eigenlijk zo zou moeten zijn: een zielsverwant.'

Ik haalde diep adem en voelde dat ik alleen nog maar weg wilde. Het liefst was ik het café uit gerend, maar dat zou niet hebben geholpen. Ingmar wist waar hij me kon vinden. En ik wilde ook niet gewoon maar weglopen. Dit moest worden opgelost.

'Het is maar voor een jaar, Ingmar,' zei ik. 'Tegen die tijd is mijn woede zeker bekoeld. Dan schrijven we elkaar om iets af te spreken. In Stockholm. Op de Leeuwenhof zet ik geen voet meer.'

Ik pakte zijn hand en zag dat er een traan over zijn wang biggelde.

'Ik ben erg op je gesteld, Ingmar. Je bent als een broer voor me. En we zullen elkaar niet echt verliezen. Maar geef me een beetje tijd.'

Hij keek me aan. Het blauw van zijn ogen leek nog intenser dan anders. Het deed me pijn hem zo gekwetst te zien. Maar ik was ervan overtuigd dat ik deed wat juist was.

'Goed dan,' zei hij. 'Een jaar. Maar niet langer, hoor je? Anders sta ik bij je voor de deur.'

Ik glimlachte, stond op en omhelsde hem. 'Afgesproken. Een jaar. Dan schrijf ik je. Je moet me alleen beloven dat je je moeder niets vertelt, goed? Zij moet net zo in het duister tasten als ik heb gedaan. Ze mag niets meer over mij horen.'

'Afgesproken,' zei hij, en hij drukte een kus op mijn haar.

Voor de universiteit namen we afscheid, en ik keek Ingmar na toen hij wegliep over de campus. Mijn hart deed pijn. Ik zou hem echt missen.

Eigenlijk had ik voorgoed afscheid willen nemen. Maar nu was ik blij. Ik had genoeg tijd om een nieuw leven op te bouwen.

32

Diezelfde dag ging ik naar het kerkhof om het graf van mijn moeder te bezoeken. Ik nam bloemen mee, hoewel ik wist dat ze in de novemberlucht vlug zouden vergaan.

'Waarom heb je me niets verteld?' vroeg ik aan de steen. 'Waarom heb je me nooit laten weten dat er een andere man in je leven is geweest? Iemand van wie je echt hield?'

Ik zweeg even, toen voegde ik eraan toe: 'En u, vader, waar u ook bent, waarom hebt u me nooit een aanwijzing gegeven? Waarom liet u toe dat ik het allemaal geloofde? Waarom dacht u allebei dat ik niet het recht had het te weten?'

Mijn stem stierf weg in de stilte boven de graven. Het had geen zin de doden vragen te stellen.

Ik verliet dus het kerkhof weer, maar begaf me niet meteen naar huis. Ik ging naar de binnenstad. Ik had geen zin tussen de vier muren van mijn ouderlijk huis te gaan zitten piekeren. In plaats daarvan wilde ik wat door het park wandelen. In de Kungsträdgården was het in deze tijd van het jaar heel rustig, maar er waren galeries en cafés en genoeg mensen die me een beetje afleiding konden bieden.

Toen ik uit de bus stapte en naar het park liep, viel mijn blik op het Grand Hôtel. Het was een van de vele classicistische gebouwen die langs de straat stonden. Maar met de vlaggen op het dak en een voorgevel die aan een paleis deed denken, was het bijzonder imposant.

Even bleef ik als door de bliksem getroffen staan. Tot nog toe was ik maar een enkele keer in een hotel geweest. Het komen en gaan daar had me gefascineerd. Als ik nu eens zou proberen daar in dienst te komen? Natuurlijk, dat kwam niet overeen met mijn opleiding, maar ik bedacht dat het me niet zou uitmaken om daar als kamermeisje te werken. Het enige wat ik wilde, was vergeten dat ik ooit op de Leeuwenhof was geweest. Ik wilde mijn eigen weg gaan – en had ik niet als jong meisje van de grote wereld gedroomd?

Zelf kon ik niet de grote wereld in, maar hier zou hij naar me toe komen. En ik zou hier nooit eenzaam zijn.

Ik raapte al mijn moed bij elkaar en liep naar binnen.

De jonge vrouw bij de receptie met licht golvend haar, die een keurig blauw mantelpakje droeg, glimlachte vriendelijk. 'Wat kan ik voor u doen, mevrouw?'

Ze verwachtte zeker dat ik een kamer wilde of voor een gast kwam, maar ik vroeg: 'Wat moet ik doen om hier werk te krijgen?'

'Hoe bedoelt u?' vroeg ze verward en ze keek om zich heen, alsof iemand zou kunnen vertalen wat ik had gezegd.

'Ik wil graag naar een baan solliciteren.'

'Wat voor baan?' vroeg ze.

'Maakt niet uit.'

De receptioniste keek me aan alsof ik mijn verstand had verloren. En misschien was dat ook wel zo. Misschien had ik daarnet op straat zonder het te weten een zenuwinzinking gehad.

'Daar kan ik niet over beslissen,' antwoordde ze. 'Maar ik zou meneer Viselundt kunnen bellen. Hij is onze personeelschef.'

'Doet u dat alstublieft,' zei ik vriendelijk lachend. 'Mijn naam is Mathilda Wallin.'

Ze staarde me aan alsof ik elk moment een mes zou kunnen trekken. Haar hand beefde licht toen ze de hoorn van de telefoon oppakte. Ze gaf mijn verzoek door en verloor me intussen niet uit het oog.

Toen ze had opgehangen, zei ze: 'Neemt u daar maar even plaats.'

'Dank u,' zei ik en ik liep naar de banken. Terwijl ik neerzakte op de zachte bekleding, begon ik langzaamaan te beseffen wat ik aan het doen was.

Ik moest gek zijn geworden! Ik solliciteerde naar een baan bij het grootste en chicste hotel van Stockholm. Ik had geen sollicitatiebrief bij me, en het was een volkomen spontane actie. Het had me niet verbaasd als de portier of de politie was verschenen om me het hotel uit te zetten.

Er verstreken een paar minuten. Ik keek naar de prachtige kroonluchter die in het midden van de hal hing. Het licht werd in de kristallen gevangen en liet ze stralen als kroonjuwelen.

'Juffrouw Wallin?' vroeg een mannenstem.' Ik ben Bert Viselundt, de personeelschef van het hotel.'

De man was ongeveer eind veertig, had een kalend hoofd en droeg een donkerblauw krijtstreeppak.

'Aangenaam kennis te maken,' antwoordde ik, en ik stond op en stak hem mijn hand toe.

De man schudde hem en zei: 'Gaat u mee naar mijn kantoor, alstublieft.'

We liepen langs de balie, waar de receptioniste ons een verbaasde blik toewierp. Ik kon haast niet geloven wat er gebeurde. De personeelschef wilde echt naar me luisteren. En dat terwijl ik geen afspraak had. Was dat mogelijk, of zat ik nog in de bus te dromen? Nee, dit was echt, net als de sigarenlucht in zijn kantoor.

'U bent dus op zoek naar werk,' zei hij nadat hij me een stoel voor zijn bureau had aangeboden. Zelf ging hij erachter zitten. 'En wat had u zich dan voorgesteld?'

'Het maakt me niet veel uit. Ik wil ook wel als kamermeisje werken. Als u me maar een baan geeft.'

'Waar hebt u hiervoor gewerkt?' vroeg hij door.

Was dat niet volkomen onbelangrijk? Bij de gedachte de Leeuwenhof te moeten noemen kreeg ik het al benauwd. Maar wat zou er kunnen gebeuren? Bovendien kende toch niemand hier Agneta Lejongård.

'Op de Leeuwenhof. Bij Kristianstad,' antwoordde ik dus.

'En wat deed u daar? Was u dienstmeisje?'

Nee, maar mijn moeder wel, had ik er bijna uitgeflapt. Mijn moeder, die een verhouding met de zoon van de landheer had. Gelukkig was mijn mond wijzer.

'Ik werkte als beheerder,' verklaarde ik. 'Het is een landgoed met een paardenfokkerij en veel hectaren grond.'

'U komt dus van het platteland?' De man nam me van top tot teen op. Waarschijnlijk zag hij me aan voor een naïef dorpsmeisje. Het was wel eigenaardig dat er indertijd, toen ik uit de stad kwam, werd gedacht dat ik niet in staat zou zijn op het land te leven.

'Ik ben in Stockholm geboren,' zei ik. 'Na de dood van mijn moeder ben ik een aantal jaren op het landgoed geweest. Ik heb de handelsschool in Kristanstad met goed gevolg doorlopen, het diploma kan ik u later nog laten zien.'

'Hebt u een diploma van de handelsschool?' vroeg Viselundt. 'En dan wilt u als kamermeisje aan de kost komen?'

'Ik heb niet gezegd dat ik per se als kamermeisje wilde werken. Ik bedoelde alleen dat ik elke baan zou aannemen.'

'En waarom juist hier?'

'Ik heb behoefte aan een nieuwe uitdaging. En ik ben pas naar huis teruggekomen.'

'Naar huis? Naar uw ouders?'

'Naar mijn ouderlijk huis. Dat is mijn eigendom.'

De man knikte en dacht een tijdje na. 'Hoe zit het met uw betrekking op het landgoed? Hebben ze u daar ontslagen?'

'Nee, ik ben zelf weggegaan.' Om redenen die de personeelschef niet aangingen.

'Gebeurde dat met wederzijdse instemming?'

'Ja,' antwoordde ik, zo beslist mogelijk. Ik merkte dat Viselundt argwanend werd. Misschien was het beter als ik weer verdween. Het was een waardeloos idee geweest. Hoe had ik me dit in mijn hoofd kunnen halen?

Ik dacht ineens aan het getuigschrift, dat, samen met de noodlottige brieven, nog steeds in mijn handtas zat. Eigenlijk wilde ik niets gebruiken wat ik van Agneta had gekregen, maar nu kon ik niet anders. Ik wist niet wat erin stond, maar misschien hielp het.

En zo niet, dan zou ik thuis een fatsoenlijke sollicitatiebrief schrijven en het ergens anders proberen.

'Hier is mijn getuigschrift,' zei ik. 'Als u het zou willen lezen.'

De man nam de envelop een beetje onwillig aan. Waarschijnlijk dacht hij inmiddels hetzelfde als de receptioniste. Toch haalde hij het blaadje eruit en las wat Agneta over me had geschreven.

Nu wenste ik dat ik de inhoud kende. Nee, ik wenste dat ik hier helemaal niet naar binnen was gegaan. Ik had er eerst goed over na moeten denken. En hoe kwam ik in vredesnaam bij een hotel? Ik, die eigenlijk met Paul Ringström een meubelmakerij had willen beginnen. Was het de geest van mijn moeder die me geleid had?

Meneer Viselundt liet zich tegen de rugleuning van zijn stoel zakken. Hij deed me een beetje aan Ingmar denken. Mede omdat hij net zo onthutst leek als deze bij ons gesprek.

'Ik zal open kaart met u spelen,' begon hij. 'Eigenlijk hebben wij geen banen te vergeven. Dit hotel kom je binnen op aanbeveling. Slechts zeer zelden maken we vacatures bekend. Dit hotel is een van de beste van Zweden en absoluut het beste hotel in Stockholm. Hier gaan gekroonde hoofden in en uit, evenals geldadel, kunstenaars en grootgrondbezitters.'

Hij zweeg even, om me gelegenheid te geven het allemaal te laten bezinken. Toen vervolgde hij: 'U komt hier daarentegen binnenwaaien en geeft me het gevoel dat u er nog geen vijf minuten over hebt nagedacht. U vraagt naar om het even welke baan, terwijl u een handelsschooldiploma hebt en in de bedrijfsleiding van een van de bekendste landgoederen van het land hebt gewerkt.'

Hij verstrengelde zijn handen op het tafelblad. 'Jongedame, u had moeten bedenken in welke hoedanigheid u hier zou willen werken voordat u hier naar binnen stapte om mijn tijd te verdoen. Iemand wie het niet uitmaakt wat hij doet, kan ik geen baan aanbieden.'

Ik boog mijn hoofd. Mijn euforie vervloog. De brief van Agneta had dus niet geholpen. Misschien had ik die niet moeten laten zien. Misschien had ik hem ook niet moeten aannemen.

'Ga naar huis!' zei Viselundt terwijl hij me de brief teruggaf.

Ik knikte en stopte hem weer in mijn tas. Mijn wangen gloeiden van schaamte.

'En als u daar bent,' vervolgde hij, 'gaat u aan uw bureau zitten en schrijft u een echte sollicitatiebrief. Ik wil uw diploma zien en uw levensloop kennen. We zijn geen landgoed waar je je gewoon kunt laten rekruteren als bij de handelsvloot. Als afgestudeerde aan de handelsschool en met uw beroepservaring zou u geschikt zijn om als assistent in de bedrijfsleiding te werken. Maar alleen als u solliciteert zoals het hoort. Hebt u dat begrepen?'

Ik trok mijn wenkbrauwen op. 'Ja, maar... zult u mijn sollicitatie dan in behandeling nemen?'

'Jazeker. Net als die van iedereen die me iets in de juiste vorm stuurt. Maar haal het niet in uw hoofd hier weer op te duiken zonder dat ik u heb uitgenodigd. Is dat duidelijk?'

Er ging een warme golf door me heen. Hij had me niet afgewezen! Zijn woorden klonken wel bars, maar wat had ik me dan voorgesteld? Dat hij me meteen zou aannemen? Hij wilde me echter een kans geven!

'Ja, meneer Viselundt,' antwoordde ik. 'Ik zal u mijn sollicitatie zo spoedig mogelijk doen toekomen. Dank u wel!'

Ik stond op en liep naar de deur. Toen ik daar was, sprak Viselundt me nog eens aan: 'Waarom juist ons hotel?'

Ik glimlachte. 'Het viel me op. Ik wilde eigenlijk naar het park, maar toen besefte ik dat ik hiernaartoe wilde. Dat ik hier wilde werken.'

In de bus naar huis pakte ik het getuigschrift van Agneta weer uit mijn tas. Mijn slapen bonsden en ik voelde me op een eigenaardige manier gelukkig. Die ochtend was ik nog terneergeslagen geweest vanwege Ingmar en wat er allemaal gebeurd was. Nu trilde mijn hele lichaam van opwinding.

Even wenste ik dat ik het aan Ingmar kon vertellen. Maar toen riep ik mezelf tot de orde.

Ik was op het idee van het hotel gekomen omdat ik de Leeuwenhof achter me had gelaten. Ik wilde dat niet op het spel zetten door Ingmar op te zoeken en daarmee de Leeuwenhof weer in mijn leven binnen te laten. Ook al had Agneta me iets meegegeven wat blijkbaar indruk had weten te maken op de personeelschef.

Wat had ze geschreven? Ik haalde het getuigschrift uit de envelop. Het licht in de bus was niet erg best, maar het was genoeg om te kunnen lezen wat er stond.

Hiermee verklaar ik dat Mathilda Wallin vier jaar op landgoed de Leeuwenhof heeft gewerkt. Gedurende die tijd heeft zij niet alleen uitgebreid ervaring opgedaan in de boekhouding en de bedrijfsleiding, maar heeft ze ook meegeholpen met het organiseren van seizoensgebonden activiteiten, waarbij we onder anderen Zijne Koninklijke Majesteit hebben ontvangen. Ze heeft steeds tot mijn volle tevredenheid op de Leeuwenhof gewerkt. Mathilda Wallin is discreet, gedreven, nauwgezet, vlug van begrip en heeft een aangenaam karakter. Ze is bereid haar werktijden aan elke situatie aan te passen, zet zich volledig in en reageert ook bij problemen zakelijk en weloverwogen.

Werkgevers kunnen zich gelukkig prijzen als ze deze jonge vrouw in hun staf opnemen.

Getekend
Agneta gravin Lejongård

Ik vouwde het blaadje dubbel. Een bitter gevoel kwam bij me naar boven. Ik had tegen haar geschreeuwd en haar verwijten gemaakt, maar zij had een goed getuigschrift voor me geschreven. Daar moest ik haar eigenlijk dankbaar voor zijn.

Ik had geen idee of deze lofzang met de waarheid overeenkwam of dat Agneta dit alleen maar vanuit een slecht geweten had geschreven. Misschien was ze precies uit geweest op de gevoelens die me nu overvielen: verwarring, spijt en medeleven.

Moest ik haar niet op zijn minst opbellen en bedanken? Moest ik haar niet in elk geval schrijven?

Nee, besloot ik. Dat kon niet.

De hele nacht zat ik achter mijn bureau aan mijn sollicitatiebrief te schrijven. In het telefoonboek had ik nog twee andere hotels opgezocht, maar mijn hoop was op het Grand Hôtel gevestigd.

Hoe meer ik erover nadacht, hoe duidelijker het me werd dat ik absoluut geschikt was voor het hotel. Ik wist waar je op moest letten als je voorname gasten herbergde. Ik was vertrouwd met de boekhouding en wist door mijn opleiding aan de handelsschool dat de verschillen in zakelijke ondernemingen marginaal waren. Of er nu kamers werden verhuurd of paarden en graan werden verkocht, het was altijd een kwestie van de balans opmaken van kosten en baten, wat in het beste geval in winst uitmondde.

Bovendien had ik er plezier in gehad het midzomerfeest, de vossenjacht en het Sint-Lucia-feest te organiseren, evenals andere, kleinere ontvangsten en de zomervakantie die de kroonprinses op de Leeuwenhof doorbracht. Ik had waarschijnlijk meer invloedrijke personen gezien dan andere sollicitanten.

Ja, ik was geschikt. En hoewel ik geen idee had hoe je moest solliciteren, probeerde ik dat allemaal in mijn brief te verwoorden.

Toen ik 's ochtends naar de velletjes op het bureau keek, en naar de vele proppen papier die onder het bureau terecht waren gekomen, was ik doodmoe maar voldaan. Ik twijfelde of ik me niet eerst wat slaap moest gunnen, maar toen besloot ik naar het hotel te gaan. Ik stopte de sollicitatiebrief samen met het getuigschrift van de Leeuwenhof en de kopie van mijn handelsschooldiploma in een bruine envelop, pakte mijn jas en begaf me op weg.

De bus bracht arbeiders, ambtenaren en bedienden naar hun werk. Er zaten ook vrouwen in goedkope, maar modieuze jassen bij. Ze praatten geanimeerd over hun collega's en voorvallen bij hen op kantoor, knipperden met hun zwartgemaakte wimpers en glimlachten stralend met hun gestifte lippen, wat goed in een reclame had gepast.

Ik had het gevoel dat ik een nieuwe wereld betrad. De tijd op de Leeuwenhof had me inderdaad tot een provinciaaltje gemaakt, dat niet meer wist hoe het er in de stad aan toeging.

Maar dat zou veranderen.

Ik stapte uit en liep rechtstreeks naar de balie van het hotel. De receptioniste was dezelfde als die van de vorige dag. Zij leek mij ook te herkennen, want ze kromp een beetje in elkaar toen ik haar aansprak.

'Wilt u dit alstublieft aan meneer Viselundt geven,' verzocht ik haar en ik overhandigde haar de envelop. 'En mijn excuses voor mijn optreden van gisteren. Ik was zo enthousiast dat ik mezelf niet in de hand had. Ik wilde u beslist niet aan het schrikken maken.'

De jonge vrouw haalde diep adem en glimlachte onzeker. 'Het is al vergeten. Dat is heel aardig van u.'

'Nee, het is heel aardig van u dat u het me niet kwalijk neemt. Wilt u me uw naam zeggen?'

'Tilda,' antwoordde ze.

Ik glimlachte breed. 'Wat toevallig! Ik heet Mathilda. En ik hoop dat we gauw in de gelegenheid zijn om samen te werken.'

De receptioniste wist niet wat ze daarop moest zeggen, dus beperkte ik me ertoe haar een fijne dag te wensen en het hotel te verlaten.

Deel drie

1939

33

De overval op de zender Gleiwitz op 31 augustus 1939 en de inval van Duitse troepen in Polen legden het openbare leven in Stockholm even stil. Het was eenentwintig jaar geleden dat er een einde was gekomen aan de laatste grote oorlog in Europa.

In de nieuwsberichten op de radio was het bijna het enige onderwerp, en natuurlijk was iedereen bezorgd dat er een nieuwe oorlog zou komen. Velen vreesden dat Zweden er ditmaal niet zo gemakkelijk van af zou komen als twintig jaar terug.

Koning Gustaaf maakte geen aanstalten om de Duitse machthebbers vanwege hun politiek te bekritiseren. Integendeel, in zijn omgeving bevonden zich zelfs mannen die door Hitler gefascineerd waren. Zweden had zich meer dan honderdtwintig jaar buiten elk conflict gehouden, maar onderhield goede betrekkingen met Duitsland. Mogelijk zouden de veteranen die voor een oorlog waarschuwden gelijk krijgen en zou Zweden algauw in bloed en ellende verzinken.

Die ochtend was de bezorgdheid ook merkbaar onder de gasten van het Grand Hôtel. Hier, waar zo veel vorname gasten over de vloer kwamen, verspreidde nieuws, zowel goed als slecht, zich vlug.

Ik werkte nu bijna vijf jaar in het hotel met zijn magnifieke voorgevel en de prachtige eetzaal met zijn schitterende kroonluchters. De afgelopen jaren had ik vele gezichten gezien. Ik had vreugde en verdriet meegemaakt, romances, scandaleuze taferelen en ruzies. Het kwam ook voor, hoewel heel zelden, dat een gast het hotel niet op eigen benen verliet, maar naar buiten werd gedragen. Elk jaar hadden we bovendien wel een paar tafelschuimers, waaraan onze portier, meneer Clausen, zich bijzonder ergerde.

Van mijn besluit om hier te solliciteren had ik absoluut geen spijt.

Ik betreurde het wel een beetje dat de tijd van het Nobelprijsbanket inmiddels voorbij was. In 1902 had het eerste hier in het hotel plaatsgevonden, in 1929 het laatste. Meneer Clausen, die al meer dan twintig jaar in dienst was, vertelde af en toe hoe grandioos het was geweest voor het evenement naar het stadhuis van Stockholm was verplaatst.

Maar ook al werd de Nobelprijs niet meer hier gevierd, er waren talloze luisterrijke aangelegenheden. Ik kwam vooral graag in de Wintertuin, een van de jongere delen van het hotel, en wanneer daar jazzmusici optraden, bleef ik soms na mijn dienst naar hen luisteren. Ik had altijd van jazzclubs gedroomd, maar dit was veel beter, hoewel ik me op de achtergrond moest houden om de gasten niet te storen.

Zo verontrust als die dag, drie dagen na de inval, had ik onze gasten nog nooit meegemaakt. Alle zitplaatsen in de lobby waren bezet, veel mensen zaten met hun neus in de kranten, die met sensationele koppen tegen elkaar opboden. Een paar heren voerden een verhitte discussie. Ik zou niet kunnen zeggen hoe vaak ik die dag op mijn gang door het hotel wel niet de naam Hitler had gehoord.

Het personeel was eveneens in alle staten. De loopjongens meldden dat de marine vreesde voor de veiligheid van onze schepen in de Oostzee. De kamermeisjes overlegden of je koffie en suiker moest inslaan voor alles op rantsoen werd gezet. Ik had er iets om willen verwedden dat sommigen van hen na hun dienst naar de kruidenierswinkels zouden stormen en kopen wat ze zich van hun loon konden permitteren.

Zelf voelde ik geen paniek. Ik had wat ik nodig had. En ik geloofde niet dat de Koning zich in de oorlog zou mengen. De overleden koningin was weliswaar Duitse geweest, maar dat had hem er ook niet toe kunnen brengen aan de laatste oorlog deel te nemen. Bij een volgende oorlog zou hij dat zo houden.

'Juffrouw Wallin, ik geloof dat we een probleem met de boekingen hebben,' zei Tilda van de receptie terwijl ze met haar vinger langs de lijst met boekingen liep. 'We zijn duidelijk overboekt. Geen idee hoe dat heeft kunnen gebeuren, maar het staat er niet best voor.'

Ik fronste mijn voorhoofd. Overboekingen konden behoorlijk zenuwslopend zijn als de gasten niet op geschikte alternatieve accommodaties konden worden ondergebracht.

'Weet je zeker dat alle gasten komen?' vroeg ik, en ik bekeek de boekingen.

'Ik vrees van wel.' Tilda boog haar hoofd een beetje. Ik betwijfelde of zij verantwoordelijk was voor het overboeken. Waarschijnlijk was de nachtportier moe geweest en had hij niet in het boek gekeken toen hij de aanvragen had aangenomen. Er zat niets anders op dan de gasten in een ander hotel onder te brengen. We konden hun immers niet de verblijven van de dienstmeisjes aanbieden.

'Ik denk,' zei ik, 'dat er tussen de Horneby's en de Wildströms een klein gaatje zit. De Hermannssons vertrekken de vijftiende, dan komt hun kamer vrij. We plaatsen de gasten van de overboekte kamer twintig op die kamer en bieden hun aan naar hun oude kamer terug te verhuizen wanneer de Wildströms weg zijn.'

'Dat zal gezeur geven,' kreunde Tilda.

'Ja, maar het is beter dan hen in een ander hotel onderbrengen. We zullen de bittere pil verzachten met een fles champagne.'

Tilda knikte en ging weer aan het werk.

Ik moest weer denken aan onze eerste ontmoeting. Soms praatten we samen ook over die idioot die hier was komen aanzetten en hoe dan ook een baan wilde. Wat ging de tijd toch snel!

Ik kwam achter de balie vandaan. Tot mijn taken als assistent-bedrijfsleider behoorde ook overleg met het hoofd van de huishouding, of met het personeel alles in orde was en of er klachten van de klanten waren geweest. We probeerden optimale kwaliteit te leveren, want alleen zo viel de kamerprijs te rechtvaardigen. Vooral nu er in Europa weer met vuur werd gespeeld.

Ik keek naar voren en werd als door de bliksem getroffen bij de aanblik van een gast.

'Dat bestaat niet,' mompelde ik toen de man, in gezelschap van een vrouw in een rode wollen jas, op de receptie afkoerste.

Tilda was net even weg, waar dan ook heen, dus ging ik weer achter de balie staan.

'Goedendag, mevrouw, meneer,' zei ik, en ik deed mijn best zo onverschillig mogelijk te klinken terwijl ik me ervan probeerde te vergewissen of de man echt degene was voor wie ik hem aanzag.

'Goedendag, mijn vrouw en ik hebben een kamer gereserveerd,' zei hij. 'Mijn naam is...'

'Paul Ringström.' Ik was heel zeker van mijn zaak.

Hij keek me bevreemd aan, toen leek het muntje bij hem te vallen. 'Mathilda? Hoe is het mogelijk! Mathilda Wallin!'

Zijn oude lachje, dat ik altijd al ontwapenend had gevonden, verscheen op zijn gezicht.

'Ja, dat ben ik.' Ik kon niet anders dan eveneens glimlachen. En ineens waren ze er weer, de beelden van vroeger, van de dag dat we onder de eikenboom hadden gezeten toen Paul in het dorp logeerde.

En ook iets anders kwam terug in mijn herinnering.

Het was lang geleden dat ik bewust aan de Leeuwenhof had gedacht. Sinds mijn vertrek was het me doorgaans gelukt gedachten aan het landgoed met succes te verdringen.

Toen ik deel ging uitmaken van het Grand Hôtel, begon ik alleen voor dat bedrijf, het personeel en de gasten te leven. Het hotel nam me welwillend op en beloonde me met een eerlijkheid die balsem was voor mijn ziel. Natuurlijk werd ook hier gelogen en bedrogen, bijvoorbeeld als een zakenman met zijn charmante secretaresse verscheen en voorgaf op zakenreis te zijn, maar dan de hele dag een bordje met NIET STOREN op zijn kamerdeur hing. Of als een zichtbaar onzeker paar zich voor echtpaar uitgaf terwijl je kon vermoeden dat beiden geen echtelijke band met elkaar, maar met een ander hadden. Maar over het geheel genomen werd er onder het personeel weinig gelogen. Als iemand iets niet schikte, zei de betrokkene dat. Hartzeer werd net zo goed gedeeld als vreugde.

Paul had geen idee waar ik aan dacht. Hij keek me stralend aan, alsof hij een geestverschijning zag. 'Hoelang is het wel niet geleden? Vijf jaar?'

'Ja, ik denk dat dat wel aardig klopt.' Met de Leeuwenhof kwam ook de herinnering terug dat hij op een dag was verschenen, om vervolgens naar Noorwegen te gaan. Sindsdien had ik, na onze korte ontmoeting op de bruiloft van Daga, niets meer van hem gehoord. Ook van Daga hoorde ik inmiddels niets meer. Sinds haar huwelijk was ze uit mijn gezichtsveld verdwenen.

Paul zweeg verlegen, toen leek hem te binnen te schieten dat hij niet alleen was. 'Ach ja, Ingrid ken je nog niet.' Hij wendde zich tot de vrouw. 'Dit is mijn vrouw, Ingrid. Ingrid, dit is een oude vriendin van me, Mathilda Wallin.'

Ze glimlachte openhartig toen ze mij haar hand toestak. 'Aangenaam kennis te maken,' zei ze met een licht accent.

'Dank u, dat is wederzijds. U spreekt uitstekend Zweeds.'

'Zo veel verschillen onze talen niet,' zei ze blozend. 'U bent een vriendin van mijn man?'

'Een jeugdvriendin,' antwoordde ik. 'We kennen elkaar uit onze schooltijd.'

Ik keek naar Paul, die mijn blik een beetje ontweek. Hij herinnerde zich waarschijnlijk nog heel goed waar we vroeger over gepraat hadden. Waar we van gedroomd hadden.

'Ingrid en ik zijn op zakenreis,' verklaarde hij, waarmee hij een einde maakte aan de korte onaangename stilte die tussen ons was ontstaan. 'Ze werkt in mijn bedrijf. Ik had het niet beter kunnen treffen.'

Ze glimlachte gevleid en vlijde zich tegen hem aan.

Terwijl hij sprak, merkte ik dat mijn gezicht tot een masker verstarde. 'Jullie samen?' vroeg ik beduusd. Daar werd Paul nog verlegener van. Herinnerde hij zich nu de vele uren waarin we over onze toekomst gefantaseerd hadden? Besefte hij dat hij degene was die onze wensdroom in rook had doen opgaan?

'Ja, Ingrid helpt me bij de bedrijfsvoering.'

Hij zei het niet, maar ik voelde dat hij de boekhouding bedoelde. Mijn vak. De reden waarom ik naar de handelsschool was gegaan.

Mijn maag leek ineens als versteend. Ja, hij had zijn droom verwezenlijkt. Onze droom. Alleen kwam ik er niet in voor.

'Dat is mooi,' zei ik, veel te geforceerd om een oprechte indruk te wekken. Maar ze leken het niet te merken. De jaren op de Leeuwenhof en in het hotel hadden blijkbaar een goede actrice van me gemaakt. 'Dan hoop ik dat jullie een aangenaam verblijf in Stockholm hebben. Juffrouw Lundt zal zorgdragen voor jullie kamer. Helaas moet ik me nu verontschuldigen. Als directielid ontkom je niet aan al dat papierwerk, nietwaar?'

Als op commando verscheen Tilda, en ik droeg het echtpaar aan haar over. Ik glimlachte nog een keer, toen draaide ik me om. Ik had graag Pauls gezicht gezien, maar ik wilde me niet omdraaien. Ik wilde niet dat hij mijn ogen zag en de teleurstelling van mijn gezicht aflas.

Om houvast te vinden ging ik naar mijn kantoor, hoewel ik eigenlijk ergens anders heen wilde. Maar ik merkte dat mijn zelfbeheersing begon af te brokkelen. Ik wilde niet dat iemand me zo zag.

Eenmaal in mijn kantoor deed ik de deur achter me dicht en leunde ertegenaan. Mijn slapen bonsden. Mijn ogen brandden. Machteloze woede borrelde op in mijn buik.

Paul en Ingrid. Ik kon me wel voorstellen hoe de uitnodigingen voor hun bruiloft eruit hadden gezien. Waarschijnlijk net zo als die van Daga. Ik haalde diep adem. Er kwam een gedachte bij me op. Misschien had hij me geschreven. Op de Leeuwenhof. Misschien had Agneta de uitnodiging doorgestuurd. Maar ik had haar brieven niet opengemaakt.

In mijn plotselinge verwarring was ik het liefst naar huis gerend om het na te gaan, maar er stond me een drukke werkdag te wachten, die waarschijnlijk pas tegen acht uur 's avonds zou eindigen. Ik kon me nu niet laten gaan.

Terwijl ik tegen de deur geleund bleef staan, probeerde ik mijn gedachten op een rijtje te zetten. Dat lukte me heel goed als ik bedacht wat ik die dag allemaal te doen had.

Na een tijdje had ik mezelf weer enigszins in de hand. Ik liep het kantoor uit en betrapte mezelf erop dat ik eigenlijk hoopte Paul nog een keer te zien. Maar hij was met zijn vrouw en zijn bagage al op weg naar zijn kamer.

Hij is een gast als alle andere, zei ik tegen mezelf. Waarschijnlijk zou ik hem niet meer te zien krijgen.

34

Volkomen uitgeput kwam ik thuis. Nu het vroeger donker werd, ging ik meestal op tijd naar bed en probeerde zo de dag achter me te laten. Maar vandaag was het anders. Hoewel ik hondsmoe was, leek mijn geest klaarwakker.

Ik deed het licht aan, zette mijn tas op de vloer en deed mijn jas uit. Nadat ik mijn pumps had uitgetrokken liep ik de woonkamer in en zette de radio aan, die ik na het eerste jaar in het hotel had aangeschaft. Hij had een klein vermogen gekost, maar de grote houten kast met de met doek bespannen luidspreker en al die knoppen en toetsen bracht melodieën uit de hele wereld naar me toe. Dat alleen al was de aanschaf waard geweest.

Zachte jazzklanken drongen tot me door en omhulden me. De stem van de zangeres klaagde over haar liefdesleed, en ik kon haar op dat moment beter begrijpen dan ooit. Wat kon het lot bedenken dat wreder was dan je met een verloren liefde te confronteren?

De melodie volgde me in de keuken, waar ik mijn kast op iets eetbaars doorzocht. Veel had ik nooit in huis, meestal deed ik onderweg boodschappen of nam ik restjes uit de keuken van het hotel mee. De gerant had er niets op tegen dat we dat deden, want hij had een hekel aan verspilling.

Paul mocht dan een onnozele jeugdliefde zijn geweest, maar zijn aanwezigheid onder het dak van het hotel hield me sterker bezig dan ik wilde toegeven.

Hoewel ik had gemeend mezelf in de hand te hebben, had ik me erop betrapt dat ik meermalen door de gang langs zijn kamer liep. Ik hoorde hen met elkaar praten en voelde tranen opkomen.

Daar verwenste ik mezelf om.

Verdorie, waarom had ik niet beter naar de reserveringen gekeken? Waarom had ik de naam Ringström niet opgemerkt?

Lusteloos pakte ik brood, boter en kaas uit de kast en maakte ik een lichte avondmaaltijd klaar. Daarmee trok ik me terug in de woonkamer, ging op de bank zitten en legde mijn benen op de bekleding. Anders pakte ik een boek en las ik nog wat, maar daar had ik nu niet de rust voor. Paul verscheen telkens weer voor mijn geestesoog, en dat gold ook voor de Leeuwenhof.

Toen ik klaar was met eten, liep ik naar het bureautje bij het raam waaraan mijn moeder vroeger haar brieven had zitten schrijven. Waarschijnlijk ook brieven aan Agneta Lejongård.

Had Agneta de uitnodiging voor Pauls bruiloft doorgestuurd? Als ik de brieven openmaakte, betekende het dat ik het verleden weer in mijn leven toeliet. Maar ik moest weten of Paul me had geschreven of niet.

Ik trok de la open waarin ik de ongeopende brieven van Agneta bewaarde. Ondanks wat er was gebeurd, had ze na enige tijd geprobeerd weer contact met me op te nemen.

Ik wilde weten of Paul aan me had gedacht toen hij die vrouw had leren kennen en uiteindelijk met haar was getrouwd. Misschien kon ik dan eindelijk het hoofdstuk met hem afsluiten.

Ik scheurde de ene na de andere envelop open. Ik zag het vertrouwde handschrift van Agneta en Ingmar, en er zat ook een brief van Lennard bij. Maar aan de inhoud schonk ik geen aandacht zodra ik had geconstateerd dat er geen bericht van Paul was ingesloten.

Mijn handen begonnen te trillen. Verdorie, Paul, waarom moest je me juist nu voor de voeten lopen? Al die jaren had ik een rustig leven geleid. Ik had mijn werk in het hotel, mijn huis en daarmee had ik alles wat ik nodig had. Af en toe had ik een liaison met een man, maar dat had geen betekenis. En nu zat ik hier brieven door te kijken die ik nooit had willen openmaken!

Uiteindelijk stopte ik bij een wat dikker exemplaar. Intussen lagen er ruim twintig enveloppen om me heen. Deze brief was de laatste, en hij voelde veelbetekenend aan. Waarom was ik indertijd, toen ik hem ontving en in de la legde, niet nieuwsgierig geweest?

Ik maakte hem voorzichtig open en zag dat er inderdaad nog een envelop in zat. Toen ik die eruit haalde, las ik mijn naam in een secuur handschrift. Het was niet dat van Paul, zo veel was zeker, en het was ook niet van iemand van de Leeuwenhof.

De afzender was Paul Ringström uit Oslo.

Ik werd warm van de gedachte die door me heen schoot, en ik liet de brief bijna vallen. Het moest het handschrift van zijn huidige vrouw zijn.

Even keek ik naar de envelop en luisterde naar het bonzen van mijn hart.

Toen vermande ik me en maakte hem open.

Er zat inderdaad een uitnodiging in, net zo eenvoudig als die van Daga.

De heer Paul Ringström en mejuffrouw Ingrid Rubinstein laten met vreugde weten dat zij op 22-03-1937 elkaar het ja-woord zullen geven. Daarom nodigen ze u hartelijk uit voor de huwelijksplechtigheid.

Daaronder stonden de adressen van de burgerlijke stand en van het hotel waar het bruiloftsfeest zou plaatsvinden. Naar het zich liet aanzien was Ingrid Joods, want haar ouders heetten Sarah en Schlomo en naast het burgerlijk huwelijk zou ook een rabbijn hun huwelijk inzegenen.

Net als indertijd bij Daga ook nu geen persoonlijk woord. Waarschijnlijk waren de uitnodigingen naar nog veel meer vrienden, familieleden en kennissen gegaan.

Het was nu twee jaar geleden. Toch had ik het gevoel dat ik de uitnodiging nog maar net had gekregen.

Ik probeerde mezelf wijs te maken dat ik blij was voor Paul. Maar dat lukte niet. Ik kreeg tranen in mijn ogen, en ik stak de uitnodiging terug in de envelop. Toen steunde ik met mijn armen op het tafelblad en probeerde de opkomende huilbui de kop in te drukken.

Paul was getrouwd – en ik? Ik was vijfentwintig en nog steeds alleen. Mijn maagdelijkheid had ik verloren aan een of andere knul die me in mijn eerste jaar in Stockholm troost had geboden. Maar het had Paul moeten zijn. Alleen Paul.

Na een poosje pakte ik het blaadje dat om de envelop met de uitnodiging had gezeten. Er stond maar één zinnetje op:

Ik denk dat dit je wel zal interesseren. A.

Agneta had het opgegeven, dat voelde ik. Na die brief had ik er geen meer gekregen. Ze had begrepen dat ik geen contact meer wilde. Dat had ik ook zo gewild, maar op dat moment stemde het me droevig.

Ik raapte de brieven bij elkaar en legde ze weer in de la. De uitnodiging voor de bruiloft deed ik erbij. Misschien was het maar goed dat ik die niet had gezien. Ik zou er toch niet heen zijn gegaan. Ik zou geen getuige hebben willen zijn van Pauls geluk. Ik zou niet met hem hebben willen praten.

En nu verscheen hij zomaar in mijn hotel. Was dat het lot of stom toeval?

's Nachts draaide ik me van mijn ene zij op de andere. Toen ik eindelijk in slaap viel, droomde ik van een bruiloft. De feestzaal was met blauwe guirlandes en serpentine versierd, op de tafel stonden vreemdsoortige blauwe bloemen. Ik zag een bruidspaar, maar kon het gezicht van noch de man, noch de vrouw onderscheiden.

'Mag ik u verzoeken?' vroeg een stem achter me.

'Ja, graag,' antwoordde ik zonder de man die het gevraagd had aan te kijken.

Ik ging met hem de dansvloer op en hij pakte mijn hand vast. Toen ik opkeek, zag ik het gezicht van Ingmar. Hij was sterk verouderd, zijn haar was al grijs, en zijn huid zat vol rimpels.

Verschrikt wilde ik me van hem losmaken, maar hij hield me

vast en begon met me te dansen. Hij liet me zo rondwervelen dat ik er bang van werd. Ik gilde, maar niemand schoot me te hulp. Toen ik langs mijn lichaam naar beneden keek, merkte ik dat ik ook een bruidsjurk droeg en dat die vuil was en in flarden om me heen hing.

Met een gilletje schoot ik overeind.

Buiten adem keek ik om me heen, en het duurde even tot ik besefte dat ik me niet meer in de blauw versierde zaal bevond en met een bejaarde Ingmar danste. Mijn hartslag werd langzaamaan weer normaal, mijn nachtpon plakte aan mijn lijf van het zweet.

Met een zucht liet ik me achterovervallen en ik staarde naar het plafond. Wat betekende dat? Wilde de droom me vertellen dat het goed zou zijn geweest om met Ingmar te trouwen? Zou ik moeten wachten tot ik oud en grijs was?

Nee, die droom had geen betekenis, ook al kon ik me indenken uit welk deel van mijn brein hij afkomstig was. Toen Daga trouwde, had Ingmar aangeboden me te vergezellen. Hij was degene die me had leren dansen. Dat was allemaal op een nare manier vermengd geraakt. Ik kon het maar beter meteen vergeten voor ik te sterk aan Ingmar en de Leeuwenhof ging denken. Voor me weer te binnen schoot waarom ik daar was weggegaan. En voor ik weer bedacht dat ik Ingmar onrecht had aangedaan.

Maar in dat soort dingen was ik niet zo goed. Vooral wat Ingmar betreft, werd ik door een slecht geweten geplaagd.

Zoals beloofd had ik hem na een jaar geschreven. Ik had veel te vertellen gehad. Over mijn aanstelling bij het Grand Hôtel, over alles wat ik daar meemaakte. Ik had geconstateerd dat het me gelukt was zoiets als voldoening te ervaren.

Maar toen ik zijn antwoord kreeg, wist ik dat alles niet meer hetzelfde was. Ingmar liet stijfjes weten dat hij op het punt stond af te studeren. Magnus leek nog een poosje door te gaan met zijn studie. In elk geval stipte hij aan dat het nog wel even kon duren voor Magnus zou afstuderen en dat hij zich dat als literatuurstudent kon permitteren.

Omdat hij wist dat ik niets over de Leeuwenhof wilde horen,

liet hij informatie daarover achterwege. De brief was dan ook kort uitgevallen. Ingmars leven werd door de Leeuwenhof bepaald – wat moest hij verder nog vertellen? Hij wist bovendien maar al te goed dat Magnus me niet interesseerde.

We bleven elkaar schrijven, en af en toe vroeg hij of ik niet toch terug wilde komen, maar dan verwees ik naar het hotel en dat ik veel plezier beleefde aan mijn werk daar.

De vele brieven van Agneta liet ik onvermeld. Waarschijnlijk wist hij dat ik ze niet las. En ik was ervan overtuigd dat hij Agneta vertelde wat hij van mij hoorde.

Ik moest erkennen dat dat jaar onze vriendschap geen goed had gedaan. Dat merkte ik toen ik hem twee jaar geleden voor het laatst zag. Hij had een afwezige indruk gewekt en geen pogingen gedaan me ertoe te bewegen terug te komen.

Daarna was het contact verbroken. Mijn laatste brief was onbeantwoord gebleven. Even had ik me afgevraagd of hem misschien iets was overkomen, maar in dat geval zou Agneta vast een manier hebben gevonden om het me te laten weten. Er was echter niets gekomen. Ik had het dan ook van me afgezet.

En nu die droom. Was het een oproep om weer contact met Ingmar op te nemen? En wat betekende het dat hij als grijsaard aan me was verschenen?

35

De gedachte aan Paul en de uitnodiging raakte een beetje op de achtergrond toen ik twee dagen later voor de deur van de rijschool stond waar ik sinds enkele weken les kreeg.

Onrustig wipte ik van mijn ene been op het andere. Ik deed mee aan de avondlessen van de rijschool, samen met nog een andere vrouw. Door onze mannelijke collega's werden we uitgelachen. Sommigen vroegen schertsend of we soms beroepschauffeur wilden worden. Maar dat negeerden we zo veel mogelijk. En nu was de grote dag gekomen. Als het die middag zo verliep als ik het me voorstelde, zou ik over niet al te lange tijd in een automobiel door de straten van Stockholm rijden.

Het was misschien bijgeloof, maar ik had ondanks de lage temperatuur mijn mooiste jurk aangetrokken. Die was paars, met een hoge taille en een rok tot over de knie met onderaan een volant. Het was eigenlijk een zomerjurk, maar ik had het gevoel dat hij geluk zou brengen. Ondanks het gebreide vest en de jas die ik erover droeg.

Voor mij was nog een andere examenkandidaat. Na eindeloos durende minuten zag ik de wagen de hoek om komen. Hoe zou de leerling het eraf hebben gebracht?

De drie mannen bleven nog een poosje in de auto zitten. Was het goed gegaan? Ik probeerde niet al te opvallend te kijken, om niet de suggestie te wekken dat ik nieuwsgierig was.

Na een tijdje stapte de kandidaat uit.

'En?' vroeg ik. 'Hoe ging het?'

Hij gaf geen antwoord en maakte een afwijzend gebaar, wat wel moest betekenen dat het niet bijzonder goed was gegaan. Toen liep hij met grote stappen de straat door.

Mijn borst verkrampte. Stel dat de examinator vandaag nu eens net een slechte bui had? Of dat hij misschien nog erger was dan de instructeur?

Op dat moment ging het portier open.

'Juffrouw Wallin?' zei meneer Drugesand, de rijinstructeur. Die had de afgelopen weken behoorlijk wat van me gevraagd en er geen geheim van gemaakt dat hij vond dat vrouwen niet achter het stuur hoorden. Maar hij had mijn geld aangenomen en me lesgegeven. En als deze dag voorbij was, hoefde ik hem nooit meer te zien.

'Ja!' antwoordde ik.

'Stapt u maar in!'

Ik gehoorzaamde en ging op de gepolsterde chauffeursstoel zitten. Hij rook een beetje naar zweet, waarschijnlijk nog van de jonge man. In de achteruitkijkspiegel zag ik het gezicht van de examinator. Hij had een politie-uniform aan en zijn al wat dunnende haar was over zijn kale voorhoofd gekamd. Daarbij droeg hij een bril met ronde glazen.

'Goed, juffrouw Wallin, laat maar eens zien wat u hebt geleerd,' zei hij zonder van zijn klembord op te kijken.

Bij het horen van de stem van de examinator versnelde mijn hartslag. Ik keek naar de rijinstructeur op de bijrijdersstoel, maar wist dat ik van hem geen hulp kon verwachten.

Dus startte ik de motor, trapte de koppeling in en schakelde naar de eerste versnelling. Langzaam, zoals de instructeur het me had ingeprent, liet ik de koppeling los en de wagen begon te rijden. Het waren handelingen die ik al vele malen had uitgevoerd, maar nu had ik het idee dat ik alles verleerd was.

Ik voegde in in het verkeer, waarbij ik me voelde als een drenkeling tussen de haaien, die er alleen maar op wachtten tot ze konden toehappen. Niet zozeer de gemotoriseerde voertuigen waren een probleem, als wel de paard-en-wagens, fietsers en ook voetgangers, die naar believen op de rijbaan liepen.

De route voerde dwars door de stad. En uiteindelijk ook door de zeer steil aflopende straat waar ik woonde. De rijinstructeur liet me de berg oprijden, waarbij ik een keer moest remmen en dan met gebruikmaking van de handrem weer weg moest rijden. Dat ging beter dan ik had verwacht. De auto had een beetje moeite met de helling, maar toen waren we boven. Ik haalde opgelucht adem. Niet omdat ik eraan twijfelde dat ik het voertuig kon besturen, maar de auto was aan de oude kant en had al menig chauffeur problemen bezorgd.

Weer terug in het stadsverkeer probeerde ik het voertuig zo voorzichtig mogelijk door de chaos te sturen. Een paar keer liep iemand met doodsverachting vlak voor mijn bumper langs, maar gelukkig wist ik de rem te vinden en deed die het ook nog.

Toen we weer bij de rijschool kwamen, waren mijn handen desondanks drijfnat. Ik liet ze nog een poosje op het stuur liggen, zodat de instructeur en ook de examinator niet zagen dat het leer volkomen doorweekt was.

'Nou, juffrouw Wallin, ik vind uw rijstijl behoorlijk sportief,' merkte de examinator op. 'Ongetwijfeld zou u op de AVUS in Duitsland carrière kunnen maken, als daar zoiets voor dames bestond.'

Ik deed mijn ogen dicht. Had ik te hard gereden? Ik had het gevoel gehad op de vlucht te zijn, maar toch ook op de snelheidsmeter gekeken. Zou het kunnen dat hij voor vrouwen de normale snelheid ongepast vond?

'Daarom, en omdat u ook de indruk wekt goed met de wagen te kunnen omgaan, zal ik u het rijbewijs toekennen.'

Ik draaide me met een ruk om. 'Echt?'

De examinator keek me streng aan. 'Had u dan niet het gevoel dat u de situatie in de hand had?'

'O, ja, zeker wel!'

'Dan moet u ook niet aan mijn beslissing twijfelen.'

Ik perste mijn lippen op elkaar. De examinator krabbelde iets op zijn klembord, toen overhandigde hij me een document. Daarop was een foto van mij bevestigd.

Dat was het! Mijn rijbewijs!

'Gefeliciteerd!' zei de examinator. 'Uw adres is overigens voor de rijscholen in Stockholm historisch.'

'In welk opzicht?' vroeg ik. Ik had nog nooit gehoord dat de Brännkyrgatan voor rijscholen bijzondere betekenis had.

'Nou, in die straat heeft in 1907 de eerste vrouw in Zweden die ooit haar rijbewijs haalde, laten zien dat ze met haar voertuig wist om te gaan. Net als u daarnet heeft ze daar de hellingproef gedaan. Daarna kreeg ze haar rijbewijs. Jammer genoeg is ze een maand geleden overleden. Het was een interessante vrouw. Ze heeft zelfs aan races meegedaan. Misschien wilt u wel in haar voetsporen treden.'

Ik schudde mijn hoofd. 'Nee, eigenlijk niet. Ik wil alleen maar kunnen rijden in de auto van het hotel waar ik werk. Af en toe moeten er aankopen worden gedaan waarbij het gemakkelijker is als je kunt autorijden.'

'Daar hebt u gelijk in.' Er gleed een glimlachje over het gezicht van de examinator. 'Nou, goede reis voortaan!'

Ik stapte uit en nam afscheid van mijn instructeur. Ik mocht autorijden! De wereld lag voor me open!

Even later liep ik met mijn pasverworven rijbewijs het hotel in. Ik had het gevoel dat ik zweefde. Vergeten waren de droom over Ingmar en het feit dat Paul hier logeerde.

'Hoe is het gegaan?' vroeg Tilda. Haar wangen gloeiden van opwinding. Dat was de vorige dag ook al zo geweest toen ik haar over het examen vertelde.

'Nou, toen ik de jongen zag die voor me was, had ik even het gevoel dat het misschien beter was als ik rechtsomkeert maakte en voortaan zou blijven lopen.'

'Heeft hij het niet gered?'

'Geen idee, hij was niet in staat iets te zeggen. En toen zag ik de examinator.'

Tilda kneep haar handen samen. Dat deed ze ook altijd wanneer ze op de radio naar een spannend hoorspel luisterde.

'Hij had een uniform aan en een vreselijk brilletje op.' Ik wist natuurlijk dat ik het verhaal een beetje moest aandikken, anders verloor ik de aandacht van mijn publiek. 'Hij had een klembord met allemaal briefjes in zijn handen. En toen zei hij dat ik maar eens moest laten zien wat ik kon.'

'En?' Tilda's ogen werden steeds groter.

'Ik zette hem in de eerste versnelling en reed weg. Onverschrokken, net als acteurs in films die gangsters spelen. En toen kwam het hoogtepunt. Ik moest de Brännkyrgatan in rijden. Op de een of andere manier leek die nog steiler dan anders.'

'Hoe kan die nou ineens steiler zijn?' vroeg Tilda. 'Ik denk, u woont daar en kent hem goed.'

'Ja, maar in een aftandse leswagen ziet de stad er ineens heel anders uit. En de straat waar ik geboren ben al helemaal. De examinator stuurt me dus die straat op, en halverwege moet ik stoppen. Ik trek de handrem aan, laat de koppeling en de rem langzaam los en geef gas. Even lijkt de auto achteruit te rollen. Maar daarna komt hij in beweging en gaat hij moeizaam over het plaveisel naar boven. Hij kreunt en steunt en knettert, maar op een gegeven moment zijn we boven!'

Tilda's ogen schitteren. 'Wat opwindend! Ik kan nauwelijks wachten om zelf te leren rijden.'

'Nou, als je genoeg geld hebt gespaard, laat het me dan weten, ik kan je een goede rijschool aanbevelen. De instructeur is wel een beetje knorrig, maar ook weer niet erger dan sommige gasten. Dat lukt je wel.'

'Dat hoop ik maar!' zei ze, en toen omhelsde ze me. 'Ik ben zo blij voor u. En ik hoop dat u me een keertje meeneemt voor een uitstapje.'

'Dat zal ik zeker doen.'

Ik ging op weg naar mijn kantoor. Op dat moment kwam er iemand naar me toe. Ik verstijfde toen ik Paul herkende. Had hij soms op me staan wachten?

'Dat was een indrukwekkend verhaal,' zei hij. 'Oefen je voor een hoorspel?'

'Ik heb vanmiddag rijexamen gedaan.'

'En?'

'Geslaagd.'

'Gefeliciteerd!'

'Dank je!' Ik keek hem onderzoekend aan. 'Wat verschaft me de eer?'

'Mathilda, kan ik je even spreken?' vroeg hij.

Ik verstarde. Daarnet had ik nog de hele wereld kunnen omhelzen, en nu ik hem zag, stond mijn hart even stil en begon te haperen.

'Waarom?' vroeg ik.

'Omdat ik je iets wil uitleggen. Ik... ik heb het gevoel dat je me ontwijkt, en daarom...'

Ik haalde diep adem. Iets aan mijn gezichtsuitdrukking moest hem tot zwijgen hebben gebracht.

'Goed,' zei ik. 'Kom maar mee!'

Ik liep met hem naar de eetzaal, waar rond die tijd weinig gebeurde. Het was allang lunchtijd geweest, en het avondeten zou pas over twee uur worden opgediend.

We trokken ons terug in een hoek achter planten. Daar stond een tafeltje met twee stoelen. Dat plekje werd vaak door paartjes opgezocht die afgeschermd van de andere gasten wilden tortelen. Maar daarvoor was ik niet in de stemming. Ik deed mijn armen over elkaar. 'Nou?'

'Mathilda, alsjeblieft,' begon hij, nadat hij op de stoel tegenover me had plaatsgenomen. 'Ik wil het je uitleggen. Ik... ik heb je een uitnodiging gestuurd,' zei hij en hij boog zijn hoofd. 'Het spijt me.'

'Ik weet het. Ik heb de uitnodiging gevonden, maar pas gisteren. Agneta...' Het viel me zwaar haar naam uit te spreken. Ik voelde woede opkomen en tegelijkertijd smartelijk verdriet als ik eraan dacht hoe ik door de weiden was gelopen. Hoe ik haar op kantoor had geholpen en hoe ze me had aangeboden deel van de familie te blijven uitmaken. Toen wist ik nog niet dat ik al deel van de familie was... Ik verdrong die gedachte. Die hoorde hier niet thuis.

'Agneta had hem naar me doorgestuurd, maar ik was zo kwaad

op haar dat ik de brief niet opengemaakt heb. Dat heb ik gisteren pas gedaan.'

Paul keek me verbaasd aan. 'Waarom was je kwaad op je voogd?'

'Ze is niet meer mijn voogd. Als het aan mij ligt zal ik haar ook nooit meer zien. En waarschijnlijk verbrand ik haar brieven. Maar dat is nu niet van belang. Je wilde me iets zeggen?'

Paul slaakte een diepe zucht. 'Het is allemaal niet gegaan zoals we als kinderen droomden, nietwaar?'

Ik schudde mijn hoofd. 'Nee, bepaald niet. Maar ik ben tevreden met het leven dat ik nu leid. Ik heb mijn weg gevonden.'

'Ben je getrouwd?'

'Nee.'

'Waarom eigenlijk niet?'

'Doet dat ter zake?' vroeg ik.

'Nee, natuurlijk niet.'

We zwegen een poosje.

'Hoe hebben jullie elkaar leren kennen?' vroeg ik. 'In je meubelmakerij, neem ik aan.'

Paul keek me aan. 'Nee, in een café. Bij een jazzconcert.'

'Jazz,' zei ik enthousiast. 'We hebben hier ook jazzconcerten. Zijn jullie er komende vrijdag nog? Dan komt er een band uit Amerika.'

'Dat zou leuk zijn, maar dan zijn we alweer op weg naar huis. Ingrid en ik... we waren meteen verliefd.'

'En toen dacht je dat je haar in dienst kon nemen?'

'Ze is de dochter van een zakenman. Het zit haar in het bloed.'

Zijn woorden kletterden als grote hagelstenen op mijn hoofd neer. Hij had de dochter van een zakenman gevonden. Ik was met mijn handelsschool niet goed genoeg geweest.

'Ik heb een diploma van de handelsschool. En ik zou toen met je zijn meegegaan.'

'Echt?' vroeg hij. 'En als dat een vergissing was geweest? Als je tot de conclusie was gekomen dat het niet het leven was dat je wilde?'

'Het was het leven dat ik wilde. Of het nu in Stockholm was of in Oslo.'

'Maar je was een heel ander meisje geworden. Je was de pupil van een gravin, je woonde op een landgoed. Zij had toestemming moeten geven. Het was me allemaal te ingewikkeld. Bovendien, nadat die jongen met zijn paard gevallen was... Ik heb gezien hoe je met hem omging. Hoe ongerust je je over hem maakte. Het leek of je van hem hield...'

'Paul,' zei ik. 'Ja, ik mocht hem graag. En om precies te zijn mag ik hem nog steeds, want hij draagt geen schuld aan de puinhoop waarin ik terecht ben gekomen. Maar... hij is mijn neef.'

'Je neef?'

'Ja. Dat ben ik pas vlak na mijn eenentwintigste verjaardag te weten gekomen. Mijn moeder was zwanger van Agneta's broer. Ik ben haar nichtje. Dat is ook de reden dat ik weg ben gegaan. Ik wilde niet langer voorgelogen worden.'

Paul zweeg even. Het leek of die informatie over mij puzzelstukjes waren die hij nog op hun plaats moest zien te leggen.

'Hoe ben je dat te weten gekomen?' vroeg hij ten slotte.

Ik schudde mijn hoofd. 'Dat zou nu te ver voeren. In elk geval is Ingmar twee jaar geleden uit mijn leven verdwenen. Hij is afgestudeerd en naar landgoed Ekberg gegaan, dat hij zal erven.'

'Is het contact helemaal verbroken?'

Ik knikte. 'Ja. Aanvankelijk schreven we elkaar nog, maar dat is verwaterd. Waarschijnlijk heeft hij wel iets anders aan zijn hoofd. Hij is nooit een grote brievenschrijver geweest. Maar ook dat doet niet ter zake, nietwaar? Het gaat nu om jou en mij.'

'Ja,' antwoordde hij. 'Jou en mij.' Hij zweeg even en keek me aan.

Ineens stond hij me zo na en de blik waarmee hij naar me keek bezorgde me een weldadige rilling. Het was alsof we weer op het kleed onder de boom lagen. Wat ik voelde was niet juist, en toch voelde het zo aan. Als vanzelf boog ik me naar hem toe en onze lippen vonden elkaar.

Maar onze kus had de onschuld van onze jeugd verloren. Paul trok me vol begeerte tegen zich aan en ik kon niet anders dan zijn omhelzing beantwoorden. Ik voelde heel duidelijk wat hij wilde en datzelfde wilde ik op dat moment ook.

Maar we waren hier in de eetzaal, en we konden elk moment hier achter de planten worden betrapt.

'Paul, alsjeblieft,' zei ik terwijl hij mijn hals streelde. Het viel me zwaar hem af te wijzen, maar dat moest wel als we elkaar niet in het ongeluk wilden storten. 'Denk aan Ingrid. Dit moeten we niet doen.'

Het noemen van zijn vrouw bracht hem meteen tot bezinning.

Hijgend trok hij zich terug en veegde over zijn gezicht. Hij had even nodig om zijn opwinding weer de baas te worden.

'Het spijt me,' zei hij uiteindelijk met trillende stem.

Ik knikte. Mijn hart klopte in mijn keel. Ik was maar al te graag voor zijn begeerte gezwicht! Maar dat zou onverstandig zijn geweest. Hij had voor een andere vrouw gekozen. Bovendien waren we hier in het hotel. Ik kon mijn baan verliezen als ik iets deed wat niet hoorde.

'Je moet gaan,' zei ik, 'je vrouw zal zich afvragen waar je zit.'

'Mathilda, ik...'

'Het is in orde,' zei ik. 'Ga en laat me mijn werk doen.'

'Vanzelfsprekend.'

Hij trok zich terug. Ik zag hem achter de planten verdwijnen en zocht steun bij het tafeltje. Ik sloot mijn ogen en mijn hartslag werd langzaam weer normaal.

Verdorie, wat moest ik hiermee aan?

Ik wachtte nog even, toen liep ik de eetzaal uit. Tilda was gelukkig bezig met een pas gearriveerde gast en lette niet op mij. Ik verschuilde me in mijn kantoor en hoopte dat ik daar voorlopig niet weg zou hoeven.

36

Terneergeslagen keerde ik 's avonds naar huis terug. Paul had zich gelukkig niet meer laten zien. Ik had de portier kunnen vragen of hij en zijn vrouw vertrokken waren, maar eigenlijk wilde ik het niet eens weten.

Ik haalde de post uit de brievenbus en ging naar binnen. Toen zag ik dat de lamp nodig eens van spinnenwebben en vliegen ontdaan moest worden. Wanneer had ik hier voor het laatst schoongemaakt? En waarom viel het me nu ineens op?

Ik ging aan de keukentafel zitten. De radio zette ik ditmaal niet aan. In plaats daarvan luisterde ik naar de stilte. De keukenklok tikte zachtjes.

Sinds de Leeuwenhof was er vijf jaar verstreken. Hoe had mijn leven eruitgezien als Paul me had meegenomen? Het bericht over de nalatenschap van Stella Lejongård had me beslist ook in Oslo bereikt, maar dan had ik iemand in de buurt gehad die me steunde. Nu was ik alleen geweest, net als toen mijn moeder gestorven was.

Een triest gevoel maakte zich van me meester. Ik had Ingrids plaats moeten innemen. Maar ik was hier en hij zat met zijn vrouw in mijn hotel. Zij hadden hun leven samen, en ik had niets meer dan mijn ouderlijk huis. Sinds ik voor het eerst het hotel was binnengegaan, was mijn leven gestagneerd. Ik had geen man, geen gezin, alleen een oud huis en een baan die het grootste deel van mijn tijd in beslag nam.

Ineens werd ik kwaad op mezelf. Ik had actie moeten ondernemen. Ik had allang een man moeten gaan zoeken. Dan had ik tenminste iets gehad om aan Paul te laten zien. Dan had ik tegen hem kunnen zeggen dat ik hem niet nodig had. In plaats daarvan liet ik me door hem kussen! Ik schaamde me. Voor mijn leven, dat nog steeds zonder doel was sinds ik bij het landgoed was weggegaan.

Mijn gedachten bleven nog lang in kringetjes ronddraaien, tot ik eindelijk naar bed ging. Ik hoopte op de genade van de slaap, maar ik lag alleen maar naar het plafond te staren en me van alles voor te stellen.

Ik schrok op van het geluid van een steentje dat tegen het raam ketste. Eerst dacht ik dat het deel uitmaakte van een droom, maar toen gebeurde het weer. Iemand gooide echt steentjes tegen mijn raam.

Met bonzend hart ging ik bij het gordijn staan. Ik was niet vergeten dat die steentjes ons teken waren geweest, het teken van mij en Paul.

En inderdaad: daar stond hij. Geen schaduw uit het verleden, maar in levenden lijve.

Ik deed het raam open.

'Zo te zien werkt het nog steeds,' zei hij met een verlegen lachje.

'Wat kom je doen?' vroeg ik, norser dan mijn bedoeling was.

'Jou zien. Ik loop al een tijdje door de stad en...'

'... en nu zoek je een plaats waar je kunt overnachten?' Ik voelde dat er vanbinnen iets verstijfde. 'Ik stel voor dat je teruggaat naar het hotel.'

'Dat bedoelde ik niet. Ik... ik wil met je praten.'

'Dat hebben we vanmiddag al gedaan.'

'Ja, maar... ik wil mijn excuses aanbieden.'

'Voel je niet verplicht.'

'Alsjeblieft, Mathilda...'

Ik verkeerde in tweestrijd. Er waren geen ogen meer die ons bespiedden, niemand die aanstoot zou nemen en zijn ouders op de hoogte zou brengen.

Zijn ouders... Waarom was hij niet met zijn vrouw naar hen toe gegaan? Waarom was hij naar ons hotel gekomen in plaats van bij zijn ouders te overnachten?

'Momentje,' zei ik, en toen stapte ik weg bij het raam. Ik wilde hem eigenlijk niet binnenlaten, want ik wist niet hoe ik zou reageren als hij weer avances maakte. Maar uiteindelijk trok ik mijn jurk en mijn schoenen aan en deed open.

Paul stond er nog steeds. Met een knikje vroeg ik hem binnen.

'En Ingrid?' vroeg ik, toen ik de deur achter hem dichtdeed. 'Waar denkt ze dat je bent?'

'Ik heb tegen haar gezegd dat ik met oude vrienden heb afgesproken.'

'Acht je het juist haar zo voor te liegen, terwijl je bij een oude vriendin bent?'

'Dat is toch niet verkeerd, of wel soms?' vroeg hij.

En óf het verkeerd was! Hij was met zijn vrouw op zakenreis! En zo te merken had ze voor de dag dat ze bij het Grand Hôtel hadden ingecheckt, nog nooit van me gehoord. Maar hoe kon je je echtgenote ook vertellen dat er voor haar een meisje was geweest bij wie je valse verwachtingen had gewekt. En dat je had laten zitten.

We gingen naar de woonkamer.

'Wil je koffie?' vroeg ik.

'Ja, graag,' antwoordde hij.

Ik liep vlug naar de keuken en zette de ketel op. Even keek ik naar de blauwe vlammen die eronder vandaan lekten, toen pakte ik de koffiebus uit de kast. Voor mij was koffie 's avonds vergif. Ik zou tot in de vroege ochtend wakker liggen.

Maar door koffie te maken kreeg ik de gelegenheid me op Pauls aanwezigheid in te stellen. Waarvoor wilde hij zich verontschuldigen? Dat hij me achter de planten in de eetzaal had gekust? Voor het feit dat hij me vroeger in de steek had gelaten? Dat was verleden tijd, probeerde ik mezelf wijs te maken, maar ik wist tegelijkertijd dat dat niet het geval was, want ik voelde nog altijd een steek van woede in mijn maag als ik eraan dacht. Ik had het hem nog altijd niet vergeven.

Het gefluit van de ketel haalde me uit mijn overpeinzingen. Ik goot het kokende water op het filter en liet het doorlopen. Toen zette ik de kan en twee kopjes op een dienblaadje. Rond deze tijd hoefde hij niet te verwachten dat ik de koffie volgens het boekje serveerde. Toch nam ik ook wat gecondenseerde melk en suiker mee, want ik wilde mijn koffie niet zwart drinken. Toen ik in de woonkamer kwam, stond Paul midden in het vertrek rond te kijken.

'Je moet het plafond laten opknappen,' zei hij. 'Over een paar maanden dwarrelt er afbladderende verf op je hoofd neer.'

'Laat dat maar aan mij over,' antwoordde ik terwijl ik het dienblad op het bijzettafeltje neerzette.

'Nou, wat wilde je tegen me zeggen?' vroeg ik nadat ik de koffie had ingeschonken. Ik probeerde me niet door Pauls blik te laten verleiden, wat me veel moeite kostte. Hij was knapper geworden, de jongen in hem was alleen nog aan zijn ogen te herkennen. Ook zijn lichaam was veranderd. Zijn schouders waren breder geworden, zijn armen gespierder, wat ongetwijfeld door zijn werk kwam.

'Indertijd, nadat ik was weggegaan...' begon hij uiteindelijk terwijl hij zijn kopje vastpakte. Dat het heet was leek hem niet te kunnen schelen. 'Toen waren er vaak momenten dat ik me afvroeg of ik wel het juiste had gedaan. Ik zag voor me hoe gekwetst je was. Ik vroeg me af of ik je niet te veel beloofd had.'

'In feite heb je me helemaal niets beloofd,' antwoordde ik. 'Het waren jeugddromen, waarin ik opging. Inmiddels heb ik mijn plaats gevonden, en daar ben ik blij om.'

Hoe ik me daar echt bij voelde, wilde ik hem niet laten zien. Als hij absolutie wilde, dan kon hij die krijgen.

'Je hebt geen idee hoeveel plezier me dat doet,' zei hij. 'En toch heb ik nog steeds het gevoel dat ik je in de steek heb gelaten. Toen mijn vader op het idee kwam dat bedrijf in Noorwegen te kopen... heb ik me daartegen verzet. Ik heb zelfs jou als reden aangevoerd dat ik niet weg wilde.'

'O ja?' vroeg ik verbaasd.

'Ik denk dat je het niet prettig vindt om te horen, maar mijn moeder begon op me in te praten. "Voor zo iemand als zij, die nu bij graven woont, zul je niet goed genoeg meer zijn. Je zult voor die gravin niet goed genoeg zijn. Het is beter als je je op je eigen leven concentreert.'"

Ik staarde hem aan. Bij Daga's bruiloft was het vreemde gedrag van zijn moeder me opgevallen, maar dat had ik geweten aan het feit dat ze me voor een arme wees had gehouden. Blijkbaar was het echter afgunst geweest, voortkomend uit het idee dat ik op de maatschappelijke ladder gestegen was. Als ik toen al geweten had dat ik familie van de Lejongårds was...

'En jij luisterde naar haar.'

Paul boog zijn hoofd. 'Ja. Na die toestand met die jongen... Ik twijfelde overal aan. En ten slotte heb ik de woorden van mijn moeder ter harte genomen en met mijn vaders plannen ingestemd. Ik was ervan overtuigd dat de Leeuwenhof voor jou het beste was.'

Ik slaakte een diepe zucht. Dat hij naar zijn moeder zou luisteren, had ik nooit verwacht. Waartoe afgunst een mens toch niet kon brengen...

'Ik wil je graag om vergeving vragen,' zei hij nadat hij een flinke slok koffie had genomen. 'Dat ik niet naar mijn hart heb geluisterd. Dat ik je in de steek heb gelaten.'

Hij pakte mijn handen vast. Alles in me schreeuwde dat ik me van hem los moest maken, maar dat kon ik niet.

'Ben je gelukkig met Ingrid?' vroeg ik.

'Ja,' antwoordde hij. 'Maar nu merk ik dat een deel van mij nog altijd aan jou hangt. De afgelopen dagen, toen ik Ingrid mijn stad heb laten zien en we al die afspraken hadden, heb ik me voortdurend afgevraagd hoe het zou zijn geweest als jij bij me was. Jij zou de mensen met je charme meteen voor je ingenomen hebben.'

'Doet Ingrid dat dan niet?'

'Ze is heel anders dan jij,' zei hij. 'Ze is heel terughoudend en verschuilt zich achter me. Jij zou naast me staan, dat wist ik meteen toen ik je weer zag.'

Minutenlang keken we elkaar aan. Hij had geen idee wat zijn woorden bij me losmaakten. Al die jaren zonder hem, die middag op de Leeuwenhof en de koele bejegening op Daga's bruiloft leken in het niets te verdwijnen. Alleen wij tweeën waren over, zoals we vroeger waren toen we samen door de stad liepen, maar dan rijper.

Paul zette zijn kopje neer en nam me in zijn armen. Dat voelde zo goed, dat ik me niet verzette. We kusten elkaar, en ineens was het alsof we weer in de wei onder de eik lagen, op die zomerdag.

'Paul,' zei ik, toen zijn lippen me loslieten. Mijn hele lichaam verlangde ernaar hem te voelen, terwijl ik wist dat het verkeerd was. Maar ik had niet de kracht om me van hem los te maken. In plaats daarvan vlijde ik me dichter tegen hem aan, en onze lippen vonden elkaar weer.

Terwijl we elkaar hartstochtelijk kusten, trok ik hem mee naar de slaapkamer.

Dat mag je niet doen, zei een stemmetje in me. Hij is getrouwd en heeft zijn vrouw voorgelogen. En misschien is hij alleen maar hier om te komen halen wat hij toen niet heeft gekregen.

Maar ik kon niet anders. Ik moest hem hebben.

Haastig ontdeden we onze verhitte lijven van onze kleren. Mijn vingers klauwden in zijn rug, mijn borsten drukten zich tegen zijn borst. Hij sloeg zijn armen om mijn middel, gleed naar beneden en tilde me op het bed. Ik spreidde gewillig mijn benen toen hij zich ertussen drong. Op het moment dat hij in me kwam, kreunde ik.

We beminden elkaar hartstochtelijk, alsof we niet jarenlang gescheiden waren geweest. Toen ik door een orgasme overweldigd werd en Paul in me leegstroomde, vroeg ik me af waarom ik het destijds niet al had gedaan. Waarom ik het andere mannen wel had toegestaan.

Het had me toen juist geleken, maar nu zag ik in dat het verkeerd was geweest.

Voor mij was Paul de enige. Ongeacht wat er was gebeurd.

Maar op het moment dat hij hijgend op me neerzakte, kwam ik weer tot bezinning. Dit kon toch helemaal niet! Hij was met zijn vrouw in de stad en sliep met mij.

'Ga van me af!' snauwde ik.

'Wat?' vroeg hij bedremmeld en hij richtte zich een beetje op. Ik glipte onder hem vandaan en sprong uit bed.

'Dit kan toch niet, dit is onmogelijk!' zei ik en ik begon door de kamer te ijsberen.

'Mathilda...' begon hij, maar mijn blik bracht hem tot zwijgen.

Mijn lichaam vibreerde. Enerzijds voelde ik het effect van het hoogtepunt heviger dan ooit tevoren, anderzijds greep schuldgevoel me naar de keel.

'Nee!' riep ik, zonder te weten waar ik eigenlijk nee tegen zei. Uitzinnig greep ik mijn jurk en trok hem aan alsof ik me plotseling voor mijn naaktheid schaamde.

'Mathilda, kalmeer alsjeblieft! Wat heb je ineens?'

'Wat ik heb?' was mijn wedervraag. 'Ik heb zojuist geslapen met mijn jeugdvriend. We hebben zojuist je vrouw bedrogen!'

'Ze zal het nooit te weten komen.'

'O ja?' vroeg ik. 'Jou maakt het misschien niet veel uit, maar voor mij ligt dat anders. Het maakt mij wél uit. Ik had het niet moeten doen...'

Weer liep ik heen en weer. Paul kwam overeind en probeerde me te omhelzen. Ik ontliep hem, want ik wist precies dat ik dan zo'n vrouw zou worden met wie mannen alles konden maken.

'Waarom ben je eigenlijk gekomen?' vroeg ik en ik keek hem kil aan 'Was in het hotel gebleven!'

Paul leek gekwetst, maar dat was juist wat ik wilde bereiken. Ik wilde dat hij gekwetst was. Ik wilde hem net zo'n pijn doen als hij mij had gedaan toen hij met Ingrid was verschenen. Toen hij was weggegaan zonder me te beloven dat hij me naar Noorwegen zou laten komen.

'Dus dat van daarnet betekende niets voor jou?' vroeg hij.

'Dat van daarnet?' Ik wees naar het bed. 'Denk je nou echt dat dat van daarnet iets was wat we hadden moeten doen?'

Hij gaf geen antwoord.

'We moeten het vergeten!' vervolgde ik. 'Tenzij je je van je vrouw wil laten scheiden en mij wilt meenemen naar Noorwegen.'

'Mathilda...'

Verdorie, hoe vaak wilde hij mijn naam nog uitspreken?

Het liefst had ik hard gegild, maar ik merkte dat ik ademnood begon te krijgen en duizelig werd. Ik zakte weer neer op het bed.

Paul wekte de indruk dat hij naast me wilde gaan zitten, maar hij hield zich in. In plaats daarvan raapte hij zijn kleren op en begon zich aan te kleden.

Ik staarde in de leegte. Er ging van alles door me heen. Zo veel woorden verdrongen zich om uitgesproken te worden. Maar mijn keel zat dicht. Ik vermoedde wat hij zou gaan zeggen. Hij kon niet scheiden. Hij zou zijn bedrijf in Noorwegen niet opgeven. Hij zou teruggaan naar alles wat hij had opgebouwd. Hij was niet hier gekomen om zijn vrouw voor een ander in te ruilen. Hoewel hij dat voor eventjes had gedaan.

'Je kunt maar beter gaan,' hoorde ik mezelf zeggen. Mijn stem klonk alsof ik in mijn slaap praatte. 'Ingrid zit op je te wachten.'

Vanuit mijn ooghoeken zag ik hem knikken.

'Je...' Hij schraapte zijn keel. Zijn stem klonk ineens schor. 'Je moet weten dat ik... dat ik nog steeds gevoelens voor je heb. Daarom ben ik hiernaartoe gekomen.'

Hij had dus nog gevoelens voor me. Maar wat moest ik daarmee?

'Goedenacht, Paul,' zei ik. Tot iets anders was ik niet in staat. Ik had hem verwijten kunnen maken of eisen kunnen stellen. Ik wilde echter alleen maar dat hij verdween. Dat de duisternis van de nacht me omhulde en me liet vergeten wat er gebeurd was.

37

De volgende ochtend zag ik ertegen op naar mijn werk te gaan. Ik vervloekte Paul, vervloekte mezelf dat ik voor hem gezwicht was. Ik had moeten weten wat hij van plan was.

Maar dat hielp niet. Me ziek melden was geen optie. Ook al zakte de moed me in de schoenen, een lafaard was ik niet. Als ik hem vandaag tegen zou komen, zou ik doen alsof hij een vreemde was. Een gast die het recht had gekocht in ons hotel te verblijven.

Ik wierp een blik op mijn paarse jurk. Die had slechts in één opzicht geluk gebracht. Mijn rijbewijs had ik, maar of wat er gisteren tussen Paul en mij was gebeurd goed was, waagde ik te betwijfelen.

Ik koos een donkerblauwe jurk met witte stippeltjes. Na een snelle kop koffie pakte ik mijn tas, trok mijn jas aan en liep naar buiten.

De bus was vol, zoals altijd om deze tijd, zodat ik moest staan. Een van de mannen in mijn buurt had zijn hoofd in de krant gestoken. Een van de koppen die ik vanaf mijn staanplaats kon meelezen, meldde dat de Duitsers Krakau hadden bezet. De vrouw naast hem had een mandje op haar schoot met stoffen tassen en boodschappennetjes erin. Waarschijnlijk zou ze een flinke hoeveelheid koffie en suiker gaan inslaan.

Toen ik bij het hotel aankwam, groette ik de portier.

'Juffrouw Wallin, rijdt u nog niet zelf?' vroeg hij lachend.

'Meneer Clausen, u weet toch dat ik nog geen auto heb.'

'Dan moet u de eigenaar van het hotel maar vlug om loonsverhoging vragen.'

'In deze tijd van oorlog lijkt me dat niet zo verstandig,' zei ik en ik voelde dat de druk vanbinnen wat minder werd.

'Maar Zweden is nog niet in oorlog,' wierp hij tegen.

'Nee, maar wie weet waar het op uit zal lopen. Ik doe liever zuinig en neem de bus.'

Ik wist dat ook meneer Clausen voorraden had ingeslagen. Dat had iedereen hier gedaan behalve ik. Maar ik had niet veel nodig, en aan dat wat ik nodig had, zou ik altijd wel kunnen komen. Bij degenen die voor een gezin moesten zorgen, lag dat heel anders.

Toen ik de lobby in liep, stonden er al wat gasten bij de balie. Maar toen Tilda mij zag, kwam ze naar me toe. Ze leek een beetje nerveus.

'Goedemorgen, Mathilda, hebt u even?'

'Maar natuurlijk.'

Ik begon me ongerust te voelen. Wat kon ze van me willen op een ochtend waarop er zo veel gasten bij de receptie stonden?

'De Ringströms zijn vanmorgen voortijdig vertrokken.'

Ik fronste mijn wenkbrauwen. 'Was er iets niet in orde?'

Ik probeerde niet te laten merken dat ik me ongerust voelde. Was hij vanwege mij weggegaan? Had Ingrid iets gemerkt? Was hij zo dom geweest onze liefdesnacht aan haar op te biechten? Ik probeerde niet te gaan trillen.

'Hij schijnt een telefoontje van zijn bedrijf te hebben gekregen. Daarom moesten ze terug. Meneer Ringström zei dat ik u dit moest geven.'

Ze overhandigde me een dichte envelop. Daarop stond: MEJ. WALLIN. Verder niets. Ik herkende Pauls handschrift.

Ik raakte het onaangename gevoel niet kwijt dat ze ruzie hadden gemaakt vanwege de afgelopen nacht.

'Dank je,' zei ik en terwijl Tilda weer terugging naar de balie, liep ik met knikkende knieën naar mijn kantoor. Het laatste wat ik wilde, was een schandaal.

Haastig scheurde ik de envelop open. Daarin zat een van de

kaarten die voor de gasten op de kamers lagen. Ook de envelop was van het hotel.

Het was een kort bericht dat Paul voor me had achtergelaten.

Lieve Mathilda,

Onze ontmoeting van gisteren behoort tot de mooiste momenten die ik ooit heb meegemaakt. Maar ik moet erkennen dat ik jou daarmee heb gekwetst. Vergeef me alsjeblieft! Ik heb besloten te vertrekken, om niet nog meer verwarring in jouw leven te veroorzaken. Je had gelijk, ik zou niet van Ingrid zijn gescheiden. Ik wil haar net zomin kwetsen als jou. Dus ga ik weg, ik hoop dat je leven van nu af aan verloopt zoals je het wenst. Dat verdien je, en ik wens je alle geluk van de wereld.

Paul

Ik keek een hele tijd naar de kaart. Blijkbaar was mijn angst dat Ingrid iets kon hebben gemerkt ongegrond geweest. Maar zijn woorden troffen me harder dan welke onzekerheid dan ook.

Ik zou niet van Ingrid zijn gescheiden.

Het was beter om hem te vergeten. Maar mijn hart zag dat anders. De afgelopen nacht had ik een fractie van een seconde geloofd dat alles weer kon worden als vroeger. Dat ik zou kunnen hebben wat ik zo graag had gewild.

Nu voelde het alsof er iets uit mijn borst was gerukt. Paul was weg, voorgoed, zo leek het. Daar had ik blij om kunnen zijn, maar ik dacht nog steeds zijn lippen te voelen, zijn lichaam op het mijne.

Ik frommelde de kaart in elkaar. Omdat het hotel moderne centrale verwarming had, was hier geen kachel om hem in te verbranden. Ik stopte de verfrommelde kaart in de zak van mijn jurk en liep naar de keuken.

'Hallo, Sören, heb je er bezwaar tegen als ik dit hier verbrand?' vroeg ik aan de assistent-kok, die bezig was met de bijgerechten.

'Nee, absoluut niet,' juffrouw Wallin,' zei hij terwijl hij zich weer op de selderijstengels richtte, waarvan de kruidige geur de lucht vulde en die onder het mes in zijn handen in kleine stukjes veranderden.

Ik opende de klep van het fornuis en zag even later de kaart verteerd worden door de vlammen. Daarmee waren alle sporen uitgewist, althans de fysieke. De innerlijke zou ik nog een tijd met me meedragen, maar ook die zouden slijten.

38

Het nieuwe jaar begon en de onrustbarende berichten bleven komen. Hitlers leger rukte snel op en ondervond nauwelijks tegenstand. Polen capituleerde en werd verdeeld tussen Duitsland en Rusland. De Zweden huiverden vanwege de Russische inval in Finland. De oorlog had al veel slachtoffers geëist en had in Zweden tot een golf van sympathie voor de Finnen geleid. Er meldden zich veel vrijwilligers om hen bij hun vrijheidsstrijd te steunen.

Maar helaas was dat niet het enige front waarvan we gevaar te duchten hadden. Ook in Noorwegen namen de fascistische krachten toe en die ontvingen de Duitsers met open armen.

Algauw hadden de Zweden het gevoel omsingeld te zijn. Stroom en andere zaken werden gerantsoeneerd. Verhalen over Zweedse koopvaardijschepen die in de Oostzee tot zinken waren gebracht, deden de ronde en riepen grote verontwaardiging op.

Zweden veranderde zijn status van neutraal in niet-oorlogvoerend, wat de bevolking in verwarring bracht. Zou de Koning toch een verbond met de Duitsers sluiten? Zou Zweden zich in de oorlog mengen? Voor het eerst na zo veel jaren neutraal te zijn geweest?

Eind maart 1940, vlak nadat het einde van de winteroorlog door de radiozenders was afgekondigd, werd ik ruw uit mijn ochtendlijke routine gehaald. Ik wilde net naar mijn werk gaan. Ik stond voor de spiegel, streek mijn grijze winterjurk glad en legde de laatste hand aan mijn kapsel.

Toen ik op de voordeur hoorde kloppen, kromp ik in elkaar.

Buiten stond een vrouw in een bruin geruit wollen mantelpakje. Door haar haar liepen brede grijze strengen, maar ze had een nog jeugdig gezicht. Was ze van een liefdadigheidsorganisatie en kwam ze om een gift vragen?

'U wenst?'

De vrouw nam me even op, toen vroeg ze: 'Bent u Mathilda Wallin?'

Toen ik knikte, vervolgde ze: 'Excuseer me dat ik u stoor. Ik ben Marit Hallmark. Ik weet niet of die naam u iets zegt, vroeger heette ik Andersson, maar dat doet er niet toe.'

Verschrikt keek ik haar aan. 'Ik weet wie u bent.'

Ik had Agneta's vriendin nooit gezien, maar de gravin had het af en toe over haar gehad. In haar jeugd hadden ze zich ingezet voor de vrouwenrechten. Mettertijd was hun omgang minder frequent geworden. Na Marits huwelijk hadden ze elkaar nog een paar keer ontmoet, maar per brief en via de telefoon hadden ze contact gehouden.

Die vrouw stond nu voor mijn deur en bracht me na de ontmoeting met Paul in het afgelopen jaar de Leeuwenhof opnieuw in herinnering.

'Ik had nooit verwacht ooit tegenover het meisje te staan wier moeder ik destijds naar Stockholm heb gehaald,' zei de vrouw. 'Ik zie dat u nog in uw ouderlijk huis woont.'

'Wat komt u hier doen?' Ik had geen zin om over mijn moeder te praten. Of ze nu iets met haar te maken had of niet.

'Ik heb een bericht voor u van mijn vriendin Agneta.'

Ze haalde een champagnekleurige, heel chic uitziende envelop uit haar handtas. Zoiets had ik nauwelijks voor mogelijk gehouden in een tijd waarin ook wij getroffen waren door rantsoenering. Soms was er zelfs gebrek aan papier, en dat terwijl er in Zweden genoeg bossen waren.

'Ze zei tegen me dat u post van haar zou negeren als die in uw brievenbus terechtkwam. Dus heb ik me bereid verklaard voor bode te spelen.'

Ze stak me de brief toe, waarop het wapen van de Lejongårds

prijkte. Een bericht van Agneta? Ik verkrampte.

De oorlog bracht blijkbaar met zich mee dat wat we wilden vergeten weer aan de oppervlakte kwam.

Ik had de deur in het gezicht van de vrouw kunnen dichtslaan, maar als vanzelf stak ik mijn hand naar de brief uit.

'Dank u,' zei ik, en ik keek haar aan. Was ze op de hoogte van de situatie tussen mij en Agneta?

'Lees de brief alstublieft,' zei ze. 'Het is heel belangrijk.'

'Waarom zegt u me niet wat uw vriendin wil?'

'Omdat ik niet iemand ben die brieven van andere mensen openmaakt. Wat Agneta met u te bespreken heeft, gaat alleen u beiden aan. Ik geef alleen maar aan u door dat u de brief echt moet lezen. Laden kunnen diep zijn, en maar al te vaak verdwijnt daar iets in wat iemand later misschien berouwt.'

Ineens vond ik de vrouw griezelig. Hoe wist ze dat ik de brieven in een la verstopte?

'Goed dan. Wilt u dat ik de brief nu meteen voor uw ogen openmaak?' vroeg ik een beetje knorrig.

'Nee, lees hem maar in alle rust. En wat Agneta u ook meedeelt, geef er gevolg aan. Het is echt heel belangrijk.'

Met die woorden nam ze afscheid en liep ze de straat uit.

Ik bleef haar nog even bij de deur staan nakijken. De brief in mijn hand voelde zwaar aan. Moest ik hem echt openmaken? Wat maakte het uit of ik hem bij de andere brieven legde?

Maar ik had het beloofd. En ik had dat eigenaardige gevoel in mijn buik. Twee jaar had ze gezwegen. En nu schreef ze me ineens weer. Was er iets gebeurd? Als ze haar vriendin stuurde, moest het ernstig zijn.

Ik nam de brief mee naar de woonkamer. Ik had niet veel tijd meer om de bus te halen, maar ik wilde hem niet tot 's avonds laten liggen.

Dus ging ik hem op de bank zitten lezen.

Lieve Mathilda,

Ik weet dat ik momenteel en waarschijnlijk altijd de laatste ben van wie je iets zou willen horen. Dat je nooit reageerde op mijn brieven, heeft me duidelijk gemaakt dat de Leeuwenhof je niet meer interesseert. Dat je me nooit zult vergeven.

Dat heb ik geaccepteerd en ik hoopte dat je geluk zou vinden in je leven. Maar nu is er iets gebeurd waardoor ik je hulp nodig heb.

Zoals je weet, heeft Magnus weinig belangstelling om het beheer van de Leeuwenhof op zich te nemen. Hij zit in Stockholm en besteedt veel tijd aan het vinden van een uitgever voor zijn boek. Helaas heeft Lennard ernstige problemen met zijn gezondheid. Zijn toestand gaat zienderogen achteruit. Ik wil er niet lang omheen draaien, maar het je meteen zeggen: ik heb hulp nodig. Hulp op de hoeve, maar ook in andere opzichten.

Allereerst wat de hoeve betreft: kun je je Clarence von Rosen nog herinneren? De man die altijd met de Koning meekwam voor de vossenjacht? Je zei eens stiekem tegen me dat hij een eivormig hoofd had. Maar nu is de gedachte aan hem niet zo grappig meer. Het ziet ernaar uit dat hij ervoor heeft gezorgd dat we bij de Koning uit de gratie zijn geraakt. Ineens hoorden we dat het koningshuis geen paarden van de Leeuwenhof meer zou afnemen. Als redenen werden daarvoor de oorlog en de economische situatie aangevoerd, maar ik weet dat er iets anders achter zit. Mijn informant is een zeer geloofwaardige bron.

En alsof dat allemaal niet al erg genoeg is, is Ingmar een tijd geleden naar Noorwegen gegaan, en het ziet er niet naar uit dat hij binnenkort terugkomt. Meer kan ik je nu niet schrijven. In elk geval is het zo dat ik niet in staat ben de Leeuwenhof en landgoed Ekberg allebei te beheren. Ik heb iemand nodig die altijd al meer talent voor het leiden van een onderneming had dan ik, en dat ben jij!

Ik kan je alleen maar vragen me te vergeven en hiernaartoe te komen. Ik smeek het je op mijn knieën: help me alsjeblieft! En als je het niet voor mij wilt doen, doe het dan voor Lennard. Hij vraagt steeds of je thuiskomt, vooral wanneer hij door de pijn in een delirium raakt. Ik smeek je, stap over je schaduw heen en kom! Praat met mij, praat met Lennard! Ik heb verder niemand die ik om hulp kan vragen.

Als je bereid bent naar de Leeuwenhof terug te komen, zal ik met genoegen alles voor je regelen en inrichten. Je onkosten en gederfde inkomsten zal ik graag vergoeden. Je hoeft maar een kort bericht te sturen, dat volstaat.

In voortdurende liefde,
je tante Agneta

Minutenlang staarde ik naar het blaadje in mijn hand. Agneta's vingers moesten hebben getrild bij het schrijven. Ik zag de onregelmatigheden in de halen en de soms te kleine lussen. Haar handschrift was zolang ik me kon herinneren, altijd heel regelmatig geweest, bijna alsof het gedrukt was.

Wat ik bij haar woorden moest voelen, wist ik niet. De oude teleurstelling kwam weer boven, de woede, het verdriet. Ik had Agneta vertrouwd en ze had het belangrijkste wat ik moest weten achtergehouden.

We hadden lange tijd geen contact gehad en nu verlangde ze van me dat ik terugkwam. Hoe kon ze!

Ik las de brief nog eens en meende echte vertwijfeling te ontdekken. Dat de handelsverdragen met het koningshuis waren opgezegd, was een zware slag voor het landgoed. Het koningshuis betaalde altijd goed en de daarmee verbonden reputatie had ons klanten van over de hele wereld opgeleverd. Nu zou iedereen zich afvragen waarom het koningshuis niet meer van de Leeuwenhof wilde kopen. En daar kwamen de andere problemen nog bij.

Ingmar – wat had hij in 's hemelsnaam in Noorwegen te zoeken? En Lennard? Die was dus ziek?

Zuchtend liet ik de brief zakken. Wat moest ik doen? Erheen gaan en me zelf een beeld vormen van wat er aan de hand was?

Vooral horen waarom Ingmar was weggegaan? Waarom hij zijn ouders in deze zware tijd in de steek liet? En waarom Magnus zijn plicht niet deed?

Magnus.

Meteen schoot me weer te binnen hoe afwijzend hij me had behandeld. Hij moest dolgelukkig zijn geweest toen hij hoorde dat ik weg was. En als hij me nu weer zag? Inmiddels wist hij vast dat ik zijn nichtje was.

Nee, daar ging het nu niet om. Het ging om Lennard. Hij was altijd aardig tegen me geweest. Hij had me in zijn huis en zijn gezin opgenomen. Als het echt zo slecht met hem ging, wie was ik dan om niet op zijn wens in te gaan?

Ik stond op, deed de brief in mijn handtas en vertrok. Ik had nog even tijd om het allemaal tot me door te laten dringen.

Het werd een turbulente dag in het hotel. Op het station was bagage verwisseld, waardoor onze gasten de koffers hadden gekregen van een gezin dat in een ander hotel was ondergebracht – helaas in een verre buitenwijk van Stockholm. Onze chauffeur had het er druk mee de goede bagage te halen en de verkeerde bij de rechtmatige eigenaars af te leveren. Bovendien was de koffer van een muzikant zoekgeraakt die 's avonds in onze serre zou spelen.

Daardoor verdwenen mijn gedachten even naar de achtergrond, maar toen de misverstanden waren opgelost en ik op mijn kantoor over de dossiers gebogen zat, kwamen ze weer terug. Telkens weer draaiden die om Lennard en Ingmar, wat er met hen aan de hand kon zijn en of de situatie in de brief misschien niet minder erg werd voorgesteld dan ze eigenlijk was. Had gravin von Lejongård weer iets voor me verzwegen? Daar was ze immers een meester in.

Bij het jazzconcert 's avonds gunde ik mezelf een paar momenten muziek. Ik stond goed verborgen achter een paar palmen tegen de muur geleund en liet de klanken tot me doordringen.

Toen ontdekte ik een paar, dat ik in eerste instantie voor Agneta en Lennard hield. Hun lichaamsbouw leek op die van hen, en ook hun kapsel. Pas toen ik beter keek, zag ik dat ze het niet waren. Maar meteen waren mijn gedachten weer bij de Leeuwenhof. Ik werd uiteindelijk zo onrustig, dat ik bij het concert wegliep en naar mijn kantoor terugging. Een schoonmaakster was daar net bezig de prullenmand te legen. Ik wachtte tot ze klaar was, daarna liep ik naar de telefoon.

Ik belde de telefooncentrale en liet me doorverbinden met de Leeuwenhof. Vlak nadat de telefoniste afscheid had genomen, hoorde ik het signaal overgaan. Ik wist dat de telefoon in Agneta's werkkamer stond en dat het vanuit de salon of de slaapkamer een heel eind was. Als iemand hem al hoorde overgaan.

Elke keer dat de bel rinkelde, groeide mijn teleurstelling, maar ook mijn bezorgdheid. Als het nou zo slecht met Lennard ging dat ze geen moment overhield? En hoe zou het met het landgoed zijn? Ik dacht aan alle mensen die er werkten. Als alles in elkaar stortte, zouden ze hun baan verliezen.

Na een paar minuten meldde de telefoniste zich weer. 'Het ziet ernaar uit dat er niet wordt opgenomen. Moet ik het nog eens proberen?'

'Nee, laat maar,' antwoordde ik. 'Hartelijk dank!'

Bezorgd verliet ik mijn kantoor. Ik ging niet meer terug naar het concert, dat ook in het voorste deel van het hotel goed te horen was. In plaats daarvan pakte ik mijn jas en mijn tas en nam afscheid van Jan, de nachtportier.

Op straat was nog maar weinig te beleven. Ik stapte in de eerstvolgende bus. Terwijl we over de Lilla Värtan reden, dacht ik voortdurend aan de Leeuwenhof. Als die ten onder ging, zou dat vreselijke gevolgen hebben. Voor de werknemers, de dorpsbewoners en ook voor veel zakenpartners.

Ik kende Agneta. Ze was heel goed op het gebied van paarden fokken en contracten afsluiten, maar aan haar boekhoudkundige kwaliteiten schortte soms het een en ander. Met Lennard aan haar zijde was dat nooit opgevallen, maar hoe zou het er nu uitzien? En wat moest er van al het personeel terechtkomen? De jongeren zouden vast wel werk in de stad vinden, hoewel er niet meer zo veel behoefte aan dienstmeisjes was. En de ouderen? Die zouden van de hand in de tand moeten leven. Iemand als Lena, die geen echtgenoot had, zou dan berooid achterblijven. Kon ik daarbij werkeloos toezien?

Toen de bus naar de Södermalm reed, besefte ik dat mijn woede eigenlijk alleen Agneta gold. Zeker, ze was de vrouwe van de Leeuwenhof, maar het landgoed was zo veel meer dan zij. Dat ze Magnus niet ter verantwoording riep, verbaasde me. Had hij nog altijd geen affiniteit met het landgoed ontwikkeld?

Het was vast dom om naar de Leeuwenhof terug te gaan, ook al was het slechts voor een paar dagen, maar ik had de afgelopen maanden nog minstens één keer iets doms gedaan: ik had met Paul geslapen. De hoeve, waar ik veel slechte, maar nog meer goede tijden had gekend, kon ik niet zomaar naar de haaien laten gaan.

Toen ik bij mijn huis aankwam, stond mijn besluit vast.

39

Het was niet gemakkelijk geweest de hoteleigenaar over te halen om me twee weken vrij te geven. Maar omdat ik volhield en wees op het feit dat mijn oom ernstig ziek was, had hij zich laten vermurwen.

Nu stond ik op het perron, zoals jaren geleden, op de ochtendtrein naar Kristianstad te wachten. De wind joeg droge bladeren over de rails, een paar mussen zochten met doodsverachting naar voedsel. En toen brak het wolkendek boven ons open en bood zicht op de blauwe hemel, terwijl de zon zich langs de horizon omhoog worstelde.

Ik had een telegram naar de Leeuwenhof gestuurd dat ik tegen de avond zou aankomen en laten weten dat ik niet afgehaald hoefde te worden. In Kristianstad waren immers ook taxi's.

Even later kwam de trein en ik stapte in, legde mijn koffer in het bagagerek en ging zitten.

Nu zou ik tijd genoeg hebben gehad om alle brieven te lezen die Agneta me had geschreven. Dat was ik oorspronkelijk van plan geweest. Ik wilde weten of er aanwijzingen waren geweest voor de ziekte van Lennard. Maar ik kon me er niet toe zetten ze tevoorschijn te halen. Mijn handen waren ijskoud en ik had het gevoel dat ik de deur zou opendoen naar een kamer waar in de duisternis iets vreselijks op de loer lag.

Pas een hele tijd nadat we Stockholm achter ons hadden gelaten raapte ik al mijn moed bij elkaar en pakte de eerste brief.

15 november 1934

Lieve Mathilda,

Hopelijk gaat het goed met je. Ingmar vertelde me dat jullie elkaar in Stockholm gesproken hebben en dat je bezig bent een baan te zoeken.

Ingmar heeft ook verteld dat je hem hebt gevraagd je een jaar de tijd te geven. Dat vind ik heel verstandig, maar laat hem alsjeblieft af en toe weten hoe het met je gaat. Hij is erg bezorgd om je, net als iedereen hier. Ik ook. Er verstrijkt geen uur zonder dat ik het betreur dat ik het je niet heb verteld. Waarom heb ik dat nou niet gedaan? Soms wens ik dat ik de tijd terug kon draaien.

Maar dan wordt me weer duidelijk dat ik het deed om je te beschermen. Ik wilde je niet uit het leven halen dat je gewend was, ik wilde niets overhoophalen wat voor jou vaststond. Je hebt nooit een andere vader gekend dan de man die een deel van je jeugd heeft bepaald. Ik weet dat hij een goede vader voor je is geweest.

Toen je moeder en ik destijds onze overeenkomst sloten, heb ik gezworen nooit afbreuk te doen aan Sigurd Wallins genereuze daad door te zeggen dat je een andere vader had. Als Susanna en Sigurd niet voortijdig uit je leven waren verdwenen, zou dat ook niet nodig zijn geweest. En ik kon niet vermoeden dat mijn moeder nog vanuit het graf in staat was ons leven flink overhoop te halen.

Maar dat weet je allemaal wel, en op dit moment maakt het ook niet uit. Je zult vast wrok tegen me koesteren, want je bent een echte Lejongård.

Mijn broer was een zachtaardig mens, maar hij kon ook genadeloos zijn als hem onrecht werd aangedaan.

Het kerstfeest komt eraan, en zoals altijd zal Lucia op dertien december zingen over de terugkeer van het licht. Bij de gedachte dat jouw plaats op die dag leeg zal zijn, breekt mijn hart. Maar je moet weten dat we aan je denken, elke dag. Misschien vind je ooit de weg naar ons terug. Dat wens ik van harte. Ik ben meer dan bereid je de plaats te geven die je toekomt.

In liefde,
je Agneta

Ik las de ene brief na de andere, en voor mijn geestesoog verscheen een desastreus beeld. De neergang was niet alleen aan Von Rosen toe te schrijven. Al ver voor die tijd waren er problemen. Agneta was volkomen overbelast. De onderneming ontglipte haar.

Er was een tijd geweest dat ik dat met genoegen zou hebben gelezen. Maar mijn woede was een beetje bekoeld en het speet me voor de mensen die van het landgoed afhankelijk waren.

Ten slotte kwam ik bij de laatste enveloppen.

14 juli 1937

Lieve Mathilda,

Dit is mijn laatste brief aan jou. Nu je bijna drie jaar mijn brieven niet hebt beantwoord en ook geen ander levensteken hebt gegeven, zie ik in dat het zinloos is het te blijven proberen. Waarschijnlijk heb je de vorige brieven niet eens gelezen.

Dat kan ik wel enigszins begrijpen. Er is een tijd geweest dat ik een vreselijk slechte verstandhouding met mijn ouders had. Toen heb ik hun brieven ook genegeerd; soms wenste ik dat ik helemaal met hen kon breken. Maar dat is me nooit gelukt. De Leeuwenhof heeft me altijd weer naar zich toe getrokken, ten laatste met de dood van mijn vader en mijn broer.

Jij verkeert in een andere situatie. Jij hebt voor de Leeuwenhof een ander leven gehad. Ik hoop bijzonder dat het je goed gaat en dat je gelukkig bent.

Hoewel ik vrees dat ik dit alleen maar voor mezelf schrijf, wil ik je kort laten weten wat hier de afgelopen tijd is gebeurd.

Na een turbulent begin van het jaar hebben we de zomer zoals altijd verwelkomd met het midzomerfeest, dat helaas een beetje overschaduwd werd door de wereldwijde onzekerheid.

Niet veel later heeft een storm aanzienlijke schade veroorzaakt op landgoed Ekberg. Ingmar heeft er zijn handen aan vol om alles weer zo veel mogelijk in orde te maken. Langzaamaan lijkt hem dat te lukken, en we hopen dat hij met de vossenjacht weer hier kan zijn.

Met ons gaat het goed, ook al is Lennards gezondheid de laatste tijd verslechterd. Hij heeft veel last van zijn lever, terwijl hij toch nooit te veel alcohol heeft gedronken. De artsen zeggen dat hij met de juiste manier van leven nog veel jaren voor zich heeft, maar we moeten erop letten dat het met zijn gezondheid niet de verkeerde kant op gaat.

Ik weet dat Magnus niet bepaald je favoriet is, maar sinds zijn afstuderen werkt hij hard aan zijn schrijverscarrière. Een krant publiceert een vervolgroman van hem, een volgende zit in de pen.

Je weet dat ik hem liever in mijn voetspoor zou zien treden, maar het landgoed interesseert hem lang niet zo erg als zijn schrijfmachine. Ik laat hem zijn gang maar gaan. Ik weet dat ik hem wegjaag als ik van hem zou eisen dat hij zich om de Leeuwenhof bekommert. Hij lijkt erg veel op mij, en ik besef dat iemand als hij alleen door een ramp gedwongen kan worden zijn plaats in te nemen. Laten we hopen dat die lang op zich laat wachten.

Welnu, je hebt me niet vergeven en zult dat waarschijnlijk ook niet meer doen. In de voorgaande brieven heb ik je steeds weer laten weten hoezeer ik het betreur dat ik je niet van begin af aan in vertrouwen heb genomen. Daar zie ik nu maar van af. Maar ik waag het toch je een verzoek te doen. Als je deze brief tegen alle verwachting in leest, laat dan even iets van je horen. In elk geval aan Ingmar, of iemand anders op de hoeve die je nog een beetje aan het hart gaat. Ik weet dat ik het door mijn zwijgen niet heb verdiend nog deel uit te maken van je leven, maar ik zou heel graag willen horen of het goed met je gaat. Als ik dat weet, laat ik je met rust.

Hartelijke groeten,
Agneta

Ik liet het blaadje zakken en keek een paar minuten alleen maar uit het raam. Het bos dat we doorkruisten werd een ondoordringbare muur van groentinten. De afgelopen jaren had ik alle gevoelens die met de Leeuwenhof te maken hadden verdrongen. Maar nu voelde ik steken in mijn borst. De tranen sprongen me in de ogen. Agneta had me onrecht gedaan, maar toch raakte haar bericht me. Ik was geraakt door haar berouw en ergens raakte het me ook dat ze het opgaf. Ik had haar zo lang afgestoten, maar nu vroeg ik me af of ik daarmee niet iets ergers had gedaan dan zij.

In deze tijd van het jaar viel de duisternis al vroeg en dus was Kristianstad in het schijnsel van straatlantarens gedompeld toen ik door de stationshal liep. Ik werd overvallen door het eigenaardige gevoel dat ik thuiskwam toen ik naar de deur keek waarachter eens de oude stationschef had gewoond. Zijn jonge collega was me intussen vast vergeten.

Ik verliet het station en zette koers naar de taxistandplaats, waarbij ik uitkeek naar Agneta's auto, maar ze had mijn verzoek gehonoreerd en hem blijkbaar niet gestuurd.

Ik stapte in een taxi en noemde mijn bestemming. Terwijl we door de stad reden, kwamen de herinneringen terug. Ik zag mezelf voor de handelsschool staan en met Ingmar in de auto zitten terwijl hij op het laatste moment zijn huiswerk probeerde te maken. Ik zag me met Birgitta door de stad lopen wanneer er lessen waren uitgevallen, ik zag me met haar en andere meisjes op zondag naar de bioscoop gaan nadat ik met veel moeite toestemming had gekregen van Agneta. Bijna vier jaar had ik hier doorgebracht. Hoewel ik geprobeerd had het allemaal te vergeten, was het toch een deel van mezelf geworden.

De beelden volgden me voorbij de stadsgrens de duisternis in.

De taxichauffeur was gelukkig zwijgzaam, hij concentreerde zich helemaal op de weg. Nevel steeg van de velden op en zweefde als witte sluiers voor de koplampen. Af en toe lichtten de ogen van een dier op, maar die verdwenen vlug weer in het donker.

Een half uur later doemde in de verte het landhuis op. Eerst was het niet meer dan een lichte plek, maar het kwam algauw dichterbij.

'Moet ik hierdoorheen rijden?' vroeg de taxichauffeur toen we bij de poort kwamen.

Ik kende de weg even goed als de straat voor mijn huis in Stockholm.

'Ja, alstublieft,' antwoordde ik en ik zag de hekzuilen aan me voorbijtrekken.

'Dat is een fraai optrekje,' merkte de chauffeur op toen we de rotonde opreden. 'Behoort u tot de familie?'

'Nee, ik... ik kom alleen op bezoek.'

Had ik zojuist nee gezegd? Eigenlijk behoorde ik tot de familie, maar dat de zaak nogal gecompliceerd lag, ging de taxichauffeur niets aan.

Toen ik had betaald, stapte ik uit en pakte mijn koffer uit de kofferbak, waarmee ik de chauffeur voor was.

'Goede reis verder!' riep ik terwijl ik de kofferbak dichtdeed en een stap naar achteren deed.

Toen de rode achterlichten in de duisternis waren verdwenen, bedacht ik dat ik zijn telefoonnummer had moeten vragen, zodat hij me over twee weken weer kon afhalen.

Ik liet de aanblik van de felverlichte ramen even op me inwerken. Toen klom ik de trap op. Ik was halverwege toen de deur openging. Het was Rika, die ik bijna niet had herkend, want ze was van een schriel meisje in een knappe vrouw veranderd.

'Welkom, juffrouw Mathilda!' riep ze. 'Mevrouw verwacht u.'

'Dank je,' zei ik terwijl ik haar mijn jas aangaf. Toen pakte ik mijn koffer en liep achter haar aan.

Agneta ontving me in de vroegere rookkamer, die al lang geleden in een soort ontvangstkamer was veranderd. Wanneer je binnenkwam, rook je nog altijd de geur van de rook die er decennialang was uitgeblazen. Maar na een tijdje merkte je het niet meer.

Ik wist waarom Agneta op dit vertrek gesteld was. De rooklucht was voor haar verbonden met de herinnering aan haar vader. Dat ze me juist hier verwelkomde, was veelzeggend.

Een verloren kind kwam thuis – dat dacht ze tenminste. Maar ik voelde me niet prettig bij die gedachte.

Goedenavond, Agneta!' Ik probeerde mijn stem vast en informeel te laten klinken en daarmee te verbergen welke storm van gevoelens er door me heen ging: woede en verwarring, zoete herinneringen en nervositeit en, ook al wilde ik het niet weten, een lichte vreugde.

'Wat heerlijk dat je er weer bent,' zei Agneta met een fijn glimlachje.

'Ik blijf niet lang,' gaf ik te kennen. 'Mijn baas heeft me twee weken vrijgegeven en ik ben hier vooral vanwege Lennard.'

Agneta knikte. 'Dat begrijp ik. 'Toch is het goed je weer te zien. Een sprankje licht in de duisternis.'

Er volgde een verlegen zwijgen op haar woorden. Ik wist dat ze op een teken van mij wachtte. Een gebaar dat aangaf dat verzoening tussen ons mogelijk was. Maar dat wilde ik niet geven. Ook al zag haar leven er inmiddels somber uit.

'Je oude kamer staat tot je beschikking,' zei Agneta uiteindelijk. 'En als je zover bent, vertel ik je alles wat hier gebeurd is.'

'Kan dat niet tot morgen wachten?' vroeg ik, hoewel ik ernaar snakte te weten wat er met Ingmar aan de hand was. Waarom hij zijn familie had verlaten en naar Noorwegen was gegaan. 'Ik wil graag uitpakken en dan bij Lennard gaan kijken.'

'Natuurlijk,' zei Agneta, en ik zag dat er in haar ogen tranen glinsterden.

Even verkeerde ik in de verleiding haar in mijn armen te sluiten, maar de oude wrok die weer bovenkwam, weerhield me. Ze verdiende geen troost.

'Ik laat hem weten dat je er bent. Misschien kunnen jullie een beetje praten in de salon.'

'Dat zou fijn zijn, dank u,' zei ik op dezelfde toon waarmee ik ook tegen het hotelpersoneel sprak. Toen draaide ik me om en liep naar boven.

40

Wat voelde het vreemd weer mijn oude kamer binnen te gaan! Ik had hier een fijne tijd meegemaakt en tegelijk ook een paar van de ergste dagen van mijn leven. Toch stroomde er warmte door me heen toen ik de deur achter me dichttrok.

De dienstmeisjes hadden alles prachtig in orde gemaakt. Het leek of ik nooit weg was geweest. Er was geen muffe lucht, geen klamme deken zoals in mijn ouderlijk huis toen ik daar terugkeerde. Het was alsof de kamer erop had gewacht dat ik me weer vertoonde.

Ik streek met mijn hand over de gebloemde roze sprei, die uitnodigde om te gaan zitten. Toen keek ik naar de kledingkast. Zouden mijn oude japonnen hier nog zijn? Ik had ze nooit laten ophalen en had gehoopt dat Agneta ze in de mottenballen zou leggen en verkopen.

Mijn hand trilde een beetje toen ik hem uitstak om de kastdeur open te maken. De dag dat Magnus die verschrikkelijke streek met me had uitgehaald, stond me ineens weer voor de geest. Zou hij gehoord hebben dat ik kwam? Zou er weer een dienstmeisjesuniform in de kast hangen?

Met een ruk trok ik de deur open. De geur van cederhout kwam me tegemoet, maar ik trof geen japonnen met wijde rokken of een uniform aan. De kast was leeg, op de stukjes cederhout na die ervoor zorgden dat er geen motten in kwamen.

Opgelucht maakte ik ook de andere deur open, pakte mijn koffer en begon mijn spullen in de kast te hangen.

Ik was net klaar toen er werd aangeklopt. Ik verstijfde. Was dat Agneta?

'Binnen,' zei ik en ik draaide me om.

De deur ging open, en het eerste wat ik zag, was een dienblad met eten. Toen keek ik in een vertrouwd gezicht.

'Lena!' zei ik.

'Goedenavond, juffrouw Mathilda,' zei ze met een schuchter lachje. 'Mevrouw dacht dat u misschien honger had.'

'Dat is erg aardig van haar,' antwoordde ik stijfjes. 'Zet het maar op de ladekast.'

Nadat ik naar Stockholm was teruggegaan, had ik me afgevraagd of Lena op de hoogte was geweest. Of Agneta haar misschien had ingewijd. Maar toen was ik tot de conclusie gekomen dat Lena net zomin blaam trof als Lennard. Zelfs als ze het had geweten, had ze het me nog minder kunnen vertellen dan hij.

'We zijn blij dat u er weer bent,' zei ze terwijl ze handenwringend in de deurpost bleef staan. Ik zag de eerste zilveren draden in haar kapsel.

Ze verwachtte natuurlijk dat ik zoiets zou zeggen als: 'Dat ben ik ook,' maar dat klopte niet erg. Hoewel ik de kamer net zo fijn vond als vroeger.

'Silja is intussen getrouwd, vervolgde ze. 'En mevrouw Bloomquist...' Haar gezicht werd somber. 'Mevrouw Bloomquist is een jaar terug overleden. Borstkanker. Daar waren we allemaal heel verdrietig om.'

'Dat spijt me zeer.' Mijn keel werd dichtgesnoerd. Niet alleen met Agneta en Lennard was het bergafwaarts gegaan. Ik herinnerde me de oude kokkin nog goed.

Lena knikte. 'Svea heeft om een assistent-kokkin gevraagd, maar in deze tijden... Ook op de staljongens is bezuinigd.

'Is Lasse Broderson er nog?'

'Jazeker, die is er nog. Hij klaagt alleen dat hij te weinig mensen heeft. Maar momenteel worden er bijna geen paarden meer verkocht. Mevrouw zou ze natuurlijk aan Duitsland kunnen verkopen, maar ze zegt dat ze dat tijdens de vorige oorlog niet heeft gedaan en het ook nu niet zal doen.'

'Ja, dat is echt iets voor de gravin,' zei ik en ik bedacht dat ik haar ook 'mijn tante' had kunnen noemen, maar dat stuitte me tegen de borst.

Er viel een stilte. Ik wist niet goed wat ik moest zeggen. Misschien had ik moeten aangeven dat ik maar twee weken zou blijven. Blijkbaar dachten ze dat ik voorgoed was teruggekomen. Maar ik kon die woorden niet over mijn lippen krijgen.

'Nou, dan wens ik u smakelijk eten,' zei Lena. 'Laat het maar weten als u nog iets wilt.'

'Dank je wel,' antwoordde ik, waarop de kamenierster zich omdraaide. 'O, Lena...'

'Ja?'

'Ik ben erg blij je weer te zien. Als je tijd hebt, kunnen we dan nog eens over mijn moeder praten? Nu de waarheid bekend is...'

'Natuurlijk, met alle genoegen,' zei ze en ze glimlachte.

Ik dacht eigenlijk dat ik geen trek had, maar door de verleidelijke geur die van het dienblad kwam, begon mijn maag toch te knorren. Svea had gehaktballetjes in bruine saus gemaakt, met aardappelen en cranberrycompote. Dat kon ik niet weerstaan.

Na het eten ging ik naar de salon. Lennard zat naast zijn vrouw op de bank. Toen ze mij zagen, onderbraken ze hun gesprek. Agneta stond op.

'Hallo, Mathilda, ga zitten,' zei ze terwijl ze onrustig haar handen wrong. 'Heb je je geïnstalleerd?'

'Ja, dank u,' antwoordde ik. 'En ook bedankt voor het eten!'

'Ik dacht dat je wel behoefte zou hebben aan een tussendoortje.'

Ik knikte en probeerde te verhullen hoe erg ik van Lennards uiterlijk schrok. Van de man die ik ooit had leren kennen, was nog maar nauwelijks iets over. Hij was afgevallen en wekte een zwakke indruk, zijn gelige huid was gerimpeld als bij een oude man. Terwijl hij pas begin vijftig was.

'Mathilda! Fijn je weer te zien,' zei hij terwijl hij moeizaam opstond.

'Ik ben ook blij u weer te zien,' antwoordde ik en ik omhelsde hem.

'Je weet je schrik goed te verbergen', zei hij met een scheef lachje. 'Ik weet dat ik eruitzie als een schim. En het erge is dat ik niet weet waaraan ik het verdiend heb. Ik heb nooit overmatig veel gedronken en toch laat mijn lever het afweten.'

Tranen verstikten me. Het was gewoon niet eerlijk. Die man had alles voor zijn familie gedaan en nu strafte het lot hem met een sluipende ziekte die vroeg of laat onherroepelijk tot de dood leidde.

'Ga toch zitten, en vertel me hoe het je in Stockholm is vergaan. Ik ben blij dat Agneta je heeft kunnen bereiken.' Hij keek naar zijn vrouw, die geen spier in haar gezicht vertrok.

'Ik denk dat ik jullie maar even alleen laat,' zei ze alsof mijn aanwezigheid haar ineens te veel was.

'Maar waarom dan?' vroeg Lennard. 'Wil je niet horen wat Mathilda te vertellen heeft?'

Agneta keek me aan. 'Ze zal het me later wel vertellen.'

Met die woorden draaide ze zich om en liep ze de kamer uit.

Ik keek haar verbaasd na.

'Je hebt het haar nog altijd niet vergeven, nietwaar?' vroeg Lennard. 'Het is vijf jaar geleden, en je bent nog steeds kwaad op haar.'

'Wat ze gedaan heeft, valt niet zo makkelijk te vergeven. Ze heeft een belangrijk deel van wie ik ben voor me verzwegen. Iedereen moet weten wie zijn echte vader was, ongeacht de omstandigheden.'

Lennard knikte. 'Dat is juist, en toch waren het toen andere tijden. Jullie jongelui zijn modern en hebben een eigen kijk op de dingen. In onze jeugd was dat allemaal anders. Fatsoen was de leidraad bij alle aspecten van het leven. Toen bespaarde men kinderen liever de waarheid.'

Hij zweeg even, daarna klopte hij naast zich op de bank.

Ik ging naast hem zitten. Mijn hart voelde vreselijk zwaar en ik kon mijn tranen nauwelijks bedwingen.

'De psyche van je tante is soms net een labyrint,' zei hij toen. 'Ik vraag me regelmatig af wat ze allemaal nog meer voor ons verborgen houdt.'

'Eerlijk gezegd wil ik dat helemaal niet weten,' gaf ik te kennen. 'Ik ben nu hier en wil jullie steun bieden op de hoeve. En ik zal Ingmar overhalen om terug te komen.'

'Ik vrees dat dat niet zo eenvoudig zal zijn,' zei Lennard. 'Heb je het daar al met Agneta over gehad?'

'Nee, ik denk dat het voldoende is als ze me morgen op de hoogte brengt. Tenzij u het me vertelt.'

Lennard schudde zijn hoofd. 'Ik wil niet op de zaken vooruitlopen. Maar er is veel gebeurd. Dingen die ons overvallen hebben. Dingen waardoor we op het punt van scheiden hebben gestaan.'

'Scheiden?' Ik staarde hem verschrikt aan. Agneta en Lennard waren altijd een eenheid geweest. Wat had hen beiden uit elkaar moeten drijven?

'Ik vrees dat een van de geheimen die Agneta en ik hebben gekoesterd ons een van onze zonen heeft gekost.'

'Misschien kunt u het me toch beter maar vertellen,' zei ik. 'Anders kan ik niet slapen.'

'Nee, Mathilda, dat laat ik graag aan Agneta over. Eerst wil ik van je aanwezigheid genieten. Hoelang blijf je?'

'Ik heb twee weken vrij genomen.'

'Waar werk je nu? Ben je een eigen zaak begonnen, zoals je van plan was?'

'Nee, ik werk in het Grand Hôtel. Ik ben assistent-bedrijfsleider en zorg dat alles goed loopt.'

Lennard knikte geïmponeerd. 'Dat klinkt als een verantwoordelijke baan.'

'Dat is het ook. En ik heb er plezier in.'

'Je leert vast veel belangrijke mensen kennen.'

'O, ja, musici, politici... Een keer hadden we een Arabische vorst te gast. Hij was in Zweden omdat hij vers bloed voor zijn paardenfokkerij zocht. Helaas kreeg ik geen gelegenheid hem de Leeuwenhof aan te bevelen.'

'Wat jammer! Maar momenteel kost het ons toch al moeite om

nieuwe klanten tevreden te stellen. Agneta moet zich nu niet alleen om de Leeuwenhof, maar ook om landgoed Ekberg bekommeren. Een paar weken geleden is ze ingestort. Daarom heb ik er bij haar op aangedrongen je nog een keer te schrijven.'

'Is Agneta ingestort?' vroeg ik geschrokken. Daarover had niets in de brief gestaan.

'Ja, en ze vermoordt me waarschijnlijk omdat ik het je verteld heb. Maar de tijd van geheimen moet nu maar eens voorbij zijn, nietwaar?'

'Dat zou ik bijzonder toejuichen.'

Lennard glimlachte.

'Ik ook. En nu moesten we maar eens gaan slapen. Het stelt me gerust dat jij hier bent, daardoor kan ik me aan aangenamere gedachten overgeven.'

'U hebt zich toch geen zorgen gemaakt?'

Lennard knikte. 'Ja, dat heb ik wel. Sinds je weg bent gegaan en alle brieven van Agneta onbeantwoord liet.'

'Heeft Ingmar dan niets verteld?'

'Jawel, hij hield ons op de hoogte zolang jullie elkaar schreven. Maar toen is er iets gebeurd en...'

Lennard hield op. Ik had graag geweten wat er tussen hen was voorgevallen. Had Agneta iets gedaan wat Ingmar kwaad had gemaakt? Waarom was hij niet naar me toe gekomen?

Maar ik besloot tot de volgende dag te wachten, want ik zag dat erover praten Lennard erg aangreep.

'Mijn excuses dat ik niet op de brieven gereageerd heb. Ik was zo vreselijk kwaad op Agneta.'

Lennard knikte begrijpend. 'Dat wil ik wel geloven. Maar als je woede pas laat of zelfs nooit overgaat, beloof me dan één ding alsjeblieft: schrijf ons af en toe hoe het met je gaat. Laat iets van je horen en vertel hoe het met je gaat. Dat wil ik graag weten.'

Ik pakte zijn hand. 'Goed.'

'Mooi. Rust nu maar eens goed uit. Je moet hier eerst weer even wennen. Morgen zien we verder.'

Ik hielp Lennard overeind en liep met hem mee de salon uit. Ik hield er rekening mee dat ik Agneta tegen zou komen, maar ze was nergens te bekennen.

'Verder red ik het wel alleen,' zei hij en hij omhelsde me nog eens. 'Welterusten, Mathilda! En welkom terug op de Leeuwenhof!'

41

Moeizaam en grijs kwam de morgenstond op, en zelfs het prachtige gezang van de vogels slaagde er niet in de zon uit zijn tent te lokken.

Ik ontwaakte met een loodzwaar gevoel in mijn botten. Het kwam me voor dat ik de weg van Stockholm naar de Leeuwenhof te voet had afgelegd. Lag het misschien aan het andere klimaat? Ik kwam overeind, gaapte en rekte me uit. Weer verbaasde het me hoe ik me hier thuis voelde. Afgezien van de zwaarte in mijn botten.

Toen bedacht ik dat me het gezamenlijke ontbijt te wachten stond. Misschien voelde ik me daarom zo.

Net als vroeger stond ik op voor het dienstmeisje kon verschijnen en liep ik naar de badkamer. Het water uit de leiding was koud, maar het verdreef de dufheid uit mijn hoofd. Ik pakte een rok en een trui uit de kast, maar bedacht me toen ik me wilde aankleden en trok een blauwe lange broek aan. In mijn achterhoofd kwam een idee op. Misschien was het goed een korte buitenrit te gaan maken. Sinds mijn vertrek had ik niet meer op een paardenrug gezeten, maar vroeger had die tijd in de natuur in mijn eentje me altijd goedgedaan.

Nadat ik bij Svea in de keuken een kop koffie had gedronken, liep ik het huis uit naar de stallen. De staljongens waren bezig ze uit te mesten. Een van hen bracht een zwaarbeladen kruiwagen weg. Lasse Broderson was er ook al.

'Goedemorgen,' zo begroette ik hem toen ik de grote stal binnenkwam.

De mannen, die met elkaar hadden staan praten, hielden daarmee op en keken me aan alsof ik een geestverschijning was.

'Juffrouw Mathilda!' riep Broderson verheugd. 'U bent er weer!'

'Sinds gisteravond,' zei ik en ik gaf hem en de anderen een hand. 'En ik vraag me af of ik met Linus een buitenrit kan maken.'

'Maar natuurlijk!' antwoordde de stalmeester en hij gebaarde naar een van de knechten dat hij het paard voor me moest zadelen. 'Komt u voortaan weer hier wonen?'

Hoe kwam iedereen er toch op dat ik hier weer zou blijven?

'Ik ben alleen op bezoek, om te zien hoe het met de graaf gaat.'

'Nou, meneer en mevrouw hebben het de afgelopen jaren niet gemakkelijk gehad,' zei Broderson. 'Als ik het zeggen mag: het lijkt of tegelijk met u het geluk het landgoed verlaten heeft.'

Of was het de straf voor wat Agneta me had aangedaan? Zouden de mensen hier weten wat er was gebeurd? Ik betwijfelde het. Als het personeel indertijd al niet op de hoogte was geweest, waarom zou Agneta het dan later nog hebben verteld?

'Misschien lukt het me wel een beetje geluk te brengen,' zei ik. 'Ik zal de boeken bekijken. Maar ik moet daarna weer terug naar het hotel waar ik werk.'

'Hotel?' vroeg Broderson verbaasd. 'Wat moet u in een hotel? U bent meer op uw plaats op het landgoed.'

'Het is het grootste en beste hotel van Stockholm. En geloof me, daar voel ik me uitstekend op mijn plaats.'

De knecht kwam terug en gaf me de teugels van het paard aan. Linus herkende me en stootte me aan met zijn neus.

'Bedankt! Nu ga ik maar eens een ritje maken.'

Lasse knikte en stapte naar achteren. Ik bracht Linus naar buiten en zwaaide me in het zadel. Het was een wat onwennig gevoel. Ik had meer dan vijf jaar niet op een paard gezeten. Maar het ging allemaal vanzelf. Ik klakte met mijn tong, wendde het paard met de teugels en stuurde het met mijn knieën, zoals ik het vroeger van meneer Blom had geleerd.

Toen ik de poort van de hoeve achter me had gelaten, versnelde ik het tempo. Nu merkte ik hoe ik het rijden had gemist. De wind door mijn haar te voelen gaan, de krachtige bewegingen van het paard. Een autorit kon daar niet tegenop.

Ik reed langs de velden, die in die tijd van het jaar nog braak lagen, maar dat zou de komende weken veranderen. Het graan zou opkomen, koolzaad zou gaan bloeien.

Ik had geen bepaald doel en volgde de weg. Natuurlijk leidde die naar het dorp, maar ook naar de wei waar Ingmar het ongeluk had gekregen. Daar stond ook de boom waar Paul en ik onder hadden gelegen, maar ik wilde de herinnering aan hem niet laten opleven.

De misstap was gelukkig zonder gevolgen gebleven en ik had besloten hem volledig uit mijn leven te bannen. Paul moest zijn zaken in Oslo maar behartigen, ik zou in Stockholm mijn geluk vinden. En zou hij het lef hebben om nog eens een kamer in het Grand Hôtel te boeken, dan zou ik in die tijd vrij nemen.

Toen ik in de buurt van het dorp was, kwam er een gedaante op me af. Die zat op een appelschimmel en droeg strak zittende zwarte rijkleding om een bijna al te slank lichaam. Toen de ruiter naast mij inhield en ik opkeek, zag ik dat het Agneta was.

Eigenlijk had ik zo'n ontmoeting willen vermijden, maar nu kon ik er niet omheen.

'Mathilda,' zei ze.

Ik vroeg me af of ze na mij was vertrokken of vlak ervoor op hetzelfde idee was gekomen.

'Agneta,' zei ik terug.

We wensten elkaar geen goedemorgen, wat eigenlijk had gemoeten. Agneta's gezichtsuitdrukking was sinds de vorige avond volkomen veranderd. 's Avonds had ze me zwak en huilerig toegeschenen, nu leek ze bijna strijdlustig. Zo had ik haar in mijn tijd op de Leeuwenhof maar zelden meegemaakt.

'We zijn geen kinderen meer. Laten we praten. Op het kerkhof,' zei ze en ze wendde haar paard.

Een gesprek op het kerkhof – wie kon zich dat voorstellen als hij net op een plaats was aangekomen waar hij eigenlijk geen voet meer wilde zetten?

Toen ik bij het kerkhof arriveerde, had Agneta haar paard al aan een van de poorthekken vastgebonden. Luid krassend cirkelden kraaien boven de hoge bomen die de begraafplaats omzoomden.

Ik steeg eveneens af en bond Linus vast.

'Goed, laten we praten,' zei ik, maar Agneta schudde haar hoofd. 'Niet hier buiten de poort. We gaan naar binnen. Je vader moet getuige zijn van ons gesprek.'

Mijn vader ligt op de bodem van de Oostzee, had ik er bijna uitgeflapt, maar ik wist me te beheersen.

Agneta maakte de poort open, die piepend protesteerde, en liep toen voor me uit naar de graven. Ineens moest ik weer denken aan de dag waarop de oude man die vermoedelijk mijn grootvader was ten grave werd gedragen. Waarom was ik nooit op het idee gekomen hem te bezoeken?

Bij een van de graven stopte Agneta ineens. Toen ik naast haar ging staan, zag ik dat het die man en zijn vrouw waren die hier eeuwige rust hadden gevonden.

'Je grootouders van moederskant,' verklaarde Agneta met een blik op de grafsteen.

'Wat moet dit betekenen? Een rondleiding over het kerkhof?' vroeg ik venijnig.

'Nee, ik wil inhalen wat ik indertijd heb nagelaten.'

'En u denkt dat dat alles weer goedmaakt en dat ik u dan vergeef?'

Ik zag haar in elkaar krimpen. Maar toen rechtte ze haar rug. 'Ik weet dat je het me niet zult vergeven. Toch laat ik het je zien.'

Ik haalde diep adem. 'Goed dan. Laat me het graf van mijn grootouders maar zien.' 'Ze hebben je moeder verstoten toen bekend werd dat ze zwanger was,' zei Agneta na een korte denkpauze. 'Toen ik probeerde uit te vinden waar ze was, scholden je opa en oma me uit. Een oude kruidenvrouw vertelde me uiteindelijk waar ze was, in een hutje vlak bij zee. Het ging heel slecht met je moeder. Maar dat kon niemand iets schelen. Ze wisten alleen dat Susanna schande over hen had gebracht. Je weet niet hoe graag ik haar daarvoor had willen behoeden.'

'Nou, dat is u gelukt,' reageerde ik. Ze had mijn moeder geholpen, dat kon ik niet ontkennen.

'Maar tegen een veel te hoge prijs,' wierp ze tegen. 'De Korvens hebben nooit iets over jou gehoord. Ze hebben nooit geweten dat Susanna met een fatsoenlijke man is getrouwd. Vanaf het moment dat ze haar zwangerschap opbiechtte en niet wilde zeggen wie de vader was, was ze dood voor hen. Behalve mij heeft ze het niemand verteld.'

'U en uw moeder.'

'Nee, mijn moeder heeft het van mij gehoord. Ze heeft Susanna altijd als minderwaardig gezien, als een schande. Toch heb ik geprobeerd gevoelens bij haar op te roepen. Gevoelens voor jou. Ik probeerde haar foto's te laten zien en op een gegeven moment was ze zover dat ze ernaar keek in plaats van me weg te sturen. Dat het haar zou aanzetten om zoiets als dat testament te maken, had ik nooit gedacht. Maar ze moet hebben vermoed wat ik zou doen.' Ze stapte opzij. 'Laten we verdergaan.'

Ze liep het pad af, terwijl ik nog een poosje bleef staan. Ik zag de oude man weer voor me die me Susanna had genoemd. Als ik toen het hele verhaal had gekend, hoe zou ik hem dan hebben bejegend?

Na een tijdje volgde ik Agneta naar de graftombe van de Lejongårds. Ingmar had me die eens op een buitenrit laten zien, maar we waren niet naar binnen gegaan. Nu ik ervoor stond, leek hij imposant en ongenaakbaar. De ingang was afgesloten met een traliehek.

Agneta haalde een sleutel tevoorschijn en maakte het open.

Ik aarzelde. Graven waarin je naar binnen kon gaan maakten me misselijk. Het was alsof je een kamer met volkomen onbekende mensen binnenstapte.

Agneta pakte de lamp die naast de ingang van de tombe stond en stak hem aan.

'Kom maar. Niet bang zijn. Niemand die hier ligt zal je iets aandoen.'

Ik was het liefst weggelopen, want ik vermoedde om welke reden Agneta dit deed. Waarschijnlijk dacht ze dat ze me weer bij het landgoed kon betrekken als ze me alles liet zien wat met mijn afkomst te maken had. Maar dat zou haar niet lukken.

Toch vermande ik me en ik liep achter haar aan.

In de tombe rook het muf, naar aarde en stof. De wind had bladeren door het hek geblazen, die zich nu in de hoeken ophoopten. De doden lagen in vakken met stenen platen erop. De jaartallen erop leken me onwezenlijk. Mensen die honderd, tweehonderd, ja zelfs driehonderd jaar geleden hadden geleefd lagen daar. Een hele familie in de dood verenigd. Ik huiverde bij de gedachte dat ze zouden kunnen proberen mij hier ook ooit bij te zetten.

Agneta bracht me naar het achterste deel van de grafkelder. Daar zette ze de lamp op een kleine verhoging neer. De bloemen in de marmeren vaas ernaast waren verdord.

'Hier ligt je vader,' zei ze en ze legde haar hand op een van de vakken.

Ik keek naar de naam die me zo vreemd leek. Hendrik Lejongård. Hij was dertig geweest toen de dood hem inhaalde. Niet veel ouder dan ik nu.

'Ik vraag me vaak af hoe het allemaal zou zijn gelopen als hij het had overleefd. Dan zou ik nu hier niet zijn, en jij...'

'Ik beslist ook niet,' merkte ik op. 'Omdat mijn moeder weggestuurd was. Misschien had ik dan wel ergens in de goot gelegen.'

Het werd me duidelijk dat ik de omstandigheid dat ik een goede opleiding had genoten en een interessante baan had ook aan Agneta te danken had. Agneta, die ervoor had gezorgd dat mijn moeder een goed huwelijk sloot en dat ik naar de handelsschool kon.

Schaamte bekroop me, en ik vroeg me af of het echt zo erg was dat ze me het geheim van mijn moeder niet had toevertrouwd. Maar mijn hart zei dat het erg was. En ik was niet kwaad om wat ze had gedaan, maar omdat ze voor me verzwegen had wat ik eigenlijk had moeten weten.

'Dat zou kunnen. Het is in elk geval niet uitgesloten dat je moeder eraan onderdoor was gegaan. En daarmee ook jij. Ze verkeerde in heel slechte conditie toen ik haar in het hutje opzocht. Ze had nauwelijks te eten en was te trots om hulp te vragen. Alleen het oude kruidenvrouwtje keek naar haar om. Zij had gemakkelijk als engeltjesmaakster kunnen fungeren. Er is niet altijd een breinaald voor nodig om ongewenste kinderen naar de andere wereld te helpen. Maar je was niet ongewenst. Susanna wilde je houden. En ik wilde ook dat je zou blijven leven.'

Ze zuchtte diep. 'Mijn broer zou van je hebben gehouden. En ik matig me aan hem goed genoeg gekend te hebben om te beweren dat hij voor jou en voor haar zou hebben gevochten. Het zou een schandaal zonder weerga zijn geweest. Misschien had mijn vader hem onterfd, maar dat zou hij hebben aanvaard. Hij moet veel van haar hebben gehouden. En indirect heeft hij ook vanwege haar zijn leven verloren.'

Ik staarde Agneta aan. Gaf ze mijn moeder echt de schuld van de dood van haar broer?

'Je hebt me jaren geleden gevraagd wat je moeder met Langeholm, de brandstichter, te maken had,' vervolgde ze. 'Wel, hij had de verhouding tussen mijn broer en haar ontdekt. Hij perste haar af. Maakte misbruik van haar, zelfs nog toen ze zwanger was. Hij eiste dat ze voor hem diefstal pleegde. En dat deed ze, omdat ze niet wilde dat mijn broer in diskrediet zou raken.'

Ik schudde mijn hoofd. 'Mijn moeder heeft niet gestolen,' snauwde ik.

'Ze wilde dat doen. Dat is de echte reden waarom ze weg moest van de hoeve. Ik heb nog geprobeerd haar toestand geheim te houden. Maar omdat het mijn moeders broche was, kon ik niet anders dan haar ontslaan. Later is alles uitgekomen, maar ze kon niet naar de hoeve terugkomen. Niet met een kind. Je weet hoe de wereld is. Als een vrouw buitenechtelijk zwanger raakt, wordt ze voor een hoer aangezien, ook al is de man er net zo schuldig aan. Vaak zelfs nog meer, want van alleen handjes vasthouden krijgt geen enkele vrouw een kind.'

Er viel een zware steen op mijn borst. Mijn moeder was een dievegge! Ik had gedacht dat niets me nog aan het schrikken kon maken, maar Agneta kreeg het telkens weer voor elkaar.

'Ik weet dat ik een grote fout heb gemaakt,' vervolgde ze. 'Ik had je moeten vertellen wie je was.'

'Dat hebt u al eens tegen me gezegd,' zei ik.

Ze knikte. 'Ja, inderdaad. En sindsdien is er geen dag geweest waarop ik me niet afvroeg wat het geschikte moment was geweest. Wanneer je aan de waarheid toe zou zijn geweest.' Ze keek me aan.

'Waarschijnlijk op de dag dat we elkaar voor het eerst zagen,' antwoordde ik.

'Echt? Toen had je net je moeder verloren. De man die voor jou je vader was geworden, was nog maar een paar jaar dood. Zou de waarheid toen niet veel schade hebben aangericht?'

'Dat zullen we nooit te weten komen.' De steen op mijn borst leek groter te worden en zwaarder op mijn hart te drukken. 'Maar als ik het nu van een afstandje bekijk, zou het beter zijn geweest als ik erop was voorbereid. Wat me het meest pijn doet, is de gedachte dat u het me misschien wel nooit zou hebben verteld. Of zie ik dat verkeerd?'

Agneta boog haar hoofd. 'Ik weet het niet. De hele tijd dat je op de hoeve was, heb ik ermee geworsteld. Ik zocht naar een goed moment. En soms, ik geef het toe, verkeerde ik in de verleiding het gewoon maar te vergeten. Het is beter zo, zei ik tegen mezelf. Ze heeft een goed leven, waarom zou je dat verstoren? Maar de waarheid komt altijd een keer naar boven. Ik heb zo vaak gedacht dat er iets zou gebeuren. Dat Lena of iemand uit het dorp je zou aanspreken en het je zou vertellen. Niemand kende het hele verhaal, alleen mijn moeder en ik. Lennard was toen nog niet mijn man. Ik heb het hem pas later verteld.'

'Lena zou zeker niets hebben gezegd,' zei ik. 'Soms had ik het gevoel dat ze het wilde, maar ze was bang ontslagen te worden.'

'Lena wist dat je moeder zwanger was en dat ze weg moest omdat ze geprobeerd had te stelen. Pas later bleek dat de stalmeester haar had afgeperst. Zoals ik al zei, niemand kent het hele verhaal. En ik heb mijn moeder onderschat. Ik heb altijd gedacht dat jij haar niets kon schelen. Toen zij overleed, was ik nog de enige die alles wist.'

'En u hebt niet gemerkt dat uw moeder naar de notaris in Stockholm is gegaan?'

'Mijn moeder was vlak voor haar dood nog veel op pad. Toen hadden we de auto al. Ze is meermalen in Stockholm geweest en bij een van die gelegenheden moet ze het testament hebben gemaakt en aan de notaris hebben gegeven. Een testament dat los stond van het onze.'

'Maar viel het ontbrekende bedrag dan niet op?' Ik kon me haast niet voorstellen dat Stella Lejongård zomaar een aanzienlijk bedrag van een van de bankrekeningen kon halen. Alleen als Agneta heel onachtzaam zou zijn geweest, had ze het over het hoofd kunnen zien.

'Mijn moeder beschikte over eigen geld. Een rekening die ze had gekregen toen mijn vader nog leefde. Ik heb niet gecontroleerd wat er op die rekening was af- en bijgeschreven toen ik er met de verklaring van erfrecht toegang toe had. Mijn moeder besteedde het geld naar eigen inzicht. Ze gebruikte aanzienlijke bedragen. Waarschijnlijk heeft ze het geld opgenomen en toen die rekening voor jou geopend. Ze had een paar geheime rekeningen, en ook een kluisje waarin ze een geheim bewaarde dat ze jarenlang voor me heeft verzwegen. Waarschijnlijk om dezelfde redenen als ik dat van jou.'

Wat voor geheim zou dat kunnen zijn geweest? Blijkbaar klopte het oude spreekwoord dat de appel niet ver van de boom valt.

Agneta keek me nu aan. 'Ik kan niet anders doen dan je om vergeving vragen. Wat er gebeurd is, kan niet ongedaan worden gemaakt, maar ik heb mijn lesje geleerd. Voortaan zal ik in alle opzichten eerlijk tegen je zijn.'

Ik wenste dat ze me die belofte eerder had gegeven. Hoe zou ik reageren als mijn dochter kwaad op me was? Of, in Agneta's geval, mijn nichtje? Zou ik vergeving vragen? Vast en zeker. Zou ik wensen dat ik die vergiffenis ook kreeg? Uiteraard. Kon ik Agneta vergeven? De tijd zou het leren. Maar we konden op een redelijke manier met elkaar leren omgaan.

'Goed dan,' zei ik. 'Vertel me eens hoe het er met het landgoed voor staat.'

Ze keek me verrast aan. Waarschijnlijk had ze gehoopt dat ik zou zeggen dat ik haar vergaf. Maar voor mij was het al een grote stap om weer met haar te praten. Normaal te praten.

'Het staat er slecht voor,' antwoordde ze en ze richtte haar blik op de grafplaten van haar vader en haar moeder. 'Dat de oorlog in Duitsland is begonnen heeft veel kapotgemaakt. Ik had het moeten zien aankomen, maar dat heb ik niet gedaan. In één klap verloor ik de helft van mijn handelspartners, hetzij omdat het Joden waren en hun bezittingen werden afgenomen, hetzij omdat ze veel te enthousiast hun hand opstaken voor Hitler. Ik wil niet zijn zaak dienen, ik ben Zweedse en heb alleen verplichtingen tegenover mijn koning.'

Ze zweeg even en ik zag haar ogen strijdlustig fonkelen. 'Helaas zijn ook de Zweedse, Finse en Noorse klanten van de stoeterij terughoudend geworden. Ze lijden allemaal aan de vrees dat het wel eens gedaan zou kunnen zijn met onze jarenlange neutraliteit. Om maar niet te spreken van het feit dat onze handelsvloot op de Oostzee niet veilig meer is. Je herinnert je vast nog onze precaire balans.'

Ik knikte.

'De afgelopen maanden hebben ervoor gezorgd dat die balans vergaand verstoord is. En ongelukkig genoeg heb ik vaak te veel aan mijn hoofd om me op zakelijke aangelegenheden te concentreren. Wanneer ik naar Lennard kijk, voel ik me verscheurd. Hij houdt zich goed en probeert nog zo veel mogelijk mee te helpen, maar zijn lever vernietigt zichzelf steeds verder. De dokters waren optimistisch en gaven hem nog een paar jaar, maar... Een paar jaar, Mathilda! Nog maar een paar jaar! Lennard is nog geen zestig! Ingmar en Magnus zijn nog niet getrouwd, en mogelijk zal hij zijn kleinkinderen nooit zien.'

Ze perste haar lippen op elkaar en ik zag tranen over haar wangen biggelen. Haastig veegde ze ze weg. 'En dan ook nog die kwestie met mijn zonen...'

Ik staarde haar aan. De Mathilda van vroeger zou haar zeker in haar armen hebben genomen, maar de vrouw die ik nu was aarzelde en wist niet zo goed wat ze moest doen. Ongetwijfeld maakte Agneta een zware tijd door. Ze kon wel wat troost gebruiken, maar ik kon me er niet toe zetten haar aan te raken.

'Wat is er met Ingmar?' vroeg ik. 'Waarom is hij verdwenen? En waarom bekommert Magnus zich totaal niet om het landgoed dat hij ooit zal erven?'

'Het ligt gecompliceerd,' antwoordde Agneta. 'Misschien zal Ingmar het je op zekere dag zelf vertellen. Ik weet niet of ik bekend mag maken wat er is gebeurd. Of Ingmar dat zou willen. In elk geval hebben we ruziegemaakt. Het was de ergste ruzie die ik ooit met hem heb gehad. Magnus keek altijd al anders tegen alles aan, maar Ingmar was buiten zichzelf van kwaadheid. We hebben weken niet met elkaar gepraat. Toen, in maart, vlak voordat ik jou schreef, kondigde hij aan dat hij naar Noorwegen zou gaan.'

'Waarom juist Noorwegen?'

'Hij gaf als reden dat hij twee studiegenoten en goede vrienden wilde helpen. Meer heeft hij niet gezegd en sinds zijn vertrek heeft hij ook niets meer laten horen.' Agneta zuchtte. 'Het is ongelofelijk hoeveel jullie op elkaar lijken. Je zou bijna denken dat jullie een tweeling zijn.'

'Maar dat is toch onzinnig? Moet hij zijn vrienden helpen? Waarmee dan? En waarom nu ineens, terwijl zijn vader ernstig ziek is en Magnus blijkbaar geen interesse heeft om ook maar iets van zijn plicht te vervullen!' Ik merkte dat mijn oude wrok tegen Ingmars broer weer bovenkwam. Destijds had ik kunnen zeggen dat ik niets met hem te maken had, maar nu wist ik dat we familie waren en dat maakte me nog kwader.

'Dat moet je hem zelf vragen. Het antwoord is hij mij namelijk ook schuldig gebleven. Ik zit met smart op post van hem te wachten. Maar hij bewaart het stilzwijgen. En ik weet niet eens of hij nog in leven is.'

'Dat is hij,' zei ik. 'Want anders had de politie het u laten weten. Of zouden zijn studievrienden dat hebben gedaan.'

'Je bedoelt dus dat elke dag zonder bericht een goede dag is.'

Agneta's ogen stonden zo vol verdriet dat ik mijn reserves liet varen en mijn hand op haar arm legde. 'Ik weet zeker dat hij van zich zal laten horen. En als u wilt, kan ik Paul vragen zijn ogen open te houden.'

Via het hotel zou ik makkelijk aan zijn adres kunnen komen.

'Paul?' vroeg ze, maar toen leek het haar weer te binnen te schieten. 'O, je bedoelt die meubelmaker die naar Noorwegen is gegaan.'

'Hij heeft een meubelmakerij in Oslo. Een paar maanden geleden heeft hij in het hotel gelogeerd.'

Er kwam een vragende uitdrukking in haar ogen, alsof het een nieuwtje was dat ik in het Grand Hôtel werkte. Maar waarschijnlijk verbaasde het haar dat ik nog contact met Paul had.

'Agneta, hoor eens,' zei ik met een diepe zucht. Het werd tijd om een einde aan dit gedoe te maken. Misschien was het idioot nog in wrok te blijven hangen. Vergeven was een proces dat meestal langzaam verliep. Maar na alles wat ik gehoord had, kon ik niet langer mokken. 'Er is tijd verstreken. Ik heb mijn eigen leven opgebouwd. Dat betekent dat ik vroeg of laat terug moet naar Stockholm, want anders verlies ik mijn baan. En voor u zegt dat ik ook hier kan werken, bedenk dan dat het voor mij een lange weg is geweest om te ontdekken wie ik ben en wat ik zou willen. Het hotel heeft me veel te bieden. Toch ben ik hier gekomen, en ik ben bereid u te helpen. Vooropgesteld dat u zich aan uw belofte houdt en me vanaf nu eerlijk elke verandering met betrekking tot het landgoed meldt. Wanneer ik terug ben in Stockholm, zal ik proberen u op afstand te steunen, maar het is belangrijk dat we Ingmar hierheen halen en dat ook Magnus zijn plaats inneemt. Hij kan niet met zijn hoofd in de wolken blijven zitten. Dat kan hij voor mijn part doen wanneer hij de landheer is en een goede beheerder heeft. Maar nu moet hij zijn moeder helpen.'

Agneta pakte mijn hand. Meteen viel ik stil. Ik vond het onaangenaam, ik wilde niet dat ze liet merken dat ze ontroerd was.

'Dank je wel,' zei ze toen. 'Dank je wel dat je hier bent. Je weet niet half hoeveel dat voor me betekent.'

Ze vroeg gelukkig niet meer of ik haar vergaf.

42

Na mijn terugkeer op de Leeuwenhof begaf ik me meteen naar Agneta's werkkamer. De chaos die er heerste was schrikbarend. Telefonisch nam ik contact op met het hotel. Tilda reageerde verrast toen ze mijn stem hoorde.

'Is alles in orde? Gaat het goed met u?' vroeg ze bezorgd. Ik had haar verteld dat ik met vakantie zou gaan, meer niet. Dat ik als probleemoplosser voor mijn tante zou gaan fungeren, had ik bij mijn vertrek nog niet bepaald kunnen bedenken.

'Ja, dank je, Tilda. Hoe gaat het in het hotel? Is alles in orde?'

'Het gaat zo zijn gangetje. Er is tot nog toe niets bijzonders gebeurd, afgezien van een paar ontbrekende handdoeken en wat verdorde planten.'

'Dat doet me deugd. Luister eens, kun je me misschien het adres van Paul Ringström geven? Je weet wel, die man die die brief voor me had achtergelaten?'

'Waar hebt u dat voor nodig?'

Het was eigenlijk niet gebruikelijk adresgegevens uit het hotel op te vragen. Maar ik was de assistente van de bedrijfsleider.

'Ik heb bericht van een gemeenschappelijke kennis gekregen en zou het graag doorgeven. Zou je zo goed willen zijn?'

'Maar natuurlijk!' Tilda legde de hoorn neer. Bij het horen van de geluiden bij de receptie kwam verlangen bij me op.

'Daar ben ik weer!' meldde Tilda na wat gekraak, toen noemde ze me het adres.

'Bedankt, je bent een schat!' zei ik.

'Dat hoor ik graag. Maar werk alstublieft niet al te hard. Nu u het geluk hebt op het landgoed van uw oom te zijn, kunt u maar beter van de frisse lucht genieten.'

'Dat zal ik doen, beloofd,' zei ik en ik maakte een einde aan het gesprek.

Daarna nam ik het adres, dat ik op de rand van een kalenderblaadje had genoteerd, mee naar het bureau in mijn kamer.

Paul zou zeker verbaasd zijn dat ik hem om een gunst vroeg. En het zou bij hem nog meer verwondering wekken dat ik hem vroeg te zoeken naar een man op wie hij jaren geleden jaloers was geweest.

We waren echter inmiddels geen adolescenten meer, maar volwassen mensen. Dat maakte ik hem in mijn brief duidelijk, en ik voegde eraan toe dat het veel voor me betekende.

Paul was me iets verschuldigd. Hij was weer in mijn leven gekomen, had me ergens toe gebracht waar ik achteraf spijt van had. Hij had oude gevoelens opgerakeld. Hij moest me helpen.

Toen de brief af was, deed ik hem in een envelop en schreef Pauls adres erop. De dag was nog jong genoeg om hem bij het postkantoor in Kristianstad af te geven. Ik pakte mijn jas en tas en ging terug naar Agneta's werkkamer.

Ze zat uit het raam te kijken, in gedachten verzonken, alsof de stapels papier op haar bureau er niet waren. Wat hield haar op dat moment bezig?

'Agneta?' vroeg ik, waarop er een siddering door haar lichaam ging.

'Ja?'

'Ik zou graag de auto nemen en naar Kristianstad gaan.'

Agneta knikte. 'Ja, je kunt het de chauffeur gerust laten weten.'

Ik glimlachte. 'Dat hoeft niet. Ik heb sinds een paar maanden mijn rijbewijs. Ik zou graag zelf rijden, maar daar heb ik uw toestemming voor nodig. Tenslotte is het uw auto.'

Er gleed een zweem van verbazing over haar gezicht. 'Je hebt je rijbewijs gehaald?'

'Dat leek me zinnig,' antwoordde ik. 'In het hotel hebben we een auto. Die neem ik soms als ik iets moet regelen.'

Agneta glimlachte. 'Prima. Maar pas goed op jezelf! En wees voorzichtig met schakelen, de auto is niet de jongste meer.'

'Dank u,' zei ik en ik trok me weer terug.

Agneta had niet overdreven, de auto had inderdaad zijn beste jaren gehad. Toen ik hem onder de verbaasde ogen van een paar staljongens de garage uit reed, kon ik goed merken wat Agneta met de schakeling bedoelde.

Maar het lukte me het erf over te rijden.

'Juffrouw Mathilda!' riep de chauffeur terwijl hij onder het lopen zijn jasje aantrok. 'U hebt helemaal niet gezegd dat u naar de stad wilde.'

'Ja, dat is zo, maar ik rij zelf,' zei ik. 'De gravin vindt het goed.'

'In dat geval... Maar u maakt me nog werkloos.'

Ik zwaaide naar hem en gaf gas.

Terwijl de auto over de weg hobbelde, dacht ik terug aan de tijd dat ik met Ingmar en Magnus naar school werd gebracht. Wat was dat een zorgeloze tijd geweest, ook al had ik dat toen niet zo ervaren!

In Kristianstad parkeerde ik in een zijstraat. Het postkantoor was daar vlakbij, en er waren een paar winkels. Ik was niet van plan iets te kopen, maar ik was benieuwd of bepaalde winkels er nog altijd waren.

In het postkantoor stond een rij, maar het ging allemaal tamelijk vlug. Sommige klanten verstuurden pakjes die eruitzagen alsof er suiker of koffie in zat. Zouden die voor familie zijn? Inmiddels waren sommige producten schaars geworden.

Eindelijk was ik aan de beurt. De jonge vrouw achter het loket wekte een vermoeide indruk.

Ik betaalde en liep het postkantoor uit. De zon kwam achter de wolken vandaan. Even bleef ik bij de deur staan en liet ik hem op mijn gezicht schijnen. Hij had al wat kracht.

'Mathilda?' vroeg een stem achter me.

Ik draaide me met een ruk om.

'Dat bestaat niet, je bent het echt!' Birgitta kwam met wijd open armen naar me toe en voor ik het wist, omhelsde ze me net als vroeger, toen we nog op school zaten.

'Birgitta!' zei ik verrast en met een brede lach. Op dit weerzien had ik niet gerekend. 'Wat doe jij hier?'

'Nou, wat denk je? Het kantoor van mijn vader leiden. Samen met mijn man.'

Trots liet ze de gouden ring aan haar hand zien.

'Je hebt dus je Cary Grant gevonden?'

'Veel beter!' riep ze uit. 'Karl is een lieve man en daarbij ook een goede zakenman. Een paar maanden geleden hebben we de zaak uitgebreid en zelfs een klein distributiecentrum voor onze waren op het platteland gevestigd.' Ze zweeg even en keek me stralend aan. 'En hoe is het met jou? Sinds onze schooltijd heb ik je niet meer gezien!'

'Ik ben nu assistent-bedrijfsleider in het Grand Hôtel in Stockholm,' antwoordde ik.

'Ben je niet meer op de Leeuwenhof?'

Ik schudde mijn hoofd. 'Al een hele tijd niet meer. De stad trok me. Sindsdien ga ik alleen nog op bezoek op de hoeve.' Dat ik te weten was gekomen dat ik eigenlijk een Lejongård was en ruzie met Agneta had gehad, ging haar niet aan.

'Wat spannend! Ik moet Karl maar eens overhalen om naar Stockholm te gaan en daar te overnachten. Hebben jullie veel last van de rantsoenering? Er wordt gezegd dat openbare gelegenheden en hotels nog steeds beter worden voorzien.'

'Nou, we proberen er het beste van te maken,' antwoordde ik ontwijkend. Natuurlijk hadden wij ook met beperkingen te maken, want veel van de vroeger vanzelfsprekende goederen/producten kwamen nu het land niet meer in.

Ze pakte mijn hand vast. 'Wat vind je ervan als ik je onze zaak laat zien? Of heb je plannen?'

'Ik wilde eigenlijk alleen naar het postkantoor en daar ben ik net geweest.'

'Mooi zo, ga maar mee!' zei Birgitta. 'Ik ben er heel trots op dat we mijn vaders bedrijf zo hebben kunnen uitbreiden. En misschien kun je wel wat van onze producten gebruiken.'

Het bedrijf van Birgitta's vader was in onze schooltijd altijd iets geheimzinnigs geweest. Hoewel we een paar keer samen naar de bioscoop waren gegaan, had Birgitta me nooit mee naar huis genomen.

Nu stond ik voor twee grote gebouwen die eruitzagen als enorme opslagruimten. In het ene was een winkel ondergebracht waarin alle mogelijke huishoudelijke artikelen te koop waren. Het andere diende blijkbaar als kantoor en magazijn. Op het erf stonden twee grote bestelwagens.

'Laten we hopen dat het leger niet op het idee komt onze wagens in beslag te nemen,' zei Birgitta toen ze me zag kijken.

'Denk je echt dat er gemobiliseerd zal worden?' vroeg ik. Tot nog toe waren er geen aanwijzingen dat Zweden in staat van oorlog terecht zou komen.

'Momenteel is niets in de wereld nog zeker,' antwoordde Birgitta. 'Maar daardoor laten we onze middag niet vergallen, toch?'

Ze trok me mee de zaak in en liet zien wat voor waren ze daar allemaal hadden: huishoudelijke apparaten, emaillen schalen, handdoeken en theedoeken, en verder tafelzeil en borstels. Maar er lag minder opgeslagen dan je vanaf de buitenkant zou denken.

'Je hebt echt iets opgebouwd, Birgitta,' zei ik lovend nadat ik de bedrijfsruimten had gezien.

'Werken in een groot hotel is anders ook niet verkeerd. Ben je nog van plan een eigen zaak te beginnen?'

'Dat valt nog te bezien,' zei ik. 'Ik weet het niet.'

'Hoe zit het dan met je aanbidder? Paul, zo heette hij toch?' Ze keek me veelzeggend aan.

'Dat is op niets uitgelopen. Hij is naar Noorwegen gegaan, daar heeft hij een meubelmakerij overgenomen.'

'En jij bent niet meegegaan?'

Ik schudde mijn hoofd. Ik vond het niet aangenaam het daar nu over te hebben. 'We waren elkaar ontgroeid. Of beter gezegd, we waren volwassen geworden.'

'Wat jammer. En die knappe knul met wie je altijd naar school kwam?'

'Met hem ligt het allemaal nog gecompliceerder,' ontschoot me. Het liefst was ik meteen weer verdwenen, want ik wist dat Birgitta meer zou willen weten.

'In hoeverre? Zijn jullie toch verliefd op elkaar geraakt?'

'Nee. Hij is verdwenen. Zoals je ziet, slaan mannen voor me op de vlucht. En ze hebben allemaal Noorwegen in hun hoofd. Waarschijnlijk rust er een vloek op me.'

'Dat geloof ik niet,' zei Birgitta. 'Ik weet zeker dat de ware nog zal komen. Misschien zelfs wel in je hotel.'

We liepen verder, en Birgitta liet me het ruime woongedeelte boven de winkel zien. Ik hoorde dat haar ouders met pensioen waren gegaan en naar het noorden waren verhuisd. De leiding over het bedrijf hadden ze aan haar en haar man overgelaten. Kinderen waren hun helaas nog niet gegund, maar ook op dat punt bleek Birgitta optimistisch.

Ten slotte gingen we terug naar de winkel, waar ik beslist weigerde een cadeau aan te nemen.

'Ik heb echt niets nodig, Birgitta, hartelijk dank,' zei ik. 'Maar weet dat je altijd welkom bent in het Grand Hôtel. Ik zal ervoor zorgen dat je de kamer voor een zacht prijsje krijgt.'

Birgitta grijnsde breed, toen omhelsde ze me weer. 'Het was fijn je weer te zien, Mathilda. Laat het de volgende keer even weten als je hier bent. We kunnen dan samen de middag doorbrengen, net als voeger.'

'Net als vroeger,' herhaalde ik glimlachend. 'Natuurlijk laat ik van me horen, Birgitta.'

Daarop liet ze me gaan. Ik zwaaide nog een keer naar haar en draaide me om.

Bij een prachtige zonsondergang kwam ik terug op de hoeve. Het uitje had me goedgedaan, maar nu ik het huis binnenkwam, viel de bedrukte sfeer, die ik bij aankomst niet had opgemerkt, me op. Ik liep haastig naar mijn kamer om me op de avond voor te bereiden. Daarbij kwam ik Agneta tegen.

‘En, heb je alles kunnen regelen?’ vroeg ze.

‘Ja, dank u, het is allemaal goed gegaan.’ Agneta knikte en wilde al doorlopen, maar ik riep haar achterna: ‘Ik heb Paul geschreven. Hij woont in Oslo en ik heb hem gevraagd naar Ingmar uit te kijken. Misschien kan hij iets te weten komen.’

Agneta keek me verrast aan. ‘Bedankt. Kom straks naar beneden voor het eten, als je wilt, dan kunnen we wat praten. Lennard voelt zich vandaag niet zo goed, dus we zijn met zijn tweeën.’

‘Dat is goed, ik kom,’ zei ik.

In de eetkamer merkte ik dat er een radio op het buffet stond. Dat was nieuw, want eigenlijk was het avondeten bedoeld om over de afgelopen dag te converseren.

‘Zet hem gerust aan,’ zei Agneta, die na mij binnenkwam. ‘Lennard en ik luisteren graag naar muziek onder het eten.’

Ik trok verbaasd mijn wenkbrauwen op. ‘U hield toch nooit van muziek bij het eten? Tenzij er een evenement was en er een kapel speelde.’

‘De tijden zijn veranderd,’ zei Agneta en er verscheen een bitter lachje op haar gezicht. ‘Soms is het beter naar muziek te luisteren en je daar even in te verliezen dan voortdurend met je eigen gedachten bezig te zijn.’

Hadden Lennard en zij elkaar dan echt niets meer te zeggen? Kwam het gesprek elke keer weer op zijn gezondheid? Kon ze bij zijn aanblik er alleen nog aan denken dat hij doodging?

Ik drukte de knop in en er klonk een rustige melodie, gespeeld door een klarinet. Die bracht meteen een heel andere sfeer in het vertrek.

Ik zag dat Agneta voor haar plaats bleef staan, haar ogen sloot en helemaal in de muziek opging.

Even later klonk de mededeling dat het acht uur ’s avonds was. De gebruikelijke tijd voor het avondeten op de Leeuwenhof.

Ineens werd me duidelijk dat Agneta de radio om nog een andere reden had aangeschaft. De nu volgende nieuwsuitzending berichtte over de nieuwste ontwikkelingen in de oorlog. Het ging over aanvallen van Duitsland in Frankrijk en provocaties op de

Noordzee. Blijkbaar waren de Engelsen begonnen daar mijnen te plaatsen, zodat Duitse schepen moeilijker vooruit konden komen.

Agneta ging bijna geruisloos zitten terwijl ze aandachtig luisterde.

Ik wist dat het niet alleen maar belangstelling voor de gebeurtenissen was. Ze luisterde vanwege Ingmar. Zolang er vrede was in Noorwegen, wist ze dat hij veilig was.

Ik betrapte mezelf erop dat ook ik aandachtig luisterde. Toen aan het einde het weerbericht kwam, haalde Agneta opgelucht adem.

'Geen nieuws uit Noorwegen,' zei ze. 'Dat is fijn.'

Ik wist dat er nog maar een paar weken geleden een incident was geweest met Duitse marineschepen. En in de kranten had ik ook gelezen over toenemende nationalistische sentimenten.

Ik had nu graag iets gezegd als: ze zullen het niet wagen Noorwegen binnen te vallen, maar in deze tijden was niets zeker. En ik kreeg buikpijn als ik eraan dacht hoe snel de Duitsers succes boekten.

43

De volgende dagen probeerde ik met Agneta de brandjes te blussen die overal dreigden op te laaien. Dat ze met haar hoofd niet bij de bedrijfsvoering van het landgoed was geweest, was nog zachtjes uitgedrukt. Tijdens mijn afwezigheid had de wanorde die ik met mijn werk hier bijna had verdreven weer de kop opgestoken. Alleen was het nu nog erger. Toen was Agneta alleen het overzicht kwijt, nu zag het eruit alsof er voor haar geen boekhouding had bestaan.

Daar kwamen de problemen met Clarence von Rosen nog bij. Hoewel deze geen woord met Agneta had gewisseld en er ook geen onenigheid was geweest, had wat hij deed voor ons grote gevolgen.

Het stoorde me vooral dat we ons zo machteloos voelden. Hoe konden we de Koning op andere gedachten brengen?

'We moeten met de Koning praten,' zei ik tegen Agneta, want ik had geen beter idee. 'Hij zal inzien dat Von Rosen ongelijk heeft. Misschien weet hij niet eens dat onze contracten geannuleerd zijn.'

'Dat weet hij,' antwoordde Agneta. 'Ik heb hem geschreven en om een verklaring gevraagd. Ik heb hem mijn verontschuldigingen aangeboden voor het geval dat wij zijn ergernis hebben gewekt. Maar er kwam geen antwoord.'

'Hij heeft het vast erg druk nu iedereen op hem inpraat en eisen aan hem stelt.'

'De familie Bernadotte heeft het nooit te druk gehad om hun loyale dienaren bericht te sturen. Daar hebben ze vanouds hun secretarissen voor. Het heeft iets te betekenen dat er niet gereageerd is. Het betekent dat de hofstalmeester belangrijker is dan wij. Het betekent dat we in ongenade zijn gevallen. En dat alleen maar omdat we onze paarden niet aan veldheren willen verkopen.'

Agneta huiverde. Ik voelde woede opkomen. Ze konden ons toch niet zo zwaar straffen omdat we vanwege de situatie in Duitsland geen paarden aan dat land wilden leveren! Zweden was nog altijd een vrij land! En zelfs een koning had niet het recht zich in onze zaken te mengen!

Ik had gedacht dat ik het landgoed achter me had gelaten, maar nu moest ik inzien hoezeer het me raakte, hoezeer ik me opwond over die onrechtvaardigheid. Die betrof namelijk niet alleen ons, maar ook de mensen die voor ons werkten en afhankelijk van ons waren.

'Ik zou hem nog een keer kunnen schrijven.'

Agneta schudde haar hoofd. 'Laat dat alsjeblieft! Wij Lejongårds mogen dan bij de Koning in de gunst hebben gestaan, maar nu we uit de gratie zijn geraakt, zullen we daar niet om gaan bedelen. We zijn een van de oudste adellijke families van het land, veel ouder dan de Bernadottes! Wij hebben ons bloed in de Dertigjarige Oorlog vergoten!'

Agneta's plotselinge trots verraste me. Maar ze had gelijk. Wij hadden ons nergens schuldig aan gemaakt. Door geen zaken te doen met een oorlogvoerend land beïnvloedden we de Zweedse politiek op geen enkele manier.

Ik kreeg ineens zin om naar het paleis te gaan en de heren daar eens goed de waarheid te zeggen. Maar ik wist dat Agneta daar geen voorstander van was.

'Dan moeten we kijken hoe we het zonder de Koning kunnen redden,' zei ik ferm, want er was niets wat ik anders zou kunnen zeggen. Wat de koninklijke familie betreft was Agneta beter op de hoogte dan ik. Maar ik wist hoe je een hotel bestierde en hoe je te werk ging bij een slechte reputatie. Misschien konden we de schade enigszins beperken.

'Als er iemand een uitweg uit de misère kan vinden, ben jij het wel,' zei Agneta en ze pakte mijn hand. Ik voelde dat ze beefde. 'Je weet niet half hoe erg iedereen je hier heeft gemist.'

Haar woorden ontroerden me, maar ik vermande me. Ik was hier niet voor altijd, ik sprong alleen maar bij. Mijn basis lag in Stockholm. Ik zou doen wat ik kon om het landgoed te helpen, maar de verantwoordelijkheid zou Agneta weer op zich moeten nemen.

Misschien was het op orde brengen van de boekhouding een eerste stap. Misschien zou dat me op ideeën brengen.

Hoe meer ik me in het werk verdiepte, hoe meer ik me afvroeg waarom Magnus helemaal niets voor het landgoed van zijn ouders deed. Vroeger was hij het niet moe geworden me voor te houden dat hij de Leeuwenhof zou erven. Waarom was hij dan niet hier? Hij zou zijn schrijverschap toch ook nog kunnen uitoefenen nadat hij het andere werk had gedaan.

'Wat is er eigenlijk met Magnus?' vroeg ik op dinsdagochtend aan Agneta. Er had zich een idee in mijn hoofd gezet toen ik de nacht ervoor had wakker gelegen. 'Waarom woont hij niet meer op de hoeve? Of verschuilt hij zich soms de hele tijd in dat griezelige beheerdershuisje?'

'Magnus heeft een woning in Kristianstad. Na de ruzie heeft hij zich daar teruggetrokken en sindsdien mijdt hij elk contact.' Agneta glimlachte triest. 'Van hem weet ik tenminste waar hij is.'

'Hebt u hem geschreven over de problemen?' vroeg ik.

'Nee, maar hij wist wat er aan de hand was. Hij kan wel doen alsof de Leeuwenhof hem niet aangaat, maar hij weet het.'

'En dan kan hij niet zichzelf overwinnen en hier komen? Misschien wil hij alleen maar verontschuldigingen van u horen.' Wist ik nu maar waarover ze met haar zonen ruzie had gemaakt...

'Ik denk niet dat een simpele verontschuldiging voldoende is om alles weer recht te breien,' antwoordde ze. 'Bovendien heb ik het gevoel mijn eigen zonen niet meer te kennen. Vooral Magnus.'

'Misschien moet ik met hem gaan praten,' hoorde ik mezelf zeggen. Nog maar een paar maanden geleden zou ik na zo'n uitspraak hebben gedacht dat ik mijn verstand had verloren. Maar de tijden waren veranderd. Ik was volwassen en had wel andere dingen meegemaakt dan de gemene streken van Magnus.

'Ik denk niet dat hij naar je wil luisteren.'

'Ach, ik kan het op zijn minst proberen.'

Agneta keek me twijfelend aan. 'Na alles wat er tussen jullie is gebeurd?'

'Toen waren we kinderen. Misschien heeft hij in Stockholm wat meer verstand gekregen.'

Agneta zweeg even, toen knikte ze. 'Goed. Ga het maar proberen! Maar verwacht er niet te veel van. Magnus heeft zich aan de kunst gewijd. Hij stamt af van twee stijfkoppen. Hij zal zich niet door een paar woorden laten overhalen verantwoordelijkheid op zich te nemen.'

'Maar misschien vertelt hij me zijn voorwaarden. Misschien zegt hij wat voor verontschuldiging hij van u verwacht.'

Een paar uur later reed ik naar Kristianstad. Agneta had me Magnus' adres gegeven en ik wist in welke wijk het was. Ik hoopte hem daar aan te treffen, zo mogelijk wakker en aangekleed. Sommige kunstenaars maakten er immers een gewoonte van pas 's middags op te staan.

Nadat ik de auto geparkeerd had, liep ik naar het pand. Het deed me een beetje aan het huis in de Brännkyrgatan denken. Het was groot, witgeschilderd en had drie verdiepingen. Op sommige plaatsen brokkelde het stucwerk af, maar de voordeur moest pasgeleden een nieuw laagje verf hebben gekregen.

Ik liet mijn blik over het belbord gaan tot ik ten slotte vond wat ik zocht: M. LEJONGÅRD.

Ik belde aan en richtte mijn blik op de straat. Een bestelwagen hobbelde voorbij. Op de radio was gemeld dat er op korte termijn restricties voor het civiele autoverkeer zouden worden ingesteld om benzine voor de verdediging van het land te sparen. Agneta's auto had nog kunnen tanken, maar ik zag het er nog van komen dat we met de paardenkoets naar de stad zouden moeten.

Er verstreken enkele minuten. Ik belde opnieuw en vroeg me af of Magnus daar wel echt was. Misschien was hij ook weer naar Stockholm gegaan. Of was hij nog niet uit de veren? Was hij misschien niet alleen?

Ten slotte klonken er voetstappen op de gang. Ik draaide me om. Het volgende moment verscheen het gezicht van Magnus in de deuropening. Net als vroeger leek hij erg op Ingmar, maar hij had zijn haar heel kort laten knippen en hij had een littekentje op zijn wang. Was hij in zijn studententijd bij een vechtpartij betrokken geweest?

Magnus had even nodig om te beseffen wie er voor hem stond.

'Hé, Magnus,' zei ik.

'Kijk eens aan, de dienstmeisjesdochter verschaft me de eer,' zei Magnus. Meteen begon mijn hart sneller te kloppen. Maar ik dwong mezelf kalm te blijven. In het Grand Hôtel waren af en toe onbeschofte gasten die het personeel neerbuigend behandelden. Inmiddels was ik gewend mijn gevoelens te verbergen wanneer ik met zulke mensen te maken had.

'Kijk eens aan, de man wiens eigen landgoed hem onverschillig laat,' diende ik hem van repliek. Ik was niet meer het meisje ten koste van wie hij grapjes kon maken en op wie hij zijn gemene streken kon botvieren. 'Moet jij je niet in mijn plaats eens om de Leeuwenhof gaan bekommeren?'

Magnus hield zijn hoofd scheef en er verscheen een boosaardig glimlachje op zijn gezicht. 'Ben je gekomen om dat tegen me te zeggen? In dat geval kun je maar beter ophoepelen.'

'En jij moet eens aan je manieren denken,' snauwde ik. 'Dus, laat je me binnen of moet ik erom smeken?'

Mijn toon leek hem te verrassen, want in plaats van de deur in mijn gezicht dicht te slaan stapte hij opzij.

'Goed, kom dan maar binnen,' zei hij.

'Dank je,' zei ik en ik stapte langs hem heen.

Ik liep achter hem aan twee trappen op. De treden waren bedekt met sisalmatten die de stappen dempten. Het rook naar stro en een beetje naar katten. Magnus' woning was een verzameling kunstvoorwerpen en schilderijen. Het leek wel of hij een privémuseum had. Toegang twintig öre.

'Verwacht je ook dat ik je bedien?' vroeg hij spottend. 'Mijn kamerdienaar is vandaag helaas vrij.'

‘Doe geen moeite. Ik wil alleen met je praten.’

Enigszins onwillig bracht hij me naar de woonkamer, die er net zo uitzag als Agneta’s salon, alleen heel wat kleiner. Maar er waren mooie, glazen, dubbele deuren die naar het achterste deel van het huis leidden. Daar ontdekte ik een onopgemaakt bed. Ja, de afwezigheid van de kamerdienaar was te merken.

‘Goed, laten we ter zake komen,’ zei hij. ‘Je wilt dus dat ik terugga naar de hoeve?’

‘Ja.’

‘Waarom zou ik? Het landgoed komt op zekere dag in mijn bezit, maar dat betekent niet dat ik daar nu mijn leven al door wil laten bederven. Bovendien denkt mijn moeder toch al dat jij het landgoed beter kunt beheren. Toen je weg was, werd ze niet moe dat te benadrukken.’

‘Ik ben de dochter van haar broer,’ antwoordde ik. ‘Dat heeft je moeder je toch wel verteld.’

‘Zeker, maar voor mij ben je eerder een vergissing,’ zei hij uit de hoogte. Ik voelde dat hij wilde provoceren, maar ik wilde hem niet laten winnen. Niet nu.

‘Ik vrees dat je je oom niet goed genoeg hebt gekend om dat te kunnen beoordelen, denk je ook niet? Tenzij hij je vanuit het graf iets heeft ingefluisterd.’

Magnus’ ogen versmalden enigszins.

‘Maar daar gaat het nu niet om. Ik hoef jouw landgoed niet. Maar ik ben er tenminste om te helpen. Ik doe een beroep op je: bied je moeder de helpende hand! Ze heeft je nodig nu Ingmar verdwenen is.’

‘Is Ingmar verdwenen?’ vroeg hij schijnheilig.

‘Doe maar niet alsof je dat niet wist. Je ouders hebben je het vast wel laten weten.’

‘Ach, soms vergeten mijn ouders zulke dingen, zoals je zelf hebt gemerkt.’

‘Maar in dit geval geloof ik je niet,’ wierp ik tegen en weer was ik blij met de vaardigheid die ik in het hotel had opgedaan. ‘Dus, kom je nog van je achterste om naar de Leeuwenhof te gaan, of niet?’

'Nee,' zei hij zonder enige aarzeling.

'Waarom niet? Omdat het zo fijn is om gewetenloos te zijn?'

'Omdat mijn moeder zich het grootste deel van mijn leven niet om me heeft bekommerd, als je het zo graag wilt weten.'

'Heeft je moeder zich niet om jou bekommerd?' vroeg ik. 'Dat is toch grote onzin!'

'Wie is er naar een internaat gestuurd? Ik! En dat allemaal voor wat geintjes die ik me met haar pupil heb veroorloofd, van wie ik niet kon weten dat ze de bastaard van mijn oom is.'

Ik slikte de belediging. Magnus was geen cent veranderd. Hij probeerde me nog steeds onzeker te maken met mijn afkomst.

'Dat waren geen grapjes, Magnus,' zei ik. 'En als je zou willen aanvoeren dat ik je daarvoor een klap had kunnen verkopen: ik sla niemand en ik heb ook niets gedaan waaraan ik die zogenaamde grapjes van jou zou hebben verdiend. Ik heb meer dan eens benadrukt dat ik graag in Stockholm zou zijn gebleven. Bovendien was je gewaarschuwd. Dus doe nu maar niet alsof je moeder zich niet om je bekommerde. Je moeder wilde het beste voor jou.'

'Door mij weg te sturen? Ze had jou weg moeten sturen!'

Ik zuchtte. 'Dat is intussen jaren geleden. En het is in mijn geval ook niet zo dat Agneta geen blaam treft. Maar ik ben er. In tegenstelling tot jou. Ook al kun je niet alles vergeven, je kunt jezelf vermannen en in tijden van nood je ouders bijstaan. Je vader is ernstig ziek, Magnus! En het groeit je moeder allemaal boven het hoofd!'

'Alsof ik daar iets aan zou kunnen veranderen. Dan moet ze gewoon een beheerder in dienst nemen. Of jij kunt blijven, je bent immers zo aan de hoeve verknocht.'

'Ik kan niet blijven. Maar ik ben ook niet Agneta's dochter. Jij bent haar zoon.'

'Dat betekent helemaal niets!' stoof hij op.

'Wat heeft ze gedaan, Magnus?' vroeg ik door. 'Wat kan ze doen zodat je haar vergeeft?'

Magnus perste zijn lippen op elkaar. 'Zij heeft je gestuurd, nietwaar?'

'Ik stond erop naar jou toe te gaan,' antwoordde ik. 'Wat is het? Wat zijn je voorwaarden om haar eindelijk terzijde te staan?'

'Er zijn geen voorwaarden. Ik wil gewoon niet. Je kunt maar beter gaan. Je hebt vast belangrijkere dingen te doen.'

'Ik ga niet voor ik antwoord van je heb gekregen.'

'Een antwoord dat jou bevalt, neem ik aan.' Magnus snoof sarcastisch. 'Want eigenlijk heb ik je toch al duidelijk gemaakt hoe ik de zaak zie.' Hij snoof nog eens. 'Je lijkt niet te weten waar het om gaat. Dat alleen al reken ik mijn moeder hoog aan. Ze weet nog steeds op het juiste moment te zwijgen. Zeg maar tegen haar dat ik terugkom wanneer zij haar ogen heeft gesloten en het landgoed aan mij toebehoort. Niet eerder. En als ze eerder rust wil, moet ze het op mijn naam zetten. Wanneer ik de eigenaar ben, zal ik me erom bekommeren, maar eerder niet.'

Toen ik weer buiten stond, trilde ik van woede. Wat een vreselijke tijdverspilling! Geagiteerd stapte ik in de auto en zette hem in de eerste versnelling. Verdorie, waarom reed Agneta nog steeds in dat barrel? Er waren allang modernere voertuigen op de markt. Maar toen bedacht ik dat daarvoor geen geld was. Dus probeerde ik de blikken van de mensen te negeren terwijl ik door de stad reed.

Bij aankomst op het landgoed was ik weer wat gekalmeerd. Ik zette de auto in de garage. Binnenshuis leek Agneta al op me te hebben gewacht.

'Zullen we samen koffiedrinken?' vroeg ze. 'Svea heeft versgebakken taart voor ons.'

'Ja, graag,' antwoordde ik. 'Ik ga me alleen nog vlug een beetje opfrissen.'

Daarop verdween ik naar boven. Ik waste mijn gezicht en handen en trok een andere jurk aan, toen ging ik weer naar beneden. Ik had verwacht dat Lennard ook aanwezig zou zijn, maar de kleine tafel in de salon was maar voor twee gedekt.

'Heb je een goede reis gehad?' Agneta gebaarde me te gaan zitten. De koffiegeur was opwekkend en mijn maag meldde zich met licht geknor.

'Ja, dank u! Maar misschien moet u er toch eens over denken een andere auto aan te schaffen. Die ouwe brik heeft er behoorlijk moeite mee.'

Agneta zuchtte. 'Dat zou ik graag doen, maar helaas ontbreekt het ons momenteel aan de middelen.'

'U zou een tweedehandsauto kunnen aanschaffen. Zo'n vijf jaar oud misschien. Die zijn goedkoper dan nieuwe, maar nog altijd in betere staat dan ons fraaie museumstuk.'

'Ik zal er eens over denken.' Agneta schonk de koffie in. 'Heb je Magnus gesproken?' vroeg ze.

'Jazeker. U kent uw zoon, dus u kunt zich wel indenken wat hij zei.' Kort schetste ik zijn afwijzing. En om te voorkomen dat ze een verkeerde indruk van hem kreeg, liet ik zijn slotopmerking niet weg.

Toen ik klaar was, beefde ik over mijn hele lichaam. Maar ik zag dat Agneta er nog veel erger aan toe was.

'Het spijt me,' zei ik. 'Ik wou alleen maar eerlijk zijn. Ik heb geen idee waar die haat van Magnus vandaan komt, maar hij joeg me echt angst aan. Ik denk niet dat ik nog eens de confrontatie met hem wil aangaan. Het is al een wonder dat hij me er niet uit heeft gegooid.'

'Het is in orde,' zei Agneta terwijl ze naar een zakdoek zocht om de tranen in haar ogen te betten. 'Het ligt niet aan jou dat het zo is. Je hebt het geprobeerd en daar ben ik je dankbaar voor.'

Graag had ik geweten wat de aanleiding voor de ruzie was. Hadden Ingmar en Magnus de landgoederen nu al willen hebben? Dat kon ik me zeker bij Ingmar niet voorstellen. Wie kon echter weten wat de tijd met hem had gedaan? Maar nu Agneta er zo ellendig aan toe was, durfde ik het natuurlijk niet te vragen.

Na een poosje verontschuldigde ze zich en verliet ze de salon. Ik keek haar ontredderd na. Misschien had ik toch wat bedachtzamer moeten zijn...

Nee, ze moest weten wat voor iemand Magnus was. Ook als het pijn deed. Misschien kreeg ze daardoor nieuwe kracht om zich te vermannen en de toekomst van het landgoed zelf te bepalen, zoals ze vroeger altijd al had gedaan.

44

De volgende ochtend begaf ik me naar de eetkamer. De vorige dag ging het met Lennard vreselijk slecht en Agneta had zich de hele tijd ergens in huis teruggetrokken. Blijkbaar had ook zij de neiging niet gevonden te willen worden.

Met Lennard sprak ik even over de vorige dag en ik vermeldde ook dat ik bij Magnus was geweest. Maar tegenover hem koos ik mijn woorden wat voorzichtiger.

Hij schudde afkeurend zijn hoofd en pakte toen mijn hand. 'Wat fijn dat jij er bent. Misschien moest ik je maar adopteren.'

'Dat is niet nodig,' antwoordde ik. 'Ik zorg ook zo wel voor het belangrijkste. Nu pas echt!'

Agneta had zoals altijd de radio aangezet. Ze leek nu wat opgewekter en luisterde gespannen. Het nieuws kon elk moment beginnen.

Ik wilde eigenlijk alleen een kopje koffie drinken, zodat ik meteen aan het werk kon. De volgende dag wilde ik de boekhouding af krijgen.

De herkenningsmelodie van de nieuwsberichten klonk. Agneta zette haar koffiekopje neer en ging rechtop zitten.

'Gisteren heeft de Duitse vloot een aanval gedaan op Trondheim en Narvik. Er zijn soldaten op de kust geland en naar de hoofdstad gemarcheerd. Naar verluidt is koning Haakon VII gevlucht. De gevechten houden nog steeds aan. De Zweedse regering heeft de gang van zaken afgekeurd en benadrukt dat ze vasthoudt aan haar neutraliteit en geen stappen tegen de Duitse acties in Noorwegen zal ondernemen.'

De woorden kropen als ijs door mijn aderen. Ingmar zat in Noorwegen, niemand wist waar. Ook hadden we geen idee waarin hij verstrikt was geraakt. Woede kwam bij me naar boven. Waarom liet hij zijn moeder niets horen? Ook al hadden ze ruziegemaakt, hij hoefde toch geen voorbeeld aan mij te nemen. Ik was slechts Agneta's nichtje, hij was haar zoon!

Agneta zat er een tijdje verstijfd bij, toen sloeg ze haar hand voor haar mond. Gekweld gesnik kwam over haar lippen.

'Agneta, bedaar,' zei ik en ik stond op. 'Ingmar is vast niets overkomen. Hij is beslist niet bij het Noorse leger gegaan.'

'Hoe kun je dat nou weten? Hij...' Ze brak abrupt af, alsof ze een gedachte had willen uitspreken die niet voor mij bestemd was.

'Heeft hij ooit gesuggereerd dat hij zoiets van plan was?' vroeg ik. Hij was geïnteresseerd in vliegen... Maar vredelievend als hij was, zou hij vast geen uniform hebben aangetrokken.

'Nee, maar... Er kan van alles gebeuren als de Duitsers het land bezetten.'

Er liep een rilling over mijn lijf. Ik had nooit oorlog meegemaakt, maar ik wist heel goed wat er over de Grote Oorlog in Europa werd verteld. Er waren miljoenen mensenlevens verloren gegaan, in loopgraven, door gas en door honger. Agneta had gelijk. Als de Duitsers Noorwegen bezetten, zoals ze met Polen en Frankrijk hadden gedaan, wat was er dan nog veilig? Vooral omdat er in Noorwegen genoeg mensen waren die hen met open armen zouden verwelkomen.

Een andere gedachte kwam bij me op. Het was me niet ontgaan hoe de Duitsers Joden behandelden. Toen ik in de krant over de Kristallnacht in Duitsland las, had ik aan die arme juffrouw Grün moeten denken, die in Stockholm vier weken bij me was geweest. En nu dacht ik aan Pauls vrouw. Zij was ook Joods. Wat zou er van hen worden als de Duitsers de macht grepen? Hoe groot zou de chaos in het land zijn?

Ik liep naar Agneta en sloeg mijn armen om haar schouders. 'Het komt allemaal goed,' zei ik, hoewel ik het zelf moeilijk vond dat te geloven. 'Ingmar is verstandig. Misschien is hij al op weg naar Zweden.'

'Hij had kunnen bellen,' snikte ze en ze drukte een zakdoek tegen haar ogen. Maar daarmee kon ze de tranen niet tegenhouden.

Een paar dagen geleden had ik het niet voor mogelijk gehouden dat ik haar in mijn armen zou nemen. Maar ik wilde haar niet met haar angst alleen laten, want die had mij nu ook in zijn greep.

'Hij zal van zich laten horen, daar ben ik van overtuigd,' zei ik. 'Het zou kunnen dat hij geen mogelijkheid ziet om dat te doen. Maar hij zal een manier vinden om contact op te nemen.'

Agneta snoot haar neus en legde haar hoofd op mijn arm. 'Als hij doodgaat betekent dat voor mij het einde van de wereld. Dan heb ik niet de kans gekregen mijn excuses aan te bieden voor wat ik tegen hem heb gezegd. En dat is wat ik wil, meer dan wat ook.'

'Hij gaat niet dood,' zei ik. 'Hij is sterk. En hij heeft vrienden in Noorwegen. Bovendien heb ik Paul gevraagd naar hem te zoeken. Hij is niet alleen. Wacht maar af, over een paar dagen of weken laat hij van zich horen. Of staat hij zelfs in eigen persoon voor de deur.'

Agneta knikte, maar het kwam niet erg overtuigend over.

'Kun je niet wat langer blijven?' vroeg ze. 'Als jij er niet bent... Ik weet niet wat ik dan moet doen.'

'Ik ben hier nog een paar dagen,' antwoordde ik.

'Een paar dagen is niet genoeg. Als Ingmar...'

'Agneta,' zei ik sussend. 'Maak uzelf niet gek! Hij komt terug. Zeker nu de oorlog in Noorwegen losbarst. Hij zal niet zo dom zijn zichzelf daar in gevaar te brengen.'

'Maar als ze hem het land niet meer uit laten? Als ze de havens blokkeren?'

'Dan probeert hij het over land. Hij zal van zich laten horen, dat weet ik zeker. Hij weet toch dat u zich zorgen maakt.'

Agneta barstte opnieuw in tranen uit. 'Ik wilde dat ik het tegen hem had gezegd,' snikte ze. Tegen allebei.'

Ik wist niet wat ze bedoelde, maar dat interesseerde me op dat moment niet.

'Ingmar komt terug,' zei ik terwijl ik haar hand vastpakte. 'Dat weet ik zeker. Hij zal aan de Duitsers ontsnappen. Misschien is hij al op weg hierheen.'

Ik wenste dat ik dat zelf kon geloven. Maar ik twijfelde ook. Angst schoot door me heen. Wat deed hij verdorie in Noorwegen? Wie waren die studiegenoten met wie hij daar was? En wat zou er gebeuren als de Duitsers hem in de gaten kregen? Hij was een Zweed, ze konden hem eigenlijk niets maken. Maar Joost mocht weten waarmee hij zich daar bezighield...

De hele dag heerste er een gespannen stilte in huis. Terwijl ik verder werkte aan de boekhouding, me het hoofd brak over hoe we nieuwe klanten konden werven en tussendoor naar Lennard omzag, bleef Agneta in de eetkamer bij de radio, tot verwarring van de dienstmeisjes, die zich er bij het tafeldekken over verbaasden hun bazin daar aan te treffen.

De nieuwsberichten leken er niet hoopvoller op te worden. Onder het middageten werd gemeld dat nu vaststond dat de Noorse koning gevlucht was. De rechtse nationale partij Nasjonal Samling begon onder leiding van Vidkun Quisling een nieuwe regering te vormen.

Bij dat bericht stolde het bloed in mijn aderen. Hoe zou dit aflopen? Noorwegen onder de heerschappij van nationaalsocialisten? Over de situatie in Duitsland hoorde je niet veel, maar het was duidelijk dat Joden en tegenstanders van het regime in werkkampen gevangen werden gezet. Kampen waarvan werd beweerd dat er onvoorstelbare gruwelijkheden plaatsvonden. Wat zou er dan van Paul en zijn vrouw terechtkomen? Ik hoopte zo dat hij mijn brief zou beantwoorden en me zou laten weten hoe het met hen ging.

's Middags kwam ik, veel te laat, op het idee dat ik Paul gewoon kon bellen. Waarom had ik daar niet eerder aan gedacht? Ik belde met Tilda, die me, vreselijk geschrokken van de gebeurtenissen in Noorwegen, Pauls telefoonnummer gaf.

'Hier is iedereen verstijfd van angst,' zei ze. 'Pas goed op uzelf en kom maar vlug terug.'

Dat beloofde ik, en ik vroeg haar ook voorzichtig te zijn. Terwijl ik de juffrouw van de centrale opnieuw probeerde te bereiken, moest ik eraan denken dat alle mannen die in het hotel werkten vast spoedig het leger in zouden moeten. Al die jonge knullen... Ik wilde me er geen voorstelling van maken hoe ze ten strijde zouden trekken.

Eindelijk kreeg ik contact met de centrale, maar alle pogingen van de telefoniste om me door te verbinden mislukten. Ten slotte kreeg ik bericht dat er geen telefoonverkeer met Noorwegen mogelijk was.

Verdorie, Ingmar! dacht ik terwijl ik onrustig door de werkkamer liep te ijsberen. Waarom ben je in deze onzekere tijden verdwenen!

Tegen de avond werd duidelijk dat de Duitsers in Noorwegen, en ook in Denemarken, vaste grond onder de voeten hadden gekregen. De vroegere Noorse regering was in ballingschap gegaan. Waar de koning was, wist niemand.

Agneta wekte een vermoeide indruk. Ze zat nog steeds vastgeklonken aan de radio. De berichten werden echter niet hoopgevender. Op een gegeven moment werden de berichten voortdurend letterlijk herhaald. Waarschijnlijk was de nieuwslezer inmiddels naar huis en zonden ze een opname uit. Toen het einde van de uitzendingen kwam met zijn witte ruis, zette ze het toestel eindelijk uit.

Ik wreef over mijn gezicht en strekte mijn armen uit. Een loodzware vermoeidheid nam bezit van mijn lichaam. Het zou beter zijn om naar bed te gaan. Misschien kwam er morgen beter nieuws.

45

’s Nachts verkeerde ik in tweestrijd. Wat moest ik doen? De dag van vertrek kwam onherroepelijk naderbij. Vandaag was het donderdag, uiterlijk zondag moest ik weg om maandag weer in het hotel aan de slag te kunnen. Maar kon ik dat wel doen, nu er oorlog was in Noorwegen, waar Ingmar zich bevond?

En als ik voor de Leeuwenhof koos, wat dan? Ik had een leven in Stockholm opgebouwd. Ik had daar mensen leren kennen die me aan het hart lagen. Zij waren mijn familie.

Maar als ik hier wegging, zou er weer chaos gaan heersen. Agneta zou helemaal verteerd worden door zorgen. Magnus zou zoals altijd geen vinger uitsteken. Waarschijnlijk lag hij nu doodgemoedereerd in bed, zonder ook maar aan zijn broer te denken.

Mijn gedachten bleven in kringetjes ronddraaien. Hoe zou het zijn geweest als ik Agneta niet weer te hulp was geschoten? Zou ik dan ooit te weten zijn gekomen dat Ingmar in Noorwegen zat? Zou ik me dan bij het horen van de nieuwsberichten ook zulke zorgen om hem hebben gemaakt? Vast niet.

Maar ik was niet meer dezelfde vrouw als een half jaar geleden. Als er iets was wat ik in mijn leven had geleerd, dan was het wel dat de wereld voortdurend veranderde. En dat er verschuivingen konden komen op het gebied van loyaliteit. Toen ik hier wegging, haatte ik Agneta. En nu kon ik de gedachte niet verdragen haar op de hoeve alleen te laten. Lennard in de steek te laten. Ik kon de gedachte niet verdragen dat Ingmar iets kon overkomen.

Oorlog in Noorwegen zou algauw tot oorlog in Zweden kunnen leiden als de Koning daar door het parlement toe werd gedwongen. De Duitsers hadden als argument voor de inval in Noorwegen aangevoerd dat Noorwegen zijn neutraliteit had geschonden. Wat zou er gebeuren als ze Zweden hetzelfde verweten?

Uiteindelijk stond ik op, trok mijn ochtendjas aan en verliet mijn kamer. Misschien zou een glas melk helpen om in slaap te komen. Ik ging naar beneden en liep de hal door, die in het donker groter leek dan anders.

Vanuit de keuken zag ik licht schijnen. Was Lena al op? Of Svea? Ik had eigenlijk geen behoefte aan gezelschap, toch liep ik de trap af.

Tot mijn grote verrassing trof ik niet een van de dienstmeisjes aan, maar Agneta. Ze zat aan de keukentafel zachtjes te huilen.

Waarom zat ze hier? Wilde ze Lennard niets laten merken? Waarom was ze dan niet in de werkkamer? Omdat ze daar de berg zag die ze niet kon beklimmen?

'Agneta?' vroeg ik. Ze tilde langzaam haar hoofd op. Haar ogen stonden moe. 'Waarom zit u hier?'

'Ik vind het fijn in de keuken,' antwoordde ze. 'Vroeger was ik hier als kind vaak. Het is wel eigenaardig dat de simpelste ruimte in een huis je het meest te bieden heeft.'

'De keuken is een belangrijke plek,' zei ik terwijl ik bij haar ging zitten. 'Het is de plaats die families bij elkaar houdt, zei een collega ooit tegen mij. Om de een of andere reden ga je altijd naar de keuken als je ergens mee zit.'

Er volgde stilte op mijn woorden. Agneta verzonk even in gedachten, toen zei ze: 'Heb je je afgevraagd waardoor de ruzie tussen mijn zonen en mij kon zijn veroorzaakt?'

'Ja,' zei ik, 'inderdaad. Maar ik wilde niet aandringen.'

'Wel, ik heb beloofd eerlijk tegen je te zijn over familieaangelegenheden. Jij bent hun nichtje. Voor je het op een andere manier te weten komt, moet je het van mij horen.'

Ik keek haar aan. Onrustig trok ze aan haar vingers, alsof ze onzichtbare ringen wilde afstropen. Dat ze me iets uit eigen beweging wilde vertellen, was een vooruitgang.

‘Dat zou fijn zijn, maar als het te pijnlijk voor u is...’

Agneta schudde haar hoofd. ‘Het is niet pijnlijk voor me. Het vervult me eerder met schaamte. Het gaat om iets waar je van zou kunnen schrikken. En daarom moet je het van mij horen.’

Ik ging rechtop zitten en legde mijn handen in mijn schoot. Wat zou er komen?

‘Kun je je nog die onbekende man herinneren die jou indertijd in de herberg heeft aangesproken?’ begon Agneta. ‘Met grijs haar en een litteken dwars over zijn gezicht? En een lange jas?’

‘Ja, die herinner ik me nog,’ antwoordde ik en meteen had ik hem voor ogen, hoewel het minstens vijf jaar geleden moest zijn geweest. ‘Is hij teruggekomen?’

Agneta knikte. ‘Ja, hij is teruggekomen. Eind januari kwam hij ineens hier op de hoeve en wilde mij spreken. Ik dacht eerst dat hij een baan wilde. Ik viel bijna flauw toen ik hem herkende.

‘U kende hem?’

‘Ja, heel goed zelfs. Meer dan twintig jaar geleden stelde hij zich aan me voor als Max von Bredestein. Hij werd mijn beheerder en... mijn minnaar.’

Minnaar? Had Agneta Lennard met de beheerder bedrogen?

‘Heeft Lennard het ooit ontdekt?’ vroeg ik.

‘Lennard wist het. Het was voor onze tijd. Ik was verliefd op die Max en dacht dat hij de man van mijn dromen was. Maar hij verliet me halsoverkop toen de Grote Oorlog was begonnen. Daarna hoorde ik niets meer van hem. Ik heb zelfs nog een detective ingehuurd, maar die vond alleen een man die dezelfde naam had en bij een veldslag in Oostenrijk gesneuveld was. En toen stond hij weer voor me, in de salon. De oorlog en het leven hadden hun tol geëist, maar ik zou hem ook met mijn ogen dicht hebben herkend.’

Ze zweeg en leek even in herinneringen op te gaan, toen vervolgde ze: ‘Je moet weten dat die man niet helemaal spoorloos verdwenen was. Hij had iets achtergelaten. In mij. Vlak na zijn verdwijning ontdekte ik dat ik zwanger was.’

Ik kreeg een kwaad vermoeden. ‘Hebt u het kind verloren?’

Ze perste haar lippen op elkaar en schudde haar hoofd. Ik zag dat ze beschaamd begon te kijken. 'Ingmar en Magnus zijn van hem. Net zoals in het geval van jouw moeder, heeft Lennard zich bereid verklaard met me te trouwen en mij en de kinderen zo voor schande te behoeden.'

Dat moest ik even verwerken. Magnus en Ingmar waren niet Lennards zonen? Als verdoofd luisterde ik verder.

'Ik stond dus tegenover die man en ik was verlamd. Hij zei dat hij blij was me weer te zien. Ik wist niet wat ik moest zeggen. Voor mij was hij dood, al zo veel jaar! Ook al had de detective geen duidelijk bewijs kunnen leveren, ik was ervan overtuigd dat hij deze wereld had verlaten.'

'Wat gebeurde er toen?'

'We kregen ruzie. Ik verweet hem dat hij me in de steek had gelaten door zomaar te verdwijnen om oorlogje te kunnen spelen. Hij probeerde het uit te leggen, maar daar wilde ik niets van horen. In plaats daarvan verweet ik hem dat hij zich onder een valse naam naar binnen had weten te werken, want dat had hij gedaan. Hij had zich voor zijn broer uitgegeven, om in Zweden onvindbaar te zijn. Toen zei hij: 'Je zonen... die zijn van mij, nietwaar? Ik heb rondgevraagd en kwam te weten wanneer ze geboren zijn. In de tijd dat ze verwekt zijn, was ik op de hoeve. En jij had niemand anders. Dus zijn ze van mij.' Het was alsof de grond onder mijn voeten wegzakte. De ergste scenario's gingen door mijn hoofd. Wilde hij me chanteren? Wilde hij terugkomen op de hoeve?'

Ik herinnerde me nu Agneta's reactie weer toen ik haar over die eigenaardige man bij de herberg had verteld. Ze was verstard en de volgende dagen en weken had ze de indruk gewekt dat er elk moment onheil over haar kon komen.

'Hij zei niets en staarde me alleen maar aan. Hij wilde dat ik het toegaf. "Het zijn Lennards zonen," beweerde ik. Hij eiste omgang met mijn zonen. Hij wilde dat ik hun de waarheid zei. Erger nog, hij wilde ze meenemen naar Duitsland, want hij had verder geen kinderen. Ik heb heftig ontkend en eiste dat hij verdween. Toen verscheen Lennard ineens. Woedend kwam hij de kamer binnenstormen en beval Max, of beter gezegd Hans, zoals hij echt heet, weg te gaan. Die zei daarop spottend tegen hem: "Weet je wel dat ze je bedrogen heeft? Dat haar zonen mijn kinderen zijn?" Ik heb Lennard nooit zo kwaad gezien. Hij vatte Hans von Bredestein in de kraag en sleurde hem de salon uit. Terwijl hij toen al ziek was. Lennard Ekberg is geen gewelddadig mens. Ik schrok ervan te zien waar hij toe in staat was. Hij sleurde Von Bredestein de gang in en verkocht hem een dreun. Toen dreigde hij hem te vermoorden als hij nog eens voet op de Leeuwenhof zou zetten. Ik rende achter hem aan, probeerde hem tegen te houden. Maar toen was Hans al bezig weg te gaan. "Dat zal je nog berouwen," snauwde hij terwijl hij het huis uit liep.'

'Wat bedoelde hij met "berouwen"?'

'Dat weet ik niet. Maar vooral de eerste tijd heb ik me erg ongerust gemaakt, omdat ik vreesde dat hij naar een krant zou gaan en een schandaal zou veroorzaken. Na mijn ervaringen met Langeholm was ik bovendien bang dat hij onze stallen zou saboteren. Een paar van mijn mensen konden zich Von Bredestein nog herinneren. Lasse had met hem samengewerkt. Er gebeurde niets. Maar de wraak kwam op een andere manier, en niet via hem.'

Ze pauzeerde even en ging met haar hand over de tafel alsof ze met haar nagels de groeven erin wilde volgen.

'In die tijd waren Ingmar en Magnus op de Leeuwenhof. Ingmar hielp ons al een tijd, Magnus liet zich af en toe zien en nam dan zijn intrek in het oude beheerdershuisje. Alsof hij wist dat zijn vader daar had gewoond en dat hij er was verwekt.'

Ook het griezelige huisje herinnerde ik me, en dat ik er met Ingmar naartoe was gereden. Ik had me er nooit door aangetrokken gevoeld, vooral omdat het Magnus' favoriete plek was.

'Ik kon namelijk niet weten dat Magnus ons had afgeluisterd en het aan Ingmar had verteld.'

Ik probeerde me voor te stellen hoe Magnus in zijn schuilplaats had gezeten en zijn oren had gespitst. Dat was echt iets voor hem.

'Ze kwamen met zijn tweeën naar me toe en eisten opheldering. Lennard heeft nog geprobeerd hen tot kalmte te manen, maar Magnus zei: "We weten dat u onze vader niet bent. We willen de waarheid weten.' Ineens werd ik weer herinnerd aan het moment dat jij met het testament van mijn moeder uit Stockholm terugkwam. Dat kwam allemaal weer naar boven en ik was het liefst weggelopen. Ik had jou verloren en nu zou ik ook mijn zonen verliezen. Lennard wilde alles ontkennen, maar ik heb het hun uiteindelijk verteld. Dat hun echte vader een bedrieger was die op slinkse wijze de hoeve binnen was gekomen. Dat hun moeder, zoals vaker in haar leven, op de verkeerde man verliefd was geworden. Ingmar was buiten zichzelf. Hij verweet me dat ik het met hen net zo had gedaan als met jou. Dat de zaak anders lag, wilde hij niet accepteren. Ik dacht dat Hans von Bredestein dood was. Waarom zou je kinderen in verwarring brengen met een dode terwijl ze toch een liefdevolle vader hadden die hen altijd als zijn zonen heeft beschouwd?'

Ze keek me aan. 'Jij zult nu wel zeggen dat ze er recht op hadden het te weten. Maar wat voor zin had dat gehad? Ik was er zeker van dat ze hun vader nooit zouden leren kennen.'

'Dat kon ik ook niet,' zei ik. 'En toch had ik het graag geweten.'

Agneta knikte. 'Ja, dat weet ik nu. Maar ik ben van mijn eigen situatie uitgegaan. Ik heb zelf nooit de wens gehad mijn echte vader te ontmoeten.'

'Uw echte vader?'

'Mijn officiële vader, wiens portret in de hal hangt, was niet mijn echte vader. Thure Lejongård was door een paardrijongeluk onvruchtbaar geworden. Ik ben verwekt door een man die tot de staf van de hofmaarschalk behoorde en met wie mijn moeder een korte affaire had. Zo bezien is de lijn van de Lejongårds geëindigd toen jouw vader stierf, Mathilda. En toch zijn we nog steeds hier.'

Die onthulling verbaasde me. Waren de vrouwen in deze familie gedoemd geheimen met zich mee te dragen?

'Ik kan me de avond dat mijn moeder het me vertelde nog goed herinneren. Het ging toen heel slecht met haar, ze dacht dat ze de dood voelde naderen en daarom wilde ze haar geweten zuiveren. Ik heb daarna vaak gewenst dat ze dat niet had gedaan. Thure Lejongård was mijn vader, ook daarna nog. Die andere man was niet meer dan een portretje in een medaillon, iemand met wie ik geen relatie kon opbouwen. Waarschijnlijk heb ik door die ervaring geaarzeld om jou over je echte vader te vertellen. Bij mijn zonen was het schaamte, maar bij jou de angst dat je last zou hebben van dezelfde twijfels als ik.'

Nu werd me iets duidelijk. Niet met betrekking tot Agneta's aarzeling, maar over de motivatie achter Stella's openbaring.

'Zij wilde dat ik het ook wist, net als u,' zei ik, waarop Agneta me bevreemd aankeek. 'Stella,' verduidelijkte ik. 'Uw moeder wilde ook tegenover mij haar geweten verlichten.'

'Daar ga ik van uit,' erkende Agneta. 'En ik zou liegen als ik niet zei dat ik wenste dat ze het niet had gedaan. Ook al weet ik dat je er recht op had het te weten.'

Trillend haalde ze adem. Ik keek naar haar, de lijnen in haar gezicht, de trieste uitdrukking in haar ogen.

'En ook uw zonen zouden het recht hebben gehad,' zei ik. 'Misschien had u het ze al moeten vertellen toen ze meerderjarig werden. Als ze het uit uw mond hadden gehoord, waren ze waarschijnlijk niet zo kwaad geweest.'

'Dat kun je niet weten,' bracht ze daartegen in. 'Misschien waren ze dan toch kwaad geworden. Misschien ook niet. Maar in elk geval heb ik hun achting verloren. Ze denken nu vast dat hun moeder een lichtzinnig type is.'

'Ingmar denkt dat beslist niet,' zei ik. 'Hij heeft mijn moeder ook niet als lichtzinnig veroordeeld. Wat Magnus betreft, weet ik het niet, maar Ingmar zou achter u hebben gestaan, wat er ook gebeurde.'

46

Toen ik mijn ogen opendeed, voelde mijn lichaam loodzwaar aan. Even dacht ik dat ik alles wat ik de afgelopen nacht had gehoord alleen maar had gedroomd. Maar toen drong tot me door dat het bijna middag was en dat Agneta geen dienstmeisje naar me toe had gestuurd. Waarschijnlijk was ze zelf ook nog niet wakker.

Ik sloeg de dekens van me af, trok de gordijnen open en zag een kille, grijze morgen.

Leeuwenhof, welke geheimen houd je nog meer verborgen? vroeg ik in gedachten, toen maakte ik me van de aanblik van het park los en liep naar de badkamer.

Toen ik daar klaar was, ging ik naar beneden. Daar leek het stiller dan anders. Omdat er niemand in de eetkamer was, zocht ik de keuken op. Ik maakte me zorgen. Was er iets gebeurd? Maar Agneta had me beslist gewekt als er iets met Lennard aan de hand was.

Ook de keuken was uitgestorven. Op het fornuis stond een grote pan en de geur van erwtensoep hing in de lucht. Nu schoot het me weer te binnen. Het was donderdagmiddag. De bedienden hadden natuurlijk vrij! Ik sloeg mijn hand tegen mijn voorhoofd. Hoe had ik dat kunnen vergeten? Die hele toestand met de oorlog in Noorwegen bracht me volkomen van de wijs.

Toch was het ongewoon dat Agneta nog niet wakker was. Had ze zich gewoon verslapen? En Lennard? Had hij zijn vrouw niet willen wekken?

Ik ging weer naar boven en klopte op de deur van de slaapkamer.

'Binnen,' zei Lennard, waarop ik de deur opendeed. Ik bereidde me erop voor hen allebei in nachtkleding aan te treffen, maar Lennard was al aangekleed. Agneta zat echter nog in haar nachtjapon in bed – en leek volkomen verstard.

'Goedemorgen,' zei ik. 'Zal ik jullie het ontbijt brengen?'

'Dat is aardig aangeboden, Mathilda,' antwoordde Lennard, 'maar ik denk dat ik even met je de kamer uit ga. We moeten praten.'

Ik knikte en trok me met Lennard terug op de gang.

'Ik denk niet dat Agneta vandaag nog uit bed komt,' begon hij. 'Ze heeft een zenuwschok... als je het zo kunt noemen. Ze praat niet en ze kan ook niet uit bed komen. Dat heeft ze af en toe.'

Dat verontrustte me. Als vrouwen niet uit bed kwamen, hadden ze meestal migraine. Dat had ik bij een paar hotelgasten gezien. Maar Agneta wekte een heel andere indruk. Ze staarde stug in het licht.

'Kunnen we niet iets doen?' fluisterde ik. 'De dokter laten komen?'

Lennard schudde zijn hoofd. 'Nee, we kunnen haar het best met rust laten. Dit heeft ze eerder gehad, vlak nadat jij was weggegaan. De dokter zei toen dat het een soort zenuwschok was, waarvan ze eerst moest herstellen.'

'Maar vannacht leek ze toch nog helemaal normaal!' wierp ik tegen. 'We hebben lang in de keuken zitten praten, en toen leek ze niet gechoqueerd.'

Lennard legde zijn arm om mijn schouders. 'Agneta heeft de afgelopen weken en maanden veel doorgemaakt. De ene nare gebeurtenis volgde op de andere. Ingmar en Magnus hebben ruzie met haar gehad, het landgoed verkeert in geldnood en nu ook nog eens de oorlog, terwijl ze niet weet waar Ingmar is.'

'En wat ik haar over Magnus heb verteld, lijkt daartoe te hebben bijgedragen,' zei ik zuchtend.

'Het is niet jouw schuld,' probeerde Lennard me gerust te stellen. 'Ik denk dat het vanzelf weer overgaat. We moeten haar alleen een beetje met rust laten.'

Ik knikte, maar het stelde me niet gerust. Als ze een zenuwschok had, moest ze hulp krijgen. Wie weet wat er anders nog kon gebeuren.

Zaterdag was Agneta's toestand nauwelijks veranderd. Lennard stemde er eindelijk mee in dokter Bengtsen te consulteren. Die kwam met zijn dokterstas en onderzocht haar bijna een half uur voor hij eindelijk de kamer uit kwam om met ons te praten.

'Lichamelijk is uw vrouw in orde,' zei hij. 'Ze zou misschien alleen wat meer moeten drinken. Eet ze wel?'

Lennard keek me aan. 'Ja. Niet heel veel, maar wel iets. Het is eerder zo dat ze contact met ons afwijst.'

'Uw vrouw heeft een depressie,' verklaarde de dokter. 'Misschien zou ze graag met u praten, maar de energie daarvoor ontbreekt. Hebben zich de afgelopen tijd enerverende gebeurtenissen in haar leven voorgedaan?'

'Onze zoon Ingmar is zoekgeraakt in Noorwegen. Misschien hebt u de nieuwsberichten wel gehoord.'

De dokter knikte. 'Dat spijt me zeer. Maar het zou een verklaring kunnen zijn. Uw vrouw moet dat trauma verwerken. Ik zou haar medicijnen kunnen voorschrijven als u wilt.'

'Wat voor medicijnen?' vroeg Lennard.

'Medicijnen om haar te laten slapen en medicijnen om haar uit de vicieuze cirkel van haar gedachten te halen.'

'Wilt u mijn vrouw bedwelmen?'

'Zo zou ik het niet willen noemen, maar slapen zou haar kunnen helpen om dat wat haar ziel belast beter aan te kunnen.'

Ik vroeg me af hoe dat zou gaan. Slapen had mij in moeilijke tijden niet geholpen. Het was slechts een vlucht geweest. Als je je ogen opendeed, was er niets veranderd.

'Goed,' zei Lennard ten slotte. 'Doet u maar alles wat mogelijk is om haar toestand te verbeteren.'

De dokter knikte en wierp daarna een kritische blik op Lennard. 'Graaf Ekberg, nu ik toch hier ben, zou ik ook u graag onderzoeken. U bent lang niet in mijn praktijk geweest, hoewel we hadden afgesproken elkaar vaker te zien.'

‘Is dat echt nodig?’ kreunde Lennard. ‘Ik voel me het merendeel van de tijd goed. En als dat niet het geval is, wacht ik een poosje en dan gaat het wel weer.’

‘Ik wil toch graag uw lever palperen. Alleen voor de zekerheid.’

Lennard zuchtte, maar uiteindelijk gaf hij zich gewonnen en verdween hij met de dokter in de logeerkamer.

Ik bleef voor Agneta’s deur staan.

Een depressie. Ik had nooit gedacht dat Agneta daar vatbaar voor zou kunnen zijn. Er waren in het hotel wel eens gasten die beweerden dat ze depressief waren, maar je kon meteen zien dat het gespeeld was, dat ze dat deden om gewichtig te lijken. In kunstenaarskringen leek depressie en vogue te zijn.

Inmiddels wist ik onderscheid te maken. Tilda had me verteld over haar moeder, die na de dood van haar broer, door een ongeval op een bouwplaats, wekenlang niet uit bed was gekomen. Ze had de hele tijd uit het raam zitten staren, tot niets in staat. Soms zat ze uren te huilen, zonder dat Tilda, die toen nog heel jong was, iets voor haar kon doen. Uiteindelijk had Tilda’s moeder geprobeerd haar polsen door te snijden. Dat had ertoe geleid dat ze in een zenuwinrichting werd opgenomen.

Hoe zou dat bij Agneta gaan? Moest Lennard nu op haar letten, zodat ze zichzelf niet iets aandeed? Was het een lichtere vorm van depressie, die zich ertoe beperkte dat ze huilde en voor zich uit staarde? Ik wenste dat ik er meer over wist.

De deur ging open. Was het onderzoek al voorbij?

‘Juffrouw Wallin?’

Bij het horen van de stem van de dokter kromp ik in elkaar. ‘Ja, dokter?’

‘Kan ik u misschien even spreken? Onder vier ogen?’

‘Natuurlijk. Komt u maar mee!’

Ik nam de dokter mee naar de rookkamer. Gezondheidskwesties wilde ik niet in de werkkamer bespreken. Woorden lieten soms schaduwen achter die je de hele dag achtervolgden.

Beneden gekomen vroeg ik de dokter te gaan zitten.

‘Graaf Lennard zei dat u zijn nichtje bent.’

Ik knikte. 'Ja, dat is zo.'

'Hij zei ook dat zijn zonen niet beschikbaar zijn. Dus bent u momenteel het enige familielid dat hij heeft.'

Ik voelde me vanbinnen verkrampen.

'De gezondheidssituatie van uw oom is zeer bedenkelijk,' zei dokter Bengtsen. 'Ik weet niet in hoeverre u bekend bent met de details.'

'Niet erg goed, vrees ik,' gaf ik te kennen.

'Uw oom lijdt al lange tijd aan diabetes, wat uiteindelijk tot de levercirrose heeft geleid.'

'Heeft mijn oom diabetes?' vroeg ik verbaasd. 'Kijkt u eens naar hem, hij is graatmager! En vroeger was hij niet veel dikker. Ik ken hem alleen zo!'

'Dat kan wel zijn, maar diabetes komt niet altijd door overgewicht. In zijn geval viel het lange tijd niet op. We merkten het pas toen de slechte conditie van zijn lever aan het licht kwam. Ik vrees helaas dat die verder verslechterd is. Zijn bloeddruk is gevaarlijk hoog. Ook dat is een neveneffect van zijn ziekte.'

'Is er dan niets aan te doen?' vroeg ik. 'Er zijn tegenwoordig toch zo veel medicijnen.'

'Helaas niet voor levercirrose. Daarbij kan alleen speciale voeding verlichting – maar geen genezing – brengen. Ik zou uw oom graag naar het ziekenhuis doorverwijzen, waar ze een röntgenfoto van de lever kunnen maken. Helaas heeft hij dat met klem geweigerd. Maar in deze situatie... Uw tante lijdt aan een depressie, en uw oom...'

'U bedoelt dat ik hem moet overhalen om in te stemmen.'

'Ja. En het zou ook goed zijn als u een tijdje het beheer van het landgoed op u zou nemen.'

Ik perste mijn lippen op elkaar. Dat kan niet! was me bijna ontschoten. Maar welke alternatieven waren er? Magnus, die pas weer op het landgoed wilde komen nadat hij de verklaring van erfrecht had gekregen? En Ingmar was onvindbaar.

'Ik verzoek het u dringend, juffrouw Wallin. Voor zover ik heb begrepen, bent u daartoe heel goed in staat. Uw oom wil niet naar het ziekenhuis omdat hij bang is dat hier alles instort. Maar als u het roer overneemt en voor uw tante en het landgoed zou zorgen... Het zou slechts tijdelijk zijn. Over een paar weken zal er duidelijkheid zijn over graaf Lennards toestand. En uw tante zal uit haar depressie komen, daar ben ik zeker van. Ze heeft er al eerder een doorgemaakt en na verloop van tijd kwam ze die te boven.' De arts keek me bijna smekend aan.

Ik moest aan Agneta's woorden denken. Kun je niet wat langer blijven?

Dat kon ik wel, maar ik wilde niet. Na alles wat ik hier had meegemaakt, verlangde ik naar de rust van mijn huis, naar de normale gang van zaken in het hotel. Naar de verhalen van Tilda en meneer Clausen. Zelfs de strenge personeelschef of de hoteleigenaar was me nu liever geweest. Maar ik voelde dat ik geen keus had. Iemand moest het doen. En ik was niet zo harteloos als Magnus om het te weigeren.

'Ik zal erover nadenken,' zei ik.

'Graag niet al te lang,' zei dokter Bengtsen. 'De graaf moet echt snel naar het ziekenhuis. Voor zijn ziekte helemaal uit de hand loopt.'

'Waarom hebt u hem niet al eerder naar het ziekenhuis doorverwezen?' vroeg ik.

'Dat heb ik wel gedaan, maar de ziekte verloopt snel. De graaf is een half jaar geleden voor het laatst naar de röntgenafdeling geweest. Toen zag het er ernstig uit, maar nog niet heel zorgwekkend. Nu echter...'

Ik knikte. Of ze Lennards klachten in het ziekenhuis konden verlichten, kon de dokter niet beloven. Maar in elk geval zouden we weten hoever de ziekte was gevorderd. Ik voelde ineens een enorme druk op mijn borst.

'Ik laat het u morgen weten,' zei ik. 'Geeft u me de gelegenheid er even over na te denken. Ik heb een goede baan in Stockholm, die geef ik liever niet zonder meer op.'

'Dat begrijp ik,' zei dokter Bengtsen en hij stond op. 'U kunt me altijd bereiken. En mocht het slechter gaan met uw tante, aarzel dan niet me te bellen. Dan kom ik meteen. Een bode zal op zijn laatst morgenochtend de medicijnen komen brengen.'

Met die woorden nam hij afscheid, en ik liep met hem mee naar de deur.

Toen hij weg was, bleef ik nog een poosje in de hal staan. De stilte was verstikkend, maar ik kon me er niet van losmaken.

Boven was Lennard vast bezig zich aan te kleden, misschien zou hij ook bij Agneta gaan kijken. Agneta zou in bed liggen, met open ogen, maar met naar binnen gekeerde blik, gericht op haar situatie, haar verleden, haar fouten. Wanneer zou ze weer uit die toestand komen?

Wat moest ik doen? Ik kon het niet over mijn hart verkrijgen de Leeuwenhof in de steek te laten. Maar het hotel wilde ik ook niet opgeven.

Er was maar één oplossing, en die zou mijn hele wereld overhoophalen.

47

Die maandag reed ik Lennard naar het ziekenhuis in Kristianstad. Daarvoor had ik Lena opgedragen goed op haar bazin te passen en elke wens van haar te vervullen, voor zover ze die kenbaar maakte. De ziekte van de gravin had ontsteltenis veroorzaakt, maar de dienstmeisjes wekten de indruk dat ze er al ervaring mee hadden.

Terwijl de auto over de weg rammelde, dacht ik terug aan het gesprek dat ik met de hoteleigenaar had gevoerd. Mijn baas was allesbehalve enthousiast geweest dat ik mijn baan wilde opzeggen, en dan ook nog eens op zo korte termijn. Toen hij hoorde door welk lot mijn oom en tante – mijn enige nog levende familie – getroffen waren, werd hij echter milder.

‘Ik laat u met een zwaar hart gaan, juffrouw Wallin. U was een enorme verrijking voor ons hotel.’

‘Als ik de keus had, zou ik ook heel graag voor u blijven werken. Ik heb vijf jaar geleden niet voor niets onze arme personeelschef aan het schrikken gemaakt.’

Mijn baas begon te lachen. ‘Dat klopt. Dat is een van de verhalen die voor altijd in ons hotel zullen blijven voortleven.’ Hij zweeg even, toen vervolgde hij: ‘Hoort u eens, ik zal uw plaats het komende halfjaar niet bezetten. Mocht de situatie in uw familie tot rust komen, dan kunt u gerust terugkomen. Ik neem u meteen weer aan.’

‘Dat is heel aardig van u,’ zei ik. En hoewel ik vermoedde dat er geen weg terug meer voor me was, voegde ik eraan toe: ‘Ik neem uw aanbod aan, aangenomen dat ik daar de mogelijkheid toe heb.’

'Dat hoop ik, mijn beste juffrouw Wallin, dat hoop ik van harte.'

Toen ik had opgehangen, barstte ik in tranen uit. Ik vond het vreselijk dat ik mensen die zo vriendelijk voor me waren, moest teleurstellen. Ik verfoeide het feit dat Lennard zo ernstig ziek was, en ook de depressie van Agneta. Wanneer zou het leven het me eens wat makkelijker maken?

Ik reed met de auto tot vlak voor de ingang, want Lennard kon niet ver lopen. 'Je hoeft niet mee te gaan,' zei hij, maar ik schudde mijn hoofd. 'Ik wil er zeker van zijn dat u goed wordt ontvangen.'

Ik pakte zijn tas van de achterbank en ondersteunde hem op de trap. Een verpleegster wees ons de afdeling.

Er liep een rilling over mijn rug. Het leek als de dag van gisteren dat we Ingmar hier binnen hadden gebracht. Hij had het ziekenhuis gezond weer verlaten, maar hoe zou het met Lennard aflopen?

De afdelingsarts was al door dokter Bengtsen geïnformeerd. Lennard zou zeker twee dagen moeten blijven, daarna zou worden besloten wat er verder moest gebeuren.

'Pas goed op Agneta,' zei Lennard toen we elkaar bij het afscheid omhelsden.

'Dat doe ik. En past u op uzelf! Als het nodig is, bel dan gerust. Ik ben toch meestal in de werkkamer.'

'Dat zal ik zeker doen.' Lennard knikte me opbeurend toe.

Op de terugrit was het me zwaar te moede. Wat stond me in het huis te wachten? Zou Agneta iets gegeten hebben? Had ze willen opstaan? En hoe zou het met Lennard verdergaan? De hele weg lang voelde ik steken in mijn buik.

Zodra ik op de Leeuwenhof aankwam, rende ik naar boven. Lena hield de wacht bij Agneta, met een naaimandje naast zich en verstelgoed op haar schoot.

'Mejuffrouw,' zei ze en ze wilde opstaan, maar ik gebaarde dat ze kon blijven zitten.

Ik liep om het bed heen. Agneta zat nog steeds uit het raam te staren. Haar oogleden gingen dicht en weer open, haar hand klauwde zich vast aan de beddensprei. Toen ik me naar haar toe boog, keek ze me aan. Was dat een teken dat ze langzaam tot zichzelf kwam?

'Lennard is goed in het ziekenhuis aangekomen,' liet ik haar weten. 'De artsen kijken naar zijn lever en zullen dan zien wat ze voor hem kunnen doen. U hoeft zich geen zorgen te maken.'

Had ze me gehoord? Afgezien van de blik die ze me toewierp, vertoonde ze geen reactie. Op een gegeven moment sloot ze haar ogen.

Ik stond op en wendde me tot Lena.

'Heeft mevrouw iets gegeten?' Ik vond het onaangenaam met Lena in haar bijzijn over Agneta te praten. Maar zelf zou ze me niets vertellen.

'Ja, en ze heeft ook koffie gedronken.'

'Uitstekend. Laat het me weten als je behoefte hebt aan een pauze. Ik ben in de werkkamer.'

Lena knikte, en nadat ik nog een blik op Agneta had geworpen, liep ik de slaapkamer weer uit.

In de werkkamer zette ik me aan de administratie, maar ik merkte algauw dat me de energie daarvoor ontbrak. Ik was nog steeds bang. Zou Lennard de eerste onderzoeken al achter de rug hebben?

Met zulke gedachten schoot je maar moeizaam op. 's Middags loste ik Lena af en zag met eigen ogen dat Agneta iets at. Weliswaar niet veel, maar het was genoeg. Daarna verviel ze weer in haar schemertoestand.

Ook de volgende dag zat ik op hete kolen. Toen de telefoon overging, dacht ik dat het Lennard was, maar het was een graanleverancier die Agneta wilde spreken. Ik zei dat zij en Lennard met griep in bed lagen en noteerde zijn verzoek. Ik kende hem niet. Waarschijnlijk deed de Leeuwenhof pas sinds kort zaken met hem. Als Agneta weer aanspreekbaar was, zou ze zeker contact met hem opnemen.

's Avonds belde Lennard dan inderdaad, maar hij had geen

goed nieuws voor me. 'De dokters willen me twee dagen hier houden,' zei hij. 'Voor bloedonderzoek.'

'Wat hebben de foto's uitgewezen?'

'Nou, als je afgaat op de diepe rimpels in het voorhoofd van de dokters...'

Ik deed mijn ogen dicht. Hoe had ik ook kunnen geloven dat er iets beter zou kunnen gaan!

'Verder willen ze me op een dieet zetten. Ik mag een tijdje alleen vloeibaar voedsel hebben. Als een zuigeling.'

'Maar daarvoor hoeft u toch niet in het ziekenhuis te blijven?'

'Nee, eigenlijk niet. Misschien willen ze me er hier aan laten wennen. Ik zal de dokters eens vragen of ze bij vloeibaar voedsel aan bier denken.'

'Dat zou uw gezondheid niet bepaald goeddoen.'

Lennard begon schor te lachen. 'Soms zou ik wensen dat ik meer gedronken had. Dan zou ik tenminste weten waaraan ik dit allemaal verdiend heb.'

Hij informeerde naar Agneta, maar ik kon hem helaas niet veel nieuws vertellen. 'Ze eet, ze drinkt, soms gaat ze overeind zitten en staart ze door het raam. Dan wordt ze moe en gaat ze weer slapen. Maar ze zegt geen woord.'

'Zo ging het de vorige keer ook,' zei Lennard.

'En wanneer ging het weer over?'

'Na iets meer dan een week. Ze stond gewoon op en ging door waar ze opgehouden was. Het was griezelig.'

'Ach, die week is nu gauw voorbij,' zuchtte ik.

Die avond zat ik nog lang rechtop in bed en probeerde ik me in een boek te verdiepen. Maar ik had nog nauwelijks twee zinnen gelezen of mijn gedachten dwaalden alweer af. Moest ik misschien toch Magnus op de hoogte stellen? Zijn grove taal was mogelijk alleen maar gezwets om zich op zijn moeder te wreken.

Zacht geklop op de deur haalde me uit mijn gedachten.

'Mathilda?' klonk een zwakke stem vanaf de gang. Agneta? Had ik dat goed gehoord? Vlug liep ik naar de deur en deed hem open.

Op de gang stond inderdaad de gravin. Ze had een wollen omslagdoek om haar schouders geslagen en zag er vreselijk ellendig uit. Maar ze stond op de gang!

'Wat is er, Agneta?' vroeg ik. 'Waarom bent u opgestaan?'

'Ik denk dat ik behoefte heb aan een beetje gezelschap,' zei ze. 'Zonder Lennard voel ik me zo alleen. Wil je bij uitzondering vannacht bij me slapen?'

Zo'n verzoek had ze me nog nooit gedaan. Maar ze was tenminste haar kamer uit gekomen en wilde gezelschap. Dat was heel wat beter dan op zoek gaan naar een scheermes om een einde aan je leven te maken.

'Natuurlijk,' zei ik. 'Wacht, ik pak even mijn ochtendjas en mijn boek. Misschien kan ik u wat voorlezen?'

'Dat zou fijn zijn,' zei ze met een zwak lachje dat haar bijna kinderlijk deed lijken.

Ik verdween weer de kamer in, trok mijn ochtendjas aan en nam het boek mee van mijn nachtkastje. Samen liepen we terug naar Agneta's slaapkamer.

'Je kunt gaan slapen, Lena,' zei ik tegen de vermoeide kamenierster. Vanaf nu neem ik het over.'

Agneta was zelf uit bed gekomen. Ze had niet Lena gestuurd.

Lena maakte een knicksje. 'Dank u! Goedenacht!'

Toen de deur dichtviel, klom Agneta weer in bed. Ik ging aan de andere kant liggen, waar het kussen nog onberoerd was.

Het voelde een beetje raar aan. Op school had ik wel eens gehoord dat andere kinderen op zondagochtend bij hun ouders in bed kropen. Ik had dat verlangen nooit gekend, en mijn ouders hadden me er ook nooit toe uitgenodigd. Mijn moeders dag was 's ochtends om zes uur begonnen, zolang ik haar kende.

En nu lag ik aan Lennards kant. Wat zou hij ervan zeggen dat zijn vrouw weer tot zichzelf was gekomen?

'Hoe gaat het met u, Agneta?' vroeg ik terwijl ik het boek op mijn schoot legde.

'Ik word zo vreselijk moe van die medicijnen. Maar de donkere sluier is weg. Als je dat zo kunt zeggen.'

'Donkere sluier?'

'Ja. Ik weet het ook niet... toen ik die ochtend wakker werd... Het was of alle kleur uit de wereld was verdwenen. Ik keek uit het raam en kon zweren dat zelfs de gordijnen grijs waren. En ik had zo'n zwaar, treurig gevoel in mijn borst. Ik kon gewoon niet opstaan, kon met moeite mijn armen en benen bewegen. Ik dacht de hele tijd aan Ingmar en dat hij misschien wel dood was.'

'Hij is niet dood,' zei ik. 'We hadden allang bericht gekregen als dat zo was.' Ik zweeg even, toen vroeg ik: 'Hebt u op de dag dat de sluier kwam, gemerkt dat we er waren?'

'Ja, maar ik kon niet met jullie praten. Ik wilde niet. Ik was in duisternis verzonken.'

'Lennard zei dat u zoiets al eens eerder hebt gehad.'

'Ja. Vlak nadat jij was weggegaan. Toen werd ik er volkomen door verrast, maar deze keer... ik wist wat het was.'

Door de medicijnen klonk ze traag. Misschien was het tijd ermee op te houden. Morgenochtend zou ik meteen de dokter bellen.

'Lennard gaat dood,' zei ze ineens. 'Dat weet ik. Zijn ziekte... Hij probeert zich voor mij goed te houden, omdat hij weet wat er met me kan gebeuren. Maar hij gaat dood. In het ergste geval nog dit jaar.'

Die tijdsaanduiding maakte me aan het schrikken. Zeker, hij zag er miserabel uit, maar de dokter had alleen gezegd dat zijn toestand slechter zou kunnen worden. Was de donkere sluier bij Agneta dan nog niet helemaal weg?

'Dokter Bengtsen zei dat ze in het ziekenhuis röntgenfoto's zouden maken. Meer niet. Het hoeft niet zo te zijn dat hij binnen een jaar doodgaat.'

Agneta nam mijn hand in de hare. Inmiddels was dat die van een oudere vrouw.

'We kennen elkaar nu bijna negen jaar,' zei ze peinzend. 'Ik ben zo blij dat je de weg naar het landgoed hebt teruggevonden. En dat je je vakantie voor ons hebt verlengd.'

Ik boog mijn hoofd. 'Ik heb mijn baan bij het hotel opgezegd.'

Agneta draaide haar hoofd langzaam om en hield het scheef. 'Echt? Maar waarom? Je hebt toch gezegd...'

''Ja, ik heb gezegd dat het hotel me nodig had. Maar toen het zo slecht met u ging en Lennard naar het ziekenhuis moest, besefte ik dat ik voor de Leeuwenhof moest zorgen. Toen u mijn voogd werd, hebt u zo veel voor me gedaan. U hebt me een thuis gegeven, een opleiding en u hebt me tegen uw eigen zoon in bescherming genomen. Dat zal ik nooit kunnen terugbetalen.'

'Dat hoeft ook niet. Je bent mijn...' Ze stokte en ik las in haar ogen de angst iets verkeerds te zeggen.

'Nichtje. Ik ben uw nichtje, ik weet het. Dat betekent echter nog niet dat ik alles als vanzelfsprekend moet aannemen, toch?' Ik gaf haar een kneepje in haar hand. 'Nu is het tijd dat ik er voor jullie ben. Wat Lennards lot ook is, ik zal er zijn. Ik laat jullie niet in de steek.'

Tranen glinsterden in Agneta's ogen en ze knikte. 'Dank je wel!'

Voor mij werd het een onrustige nacht. Na een bladzijde van mijn boek waren Agneta's ogen dichtgevallen, maar ik stond mezelf niet toe helemaal in te slapen. Haar toestand mocht dan wel veranderd zijn, maar haar gedachten waren allesbehalve rooskleurig.

Lennards tijd hier op aarde liep ten einde. Dat feit wilde ik nu nog verdringen. Hij leefde en ik wilde niet aan hem denken als een stervende. De artsen deden onderzoek. Ze zetten hem op dieet. Ik wilde dat hij hierdoorheen kwam, want zonder hem zou Agneta instorten.

Ten slotte doezelde ik toch nog in, maar ik schrok op omdat ik een geluid meende te horen. Ik dacht al dat Agneta was opgestaan en de kamer uit was gegaan, maar toen ik naast me keek, lag ze daar nog altijd vredig te slapen. Zo had ik haar nog nooit gezien. Toen ik hier nog woonde, had ik haar nooit zien slapen. Ze had toen ook nooit uitgeput geleken. De huidige tijd speelde het klaar ons alle kracht te ontfutselen.

48

Er gingen twee weken voorbij zonder bericht van Ingmar. De meimaand kwam, maar de alom gewenste lichtheid bleef uit. Meer dan ooit leefden de mensen in angst. De invasie van de Duitsers in Noorwegen vorderde gestaag, tot het pacifistische land helemaal aan de nazi's was overgeleverd.

Zweden bleef zich neutraal opstellen, maar naast uitbreiding van de rantsoenering van dagelijkse levensbehoeften werd nu ook verduistering verplicht.

Er mochten geen buitenverlichting en stallampen meer branden. Voor binnen kregen we zogenaamde luchtbeschermingslampen, waarmee we het huis mochten verlichten, maar de ramen moesten worden afgedekt. Ook de ramen van onze auto moesten geblindeerd worden, zodat eventueel naderende Duitse piloten geen aanwijzing voor doelen kregen.

Dat veroorzaakte in eerste instantie enige opwinding op de hoeve, maar algauw leek alles weer normaal.

Lennard was na ruim een week uit het ziekenhuis ontslagen met een hele lijst met instructies voor de kokkin. Hij moest speciale voeding krijgen, die hij in vloeibare vorm tot zich moest nemen. Dat leidde tot grote ergernis bij hem.

'Ik lijk wel een klein kind,' mopperde hij toen hij het glas bekeek, waarvan de inhoud op havermoutpap leek. 'Dat is zuigelingenvoeding, meer niet.'

'Die voeding zorgt ervoor dat je lever zich rustig houdt,' bracht Agneta, die eveneens nieuwe energie had gekregen, daartegen in.

Als je haar nu zag, kon je bijna niet geloven dat ze die eigenaardige aanval had gehad. Af en toe reageerde ze heel emotioneel, maar ik merkte duidelijk dat ze weer de kracht had om tegenspoed onder ogen te zien.

Eind april was al het bericht gekomen dat Zweedse mannen voor militaire dienst werden opgeroepen. Veel van onze meerderjarige staljongens moesten zich melden. Alleen Lasse Broderson, die inmiddels te oud voor de dienst was, en de heel jonge knapen, die pas kortgeleden op de hoeve waren begonnen, bleven.

Agneta reageerde geschokt. 'Hoe moeten we al het werk nu doen?'

'Ik zal mee aanpakken,' zei ik. 'Ik weet hoe je stallen moet uitmesten en paarden voeren kan ik ook. Misschien kunnen we ook een paar dienstmeisjes voor lichtere werkzaamheden inzetten. En er zijn tenminste nog vijf mannen overgebleven.'

'Die jongens kun je geen mannen noemen.'

'Ze zijn tussen de veertien en zestien en ze zijn heel sterk. Meneer Broderson is er ook nog. Zij nemen de zware taken op zich, en wij vrouwen de lichtere. Ik vind het niet erg vuile handen te maken. En de administratie is alweer aardig op orde.' Ik keek in Agneta's sceptische gezicht. 'Dat krijgen we wel voor elkaar! En misschien zal het u ook goeddoen om voer naar de stallen te kruien en paarden te roskammen. Nu, in de zomer, zijn ze toch meestal in de wei. En wie weet hoe het er over een paar maanden uitziet. Tegen de winter zijn onze mannen misschien alweer terug.'

Agneta zuchtte. 'We dachten allemaal dat de oorlog niet meer naar Zweden kon komen. En nu...'

'Dit is alleen maar mobilisatie, meer niet. We zijn nog niet in oorlog. Onze koning is verstandig genoeg om dat te vermijden. Geloof me, Gustaaf zal niet toelaten dat Duitsers een voet in ons land zetten. En als het wel gebeurt, zullen we ervoor zorgen dat ze vlug weer verdwijnen. We hebben immers vroeger in Europa ooit schrik en verderf gezaaid. Dat we nu een vreedzaam land zijn, betekent nog lang niet dat we ons niet kunnen weren.' Ik pakte Agneta's hand vast. 'Denk alstublieft eens terug aan de Agneta van vroeger. De Agneta die in de kamer van de rector naast me zat. De Agneta die na de dood van haar vader de hoeve overnam terwijl ze een ander leven voor ogen had.'

Er glinsterden tranen in haar ogen. 'Ik word oud, Mathilda. Ik vrees dat mijn geheugen niet meer zo goed is.' Toen verscheen er een lachje rond haar mondhoeken. 'Maar ik zal het proberen.'

's Middags riep ik de dienstmeisjes bij elkaar en legde de situatie uit.

'Zoals jullie allemaal weten, zijn onze mannen momenteel nodig in het leger, waar ze zich voorbereiden op een mogelijke Duitse invasie. Het is niet gezegd dat die zal plaatsvinden, maar tijden als deze vragen om ongewone maatregelen. Het belangrijkste op de Leeuwenhof zijn de paarden en de stallen. Die zijn belangrijker dan het huis. Een bed dat niet opgemaakt is en koude koffie zijn niet zo tragisch als paarden die niet gevoerd en verzorgd worden. Daarom verzoek ik jullie er eens over na te denken welke werkzaamheden in de stallen jullie op je kunnen nemen. Voeren, roskammen, water geven, op de velden helpen, dat soort dingen. Mevrouw en ik zullen ook meedoen en kijken wat we in de stallen en op de velden kunnen doen.'

De meisjes keken me verbaasd aan, maar toen knikten ze een voor een.

'Ik kom uit een boerenfamilie, ik weet hoe je paarden moet poetsen,' zei Silja.

'En ik kan ook heel goed mee aanpakken,' zei Rika. 'Mijn moeder heeft na de dood van mijn vader de boerderij in haar eentje moeten bestieren. Ze heeft nu een nieuwe man, maar ik help hen op donderdag nog steeds. Wat maakt het uit om de paarden een beetje hooi te brengen?'

Zo werden we het er na korte tijd over eens dat we allemaal vanwege de oorlog dubbele diensten zouden draaien.

Toen ik met Agneta terugging naar boven, zag ik haar breed glimlachen.

'Wat is er?' vroeg ik.' Heb ik iets gezegd waarom je moet lachen?'

'Nee, het is alleen... Ik stelde me daarnet voor hoe je je werk deed in het hotel. Ik neem aan dat je besprekingen met het personeel hebt gevoerd?'

'Dat was eigenlijk de taak van het hoofd van de huishoudelijke dienst, maar ja, af en toe deed ik dat in haar plaats.'

'Ik denk dat jullie hotel het beste personeel in de wijde omtrek heeft. Of dat had het in elk geval zolang jij daar was, nietwaar?'

'Ach, ik kan niet over mezelf oordelen...'

'Maar toch denk ik dat het wel zo was. Je bazen moeten het zeer betreuren dat je weg bent gegaan.'

'Dat is zo. En... ze hebben me de mogelijkheid geboden om binnen een half jaar terug te komen.' Misschien hoopte ik daarom dat de oorlog gauw afgelopen zou zijn.

Agneta's gezicht versomberde. 'Ga je dat doen?'

Ik schudde mijn hoofd. 'Niet zolang er oorlog is. Of zolang Ingmar niet terug is. Ik heb beloofd dat ik jullie niet in de steek laat.'

'Dat waardeer ik zeer. En hoewel ik zou willen dat de oorlog zo vlug mogelijk voorbij is, hoop ik dat je ons niet net zo vlug verlaat.'

'Ik zal jullie nooit helemaal verlaten. Zelfs wanneer Ingmar terug is en het beheer op zich kan nemen, zal ik er op de een of andere manier altijd voor jullie zijn.'

Nu glimlachte Agneta weer. 'Goed, laten we eens gaan kijken of we geschikte kleding hebben voor onze dienst aan het front.'

Lasse Broderson staarde me verbaasd aan toen ik met rubberlaarzen aan en in grove mannenkleren de stal in kwam.

'Maar juffrouw Mathilda, ik kan toch niet toestaan dat u meehelpt,' zei hij nadat ik hem duidelijk had gemaakt dat van nu af aan ook de vrouwen van het landgoed in de stallen en op de velden zouden werken.

'Lasse, hoor eens. Er is oorlog. U bent de helft van uw mensen kwijt. Vrouwen mogen dan wat zwakker zijn dan mannen, maar we zullen helpen. Zegt u maar hoe.'

'Maar de jongens kunnen toch dubbele diensten draaien!'

Ik schudde mijn hoofd. 'Geen tegenspraak, meneer Broderson.

Wij vrouwen helpen mee. En daar horen de gravin en ik evengoed bij. Mevrouw heeft nog geen passende rubberlaarzen gevonden, maar ze kan elk moment naar buiten komen.'

'Lieve help!' zei Broderson verschrikt. 'Nou, voor mijn part, als u er niets op tegen hebt: de drachtige merries moeten worden gevoerd. En daarna moet er hooi naar de wei worden gebracht. De eerste paarden staan al buiten.'

'Dat weet ik,' gaf ik te kennen en ik wapende me met een emmer.

Het voeren van de merries was een heel aangename taak. Ze werden overdag in een grote stal gehouden, zodat ze een beetje konden rondlopen. De weiden waren op sommige plaatsen nog vochtig en glibberig en we wilden niet het risico lopen dat ze uitgleden.

Nieuwsgierig kwamen de paarden naar me toe toen ik met de voeremmer dichterbij kwam en ook nog hooi in de ruiven deed. Dit was heel wat verfrissender werk dan in een bedompte werkkamer zitten goochelen met cijfers die er niet beter op werden.

Agneta zat naast me op de bok toen ik even later met de kar naar de weiden reed. Dat had ik lang niet meer gedaan. Ik kon me nog herinneren dat Lennard geprobeerd had me het mennen bij te brengen en dat ik me de eerste keren nogal had aangesteld. Maar op een gegeven moment had ik het te pakken. En nu constateerde ik dat ik het nog steeds kon.

'Je hebt gelijk,' zei ze terwijl ze rondkeek. 'Op de een of andere manier heb ik dit gemist. Het is fijn iets te doen wat direct nut heeft.'

In de weiden verdeelde ik het hooi over de ruiven en deed schoon water in de voerbakken. Agneta hielp mee en bleef daarna nog bij het hek staan en aaide de paarden die hun hoofd boven het draadwerk uitstaken.

'Ik moet veel vaker buiten zijn,' merkte ze op toen ik naar haar toe kwam. Uit de keuken had ik wat suikerklontjes gepikt, die ik nu aan de paarden gaf. 'Ik had nooit gedacht dat ik net als mijn moeder zou worden.'

'Kwam ze niet veel buiten?' vroeg ik, en ik besefte dat het voor het eerst in lange tijd was dat we het over Stella Lejongård hadden.

'Ze hield er niet van. Haar wereld bestond uit de salon en japonnen. Van de bedrijfsvoering had ze nagenoeg niets meegekregen. Misschien wilde ze het ook helemaal niet weten. Toen mijn vader overleed, was ze totaal ontredderd. En ik wist net zomin wat me te doen stond.' Ze zuchtte. 'Maar anders dan zij was ik vaak buiten op het terrein. Soms hielp ik ook mee. Jammer dat ik was vergeten hoeveel goed het me doet om hier te zijn en de paarden aan te raken.'

'Nou, dat pleziertje kunt u zichzelf voortaan elke dag gunnen. Niet alleen in oorlogstijd. Ik ga graag met u mee. En in de zomer kunnen we het kantoor naar buiten verplaatsen. Onder een treurwilg of naar het paviljoen. We hoeven niet in die kamer te werken, waar alles zwaarder lijkt dan ergens anders.'

'Daar heb je gelijk in.' Ze keek me aan. 'De tijden veranderen, waarom zouden wij dat niet ook doen?'

We bleven nog een hele tijd in de wei. Tegen het vallen van de avond gingen we terug.

'Dan rest ons nog landgoed Ekberg,' zei Agneta zuchtend toen we uitgeput in de werkkamer aan de koffie zaten. 'Wie moet van de zomer het graan van de halmen halen?'

Daar had ik niet aan gedacht. Lennards zus Elisabeth en haar man zorgden daarvoor. Zij waren vast nog zwaarder getroffen door de dienstplicht van de jonge mannen.

'We hebben daar toch dorsmachines? En een tractor,' zei ik na even te hebben nagedacht. 'Zou het een idee zijn om die aan de buren te verhuren? Aan boeren die zich zulke machines niet kunnen veroorloven? Niet alle mannen zijn opgeroepen, want de voedselproductie voor de bevolking moet gewaarborgd blijven. Onze stoeterij is momenteel niet zo belangrijk, maar de velden van landgoed Ekberg wel, want ze stellen de voedselvoorziening veilig. Laten we een overeenkomst met de boeren sluiten. Zij mogen onze machines gebruiken als zij als tegenprestatie mensen ter beschikking stellen die ons helpen bij het binnenhalen van de oogst.'

‘Dat is een goed idee,’ viel Lennard me bij, die ongemerkt de werkkamer binnen was gekomen. ‘Ik zal met de mensen gaan praten. Ik weet zeker dat ze zullen instemmen.’

Agneta keek hem verbaasd aan. ‘Hoelang heb je al voor de deur staan luisteren?’

Lennard lachte. ‘Die stond open. Ik heb jullie de hele tijd kunnen horen.’

‘Ik heb nooit geweten dat jij zo’n stiekemerd was,’ gaf Agneta te kennen.

‘Nou, we hebben allemaal zo onze geheimen, nietwaar?’ Hij knipoogde naar me.

We hadden de bedrijfsvoering op de hoeve nog maar net weer onder controle toen de oproep voor Ingmar in de bus viel. Hij werd gesommeerd zich bij de dichtstbijzijnde eenheid te melden.

Dat leidde bij ons tot enige schrik.

‘Wat moeten we doen?’ vroeg Agneta angstig. ‘Ingmar is niet hier.’

‘We kunnen tegen de politie zeggen dat hij in Noorwegen zit.’

‘Dan denken ze dat hij een verrader is.’

Ik schudde mijn hoofd. ‘Waarom zou hij een verrader zijn als hij op bezoek is bij vrienden in Noorwegen? Het enige probleem is dat we niet weten waar hij uithangt.’ Ik dacht even na. ‘En als we hem nu eens als vermist opgeven? Eigenlijk hadden we dat allang moeten doen.’

‘Maar ik wist waar hij heen wilde. Het is niet zo dat hij bij nacht en ontij en zonder enig bericht is verdwenen.’

‘Ja, maar inmiddels is het al twee maanden geleden. Niemand weet wat er in de tussentijd is gebeurd. Misschien kunnen we hem op die manier opsporen.’

Agneta verkeerde zichtbaar in tweestrijd. Maar de kans dat hem zou worden verweten dat hij dienst had geweigerd en dat hij misschien zelfs als deserteur zou worden aangemerkt als hij niet reageerde, was mijns inziens te groot. Wanneer hij uit Noorwegen terugkwam, zou hij beslist gearresteerd en gestraft worden.

‘Laten we naar de politie in Kristianstad gaan en hem als vermist opgeven,’ stelde ik voor. ‘Misschien vinden ze een spoor, een verblijfplaats.’

‘Weet je zeker dat dat zin heeft?’ vroeg Agneta weifelend.

‘Ik ben er niet zeker van, maar de autoriteiten weten dan tenminste dat Ingmar niet kan worden gerekruteerd.’

‘Zullen ze niet denken dat hij zich nu pas uit de voeten heeft gemaakt?’

‘We zullen ervoor zorgen dat ze de situatie noteren zoals die is, en niet anders. Dus? Gaan we vandaag nog?’

Een uur later waren we op weg naar Kristianstad. Ik zat achter het stuur, want Agneta was te gespannen om te rijden. Vlak voor de stad reed een legertruck ons tegemoet. Daarop zaten wat verschrikt ogende jonge mannen, die niet leken te weten wat er met hen ging gebeuren.

‘Magnus zal ook wel zijn opgeroepen,’ zei ik toen de vrachtwagen ons met flink lawaai gepasseerd was. ‘Denkt u dat hij iets zal laten horen?’

‘Ik weet het niet,’ zei Agneta een beetje afwezig.

Op het politiebureau was het erg rustig. Het geratel van schrijfmachines kwam door de open ramen naar buiten. Het beloofde een warme dag te worden.

‘Ik ben hier voor het laatst geweest toen de toenmalige hoofdinspecteur de brandstichter dacht te hebben gevonden,’ verklaarde Agneta terwijl we de trap op liepen. ‘De verdachte was niet de dader, maar het was een beangstigende ervaring. Sindsdien hebben we gelukkig geen contact meer met de politie gehad.’

‘En daarom zullen ze ons ook geloven,’ zei ik en ik maakte de deur open.

We meldden ons bij de balie. De dienstdoende wachtmeester was een gedrongen man met schaars rossig haar en een dito baard. Zijn uniform zat een beetje scheef.

‘Wij willen graag aangifte doen van een vermissing,’ zei Agneta tegen de agent. ‘Het gaat om mijn zoon.’

De wachtmeester grijnsde. ‘Ha, is hij hem vanwege de rekrutering gesmeerd?’

Agneta wierp me een hulpzoekende blik toe.

'De zaak ligt heel anders,' protesteerde ik. 'Mijn neef is al sinds eind februari verdwenen. Hij zei dat hij naar Noorwegen zou gaan, maar we hebben nog steeds geen bericht van hem gekregen. We maken ons uiteraard zorgen.'

De agent keek ons sceptisch aan. 'Dan is het dus niet vanwege de rekrutering? U weet dat in dat geval de Militaire Politie naar hem gaat zoeken.'

'Mijn zoon heeft zich niet schuldig gemaakt aan een misdrijf,' zei Agneta ferm. 'Om te voorkomen dat de Militaire Politie onnodig aan het werk wordt gezet, meld ik hem als vermist, want ik kan met de beste wil van de wereld geen verblijfplaats noemen.'

Ik merkte nog altijd twijfel bij de wachtmeester. Waarschijnlijk nam hij aan dat we Ingmar ergens op zolder verstopt hielden. Maar zouden we dan naar de politie gaan? Mijn hart ging tekeer van woede. Hoe durfde hij zoiets te veronderstellen?

'Hoor eens, agent,' zei ik. 'De familie Lejongård is nooit een militaire confrontatie uit de weg gegaan. Misschien kent u de geschiedenis van de Leeuwenhof niet, maar onze familie heeft haar landgoed gekregen als beloning voor haar steun aan het koningshuis in de oorlog. Onze familie zou de Koning en het vaderland nooit in de steek laten.'

De wachtmeester staarde me aan alsof bij hem de bliksem was ingeslagen.

'Gravin Lejongård?' vroeg even later een stem. Het volgende ogenblik kwam een rijzige, grijsharige man met een baard naar ons toe. De wachtmeester ging in de houding staan.

'Inspecteur Hermannsson?' vroeg Agneta verbaasd. 'Wat doet u hier? Ik dacht dat u inmiddels wel met pensioen zou zijn.'

'Ach, zo oud ben ik nu ook weer niet,' antwoordde hij terwijl hij mij zijn hand toestak. 'Ik ben alleen van de recherche naar dit bureau overgestapt en heb hier sinds een paar jaar de leiding.' Hij keek naar mij. 'En wie is deze betoverende jongedame?'

'Dat is mijn nichtje Mathilda,' zei ze voor ik mezelf kon voorstellen. 'We zijn hier vanwege mijn zoon Ingmar. Uw collega lijkt te veronderstellen dat hij zich aan rekrutering wil onttrekken. Maar hij is al een paar maanden zoek in Noorwegen.'

'Dat is vreselijk!' zei de inspecteur. 'Nu, in deze tijd! U moet ziek zijn van bezorgdheid.'

'Dat ben ik ook,' zei Agneta en ze keek naar mij. Ik wist nog heel goed hoe ziek ze was geweest. 'En nu kwam die oproep. Ik wil niet dat mijn zoon als deserteur wordt aangemerkt.'

'Ik denk dat we dat wel kunnen regelen. Willen de dames zo goed zijn mij te volgen?'

Hij nam ons mee naar zijn kantoor en bood ons koffie aan. Die was nogal slap, waarvoor hij zich verontschuldigde door te zeggen dat ook de politie getroffen werd door de rantsoenering.

Hij noteerde de stand van zaken rond Ingmars verdwijning nauwgezet en beloofde dat ze hun best zouden doen hem te vinden.

'U had eerder naar ons toe moeten komen,' zei hij.

'We dachten dat hij wel contact zou opnemen,' wierp ik tegen. 'Mijn neef is niet roekeloos, en eigenlijk ligt het niet in zijn aard om zijn ouders in ongerustheid te laten zitten.'

De inspecteur nam me een poosje onderzoekend op. Wilde hij nagaan of ik eerlijk was? Na een tijdje richtte hij zijn blik weer op het papier voor zich.

Toen we het bureau verlieten, lag er een glimlach op Agneta's gezicht. Ze bleef even staan en keek me aan.

'Bedankt,' zei ze.

'Waarvoor?'

'Dat je "wij" zei, toen je de wachtmeester duidelijk maakte wie we zijn. Je nam het op voor je familie terwijl ik je zo slecht behandeld heb.'

Die woorden verrasten me zo dat ik niet meteen antwoord kon geven.

'Soms telt alleen het heden, nietwaar?' zei ik toen en ik glimlachte.

Agneta lachte terug, en samen liepen we terug naar de auto.

‘Waarom keek de inspecteur me eigenlijk zo vreemd aan?’ vroeg ik.

‘Het was voor hem vast een verrassing te horen dat mijn zonen een nichtje hebben. Waarschijnlijk vroeg hij zich af van wie je een kind bent.’

‘Lennard heeft toch een zus met kinderen van mijn leeftijd. Dat is toch niet zo verwonderlijk.’

‘Nee, maar waarschijnlijk zag hij in jou je vader. Hendrik was een bekend figuur. Zelfs als Hermannsson hem niet persoonlijk heeft leren kennen, ben je onmiskenbaar een Lejongård.’

Ik keek in de achteruitkijkspiegel, schijnbaar om hem bij te stellen, maar ik bekeek mijn gezicht. Daarin zag ik alleen de gelijkenis met mijn moeder. Het gezicht van mijn natuurlijke vader kende ik niet. Daar had ik me tot nog toe niet voor geïnteresseerd, want Sigurd Wallin was voor mij mijn vader geweest. Misschien moest ik Agneta om een foto vragen.

49

Mei ging voorbij en het werd juni. Door al het werk in de stallen en andere bijkomende taken hadden we nog geen tijd gehad om het midzomerfeest voor te bereiden.

'Lieve help, hoe hebben we dat kunnen vergeten?' vroeg Agneta verschrikt.

'Nou, er is oorlog en ook al is de verduistering inmiddels weer opgeheven, het blijft nog steeds oorlog.' Ik ergerde me over mezelf. Niet vanwege het feest, maar omdat ik me had ingebeeld dat het allemaal binnen een paar weken of maanden over zou zijn.

'Het liefst zou ik ervan afzien,' zei Agneta. 'Indertijd, toen mijn vader en Hendrik waren gestorven, had ik dat ook graag gedaan, maar mijn moeder was ertegen. Ze zei dat het onze plicht was aan onze sociale verplichtingen te voldoen.'

'Waarom niet?' vroeg ik.

'Wat bedoel je?'

'Van het feest afzien. U weet hoe het er met onze rantsoenen voor staat. We krijgen nog altijd meer dan normale huishoudens, maar we kunnen geen daverend feest geven. En de Koning zal ook niet komen.'

Agneta perst haar lippen op elkaar. Dat het koningshuis zich van ons had afgekeerd greep haar nog altijd aan. En haar niet alleen. Maar toen kreeg ik een idee.

'Toch kunnen we hem uitnodigen,' zei ik, toen een antwoord van Agneta uitbleef. 'Misschien is het een manier om contact met hem op te nemen.'

‘Hij zal niet komen,’ zei Agneta terneergeslagen.

‘Maar dat kunt u toch niet weten!’ wierp ik tegen. ‘Bovendien is het een kwestie van beleefdheid om hem een uitnodiging te sturen. Als hij die afwijst, weten we waar we aan toe zijn. Maar als we het niet eens proberen, laten we misschien een kans liggen.’

Agneta keek me twijfelend aan, maar toen knikte ze. ‘Goed. We zullen de Koning een uitnodiging sturen.’

‘En doen alsof er niets gebeurd is,’ voegde ik eraan toe. ‘Misschien wordt het bij wat nubbe allemaal duidelijk.’

‘De Koning gaf nooit veel om alcohol,’ zei Agneta, maar ze keek weer wat hoopvoller.

Agneta wilde de uitnodiging beslist zelf maken. Daarvoor nam ze het mooiste papier dat we hadden en ik was verbaasd over de kalligrafische vaardigheid waarmee ze de tekst schreef. Maar toch trilden haar handen toen ze de brief in de envelop deed.

Ik knikte haar opmonterend toe. ‘Het is juist om het te doen,’ zei ik. ‘En het is geen bedelen, maar pure beleefdheid. We laten het koningshuis zien dat we boven de kwestie met de contracten staan.’

‘En als de Koning de uitnodiging niet aanneemt?’

‘Dan hebben we niets verloren, maar ons wel grootmoedig getoond.’ Ik pakte de brief uit haar hand, want ik wilde niet dat ze zich nog zou bedenken.

‘We moeten nu aan de andere uitnodigingen beginnen,’ zei ik in een poging haar af te leiden en ik wees op het adresboek. ‘Maar we moeten wat van de gebruikelijke gasten schrappen, anders gaat het Svea’s mogelijkheden te boven. Misschien van de verder weg gelegen landgoederen.’

‘Maar... ze zullen onze uitnodiging vast missen.’

‘Wat maakt het uit!’ zei ik. ‘Ze zullen net als wij druk bezig zijn het bedrijf aan de gang te houden. Nu de Duitsers Nederland en België hebben geannexeerd, zal niemand eraan denken.’ Ik zweeg even, toen zei ik: ‘Onze zakenpartners nodigen we natuurlijk uit. En de directe buren ook. Verder alleen de dorpelingen. We zetten eenvoudige maaltijden op tafel, dat beantwoordt aan de huidige geest van spaarzaamheid, en in plaats van een kapel vragen we de violist. Om de tijd te verdrijven kunnen we een lange wandeling over het terrein maken. Dan zijn ze allemaal moe en hebben we niet zo veel nubbe nodig.'

'Ik vrees dat het de nubbe is waar de mensen voor komen. Een lichte roes kan in deze tijden wonderen verrichten.' Agneta dacht even na. Toen knikte ze. 'Goed, dan houden we het feest zo klein mogelijk. Alleen wij en het dorp. Mijn zogenaamde vrienden bekommeren zich er niet om hoe het met Lennard gaat, dus hoeven we hen ook niet uit te nodigen.'

'Mooi!' zei ik. 'Later zal ik naar het dorp rijden en de herberg op de hoogte stellen.'

De weken verstreken. De reacties kwamen binnendruppelen. Veel van de genodigden gaven aan de uitnodiging gehoor, sommigen verontschuldigden zich vanwege problemen met hun zaak of op hun landgoed. Of dat ermee te maken had dat we bij het koningshuis uit de gratie waren, wist ik niet, maar Agneta vermoedde het en was daarom geïrriteerd.

De reactie van de Koning liet ook al op zich wachten.

'Zie je wel, ik heb het je toch gezegd,' begon ze nadat we de toezeggingen hadden doorgekeken en begonnen waren de tafelschikking te maken. 'Hij komt niet. Hij negeert ons. Net als zijn gezin!'

'Misschien is de brief niet aan hem overhandigd,' zei ik.

'Misschien heeft hij ons in de ban gedaan!' Agneta slaakte een diepe zucht. 'Ach, kon ik maar gewoon met hem praten! Ik had toen meteen naar het hof moeten gaan.'

'Om dan mogelijk niet ontvangen te worden?' Ik schudde mijn hoofd. 'Nee, u hebt het goed gedaan. Van mijn tijd in het hotel weet ik dat zakenrelaties soms van idee veranderen. Het Grand Hôtel was ook niet blij toen duidelijk werd dat het banket voor de Nobelprijswinnaars daar niet meer zou plaatsvinden. Maar er was niets aan te doen. In plaats daarvan zijn er andere evenementen gekomen, en uiteindelijk hebben veel genodigden voor de uitreiking toch kamers bij ons geboekt.'

'Een hotel is geen landgoed!' wierp Agneta tegen. 'Wij verkeren in een heel andere situatie!'

Geklop op de deur haalde ons uit ons gesprek.

'Binnen!' riep Agneta.

'Mevrouw, u zei dat ik het u moest laten weten als er post was,' zei Lena terwijl ze de werkkamer in kwam. Ze had twee brieven in haar hand. Een daarvan zag er heel voornaam uit. Agneta pakte ze aan. Er ging een siddering door haar heen.

'Dank je wel, Lena,' zei ze, waarop de kamenierster een knicksje maakte en weer naar de deur liep.

Agneta pakte geagiteerd de briefopener en sneed de envelop open. Met trillende handen trok ze de inhoud eruit. Toen werd ze bleek.

'Wat is er?' vroeg ik terwijl ik opstond.

Agneta gaf geen antwoord. In plaats daarvan schudde ze haar hoofd.

'Agneta?' Ik ging bij haar staan, maar voor ik een blik op de brief kon werpen, stak ze me hem toe. Het briefhoofd was het wapen van het Koninklijk Huis.

'Hier! Lees zelf maar!' Haar stem klonk geërgerd.

Ik vloog vlug de regels door. Toen werd me duidelijk wat haar zo ongerust had gemaakt.

'Hartelijk dank voor de uitnodiging,' las ik hardop voor. 'Helaas is het de koninklijke familie vanwege andere verplichtingen niet mogelijk...'

Ik brak af. 'Hij komt dus niet.'

'Zoals ik al zei,' merkte Agneta op. 'We hebben het bij de Bernadottes voorgoed verbruid.'

Ik keek op het blaadje. Uit de neutraal geformuleerde zinnen bleek niet welke stemming erachter stak.

'Ze hebben in elk geval geantwoord,' zei ik en ik liet het schrijven zakken. Ik was ook teleurgesteld, maar soms was het goed zekerheid te hebben. 'Dat betekent dat ze ons niet negeren.'

'Het betekent dat wij hun onverschillig laten,' foeterde Agneta. 'Maar voor mijn part! Laat ze maar doen! We redden het ook zo wel!'

Ik nam haar in mijn armen. Even voelde ik weerstand, toen liet ze het toe.

'Trek het u niet aan, Agneta! De Koning komt gewoon niet. We zullen het blijven proberen. Elk jaar. Op een gegeven moment zal hij ervan terugkomen. Bovendien hebben we nu iets belangrijkers te doen dan ons druk te maken over het koningshuis.'

Agneta wekte de indruk dat ze me tegen wilde spreken, maar toen knikte ze. 'Dat is waar. En eerlijk gezegd zou een brief van Ingmar me veel liever zijn geweest.'

'Dat geldt voor mij net zozeer,' zei ik en ik voelde een steek van bezorgdheid. Ingmar hoefde geen uitnodiging te krijgen, hij wist wanneer op de hoeve het midzomerfeest gevierd werd. Maar zou hij zich laten zien en daarmee een deel van de last van onze schouders nemen?

Ondanks de afzegging van de Koning werd het midzomerfeest een van de mooiste die we ooit hadden gegeven. Toen de zon al ver over de horizon was, begonnen we aan de wandeling. Er liepen ongeveer honderd mensen zingend door de weiden. Agneta en ik namen Lennard, die erop gestaan had mee te gaan, tussen ons in. Het licht van de zon leek hem zo veel kracht te geven dat hij de wandeling zonder problemen doorstond.

Voor de feesttafel hadden de vrouwen uit de buurt een aantal taarten en kippen bijgedragen, van een visser kregen we ingemaakte haring. De meiboom had ik samen met de dienstmeisjes versierd, en in plaats van een grote tent met gehuurde stoelen uit Kristianstad waren er meubels neergezet die het huis kon missen. Zo zaten we met de dorpsbewoners bij elkaar, dienstmeisjes naast boeren, boerinnen naast ons, proostten naar elkaar en genoten van de prachtige zon. Lennard mocht deze dag bij wijze van uitzondering normale voeding tot zich nemen, wat hem zichtbaar beviel, en voor even leek de oorlog op de achtergrond te zijn geraakt.

Alleen het feit dat Ingmar echt niet verscheen, bedierf voor ons een beetje de sfeer. Agneta en ik hadden erop gehoopt, maar hoe vaak onze blik ook naar de oprijlaan afdwaalde, hij kwam niet.

Maar op een gegeven moment raakten we beneveld door de nubbe en voelden we ons verzadigd en voldaan.

Toen het feest eindelijk voorbij was en de gasten huiswaarts waren gekeerd, zat ik met Agneta nog een poosje in het schijnsel van een verduisteringslamp in het paviljoen. Ze was tamelijk zwijgzaam, wat niet verwonderlijk was, omdat haar liefste zoon niet was verschenen.

'Ik heb iets voor je,' zei ze ineens en ze gaf me een kleinood, dat een medaillon bleek te zijn.

Ik klapte het open en zag de foto van een jonge man die grote gelijkenis met Agneta vertoonde.

Het volgende ogenblik besefte ik wie het was.

'Dat is uw broer, nietwaar?' zei ik.

'Je vader, ja. Hij heeft me dit medaillon gegeven. Bij het opruimen van mijn laden heb ik het teruggevonden.'

'Hebt u uw laden opgeruimd?'

Agneta knikte. 'Ja, het werd tijd ook. Niet dat ik gebrek aan ruimte had, maar er lagen zo veel dingen in die ik helemaal niet meer nodig heb. Toen vond ik ook dit.'

'Bedankt,' zei ik terwijl ik de gelaatstrekken van de man aandachtig bekeek. Hij was heel knap.

'Waarom hebt u uw broer eigenlijk nooit geschilderd?' vroeg ik. 'Uw ouders hebt u postuum vereeuwigd, maar uw broer niet. In elk geval heb ik nooit een portret van hem gezien.'

'Ik heb hem nooit geschilderd,' antwoordde Agneta. 'Ik kon me er niet toe zetten.' Ze pakte haar borrelglas en goot het laatste beetje nubbe naar binnen. 'Het laatste beeld dat ik van hem heb, is hoe hij in verband gewikkeld in het ziekenhuis lag. Daarvoor had ik hem een paar maanden niet gezien. Ik weet het niet... op de een of andere manier ben ik er nog altijd bang voor zijn gezicht weer te zien zoals het voor dat vreselijke ongeluk was. Ik denk dat ik het niet zou kunnen verdragen hem te zien wanneer ik de trap af ga. Daarom heb ik het niet gedaan. Voor de blik van mijn ouders ben ik niet bang.'

Ik ging met mijn duimen over het portretje. 'Het is heel jammer dat ik hem niet meer heb mogen leren kennen.'

'Ja, dat is buitengewoon jammer. Hij zou veel van je hebben gehouden. Van jou en van je moeder. Het zou een moeilijke tijd voor hem zijn geworden, maar Hendrik had zich er beslist doorheen geslagen. En kijk eens hoe de wereld verandert. Op een dag zal niemand zich er meer druk om maken wie met wie trouwt. Misschien zal op zekere dag een Zweedse koning met een burgermeisje trouwen. Wie weet...'

'Dank u,' zei ik nog eens. 'Bedankt voor het portret! Zo kan ik me een juiste voorstelling van mijn echte vader maken.'

Agneta knikte. Ik zag dat haar ogen vochtig werden, maar ze begon niet te huilen. Ze glimlachte.

Later, toen ik in mijn kamer kwam, voelde ik me een beetje aangeschoten, maar nog helder genoeg om naar mijn bureau te lopen. Ik trok de la open en pakte de aansteker, die ik daar bewaarde. Ik legde het medaillon ernaast. De relikwieën van mijn vaders. Ze lagen allebei goudkleurig te glanzen in het licht. Ze behoorden allebei toe aan mannen wier leven veel te vroeg geëindigd was.

Ik zou ze allebei in ere houden.

50

Omdat er dit jaar ook niet op koninklijk bezoek in de zomer hoefde te worden gerekend, stelde Lennard vlak na midzomer voor een paar dagen in het vakantiehuis in Åhus door te brengen. Ik verheugde me op een beetje zeelucht nu ik inmiddels al drie maanden min of meer gevangen had gezeten op het landgoed.

Maar Agneta was sceptisch.

'Weet je zeker dat je sterk genoeg bent voor de reis?' vroeg ze Lennard bij het avondeten.

'Ik heb me sinds lang niet meer zo goed gevoeld!' antwoordde hij. 'En ik zou heel graag de zee weer eens zien. Sinds het begin van mijn ziekte zijn we er niet meer geweest. Het huis aan zee stort nog eens in. Laten we er gebruik van maken. De plaats waar onze liefde echt is begonnen.'

Ik zag dat Agneta's ogen zich met tranen vulden. Ze stak haar hand naar de zijne uit en pakte hem vast. Vroeger waren ze nooit zuinig geweest met tederheden, maar dat gebaar en zijn woorden ontroerden me dusdanig dat ik mijn tranen nauwelijks kon bedwingen.

'Laten we erheen gaan,' zei ik. 'Dat lukt ons wel. Ik breng jullie naar Åhus en we nemen weinig bagage mee. We hebben geen hofhouding en geen bedienden nodig. Wat er in huis gedaan moet worden, kan ik op me nemen.'

Agneta keek me aan. Ze was duidelijk bezorgd om haar man.

'Luister naar haar,' zei Lennard. 'Ik zou het fijn vinden. Alleen wij drieën. Mathilda heeft wel een beetje vakantie verdiend. En wij ook. Laten we van de zomer genieten...'

Agneta knikte en boog haar hoofd. Net als ik moest ze gemerkt hebben dat er op zijn woorden stilzwijgend volgde: laten we van de zomer genieten... zolang het nog kan.

Ik had niet echt een idee van het verloop van zijn ziekte, maar ik voelde dat Lennard deze goede periode wilde gebruiken om nog eenmaal iets fijns mee te maken. Niemand kon weten wat het jaar verder nog zou brengen.

'Goed dan,' zei ze. 'Laten we een week in Åhus doorbrengen. Maar beloof me dat je het tegen me zegt als iets te inspannend voor je is.'

Lennard kuste haar hand. 'Dat beloof ik.'

Toen keek hij me zo stralend aan als hij lang niet had gedaan.

Agneta had heel positief gestaan tegenover de gedachte geen bedienden mee te nemen, maar toen we bezig waren met het inpakken van de koffers, begon ze te twijfelen.

'Misschien moet Lena meegaan,' zei ze toen ze de paklijst doornam. 'Je kunt dat onmogelijk in je eentje klaarspelen.'

'Wat valt er dan klaar te spelen?' vroeg ik. 'We hoeven geen perfecte huishouding te voeren, want er komen geen gasten. Bovendien zijn de meisjes hier nodig. Meneer Broderson is tevredener over hen dan over de jongens. Aan gedoe hebben we geen behoefte, we kunnen langs het strand gaan wandelen en van het water genieten. De tijden zijn veranderd.'

Agneta knikte. 'Ja, dat is zo. Als ik vroeger tegen mijn moeder had gezegd dat we zonder bedienden zouden gaan, zou ze verbijsterd zijn geweest.'

'Het wordt een fijne tijd. We zullen samen op Lennard letten. En na alles wat u me over vroeger hebt verteld, weet u wat leven zonder personeel inhoudt.'

'Dat klopt. Als ik aan mijn armzalige onderkomen in Stockholm denk...' Ze kreeg een dromerige blik. 'Het kon me toen allemaal niet schelen. Scheuren in het plafond, een kapot raam... Dat was voor mij geen enkel probleem. Ik maakte mijn eigen eten klaar, ik schilderde, ging met andere vrouwen naar bijeenkomsten. Het was bijna een normaal leven.'

'Nou, dan zullen we het in het huis aan zee wel redden. Het is maar voor een week. Zolang moet het personeel het hier ook zonder ons doen. En wanneer we terugkomen, hebben we weer volop nieuwe energie.'

Ondanks mijn optimisme verkrampte mijn maag een beetje toen we afscheid namen van Lena en de anderen. Ik wist zeker dat ze hun werk goed zouden doen. En ik twijfelde er ook niet aan dat ze ons onze vakantie gunden nadat we hadden laten zien dat we net zo hard aanpakten als zij. Maar ergens had ik het gevoel dat we die week iets konden mislopen. Stel dat er iets gebeurde? Åhus was niet ver weg, maar toch...

Ik kon niet zeggen waar ik nu precies bang voor was. Het was een onbestemd voorgevoel, vrees dat er iets ergs ophanden was.

Tijdens de rit naar Åhus werd het wat beter. Misschien was het maar verbeelding geweest dat ik op het landgoed onmisbaar was. Eigenaardig, zoals mijn houding in een paar maanden compleet veranderd was. Twee keer was ik van het landgoed weggevlucht, kon ik er niet vlug genoeg wegkomen. En nu was ik bang om weg te gaan.

Het huis aan zee was deels van steen, deels van hout. De witte bepleistering was wat verweerd, maar het hout zag er nog steeds heel degelijk uit. Vanaf de veranda aan de achterkant had je uitzicht op de zee en een kleine aanlegsteiger. Het ruisen van de Oostzee omhulde me. Ik deed mijn ogen dicht en luisterde naar het gekrijs van de meeuwen, die hadden gemerkt dat het huis gasten had,

'Ik denk dat ik even ga liggen,' kondigde Lennard aan, wie de reis toch niet zo goed was bekomen als hij zich had voorgesteld.

'Ik ook,' zei Agneta terwijl ze haar hoed afzette. 'Wanneer we er financieel wat beter voor staan, moeten we een nieuwe auto kopen. De schokdempers lijken het te hebben begeven. Ik voel me geradbraakt.' Ze keek me aan. 'Jij lijkt helemaal niet moe te zijn.'

Ik schudde mijn hoofd. Ik voelde me aangenaam opgewonden. Het klotsen van de golven en de frisse zilte lucht vervulden me met een energie die ik lang niet meer had gekend.

'Ik ga een wandelingetje maken,' zei ik. 'Daarna zal ik de bagage opruimen en eens gaan kijken wat hier in de winkels te krijgen is.' Svea had een uitgebreide picknickmand voor ons klaargemaakt, maar dat zou natuurlijk niet voldoende zijn voor een hele week.

'Doe dat, maar pas goed op jezelf,' zei Agneta, alsof ik een klein meisje was. Wat kon me hier nou gebeuren?

Maar ik knikte en liep het huis uit.

Mijn wandeling in Åhus werd voor mij net zo'n gewoonte als het middagdutje voor Lennard en Agneta.

Hoewel mijn gedachten steeds naar het landgoed afdwaalden, genoot ik toch van de distantie. Het was hier allemaal zo vredig. Natuurlijk had je hier ook mannen in uniform, maar er was geen spanning te bespeuren. De verduisteringsregels golden ook hier, maar ons huis had goede vensterluiken.

Maar nu kwam er licht vanuit de lucht. Ik liep langs het strand terwijl de zon scheen en de golven over mijn voeten probeerden te spoelen. Daarbij bedacht ik hoe gemakkelijk Duitse vliegtuigen ons konden waarnemen wanneer het licht was. Waarom dacht de regering dat ze alleen 's nachts zouden komen? Omdat ze bang waren voor de luchtafweer?

Ik liep naar een plaats waar veel drijfhout was aangespoeld. Er vlakbij was een klein bos. Daar kwam ik graag, want andere wandelaars lieten zich daar niet zien. Ik had nauwelijks kunnen geloven dat behalve ons nog andere badgasten, vooral vrouwen, hier ontspanning zochten. Alsof er geen oorlog bestond.

Maar ditmaal haalde een knakkend geluid me uit mijn gedachten. Ik draaide me om. Een man kwam uit het bos en liep recht op me af. Ik maakte een sprongetje. Wat wilde hij? Had hij in de bosjes op de loer gelegen?

Toen herkende ik zijn kuif en zijn manier van lopen.

'Ingmar!' Ik sperde verschrikt mijn ogen open. 'Wat doe jij nou hier?'

'Sst!' deed hij en hij legde zijn vinger op zijn mond. 'Mathilda, luister, ik heb je hulp nodig.'

'Hulp? Waarvoor?' vroeg ik. 'Sinds wanneer ben je weer in Zweden? Zit je in moeilijkheden?'

‘Om precies te zijn wel. Maar niet zoals je misschien denkt.’ Hij keek gejaagd om zich heen, alsof hij bang was dat iemand hem zou zien. ‘Ik heb me aangesloten bij het verzet in Noorwegen. Mijn vrienden en ik zijn bezig een organisatie op te zetten die tegen de Duitsers vecht.’

Ik schudde mijn hoofd. Dit kon niet waar zijn!

‘En hoe ben je dan naar Åhus gekomen?’ kon ik in eerste instantie alleen nog uitbrengen. Ik was nog zo in de war dat ik niets anders kon bedenken.

‘Ik heb je vriend gesproken. Die Paul. Ringström, heet hij, geloof ik.’

‘Hij heeft je dus gevonden!’

‘Nee, dat we elkaar tegenkwamen was puur toeval. Hij heeft contact opgenomen met een van mijn vrienden omdat hij zijn vrouw in veiligheid wilde brengen. Toen we elkaar terugzagen... Nou ja, je kunt je mijn verrassing wel voorstellen. Hij was behoorlijk ontdaan en liet me de brief zien die je hem had geschreven. Hij had me niet kunnen vinden, maar hoe had hij dat ook moeten doen...’

Ik probeerde alles op een rijtje te zetten. Pauls vrouw verkeerde in gevaar. Was Ingmar daarom hier? En wat voor de duvel ging het Noorse verzet hem aan?

Hij pakte met een ernstig gezicht mijn hand. ‘We hebben hulp nodig. Een veilige route om vluchtelingen naar Zweden over te brengen. Joden. Noren. Mensen die door de fascisten worden vervolgd. De situatie in Noorwegen is verschrikkelijk. We hebben onderdak voor hen nodig. Toen dacht ik aan de Leeuwenhof. Ik dacht dat jij ons zou kunnen helpen om de mensen te vervoeren en hen zou kunnen onderbrengen. Vooral omdat Paul en zijn vrouw erbij zijn. Hen wil je toch vast helpen, of niet soms?’

Ik keek hem verschrikt aan. ‘Jullie willen vluchtelingen hierheen sturen?’

‘Ja. Als je er niets op tegen hebt. We zetten ze in boten en laten ze dan op zee ophalen. We hebben al vissers met wat grotere kotters voor ons kunnen winnen.’

'Maar... dat is gevaarlijk!' Ik wist niet wat ik anders moest zeggen. 'Niet voor ons, maar voor jullie. Ze zullen toch zeker ook de waterwegen controleren.'

'Natuurlijk, maar we zijn voorzichtig. Al wat ik nodig heb, is een toezegging dat we hier mogen aanlanden en de mensen naar jullie mogen sturen.'

Ik wist niet of Agneta dat goed zou vinden. 'Waarom vraag je het niet zelf aan je moeder?' stelde ik voor. 'Ze is boven in het huis. Ik kan niet over de hoeve beslissen.'

Ingmar schudde zijn hoofd. 'Dat kan niet. Ze zou me niet meer laten gaan. Maar ik moet weer weg, Mathilda. Ik moet dit gewoon doen. Ik kan niet werkeloos toezien bij wat daar in Noorwegen gebeurt. Het kan ons ook overkomen, en eerder dan gedacht. Die ellendelingen hoeven daarvoor alleen maar voet aan de grond te krijgen in Noorwegen.'

Mijn hoofd liep om. 'Dat is prijzenswaardig van je, maar hoe zit het met je moeder? Met de Leeuwenhof en landgoed Ekberg? Je brengt jezelf in gevaar!'

'Dat weet ik, maar dit is nu belangrijker. Mijn broer is er toch ook nog.'

'Je broer geeft geen cent om de hoeve! Ik ben bij hem geweest en je kunt je indenken wat zijn reactie was. Hij lijkt zelfs jou niet meer te mogen!'

Mijn stem werd onbedoeld luider. Ik dwong mezelf te kalmeren. Ik moest Ingmar ervan weerhouden met die waanzin door te gaan. Hoe bewonderenswaardig zijn streven ook was.

Ingmar begon weer ernstig te kijken. Hij sloeg zijn ogen neer, keek toen weer op, en zijn ogen waren ineens verdacht rood.

'Het komt door wat er is gebeurd. Lennard bleek niet onze vader te zijn.'

'Ik weet het,' gaf ik te kennen. 'Agneta heeft het me verteld. En ze zei dat er ruzie was geweest.'

'En hoe!' zei Ingmar en hij snoof verbitterd. 'Eerst hebben we allebei met onze moeder ruziegemaakt, daarna ik met Magnus. Die idioot was zo stom die vent ook nog op te zoeken. Die verkondigde dat het veel beter zou zijn geweest als we bij hem opgegroeid waren. Toen had ik er genoeg van.'

'Waarom heb je me niet geschreven?' vroeg ik.

'Ik wist niet hoe je het zou opnemen. Na alles wat je hebt meegemaakt.'

'Daar had je je niet druk om moeten maken. Ik weet hoe je je in zo'n geval voelt. Ik had je kunnen helpen.' Ik zuchtte diep. 'Agneta heeft het talent om voor iedereen die ze kent geheimen te hebben.'

'Inderdaad.' Ingmar veegde heimelijk een traan uit zijn ooghoek. 'Je lijkt haar te hebben vergeven.'

Ik schudde mijn hoofd. 'Nee, niet echt. Maar ik heb gemerkt dat ik meer om de hoeve geef dan ik dacht. En ik wil Agneta niet alleen laten met Lennard. Je hebt geen idee hoe het de afgelopen maanden is geweest. Hij teert weg...' Ik zweeg en ik pakte zijn hand. 'Wil je niet toch even naar hen toe gaan? Ongeacht wat er is gebeurd, je moeder is nog altijd je moeder. En Lennard is een goede vader geweest, nietwaar? Dat is toch het enige wat telt.'

Ik dacht er weer aan hoe ik met de aansteker van mijn vader op de brug had gestaan. En dat die vrouw had gedacht dat ik wilde springen.

'Je hebt gelijk, maar dat is onmogelijk,' antwoordde hij. 'Ik moet me nu concentreren op wat me te doen staat. Ik mag me niet laten afleiden door liefde of medelijden. Begrijp je dat?'

'Eerlijk gezegd kost het me moeite. Maar ik begrijp dat er niets anders op zit.'

Ingmar keek me een poosje aan, toen zei hij: 'Ik moet ervandoor, de boot in Göteborg blijft niet eeuwig wachten. Hier.' Hij haalde een envelop uit zijn zak en reikte me die aan.

'Ik hoop vurig dat het een brief aan je moeder is,' zei ik.

'Onder meer. Ik probeer alles zo goed mogelijk uit te leggen. Maar er zit ook een adres in de envelop waarnaar je bericht kunt sturen wanneer je het met mijn moeder over de vluchtelingen hebt gehad. De boot die daar ligt, zal alles direct aan me doorgeven. Laat alsjeblieft zo vlug mogelijk jullie antwoord weten!'

'Dat zal ik doen, Ingmar,' zei ik, terwijl ik hem vasthield. 'Beloof me dat je goed op jezelf zult passen. En beloof me dat je af en toe iets van je laat horen. Niet alleen je moeder wil graag weten hoe het met je gaat, maar ik ook.'

Ingmar knikte, toen boog hij zich voorover en gaf me een kus op mijn wang. 'Pas goed op jezelf, nichtje!'

'Jij ook! Jij vooral!'

De gedachte hem te volgen ging even door me heen, maar ik zag ervan af. Het geknetter van een motorfiets was te horen. Hij reed weg, en het stond in de sterren geschreven wanneer ik hem terug zou zien.

Het duurde even voor ik in staat was terug naar huis te gaan. Het duizelde me van alle informatie die ik had gekregen. De envelop in mijn hand voelde loodzwaar. Ingmars woorden zaten in mijn hoofd geprent. Hij had zich bij het verzet aangesloten. Paul en zijn vrouw wilden vluchten voor de fascisten. Ze hadden onze hulp nodig. En de Leeuwenhof moest vluchtelingen opnemen.

Ik klemde de envelop tegen mijn borst en keek nog een keer naar de zee. Toen liep ik het vakantiehuis in.

In de slaapkamer was alles nog rustig. Ik had Agneta en Lennard wakker kunnen maken, maar waarom zou ik ze storen? Ingmar was er niet meer!

Ik ging naar de keuken, waar het nog rook naar de vis die ik had gebakken. Ingmars brief legde ik op de tafel en daar keek ik een poosje naar. Het eerste levensteken na zo lange tijd! Ik had veel strenger tegen hem moeten zijn. Ik had hem duidelijk moeten maken wat een ellende hij had veroorzaakt. Bij de volgende ontmoeting, als die kwam, zou ik dat doen.

Na een tijdje hoorde ik voetstappen achter me. 'Mathilda,' zei Agneta bijna verrast. 'Ik dacht dat je was gaan wandelen.'

'Dat heb ik ook gedaan,' antwoordde ik. 'Maar deze keer ben ik iemand tegengekomen.'

Agneta's ogen werden groot. 'Heeft iemand je lastiggevallen?'

'Nee, met mij is alles in orde. Ingmar kwam naar me toe.'

'Ingmar...' Meer zei ze niet, toen sloeg ze haar hand voor haar mond.

'Het gaat goed met hem. Hij had niet veel tijd en gaf me deze brief.'

'Heb je niet geprobeerd hem tegen te houden?' vroeg ze terwijl er een schok door haar lichaam ging en ze naar de tafel toe liep. 'Je had ons kunnen wekken!'

'Dat had ik natuurlijk kunnen doen, maar hij... hij kon niet blijven. Ik heb hem voorgesteld om met u te praten, maar dat wees hij af. Hij had erg veel haast.'

Agneta's mond trilde. 'Hij is nog kwaad op me.'

'Nee, het is iets anders. Hij heeft zich bij het Noorse verzet aangesloten.'

Agneta's ogen werden opnieuw groot. 'Dat kan niet! Hij hield je vast voor de gek.'

Ik schudde mijn hoofd. 'Nee, hij was heel serieus. En hij heeft onze hulp gevraagd. Maar zullen we die brief niet eens lezen? Ik kan Lennard halen...'

'Nee, laat hem alsjeblieft slapen!' zei ze. 'Wie weet wat erin staat. Ik wil hem niet ook nog eens bang maken.'

'Goed, dan stel ik voor dat u gaat zitten en dat ik de brief voorlees.'

We gingen aan de keukentafel zitten. Met trillende handen haalde ik de brief uit de envelop. Ingmars handschrift zag er erg onrustig uit, mogelijk had hij hem tijdens de overtocht geschreven.

Lieve moeder, lieve vader,

Ik kan me goed voorstellen dat jullie in deze tijden heel bezorgd zijn. Het nieuws dat jullie horen, is vast verontrustend. En ik kan niet beweren dat dat ten onrechte is. De situatie in Noorwegen is beangstigend. De Duitsers hebben het land vrijwel in een handomdraai bezet en het is schrikwekkend hoeveel sympathisanten er zijn. Soldaten patrouilleren dag en nacht.

De reden waarom ik naar Oslo ben gegaan was dat ik mijn vrienden wilde helpen. Het zijn allebei Noren en ze waren al sinds 1940 actief bij de ondergrondse. Wat in de wereldopinie een schok betekende, was voor ons het resultaat van een keten van gebeurtenissen die mijn kameraden al een tijd waarnamen. Dat de Duitsers Noorwegen binnenvielen, was uiteindelijk geen verrassing. Het is alleen betreurenswaardig dat Engeland hun een geschikt voorwendsel heeft bezorgd door mijnen in de Oostzee te leggen. De doorvoer van ijzererts in Narvik is voor de Duitsers heel belangrijk, ze hebben het erts nodig voor hun bewapening. De Nasjonal Sammling heeft afgelopen winter de Duitsers al heimelijk ontmoet om plannen voor een machtsovername in Noorwegen te bespreken.

Nu dreigt hier voor veel mensen dezelfde situatie als in Duitsland. De oppositie, communisten, journalisten, Joden en zij die zich tegen de marionettenregering opstelden, werden naar kampen gedeporteerd. In Grini heersen mensonterende omstandigheden. Allemaal om het verzet te breken. Het is slechts een kwestie van tijd voor er moordpartijen plaatsvinden, zoals in de Duitse kampen.

Maar wees niet ongerust, we zijn met velen en de meesten zijn heel voorzichtig. Momenteel zijn we bezig ons beter te organiseren. Ik behoor tot de civiele tak van onze organisatie. De afgelopen maanden heb ik leren vliegen, niet om bij gevechten te worden ingezet, maar voor civiele transporten. In het noordelijke deel van Zweden zijn een paar steunpunten die bevoorraad moeten worden.

Bovendien zijn we bezig een vluchtroute naar Zweden te organiseren.

Dat is de reden dat ik jullie om hulp vraag. Het lukt ons wel om vluchtelingen naar de Zweedse kust te brengen, maar ze hebben een plaats nodig waar ze heen kunnen. Een aantal landgoederen en steden hebben we al van de noodzaak kunnen overtuigen, en ik zou ook jullie willen vragen of jullie bereid zijn mensen op te nemen die in Noorwegen niet veilig meer zijn.

Ik weet dat jullie in eerste instantie gechoqueerd zullen zijn, maar ik kan zeggen dat elke vorm van hulp van belang is. We kunnen niet toekijken hoe die mensen een zekere dood tegemoet gaan. Vooral de Joden hebben onder het nieuwe bewind te lijden. Jullie kunnen je juffrouw Grün, onze gouvernante, vast nog wel herinneren. Mensen als zij hebben jullie hulp nodig.

Ik smeek jullie, neem ze op de hoeve op. Bijgesloten is een adres om contact op te nemen.

Ik beloof jullie dat ik weer van me zal laten horen zodra het kan. Blijf tot zolang voor zover mogelijk gezond en maak je om mij geen zorgen. Ik heb hier veel vrienden, het is net een familie. Als alles goed gaat, zullen we de Duitsers binnenkort hebben verdreven, en dan kom ik bij jullie terug.

In liefde,
jullie zoon Ingmar

Toen ik klaar was, was ik bijna blij dat we Lennard er niet bij hadden gehaald. Wat Ingmar ons liet weten, was angstaanjagend. En dat hij besloten had actief mee te werken, was nog erger. Ik kende hem en wist dat hij niet gewelddadig was. Als de nazi's hem te pakken kregen... waarschijnlijk zouden ze hem meteen doodschieten.

Agneta zat er als een zoutzak bij. Minutenlang verroerde ze zich niet en zei ze geen woord. Het was alsof de woorden nog tot haar moesten doordringen.

'We zeggen niets tegen Lennard,' besloot ze uiteindelijk.

'Maar Agneta, dat moeten we wel,' wierp ik tegen. 'In elk geval dat hij hier is geweest en in Noorwegen bij het verzet zit. Details zijn niet belangrijk, maar hij moet het weten.'

Ik slaakte een diepe zucht. Blijkbaar was het een reflex van Agneta om onaangename zaken in eerste instantie te verzwijgen. Ze zou toch moeten weten hoeveel ellende ze daarmee al had aangericht.

Ten slotte knikte ze. 'Goed. Laten we het hem vertellen. Maar ontzie hem een beetje alsjeblieft. Ik wil niet dat hij zich onnodig druk maakt.'

'Zoals ik het zie, heeft hij geen reden om zich druk te maken. Ik ben natuurlijk ook bang om Ingmar, maar hij is sterk. Hij is veranderd sinds ik hem voor het laatst heb gezien. Hij is een echte man geworden. Hij zal niet toelaten dat hem iets overkomt.'

'Hij zal er niets tegen kunnen doen,' antwoordde Agneta een beetje afwezig. 'Er vallen zo veel echte mannen in oorlogen. Zo veel goede mannen. Tegen een kogel kan hij niets doen.'

'Maar hij zal voorzichtig zijn. En moeten we er dan niet trots op zijn dat hij mensen helpt? Stelt u zich eens voor, over een paar maanden vertelt hij op het midzomerfeest over zijn avonturen. De mensen zullen hem daarom nog meer waarderen.'

Agneta keek me bedroefd aan. In haar blik lag even dezelfde afwezigheid die ze had gehad toen ze bedlegerig was. Alsjeblieft niet weer, dacht ik.

Maar toen zei ze met vaste stem: 'Laten we naar Lennard gaan. Misschien ziet hij het wel net zo als jij. Jullie tweeën zijn de laatste tijd veel optimistischer dan ik, misschien moet ik me daardoor maar laten aansteken.'

Lennard was zeer verrast en ontsteld toen hij van Ingmars bezoek hoorde. Ook hij had hem willen zien. Maar dat er nu een adres was waar we hem konden bereiken, stemde hem optimistisch.

'We kunnen hem vast niet voortdurend schrijven, maar ze zullen zeker ook privépost naar hem toe brengen,' zei ik. 'Als we tenminste niet overdrijven.'

'Dan moeten we hem zo vlug mogelijk schrijven,' antwoordde hij. Tegen Agneta zei hij: 'Je hebt er toch vast niets op tegen vluchtelingen op te nemen? Die ouwe kast van een Leeuwenhof kan wel wat nieuw leven verdragen.'

Agneta aarzelde even. Waarschijnlijk dacht ze eraan welke inspanning dat zou vergen.

'Nee, daar heb ik niets op tegen,' zei ze ten slotte. 'Laten we hun maar schrijven dat ze kunnen komen.'

Dat deed ik toen we aan het einde van de week naar de Leeuwenhof waren teruggekeerd. Ik stuurde de contactpersoon bericht dat we akkoord gingen, samen met een lange brief die Agneta samen met Lennard had geschreven. Met de stille wens dat Ingmar op een dag gezond en wel mocht terugkeren, bracht ik de brief naar het postkantoor.

Het nieuws dat Ingmar nog in leven was, had op de hele hoeve voor opluchting gezorgd. Hoewel van een terugkeer geen sprake was, leken de vertrekken van het landhuis lichter te zijn geworden. Er was weer hoop.

Maar bij Agneta en Lennard leek het tegendeel het geval. Natuurlijk waren zij ook opgelucht, maar ze maakten zich ook ernstig zorgen. Vluchtelingen helpen was een gevaarlijke onderneming. Als de Duitsers hem te pakken kregen, zou het waarschijnlijk niet van belang zijn dat hij een Zweed was. Waarschijnlijk zou Ingmar zich ook niet als zodanig bekendmaken uit angst het hele land schade te berokkenen. Toch hielden ze zich aan de toezegging vluchtelingen op te nemen.

Op een middag in september liep ik met Agneta door het huis om te kijken waar de vluchtelingen ondergebracht konden worden. We wisten niet wanneer ze zouden komen. Waarschijnlijk hadden de verzetsstrijders tijd nodig om het konvooi te organiseren. Maar het was beter om op tijd voorbereidingen te treffen.

'Het is wel merkwaardig,' merkte Agneta op toen we de logeerkamers binnengingen. Omdat we vrijwel geen officiële ontvangsten met grote aantallen gasten meer hadden, waren de meubels afgedekt. De matrassen op de bedden waren kaal en ook met een laken bedekt. Het deed me een beetje aan mijn ouderlijk huis denken. Misschien moest ik naar Stockholm gaan en daar ook alles afdekken? Intussen zou er wel een flinke laag stof liggen.

'Wat is merkwaardig?' vroeg ik, want ze had haar zin afgebroken en keek nu naar het plafond.

'Al die kamers. Ze lijken dezer dagen zo overbodig. Waarom is de adel toch op het idee gekomen huizen met zo veel kamers te hebben?'

'Nou, vanwege de bals en andere evenementen, neem ik aan.'

Agneta schudde haar hoofd. 'Nee, alleen dat kan het niet zijn. Zelfs toen mijn ouders nog leefden, waren nooit alle kamers bezet.

Ik neem eerder aan dat het erom ging grandeur te tonen voor de buren. Hen te imponeren.'

'Maar misschien was het ook net als bij ridderkastelen,' bedacht ik. 'Bij de geschiedenisles werd verteld dat ze in geval van oorlog een toevluchtsoord voor de onderdanen waren. Leenheren konden zich niet permitteren de mensen te verliezen die door middel van belastingen en landbouw in hun levensonderhoud voorzagen. Daarom boden ze hun bescherming achter dikke muren. Dat deden overigens de Vikingen al door vrouwen en kinderen in grote hallen in de dorpen te verstoppen.'

Agneta glimlachte. 'Die verklaring klinkt heel wat minder zelfzuchtig dan de mijne. Misschien is de geest van de ridders en de Vikingen wel in onze familie bewaard gebleven.'

'En nu zijn we in de gelegenheid met dit grote huis weer mensen te helpen,' zei ik. 'Het doet me plezier dat jullie je daartoe bereid hebben verklaard.'

'Nou, ik vrees dat dat niet helemaal onbaatzuchtig was,' zei Agneta. 'Een huis als dit is voor drie personen gewoon te groot. Het moet bewoond worden om niet in verval te raken. Bovendien hoop ik dat Ingmar met de vluchtelingen meekomt. Ik hoop dat ik eindelijk met hem kan uitpraten wat er uit te praten valt.'

Ik legde teder mijn hand op haar arm. 'Ik weet zeker dat u daarvoor de gelegenheid zult krijgen.'

Even keken we elkaar zwijgend aan, toen knikte ze en klopte tegen de bedstijl naast haar. 'Goed, in deze kamer zouden we twee, misschien drie mensen kunnen onderbrengen als je er nog een bed bij zet, toch?'

'Ja, hier zou een gezinnetje kunnen wonen. En in de grotere kamers vier personen.'

'We moesten maar eens een duidelijk plan gaan maken. Zodra we bericht hebben gekregen wanneer ze komen, gaan we aan de slag en halen de lakens weg. Misschien kunnen we die ook als verbandmateriaal gebruiken.'

'Dat is een heel goed idee,' zei ik en ik noteerde in gedachten dat we het ziekenhuis om medicijnen moesten vragen, want niemand wist in welke toestand de vluchtelingen hier zouden aankomen.

51

De voorbereidingen duurden tot november. Er werden bedden en matrassen ingezameld, en kleding en andere dingen die misschien nodig waren.

We zaten elke dag op bericht te wachten, maar Ingmars contactpersoon hield zich stil. Agneta vreesde dat ze zich hadden bedacht, maar ik zei tegen haar dat ze geduld moest hebben. Nu de winter aanbrak, met nattigheid en kou, was het vast lastig een transport te organiseren. Bovendien was er bijna elke dag onrustbarend nieuws.

We brachten het kerstfeest in spanning door. Agneta mopperde omdat Ingmar niet schreef en ik had grote moeite haar van haar sombere gedachten af te leiden. Met Lennard ging het slechter, maar hij deed zijn best het niet te laten merken. Wij tweeën waren net planeten die om Agneta heen cirkelden als om een zon die elk moment weer kon verduisteren.

Toen, in januari 1941, stuurde Ingmar me een versleutelde brief, die ik met een code die ik van de contactpersoon had gekregen, ontcijferde. Ik had het idee dat ik me in een van de detectives bevond die in de bibliotheek van de Leeuwenhof stonden.

Hier alles in orde. Hebben nu vijftig reizigers voor jullie, die via Göteborg zullen arriveren. Aankomst naar verwachting 17 februari.

Göteborg? Waarom voeren ze niet langs de kust? Vanaf Åhus was de Leeuwenhof veel makkelijker te bereiken.

Toen schoot me weer te binnen dat de Oostzee voor Zweden vol gelegd was met mijnen. Het journaal had daar een hele tijd geleden al over bericht. Mochten de Duitsers op rare ideeën komen, dan zouden ze daarvoor boeten.

Maar hoe moesten we de reizigers hierheen brengen? Vijftig mensen van verschillende leeftijden. Ze in huis onderbrengen was geen probleem, dat hadden we in het voortraject al geregeld. Maar het transport bezorgde me hoofdbrekens. In onze auto konden we hooguit vijf mensen meenemen. Het leger vragen durfde ik niet.

Maar toen herinnerde ik me mijn ontmoeting met mijn levendige klasgenote. Birgitta had twee bestelwagens. Misschien kon ze er een missen?

Nog diezelfde dag begaf ik me naar Kristianstad. Birgitta's werknemers waren behoorlijk verbaasd toen ze me het erf op zagen rijden. Ze verdrongen zich bij de ramen alsof de Koning gearriveerd was. Ik probeerde hen te negeren toen ik uitstapte en het kantoor in liep. Mijn komst was als een lopend vuurtje rondgegaan, zodat Birgitta me al verwachtte.

'Lieve hemel, waarom veroorzaak je zo veel opwinding bij mijn personeel?' vroeg ze lachend, terwijl ze me in haar armen sloot.

De gedachte om haar met een telefoontje te waarschuwen was wel bij me opgekomen, maar het had me beter geleken mijn verzoek onder vier ogen te doen.

'Ik had niet gedacht dat ik met mijn auto zo'n opzien zou baren,' antwoordde ik. 'De mensen zouden er zo langzamerhand toch aan gewend moeten zijn dat vrouwen autorijden.'

'Daar ligt het niet aan, maar aan je auto. Die ziet eruit als een museumstuk.'

'Hij rijdt nog uitstekend,' protesteerde ik. 'In deze tijden moet je het doen met wat je hebt.' Ik zweeg even, toen voegde ik eraan toe: 'Daarom ben ik hier.'

Birgitta trok een van haar keurig geëpileerde wenkbrauwen op. Met haar gewatergolfde haar zag ze er haast als een filmster uit. 'Dat klinkt nogal zakelijk.'

'Dat is het niet. Maar ik heb je hulp nodig. Dringend.'

'Laten we dan maar naar de werkkamer gaan. Wil je koffie? Martha kan die voor ons zetten. Ik heb weliswaar niet veel meer, maar om je komst te vieren moeten we het onszelf maar gunnen.'

'Ja, graag,' zei ik.

We liepen Birgitta's kantoor in. Als ik dacht dat het bij ons een chaos was, dan deed mijn vroegere schoolvriendin daar nog een schepje bovenop.

'De jaarinventaris,' zei ze verontschuldigend, terwijl ze vlug de twee fauteuils vrijmaakte, die onder stapels dossiers waren begraven. 'Eigenlijk hadden we allang klaar moeten zijn, maar mijn man moest zich bij het leger melden. Een vervelende toestand, hopelijk is de oorlog vlug voorbij. Het maakt me niet uit wie er wint, als er maar weer rust komt.'

Ik ging op een van de hoge fauteuils zitten. Het volgende moment verscheen Birgitta's assistente met een dienblad waarop een porseleinen kan met bijbehorende kopjes stond. Het deed me goed weer eens echte koffie te ruiken.

'Dank je, Martha,' zei Birgitta en ze ging voor me in de andere fauteuil zitten. 'En, wat brengt je bij mij?"

'Ik wilde je vragen je bestelwagens een paar dagen aan me toe te vertrouwen.'

Er verscheen een ongelovige uitdrukking op Birgitta's gezicht. 'Mijn bestelwagens?'

Ik knikte. 'Ik heb beloofd Ingmar te helpen en jij bent de enige van wie ik weet dat ze nog bestelwagens heeft.'

'Zo, zo, Ingmar, die niet met me uit wilde gaan,' merkte ze licht spottend op.

'Ingmar helpt het verzet in Noorwegen,' verklaarde ik, 'en hij heeft een vluchtelingentransport georganiseerd. Maar alleen tot aan de kust. Wij willen die mensen op onze hoeve onderbrengen. We moeten ze daar echter eerst zien te krijgen. Bij dit koude weer en gezien het feit dat er kinderen bij zijn, kunnen we ze moeilijk laten lopen. Met de bestelwagens zouden we er niet langer dan twee dagen over doen, zelfs als we langzaam rijden.'

‘Waarheen gaat de reis dan?”

‘Naar Göteborg,’ antwoordde ik. ‘Veel meer weet ik niet, alleen dat de boot naar verwachting op 17 februari zal aankomen. Ik heb de wagens dus vanaf de vijftiende nodig, en de negentiende zijn ze dan weer terug.’

‘Dat is behoorlijk lang,’ zei Birgitta peinzend.

‘Ja, maar daar zou je die mensen enorm mee helpen. Ik weet niet wie ik anders zou kunnen vragen. De meeste ondernemingen hebben geen voertuigen meer. En het zou verspilling van brandstof zijn om met kleine auto’s met weinig mensen erin te gaan.’

Birgitta keek me even aan, toen haalde ze een aansteker en een pakje sigaretten uit de zak van haar rok. Ze wekte een nerveuze indruk.

‘Onze bestelwagens mogen alleen nog de weg op als het niet anders kan. Benzine is op rantsoen. Waarschijnlijk wordt die gebruikt om de soldaten regelmatig buiten te laten wandelen.’

‘Birgitta, je weet toch dat die over ons land waken.’

‘Als je het mij vraagt, is dat geldverspilling,’ zei ze en ze stak met trillende vingers een sigaret op. ‘Die zijn trouwens ook op rantsoen. Zelfs ik kan niet eens aan voldoende voorraad komen.’

‘Misschien moet je het roken afleren,’ opperde ik, maar toen werd ik weer serieus. ‘Alsjeblieft, Birgitta, help ons! Met je wagens zal niets gebeuren, dat zweer ik. Al wat ik nodig heb zijn twee mannen die ze kunnen rijden. Of voor mijn part twee vrouwen – wie je maar kunt missen. We zullen ze een vergoeding geven en de wagens met volle tank bij je afleveren. Desnoods betaal ik je er huur voor.’

Birgitta blies de rook uit en dacht na. ‘Nou, dat kan ik niet alleen beslissen,’ zei ze. ‘Ik moet het aan mijn man vragen. En die zal waarschijnlijk willen weten of de Duitsers hier lucht van zouden kunnen krijgen.’

‘Waarom?’ vroeg ik.

‘Mijn man doet zaken met ze.’

‘Met de Duitsers?’ Ik keek Birgitta verbijsterd aan. Misschien was het toch geen goed idee geweest om naar haar toe te gaan.

Maar aan de andere kant, wat gingen haar bestelwagens de Duitsers aan? 'Ik geloof niet dat ze er lucht van zullen krijgen. Het gaat om mensen voor wie het in Noorwegen te gevaarlijk wordt.'

'Communisten en Joden, neem ik aan.'

'Mogelijk. Maar bedenk dat dit Zweden is. Wat kan het de Duitsers nou schelen dat we ze opnemen? Ze beginnen toch ook geen oorlog met Amerika vanwege de Joden die daarheen geëmigreerd zijn.'

'Nog niet. Maar als de Duitsers op een gegeven moment hier komen, zal het mijn man absoluut niet goed uitkomen dat we Joden hebben geholpen.'

Ik schudde verbijsterd mijn hoofd. 'Dat meen je niet!' zei ik. 'Die Joden zijn mensen als alle anderen. Ze mogen dan een ander geloof hebben, maar door hun aderen stroomt ook rood bloed. En als ze asiel vragen, is het onze christenplicht hen te helpen.'

'Sinds wanneer ben jij religieus?' vroeg Birgitta.

Ik was het liefst opgesprongen en weggegaan. Het was niet alleen dat ze zakendeed met de Duitsers, vermoedelijk verdienden zij en haar man ook nog aan de oorlog.

'Dus je gaat me niet helpen?' vroeg ik.

Ze keek me aan. 'Zelf zou ik het dolgraag doen. Maar als het tij keert...'

'Ik denk dat je man bij het leger zit om ervoor te zorgen dat het tij niet keert,' wierp ik tegen. 'Het gaat maar om vijf dagen. Vijf dagen waarin je waarschijnlijk toch al geen waar kunt bezorgen. Het is niet aan mij te oordelen over jullie handel met de Duitsers, maar vergeet alsjeblieft je menselijkheid niet. Zou jij niet wensen dat iemand je met een bestelwagen afhaalde als je totaal berooid ergens was gestrand? Zou je niet wensen dat je hulp kreeg? En verlaat je niet op goede relaties. De mensen die uit Noorwegen komen, hebben alles verloren! Aan hun relaties hebben ze niets gehad. Wie weet wat de Duitsers tegen ons zouden aanvoeren als ze bij ons zouden binnenvallen.'

Er volgde stilte op mijn woorden. Birgitta nam nerveus weer een trekje van haar sigaret. 'Zoals gezegd, ik kan niets beslissen zonder mijn man,' zei ze. Diepe teleurstelling beving me. 'Maar ik zal met hem praten. Beloofd.'

Ik keek haar aan en knikte. 'Dank je wel!'

Er viel een onaangename stilte. Het was een vergissing geweest hier te komen. En het zou goed zijn weer te gaan. Ik kon alleen maar hopen dat Birgitta's man de vluchtelingen niet aan de Duitsers verried.

Ik stond op. 'Nou, bedankt voor de koffie dan maar.' Ik had hem weliswaar niet aangeraakt, maar ik wilde beleefd zijn.

'Blijf toch nog even,' zei Birgitta, alsof het gesprek van daarnet niet had plaatsgevonden.

Maar ik schudde mijn hoofd. 'Dat kan niet. Ik moet weg en nadenken over alternatieven voor het geval dat je man ertegen is. Het ga je goed!'

Buiten moest ik eerst even blijven staan. Ik deed mijn ogen dicht en probeerde mezelf te kalmeren. Hoe had ik me zo in mijn schoolvriendin kunnen vergissen?

Omdat ik vermoedde dat de ogen van het personeel weer op me gericht waren, vermande ik me en liep zo waardig mogelijk terug naar de auto. Zodra ik op de provinciale weg zat, zou ik luidkeels kunnen razen en tieren.

De volgende twee dagen was ik op van de zenuwen. De gedachte dat de Duitsers door toedoen van Birgitta's man lucht zouden krijgen van het vluchtelingentransport wilde maar niet uit mijn hoofd.

Op de derde dag, toen Agneta, Lennard en ik naar het nieuws luisterden, werd er aangebeld. Gealarmeerd keek ik op. Wie zou er om deze tijd naar ons toe komen?

Even later verscheen Rika met een brief op haar zilveren dienblad. 'Dit heeft een loopjongen afgegeven,' zei ze. 'Voor u, juffrouw Mathilda.'

Een loopjongen? Kwam hij van het telegraafkantoor?

'Dank je, Rika,' zei ik terwijl ik de envelop omdraaide. Daarop stonden alleen mijn naam en de Leeuwenhof als adres. Was het misschien nog een gecodeerd bericht van Ingmars mensen? Of iets ergers?

Met trillende vingers scheurde ik de envelop open.

Het briefpapier erin voelde stijf aan. Mijn hart bonsde toen ik het blaadje openvouwde, en onwillekeurig hield ik mijn adem in.

Lieve Mathilda, je krijgt je bestelwagens. Karl heeft toestemming gegeven. Chauffeurs krijg je ook, en de kosten zijn voor mijn rekening. Misschien wordt het tijd voor een beetje vaderlandsliefde. De ochtend van de vijftiende staan ze klaar.

Hartelijke groeten,
Birgitta

Ik haalde opgelucht adem.

'Wat is er?' vroeg Lennard. 'Goed nieuws?'

'Ja,' antwoordde ik. 'Birgitta leent de bestelwagens aan me uit. Ik ben er weliswaar nog steeds niet zeker van dat de Duitsers er niets van meekrijgen, maar het is in elk geval een vooruitgang.'

'Hoe kan iemand nou handeldrijven met de vijand,' zei Agneta hoofdschuddend.

'Eigenlijk zijn de Duitsers nog niet onze vijand,' zei ik.

'Maar wel de vijand van de rest van de wereld, dunkt me. Nou, in elk geval lijken jouw woorden bij Birgitta iets te hebben losgemaakt.'

'Ik hoop het maar,' zei ik en ik schoof het blaadje terug in de envelop.

52

In alle vroegte gingen we op weg. Ik reed met onze auto voorop, de bestelwagens van Birgitta kwamen achter me aan. We waren de hele nacht bezig geweest ze zo comfortabel mogelijk te maken. Hoewel het haar zwaar viel, had Birgitta toch dekens uit het magazijn gehaald, die de mensen, die door de koude zeelucht vast behoorlijk verkleumd waren, konden omslaan.

We reden op een paar pauzes na achter elkaar door en stopten tegen de avond bij een kleine herberg. Daar betaalde ik eten en een kamer voor de chauffeurs. De volgende ochtend gingen we verder.

Ik vroeg me af of Ingmar in de haven zou zijn. Daarover had in de brief niets gestaan, waarschijnlijk omdat ze geen risico wilden nemen. Maar ik hoopte het vurig. Ik hoopte ook dat het Paul en Ingrid was gelukt op de boot te komen. Dan had ik een zorg minder. Ook al wist ik dat mijn geweten zou opspelen als ik tegenover Ingrid zou staan. Paul had haar vast niet opgebiecht dat hij met mij had geslapen. Ik hoopte dat ze niets aan me zou merken.

Maar het landhuis was groot, we konden elkaar ontlopen. Ik had me vast voorgenomen niet meer dan noodzakelijk met Paul te praten, zodat hij niet opnieuw in de verleiding kwam. En ik ook niet.

In de haven hoefden we niet lang naar de boot te zoeken. Op de kade stond een menigte op ons te wachten. De mensen waren in grove, warme kleren gehuld en werden geflankeerd door een paar mannen in uniform.

We lieten de wagens uitrollen.

Een van de geüniformeerde mannen kwam naar ons toe. Hij

droeg Noorse legerinsignes. Zijn haar was vlasblond als dat van een klein kind en zijn ogen lichtten zilvergrijs op. Een bijzonder aantrekkelijke man.

Toen ik uitstapte, salueerde hij. 'Gravin Lejongård?' vroeg hij, waarop ik hem eerst verwonderd aankeek, maar vervolgens mijn hoofd schudde.

'Nee, ik ben niet de gravin. Mijn naam is Mathilda Wallin. Ik ben haar nichtje.'

'Aangenaam kennis te maken. Ik ben luitenant Karsten Solberg, leider van deze actie.' Zijn Zweeds klonk net zo als dat van Ingrid, de vrouw van Paul.

'Het genoegen is geheel aan mijn kant. Hebt u een voorspoedige overtocht gehad?'

'Het was een beetje stormachtig,' antwoordde hij met een scheef lachje, wat aangaf dat niet alleen het weer hun parten had gespeeld. 'Maar we zijn er, dus kunt u het een voorspoedige overtocht noemen.'

'Optimisme is nooit verkeerd,' zei ik, waarop hij begon te lachen. 'Hoeveel zijn het er?'

'Drieënzestig,' antwoordde Solberg. 'Wat meer dan we hadden aangekondigd, maar we wilden niemand achterlaten. Ik hoop dat dat geen probleem is.'

Ik schudde mijn hoofd. 'We kunnen ze allemaal onderbrengen.'

'Ik ben echt blij dat u ons helpt en dat u de lange reis hebt ondernomen. De mensen zullen u zeer dankbaar zijn.'

'We helpen waar we kunnen. Soms is het niet genoeg om kleding en dekens in te zamelen. Het is mooi dat we deze gelegenheid krijgen.'

'U praat bijna net als uw neef,' zei hij glimlachend.

'U bedoelt Ingmar? Hoe gaat het met hem?'

'Vraagt u hem dat zelf maar. Hij is nog iets met de kapitein aan het regelen, maar u kunt hem daarna spreken.'

Ingmar was hier! Ik onderdrukte een vreugdekreetje.

'Zijn dat alle voertuigen?' vroeg Solberg en hij wees naar de bestelwagens en mijn auto.

'Ja, de bestelwagens zijn van een vriendin van me. Ik hoop dat het voldoende is.'

Solberg kneep zijn ogen tot spleetjes. 'Het is misschien wat aan de krappe kant, maar dat waren onze passagiers op de boot ook al gewend. Dan moesten we maar beginnen ze de wagens in te krijgen, nietwaar?'

Ik knikte, waarop de luitenant zich omdraaide.

Ik keek hem na en strekte mijn hals om in de mensenmassa een bekend gezicht te ontdekken. Dat vond ik, maar het was niet Ingmar.

'Paul!' riep ik verheugd en ik liep naar hem toe.

Paul bleef staan en haalde zijn rugzak van zijn schouders. Hij zag er uitgeput uit, zijn ogen waren dof. Maar hij herkende me meteen. 'Mathilda!'

We vielen elkaar in de armen. Het kon me niet schelen of Ingrid het zag. Een omhelzing betekende nog niet dat ik haar man van haar af wilde pakken. Ik zag duidelijk dat hij sterk vermagerd was. Zijn dikke jas kon maar een beetje verhullen dat hij vel over been was. Ook zijn gezicht zag er veel ouder uit dan ik het me herinnerde.

'Wat fijn je te zien,' zei ik. 'Waar is Ingrid?'

Paul staarde me aan, en het volgende moment barstte hij in tranen uit.

'Wat is er?' vroeg ik terwijl ik hem weer in mijn armen nam. 'Wat is er gebeurd?'

'Ze hebben haar doodgeschoten,' antwoordde hij.

Ik schudde verbijsterd mijn hoofd. 'Doodgeschoten? Waarom?'

'We wilden eigenlijk naar Ingmar en zijn mensen gaan. Maar ze waren begonnen alle Joden in Oslo op te pakken. Ik aarzelde, wilde de straat niet op. We hoorden schoten. En toen kwamen ze. Ik wilde Ingrid verstoppen, maar ze doorzochten het hele huis. Een van mijn werknemers heeft haar verraden. Ze sleurden haar naar buiten en wilden haar meenemen. Ik heb geprobeerd het te verhinderen. Tevergeefs. Toen Ingrid zich verzette, raakte een van hen buiten zinnen en trok zijn wapen.'

Ik verstijfde en werd koud vanbinnen.

'Ik stortte me op haar, maar de mannen trokken me weg. Een van hen zei vol leedvermaak dat ik nu een geschikte vrouw kon gaan zoeken. Ik kreeg niet eens de kans haar te begraven. "We halen alle Joden op, dood of levend," zei er een, en toen namen ze haar mee.'

Weer begon hij bitter te huilen. Een paar omstanders keken naar ons. Ik hield hem een tijdje vast, toen pakte ik hem bij zijn onderarmen en dwong hem me aan te kijken.

'Paul, luister! Wat er met je vrouw is gebeurd, is verschrikkelijk, en het breekt mijn hart. We praten er later over. Op de hoeve.'

'Ik had haar niet in de steek moeten laten.'

'Dat heb je toch niet gedaan. Zij zou willen dat je bleef leven. Ze zou willen dat je desondanks vluchtte.'

Paul knikte.

'Mooi.' Ik streelde hem over zijn wang. 'Is Ingmar hier?'

'Ja, hij moet ergens daar voor zijn.'

Ik trok mijn jas strakker om me heen. Dat hielp echter niet veel tegen de innerlijke kou die zich van me meester maakte.

Ingrid was doodgeschoten. Ik kon me maar moeilijk voorstellen hoe Paul zich voelde, maar het moest verschrikkelijk zijn.

Zoekend liet ik mijn blik over de menigte gaan. Toen zag ik een man met een maar al te bekende haardos.

'Ingmar!' riep ik.

Hij draaide zich om. Hij was eveneens mager geworden, maar ook gespierder. Zijn ogen lichtten op toen hij me herkende. 'Mathilda! Wat fijn om je te zien!'

We omhelsden elkaar innig, toen bekeek ik hem. 'Je weet niet hoe erg we je allemaal missen,' zei ik. 'Ga je nog mee naar de Leeuwenhof?'

'Mathilda...'

Ik merkte dat het hem niet goed uitkwam, maar ik pakte zijn hand. 'Het gaat heel slecht met je vader. En je moeder heeft het de afgelopen maanden ook niet gemakkelijk gehad. Ze waren de laatste keer teleurgesteld dat je niet met hen gepraat hebt. Dat ga je nu alsnog doen. Ik smeek het je!'

‘Maar mijn makkers en ik...’

‘Ingmar! Alsjeblieft! Ga naar je ouders, laat zien dat je leeft en gezond bent. Een dag, niet langer. Overmorgen komen we bij de Leeuwenhof, als we ’s nachts doorrijden.’ Ik trok aan zijn mouw. ‘Alsjeblieft! Dat moet toch kunnen!’

Ingmar keek me even aan, krabde aan zijn slapen, toen knikte hij. ‘Goed, ik zal met mijn kameraden praten.’

‘Mooi zo!’ riep ik en ik liet hem weer los. ‘En smeer hem niet!’

Een uur later zette het transport zich in beweging. Ingmar zat samen met Solberg en nog een kameraad bij mij in de auto. Paul had erop gestaan bij de anderen te blijven. Hij wilde geen speciale behandeling. Dat kon ik begrijpen. De vluchtelingen, vrouwen, kinderen, een paar oudere, maar ook jongere mannen, meest Joden, deelden zijn lot. Hij was een van hen.

‘Hoeveel jaar heeft die auto er al opzitten?’ vroeg Solberg, me uit mijn overpeinzingen halend.

‘Dat weet ik niet zo precies. Dat kan Ingmar beter zeggen.’

Ik keek naar mijn neef, die een beetje gegeneerd keek. Had hij zijn kameraden niet verteld dat hij afkomstig was uit het adellijk huis waarheen we op weg waren?

‘Vijfentwintig jaar,’ antwoordde hij. ‘Net zo oud als ik. Hij is vlak na onze geboorte gekocht. Destijds moet hij veel opzien hebben gebaard, auto’s waren toen helemaal niet gewoon.’

‘In elk geval rijdt het beste ding nog,’ mengde ik me in het gesprek. ‘En hij is voor het leger te onaantrekkelijk om in beslag te nemen.’

Solberg barstte in lachen uit.

De volgende dag kwam ons konvooi ’s middags op de Leeuwenhof aan. Het had hevig geregend en de kuilen in de weg leken me nog dieper dan anders. Maar mijn euforische gevoel had ook door onweer niet verstoord kunnen worden. Het was ons gelukt. Paul was hier, en Ingmar ook. Het was allemaal een beetje anders dan ik had verwacht, maar in deze tijden moesten we dankbaar zijn voor elk wat gelukkiger moment.

Agneta stond voor het huis op ons te wachten.

Ik reed de rotonde op, terwijl de andere wagens op de oprit bleven staan. Agneta liep de trap af.

'Moeder!' riep Ingmar en hij stapte haastig uit. Met zijn armen wijd liep hij op haar af.

Ik hield me op de achtergrond. Dit moment was voor hen samen. Ze zouden elkaar een heleboel te vertellen hebben.

Ik draaide me om naar de bestelwagens, waar nu de vluchtelingen uitstapten. De meesten van hen keken verbaasd naar het gebouw. Een kind wees naar de leeuwenkoppen. Misschien zouden de kinderen verhalen over de leeuwen verzinnen, net als Agneta vroeger. Twee ervan had ze zelfs namen gegeven, Sture en Bror.

We wezen de Noren de kamers toe. Paul had ik in een kamer ondergebracht met drie iets jongere mannen van wie ik het gevoel had dat ze met elkaar zouden kunnen opschieten. In mijn hoteltijd had ik er oog voor gekregen wie het met elkaar konden vinden en wie niet.

Terwijl de mensen zich installeerden, ging ik met de dienstmeisjes aan de slag om koffie en de eerste voedselrantsoenen uit te delen. 's Avonds zou er een warme maaltijd zijn, maar onze gasten waren uitgehongerd en konden niet zo lang meer wachten.

Ik was Paul heel dankbaar dat hij zo veel mogelijk als tolk fungeerde. Je kon hem zijn uitputting en verdriet aanzien, maar dat hij iets te doen had, leidde hem een beetje af.

'Hier,' zei ik, terwijl ik hem zijn portie overhandigde, die net als alle andere netjes in papieren zakken was verpakt. 'De koffie is helaas met cichorei aangelengd, maar daar raak je wel aan gewend.'

'Dank je,' zei Paul enigszins verlegen. 'Ik schaam me er bijna voor dat ik ooit heb gedacht dat ik in dit huis niet welkom was.'

'Je was in dit huis altijd welkom,' zei ik en ik legde mijn hand op zijn arm. 'En dat ben je nog steeds.'

Paul knikte, toen barstte hij in tranen uit. Ik nam hem in mijn armen.

'Ingrid,' snikte hij. 'Hoe moet ik nu verder?'

'Je zult een manier vinden,' zei ik.

‘Ik had samen met haar moeten sterven. Ik had bij haar moeten zijn.’

‘Dat is niet waar,’ zei ik terwijl ik hem over zijn rug streelde. ‘Ze had gewild dat je vluchtte. Ze zou waarschijnlijk boos op je zijn geweest als jij ook was gestorven. Jij bent hier. Dat is het enige wat telt.’

Dat was het enige wat voor mij telde. Ik wilde hem niet opgeven. Ik wilde niet dat hij doodging. Ingrid zou het niet meer merken. Geen offer van zijn kant kon haar haar leven teruggeven.

Ik bracht hem naar zijn bed en zorgde dat hij ging zitten. Ik bleef een poosje bij hem, tot hij weer wat gekalmeerd was.

‘Er gaat geen nacht voorbij waarin ik niet van haar droom,’ zei hij en hij veegde over zijn gezicht. ‘Ik zie haar voor me, lachend, ze steekt haar hand naar me uit. En dan is er die zwarte vloed achter haar, die haar van me wegsleurt. Ze verdwijnt in de zwartheid, en ik wil achter haar aan gaan, maar dat kan niet.’

Ik wist niet wat ik daarop moest zeggen. Zulke dromen kende ik ook. Je kon niets anders doen dan ze door te maken en de volgende ochtend op te staan en aan de dag te beginnen. Anders ging je eraan onderdoor.

‘Ga een beetje rusten,’ zei ik zachtjes. ‘En eet iets! Je moet weer op krachten komen.’

Hij pakte mijn hand en keek me met gezwollen ogen aan. ‘Bedankt, Mathilda! Bedankt voor alles! Ik had niet bij je weg moeten gaan. Als ik bij jou was gebleven...’

‘Sst,’ zei ik. ‘Kwel jezelf niet met zulke gedachten. Niemand kan zeggen wat het lot voor hem in petto heeft. Ik ben er in elk geval voor je. Schroom niet met me te praten als je iets op je hart hebt. De komende dagen zullen we meer tijd hebben om te praten, goed?’

Paul knikte, en toen schoot me iets te binnen. ‘Moet ik je ouders bericht sturen?’ vroeg ik. De Ringströms zouden Paul zeker bij zich thuis opnemen.

‘Nee,’ zei Paul. ‘Ik wil niet dat ze weten wat er gebeurd is. Mijn moeder zou me verstikken met haar zorgzaamheid. En mijn vader... Die was erop tegen dat ik met een Jodin trouwde. Hij wilde altijd dat ze zich tot onze kerk bekeerde. Dat is nooit gebeurd. Ik wil niet horen wat hij te zeggen heeft.'

Ik knikte. Blijkbaar was geen enkel gezin zo gelukkig als je dacht.

'Goed. Als je vindt dat de tijd rijp is, kun je hun misschien schrijven.'

'Als de tijd rijp is,' herhaalde hij en hij dwong zichzelf tot een klein, triest glimlachje.

's Avonds kon ik eindelijk wat tijd met Ingmar doorbrengen. Agneta en Lennard hadden hem uitvoerig in beslag genomen en ook met zijn kameraden gesproken. Die waren nu in hun kamers aan het uitrusten, maar Ingmar wilde nog niet gaan slapen.

'Het is fijn om weer hier te zijn,' zei hij terwijl we door de donkere tuin liepen. Op wat groenblijvende heesters na waren de struiken kaal en met rijp bedekt. Ademwolkjes uit onze monden zweefden in het schijnsel van de lantaren die het pad verlichtte. Als er Duitsers zouden overvliegen, zouden ze ons voor glimwormen houden.

'Kom toch voorgoed terug, dan zie je dit elke dag.'

Ingmar schudde zijn hoofd. 'Dat kan niet. Mijn werk in Noorwegen is te belangrijk. Ik kan de jongens niet in de steek laten.'

'Maar je familie heeft je ook nodig,' zei ik. 'Meer dan ooit. Je hebt Lennard toch gezien.'

'Ja,' zei hij, en zijn gezicht kreeg een ernstige uitdrukking. 'Zijn ziekte lijkt zich niet in gunstige richting te hebben ontwikkeld.'

'Hij mag bijna alleen nog vloeibaar voedsel tot zich nemen. Op sommige dagen gaat het goed met hem, maar op andere is het echt erg. Dan is hij de hele dag misselijk en kan hij niet eens zijn havermoutpap eten. En je moeder...' Ik overwoog of ik het hem moest vertellen.

'Wat is er met haar?'

'Ze heeft af en toe last van depressies,' zei ik. 'Toen ze hoorde dat er oorlog was in Noorwegen, was ze een tijd niet aanspreekbaar. De dokter heeft haar medicijnen voorgeschreven, maar dat is geen garantie dat het niet weer gebeurt. In dat geval sta ik er bij het beheer van beide landgoederen alleen voor.'

Ingmar knikte en wreef over zijn kin, wat gewoonlijk een teken van ontreddering was. 'Heb je iets van Magnus gehoord?'

'De afgelopen tijd niet. Vlak na mijn komst heb ik tevergeefs geprobeerd hem over te halen weer hierheen te komen.'

Ingmar zoog hoorbaar lucht tussen zijn tanden door. 'Je hebt wel lef. Wist je toen al van die toestand over onze verwekker?'

'Nee. Als ik het had geweten, had ik me beslist niet bij hem vertoond,' erkende ik. 'Van hem hoef ik in elk geval geen hulp te verwachten. Hij zegt dat hij zich hier pas weer zal laten zien op het moment dat hij het landgoed erft. Mooi vooruitzicht, niet-waar?'

'Magnus is een idioot,' bromde Ingmar.

'Daarom smeek ik je: denk erover na of je niet wilt terugkomen. Je werk in Noorwegen is belangrijk, maar de Leeuwenhof heeft je ook nodig. Helemaal nu de vluchtelingen hier zijn. Misschien kun je je naar een verbindingspost laten overplaatsen. Telegrammen en brieven aannemen en dergelijke...'

'Dat zou kunnen, maar ik ben nodig bij het luchteskader.'

Ik haalde diep adem. Luchteskader. Kon het niet iets minder gevaarlijk?

'Hoe gaat het met je vluchten?' vroeg ik terwijl ik me probeerde te beheersen. Het liefst had ik hem door elkaar geschud. Zijn broer interesseerde zich niet voor de hoeve, zijn vader was ziek en niemand kon zeggen of Agneta niet weer in een zwarte periode terecht zou komen. En hij hing de held uit.

'Goed. Steeds beter sinds ik kan vliegen. Meestal ga ik naar Engeland.' Hij keek me aan. 'Langs een veilige route. We maken grote omwegen om geen Duitsers tegen te komen. Tegen hun Stuka's kunnen we niet veel uitrichten.'

'Zijn het tenminste wel redelijke toestellen?' vroeg ik. De herinnering aan het modelvliegtuigje waaraan hij in zijn jeugd had gebouwd, kwam weer bij me boven.

'Ja, ze zijn heel solide,' antwoordde hij, maar ik was er niet zeker van dat hij niet tegen me loog. 'Het zijn niet de nieuwste modellen, maar we onderhouden ze goed. Het is lastig vliegtuigen te onderhouden als je ze officieel niet eens mag hebben. We hebben in het hoge noorden een taxibaan aangelegd, die we met takkenbossen camoufleren. Dat is elke keer een heidens karwei.'

Een vliegbaan in de wildernis die gecamoufleerd moest worden. De lange route naar Engeland. Dat was genoeg om kramp in mijn maag te krijgen.

'Hoe gevaarlijk zijn die vluchten?'

Ingmar boog zijn hoofd. 'Nou ja, we nemen soms wel vijandelijke toestellen waar. Maar tot nog toe hebben ze ons niet gesnapt. We gebruiken steeds andere routes.'

'Ingmar, pas alsjeblieft op!'

'Het is tot nu toe steeds goed gegaan.'

Ik haalde trillend adem. Ingmar legde zijn handen op mijn schouders. 'Mathilda, maak je alsjeblieft geen zorgen! Ik heb het allemaal in de hand en zal goed op mezelf passen. Ik weet hoeveel ervan afhangt.' Hij boog zich naar me toe en gaf me een kusje op mijn voorhoofd.

Toen we teruggingen, sneed hij een ander onderwerp aan. 'Hoe staat het eigenlijk met Paul?'

'Paul?'

'Die ik uit Noorwegen heb meegenomen.'

'Die vertelde me dat zijn vrouw door de nazi's is doodgeschoten toen ze haar wilden deporteren.'

Ingmar knikte. 'Verschrikkelijk. Zo gaan ze in het hele land tekeer. Ze worden door veel Noren verafschuwd. Om hen te intimideren wordt bij het minste of geringste geweld gebruikt. Ze maken jacht op communisten en verzetsstrijders, arresteren mensen die zich respectloos over de bezetter uitlaten. Veel mensen kennen hun land niet meer terug.'

Dat kon ik me goed voorstellen. Hoe zou het bij ons zijn als we bezet werden? Wij Zweden waren nooit een volk geweest dat met zich liet sollen. Maar zou de weerklank van onze krijgsgeschiedenis voldoende zijn om de Duitsers op afstand te houden?

'Ik heb vaak gewenst dat Paul niet naar Noorwegen was gegaan. Wist je dat zijn ouders hem daartoe hebben aangezet omdat ze vonden dat ik voor hem te hoog gegrepen was? En toen wisten ze nog niet eens dat ik familie van jullie ben.'

Ingmar schudde zijn hoofd. 'Domme mensen heb je overal.'

'En toen hij daar het geluk had gevonden, een vrouw, een bedrijf, werd hem alles afgenomen. Alles wat hij jarenlang had opgebouwd.'

'Hij is toch nog niet oud. Hij kan opnieuw beginnen.' Ingmar keek me aan. 'Heb je nog gevoelens voor hem?'

Ik had het liefst nee gezegd, maar dat zou een leugen zijn geweest. 'Soms wel,' bekende ik. 'Telkens wanneer er nieuws over Noorwegen was, moest ik aan jullie denken. Aan jou en aan hem. We hebben elkaar in Stockholm teruggezien, in het hotel. Ik dacht dat ik hem vergeten was, maar diep in mijn hart... Ja, daar zijn nog gevoelens. Hoewel ik weet dat die heel ongepast zijn.'

Ingmar pakte mijn handen en legde ze tegen zijn borst. 'Misschien komt er een nieuw begin voor jullie. En zo niet, dan kunnen jullie vrienden worden. Je moet alleen niet te lang wachten. Een mooie vrouw als jij moet een man hebben. Nu meer dan ooit.'

Ik keek hem twijfelend aan. 'Een man die me weer afgenomen wordt als het hier echt oorlog wordt?'

'Het is niet gezegd dat dat zal gebeuren. En zo ja, dan maakt het niet uit. Het zou veel tragischer zijn als je geen liefde in je hart zou toelaten. Ik heb geen idee hoe dat in Stockholm was, maar ik kan me voorstellen dat je ambitie om je in het hotel waar te maken de mannen uit je leven heeft verdreven.'

'Er zijn mannen geweest,' erkende ik. 'Maar dat heeft nooit lang geduurd.' Ik zweeg even. 'Maar dat ligt niet aan mijn ambities of aan het hotel. Onbewust vergeleek ik ze allemaal met Paul. Dat lijken ze te hebben aangevoeld.'

'Nou, misschien wilde het lot dat het zo liep. Het is verschrikkelijk voor Paul en ook voor zijn vrouw. Maar voor jou zou het ergens het begin van kunnen zijn.'

'Daar wil ik voorlopig niet aan denken,' zei ik. 'Als de oorlog me iets heeft geleerd, dan is het dat je alles op zijn tijd moet doen. Stap voor stap.'

53

Voor Ingmar ons met zijn kameraden weer verliet, liet ik hem beloven dat hij zou schrijven, minstens een paar keer per jaar, zodat we wisten dat het goed met hem ging. Zou hij zich daaraan houden? Ik was er niet zeker van. Zolang hij op de Leeuwenhof was, besefte hij misschien welke last er op zijn schouders rustte. Maar hoe was dat wanneer hij weer in Noorwegen was?

Veel tijd om daarover na te denken hadden we niet. De volgende weken installeerden de vluchtelingen zich in ons huis. We hadden ze in groepen van vier in de kamers ondergebracht, waarbij we erop letten dat gezinnen bij elkaar bleven. Bovendien hadden we mannen en vrouwen apart ingedeeld, want we wilden hen niet in verlegenheid brengen bij hun dagelijkse rituelen.

Vaak kreeg ik tranen in mijn ogen wanneer ik zag hoe blij de mensen waren met een bed of vuur in de haard. De kinderen renden door het huis alsof het een grote speeltuin was. We lieten hen begaan. Alleen vertrekken waarin iets kostbaars zou kunnen breken, sloten we af. Maar als er nog meer vluchtelingen kwamen, zouden we ook die gaan gebruiken.

Het werd me elke dag opnieuw duidelijk in welke overvloed we hadden geleefd. De rantsoenering was erg onaangenaam voor ons, maar het was niets vergeleken bij het leed dat deze mensen hadden meegemaakt.

Elke dag zocht ik Paul op. De moord op zijn vrouw had van hem een gebroken man gemaakt. Inmiddels had ik hem ertoe kunnen brengen zijn zus te schrijven. Zou ze zich eigenlijk wel zorgen om hem hebben gemaakt? Ik had hem gevraagd haar mijn groeten over te brengen en haar in mijn naam op de Leeuwenhof uit te nodigen. Ze had me hier nooit bezocht, dat had haar werk niet toegelaten. Misschien had ook haar moeder het niet toegestaan.

Tot dusver was er geen antwoord van haar gekomen.

Waarschijnlijk deed de post er even over, en zij had misschien ook tijd nodig om te verwerken dat haar schoonzus was vermoord en dat haar broer ternauwernood aan de dood was ontsnapt.

'Had ik maar iets te doen,' verzuchtte Paul op een middag terwijl we over de hoeve slenterden. De lente kondigde zich aan met lila krokussen en sneeuwklokjes. 'Ik mis mijn werk en het zou me van het voortdurende gepieker afhouden.'

Zo leek het meer van de vluchtelingen te vergaan. Maar ik wilde hun niet voorstellen ons bij het werk op de hoeve te helpen. Ik kon hen niet betalen en ik wilde hen niet uitbuiten. Ze hadden zo veel geleden en we moesten hen met respect behandelen.

Maar ik kon Paul ook begrijpen. Hij was altijd al iemand geweest die zich met zijn werk identificeerde. Ik had hem maar zelden zonder bezigheid gezien. Maar wat voor bezigheid zou ik hem kunnen aanbieden?

'Ik heb op een wandeling over het terrein een huisje gezien,' vervolgde hij. 'Het ziet er behoorlijk vervallen uit, maar lijkt op zich nog solide. Zou het iets zijn als ik dat voor jullie opknap?'

'Ach ja,' zei ik, een beetje overdonderd door zijn voorstel. 'Dat is het vroegere beheerdershuisje, het wordt eigenlijk niet meer gebruikt.'

Bovendien was het Magnus' toevluchtsoord geweest, waar ik sindsdien nooit meer was gekomen. Het zou me niet hebben verbaasd als ik er griezelige tekeningen of obscure teksten zou aantreffen.

'Ik zou het kunnen verbouwen, en er, als jullie dat toestaan, gaan wonen.'

Ik wist niet of dat een goed idee was. Maar voor het eerst in lange tijd leek Paul ergens enthousiast over. Ik kon het niet over mijn hart verkrijgen nee te zeggen.

'Ik zal het er met Agneta over hebben,' zei ik dus. 'Als zij er niets op tegen heeft, waarom niet?' Even vroeg ik me af of ik hem over Magnus moest vertellen. Als die terugkwam, zou hij niet blij zijn met de nieuwe bewoner van het huisje. Maar Paul had hem nooit ontmoet en ik was ervan overtuigd dat Magnus niet terug zou komen. Zijn moeder leefde immers nog.

Nadat we de rantsoenen hadden verdeeld, zaten Lennard, Agneta en ik bij elkaar. Om een beetje privéleven te hebben hadden we onze eettafel in de vroegere rokerskamer neergezet. Het menu was inmiddels ook voor ons erg beperkt geworden. Er was vaker pyttipanna, omdat aardappelen en eieren op de hoeve ruimschoots voorhanden waren. Svea deed er van alles door wat ze maar kon vinden. Kruiden, restjes worst, ingemaakte groenten. De afwisseling bestond eruit dat je nooit wist hoe het zou uitvallen.

Lennard bleef zijn vloeibare voedsel gebruiken. Daardoor werd hij steeds magerder, maar van zijn lever had hij niet al te veel last. Soms spraken Agneta en ik de hoop uit dat hij daardoor een paar jaar langer zou blijven leven. Daarom probeerden we hem te bemoedigen en praatten we op hem in als hij zich weer eens over zijn eten beklaagde.

'Vanmiddag heb ik Paul gesproken,' begon ik nadat mijn eerste honger was gestild. Het was ongelofelijk hoe goed eieren en aardappelen konden smaken. 'Hij vroeg of hij het oude beheerdershuisje mocht renoveren. Hij wil graag iets omhanden hebben en ik vind het geen slecht idee.'

Ik zag Agneta verstijven. 'Waarom juist dat huisje?' vroeg ze toen.

'Nou, dat is toch een bouwval. Paul vroeg zich af of hij er misschien in mocht wonen. Als tegenprestatie zou hij in het landhuis reparaties kunnen uitvoeren. Hij zou onze huismeester kunnen worden.'

Agneta prikte met haar vork in haar eten. 'Dat verdomde huisje,' zei ze. 'Ik had het moeten laten slopen.'

'Maar waarom dan?' vroeg ik. 'Vanwege Magnus?' Toen schoot

dat andere verhaal me weer te binnen. Dat Magnus en Ingmar daar waren verwekt, leek me toch geen goede reden.

'Waarom eigenlijk niet?' stemde Lennard ten slotte in. 'Het zou een goed idee zijn. Op die manier geven we die oude spoken de kans eindelijk eens te verdwijnen.'

Ja, vooral de kwade geest van Magnus moest daar weg. Agneta bleef sceptisch. 'Als hij het nou wilde slopen...'

'Agneta, alstublieft,' zei ik. 'Sta het toe! Als er meer vluchtelingen komen, hebben we toch ook ruimte nodig. Het beheerdershuisje zou daartoe kunnen bijdragen. Bovendien zou Paul daar wat meer bewegingsvrijheid hebben.'

'Om er een knus mannendomein van te maken,' zei Agneta met een zucht. 'Best, voor mijn part. Maar hij moet weten dat we geen bijzonder goed gereedschap meer hebben. En qua bouwmateriaal zal hij het ook moeten doen met wat er is.'

'Paul is een goede timmerman,' zei ik. 'Hij krijgt het wel voor elkaar, en het werk zal hem goeddoen.'

Agneta knikte.

'Het is verschrikkelijk dat ze zijn vrouw hebben doodgeschoten,' zei Lennard meelevend. 'Ik wil er niet aan denken hoe erg dat is.'

'Het is vreselijk voor hem. En nog erger is dat hij niet naar zijn ouders wil gaan. Zijn moeder zou hem verstikken met haar zorgzaamheid en zijn vader zou blij zijn om de dood van zijn schoondochter.'

'Ik ben blij dat wij nog niet door al die waanzin zijn getroffen,' zei Lennard. Toen pakte hij Agneta's hand en drukte er een kus op. 'Het zou mijn einde betekenen als jou iets overkwam.'

'Zover zal het niet komen,' zei Agneta en ik zag dat ze tegen haar tranen vocht.

Nog diezelfde dag, toen ik Paul het nieuws had overgebracht, gingen we op pad.

'Wanneer ga je eindelijk eens leren paardrijden?' vroeg ik terwijl ik hem achter op mijn paard hielp. Gelukkig waren de staljongens bezig, anders hadden ze waarschijnlijk kromgelegen van het lachen.

'Ik weet het niet,' antwoordde hij terwijl hij goed probeerde te gaan zitten. 'Tot nog toe heb ik het prima zonder paard weten te redden.'

'Nou, je zult hier een tijdje moeten blijven. Het zou beter zijn als je zelf met een paard leert omgaan voordat die arme Linus door zijn rug zakt. Het beste is er de komende dagen meteen mee te beginnen. Ik zal Lasse laten weten dat hij je les moet geven.'

'De komende dagen zal ik het druk hebben,' zei hij. 'Nog bedankt dat je het je tante hebt gevraagd.'

'Geen dank,' zei ik terwijl ik het paard aandreef. 'Kijk eerst maar eens of je echt iets kunt doen. Mijn oom had het over oude geesten die er zouden huizen. Ik hoop dat je daartegen gewapend bent.'

Terwijl we naar het huisje reden, voelde ik Pauls borst tegen mijn rug en het viel me zwaar de herinnering aan onze nacht samen terug te dringen. Zijn warmte drong tot me door en een zoet verlangen stroomde door mijn lichaam.

Maar daar mocht ik niet aan toegeven, niet na alles wat er gebeurd was. Ik geloofde weliswaar niet in een hemel, maar misschien zou Ingrid toch merken wat we deden. Dat vond ik een heel onaangenaam idee en ik schaamde me voor mijn gedachten.

De aanblik van het huisje bracht me weer tot de werkelijkheid terug. Het gebouwtje zag er echt uit alsof er geesten rondwaarden. Het was ook niet zonder reden dat ik er lang niet was geweest.

Paul gleed letterlijk van het paard af. 'Ik denk dat ik de volgende keer de benenwagen neem,' zei hij. 'Of hebben jullie hier misschien een fiets?'

'Als je paarden hebt, heb je geen fiets nodig,' zei ik terwijl ik afsteeg. 'En, wat zeg je ervan?' Ik wees naar het huisje.

'Het ziet er vanbuiten nogal bouwvallig uit,' antwoordde hij. 'Kunnen we het vanbinnen bekijken?'

'Natuurlijk,' zei ik en ik probeerde onverschrokken te klinken. Ik was een beetje bang om het gebouwtje binnen te gaan, maar ik wilde niet dat Paul me uitlachte. Dus haalde ik de sleutel tevoorschijn en liep voor hem uit.

De treden van de trap naar de veranda kraakten zachtjes onder ons gewicht. Ik was er niet zeker van of we er niet elk moment doorheen konden zakken.

'Lijkt behoorlijk massief,' zei Paul, terwijl hij met zijn voet op een tree stampte.

'Ben je gek geworden?' riep ik. 'Straks zakken we er nog doorheen.'

'Dan belanden we in het ergste geval in een mierennest. Of een molshoop,' merkte hij lachend op.

'Of we breken onze benen,' wierp ik tegen en ik maakte de deur open. 'Een muffe lucht kwam ons tegemoet, vermengd met het stof van vele maanden zonder menselijke aanwezigheid. Ook hier knarsten de planken vervaarlijk. Aanvankelijk konden we niets zien, want de vensterluiken waren dicht. Ik deed ze open.

Ik had me op het ergste voorbereid. Op vreemde trofeeën van Magnus of griezelige verschijningen in de vorm van schaduwen. Maar toen het licht de kamers binnenstroomde, zag het er allemaal heel onschuldig uit. Wat Magnus hier ook had uitgespookt, hij had geen zichtbare sporen nagelaten. Hier en daar zat een watervlek op het plafond en het schaarse meubilair was met een dikke stoflaag bedekt. Maar dat was dan ook alles.

'Het ziet er toch heel stevig uit,' constateerde Paul. 'Er moet natuurlijk wel het een en ander gerepareerd worden. Ik neem aan dat het dak het meest te lijden heeft gehad.' Hij ging op zijn tenen staan, stak zijn arm uit en voelde aan een watervlek. Er dwarrelde wat verf naar beneden, waarop hij zijn hoofd introk.

'Zoals gezegd, geeft Agneta je de vrije hand. Ze vond eigenlijk dat het huisje gesloopt had moeten worden, maar misschien kun je er weer iets moois van maken.'

'Dat zal ik in elk geval proberen,' gaf hij te kennen. 'En als het klaar is, kunnen we een klein inwijdingsfeestje houden.'

Ik staarde hem ongelovig aan. Niet vanwege zijn voorstel, maar vanwege het verlegen lachje dat om zijn mondhoeken verscheen.

'Je lacht!' zei ik. 'Voor het eerst in zo lange tijd.'

Nu werd hij rood. 'Ik heb een goed gevoel bij deze plek.'

54

Op de ochtend van het midzomerfeest deed ik al vroeg de ronde door de verblijven en deelde samen met de dienstmeisjes het ontbijt uit. De meeste vluchtelingen waren al op, alleen een paar ouderen sliepen nog.

Paul had zich inmiddels in het huisje geïnstalleerd. Onder zijn vaardige handen had het een transformatie ondergaan en er hoefde niet veel meer te gebeuren om het er als nieuw uit te laten zien. Hij had zelfs een fiets gevonden. Die moest hij ergens uit het dorp vandaan hebben. Waartegen hij die geruild had, wist ik niet, maar hij was er behoorlijk trots op over een eigen vervoermiddel te beschikken. Op die manier kon hij ook onder de rijlessen uitkomen.

Ik gaf net als vroeger de voorkeur aan paarden. De lichaamsbeweging deed me goed en ik genoot ervan niet op mijn eigen voeten te hoeven rondlopen. Dat deed ik binnen al genoeg.

'Ik wilde je vragen of je een paar sigaretten voor me hebt,' zei hij toen ik hem die ochtend wat extra eten bracht. 'Maar ik weet dat je niet erg op roken gesteld bent.'

'Roken is niet goed voor je,' zei ik. 'En op de zwarte markt vragen ze echt woekerprijzen.'

'Dan zal ik wel op gras moeten overgaan. Dat is hier toch in overvloed.'

'Je weet zeker niet wat er met Ole Hansen is gebeurd?' vroeg ik.

Paul fronste zijn wenkbrauwen. 'Wie is Ole Hansen?'

'Een jongen uit onze straat. Hij is met zijn ouders verhuisd voordat wij elkaar leerden kennen. Hij heeft ooit geprobeerd paardenbloemen te roken.'

'En? Is dat hem goed bekomen?'

'Nee,' antwoordde ik. 'Hij deed het behoorlijk in zijn broek. Wat misschien ook de reden is waarom zijn ouders verhuisd zijn.'

Paul keek me aan. Dat heb je maar verzonnen.'

'Misschien.' Ik glimlachte naar hem. 'Je komt vandaag toch op het feest?'

'Natuurlijk.'

'En ga je dan met me dansen?' vroeg ik een beetje koket. Door het werk was Paul ontdooid. Wat hij dacht wanneer hij in zijn eentje in het huisje sliep, welke dromen hem achtervolgden, dat wist ik natuurlijk niet, maar hij leek tegenover mij niet meer zo gesloten. Af en toe betrapte ik hem op een glimlach.

'Ik ben bang dat ik daar niet erg goed in ben,' antwoordde hij. Het lag op het puntje van mijn tong om te zeggen dat hij op zijn bruiloft vast wel had gedanst, maar het lukte me gelukkig dat weer in te slikken.

'Ik heb er de afgelopen tijd ook weinig oefening in gehad,' gaf ik te kennen. 'Het zal vast wel gaan en het is niet erg als we elkaar op de tenen trappen.' Ik pakte zijn hand. Misschien kwam het ook door de herinnering aan zijn vrouw dat hij aarzelde. 'En als je geen zin hebt, maakt dat niet uit. Dan kijken we gewoon naar de mooie avond. Bovendien gaan we wandelen, dus is er toch al weinig tijd om te dansen.'

Paul leek opgelucht.

'Nou, dan zal ik je niet verder storen,' zei ik en ik klopte hem op zijn schouder. 'Als je iets nodig hebt, laat het me dan weten.'

Met die woorden liep ik naar mijn paard. Toen ik me bij het opstijgen omdraaide, zag ik dat Paul me met zijn blik fixeerde. Ik zwaaide naar hem, steeg op en reed weg.

Binnen een paar uur veranderde de hoeve in een feestterrein. Iedereen hielp mee. De mannen hingen slingers met vlaggetjes op en versleepten tafels en stoelen. De vrouwen hielpen in de keuken. Ik was bang geweest dat Svea daar niet erg op gesteld zou zijn, maar ze kon het uitstekend met de Noorse vrouwen vinden. Die hadden zelfs al een beetje Zweeds geleerd. Gretig zoog onze kokkin hun recepten op en noteerde ze in een opschrijfboekje.

'Mevrouw Bloomquist zou dat niet getolereerd hebben,' verklaarde Agneta glimlachend. 'Ze was altijd heel bezitterig wat de keuken betreft. Je hebt haar zelf nog meegemaakt. Zelfs op hoge leeftijd wilde ze hier niet weg. Gelukkig is Svea anders.'

'Ze heeft er alleen maar profijt van, voor zover ik kan zien,' zei ik. 'Zo hoeft ze niet al het werk voor het midzomerfeest in haar eentje te doen. En voor ons zal het een aardige afwisseling zijn om de Noorse versie van het midzomerfeest mee te maken.'

'Ja, de eerste keer met een kampvuur,' zei Agneta een beetje verontrust.

'Maakt u zich geen zorgen, de houtstapel is ver genoeg van de stallen vandaan.'

In de gesprekken met de Noren had ik vernomen dat bij hen geen midzomer werd gevierd, maar het Sint-Jansfeest, waarbij grote vuren werden ontstoken om boze geesten te verdrijven. De mannen hadden in de omliggende bossen hout verzameld en wij hadden er stro uit de stallen bij gedaan.

Hans, een van de oudere mannen, had beloofd het traditionele feestlied ten gehore te brengen. Daar waren we allemaal heel benieuwd naar.

'Bovendien moet het vuur helpen boze geesten uit ons huis te verdrijven,' voegde ik eraan toe. 'Dat hebben we hard nodig, nietwaar?'

'Ja, nou en of.'

's Avonds kwamen we in de tuin bij elkaar. Agneta en ik droegen lichte zomerjurken, Lennard een bruin pak dat wat ruim om zijn lichaam viel. Maar hij leek die dag fris en vrolijk, zoals we hem al tijden niet meer hadden gezien.

De Noren hadden zich zo mooi mogelijk uitgedost met wat ze bij zich hadden of van ons hadden gekregen. Velen hadden bosjes weidebloemen op hun kleren vastgezet. De kleinere meisjes droegen kransen met korenbloemen en klaprozen op hun hoofd. Het was mooi om te zien dat ze na alle verschrikkingen een zekere lichtheid hadden weten terug te vinden.

Geleidelijk aan kwamen de dorpsbewoners binnendruppelen. Ze gingen algauw op in de groep feestvierders. Ik kon me nog goed herinneren dat er op de rotonde dure auto's waren komen aanrijden en dat vrouwen in prachtige robes aan de zijde van heren in rok de trap op liepen. Die glans miste ik een beetje, maar ik moest erkennen dat er nu meer gelachen werd. En dat kon in deze tijden niet genoeg gewaardeerd worden.

'Het lijkt geen klein feestje te worden zoals afgelopen jaar,' zei ik tegen Agneta, die net een glas limonade had gehaald. Ik haalde ook een glas en nam een slokje.

'Ja, het is bijna net als toen. Alleen met andere mensen.'

'Het zijn geweldige mensen, Agneta, mensen die dringend behoefte hebben aan een feest.'

'Ik heb nooit beweerd dat dat niet zo was,' was haar weerwoord en ze glimlachte. 'Als ik eraan denk wat mijn moeder zou hebben gezegd...'

Ineens verstrakte haar gezicht. Ze leek iets te zien wat haar schrik aanjoeg. Ik draaide me om en verslikte me bijna in mijn limonade. Magnus? Eerst vroeg ik me af of het niet Ingmar zou kunnen zijn, maar dan had zijn moeder wel anders gereageerd.

'Het ziet ernaar uit dat het Sint-Jansfeest toch de boze geesten niet op afstand houdt,' mompelde ze terwijl ze haar glas neerzette.

Ook van een afstand kon ik zien dat de begroeting bijzonder ijzig uitviel. Maar Agneta was een goede gastvrouw, dus vroeg ze hem de tuin in te komen. Blijkbaar nam ze echter meteen weer afscheid en liep ze het huis in. Ik vroeg me af of ik haar moest volgen om bij haar te gaan kijken, maar voor ik dat kon doen, kwam Magnus recht op me af. Ik haalde diep adem.

'Nicht,' zei hij met een spottende ondertoon en hij stak me zijn hand toe.

Wat kom je hier doen? had ik hem het liefst gevraagd, maar het zou die avond niet gepast zijn geweest om ruzie te maken.

'Goedenavond, Magnus,' zei ik terug zonder zijn hand aan te pakken. 'Je komt precies op tijd voor het ontsteken van het vuur.'

'Ik moet zeggen dat het soort gasten in de loop der jaren erg is veranderd,' merkte hij op na even te hebben rondgekeken. 'Ik wist niet dat jullie nu landlopers verwelkomen.'

Alleen al zijn toon maakte me kwaad.

'Die mensen komen uit Noorwegen. Sommigen van hen hadden een bedrijf, tot de oorlog en de nazi's hun alles afpakten. Je zou niet zo snel moeten oordelen. Het zou ons net zo kunnen vergaan als die bruinhemden hier binnenvallen.'

Magnus glimlachte provocerend naar me. 'Mooie toespraak. Ik wist wel dat je met hen begaan zou zijn. Soort zoekt soort.'

'Nou, als je van plan bent mijn ergernis op te wekken, dan kan ik je zeggen dat dat vergeefse moeite is. Ik hoor liever bij de mensen hier dan bij mensen zoals jij.'

Met die woorden draaide ik me om en liep weg. Ik probeerde Paul te ontdekken, maar vond hem niet. Was hij nog niet hier? Volgens de verhalen van Agneta over het huisje neigden de bewoners ervan tot kluizenaarschap. Ook Paul zonderde zich een beetje af.

Nadat ik een tijdje had rondgelopen, ontdekte ik hem uiteindelijk in een groepje mannen. Ze deelden een sigaret. Toen hij me zag, gaf hij de stinkstok door aan de volgende.

'Je kunt het niet laten, hè?' zei ik grijnzend.

'Markus heeft voor zijn werk bij een boer een half pakje gekregen,' verklaarde Paul. 'Natuurlijk zijn alle rokers nu zijn beste vrienden.'

'Je zou echt moeten stoppen.' Ik stak mijn arm door de zijne.

'Ik zal het proberen. Maar ik kan niets beloven.' We liepen naar de tafels, waar de vrouwen net het eten begonnen op te dienen.

'Kun je je voorstellen dat het ooit weer wordt als vroeger?' vroeg ik.

'Je bedoelt dat sigaretten weer verkrijgbaar zijn?' opperde Paul schertsend.

'Je weet wel wat ik bedoel. Ook als de oorlog ons bespaard blijft, voelt het alsof de wereld nooit meer zal zijn zoals je die gekend hebt.'

'Dat is altijd zo. Mijn ouders beweerden altijd dat voor de Grote Oorlog alles beter was. Ze hadden nooit kunnen dromen dat er zo gauw alweer een nieuwe kwam.'

'Agneta ziet dat net zo. Laten we maar hopen dat deze verschrikking vlug voorbij zal zijn. Het is heel belastend om je elke dag te moeten afvragen wat er nu weer komt, wie er wordt aangevallen of wie capituleert.'

'In Oslo was er maar een paar uur voor nodig om alles op zijn kop te zetten. Toen de Duitsers binnenmarcheerden en we beseften dat Quisling daar gewoon op had zitten wachten, was dat een nachtmerrie. Iedereen hoopte de volgende dag wakker te worden en alles weer net zo aan te treffen als altijd. Weken later was er van ons oude leven niets meer over. Zeker, er waren mensen die gewoon door konden gaan. Mensen die geen verzet pleegden. Mensen die niet zogenaamd het verkeerde geloof hadden. Maar al die anderen...' Hij maakte een gebaar dat een ontploffing moest voorstellen.

'En die angst is het die me elke dag kwelt,' zei ik. 'Wij hebben erg veel geluk. Maar geluk is dezer dagen broos.'

'Dat is het zeker,' viel Paul me peinzend bij. Toen vroeg hij: 'Is dat je nieuwe aanbidder?'

Ik draaide me met een ruk om en zag dat Magnus achter me stond. Was hij me heimelijk gevolgd? Paul keek me verward aan.

'Nee,' zei ik, 'dat is Magnus, de tweelingbroer van Ingmar. Jullie hebben elkaar nooit ontmoet.'

Paul gaf hem een hand. 'Aangenaam kennis te maken. Je broer is echt een sympathieke vent. Ik had het geluk hem tijdens de overtocht hiernaartoe nader te leren kennen.'

'Je bent geen Noor, dat is te horen,' constateerde Magnus. 'Wat had u daarginds te zoeken?'

Ik wenste dat Paul geen antwoord zou geven. Maar mijn waarschuwende blik ontging hem.

'Ik had een meubelmakerij, maar die moest ik na de inval van de nazi's opgeven. Nadat ze mijn vrouw hadden doodgeschoten, zag ik geen reden meer om te blijven.'

'Wat betreurenswaardig,' zei Magnus, zonder ook maar een spoortje echt medeleven te tonen. 'Nou, ik weet zeker dat u hier veel vrienden zult vinden. Het is hier op de hoeve tijdens mijn afwezigheid behoorlijk veranderd.'

'Dat ligt aan jou,' zei ik. 'Je zou ook hier kunnen komen en deel uitmaken van ons leven.'

'Dat zou ik kunnen doen, maar zou ik dat ook willen?' Magnus deed alsof hij even moest nadenken. Toen schudde hij grijnzend zijn hoofd. 'Nee, ik denk dat ik waar ik nu woon goed op mijn plaats ben.' Hij proostte ons toe met zijn glas, toen droop hij af.

'Beste vent, die neef van je,' zei Paul ironisch toen Magnus buiten gehoorsafstand was.

'Hij is de schaduwzijde van de maan,' zei ik. 'De kant die nooit zonlicht ziet. Zijn uiterlijk is het enige wat hij met zijn broer gemeen heeft.'

'Nou, als ik het me goed herinner, mocht Ingmar me indertijd ook niet.'

'Ingmar was alleen maar wat bezitterig. Misschien ook jaloers. Inmiddels is hij heel anders, zoals je weet.'

'Dat klopt. Ingmar is echt een goed mens geworden. Maar die daar...'

'Magnus was altijd al moeilijk. Misschien kun je je nog herinneren dat hij omwille van mij naar een internaat is gestuurd?'

'O, ja, dat ben ik niet vergeten. Toen stond je bij me voor de deur en verlangde van me dat ik met je zou trouwen.'

'Dat is al zo lang geleden dat ik nauwelijks kan geloven dat ik me toen van zo'n zwakke kant heb laten zien.'

'Dat is allang vergeten. We waren toen nog zo jong.'

'Dat zijn we nog steeds. Ook al voel ik me soms een oude vrouw.'

'Dat ben je niet,' zei hij en hij glimlachte naar me. 'Voor mij ben je nog altijd even mooi en aantrekkelijk als toen.'

Er borrelde een lachje bij me naar boven, als bubbeltjes in een glas bronwater. Niet vanwege het compliment, maar vanwege de glimlach op zijn lippen. Een moment lang voelde ik me echt weer zorgeloos. Op dat moment begon de violist te spelen. Ik pakte Paul bij de hand en trok hem mee.

'Je wilt nu toch niet gaan dansen,' zei hij.

'Wees maar gerust. Ik wil alleen naar de muziek luisteren.'

Even later zag ik Agneta weer in de menigte feestvierders. Ze stond een beetje opzij en keek bezorgd naar het laaiende Sint-Jansvuur.

'Alles in orde?' vroeg ik.

Ze kromp in elkaar. Blijkbaar was ze zo in haar gedachten opgegaan dat ze me niet had horen aankomen.

'Ja, dank je,' zei ze. 'Maar ik vind Magnus' aanwezigheid verontrustend. Wat wil hij?'

'Hebt u hem dat niet gevraagd?'

'Jawel, maar je weet hoe hij is. Hij geeft nooit duidelijk antwoord.'

'Misschien komt hij echt alleen vanwege de familietraditie.'

'Zomaar ineens? Sinds onze ruzie is hij hier niet meer geweest. En nu is hij er opeens.'

'Heeft hij geld nodig?'

'Daar heeft hij niets over gezegd, maar waarschijnlijk wacht hij daarmee tot het feest afgelopen is.'

'Misschien wil hij weer in het huisje.'

Agneta schudde haar hoofd. 'Nee, dat beslist niet. Dat kan voor hem vroeger goed genoeg zijn geweest, maar nu zou hij er niet naar teruggaan.' Ze draaide zich naar me toe. 'Bovendien heeft het huisje nu een bewoner, nietwaar?'

Ik knikte. 'Paul zou niet graag zien dat hij weg moest, net nu het werk bijna af is.'

'Zie je wel. Ik zal hem niet meer in het huisje toelaten. Dit is mijn landgoed. Ik heb het hier voor het zeggen.' Haar stem werd vaster, als een vuist die gebald werd, 'En dat geldt ook voor het geld. Ik heb niets te geven aan een zoon die zich niet voor de hoeve interesseert. Ik zou willen...' Ze hield op. Het moest een kwade wens zijn als ze aarzelde hem uit te spreken.

'Dat hij degene was die zich bij het verzet had aangesloten?' vroeg ik.

Ze perste haar lippen op elkaar, maar ik zag dat dat precies was wat ze dacht.

'Zoiets zou Magnus nooit doen,' zei ik. 'Ik heb hem nog nooit iemand zien helpen. Dat ligt gewoon niet in zijn aard.'

'Hij is net als zijn vader,' merkte Agneta op en dat klonk allesbehalve vleiend. 'Misschien niet helemaal, want ik verbeeld me dat Hans ook een goede kant had. De kant die zich Max noemde en waarop ik verliefd ben geworden. Maar die kant is duidelijk op Ingmar overgegaan en niet op Magnus.'

Er ging op dat moment van alles door me heen, maar ik durfde niets te zeggen. Magnus was nog altijd haar zoon. Ook al hadden haar woorden bitter geklonken, het was niet aan mij om te oordelen.

'Nou ja, daar is niets aan te doen, nietwaar?' zei ze uiteindelijk en ze deed haar best te glimlachen. 'In elk geval heb ik jou. Ik hoop dat je me voor stupiditeiten zult behoeden.'

'Ik hoop dat ik daartoe in staat ben,' gaf ik te kennen en ik legde mijn arm om haar schouders.

Gelukkig liet Magnus zich de rest van de avond steeds minder zien, misschien ook omdat ik hem uit de weg probeerde te gaan. Ik ging bij de Noren zitten en voerde gesprekken met hen. Daarna trok ik Paul toch nog mee de dansvloer op. Hij had niet overdreven, zijn danskunsten waren inderdaad beperkt. Maar de toeschouwers hadden genoeg nubbe op om het niet te merken.

Later liep ik nog een eindje met Paul mee naar het huisje. De meeste gasten waren al weg. De Noren bleven nog een beetje bij elkaar zitten, maar Paul leek geen zin meer te hebben. Waarschijnlijk zou hij de volgende dag weer verdergaan met het werk aan het huisje.

'Een mooi feest,' zei hij nadat we het landhuis al een poosje achter ons hadden gelaten.

'Ja, dat was het zeker. En je sloeg helemaal niet zo'n slecht figuur bij het dansen.'

'Nou, die dans behoort zeker niet tot de hoogtepunten die Petrus me bij mijn hemelvaart zal laten zien,' zei hij schertsend. 'Maar het was heel fijn jou zo dicht bij me te hebben.'

We keken elkaar aan. Op dat moment verlangde ik met smart naar een kus, maar ik durfde niet de eerste stap te zetten. Wat zou hij wel niet van me denken?

'Misschien moest je maar weer teruggaan,' zei hij uiteindelijk. 'Ik kan de weg wel in mijn eentje vinden.'

Wat betekende dat? Wilde hij me niet bij zich hebben?

'Goed,' zei ik, maar ik kon niet helpen dat er teleurstelling in mijn stem doorklonk. 'Zien we elkaar morgen?'

Paul knikte. 'Natuurlijk. Ik heb beloofd de anderen te helpen bij het opruimen. En een van de boeren uit het dorp vroeg of ik voor hem een kastdeur kan maken.'

'Was dat Jörgens?'

'Ja, die. Hoe weet je dat?'

'Ik zag dat je een hele tijd met hem zat te praten.' Ik glimlachte en trok de revers van zijn vest recht. 'Welterusten dan maar, Paul!'

'Welterusten, Mathilda!' herhaalde hij glimlachend en hij draaide zich om.

Ik keek hem na met een verlangend, zwaar gevoel in mijn borst. Ik had mezelf wijsgemaakt dat de kwestie tussen ons voor mij was afgedaan. Dat hij alleen nog maar een vriend was.

Maar het zag ernaar uit dat een paar maanden in zijn aanwezigheid genoeg waren om mijn oude gevoelens terug te krijgen.

Uiteindelijk begon ik aan de terugweg. De maan scheen helder, een lamp had ik niet nodig.

Het kan niet, zei ik tegen mezelf. Ik moest ermee ophouden meer in hem te zien dan een jeugdvriend. Hij is een man die zijn eigen weg moet volgen. Dat het lot hem hierheen heeft gebracht, zegt niets. Op een dag, wanneer de oorlog over is, zal hij weer naar Noorwegen teruggaan.

'Ach, Mathilda, nog aan de wandel?' vroeg een stem. Het volgende moment doemde Magnus voor me op.

Ik stopte. Het huis was nog maar een paar stappen van me vandaan. Waarom hield Magnus me toch de hele tijd in de gaten? Had hij er plezier in me aan het schrikken te maken?

'Wat wil je?' vroeg ik, want nu hoefde ik niet meer de schijn van beleefdheid op te houden.

'Gewoon een beetje praten,' zei hij. 'Daar kun je toch niets op tegen hebben.'

'Dat hangt ervan af,' gaf ik te kennen en ik wilde langs hem heen lopen, maar hij versperde me de weg.

'Als misstap van mijn oom heb je het een aardig eind geschopt. Zo te zien beheer jij in feite het landgoed.'

Ik sloeg mijn armen over elkaar. Natuurlijk moest hij het daar weer over hebben. 'Wil jij over misstappen praten? Best, dan praten we daarover. Je moeder heeft me iets heel interessants verteld.'

Even verscheen er een verschrikte uitdrukking in Magnus' ogen, maar hij herstelde zich snel. 'Ach, onze vader,' zei hij. 'Ik wist wel dat ze tegen jou haar mond niet zou kunnen houden.'

'Ik denk niet dat je reden hebt hoog van de toren te blazen, aangezien je vader een landloper bleek te zijn die bij zijn familie in ongenade was gevallen.'

'In elk geval is mijn vader van adel, wat hij verder ook is. Jouw moeder zal altijd een dienstmeisje blijven.'

'Dat is nog steeds geen reden om hoogmoedig te zijn. We zijn allebei onwettige kinderen. Dus raad ik je aan me niet in de weg te staan.'

'Geloof je echt dat het iets aan de beslissing van mijn moeder zal veranderen? Ik ben de erfgenaam van de Leeuwenhof en niemand anders.'

'Je wordt niet moe dat te benadrukken, maar je steekt geen vinger voor het landgoed uit. Hoe moet dat dan zodra je het in handen hebt? Reken er maar niet op dat ik voor je ga werken. En we hebben gezien wat er gebeurt als ik niet op de hoeve ben.'

Daarop wist hij in eerste instantie niets te zeggen, maar ik wilde niet te vroeg juichen.

'Weet je, Magnus, toen ik het hoorde, had ik even medelijden met je. Jij bent door je moeder net zo voorgelogen als ik. Maar nu zie ik dat je steeds meer op je vader gaat lijken: achterbaks, oneerlijk en hoogmoedig. Dat zijn eigenschappen die Lennard nooit heeft gehad.'

'Je hebt absoluut geen idee hoe mijn vader is,' snauwde hij terwijl hij dreigend een stap dichterbij kwam. 'Nadat hij was opgedoken heb ik hem van een afstandje nader bekeken. Ik dacht: kan zo'n verlopen type onze vader zijn? Een paar dagen later ben ik naar hem toe gegaan en heb hem ter verantwoording geroepen. Hij vertelde dat hij in de oorlog gewond was geraakt, dat hij lang in coma had gelegen en aan fors geheugenverlies had geleden. Pas een paar jaar geleden was hij erachter gekomen wie hij was en had hij zich ook Agneta weer herinnerd. Hij besefte dat ze hem vergeten was. Dat ze inmiddels een andere man had. Maar hij wilde haar terugzien. En toen hij te weten kwam dat ze twee zonen had...'

'Je wilt dus zeggen dat die man je wel beviel?' vroeg ik uitdagend. 'Geen wonder dat je zo geworden bent.'

Magnus kwam nog een stuk dichterbij en pakte me ruw bij mijn arm. Gezien zijn kracht werd ik toch wel een beetje bang.

'Mijn moeder had zich nooit met zo'n vent moeten inlaten. Hij heeft haar en onze familie onteerd. Of hij me beviel? Nee, bepaald niet. Het is een schoft. Hij kwam mijn moeder bedreigen. Ik heb even, om haar te straffen, in de verleiding verkeerd met hem mee te gaan naar het landgoed van zijn broer in Duitsland, waar hij weer onderdak had gevonden. Maar toen herinnerde ik me wie ik ben. Ik heb hem gedreigd zijn nek om te draaien als hij zich hier nog eens liet zien. Van Lennard had hij dat niet geaccepteerd, maar van mij wel. Zeker nadat een paar vrienden van me hem bij zijn vertrek uit Stockholm onder handen hadden genomen.'

Ik staarde Magnus verschrikt aan. Had hij zijn eigen vader in elkaar laten slaan? Door een paar duistere figuren uit Stockholm?

'Dat verzin je,' zei ik terwijl ik me aan zijn greep probeerde te ontworstelen. Hij bleef me nog even vasthouden, maar toen liet hij me weer los.

'Het is geen verzinsel. Het is de waarheid. Als er iets is waarvoor ik het internaat dankbaar ben, dan zijn het de contacten die ik daar heb kunnen leggen. Vrienden die zich voor je inzetten, ongeacht wat je wilt. In jouw plaats zou ik maar voorzichtig zijn.'

'Is dat een dreigement?' vroeg ik en ik deed mijn best niet over mijn arm te wrijven, hoewel de plek waar hij me had vastgehouden behoorlijk zeer deed.

'Nee, ik raad je alleen aan voorzichtig te zijn. Vooral met wat je over de Leeuwenhof en zijn bewoners vertelt. Als ik het had gewild, had ik je allang kunnen uitschakelen. Maar daarvoor ben je niet belangrijk genoeg.'

'Je bent echt de zoon van je vader!' viel ik met bonzend hart tegen hem uit. 'Je had met hem mee moeten gaan.'

'Waarom zou ik, als ik ooit een van de invloedrijkste landheren van Zweden zal zijn? Zorg maar dat je je werk goed doet en na mijn moeders dood geen puinhoop achterlaat. Misschien overweeg ik dan wel je als beheerder aan te houden.' Met een spottende grijns draaide hij zich om en verdween de tuin in. Ik had niet eens tijd om achter hem aan te roepen dat ik liever mijn hand zou afhakken dan een vinger voor hem uit te steken.

Terwijl ik in de duisternis stond te staren, werden mijn knieën slap. Had ik die scène van daarnet echt beleefd? Ik kon het niet geloven. Magnus had mij altijd een monster geleken. Blijkbaar had ik me van begin af aan niet in hem vergist.

Wat moest ik nu doen? Zijn moeder over zijn gedrag vertellen? Dat zou weinig effect hebben, want ik kon niets bewijzen.

Achter me klonk geritsel. Geschrokken draaide ik me om, in de veronderstelling dat Magnus er plezier in had me aan het schrikken te maken. Maar toen ik om me heen keek, was daar niets dan duisternis.

55

De volgende ochtend voelde ik me wat katterig. Eigenlijk had ik helemaal niet zo veel gedronken, maar toch had ik een hoofd vol watten. Kwam dat misschien door de woordenstrijd met Magnus?

De vorige avond had ik Agneta daar niet meer over willen vertellen. Nu vroeg ik me af of ik het eigenlijk wel moest doen. Wat hij had gezegd, was ongehoord. Maar zou het Agneta niet onnodig opwinden? Misschien was het helemaal niet waar. Misschien had Magnus me dat van het in elkaar slaan van zijn verwekker alleen maar verteld om mij te intimideren.

Ik stond op, waste me vlug met koud water en kleedde me aan. Ik koesterde geen grote verwachtingen dat er nog iets van het ontbijt over was. Toch liep ik van mijn kamer naar de keuken.

Een klaaglijk geluid maakte dat ik mijn pas inhield.

Waar kwam het vandaan? Uit de verblijven van de vluchtelingen?

Het gehuil dat volgde, kwam onmiskenbaar uit de slaapkamer.

Gealarmeerd draaide ik me haastig om. Ik klopte op de deur, maar er kwam geen antwoord. Ik hoorde alleen Agneta hartverscheurend huilen.

Ik trok de deur open. Toen zag ik haar boven op Lennards lichaam liggen. Haar rug schokte doordat ze hevig snikte.

De tranen sprongen me in de ogen. Nog voor ik zijn gezicht zag, wist ik wat er was gebeurd.

Ik ging naast hen staan. Agneta streelde Lennards gezicht, maar in zijn open ogen was geen leven meer. Mijn knieën werden slap.

Ik sloeg mijn hand voor mijn mond en voelde de tranen over mijn vingers lopen.

Lennard was dood. Hoe kon dat nou?

Ik dacht aan het onaangename gesprek met Magnus de vorige avond. De schaduw die zijn aanwezigheid over het feest had gebracht.

Nee, zei ik tegen mezelf. Hij heeft zijn vader niets aangedaan. Daar heeft hij het lef niet voor.

Toch bleef de twijfel aan me knagen.

Intussen hadden ook anderen het vertwijfelde gehuil van Agneta gehoord. Lena kwam de kamer in gelopen. 'Wat is er gebeurd?' vroeg ze.

'Laat dokter Bengtsen komen,' zei ik, hoewel ik wist dat hij niets meer voor Lennard kon doen. Maar de overlijdensakte moest worden afgegeven en dat kon alleen hij doen.

Lena staarde naar het levenloze gezicht van de graaf, toen draaide ze zich om en rende weg.

Agneta huilde nog steeds en ik wist niet hoelang ik me nog zou kunnen beheersen. Het was net als indertijd bij mijn moeder. Nu had de dood ook Lennard in zijn slaap getroffen – en dat terwijl Agneta naast hem had gelegen.

'Agneta,' zei ik en ik raakte voorzichtig haar schouders aan. Haar haar hing voor haar gezicht en viel sluik over haar rug.

Ze keek op. Het blauw van haar ogen glansde vochtig in haar gezwollen rode gezicht. 'Hij kan toch niet zomaar ineens bij me weggaan,' zei ze. 'Dat kan toch niet.'

'Ik vrees dat hij geen keus had,' zei ik en ik probeerde het te vermijden om nog naar Lennard te kijken. Zijn open ogen wekten de indruk dat hij zelf van zijn dood was geschrokken. Blijkbaar had hij niet eens de kans gehad iets te laten merken.

Het liefst had ik Agneta bij hem weggehaald, maar ik wist dat ik haar niet van hem los kon maken. 'De dokter komt vast gauw,' zei ik. 'Wilt u niet iets aantrekken? Hij moet u zo niet zien, toch?'

Agneta reageerde niet. Ik voelde angst opkomen. Stel dat ze nu haar verstand verloor? Of dat de duisternis haar weer te pakken kreeg? Minder ernstige gebeurtenissen hadden haar al eens gevloerd.

Maar op een gegeven moment kwam ze overeind. 'Vanmorgen werd ik wakker en riep ik hem. Ik dacht dat hij nog sliep, maar toen ik me naar hem toe draaide en hem naar het plafond zag staren...'

Haar gezicht vertrok van verdriet en ze begon weer te huilen. Ik liep naar haar toe en nam haar in mijn armen. Haar lichaam onder haar nachtjapon voelde zo breekbaar aan. Het trilde en beefde en haar tranen bevochtigden mijn schouders.

Zelf huilde ik ook, maar ik stond mezelf niet toe geluid te maken. Het verdriet beet zich in mijn lichaam en liet het verwond achter. Op een gegeven moment kalmeerden we. Agneta kleedde zich aan en samen verlieten we de slaapkamer. Maar we bleven boven. We gingen op krukjes naast de deur zitten, als een soort wachters.

Eindelijk kwam dokter Bengtsen.

'Mevrouw Lejongård,' zei hij en hij gaf haar meelevend een hand. 'Het spijt me vreselijk.'

Agneta knikte en de dokter deed bij mij hetzelfde. 'Zullen we naar binnen gaan?' vroeg hij toen.

Ik keek naar Agneta. Zij was Lennards vrouw, zij had als enige het recht bij hem te zijn wanneer de dokter hem onderzocht.

Ze nam dokter Bengtsen mee naar binnen. Ik bleef voor de deur zitten en hoewel ik daar niet op uit was, ving ik flarden op van wat de dokter met Agneta besprak.

De woorden 'plotseling' en 'hartaanval' vielen, iets luider verklaarde hij dat het moest zijn gekomen door de hoge bloeddruk die de levercirrose met zich meebracht. Op die manier had zijn ziekte hem toch het leven gekost, zij het indirect.

Na een tijdje kwamen Agneta en dokter Bengtsen weer naar buiten. Agneta wekte een beheerste indruk en de dokter leek behoorlijk aangedaan. Hij wendde zich tot mij. 'Uw oom is door een hartaanval getroffen. Waarschijnlijk is het heel vlug gegaan, hij heeft niet geleden. Het is waarschijnlijk een schrale troost, maar zo is verder lijden, wat mensen met deze ziekte gewoonlijk treft, hem bespaard gebleven.'

Ik moest er weer aan denken hoe Lennard over zijn vloeibare voedsel had geklaagd. En dat hij op het midzomerfeest de vrijheid had genomen normaal te eten en ook een glaasje nubbe te drinken.

Achteraf was ik blij dat hij dat had gedaan. Hij had zichzelf een fijne ervaring gegund. De schnaps en het eten hadden tenslotte niet zijn dood veroorzaakt.

De dokter nam afscheid en ik besloot de begrafenisondernemer te laten komen. Lennard moest gebalsemd worden voor hij ten grave kon worden gedragen, dat was gebruikelijk in de familie. Met de begrafenisondernemer zouden we ook de rouwplechtigheid bespreken, waarbij er een paar bijzonderheden waren vanwege de grafkelder.

Samen met Agneta ging ik nog eenmaal de slaapkamer in. Lennard lag nu met zijn armen over zijn borst gekruist onder de deken. De dokter had zijn ogen gesloten.

'Ik kan me nog goed mijn vader herinneren,' vertelde Agneta. 'Indertijd, toen ik hem zag, had de begrafenisondernemer een vreselijke witte pasta op zijn gezicht gesmeerd, zodat de brandwonden niet zichtbaar waren. Hij leek net zo'n harlekijn in het circus. Gelukkig blijft Lennard die vernedering bespaard.'

Ik keek een poosje naar hem, toen zei ik tegen Agneta: 'Hij ziet er heel waardig uit. Bijna alsof hij slaapt. En zijn geest is vast nog bij ons.'

Agneta leek ineens een idee te krijgen, liep naar het raam en deed het open. De bedompte lucht, die me eerst niet was opgevallen, verdween en frisse lucht kwam binnen.

'Hij zou het vreselijk vinden in huis opgesloten te zitten,' was haar commentaar toen ze weer bij me was. Toen kwam ze zwijgend naast me staan.

De begrafenisondernemer arriveerde met een uitrusting voor het balsemen die me de rillingen over mijn rug liet lopen. Ik wist ongeveer wat er ging gebeuren: het bloed werd uit het lichaam gehaald en vervangen door een vloeistof die hem houdbaar maakte. Alleen al bij de gedachte werd ik zo misselijk dat ik het huis uit ging en doelloos over het terrein begon te lopen – tot er een gedaante voor me verscheen.

'Mathilda,' zei Paul. 'Ik heb het net gehoord. Het spijt me zo.'

Ik knikte en het lukte mij me een fractie van een seconde te beheersen. Toen viel ik hem in de armen.

'O, Paul,' zei ik en ik begon te huilen.

Hij hield me vast, zo stevig als hij kon, terwijl ik mijn verdriet de vrije loop liet. Mijn gejammer verjoeg waarschijnlijk de vogels. Tranen brandden in mijn ogen en op mijn wangen. Pas nu had ik het gevoel dat ik mijn verdriet kon uiten.

Paul nam me mee naar een bankje in het park terwijl hij zijn arm om me heen hield. Hij begreep hoe ik me voelde, ook al was Lennards einde, in tegenstelling tot dat van Ingrid, te voorzien geweest.

'Je oom was een goed mens,' hoorde ik hem zeggen terwijl hij mijn haar streelde. 'Hij heeft nu vrede gevonden.'

's Middags, vlak nadat we het personeel afscheid van Lennard hadden laten nemen, werd hij met de lijkwagen naar Kristianstad gebracht. De rouwplechtigheid zou in de Heilige Drie-eenheidskerk worden gehouden; tot die tijd zou hij daar worden opgebaard.

Alle vrolijkheid die de vorige dag nog de vertrekken had gevuld, was verdwenen. Agneta en ik trokken rouwkleding aan en troffen elkaar even later in de salon. Svea had uit onze laatste voorraad behoorlijk sterke koffie gemaakt. Normaal gesproken dronk ik hem nooit zwart, maar nu deed het bittere aroma me goed. Ik voelde me moe en gebroken, maar was ook vreselijk onrustig. De vraag hoe we Ingmar moesten bereiken, ging voortdurend door mijn hoofd.

'Hebt u Elisabeth al gesproken?' vroeg ik. Lennards zus was sinds ze oma was geworden hier lang niet meer geweest. Ik kon me haar nauwelijks nog herinneren.

'Ja,' antwoordde Agneta bedroefd. 'Ze was gechoqueerd. Ze

komt morgen hiernaartoe. Ik heb Lena al laten weten dat ze een kamer voor haar in orde moet maken. Veel keus hebben we niet meer, maar ik denk dat het wel zal lukken.'

'Ze kan mijn kamer krijgen,' zei ik. 'Als u er niets op tegen hebt, slaap ik bij u.'

De gedachte te slapen op de plek waar Lennard gestorven was, stond me wel tegen, maar ik wilde Agneta in deze situatie ook niet alleen laten.

'Zou je dat willen doen?' vroeg ze, waarop ik knikte.

'Ik wil niet dat u weer in die zwartheid verdwijnt, Agneta,' zei ik. 'Ik zal alles doen om u daarvoor te behoeden.'

Een fijn lachje verscheen rond haar mondhoeken. 'Je bent een lief kind, Mathilda,' zei ze. 'De duisternis komt wanneer ze wil komen. Ik kan me daar niet altijd tegen verzetten.'

'Toch zal ik u bijstaan. Tenzij u alleen wilt zijn.'

Ze schudde haar hoofd. 'Nee, dat wil ik niet. Ik ben bang voor de komende nacht, en ook voor de volgende nachten. Als je bij me bent, zou me dat blij stemmen.'

Ik knikte. 'Dan zal ik tegen Lena zeggen dat ze mijn kamer voor Elisabeth en haar man moet klaarmaken. Het is wat krap, maar in deze tijden heb je het niet altijd voor het kiezen.'

'Dat weet ze, en ze zal je dankbaar zijn.'

Er viel een stilte, en ik merkte dat we het nu over iets moesten hebben wat we allebei onaangenaam vonden.

'U moet Magnus bellen,' zei ik, waarop Agneta me verslagen aankeek.

'Kunnen we hem niet een telegram sturen?' vroeg ze. 'Ik weet niet zeker of hij blij zal zijn om zijn moeder te spreken.'

'Voor ons is het ook niet plezierig,' gaf ik te kennen. 'Maar als u wilt, bel ik hem wel,' zei ik. 'En ik zou graag naar de stad gaan om te proberen Ingmar te bereiken.'

Ik haalde diep adem, maar de druk op mijn borst wilde niet verdwijnen. Magnus bellen zou ongeveer net zo aangenaam zijn als met blote voeten op een scherpe steen stappen. Maar hij moest op de hoogte worden gesteld voor hij ons kon verwijten dat we het voor hem hadden verzwegen.

‘Misschien moet je dat morgen maar afhandelen,’ zei ze vermoeid. ‘Je hebt ook rust nodig. Deze dag was al erg genoeg.’

Ik schudde mijn hoofd. ‘Het telegraafkantoor is nog tot de avond open. Wanneer ik terugkom, kan ik altijd nog uitrusten.’

Op weg naar Kristianstad was ik blij met die beslissing. Op die manier kwam ik in de frisse lucht, want ik had het raampje aan de passagierskant omlaag gedraaid, en ik kon mijn gedachten de vrije loop laten.

Het gesprek met Magnus was precies gegaan zoals ik had verwacht. Beweren dat hij de dood van Lennard kalm had opgenomen, zou nog zwak zijn uitgedrukt.

Hij reageerde met een onderkoeld: ‘En wat nu?’

Ik noemde hem de tijd van de rouwplechtigheid en vroeg hem naar de Leeuwenhof te komen om zijn moeder bij te staan. Zijn reactie daarop was: ‘En waartoe dient dat? Daar wordt hij ook niet levend van. Bovendien moet ik in dienst.’ Daarmee was de zaak voor hem afgedaan.

Minutenlang had ik tegen mijn woede moeten vechten. Maar nu voelde ik hoe de middagwind mijn ergernis een beetje temperde. Ik hoopte alleen dat Ingmars kameraden het bericht aan hem zouden doorgeven, zodat ten minste één zoon Lennard de laatste eer zou bewijzen. Dat Magnus zou komen opdagen achtte ik onwaarschijnlijk.

In Kristianstad parkeerde ik in de buurt van het station, waar ook het telegraafkantoor zich bevond. Veel civiele voertuigen zag ik niet meer. Als er iets voorbijkwam, dan was het een vrachtwagen met soldaten. Wat deden die toch de hele tijd? Zeker, het gevaar was allesbehalve uitgebannen. De Duitsers stelden telkens weer een nieuw ultimatum. Maar de Koning reageerde heel rustig. Het was hem nu al bijna twee jaar lang gelukt ons buiten de oorlog te houden.

Het telegraafkantoor leek rond dit uur verlaten, de beambte was bezig de vloer aan te vegen. Toen hij me zag, hield hij daar verbaasd mee op. ‘Goedenavond juffrouw, wat brengt u hier?’

Ik legde uit dat ik dringend een telegram moest versturen, waarop hij achter de machine ging zitten. Vlug dicteerde ik hem het bericht.

Ik had Ingmar kunnen ontzien en het een voorval in de familie kunnen noemen, maar zou dat beter zijn dan de waarheid zeggen? Een voorval, een ongeluk of een dringend verzoek om contact op te nemen klonk net zo naar dood als het vermelden van de dood zelf.

Lennard plotseling gestorven. Rouwdienst 25-6. Kom alsjeblieft als je kunt.

Toen de telegraafbeambte het kladje pakte, fronste hij zijn voorhoofd. Het was onvermijdelijk dat hij het lot van zijn klanten meekreeg.

'Die vreselijke oorlog,' mopperde hij voor hij aan het werk ging. 'Hij is nog niet eens hier, maar hier maakt hij ook al slachtoffers.'

Ik had hem kunnen uitleggen dat de oorlog niets met Lennards dood te maken had. Maar ik zweeg en knikte alleen maar.

'Hebt u al gehoord dat de Duitsers nu van ons verlangen dat we hun troepen vervoeren?' vroeg de man, die er blijkbaar geen moeite mee had om onder het werk te praten.

Ik keek hem enigszins verward aan. 'Duitse troepen in Zweden?'

'Op doorreis, volgens de nazi's,' antwoordde de telegrafist. 'Ze willen de Russen aanvallen. Op wens van de Finnen, die hun mond vol hebben van hun broeders. De soldaten moeten uit Noorwegen komen en de Finnen helpen. Maar daarvoor moeten ze door ons land. Ongelofelijk, nietwaar?'

Ik was sprakeloos. De Finnen riepen de hulp van de Duitsers in? Zeker, ze hadden onder de Russen geleden en waren nog steeds bang voor een nieuwe inval. Maar haalde je een wolf binnen als je bang was voor een beer?

'Ik hoop maar dat de Koning daar goed over nadenkt,' antwoordde ik na een tijdje. 'Ik geloof niet dat de Finnen een verstandig besluit hebben genomen.'

'De beslissing zal niet zozeer van de Koning afhangen als wel van het parlement. Ik heb gehoord dat ze het daar oneens zijn. We kunnen dat met spanning tegemoetzien.'

Alsof we behoefte hadden aan nog meer spanning!

Ik betaalde het telegram en wenste de beambte een goede avond. Misschien hadden onze Noren het nieuws al gehoord. De radio stond in de gemeenschappelijke ruimte en er zaten altijd veel mensen omheen.

Ik liep de straat op en haastte me het stationsplein op. Luid gefluit maakte dat ik even mijn pas inhield. Met veel geraas kwam een trein het station binnenrijden. Een goederentrein, zoals ik het volgende ogenblik zag. Als onze treinen Duitsers naar de oorlog gingen transporteren, waar bleef dan onze neutraliteit? Het waren toch bepaald geen vakantiereisjes.

'Juffrouw, wacht!' riep een stem achter me. Ik draaide me om. De telegraafbeambte kwam de trap afrennen. Was ik iets vergeten? Ik tastte naar mijn geldbeursje. Dat zat nog op zijn plaats.

De man kwam hijgend bij me aan. 'De collega's aan de andere kant moeten naast het apparaat hebben gezeten,' zei hij terwijl hij me een stukje papier overhandigde. Het was een deel van een blaadje dat uit een notitieboekje was gescheurd. Blijkbaar had de man in de haast niets anders kunnen vinden om het op te schrijven.

Sturen het door. H.

Ik wist niet wie die H. was, maar ik was hem zeer dankbaar dat hij zich de zaak aantrok.

'Dank u wel,' zei ik tegen de telegraafbeambte en ik liep naar de auto.

56

Het was overweldigend te zien hoe groot het medeleven met Lennards dood was. Niet alleen ons personeel en de mensen die we op de Leeuwenhof herbergden stroomden de kerk binnen, maar ook veel notabelen uit Kristianstad en uit de omgeving van landgoed Ekberg kwamen hem de laatste eer bewijzen. Veel jonge mannen waren in uniform gekomen. Sommige aanwezigen moesten buiten blijven, omdat er in de kerk geen plaats meer was.

Ik ondersteunde Agneta op de weg naar voren. Ze had zich tot nog toe heel goed gehouden, maar ik wist dat nu het zwaarste gedeelte kwam.

De kist stond voor het altaar opgesteld, gedecoreerd met alles wat de zomerse tuinen te bieden hadden. Op de banken voor de familie zaten Elisabeth en haar man. De plaatsen van Ingmar en Magnus bleven leeg.

Dat Magnus niet verscheen om de man die een vader voor hem was geweest de laatste eer te bewijzen, was voor mij geen verrassing, maar ik merkte duidelijk hoezeer dat Agneta teleurstelde. Wat Ingmar betrof hoopte ik op een klein wonder. Ik ging er niet van uit dat hij niet wilde komen. Waarschijnlijk hadden ze hem alleen niet kunnen bereiken. Die vreselijke onzekerheid over zijn situatie was fnuikend. Waarschijnlijk greep dat Agneta nog meer aan.

We gingen zitten en wachtten tot het orgel begon te spelen. Agneta pakte mijn hand en wierp me van onder haar zwarte voile een dankbare blik toe.

Terwijl orgelklanken en woorden van de dominee elkaar afwisselden, moest ik aan Sigurd Wallin denken. Wat had ik indertijd graag een rouwdienst voor hem gehad. Ik had nooit afscheid van hem kunnen nemen. En ik moest er ook weer aan denken dat ik mijn moeders graf al lang niet meer had bezocht. Zou ze boos op me zijn? Vast niet, na alles wat er gebeurd was.

Toen we Lennards kist uitgeleide deden naar het familiegraf op het dorpskerkhof, keek ik onderzoekend rond. Even meende ik Ingmar te herkennen, maar het was een jonge soldaat die van de achterkant op hem leek.

Lieve God, bad ik zachtjes, hoewel ik niet erg gelovig was, zorg dat Ingmar veilig is. Behoed hem als hij toch nog op weg naar huis is.

De receptie verliep rustig en in kleinere kring. De dorpsbewoners hadden al voor de grafkelder afscheid genomen. Dus zaten we met het personeel en de vluchtelingen bij elkaar, dronken koffie die behoorlijk was aangelengd met cichorei en haalden herinneringen op.

Vroeg in de avond ging ik naar Paul. 'Het was een heel mooie plechtigheid,' zei hij.

'Ja, als je dat bij zo'n gelegenheid tenminste mooi kunt noemen,' beaamde ik. De dominee had zijn werk goed gedaan, maar als je in de rouw was kon je dat moeilijk waarderen.

'Goed dan, het was heel waardig,' zei hij terwijl hij naast me over het pad liep. Het grind knarste onder onze schoenen en ergens in de wei zong een merel zijn treurige avondlied.

We zwegen een hele tijd, toen zei Paul: 'Heb je gehoord dat we de Duitsers het troepentransport naar Finland toestaan? De treinen zijn vandaag al begonnen te rijden.'

Ik hield mijn pas in. 'Nee, dat heb ik niet gehoord.'

De afgelopen dagen had ik geen tijd gehad om naar de gemeenschappelijke ruimte te gaan. En als me al tijd vergund was, had ik die doorgebracht met naar de hemel staren en de wolken langs zien trekken.

Paul knikte. 'Nou, het is een feit. Wie weet hoelang we ons nog buiten de oorlog kunnen houden.'

Dacht hij nou echt dat dit het ideale gespreksonderwerp was na een rouwplechtigheid? Natuurlijk was ik blij met elke vorm van afleiding, maar door het noemen van de oorlog begon ik me alleen maar weer zorgen om Ingmar te maken.

'Als het zover komt, ga ik me vrijwillig aanmelden,' verkondigde hij, wat me nog veel meer verontrustte.

'Dat doe je niet!' riep ik uit. 'Ik... we hebben je hier nodig. Ik sta niet toe dat de Duitsers je overhoopschieten.'

'Mathilda, ik...'

'Nee!' Ik schreeuwde het woord bijna uit en bleef meteen staan. 'Jij gaat niet naar het front! Niet als het niet hoeft. Ik wil niet nog een man ten grave dragen die me na aan het hart ligt.'

Paul keek me verbaasd aan.

'Lig ik je na aan het hart?'

Ik sloeg mijn armen over elkaar. 'Wat denk je dan? Denk je dat een vrouw na zo lange tijd naar bed gaat met een man die ze jarenlang niet gezien heeft, als hij haar niet na aan het hart ligt?'

'Dat is toch al lang geleden,' wierp Paul tegen.

'Dat kan wel zijn, en toch: ik leef volledig met je mee wat Ingrid betreft, maar ik ben blij dat ze jou niet hebben doodgeschoten. Ik heb nog altijd gevoelens voor je. Wat je daar ook van mag denken.'

'Mathilda,' zei hij nu wat zachter, en er gleed een verlegen lachje over zijn gezicht. 'Is dat echt zo?'

Ik knikte. 'Al die tijd... Ik kon jou gewoon niet vergeten. We waren elkaar zo na, en dat je wegging heeft me diep geraakt. En toen zag ik je weer, je was getrouwd, en toch was die nacht met jou het mooiste wat ik ooit heb meegemaakt. En nu ben je hier... Lotsbeschikking of niet, maar ik zal je niet nog eens laten gaan. Tenzij het van hogerhand wordt bevolen.'

Even keken we elkaar aan, toen nam Paul me in zijn armen en kuste me op mijn voorhoofd.

'Goed, Mathilda. Ik zal niet gaan. Niet als het niet hoeft. Maar je begrijpt vast wel dat ik de Duitsers graag zo veel mogelijk schade wil berokkenen. Ze hebben me alles ontnomen – alles, op jou na. Als ik de kans krijg, grijp ik die.'

'Wat mij betreft kun je dat doen,' zei ik terwijl ik me tegen zijn schouder aan vlijde.

Verwarring maakte zich van me meester. Mijn hart bonsde en een eigenaardig kriebelend gevoel kreeg de overhand op het verdriet van de rouwplechtigheid. Kon je liefde ervaren terwijl je rouwde? 'Maar bedenk dat ik je niet wil verliezen. Dat heb ik nooit gewild. Wat de Duitsers je ook hebben ontnomen, hier kun je het weer opbouwen. Maar niet als je dood bent. Dat zou Ingrid ook niet willen, hoor je?'

Paul knikte en hield me nog een poosje vast.

'Zou je er iets op tegen hebben als ik je kus?' vroeg hij ten slotte.

'Nee, natuurlijk niet,' zei ik.

Toen zijn lippen de mijne beroerden, was het net als toen in mijn kamer. Mijn begeerte ontwaakte, maar ik wist dat dit niet het juiste moment was eraan toe te geven.

Ik sloot mijn ogen en probeerde zo lang mogelijk van het moment te genieten. Toen Paul zich van me losmaakte, deed ik mijn ogen open. Even was ik weer achttien geweest, net als indertijd onder de eikenboom. Nu keek ik hem aan, een man van bijna dertig. De tijd had zijn gezicht getekend, maar dat was bij mij ook het geval. Zouden we wat we toen hadden gehad, kunnen voortzetten?

Ik kreeg last van een slecht geweten. Ingrid was nog maar een half jaar dood. Moesten we niet de rouw om haar respecteren en naleven?

Maar dat konden we later bespreken. Met zijn arm om mijn schouders liepen we terug naar het landhuis.

'Bedankt,' zei ik tegen Paul. 'Voor het praten. En voor al het andere.'

'Graag gedaan,' antwoordde hij. 'Ik dank jou voor de kus. Ik zou je er graag nog een geven, maar ik weet niet of dat gepast is, hier voor de deur.'

Ik glimlachte. 'Een kus is nooit ongepast, toch?' zei ik en ik boog me voorover.

’s Nachts lag ik lang wakker, maar niet omdat ik me niet op mijn gemak voelde op Lennards plaats in het echtelijk bed. Agneta sliep als een blok en snurkte zachtjes, ze moest volkomen uitgeput zijn. Maar ik voelde me eigenaardig licht. Paul en ik hadden elkaar gekust. Hoelang had ik dat niet heimelijk gewenst!

Het was natuurlijk een beetje vreemd dat het op de dag van Lennards begrafenis was gebeurd. Of was het een teken?

Ik had het er nooit met mijn oom over gehad dat ik gevoelens voor Paul koesterde. Hij was in zijn werk opgegaan en het leek hem ook niet te interesseren of ik een vriend had. Waarschijnlijk had hij het allemaal van Agneta gehoord.

Wat zou zij ervan zeggen als ze hoorde dat we weer nader tot elkaar gekomen waren? Destijds, in de wetenschap dat ik de dochter van haar broer was, had ze er niets op tegen gehad en me alleen gewaarschuwd dat ik me niet te vroeg lichamelijk met hem moest inlaten. Maar nu was ik een volwassen vrouw en ze besefte vast wel dat ik niet ingetogen als een non wilde leven.

Misschien was het ook nog veel te vroeg om me daar druk om te maken. Maar het deed me goed, het gaf me een sprankje hoop in deze onzekere tijden.

57

Drie dagen na Lennards bijzetting was Ingmar nog steeds niet verschenen. Die dag was de afspraak bij de notaris en Agneta was gek van bezorgdheid. 'Stel dat hem iets is overkomen?'

'Dat is vast niet het geval. Misschien moesten zijn kameraden hem eerst nog opsporen. En dan moet hij nog hierheen komen. Momenteel is reizen tussen Noorwegen en Zweden nog niet zo gemakkelijk.'

Agneta zuchtte. 'Ik vraag me af waar je dat optimisme toch altijd vandaan haalt.'

'Daar heb ik helaas geen antwoord op, maar ik geef je er graag iets van.'

'Ik vrees dat er geen glas is waarin dat allemaal past.'

Ze keek even uit het raam, waarachter een stukje blauw zich tussen de wolken vertoonde. Het had de hele ochtend geregend, nu begon het gedrup af te nemen.

'Goed, ik denk dat we maar eens moesten gaan,' zei ze en ze stond op. Ik knikte en liep achter haar aan. Ingmars aanwezigheid zou voor de notaris niet nodig zijn om hem tot de nieuwe graaf Ekberg te maken.

'Ik kan niet zeggen wat me meer met afgrijzen vervult,' zei ze. 'De sonore stem van de notaris of het weerzien met Magnus.'

'Ik denk dat de notaris het probleem niet is,' merkte ik op. 'En misschien doet Magnus net als bij de begrafenis en verschijnt hij niet. Daarmee zou hij tenminste een beetje fatsoen tonen.'

'Magnus is begunstigde in Lennards testament, voor zover ik

weet. Het gaat om geld, dus hij zal niet wegblijven.'

Buiten was het koel en regenachtig, dus deden we een dunne jas aan voor we het huis uit gingen.

Onder aan de trap stuitten we op een geüniformeerde gestalte. Ik had even nodig voor ik me realiseerde wie het was.

'Ingmar!' riep ik uit en ik rende naar hem toe. 'Je bent er!'

Ik viel hem in de armen, hij ving me op. 'Ik vind het zo erg,' zei ik en het kostte me moeite niet in tranen uit te barsten.

Ingmar snotterde. 'Ik ben zo vlug mogelijk gekomen. De post doet er heel lang over en telegrammen komen bijna niet aan. Onze kapitein ving een radiobericht van onze mensen op en heeft me ingelicht. Toen ben ik met het vliegtuig gekomen.'

Het lag voor op mijn tong dat vliegen in deze tijd veel te gevaarlijk was, maar ik was gewoon te blij om hem te zien. Hij was de langverwachte zonnestraal na zo veel regen.

Ook Agneta was dolgelukkig. Toen ik Ingmar losliet, viel ze hem in de armen en begon bitter te huilen.

'Het spijt me zo, moeder,' zei hij in haar haar. 'Ik wou dat ik bij jullie was geweest.'

'Je had er niets aan kunnen veranderen,' snikte ze. 'Ik heb het toch ook niet kunnen verhinderen.'

Een poosje bleven ze elkaar vasthouden, toen verklaarde Agneta dat we net op weg waren naar de notaris voor het openen van het testament en dat hij moest meegaan. Ingmar knikte, hoewel hij de indruk wekte dat hij graag eerst een bad had genomen, en stapte samen met ons in de auto.

'Wat voor uniform is dat?' vroeg ik toen ik de auto de poort door stuurde.

'Milorg,' antwoordde hij. 'Niets bijzonders, alleen een jasje, knickerbocker en riem. Maar zo herkennen we elkaar. Het is, zo je wilt, een geheim Noors leger. We zijn in verscheidene districten verdeeld en worden door een raad geleid. Veel Noorse militairen steunen ons. Een paar afdelingen zijn actief in het verzet tegen de vijand, ik coördineer met mijn vrienden nog steeds de vluchtelingen. Wij zijn meer de Sivorg, de civiele tak. De kleding krijgen we desondanks. Af en toe vlieg ik ook, als het nodig is. We werken nauw samen met de regering in ballingschap en koning Haakon. Afgelopen week was ik in Londen. Daarom konden ze me zo slecht bereiken.'

Ik had hem het liefst gevraagd of het hem niet beter leek voortaan niet meer aan het verzet deel te nemen. Maar ik wist dat hij er niet mee zou ophouden. Misschien had hij wel de mogelijkheid zich als verbindingsman naar Zweden over te laten plaatsen. Alles was beter dan direct blootgesteld te zijn aan vervolging door de nazi's.

Agneta kreeg gelijk. Natuurlijk stond Magnus bij het notariskantoor te wachten. Hij droeg het uniform van een infanterist, dat hem eigenlijk niet stond en waar hij heel duidelijk niet trots op was. Maar hij had er blijkbaar niet op gerekend Ingmar te zien, en dan nog wel in het uniform van de Milorg.

'Hallo, Magnus,' zei deze terwijl hij hem de hand reikte. Vroeger hadden de twee elkaar omhelsd, maar dat leek ook verleden tijd te zijn.

'Gegroet, broertjelief. Hoe is het weer in Noorwegen?'

Het lachje dat over zijn gezicht gleed, had ik dolgraag met een oorvijg van hem af geslagen. Agneta perste kwaad haar lippen op elkaar.

'Kil, maar dat weet je wel,' antwoordde Ingmar en hij ging weer naast zijn moeder staan.

Toen Magnus zich omdraaide zonder haar te groeten, stak ik mijn hand naar hem uit om hem vast te grijpen, maar Agneta gaf aan dat ik het moest laten zitten. Zijn afwijzing raakte haar, maar blijkbaar wilde ze dat niet laten merken.

Eenmaal in de vergaderruimte namen we plaats. Meneer Nickel, de notaris, was nog behoorlijk jong. Waarschijnlijk was hij vanwege zijn been, dat een beetje sleepte, van de militaire dienst verschoond gebleven.

Ik betrapte mezelf erop dat ik onrustig aan mijn zakdoek frommelde. Dat Ingmar bij ons was, luchtte me een beetje op. Toch bleef een eigenaardige onrust aan me knagen. Het beviel me absoluut niet om met Magnus in één ruimte te zijn. Ik moest weer denken aan wat hij over zijn vader had gezegd. Dat en diens raadselachtige verschijnen riepen nog steeds vragen bij me op.

De dokter had ondubbelzinnig een hartaanval bij Lennard geconstateerd, maar wat als het toch iets anders was geweest? Als Magnus...

Het gekuch van de notaris haalde me uit mijn gedachten. Hij begon met de gebruikelijke formules en las toen de laatste wil van mijn oom voor.

Beschikkend over mijn volle geestvermogens vermaak ik landgoed Ekberg in gelijke delen aan mijn zoon Ingmar Gustav Lejongård en mijn nichtje Mathilda Wallin. Mijn vrouw Agneta Lejongård...

Ik staarde de notaris verschrikt aan. Zijn stem werd geruis. Landgoed Ekberg zou voor de helft van mij zijn?

Ik merkte dat Agneta in mijn hand kneep. Toen ik opzij keek, zag ik Magnus' bijna geamuseerde blik. Waarschijnlijk vond hij het geweldig dat zijn broer zijn erfenis met mij moest delen. Maar hoe hij bij een gelegenheid als deze kon glimlachen, was me een raadsel.

Meneer Nickel las verder, maar ik kon me niet op zijn woorden concentreren. Voor zover ik het hoorde, kreeg Agneta een pensioen uit de opbrengsten van landgoed Ekberg. Elisabeth, Lennards zus, werd aangesteld als beheerder en kreeg een grote som geld. Magnus was bedacht met een bepaald bedrag, dat hem in staat zou stellen jarenlang een zorgeloos leven te leiden. Waarschijnlijk zat hij nu te popelen om weer naar zijn woning terug te gaan.

Nadat alle formaliteiten waren afgehandeld, verlieten we het notariskantoor. Zoals te verwachten was, nam Magnus haastig afscheid, alsof we vreemden voor hem waren, en verdween. Agneta liep naar de auto. Ingmar hield me tegen. 'Heb je even?'

Ik keek Agneta na. 'Ja, natuurlijk,' zei ik. 'Wat is er?'

'Ik wil alleen maar zeggen dat ik het een juiste beslissing van mijn vader vind. Jou op het landgoed aan mijn zijde weten is het beste wat er onder al die trieste omstandigheden kon gebeuren.'

'Wacht maar af tot ik je inzicht in zaken geef.' Ik deed een mislukte poging te glimlachen. Het huilen stond me nader dan het lachen. Het ontroerde me dat Lennard aan me had gedacht. Maar het werd me ook zwaar te moede. Ik wilde niet weg bij de Leeuwenhof. Ik kon Agneta niet in de steek laten.

Maar misschien hoefde dat ook niet. Landgoed Ekberg werd al sinds het huwelijk van Lennard en Agneta op afstand beheerd. Waarom zouden we daar iets aan veranderen? Zolang Elisabeth het landgoed beheerde en Ingmar in Noorwegen zat, was dat ook helemaal niet nodig.

'Ik denk dat jij van ons beiden meer talent hebt wat het beheer betreft,' zei Ingmar en hij sloot me in zijn armen. 'Ik zal me met het graan bezighouden en jij je met de boekhouding.'

'Dat is goed,' zei ik, maar toen vroeg ik me af hoe mijn leven er verder uit zou gaan zien. Zou ik altijd het ongehuwde nichtje blijven dat een aandeel in het landgoed had?

Paul was er en ik merkte dat hij iets voor me voelde. Dat was wederzijds. Maar ik was er niet zeker van dat het ooit weer net zo zou worden als vroeger.

Misschien zou het echter ook niet verkeerd zijn mijn leven met Ingmar door te brengen. Zijn deelname aan het verzet bood hem geen tijd om naar een vrouw op zoek te gaan. Of zou daar al een meisje zijn? Was dat reden voor hem geweest zich bij het verzet aan te sluiten? Bij gelegenheid zou ik het hem vragen.

Nu liepen we eerst maar eens arm in arm terug naar de auto.

'Hoelang blijf je?' vroeg ik.

'Drie dagen,' antwoordde hij. 'Meer zat er helaas niet in. Maar ik beloof dat ik die tijd goed zal gebruiken. Het is fijn weer hier te zijn. Soms mis ik de hoeve echt.'

'Je kunt altijd terugkomen,' zei ik.

Hij schudde zijn hoofd. 'Wanneer de oorlog voorbij is. Of als de Duitsers weg zijn uit Noorwegen. Wat we doen is ook belangrijk voor Zweden. Belangrijk voor jou en mijn moeder. De Duitsers moeten niet op het idee komen dat Zweden een lekker hapje is dat ze ook kunnen inlijven. Het zogenaamde gebrek aan neutraliteit van Noorwegen was maar een voorwendsel. Datzelfde voorwendsel kunnen ze voor Zweden gebruiken, maar niet als wij hun het leven lastig maken.'

'De Duitsers schijnen door het hoogland van Zweden troepen naar Finland te sturen, heb ik gehoord.'

'Dat klopt, maar dat is niet in ons nadeel. Het ontneemt de Duitsers een mogelijke reden om Zweden aan te vallen. En wij hebben de gelegenheid om kleine sabotageacties uit te voeren. Onze regering en de Koning hebben ons een plezier gedaan.'

Ingmar viel stil toen we bij de auto kwamen. Blijkbaar wilde hij ten overstaan van zijn moeder niet over zulke dingen praten.

Agneta zat op de achterbank op ons te wachten. Ik ging naast haar zitten, terwijl Ingmar voorin instapte.

'Agneta, Ingmar blijft drie dagen,' zei ik met een opmonterend glimlachje. 'Is dat niet fijn?'

'Het is te kort,' antwoordde ze en ze keek haar zoon licht verwijtend aan.

'Moeder, u weet toch...'

'Ja, ik weet het. Je moet je plicht doen. En dat is ook in orde. Toch heb ik als moeder het recht die tijdsspanne als te kort te ervaren, nietwaar?'

'Het komt niet aan op de duur, maar op de kwaliteit van de tijd die je met elkaar doorbrengt,' merkte Ingmar op. 'En we hebben elkaar veel te vertellen.'

Agneta knikte, maar ik merkte haar onvrede. Nu Lennard dood was, kon ze de hulp van haar zoon goed gebruiken. Maar ze wist ook dat hij haar aard had geërfd. Zij had zich ook maar met moeite van Stockholm kunnen losmaken.

Ik probeerde positief te denken. Hij komt terug, zei ik tegen mezelf. Wanneer die onzalige oorlog voorbij is, komt hij terug.

58

Na de terugkeer op de Leeuwenhof ging ik meteen op zoek naar Paul. Ingmar en Agneta hadden een moment voor zichzelf nodig, en ik barstte zo ongeveer van de nieuwtjes.

Ik was nog steeds niet echt blij met mijn erfenis, maar voelde de drang om het iemand te vertellen. Het aan Paul te vertellen. Landgoed Ekberg zou voor de helft van mij zijn! Ik kon Lennards beslissing nog steeds niet vatten. Waarom had hij dat gedaan? Had hij me een deel willen geven van de erfenis die me eigenlijk volgens de wet niet toekwam? Zou ik als mede-eigenares van een landgoed wel op mijn plaats zijn? Een landgoed beheren lag me, maar als het van mezelf was...

Ik vond Paul bij de stallen, waar hij bezig was een deur van een paardenbox te repareren. Een van de dekhengsten, die brandden van ongeduld, had er een harde schop tegen gegeven en hem niet alleen beschadigd, maar ook uit de hengsels gelicht.

'Hallo, Paul,' zei ik, waarop hij de schroevendraaier waarmee hij een nieuw scharnier bevestigde, liet zakken.

'Mathilda. Weer terug van de notaris?' vroeg hij.

Ik knikte, hurkte naast hem neer en streek over de latten die hij in de deur had gezet. Het was duidelijk te zien dat ze nieuw waren.

'Over een paar jaar zie je er niets meer van,' zei hij.

Ik keek hem aan. Sinds hij werkzaamheden op de hoeve uitvoerde, bloeide hij elke dag een beetje meer op.

'Lennard heeft me de helft van landgoed Ekberg nagelaten.'

Pauls wenkbrauwen schoten omhoog. 'Allemachtig.'

'Dat was ook mijn eerste gedachte. Daar had ik absoluut niet op gerekend.'

'Gefeliciteerd. Dan ben je dus de nieuwe gravin Ekberg.'

Ik schudde mijn hoofd. 'De titel gaat naar Ingmar. Maar ik krijg een half landgoed.'

'Weet je soms niet wat je ermee aan moet?' vroeg Paul met een fijn lachje. 'Geef het aan mij, ik kan wel iets bedenken.'

Ik begon te lachen. Voor het eerst sinds Lennards dood, merkte ik. 'Jij zou waarschijnlijk eerst een rondje door het huis maken en alles repareren. Daar is een hoop te doen.'

Hij pakte mijn hand en hield hem vast. 'Ik ben echt blij voor je. Nu hoef je niet meer bang te zijn voor die verschrikkelijke neef van je. En dan bedoel ik niet Ingmar.'

Ik knikte. Mijn glimlach wilde nog steeds niet van mijn gezicht verdwijnen. En dat terwijl ik toch diepbedroefd was. Het was eigenaardig wat Paul de laatste tijd bij me teweegbracht.

'Magnus was er blij om. Hij hield maar niet op met grijnzen. Waarschijnlijk vindt hij het geweldig dat zijn broer zijn bezit met mij moet delen.'

'Wat een idioot,' zei Paul. 'Zijn aanblik op het feest was voor mij genoeg, hij hoefde niet eens met me te praten.'

'Wees maar blij, want het gesprek dat ik met hem had, zal me nog lang bijblijven.'

Paul hief zijn hand op en streek een haarlok van mijn voorhoofd. 'Maak je niet druk over hem. De graaf heeft je een thuis gegeven. Dat is het enige wat telt. Wanneer Magnus ooit de Leeuwenhof overneemt, heb jij iets van jezelf. Je bent veilig.'

'Daar heb je gelijk in.' Nu pakte ik zijn hand en legde hem tegen mijn wang. 'Het is zo fijn dat je hier bent. Ook al zijn de omstandigheden vreselijk, ik ben blij dat je er bent.'

'Dat ben ik ook,' zei hij en hij nam me in zijn armen.

Een hele poos hield hij me vast, toen keek hij me glimlachend aan. Als je nog wat bier of nubbe in huis hebt, zouden we het een beetje kunnen vieren. In mijn huisje. We kunnen praten of simpelweg zwijgen. Wat denk je?'

Ik had het huisje, waarin Magnus zijn tijd had doorgebracht, nooit prettig gevonden, maar ik wist dat het intussen veranderd was. Onder Pauls bekwame handen was de oude verflaag verdwenen, waren de vensterluiken weer goed bevestigd en waren er nieuwe meubels gemaakt. Agneta had kortgeleden gezegd dat ze er heel tevreden over was hoe Paul het huisje had opgeknapt.

'Goed. Om zeven uur?' vroeg ik.

Hij knikte, en mijn hart werd door vreugdevolle verwachting bevangen.

In huis hoorde ik Ingmar en Agneta praten in de salon. Ik overwoog me bij hen te voegen, maar besloot eerst even te gaan liggen. Mijn slapen klopten pijnlijk en ik wilde de kleren uitdoen die ik bij het notarisbezoek had gedragen. In mijn kamer hing al een comfortabele zachte linnen jurk klaar, die ook zwart was en op het schortje na een beetje op een dienstmeisjesjurk leek. Maar ik was blij dat ik hem had, want ik stikte zo'n beetje in het mantelpakje dat ik nu aanhad.

Nadat ik me had omgekleed, ging ik op het bed liggen. Elisabeth, Lennards zus, had een boek op mijn bureau laten liggen. Wanneer ik naar het postkantoor ging, zou ik het opsturen. Bij de opening van het testament had ze niet aanwezig kunnen zijn, want haar dochter was ziek geworden en ze moest op haar kleinkind passen. Ze was vlak na de receptie vertrokken.

Ik deed mijn ogen dicht en luisterde naar het ruisen van de bomen in het park. Een merel zong, melancholiek en treurig. Even klonk er gebrom toen een bij in de buurt van het raam verdwaalde, maar die merkte algauw dat hij verkeerd was afgeslagen en vloog zoemend weg. Mijn hart klopte rustig en gelijkmatig. Even later verdween alles en werd het weldadig stil.

Ik werd wakker toen er op de deur werd geklopt. 'Ja?' vroeg ik versuft. Hoelang had ik wel niet geslapen? Ik keek naar het raam. De zon was om het huis heen gedraaid en er waren kleine wolken verschenen.

'Mag ik binnenkomen?' vroeg Ingmar.

‘Natuurlijk,’ zei ik terwijl ik overeind kwam.

‘Gaat het wel goed met je?’ vroeg hij terwijl hij de deur achter zich dichtdeed.

‘Naar omstandigheden,’ zei ik. Het kloppen bij mijn slapen was verdwenen, maar ik voelde me nog steeds een beetje versuft. ‘Heb je een goed gesprek gehad met Agneta?’

Ik klopte naast me op de rand van het bed. Ingmar nam de uitnodiging aan en ging zitten.

‘Ja, het was een heel goed gesprek. Hoewel ze me natuurlijk probeerde over te halen om te blijven. Omdat ik nu de landheer van Ekberg ben. Samen met jou.’

‘Jij bent de nieuwe graaf Ekberg,’ zei ik. ‘De titel van je vader is op jou overgegaan.’

‘Ik zou wensen dat hem nog een beetje tijd was gegund. Dat zou het allemaal veel eenvoudiger hebben gemaakt.’

‘Het leven houdt er geen rekening mee of iets eenvoudig is,’ zei ik. ‘Ik wenste indertijd dat mijn moeder niet gestorven was. Dat de man die ik voor mijn vader hield niet verdwenen was. Maar het lot bekommerde zich daar niet om.’

‘Denk je niet dat het lot je juist op de plaats heeft gebracht die je moet innemen?’

Ik zuchtte. ‘Misschien. Maar ik zou wensen dat het lot dat eerder had besloten. Onder andere voorwaarden.’

‘Je zei toch net dat het lot er geen rekening mee houdt of iets eenvoudig is. Jij bent hier, iets anders telt niet.’

‘Ingmar?’ vroeg ik.

‘Ja?’

‘Je weet dat jij ook hier hoort.’

‘Dat weet ik. En ik zal mijn plaats innemen, dat beloof ik. Maar nu is mijn plaats een andere.’

Ik knikte. ‘Goed. Ik moet niet zo aandringen, dat doet je moeder al genoeg.’

‘Mijn moeder weet precies hoe het is om iets anders met je leven van plan te zijn. En ze weet ook dat ik haar koppigheid heb geërfd.’

Het schoot me weer te binnen wat Agneta op het midzomerfeest over Ingmar en Magnus had gezegd. Ik was blij dat hij de goede eigenschappen in zich droeg.

'Is er eigenlijk een vrouw in je leven?' vroeg ik in een poging het gesprek een andere richting te geven.

'Hoe bedoel je?'

'Je bent een man van halverwege de twintig. Je kunt me niet wijsmaken dat je niet in vrouwen geïnteresseerd bent.'

Ik zag dat zijn wangen rood werden. 'Nou ja, af en toe,' bekende hij. 'Weet je nog wat ik toen in het café heb gezegd?'

'Dat ik jouw zielsverwant ben?'

'Dat ook, maar... Wat dat verliefd zijn betreft heb ik me aardig vergist. Ik ben het eigenlijk nog steeds een beetje. Verliefd op jou.'

Ik schudde mijn hoofd. 'Je houdt me voor de gek.'

'Nee, het is waar. Mijn hart heeft altijd jou toebehoord, tot we elkaar uit het oog verloren. Dat je mijn nichtje bent... Het voelde ineens niet goed meer. Ik weet dat er in adellijke families soms binnen de familie wordt getrouwd, maar voor mij kan daar geen sprake van zijn. Dus heb ik geprobeerd je uit mijn hoofd te zetten en je als een zusje te zien.'

Mijn hart werd zwaar. Mijn gedachten waren altijd alleen maar bij Paul geweest. Waarschijnlijk kwam het daardoor dat ik geen andere relatie kon aangaan.

'Maar maak je niet ongerust,' zei hij en hij pakte mijn hand vast. 'Ik zal ooit wel de ware mee naar huis nemen.'

'Een van de verzetsstrijdsters?' vroeg ik.

'Jij bent ook niet een beetje nieuwsgierig, hè?'

'Het interesseert me. Er wordt gezegd dat mannen die een vrouw hebben voorzichtiger zijn in de strijd. Een vriendin zou jouw levensverzekering zijn.'

'Dat heb ik niet nodig. En ja, af en toe is er iemand bij die ik leuk vind. Maar ons werk is riskant. We kunnen ons geen vaste relaties veroorloven.'

Ik knikte. Zat Ingmar onbewust nog steeds op mij te wachten?

'Hoe gaat het eigenlijk met jou en Paul?' vroeg hij ten slotte. 'Zijn jullie weer bevriend?'

‘Het is meer dan dat, denk ik. De eerste schok over Ingrids dood is hij blijkbaar te boven. Maar ze is nog aanwezig en ik ben een beetje bang om me met haar te meten. Ik ben bang voor haar schaduw.’

‘Volgens mij is die niet zo sterk als je denkt,’ zei Ingmar. ‘Paul dacht dat je onbereikbaar was, dus ging hij op zoek naar iets anders. Maar diep in zijn hart is hij vast nog dezelfde als toen. Ik hoop alleen dat hij intussen over wat meer geduld beschikt.’

‘Dat hoop ik ook,’ zei ik terwijl ik over Ingmars haar streelde. ‘Hoor eens, jij past goed op jezelf, hè?’ zei ik.

‘Ik ben er nog steeds,’ zei hij.

‘Drie dagen stellen niets voor. En nu zijn het er nog maar twee. Dat is niet eens genoeg om me alles te vertellen.’

‘Maar vergeleken met andere keren hebben we nog heel veel tijd. Wat denk je ervan morgen een kleine buitenrit te maken?’

‘Dat zou me een groot plezier doen. Dan kun je ook een blik op Pauls huisje werpen, dat ziet er inmiddels uit als nieuw.’

‘Pauls huisje?’

‘Het oude beheerdershuisje. En dan stel ik voor een bezoek aan Lennards graf te brengen. Hij wil weten hoe het met je gaat.’

‘Denk je dat de doden dat merken?’

Ik glimlachte. ‘Misschien. En je zou toch niet willen dat je vader zich verwaarloosd voelt.’

Er was nog zo veel te vertellen geweest, maar ik merkte dat ik dat voor een andere keer moest bewaren. Ik moest ook nog verslag doen van het gesprek met Magnus, maar ik wist niet of het wel het juiste moment was. Ingmar mocht niet boos naar Noorwegen teruggaan, dat zou hem misschien te veel afleiden.

’s Avonds ging ik met bonzend hart op weg naar Paul. Krekels sjirpten en insecten vlogen trillend door de lucht, soms zo dichtbij dat ik hun vleugeltjes op mijn gezicht dacht te voelen.

Het was me het dagje wel geweest.

Ik had nog lang met Ingmar gepraat, over Noorwegen, over zijn plannen na zijn terugkeer. Het onderwerp vrouwen was ook onder het avondeten ter sprake gekomen. Agneta reageerde verrassend gematigd.

'Je moet weten dat je je geliefde vrijelijk kunt kiezen,' zei ze alleen maar. 'Ik heb ervaren onder welke druk je komt te staan als de gemeenschap en de familie een bepaalde partner verwachten. Dat mag jou niet overkomen.' Daarop wendde ze zich tot mij. 'En jou ook niet. Wat ik hier zeg, geldt voor jullie allebei.' Haar blik was zo veelzeggend dat ik me afvroeg of ze vermoedde dat er tussen mij en Paul iets begon te ontluiken.

Paul zat op de veranda op me te wachten. Toen hij me zag, stond hij op van het bankje.

'Daar ben je dan!' zei hij. 'Ik dacht al dat je niet zou komen.'

'Ik ben nog even bij Ingmar en Agneta gebleven,' zei ik. 'Er is het een en ander te bespreken met het oog op het landgoed. Als ik aan al dat werk denk...'

'Denk daar voorlopig maar niet meer aan,' zei Paul en hij nam me in zijn armen. 'We hebben vanavond toch iets te vieren?'

'Als je het tenminste vieren kunt noemen,' wierp ik tegen. 'Eigenlijk is daar geen reden voor. Ik had liever gehad dat het testament nog niet geopend was.'

'Dan blijven we gewoon dicht tegen elkaar aan zitten. Wat vind je daarvan?'

'Al beter,' zei ik en ik ging naast hem op het bankje voor het huisje zitten.

Er vlogen wat insecten rond, maar niet voor lang. Rond deze tijd kwamen de vleermuizen naar buiten en gingen ze op jacht. Ze waren hun leven niet langer zeker.

Maar ik voelde me veilig met Pauls arm om me heen. Zijn warmte gaf me het gevoel dat we tot één lichaam versmolten waren en wekte verlangen bij me op. Ik herinnerde me weer hoe hartstochtelijk we elkaar in Stockholm hadden bemind.

Dat was nog geen twee jaar geleden. En toch was alles veranderd.

'Hoe zal het ons vergaan?' vroeg ik in de avondlijke stilte.

'Hoe bedoel je dat?' was zijn wedervraag.

'Nou, jij en ik... Hoe zal het ons vergaan? Kunnen we teruggaan naar wat we ooit hadden?'

'Nou, om precies te zijn wil ik dat niet,' zei Paul, waarop ik verbaasd rechtop ging zitten.

'Wat hadden we dan?' vervolgde hij. 'We hadden nooit gelegenheid bij elkaar te zijn. Er was altijd wel iets. En toen we bij elkaar kwamen, konden we niet bij elkaar blijven. Nee, naar die tijd wil ik niet terug. Ik wil een nieuwe tijd, waarin we samen kunnen zijn. Zoals nu, voor altijd. En misschien nog wel meer.' Hij keek me aan. 'Is dat naar je zin?'

'Heel erg,' zei ik en onze lippen vonden elkaar in een tedere kus. Zijn warmte stroomde mijn lichaam binnen, naar mijn borst, en verzamelde zich ten slotte in mijn schoot. Daar was het weer, het verlangen dat ik toen had gevoeld.

Misschien was het egoïstisch om zo te denken, maar nu was er geen echtgenote meer met wie ik rekening moest houden. Alleen wij tweeën bestonden.

Begerig liet ik mijn hand over zijn borst naar beneden glijden terwijl onze lippen en tongen elkaar verkenden. Ik verwachtte dat zijn hand bij mij hetzelfde zou doen. Maar zijn aanraking bleef uit.

Verbaasd keek ik hem aan. Wil je me dan niet? vroeg ik stilzwijgend met mijn ogen.

'Deze keer nemen we de tijd,' zei hij. 'Ik wil niet dat we ons aan een bevlieging overgeven. Ik zal niet nog eens bij je weglopen, dat beloof ik.'

Ik knikte en haalde teleurgesteld mijn hand weg.

Hij pakte hem en kuste hem. 'Laten we gewoon naar de sterren kijken. Ik voel dat je rust nodig hebt. En ik heb behoefte aan jouw nabijheid.'

Ik legde mijn hoofd tegen zijn schouder. Ingrid, dacht ik. Ze was er nog altijd. Daarom durfde hij niet. Hij wilde haar niet bedriegen. Dat moest ik respecteren.

Ik bleef niet slapen, maar keerde nog voor middernacht terug naar het huis. Op de plek waar ik met Magnus had gepraat, hield ik mijn pas even in, maar ik vervolgde mijn weg alweer vlug.

In het huis aangekomen zag ik dat er in de salon nog licht brandde. Ik keek naar binnen en zag Agneta op de bank zitten. Ze moest ingedut zijn, want haar ogen waren dicht.

Ik liep naar haar toe en raakte haar arm licht aan, want ik wilde niet dat ze de volgende dag een stijve nek zou hebben.

Ze kromp niet in elkaar, maar deed gewoon haar ogen open.

'Mathilda,' zei ze terwijl ze rechtop ging zitten. 'Wat doe jij hier nog zo laat in de avond?'

'Ik ben bij Paul geweest.'

Agneta's wenkbrauwen schoten licht omhoog.

'Het is niet zoals u denkt,' zei ik. 'We hebben alleen een poosje op de veranda naar de sterren zitten kijken.'

'Daar nodigt het huisje ook bepaald toe uit,' zei ze met een weemoedig lachje. 'Maar je bent een volwassen vrouw. Je kunt doen wat je wilt.'

Ik ging naast haar zitten. 'Bedoelde u dat serieus, wat u bij het avondeten zei? Dat we mogen kiezen wie we willen?'

'Natuurlijk,' zei Agneta. 'Het is belangrijk dat je iemand vindt aan wie je in volle overtuiging je hart kunt schenken. Daarbij is niet van belang welk beroep iemand uitoefent. Het gaat erom dat hij van je houdt.'

Ik knikte en raapte mijn moed bij elkaar.

'Ik denk dat het Paul is,' zei ik.

'Dus nog steeds,' zei Agneta glimlachend.

'Om eerlijk te zijn, heb ik nooit serieus iemand anders in overweging genomen. Zelfs niet toen hij getrouwd was en voor mij onbereikbaar.'

'Soms blijft liefde eeuwig bestaan. Ik denk dat Lennard ook altijd van me heeft gehouden. Mijn liefde voor hem ontstond pas later, maar hij was er van begin af aan zeker van.' Ze keek me aan. 'Zo'n liefde is van onschatbare waarde. Als hij het tenminste serieus bedoelt.'

'Ik denk dat hij dat doet. En voor mij is het ook serieus. Al die jaren... alles wat ertussen is gekomen...'

'Dat heeft het blijkbaar niet kunnen bederven.'

'Dat hoop ik,' zei ik. 'Dat hoop ik echt.'

'Mijn zegen heb je,' gaf Agneta te kennen. 'Maar hij moet ervoor waken je eer te bezoedelen of je hart te breken. Anders krijgt hij het met mij aan de stok.'

Ik schoot in de lach. Wilde ze hem soms met een deegroller achternazitten?

'Dat zal hij wel niet doen,' zei ik. 'Hij moet alleen Ingrid vergeten. Het is nog te vroeg.'

'Ja, misschien. Maar toch: wees voorzichtig! Dat heb ik je toen ook al gezegd.'

'Dat ben ik.'

Agneta knikte en sloeg haar arm om me heen. Ik voelde me vreselijk zwaar, maar tegelijkertijd ook licht. Als Lennard niet was gestorven, zou het een van de beste momenten van de afgelopen tijd zijn geweest.

Twee dagen later namen we weer afscheid van Ingmar. Agneta omhelsde hem onder aan de trap en vermaande hem goed op zichzelf te passen. Ik bracht hem naar het station, vanwaar hij naar het noorden zou reizen.

'Gaan jullie nog meer vluchtelingen sturen?' vroeg ik terwijl de auto over de weg hobbelde. 'Misschien. Maar het is de laatste tijd veel lastiger geworden. De nazi's en Quislings mensen zitten ons op de hielen. En veel van degenen die we het land uit wilden krijgen, zitten in concentratiekampen. Het is dus niet zo eenvoudig mensen in vrijheid te brengen.'

'Ik hoop dat dat weldra niet meer nodig zal zijn.'

'Ja, ik ook,' zei Ingmar, waarna hij in zweeg, in gepeins verzonken.

'Zou je voor je vertrekt nog met Magnus willen praten?' vroeg ik. 'Er is nog wel tijd voor een bliksembezoekje.'

'Nee,' zei hij zonder zijn blik van het raampje af te wenden. 'Ik wil hem niet spreken. Bij de opening van het testament heb ik genoeg gezien. Dat is voor de komende maanden wel genoeg.'

'Dus jullie schrijven elkaar ook niet?'

'Nee, en zo is het goed, geloof me. Hij is tenminste iemand om wie ik me geen zorgen maak.'

'Omdat je hem niet meer mag?' vroeg ik.

'Ja. Ik mag hem niet. Hij is mijn broer, daar kan ik niets aan veranderen. Maar ik mag hem niet. Niet meer sinds de dag dat we te weten kwamen wie onze echte vader is. Het is maar goed dat je niet hebt gehoord wat hij over onze moeder zei.'

'Ik kan het me indenken.'

'Je kunt je zo mogelijk het best verre van hem houden,' zei hij. 'Hij brengt niets goeds. Ik begrijp eigenlijk niet dat iemand met hem kan praten.'

'Misschien heeft hij ook een andere kant.'

Ingmar schudde zijn hoofd. 'Nee, die heeft hij niet. Hij is zoals hij is. Rij maar gewoon naar het station en blijf nog even bij me. Dat heb ik liever.'

In Kristianstad liepen we naar het perron en wachtten op de trein.

'Het station lijkt nooit te veranderen,' zei ik en ik wees naar het reclamebord dat daar al sinds de eerste keer dat ik hier aankwam hing. Natuurlijk met een ander onderwerp. Nu werd er reclame gemaakt voor spaarzaam gebruik van wasmiddelen. Maar ooit zou hier weer mondwater worden aangeprezen.

'Nee, dat verandert niet. Maar dat is ook goed, nietwaar? Weten dat sommige dingen nooit veranderen.'

We praatten over ditjes en datjes tot de trein werd omgeroepen en de zwarte locomotief met de wagons achter zich aan over het spoor kwam aanrijden.

'Laat alsjeblieft van je horen,' smeekte ik terwijl we door rook omhuld werden. 'En wacht er niet te lang mee.'

Hij grijnsde. 'Ik schrijf je uiterlijk met je verjaardag,' beloofde hij, en hij omhelsde me. 'Het ga je goed, Mathilda, en pas goed op mijn moeder!'

'Pas jij maar goed op jezelf,' zei ik. 'Ik sta met beide benen op de grond. Jij zit in de lucht.'

'De lucht is mijn vriend, die zal me niets doen.'

Hij gaf me een kus op mijn voorhoofd, toen deed hij zijn rugzak om en stapte in.

Toen de trein wegreed, ving ik in de rook nog een glimp van hem op, toen verdween hij in de verte.

O, wat wenste ik dat de oorlog voorbij was!

59

Er verstreken drie maanden. September bracht langzaamaan kleur in de bossen, en af en toe werd het koud genoeg om aan de winter te gaan denken.

De herfstjacht werd net als het vorige jaar niet gehouden, wat me heel welkom was. Zo zouden de dieren in het woud tenminste met rust worden gelaten.

Ik genoot van de laatste zonnestralen op wandelingen in de bossen en bij het meertje. Wanneer ik herfstbloemen plukte, vergat ik even dat de oorlog in de wereld steeds verbetener werd. Zweden was er tot nu toe nog van verschoond gebleven. Zou dat het komende jaar ook het geval zijn?

Hoewel de diepe duisternis Agneta tot nog toe met rust had gelaten, leek ze op sommige dagen net een geest. Vaak zat ze met haar gedachten ver weg. Pas wanneer ik haar aansprak, kwam ze bij me terug.

De bedrijfsvoering leidde ze echter met ijzeren verbetenheid. Ze hielp me inzicht te krijgen in de gang van zaken op landgoed Ekberg.

Tante Elisabeth beheerde het als vanouds, maar op een dag zou ik daar met Ingmar de scepter zwaaien.

Paul en ik kwamen stukje bij beetje nader tot elkaar. Er waren verstolen aanrakingen en blikken. Steeds vaker dook hij ineens in mijn buurt op. Als ik naar hem keek, bedacht hij me met een stralende glimlach. Op onbespiede momenten kusten we elkaar.

Soms bracht hij me een klein cadeautje. Dat kon een bosje bloemen zijn of iets wat hij uit een stukje hout had gesneden. Zo stonden er op mijn nachtkastje al een roos en een kerkje.

Die ochtend inspecteerde ik de stallen. Weldra zouden we de paarden moeten binnenhalen, want de nachten werden steeds killer. Maar de gebouwen waren in goede staat, en een paar Noren bleken over veel talent voor de paardenhouderij te beschikken. Broderson had me laten weten dat hij er niets op tegen zou hebben hen in dienst te nemen als ze na de oorlog bij ons wilden blijven. Misschien moest ik eens met de mannen in kwestie gaan praten.

'Daar ben je,' zei Paul toen hij om de hoek van de stal keek. 'Ik heb je overal gezocht.'

'Waar zou ik dan naartoe moeten gaan?' vroeg ik en ik keek rond. Omdat er niemand in de buurt was, sloeg ik mijn armen om hem heen en ontstal hem een kus.

'Ik heb iets voor je,' zei hij en hij greep in zijn broekzak. Hij haalde iets tevoorschijn wat in grove jute was gewikkeld.

Ik kreeg een vermoeden. 'Ik ben toch nog lang niet jarig,' zei ik.

'Ik zou je zoiets niet voor je verjaardag durven geven,' zei hij. 'Maar we zijn nu inmiddels bijna drie maanden samen, als je dat zo kunt noemen. Dat is wel een presentje waard.'

'Dat zeg je elke maand,' wierp ik tegen. 'En ik heb nooit iets voor jou.'

'Jij bent voor mij al een geschenk.' Hij drukte me het pakje in de hand. 'Openmaken!'

Ik maakte het koordje om het pakje los. Uit het stukje jute kwam een klein paardje tevoorschijn.

'O, maar dat is werkelijk prachtig!' zei ik. 'En dat terwijl je eigenlijk helemaal niet van paarden houdt.'

'Ik heb nooit beweerd dat ik niet van ze hou. Ik wil alleen niet op hun rug zitten.'

'Bedankt,' zei ik, en ik kuste hem weer.

'Zien we elkaar vanavond?' vroeg hij, waarop ik knikte.

Het volgende moment kwam er iemand naar me toe rennen. Het was een van de dienstmeisjes. Ze had haar rokken opgetrokken, alsof ze voor een wolf op de vlucht was.

'Juffrouw Mathilda, komt u, vlug! Mevrouw...'

Ik wierp Paul een verschrikte blik toe, toen rende ik weg. Wat was er met Agneta? Had ze een flauwte?

Toen ik het huis in kwam, hoorde ik luid gehuil. Mijn borst verkrampte en ik werd misselijk. Wat was er gebeurd?

Ik kon niet precies horen wie er huilde, dus rende ik als uitzinnig naar de salon, waar het geluid vandaan kwam. Toen ik de deur opentrok, zag ik Agneta op haar knieën op de vloer zitten. Ze klauwde met haar handen in een stuk papier en huilde bitter.

Even voelde ik me opgelucht. Met haar was niets gebeurd. Maar waarom zat ze op de vloer geknield? Was ze gevallen?

'Agneta, wat is er?' vroeg ik.

'Hier!' Ze stak me het papier toe. De tekst erop was uitgelopen door tranen en was lastig te ontcijferen.

Zeer geëerde gravin Lejongård,

Wij betreuren ten zeerste dat we u moeten mededelen dat uw zoon Ingmar gisteren met zijn vliegtuig is verongelukt. Het stortte vlak voor de Noorse kust neer in zee. Een visserskotter die in de buurt was, heeft een reddingsactie ondernomen. Uw zoon wist uit het vliegtuig te komen en kon zich aan een afgebroken vleugel vastklampen. Maar de temperatuur van het water was te laag, zodat hij aan onderkoeling stierf voordat hij gered kon worden.

We verliezen in Ingmar Lejongård een kameraad en een waardevol lid van onze organisatie. De dienst die hij het Noorse volk en heel Europa heeft bewezen, zal door ons altijd gerespecteerd en in ere gehouden worden.

We zullen het lichaam van uw zoon aanstaande donderdag naar Kristianstad overbrengen. Daartoe zullen we de benodigde voorbereidingen treffen.

Met oprecht medeleven en diepbedroefd,
luitenant Karsten Solberg
MILORG

Gejammer ontsnapte aan mijn keel. Zonder dat ik er iets aan kon doen, begaven mijn knieën het en belandde ik naast Agneta op de vloer.

Dit kon niet waar zijn! Het mocht gewoon niet zo zijn! De grootste vrees van Agneta en Lennard, mijn grootste angst, was bewaarheid. Ingmar was dood, gestorven aan onderkoeling in de Noordzee.

Agneta's gehuil werd overstemd door het bonzen van mijn hart. Mijn borst voelde aan alsof daarbinnen iets zou barsten. Kon een hart breken? Ineens waren mijn armen te slap om de brief te kunnen vasthouden.

Ik rende. Ik wist niet waar ik de kracht vandaan haalde, en ik lette ook niet op welke weg mijn voeten namen. Ik rende gewoon alleen maar weg, weg van het landhuis. Weg van het verdriet. Maar ik wist dat ik er niet aan kon ontkomen.

De brief had ik daar gelaten, die lag ergens op de vloer van de salon. Misschien had Lena hem opgeraapt nadat we Agneta samen naar haar slaapkamer hadden gebracht. Haar in elkaar gekrompen gedaante op de vloer achtervolgde me. Eerst haar man, nu haar zoon. De goede zoon met het opgewekte gemoed. Hoe moest ze die klap ooit te boven komen? En hoe moest ik hem te boven komen?

Maar ik was op het moment bijzaak. Ik rende alleen maar. Mijn longen deden pijn, doornige takken sloegen tegen mijn benen, maar het kon me niet schelen.

Toen doemde ineens het huisje voor me op. Hoewel ik verblind was door tranen, kon ik het zien. De wind trok aan mijn haar en een ijzige rilling liep over mijn huid. Het huisje. Daar was Paul. Met hem kon ik praten. Hij kon me misschien helpen dit vreselijke verdriet te verdrijven. En zo niet, dan kon hij me misschien vasthouden. Even maar. Net zo lang als ik nodig had om weer naar mijn plaats terug te kunnen keren.

Ik strompelde de trap op en gooide me tegen de deur. Wees alsjeblieft thuis, smeekte ik zachtjes. Wees alsjeblieft thuis!

Maar er werd niet opengedaan. Waarschijnlijk was Paul nog op de hoeve. Ik zakte op de veranda in elkaar en begon te huilen.

Hoelang ik daar zo had gezeten, wist ik niet. Maar van het ene moment op het andere voelde ik een hand op mijn schouder.

'Mathilda?' Eerst drong mijn naam slechts vervormd tot me door. Toen hoorde ik het goed.

Paul.

'Mathilda?' vroeg hij zacht. 'Ik heb het gehoord, ik vind het zo verschrikkelijk.'

Ik knikte en wilde iets zeggen, maar mijn keel voelde te rauw.

'Kom, ik help je overeind,' zei hij en hij pakte me onder mijn armen vast. Hij trok me omhoog alsof ik niets woog. Terwijl ik me zelf ongelofelijk zwaar voelde, als de stam van een dikke omgevallen boom.

Op de een of andere manier slaagde Paul erin mij het huisje in te krijgen. Even later zat ik op het bed met een emaillen kopje in mijn handen. De vloeistof erin smaakte scherp en brandde op mijn tong. Ik vroeg me af hoe het Paul was gelukt aan zelfgestookte sterkedrank te komen. Kwam die van een boer voor wie hij gewerkt had?

Die gedachte overstemde even het verdriet om Ingmar, maar toen kwam het weer in volle omvang terug.

'Vroeger, in onze jeugd, ging ik op een dag naar zijn kamer en daar stond dat vliegtuig. Een modelvliegtuigje. Hij was dat aan het bouwen en vertelde dat hij ooit wilde gaan vliegen.' Ik wist niet waarom, maar ik had ineens dringend de behoefte dat aan Paul te vertellen. 'En later, toen hij in het ziekenhuis lag... Toen heb ik hem een boek gebracht dat over de tocht van een ballonvaarder ging. Vliegen was zijn passie.'

Ik nam een slok uit het kopje. Het brandende gevoel deed me nu bepaald goed.

'En toen dacht ik er niet meer aan. Hij ging aan de universiteit studeren, de openbaring van mijn afkomst kwam en we zagen elkaar lange tijd niet. Ik heb er niet meer aan gedacht dat hij wilde vliegen. En toen keerde ik terug, en was hij weer weg, en even later, toen ik hem terugzag, vertelde hij dat hij had leren vliegen. In Noorwegen. Hij had zijn droom waargemaakt. En daarmee hielp hij anderen. Agneta...'

Ik onderbrak mezelf toen ik haar weer meende te horen huilen. Het klonk nog erger dan toen we Lennard hadden gevonden. 'Agneta was zo bang om hem.' Ik keek op en richtte mijn blik op Paul. 'Denk je dat iets in vervulling gaat als je er maar bang genoeg voor bent?'

Hij schudde zijn hoofd. 'Nee. Dat geloof ik niet. Dingen gebeuren, of je er nu bang voor bent of niet. Ik ben niet bang geweest Ingrid te verliezen. En toch heb ik haar verloren.'

Ik knikte en opeens kwam het verdriet weer in alle hevigheid terug. Er waren zovelen verloren gegaan!

Huilend zonk ik weg in Pauls armen en weer verdween de wereld in een vloed van duisternis en tranen.

60

Je moet in beweging komen, zei ik tegen mezelf terwijl ik mijn ogen probeerde open te doen. Kom nu eindelijk overeind en ga aan de gang!

Maar hoezeer ik mezelf ook aanspoorde, ik kreeg het niet voor elkaar op te staan. Mijn armen en benen voelden loodzwaar en mijn oogleden waren opgezwollen.

Vlak na het ontwaken hoopte ik even dat het allemaal maar een boze droom was. Zo een als ik altijd had wanneer mijn maandelijkse ongesteldheid begon.

Maar toen besefte ik dat het geen droom was. Vandaag werd Ingmar begraven. Ik kon daarbij niet wegblijven, maar hoe moest ik deze dag doorkomen?

Mijn beste vriend was dood! En we hadden hem niet eens mogen zien. Het was net als bij mijn vader, alleen nog erger!

Een klop op de deur onderbrak mijn gepieker. Ga weg, had ik het liefst geroepen, maar mijn mond zei: 'Binnen!'

Lena verscheen. Ze had haar haar in een stevige knot in haar nek gedraaid en droeg een eenvoudige zwarte jurk. Haar gezicht was bleek en droevig.

'Mevrouw heeft me gestuurd, juffrouw Mathilda. Ik moet u met uw kapsel helpen.'

Dat had ze niet zo lang geleden ook al gedaan. Wij en de bedienden waren er niet eens toe gekomen in de tussentijd onze rouwkleding af te leggen.

Bij Lennards overlijden was ik ook verdrietig geweest, maar

Ingmars dood leek me te verlammen, een verlamming die maar niet uit mijn lichaam wilde wijken. Kwam dat doordat Lennards einde te voorzien was geweest? Of doordat Ingmar mijn beste vriend was?

Lena's aanwezigheid had in elk geval een enigszins stimulerende uitwerking. Ik was gewend me in het bijzijn van anderen niet te laten gaan. Ik vocht tegen de zwaarte en kreeg het eindelijk voor elkaar me uit bed te werken.

'Momentje, Lena. Ik zal me vlug even wassen, dan kunnen we beginnen,' zei ik en ik verdween achter de badkamerdeur.

'Moet ik u warm water brengen?' hoorde ik van buiten roepen, maar dat aanbod wees ik af.

Het water was vrij koud, maar dat merkte ik bijna niet. Het verdriet deed zo'n pijn dat al het andere erbij in het niet viel.

In elk geval verdreef het water mijn vermoeidheid.

Toen ik terugging, stond Lena al klaar met de krultang. Ik had al lang geen vlechten meer. Nu liet ik mijn haar in elegante golven leggen.

'Hoe gaat het vandaag met mevrouw?' vroeg ik.

'Ik vrees dat ik dat moeilijk kan beoordelen,' antwoordde ze. 'Lichamelijk is ze sterk, en ze heeft haar tranen onder controle. Maar wie kan weten hoe het er vanbinnen echt uitziet?'

'Laten we hopen dat ze de dag goed doorstaat,' zei ik.

'Dat hoop ik ook voor u,' gaf Lena met een glimlachje te kennen.

'Maak je niet ongerust, ik red het wel,' zei ik hoewel dat erg optimistisch was uitgedrukt.

In de spiegel kon ik achter me het bed zien. Daar had ik een paar maanden geleden nog met Ingmar gezeten. Daar hadden we het over vrouwen gehad. Daar had ik hem opnieuw gevraagd terug te komen.

Waar zou hij aan gedacht hebben toen zijn toestel neerstortte? Had hij eigenlijk nog tijd gehad om ergens aan te denken? Een van de Noren, Thomas, had me verteld dat het maar een paar minuten duurde voordat je hart in het koude water opzwol. Hij was visser en wist er alles van.

Ik kneep mijn ogen tot spleetjes toen ik merkte dat er tranen opkwamen. Lena hield de krultang bij me weg.

'Heb ik u pijn gedaan?' vroeg ze bezorgd.

'Nee, het is alleen... de herinnering. Het zal zo wel weer gaan.'

Ik deed mijn ogen open en keek naar mijn spiegelbeeld. De schaduwen op mijn gezicht leken door een schilder te zijn aangebracht. Zou ik ooit weer zo gelukkig worden als toen ik jong was en niet wist hoe het leven kon lopen?

Toen we het huis uit gingen, werden we door de bedienden en de Noren opgewacht. Iedereen kende Ingmar, ze wilden allemaal met ons om Ingmar treuren.

'Hebt u er iets op tegen dat Paul met ons meegaat?' vroeg ik.

Agneta keek verrast op, toen schudde ze haar hoofd. 'Nee, absoluut niet, als het voor jou belangrijk is.'

'Dat is het,' zei ik.

Het was vreemd. Pauls nabijheid gaf me kracht. Ik sprak even met hem, waarna ik hem meenam naar de auto.

'Dank u wel dat ik mee mag rijden,' zei hij tegen Agneta.

'U ligt mijn nichtje na aan het hart. Daarom bent u ook bij mij welkom.'

Ze boog haar hoofd en nam hem even kritisch op, toen glimlachte ze.

De rouwplechtigheid verliep rustig en waardig. Tot mijn verbazing was Magnus er ook en leek hij enigszins berouwvol. Wij groetten elkaar niet, maar hij gaf zijn moeder een hand. Dat was tenminste iets.

Van de preek kreeg ik nauwelijks iets mee omdat Ingmar telkens in een flits voor mijn ogen verscheen. Hoe hij de eerste keer met me naar het huisje reed. Hoe hij me leerde dansen. Hoe hij in het ziekenhuis lag. Hoe we in het café bij de universiteit zaten toen ik hem vertelde wat ik te weten was gekomen. Hoe we elkaar in Åhus terugzagen.

De liefdevolle, vriendelijke persoon die ik gekend had, zou daar in die kist liggen? Dat kon ik me haast niet voorstellen.

Maar de dominee sprak over Ingmar, die de zoon van Agneta en Lennard was. Hij sprak over zijn inzet in Noorwegen, in de strijd tegen oorlog en onrecht. Er was geen twijfel mogelijk: daar in die kist, die getooid was met een grote krans van herfstbloemen, lag Ingmar. Ik zou nooit meer met hem praten. Ik zou hem nooit meer zien lachen.

Ten slotte begon het orgel te spelen en stond iedereen op. Ik probeerde me zo goed mogelijk te houden. Agneta stond naast me. Ze leek beheerst, als iemand die gewend was in het openbaar geen emoties te tonen. Misschien was het ook nog de schok. Ze raakte mijn arm aan en op een gegeven moment kwam Paul bij me staan. We liepen achter de kist de kerk uit en begaven ons naar het kerkhof.

Daar stond het hele dorp al te wachten.

Er waren bladeren op het pad naar de grafkelder gevallen. Ik dacht aan Lennard. Als hij geen hartaanval had gekregen, was dit bericht hem zeker fataal geworden.

Weer sprak de dominee en hij sprak de laatste zegen uit. Ik keek naar de bomen, die zachtjes ruisten. Ik had het met Ingmar gehad over de mogelijkheid dat de doden ons hoorden of zagen. Ik hoopte dat het zo was, op de een of andere manier. Ik wenste dat Ingmar ons nu zag.

Het ga je goed, dacht ik. En als je daar mijn moeder en mijn vader ziet, doe ze dan de groeten van me!

Terwijl de begrafenisgangers naar het landhuis liepen, bleven Agneta en ik nog een poosje voor de grafkelder staan.

Mijn hele lichaam deed pijn. Ik had niet gedacht dat ik na de begrafenis van Lennard al zo vlug weer bij de grafkelder zou zijn.

Lennards dood was niet onvoorzien geweest, ook al hadden we gehoopt dat hij nog een paar goede jaren zou hebben. Maar Ingmar? Hij was nog zo jong. Dat hij juist had moeten sterven bij iets wat hem zo veel plezier deed, was een slinkse streek van het lot geweest. En we konden niet eens de oorlog de schuld geven...

'Mathilda,' zei Agneta plotseling zonder haar blik van de hemel af te wenden.

'Ja?' vroeg ik.

'Ik wil graag iets met je bespreken.'

'Nu?' zei ik verbaasd. 'Moeten we niet naar de gasten gaan?'

'Nee, het is belangrijk. Het brandt al lang op mijn ziel en nu heb ik eindelijk de moed het je te vragen.'

Ik keek haar aan. Het verdriet verteerde haar en had diepe kringen onder haar ogen veroorzaakt. Ik had er elke dag rekening mee gehouden dat ze weer in duisternis zou wegzinken. Maar op dat moment leek ze me sterker dan ooit.

'Vraag het me gerust,' zei ik. Wat zou ze willen? Nog een onthulling doen? Wat viel er dan nog te onthullen? Welk geheim was er dan nog?

'Ik zou je graag adopteren,' zei Agneta tegen de wolken, toen draaide ze zich langzaam om en keek me aan.

Die woorden troffen me zo onverwachts dat ik niet wist wat ik moest zeggen.

'U zou me...' bracht ik met moeite uit. Mijn maag kwam in opstand. Dat had ik na een begrafenis niet eerder meegemaakt.

'Ik zou willen dat je mijn dochter werd. In elk geval voor de wet.'

'Maar... ik ben volwassen.'

'Dat weet ik,' gaf ze te kennen. 'Maar toch. Ook volwassenen hebben ouders. Ouders die bezittingen aan hen kunnen nalaten of die verantwoordelijkheid aan hen kunnen overdragen.'

Ik hield mijn adem in. Wat moest ik zeggen?

'Al vlak nadat je vanwege Stella's brief was weggegaan, kwam ik op het idee. Ze schreef dat er geen manier was om jou als Lejongård te wettigen. Maar dat is onjuist. Er is een manier. Als ik je tot mijn dochter maak, ben je dat voor de wet.'

Haar blik boorde zich als het ware in mijn gezicht. Niet smekend of vragend, maar bezield van een gevoel van noodzaak. 'Lennard is er nu niet meer om voor me te zorgen. Ingmar ook niet. Mijn welzijn zal, als ik oud ben of ernstig ziek word, in de handen van mijn enig overgebleven zoon liggen.'

Ze keek me aan. Ik dacht weer aan de middag dat ik Magnus

had opgezocht om hem over te halen zijn plicht op de hoeve te vervullen.

'Je kunt je voorstellen wat hij zou beslissen.'

Ik knikte. Dat kon ik.

'Ik wil niet wegkwijnen en ik wil ook niet voor mijn tijd sterven,' vervolgde ze. 'Ik hou van het leven. Ik wil leven en de gang van zaken op de hoeve bepalen zolang het gaat. Jij zult het druk hebben als vrouwe van landgoed Ekberg. Het is heel zelfzuchtig van me om je met mijn welzijn op te zadelen. Maar ik kan in geen betere handen komen dan in die van jou. Als mijn adoptiefdochter heb je de beschikkingsbevoegdheid over mijn gezondheid. En in die hoedanigheid kun je de hoeve ook beheren zonder dat ik erbij hoef te zijn.'

Het was een grote verantwoordelijkheid die op me kwam te rusten. Zou ik daartegen opgewassen zijn?

Maar ze had gelijk, Magnus was niet iemand op wie je je kon verlaten. Dat zouden ook de mensen merken die hier woonden en werkten.

'Goed,' zei ik. Ik was al in zo veel dingen betrokken geraakt, waarom dan niet ook hierin?

'Wil je er niet eerst eens over nadenken?' vroeg Agneta verbaasd. 'In jouw plaats zou ik er de tijd voor hebben genomen.'

'Dat is niet nodig,' zei ik. 'Dit is de plaats waar ik thuishoor. Ik heb even nodig gehad om dat in te zien, maar de Leeuwenhof is mijn thuis. Ik zal het landgoed niet in de steek laten. En u ook niet.'

Agneta knikte. Aan haar mond was niet te zien of ze blij was. De afgelopen maanden had ze het lachen zo goed als verleerd. Maar haar ogen lichtten even op.

'Mooi. Laten we dan maar naar huis gaan en deze dag verder zien door te komen.'

De in het zwart geklede mensen in de balzaal vervaagden voor mijn ogen in een deinende massa kleding en gezichten die in niets van elkaar te onderscheiden waren. Mijn innerlijke pijn was ondraaglijk.

Agneta's woorden gonsden voortdurend door mijn hoofd. Nu drongen ze pas goed tot me door.

Ze wilde me adopteren. Dat leek me in eerste instantie zo absurd dat ik het liefst in lachen was uitgebarsten.

Maar het volgende moment schoot me te binnen dat ik ja had gezegd.

Vanuit mijn ooghoeken zag ik een beweging. Er kwam iemand naar me toe. Verdorie, konden de mensen me niet gewoon met rust laten?

Bij nader inzien herkende ik Magnus. Dat ontbrak er nog maar aan!

'Wat een vreemde speling van het lot, nietwaar?' zei hij. 'Eerst sterft Lennard, dan mijn broer. Gefeliciteerd, je hebt het voor elkaar! En ik kan jou hun dood niet eens verwijten.'

Ik perste mijn lippen op elkaar en balde mijn vuisten. Maar wat graag had ik op dat moment Magnus de nek omgedraaid.

'Omdat je weet wie er echt verantwoordelijk voor is?' vroeg ik. 'In elk geval wat Lennard betreft?' Ik verbaasde me over mezelf dat ik die vraag hardop stelde.

Verrassend genoeg bracht ik daarmee Magnus even van zijn stuk. 'Wil je mij soms verwijten dat ik mijn vaders dood heb veroorzaakt?'

'Ik verwijt jou helemaal niets,' weerlegde ik. 'Hoogstens dat je blijkbaar beter op de hoogte bent dan ik.'

'Wat zou ik dan moeten weten?' vroeg hij, nog steeds geraakt. Of deed hij maar alsof? 'Ekberg was altijd voor Ingmar bestemd. Voor hem alleen. Waarom hij jou erbij betrokken heeft, is me een raadsel. Maar misschien speelden er dingen tussen jullie waar ik niets van weet.'

'Nou, Lennard heeft er misschien rekening mee gehouden wie hier was om zijn vrouw bij te staan,' zei ik. Ik wist waar hij eigenlijk op uit was, maar Ingmars begrafenisreceptie was geen geschikte gelegenheid om ruzie te maken. En ook nog eens voor de ogen van al die mensen.

'Daar zijn jullie,' zei een stem. Agneta kwam naar ons toe gelopen. Ze had haar zwarte sluier afgedaan en haar japon verwisseld voor een zwart mantelpakje. Ik had haar een hele tijd niet gezien. Had ze in haar kamer haar zelfbeheersing moeten herwinnen?

'Magnus, Mathilda, willen jullie meekomen, alsjeblieft?' Agneta's stem klonk beheerst, maar ze kon niet verhullen dat haar handen trilden. Er leek iets te zijn gebeurd wat haar had verontrust. Of beter gezegd, woedend had gemaakt. Voor ons stond geen treurende, maar een boze vrouw.

We volgden haar, waarbij ik Magnus belette me voor te laten gaan. Iemand als hij wilde ik niet achter me hebben.

We liepen naar de werkkamer, een plek die voor Magnus volkomen vreemd moest zijn. Was hij daar sinds zijn jeugd ooit nog binnen geweest?

De geur van dossiers en van het vuur dat er vreemd genoeg was aangestoken, kwam me tegemoet. Maar de warmte bereikte me niet. Ik voelde me zo vreselijk koud vanbinnen.

Agneta ging midden in de kamer staan, haalde diep adem, alsof ze zo de spanning uit haar lichaam wilde verdrijven, en vouwde toen haar handen voor haar lichaam. Ineens leek ze een standbeeld.

'Ik heb zojuist onze notaris gesproken,' begon ze. 'Het ziet ernaar uit dat Ingmar vlak voor de laatste keer dat hij naar Noorwegen vertrok, een testament bij hem heeft gedeponeerd. Dat is voor mij aanleiding om van mijn kant een verandering door te voeren.'

Ik keek haar vragend aan. Ging het om mijn adoptie? Was er tegen haar gezegd dat dat onmogelijk was? Ik wist niet of ik in dat geval teleurgesteld of opgelucht moest zijn.

Of wilde ze nu open kaart spelen en Magnus met haar besluit confronteren?

'Ik ga je onterven, Magnus,' zei Agneta kil, waarop Magnus van kleur verschoot. 'Je hebt je al die tijd niet één keer op de hoeve laten zien. Je bent er nooit voor mij geweest, nooit voor je vader, nooit voor de Leeuwenhof. En denk maar niet dat ik niet weet wat je mening over mij is.'

'Maar moeder, ik...' Magnus' blik viel op mij. Hij wekte de indruk dat hij me elk moment bij de keel kon grijpen. Terwijl ik helemaal niets met Agneta's besluit te maken had. 'Dat is haar idee, nietwaar? Die bastaard wil ook dit landgoed inpikken, hè?'

'Ik zie hier geen bastaard,' zei Agneta. 'Ik zie hier alleen jou en je nichtje. Dat binnenkort je zus wordt, want ik ga haar adopteren.'

Nu hapte Magnus hoorbaar naar lucht. 'Dat kunt u niet maken!'

'Zeker wel. De notaris heeft de desbetreffende documenten al ontvangen.' Ze zweeg even en er verscheen een voldane uitdrukking op haar gezicht. 'Ik zie al sinds lang hoe je je gedraagt, hoe weinig interesse je voor de hoeve toont. Hoe weinig je hebt gedaan toen het moeilijk werd en hoe weinig je nog steeds doet. Mathilda was er altijd. Zij was de hoeve steeds toegedaan. En ze is mijn nichtje! Ze heeft niemand meer, dus waarom zou ze niet mijn dochter worden?'

Ik voelde dat Magnus een woedende blik naar mij wierp. 'Heb jij haar dat aangepraat?'

'Ik ben een volwassen, mondige vrouw, Magnus!' snauwde Agneta. 'Mij hoeft niemand iets aan te praten. Ik heb ogen in mijn hoofd en ik heb een hart! Mathilda heeft er niets mee te maken dat ik beslis zoals ik beslis. Alleen jij bent daarvoor de reden.' Haar stem werd bitter en haar ogen fonkelden. 'Je hebt ooit gezegd dat je je pas voor het landgoed zult interesseren wanneer ik mijn ogen sluit. Nou, dat ben ik nog lang niet van plan. De dokter zegt dat ik kerngezond ben. En ik raad je aan die zogenaamde vrienden van je erbuiten te laten als het om mijn leven of de hoeve gaat.'

Magnus fronste zijn wenkbrauwen en schudde zijn hoofd. 'Hoe bedoelt u dat?'

'Jij bent niet de enige die geheime paadjes op de Leeuwenhof kent,' antwoordde Agneta. 'Op het midzomerfeest, kort voor Lennards dood, was ik getuige van een kort onderhoud tussen jou en Mathilda.'

Ik keek haar verbaasd aan. Had ze ons afgeluisterd? Toen schoot me het krakende geluid in de duisternis te binnen. Dat was blijkbaar niet Magnus geweest die me na afloop nog schrik had willen aanjagen.

'Je zei dat je je biologische vader in elkaar had laten slaan.'

'Dat is een leugen die zij u heeft verteld!' stoof Magnus op.

'Ze heeft me helemaal niets verteld!' wierp Agneta tegen. Haar stem klonk grommend, wat ik van haar nog nooit had meegemaakt. 'Ik heb zelf oren om te horen! En ik moet zeggen dat je me diep teleurgesteld hebt. Niet alleen omdat je zo weinig respect voor je moeder hebt dat je wenst dat ze vlug haar laatste adem uitblaast, maar ook omdat je er geen been in ziet je biologische vader door een stel ongure types in elkaar te laten slaan.'

'Maar ik dacht, dat hij... Ik dacht dat hij u niets kon schelen.'

'Hij kan me wel iets schelen. Alle mensen met wie ik in mijn leven te maken heb gehad, kunnen me iets schelen. Sommigen van hen hebben me kwaad aangedaan, velen zijn goed voor me geweest. Maar niets van wat er is gebeurd rechtvaardigt het iemand te laten aanvallen en lichamelijk letsel toe te brengen.'

Ze viel even stil om adem te halen en zich weer te vermannen.

'Ik heb geen idee waar bij jou die kwaadaardige trekken vandaan komen. Misschien heb je ze van je biologische vader geërfd. Je had ze al als kind en nu komen ze nog veel duidelijker aan het licht. Eigenlijk had je verdiend dat ik je bij de politie aangaf. Hans had dat moeten doen, maar waarschijnlijk wist hij niet wie erachter zat, nietwaar?'

Magnus perste zijn lippen op elkaar, alsof hij vreesde dat hem een ondoordacht woord zou kunnen ontsnappen. De spanning was om te snijden. Ik wenste opeens dat ik het allemaal niet hoefde aan te horen. Of anders vanachter de deur van de kamer ernaast. Maar Agneta had me erbij willen hebben. Dat was belangrijk voor haar geweest. En misschien was ze zelfs bang voor haar eigen zoon.

'Je hebt geluk gehad dat ik te zeer begaan was met Lennards gezondheid om het hem te vertellen. Hij zou ervan gewalgd hebben. En hij zou erop hebben gestaan dat je er berooid van afkwam. Maar je bent mijn zoon, dus zal ik ervoor zorgen dat je financieel niets tekortkomt. Je krijgt een maandelijkse toelage. Die heeft mijn vader mij ook gegeven toen ik bij de Leeuwenhof wegging.' Ze zweeg even, toen vervolgde ze: 'Maar de Leeuwenhof zul je niet erven. Het zou voor mijn voorouders een schande zijn als ze wisten dat er een man in hun stamboom aantrad die er niet voor terugdeinst mensen te bedreigen en te laten mishandelen. Je bent het gewoon niet waard de titel graaf Lejongård te voeren.'

Magnus staarde haar verbijsterd aan.

'Het staat je vrij om naar je biologische vader te gaan. Maar na wat er is gebeurd, zul je dat wel niet meer willen, nietwaar? Niemand weet hoe het er nu in Duitsland uitziet. En je zult vast je verlangen naar mijn spoedig overlijden herzien als je duidelijk wordt dat je maandelijkse toelage met mijn leven samenhangt. Als ik sterf, droogt de bron op.'

Magnus balde zijn vuisten tot zijn vingers hoorbaar knakten. 'Is dat uw laatste woord?' vroeg hij kwaad. Zijn ogen waren donkerder dan ik ze ooit had gezien. Hij probeerde niet te laten merken dat hij trilde, maar daar slaagde hij niet in.

Agneta bleef aan de oppervlakte volkomen koel, maar ik voelde duidelijk hoe het ook bij haar vanbinnen gistte. 'Ja, dat is mijn laatste woord. Je hoeft niet meer de moeite te nemen hier te verschijnen. Ik laat je vrij. Je kunt doen en laten wat je wilt. Het ga je goed!'

Daarop zei Magnus niets. Zijn kaken bewogen heftig op en neer. Ik kon niet zeggen naar wie hij met meer haat keek. Toen draaide hij zich spoorslags om en liep met lange passen naar de deur. Hij trok hem open en gooide hem hard achter zich dicht. De klap was waarschijnlijk in het hele huis te horen.

Er volgde een stilte. Noch Agneta, noch ik zei iets. Mijn hart klopte in mijn keel. Wat er zojuist allemaal gebeurd was, leek een droom waaruit ik elk moment kon ontwaken.

Toen voelde ik Agneta's hand op de mijne.

Ik keek haar aan. Mijn hart was vol angst. Angst voor wat Magnus zou kunnen doen. Misschien had hij alleen gepocht, maar het kon ook zijn dat hij echt figuren kende die de hoeve en ons iets konden aandoen.

'Hij zal proberen ons het leven zuur te maken,' zei ik.

'Dat hebben anderen ook geprobeerd. Maar dat zullen we wel

doorstaan, nietwaar? We zijn Lejongårds en laten ons er niet onder krijgen.'

Ze pakte mijn hand en kneep er stevig in. In haar ogen was verdriet, maar ook vastberadenheid zichtbaar. Alleen wij tweeën waren nog over. We zouden elkaar steunen.

's Avonds zat ik met Paul op de veranda van zijn huisje. Vreemd genoeg waren de zwaarte en de vermoeidheid van de ochtend vervlogen. Kwam dat misschien doordat deze dag voor mij wel twee dagen had geleken?

We hadden uit het huisje wollen dekens gehaald, want de avonden begonnen al behoorlijk kil te worden. Ik had Paul verteld wat er tijdens de receptie was gebeurd. Het had hem niet bijzonder verrast.

'Je tante heeft de juiste beslissing genomen. Of kan ik beter je "toekomstige moeder" zeggen?'

'Zeg maar gewoon Agneta,' antwoordde ik. 'Ze houdt er niet van tante te worden genoemd en ze weet ook dat mijn moeder mijn moeder is en niemand anders. Het gebeurt allemaal om familieredenen. Je had Magnus moeten zien!'

'Ik had het maar al te graag gezien. Ben je niet bang voor hem?'

'Jawel. Dat ben ik en dat was ik. Maar ik denk dat je angst niet zo veel ruimte moet geven. Wat komen moet, kome. Agneta verkeert in goede gezondheid. Misschien kan ze het landgoed nog tien jaar leiden, misschien langer. Haar eigendom blijft het tot haar dood. Ik hoop van harte dat die nog lang op zich laat wachten.'

'Dat hoop ik ook.'

Er viel een stilte. Paul pakte mijn hand. 'Wanneer je straks de jonge gravin Lejongård bent, bestaat een eenvoudige meubelmaker dan nog voor jou?'

'O nee, niet weer!' kreunde ik. 'Is het niet genoeg dat je moeder je destijds heeft ingeprent dat ik vanwege mijn stand niet bij je zou passen?'

Inmiddels had Paul contact met zijn ouders opgenomen, maar de verstandhouding was nog steeds ijzig. Helaas was ook Daga, die nu drie kinderen had, niet erg over hem te spreken. De reden daarvoor had hij me nog niet verteld, maar misschien zou hij dat ooit doen.

'Eerlijk gezegd,' zei hij, 'ben ik toch nog een beetje bang.'

Ik bracht zijn hand aan mijn lippen en kuste hem. 'Toen we na Lennards dood bij elkaar zaten, verzekerde Agneta me dat ik kon kiezen wie ik wilde. Je kunt je wel indenken hoe mijn keuze zal uitvallen.'

'Hoe dan?' hing hij de onnozele uit. Ik gaf hem een por.

'Je weet heus wel wie ik bedoel. Mijn hele leven heb ik erop gewacht met jou te kunnen trouwen. Goed, een paar jaar geleden had ik de hoop opgegeven, maar je bent altijd in mijn gedachten gebleven. En nu ik je hier heb, laat ik je niet meer gaan – tenzij je me niet meer wilt.'

'En of ik je wil!' Hij trok me tegen zich aan en kuste me. 'Maar we zullen nog moeten wachten, tot de rouwtijd voorbij is. Dat ben ik Ingrid verschuldigd.'

'Dat weet ik. En ik wil beslist geen afbreuk doen aan de gedachtenis aan haar. Maar de oorlog is er ook nog. Het zal nog een tijd duren voor er een fatsoenlijke bruiloft kan worden georganiseerd. Ik moet Agneta zover zien te krijgen dat ze een paar van die mooie vitrages afrukt voor mijn sluier.'

'Met of zonder sluier maakt me niet uit,' zei hij, toen stond hij op. 'Maar we moeten het heel klassiek aanpakken.'

'Wat?' vroeg ik, waarop hij in het huisje verdween. Even later kwam hij terug en toen hield hij iets in zijn handen.

'Eigenlijk had mijn grootmoeder gewild dat mijn latere vrouw haar trouwring om haar vinger zou krijgen,' zei hij. 'Maar die ring is bij Ingrid en daar zal hij ook blijven. Ik hoop dat de nazi's hem haar niet hebben afgepakt.' Hij zweeg even, toen liet hij zien wat hij in zijn handen had.

Hij knielde voor me neer en hield me een houten ring voor, die hij zelf uitgesneden moest hebben. Hij was roodachtig en had een fijn patroon.

'Wanneer heb je die gemaakt?'

'O, al een tijdje geleden,' zei hij. 'Eigenlijk had ik hem je op je verjaardag willen geven. Maar deze aanleiding is meer gepast.' Hij schraapte zijn keel, toen keek hij me aan. 'Mathilda Wallin, weldra Lejongård, wil je mijn vrouw worden?' Hij grijnsde en voegde eraan toe: 'Ik vraag het voordat je me voor bent.'

'We leven toch in moderne tijden,' zei ik. 'Waarom zouden vrouwen mannen geen aanzoek mogen doen?'

'Omdat jullie ons mannen ook nog iets moeten laten als jullie al kiesrecht hebben en auto kunnen rijden,' antwoordde hij. 'Nou, wat zeg je?'

'Ja,' zei ik. 'Ja, ik wil je vrouw worden, Paul Ringström. Over de naam die we dan allebei gaan gebruiken, moeten we het nog wel hebben.'

'De naam maakt me niet uit,' zei hij. 'Hoofdzaak is dat ik bij jou mag zijn.'

'Dat mag je.' Ik nam zijn gezicht in mijn handen en kuste hem hartstochtelijk als nooit tevoren.

Paul keek me verrast aan, maar toen sloot hij me stevig in zijn armen en kuste me nog wat langer. Ten slotte pakte ik zijn hand en trok hem mee het huisje in. Even later ontdeden we ons van onze kleren en zakten neer op het bed waarin, als je Agneta mocht geloven, ook haar kinderen waren verwekt. Maar dat liet me op dat moment onverschillig, ik wilde Paul gewoon alleen maar voelen, ditmaal in de juiste omstandigheden en zonder wroeging.

61

Ik keek uit het raam. Een mooie meimorgen in het jaar 1945 was ontwaakt en bracht heerlijke zonnestralen mee. Vogels kwinkeleerden in de bomen, die langzaam maar zeker bladeren begonnen te krijgen. Door het raam van het ziekenhuis zag ik een stralend blauwe hemel. Een hemel voor op een ansichtkaart. Jammer dat ik niemand kon schrijven.

Een klokkend geluidje naast me leidde me af van die prachtige aanblik. Ze was wakker.

Mijn dochtertje was de afgelopen nacht geboren. Fris en roze lag ze met een rompertje aan ingebakerd onder een zacht wit dekentje in haar spijlenwiegje. Omdat de dokter alles in orde had bevonden, hadden ze haar hier gelaten, voor deze nacht. Het was geweldig dat ik mijn kindje bij me had. Wanneer ik naar haar keek, smolt ik bijna van geluk. Er ging een heftig verlangen door mijn armen en borst. Ik wilde haar vasthouden. Maar ik moest wachten tot de dokter en de kinderverpleegster kwamen.

De bevalling was de ergste, maar tegelijkertijd ook de mooiste gebeurtenis in mijn leven. Paul was vreselijk nerveus geweest, nog meer dan ik. Hij liep maar te ijsberen en dat maakte me gek. Ik was haast blij toen ze me naar de verloskamer brachten.

Maar nu was alle leed geleden. Ons meisje was gezond, en Paul had haar gisteren al een keer gezien voor hij naar de Leeuwenhof was teruggegaan.

De zuster verscheen.

'Goedemorgen, jonkvrouwe, hoe voelt u zich?'

'Uitstekend,' antwoordde ik. Het voelde nog steeds een beetje ongewoon aan om jonkvrouwe te worden genoemd. Maar het ziekenhuis werd natuurlijk net als voorheen door onze familie financieel gesteund. Bepaalde omgangsvormen waren niet zomaar uit te bannen.

De zuster legde mijn dochter in mijn armen, zodat ze kon drinken. Wat was ze prachtig! Haar haar had een licht karamelachtige blonde kleur. Ik wist dat het nog kon uitvallen, maar nu zag ze eruit als het blije kindje uit een poederreclame.

Ik hoopte vurig dat de wereld waarin ik haar had gebaard een gelukkige wereld zou zijn.

Inmiddels was in de oorlog het tij gekeerd. De geallieerden hadden hun krachten gebundeld. De Duitsers moesten zich, door twee fronten belaagd, uit het ene na het andere land terugtrekken. Nu werd eigenlijk alleen nog op Duitse bodem gevochten. Voor ik het ziekenhuis in ging, hadden we op de radio gehoord dat Hitler dood was. Dat alles stemde ons hoopvol, hoewel we nog steeds ademloos naar Europa keken.

Was het mogelijk om de wereld voor mijn dochter beter te maken?

's Middags verscheen Agneta. Met tranen in haar ogen kwam ze de ziekenkamer binnen. Ik had mijn kleine meisje bij me. Onder het mutsje was haar gezichtje nauwelijks te ontwaren en bovendien bleek ze van plan te zijn door het bezoek van haar grootmoeder heen te slapen. Maar dat maakte niet uit. Ze zouden tijd genoeg hebben om elkaar te leren kennen.

'Wat een prachtig kindje,' zei Agneta, waarbij er een traan over haar wang rolde. Het was onmiskenbaar een vreugdetraan. 'Ze lijkt op jou.'

'Maar een beetje Paul zit er ook in,' zei ik. 'Misschien krijgt ze ooit zijn groene ogen.'

'Laten we hopen dat ze alleen zijn ogen en niet zijn kin erft, anders gaat ze er nog als een jongen uitzien.'

'We laten ons verrassen,' zei ik.

'Waar is je man eigenlijk?' vroeg ze. 'Hij is toch niet op de vlucht geslagen?'

'Nee, waarom zou hij? Ik heb hem immers niet gevraagd mee te gaan naar de verloskamer. Er zijn dingen die wij vrouwen alleen moeten doorstaan.'

'Ik denk dat vrouwen dat weldra anders zullen gaan zien. Ze moeten toch iemand de schuld van de pijn geven.' Agneta lachte. De rimpeltjes rond haar ogen waren dieper geworden, maar verder zag ze er nog tamelijk jeugdig uit voor haar bijna zestig jaar.

'Hebben jullie al een naam voor haar?' vroeg ze toen, nadat ze met haar vinger het voorhoofd van de kleine had gestreeld.

'Ja,' antwoordde ik. 'Solveig.' Dat betekende zo veel als 'weg van de zon', dat had ik van een van de Noorse vrouwen, die nog altijd bij ons waren ondergebracht. Als het klopte dat de oorlog binnenkort voorbij zou zijn, zouden ze spoedig naar hun vaderland kunnen terugkeren. Als ze dat tenminste wilden.

Agneta trok haar wenkbrauwen op. 'Een zeer ongebruikelijke naam.'

'Maar een met een mooie betekenis,' zei ik. 'Solveig is de hoop van onze hoeve, onze zon. Ik weet zeker dat ze een goede landvrouwe zal worden wanneer haar tijd is gekomen.'

'Dat hoop ik,' zei Agneta en ze glimlachte liefdevol naar Solveig. 'Hoop en zon heeft onze hoeve hard nodig.'

Toen streelde ze mijn haar, dat me vreselijk vet leek. Maar blijkbaar kon haar dat niet schelen.

'Ik heb overigens post gekregen,' zei ze en ze haalde iets uit haar handtas. 'Kun je je juffrouw Grün nog herinneren? Je gouvernante in Stockholm?'

'Natuurlijk herinner ik me haar nog!' antwoordde ik.

'Ze heeft ons geschreven. Vanuit Amerika. Ze heeft het gered, ze kon met haar familie vluchten. Is dat niet geweldig?'

Dat was inderdaad geweldig. Ik had de afgelopen jaren af en toe aan haar gedacht, maar gezien de berichten uit Duitsland niets goeds verwacht. En nu had ze geschreven! Ik kon het nauwelijks bevatten.

Het volgende ogenblik kwam Paul binnenstormen. Toen hij Agneta zag, bleef hij abrupt staan, toen riep hij: 'De oorlog is voorbij! Dat is zojuist verkondigd. De Duitsers hebben gecapituleerd!'

'Wat?' vroeg ik ongelovig. Paul leek volkomen buiten zichzelf.

'De oorlog is afgelopen! De Russen hebben hun vlag op de Rijksdag in Berlijn gehesen. Er komt eindelijk vrede!'

Met die woorden omhelsde hij Agneta en hij gaf haar een smakzoen op haar wang, toen kwam hij naar mij en Solveig toe en kuste me.

Drie jaar huwelijk hadden van hem nog altijd geen jonker gemaakt, hij was net als voorheen een meubelmaker. Maar we waren gelukkig.

'Nou, het ziet ernaar uit dat de zon voor ons land weer doorbreekt,' constateerde Agneta. Ze liep naar de deur. 'Ik laat jullie even alleen en ga kijken of ik de geneesheer-directeur kan spreken.'

Ik knikte en ze liep de kamer uit.

Paul kuste me opnieuw, daarna streelde hij Solveigs hoofdje. Ik wist dat hij in dubbel opzicht blij was. Niet alleen vanwege het feit dat we eindelijk weer een normaal leven konden gaan leiden, maar ook omdat hij eindelijk de wraak had gekregen waar hij op uit was geweest.

'Nu kan Ingrid in vrede rusten,' zei ik, waarop hij knikte.

'Jazeker. Maar nog belangrijker is dat jullie tweeën in vrede kunnen leven. Dat we niets meer te vrezen hebben.'

'Het lijkt me wat voorbarig om dat te beweren, maar ik denk dat het nu allemaal wat gemakkelijker voor ons wordt. Even schoot door me heen dat we nu eindelijk weer contact konden opnemen met het koningshuis. Dat de situatie voor de hoeve weer beter kon worden nu er voor iemand als Von Rosen niets meer te bewonderen viel en hij ons niet meer kon benadelen.

Maar op dit moment was slechts één ding van belang.

Ik legde mijn arm om Pauls schouder. Tussen ons in werd Solveig wakker, ze maakte een zacht klokkend geluidje. Mijn hart liep over van geluk.

LEES MEER VAN

Corina Bomann

Deel 1 van de *Vrouwen van de Leeuwenhof*-trilogie

Het prachtige Zweedse landgoed de Leeuwenhof is het decor van de levens van drie heel verschillende vrouwen, die alle drie op hun eigen manier hun weg door het leven proberen te vinden op zoek naar een gelukkige toekomst.

Het is 1913 en Agneta heeft tegen alle heersende gewoonten in afstand genomen van haar machtige familie en wil een vrij leven gaan leiden als schilder in Stockholm – het liefst met de charmante Michael aan haar zijde. Dan ontvangt ze een telegram met het nieuws dat haar vader is overleden en zij erfgename is van het landgoed de Leeuwenhof. Daarmee worden haar een adellijke titel en een leven vol pracht en praal op een presenteerblaadje aangeboden, maar was dat niet juist het leven waaraan ze had willen ontsnappen? Kiest Agneta ervoor de familietraditie in stand te houden en de erfenis van haar vader te accepteren, of overwint haar verlangen naar vrijheid en echte liefde?

Verkrijgbaar als
e-book
& papieren boek

Deel 3 van de *Vrouwen van de Leeuwenhof*-trilogie

Als jonge bruid zag Solveig een stralende toekomst tegemoet, maar een tragisch ongeval maakt een einde aan haar geluk. Verdrietig trekt zij zich terug op de Leeuwenhof, bij haar moeder en oma. Daar is ze hard nodig, want het eerbiedwaardige landgoed verkeert in slechte staat. Solveig heeft wel allerlei ideeën, maar welke zijn goed en haalbaar? Als er een gast uit Amerika en een aantrekkelijke zakenman uit Stockholm op de Leeuwenhof arriveren, openen die voor Solveig de deur naar de wijde wereld. Ze wil niets liever dan een nieuwe start maken, voor de Leeuwenhof en voor de liefde. Maar kan ze haar verdriet om haar verloren geluk echt al achter zich laten?

Verkrijgbaar als
e-book
& papieren boek